De erfgenaam

John Grisham

De jury
Advocaat van de duivel
Achter gesloten deuren
De cliënt
Het vonnis
De rainmaker
In het geding
De partner
De straatvechter
Het testament
De broederschap
De erfpachters
Winterzon
Het dossier
De claim
Verloren seizoen
Het laatste jurylid
De deal
De gevangene
De verbanning
De aanklacht
De getuige
De wettelozen
De belofte
De bekentenis
Het proces
Vergiffenis
De afperser
Het protest

Bezoek onze internetsite www.awbruna.nl voor informatie over onze boeken, volg @AWBruna op Twitter of bezoek onze Facebook-pagina Facebook.com/AWBrunaUitgevers.

John Grisham

De erfgenaam

A.W. Bruna Fictie

Oorspronkelijke titel
Sycamore Row
Copyright © 2013 by Belfry Holdings, Inc.
Vertaling
Jolanda te Lindert
Auteursfoto
© Daniel Mayer, Agentur Focus
Omslagontwerp
Studio Jan de Boer
© 2013 A.W. Bruna Uitgevers, Utrecht

ISBN paperback 978 94 005 0355 7
ISBN gebonden editie 978 94 005 0356 4
NUR 332

1

Ze vonden Seth Hubbard in het algemene gedeelte, waar hij ook beloofd had te zullen zijn, maar niet echt zoals ze hadden verwacht. Hij hing aan het uiteinde van een touw en schommelde een beetje heen en weer in de wind. Het regende en Seth was doorweekt toen ze hem vonden, hoewel dat natuurlijk niet echt belangrijk was. Er zou wel iemand op wijzen dat er geen modder aan zijn schoenen zat en er onder hem geen sporen te zien waren, dus dat hij daar waarschijnlijk al hing en dood was toen het begon te regenen. Waarom dat belangrijk was? Nou ja, uiteindelijk was het dat natuurlijk niet.

Het is niet echt gemakkelijk om zelfmoord te plegen door ophanging aan een boom. Maar Seth bleek overal aan gedacht te hebben. Het touw was bijna twee centimeter dik, gevlochten van natuurlijke hennep, al vrij oud en sterk genoeg om Seth te kunnen houden, die een maand daarvoor bij de huisarts op de weegschaal had gestaan en toen 72 kilo woog. Later zou een werknemer in een van Seths fabrieken verklaren dat hij had gezien dat zijn baas het vijftien meter lange touw van een rol had afgeknipt, één week voordat hij dat voor dit dramatische doel had gebruikt. Het ene uiteinde was bevestigd aan een laaghangende tak van dezelfde boom en vastgebonden met een paar lukrake knopen en lussen. Maar, ze hadden hem gehouden. Het andere uiteinde was over een hogere tak geslagen; deze tak had een omtrek van 0,6 meter en hing precies 6,2 meter boven de grond. Vanaf dit punt hing het touw ongeveer 2,7 meter naar beneden tot aan de perfecte strop waar Seth ongetwijfeld lange tijd mee bezig was geweest. De lus was een lus volgens het boekje, met dertien windingen die zo waren aangebracht dat de strop onder druk zou worden aangetrokken. Een echte strop breekt de nek, zodat de dood sneller en minder pijnlijk intreedt, en kennelijk had Seth zijn huiswerk gedaan. Niets wees op buitensporig gekronkel of lijden.

Een 2,7 meter hoge ladder was opzij geschopt en lag vlakbij. Seth had zijn boom uitgekozen, hij had zijn touw eroverheen gegooid en vastgemaakt, hij was de ladder op geklommen, hij had de strop bevestigd en, toen alles in orde was, had hij de ladder weggeschopt en was hij gevallen.

Zijn handen waren los en hingen naast zijn zakken.

Zou hij heel even hebben getwijfeld, geaarzeld? Had Seth, toen zijn voeten de veilige ladder verlieten, maar zijn handen nog steeds vrij waren, instinctief naar het touw boven zijn hoofd gegrepen en wanhopig gevochten tot hij zich wel móést overgeven? Niemand zou het ooit weten, maar het leek twijfelachtig. Later zou blijken dat Seth een man met een missie was geweest.

Voor deze gelegenheid had hij zijn beste pak uitgezocht, van dikke wol, donkergrijs en vrijwel alleen gebruikt voor begrafenissen in koeler weer. Hij bezat slechts drie pakken. Als iemand wordt opgehangen, wordt zijn lichaam uitgerekt, zodat Seths broekspijpen ophielden bij zijn enkels en zijn colbertje bij zijn middel. Zijn zwarte schoenen waren gepoetst en smetteloos schoon. Zijn blauwe stropdas was perfect geknoopt. Zijn witte overhemd zat echter onder het bloed dat onder het touw door was gesijpeld. Een paar uur later was al bekend dat Seth Hubbard om elf uur die ochtend in de kerk in de buurt de dienst had bijgewoond. Hij had met kennissen gepraat, grapjes uitgewisseld met de dominee en geld op de collecteschaal gelegd, en was kennelijk in een vrij goede bui geweest. De meeste mensen wisten dat Seth longkanker had, hoewel vrijwel niemand wist dat de artsen hem hadden verteld dat hij nog maar heel kort te leven had. Seth stond op verschillende gebedslijsten van de kerk. Maar hij was helaas twee keer gescheiden en zou dan ook nooit worden beschouwd als een ware christen.

Zijn zelfmoord hielp wat dat betreft ook niet echt.

De boom was een oude plataan, en al jarenlang eigendom van Seth en zijn familie. Het land eromheen stond vol hardhout, waardevolle bomen waar Seth al meerdere malen een hypotheek op had genomen en die hem rijk hadden gemaakt. Zijn vader had het land in de jaren 1930 op twijfelachtige wijze in bezit gekregen. De beide ex-vrouwen van Seth hadden hun uiterste best gedaan het land tijdens de echtscheidingsoorlogen in hun bezit te krijgen, maar waren daar niet in geslaagd, hoewel ze de rest uiteindelijk wel kregen.

Calvin Boggs was de eerste die ter plaatse was; hij was klusjesman en boerenarbeider, en werkte al jaren voor Seth. Heel vroeg die zondagochtend had Calvin een telefoontje gekregen van zijn baas. 'Kom om twee uur vanmiddag naar de brug,' zei Seth. Hij had niets uitgelegd en Calvin was niet iemand die vragen stelde. Als meneer Hubbard zei dat hij hem op een bepaald tijdstip op een bepaalde plaats wilde ontmoeten, dan zorgde hij dat hij er was. Op het laatste moment smeekte Calvins tien jaar oude zoontje of hij mee mocht en, tegen zijn instinct in, zei Calvin ja. Ze reden over een kilometerslange grindweg over het terrein van Hubbard. Calvin was natuurlijk erg nieuwsgierig waarom Hubbard hem had gevraagd hem te ontmoeten. Hij kon zich niet herinneren dat hij zijn baas ooit ergens op een zondagmiddag had gezien. Hij wist dat zijn baas ziek was en dat het gerucht ging dat hij stervende was, maar zoals altijd praatte meneer Hubbard zelf nergens over.

De brug was niet meer dan een houten geval over een naamloze, smalle kreek, overwoekerd door klimplanten en vol watermoccasinslangen. Hubbard was al maanden van plan deze brug te vervangen door een grote betonnen duiker, maar dat was er door zijn slechte gezondheid nog niet van gekomen. De brug lag vlak bij een open plek in het bos waar twee vervallen, overwoekerde schuren stonden die het enige waren wat erop wees dat daar ooit een klein gehucht was geweest.

Vlak bij de brug stond de moderne Cadillac van meneer Hubbard. Het portier en de kofferbak waren geopend. Calvin stopte achter de auto, zag de open kofferbak en het openstaande portier en kreeg voor het eerst het gevoel dat er iets niet klopte. Inmiddels regende het behoorlijk en was het harder gaan waaien, zodat meneer Hubbard geen enkele goede reden kon hebben om zijn portier en kofferbak open te laten. Calvin zei tegen zijn zoontje dat hij in de auto moest wachten en liep vervolgens langzaam om de Cadillac heen zonder hem aan te raken. Zijn baas was nergens te zien. Calvin haalde diep adem, veegde de regendruppels van zijn gezicht en keek om zich heen. Voorbij de open plaats, ongeveer honderd meter verderop, zag hij een lichaam aan een boom hangen. Hij liep terug naar zijn truck, zei nog een keer tegen de jongen dat hij moest blijven zitten en dat de portieren dicht moesten blijven, maar het was al te laat. De jongen keek al naar de plataan in de verte.

'Hier blijven, jij!' zei Calvin streng, 'en stap niet uit.'

'Oké, papa.'

Calvin begon ernaartoe te lopen. Hij nam er alle tijd voor, want zijn laarzen gleden uit in de modder en hij probeerde zichzelf te dwingen rustig te blijven. Er was immers geen haast bij? Hoe dichter hij bij de open plek kwam, hoe beter hij begreep wat er aan de hand was. De man in het donkere pak die aan het touw bungelde, was duidelijk dood. Ten slotte herkende Calvin hem en zag hij de ladder, en hij realiseerde zich meteen wat er aan de hand was. Hij raakte niets aan, draaide zich om en liep terug naar zijn truck.

Het was oktober 1988, en de autotelefoon was eindelijk ook doorgedrongen tot het platteland van Mississippi. Op aandringen van Hubbard had Calvin er ook eentje in zijn truck geïnstalleerd. Hij belde het kan-

7

toor van de sheriff van Ford County, vertelde kort wat er aan de hand was en wachtte. Met de verwarming aan en de troostende stem van Merle Haggard op de radio keek Calvin door de voorruit, negeerde zijn zoontje, trommelde met zijn vingers in het ritme van de ruitenwissers en realiseerde zich dat hij zat te huilen. De jongen was zo bang dat hij geen woord durfde te zeggen.

Een halfuur later kwam er een politiewagen aan met twee hulpsheriffs erin en terwijl zij hun regenjassen aantrokken, arriveerde er een ambulance met drie inzittenden. Vanaf de grindweg tuurden ze allemaal naar de oude plataan, maar al na een paar seconden turen zagen ze dat er een man aan hing. Calvin vertelde hun alles wat hij wist. De hulpsheriffs besloten dat ze deze zaak maar beter als een misdaad konden behandelen en verboden het ambulancepersoneel ernaartoe te gaan. Even later kwam er nog een hulpsheriff aan, en daarna nog een. Ze doorzochten Hubbards auto, maar ontdekten niets nuttigs. Ze maakten foto's en videobeelden van Seth die met zijn ogen dicht en zijn hoofd in een groteske knik naar rechts aan de strop hing. Ze bestudeerden de sporen rondom de plataan en vonden geen enkel bewijs dat er iemand anders aanwezig was geweest. Een hulpsheriff nam Calvin mee naar het huis van meneer Hubbard een paar kilometer verderop; zijn zoontje zat achterin, nog steeds zonder iets te zeggen. Op de keukentafel vonden ze een bericht op een vel schrijfpapier. Seth had keurig geschreven: *Aan Calvin. Vertel de autoriteiten alsjeblieft dat ik, zonder hulp van iemand anders, zelfmoord heb gepleegd. Op het aangehechte vel heb ik specifieke instructies opgeschreven voor mijn rouwdienst en begrafenis. Geen autopsie! S.H.* Gedateerd die dag, zondag, 2 oktober 1988.

Ten slotte lieten de hulpsheriffs Calvin gaan. Hij ging met zijn zoontje naar huis, waar deze in de armen van zijn moeder viel en de rest van die dag geen woord meer zei.

Ozzie Walls was een van de twee zwarte sheriffs in Mississippi. De andere was nog maar kortgeleden gekozen in een county in de Delta die voor 70 procent zwart was. Ford County was voor 74 procent blank, maar Ozzie had zijn verkiezing en zijn herverkiezing met ruime meerderheid gewonnen. De zwarten bewonderden hem omdat hij een van hen was. De blanken respecteerden hem omdat hij een stoere hulpsheriff was en de ster van het footballteam van Clanton High. In bepaalde aspecten van het leven in het Diepe Zuiden werd football langzaam maar zeker belangrijker dan ras.

Ozzie verliet net de kerk, samen met zijn vrouw en vier kinderen, toen hij het telefoontje kreeg. Toen hij bij de brug arriveerde, droeg hij een pak – geen wapen of badge – maar hij had wel een paar oude laarzen in zijn kofferbak. Samen met twee van zijn hulpsheriffs liep hij onder een paraplu door de modder naar de plataan. Seths lichaam was inmiddels doorweekt; het water droop van de punten van zijn schoenen, zijn kin, zijn oren, zijn vingertoppen en de zomen van zijn broekspijpen. Ozzie bleef een eindje bij de schoenen vandaan staan, tilde zijn paraplu omhoog en keek naar het lijkbleke, meelijwekkende gezicht van de man die hij slechts twee keer had ontmoet.

Ze hadden een verleden. In 1983, toen Ozzie voor het eerst meedeed aan de sheriffverkiezing, had hij drie blanke tegenstanders en geen geld. Hij werd gebeld door Seth Hubbard, die hij niet kende. Ozzie zou ontdekken dat de man nooit op de voorgrond trad. Hubbard woonde in het noordoosten van Ford County, bijna op de grens met Tyler County, vertelde dat hij in de houthandel zat, in Alabama een paar houtzagerijen en op enkele andere locaties een paar fabrieken bezat, en was zo te horen een geslaagd zakenman. Hij bood aan Ozzies verkiezingscampagne te financieren, maar alleen als deze bereid was contant geld te accepteren. Vijfentwintigduizend dollar cash. In zijn kantoor, met de deur op slot, maakte Hubbard een kistje open en liet Ozzie het geld zien. Ozzie vertelde dat campagnebijdragen altijd moeten worden gemeld. Hubbard zei dat hij niet wilde dat zijn bijdrage werd gemeld: contant geld of geen geld.

'Wat wil je in ruil hiervoor?' had Ozzie gevraagd.

'Ik wil dat je wordt gekozen. Meer niet,' had Seth geantwoord.

'Ik weet het niet, hoor.'

'Denk je niet dat je tegenstanders stiekem geld aannemen?'

'Misschien wel.'

'Natuurlijk doen ze dat. Doe niet zo stom!'

Ozzie nam het geld aan. Hij voerde zijn campagne op, bereikte op het nippertje de beslissende ronde en versloeg zijn tegenstander in de eindronde. Later was hij twee keer naar Seths kantoor gegaan om hem te bedanken, maar beide keren was Hubbard afwezig geweest. Ozzie had hem een paar keer opgebeld, maar Hubbard had nooit teruggebeld. Ozzie deed onopvallend navraag naar Hubbard, maar er was niet veel bekend. Er werd beweerd dat hij geld had verdiend in de meubelhandel, maar niemand wist het zeker. Hij bezat ruim tachtig hectare land in de buurt van zijn huis. Hij maakte geen gebruik van plaatselijke banken of advocatenkantoren of verzekeringsmaatschappijen, en ging slechts af en toe naar de kerk.

Toen er vier jaar later weer sheriffverkiezingen plaatsvonden, had Ozzie niet veel tegenstanders, maar wilde Seth hem toch spreken. Weer gaf hij Ozzie vijfentwintigduizend dollar, en weer verdween Seth vervolgens uit beeld. Nu was hij dood, gedood door zijn eigen strop en was hij drijfnat van de regen.

Eindelijk arriveerde Finn Plunkett, de lijkschouwer van de county. Nu kon hij officieel dood worden verklaard.

'Laten we hem naar beneden halen,' zei Ozzie. De knopen werden losgemaakt en nu het touw slap hing, konden ze Seths lichaam naar beneden takelen. Ze legden hem op een brancard en bedekten hem met een deken. Vier mannen droegen hem met moeite naar de ambulance. Ozzie liep achter de kleine processie aan, even verbaasd als de anderen.

Hij was al ruim vier jaar in functie, en hij had heel veel doden gezien. Ongevallen, auto-ongelukken, een paar moorden en een paar zelfmoorden. Hij was niet ongevoelig geworden en niet afgestompt geraakt. Hij had meer dan eens 's avonds laat ouders en partners opgebeld, en hij zag altijd op tegen weer zo'n telefoongesprek.

Goeie ouwe Seth. Maar wie moest Ozzie nu bellen? Hij wist dat Seth gescheiden was, maar niet of hij weer was hertrouwd. Hij wist niets van zijn familie. Seth was een jaar of zeventig. Als hij volwassen kinderen had, waar waren die dan?

Nou ja, daar zou hij snel genoeg achter komen. Hij reed naar Clanton, gevolgd door de ambulance, en belde ondertussen met mensen die misschien iets af wisten van Seth Hubbard.

2

Jake Brigance keek naar de rode cijfers op zijn digitale wekker. Precies om 05.29 uur stak hij zijn hand uit, drukte op het knopje en zwaaide voorzichtig zijn benen uit bed. Carla rolde op haar andere zij en kroop nog dieper onder de dekens. Jake gaf een klopje op haar achterste en wenste haar goedemorgen. Hij kreeg geen antwoord. Het was maandag, een werkdag, en dus zou ze nog een uur doorslapen. Daarna stond ze op en nam ze Hanna mee naar school. 's Zomers bleef Carla zelfs nog langer slapen en waren haar dagen gevuld met meisjesdingen en alles wat Hanna ook wilde doen.

Jakes dagelijkse routine veranderde zelden. Halfzes opstaan, zes uur in de Coffee Shop en zeven uur op kantoor. Slechts weinig mensen gingen de ochtend zo te lijf als Jake Brigance, hoewel hij zich – nu hij de volwassen leeftijd van vijfendertig had bereikt – steeds vaker afvroeg waarom hij eigenlijk altijd zo vroeg opstond. En waarom wilde hij altijd voor alle andere advocaten in Clanton op kantoor zijn? De antwoorden op deze vragen, die vroeger zo duidelijk waren, werden steeds minder duidelijk. De droom die hij al sinds zijn rechtenstudie had, een belangrijke proces-advocaat worden, was niet vervaagd; hij was nog altijd even ambitieus. Maar de realiteit zat hem dwars. Hij werkte al tien jaar en hield zich nog altijd bezig met testamenten en eigendomsoverdrachten en zakelijke geschillen; niet één echte strafzaak en geen veelbelovende auto-ongelukken.

Zijn meest roemrijke moment was al voorbij. De vrijspraak van Carl Lee Hailey was drie jaar geleden, en Jake was weleens bang dat hij zijn top al had bereikt. Maar zoals altijd verdrong hij die twijfels en troostte hij zichzelf met de gedachte dat hij nog maar vijfendertig was. Hij was een gladiator met nog vele rechtszaalzeges voor zich.

Ze hadden geen hond meer, die was dood. Max was drie jaar geleden gestorven tijdens de brand die hun prachtige, geliefde en zwaar verhypothekeerde victoriaanse huis aan Adams Street had verwoest. De Klan had hun huis in brand gestoken tijdens het Hailey-proces, in juli 1985. Eerst hadden ze in de voortuin een kruis in brand gestoken en daarna hadden ze geprobeerd het huis op te blazen. Jake had Carla en Hanna weggestuurd, wat een verstandige zet bleek te zijn. Nadat de Klan een maand lang had geprobeerd hem te vermoorden, staken ze zijn huis in brand. Hij had zijn eindpleidooi gehouden in een geleend pak.

Of ze al dan niet een nieuwe hond zouden nemen, was nog altijd een gevoelig punt. Ze hadden het onderwerp een paar keer aangeroerd, maar geen echte beslissing genomen. Hanna wilde graag een hond en die had ze misschien ook nodig omdat ze enig kind was en vaak klaagde dat ze het niet leuk vond om altijd alleen te spelen. Maar Jake, en vooral Carla, wist wie een pup zindelijk moest maken en zijn troep moest opruimen. Bovendien woonden ze in een huurwoning en hadden ze hun leven nog lang niet weer op orde. Misschien zou een hond bijdragen aan een normaler leven, maar misschien ook niet. Jake dacht hier vaak over na in de eerste minuten van de ochtend. Eerlijk gezegd miste hij een hond.

Na een snelle douche kleedde Jake zich aan in de kleine logeerkamer die hij en Carla als kledingkast gebruikten. Alle kamers waren klein in dit saaie huurhuis en het meubilair was een armzalige verzameling weggevertjes en rommelmarktmeubels die ze ooit, als alles liep zoals gepland, allemaal zouden wegdoen. Maar, en Jake vond het verschrikkelijk dat hij het moest toegeven, de zaken liepen niet zoals hij wilde. Hun proces tegen de verzekeringsmaatschappij was in een hopeloze impasse geraakt, al voor de feitelijke rechtszaak. Jake had die zaak zes maanden na het Hailey-vonnis aangespannen, toen hij nog in de zevende hemel was en barstte van het zelfvertrouwen. Waar háálde een verzekeringsmaatschappij het lef vandaan om te proberen hem te naaien! De eerstvolgende keer dat hij in Ford County voor een jury moest optreden, zou hij er wéér een geweldig vonnis uit slepen! Maar zijn grootsprekerij en zijn getier verminderden toen het langzaam tot Jake en Carla doordrong dat ze behoorlijk onderverzekerd waren geweest. Vier straten verderop lag hun onbewoonde en verwoeste stukje grond bladeren te verzamelen. De buurvrouw, mevrouw Pickle, hield wel een oogje in het zeil, maar er was bar weinig om in het oog te houden. De buren verwachtten dat er een prachtig nieuw huis zou worden gebouwd zodat de Brigances terug konden komen.

Jake liep op zijn tenen Hanna's kamertje binnen, gaf haar een kusje op de wang en trok haar laken een beetje omhoog. Ze was nu zeven, enig kind, en er zouden geen andere kinderen komen. Ze zat in de tweede klas van de Clanton Basisschool, in een klaslokaal naast het lokaal waar haar moeder de kleuters bezighield.

In het keukentje drukte Jake op het knopje van het koffiezetapparaat en wachtte tot het apparaat geluid begon te maken. Hij opende zijn aktetas, raakte zijn 9mm automatische pistool in zijn holster even aan en stopte een paar dossiers in de tas. Hij had zich aangeleerd een pistool bij zich te hebben, en dat vond hij heel erg. Hoe kon hij een normaal leven leiden als hij bijna altijd een wapen bij zich had? Normaal of niet, dit pistool was noodzaak. Ze steken je huis in brand nadat ze hebben geprobeerd dat op te blazen; ze bedreigen je vrouw telefonisch; ze verbranden een kruis in je voortuin; ze slaan de man van je secretaresse verrot waardoor hij later sterft; ze gebruiken een scherpschutter die je zou moeten doodschieten, maar hij mist je en raakt een bewaker; ze jagen je de stuipen op het lijf tijdens het proces en blijven nog lang daarna dreigementen uiten.

Vier van die terroristen zaten nu een lange gevangenisstraf uit; drie in een federale gevangenis en een in Parchman. *Slechts vier,* bracht Jake zichzelf regelmatig in herinnering. Inmiddels hadden er twaalf veroordeeld moeten zijn; ook Ozzie en andere zwarte leiders in de county vonden dat. Uit gewoonte en door zijn frustratie belde Jake de FBI ten minste één keer per week voor een update over hun onderzoek. Na drie jaar werden zijn telefoontjes vaak niet meer beantwoord. Hij schreef brieven. Zijn dossier vulde een complete kast in zijn kantoor.

Slechts vier. Hij kende de namen van vele anderen, allemaal nog steeds verdachten, in elk geval in Jakes hoofd. Sommigen waren verhuisd en anderen waren gebleven, maar nog vrij en gingen gewoon door met hun leven alsof er niets was gebeurd. Dus had hij een wapen bij zich, een wapen met alle benodigde vergunningen: hij had er een in zijn aktetas, een in zijn auto, een paar verspreid in zijn kantoor, en nog verschillende andere. Zijn jachtgeweren waren opgegaan in de vlammen, maar Jake was zijn verzameling langzaam weer aan het opbouwen.

Hij liep naar de kleine stenen veranda en vulde zijn longen met de koele lucht. Op straat, direct voor het huis, stond een patrouillewagen van de sheriff van Ford County. Achter het stuur zat Louis Tuck, een fulltime hulpsheriff die altijd nachtdienst draaide en wiens voornaamste verantwoordelijkheid het was om 's nachts in de buurt gezien te worden en vooral om van maandag tot en met zaterdag om precies kwart voor zes 's ochtends vlak bij de brievenbus te staan op het moment dat Jake Brigance zijn veranda op stapte en naar hem zwaaide. Tuck zwaaide terug. De Brigances hadden weer een nacht overleefd.

Zolang Ozzie Walls sheriff van Ford County was, wat nog minimaal drie jaar en waarschijnlijk nog veel langer zou duren, zouden hij en zijn mensen alles doen wat mogelijk was om Jake en zijn gezin te beschermen. Jake had de zaak van Carl Lee Hailey aangenomen, had keihard gewerkt voor weinig geld, was beschoten, had serieuze dreigementen naast zich neergelegd en was bijna alles wat hij bezat kwijtgeraakt voordat hij er een 'niet schuldig'-vonnis uit had gesleept dat nog altijd weergalmde in Ford County. Hem beschermen was Ozzies hoogste prioriteit.

Tuck reed langzaam weg. Hij zou om het blok heen rijden en een paar minuten nadat Jake was vertrokken terugkomen. Hij zou het huis in de gaten houden tot hij zag dat het licht in de keuken aanging en wist dat Carla was opgestaan en door het huis liep.

Jake reed in een van de twee Saabs die in Ford County rondreden, een rode met ruim driehonderdduizend kilometer op de teller. Eigenlijk moest hij een andere auto kopen, maar dat kon hij zich niet permitteren. Zo'n exotische auto in een klein stadje had ooit een geweldig idee geleken, maar inmiddels waren de reparatiekosten torenhoog. De dichtstbijzijnde dealer zat in Memphis, een uur rijden, zodat elke rit naar de garage een halve dag in beslag nam en duizend dollar kostte. Jake wilde graag een Amerikaanse auto en daar dacht hij elke ochtend aan als hij de sleutel in het contact omdraaide en zijn adem inhield tot de motor aansloeg. Tot nu toe was de motor elke keer aangeslagen, maar in de afgelopen weken had Jake gemerkt dat het altijd heel even duurde, een of twee extra omwentelingen; dat was dus een serieuze waarschuwing dat er iets ergs stond te gebeuren. Paranoïde als hij was, hoorde hij ook andere geluiden en geratel, en nu het profiel van de banden dunner werd, controleerde hij om de dag zijn banden. Hij reed naar Culbert Street, dat, hoewel slechts vier straten van Adams Street met hun braakliggende stuk grond vandaan, duidelijk in een minder goede wijk van het stadje lag. Het huis ernaast was ook een huurwoning. In Adams Street stonden allemaal huizen die veel ouder en deftiger waren en veel meer karakter hadden. Culbert Street was een allegaartje van rechthoekige woningen die waren gebouwd voordat de stad zich serieus met bestemmingsplannen was gaan bezighouden.

Hoewel Carla er zelden over praatte, wist Jake dat ze graag naar een betere woning wilde verhuizen, waar dan ook.

Ze hadden wel gepraat over verhuizen, over dat ze Clanton misschien helemaal wilden verlaten. In de drie jaar sinds de Hailey-zaak hadden ze veel minder verdiend dan ze hadden gehoopt en verwacht. Als Jake zou moeten blijven ploeteren als niet erg succesvolle advocaat, waarom zouden ze dat dan niet ergens anders doen? Carla kon overal lesgeven. Ze konden toch wel ergens een goed leven leiden zonder wapens en zonder dat ze constant waakzaam moesten zijn? Jake werd dan misschien wel bewonderd door de zwarten in Ford County, maar veel blanken koesterden nog altijd een wrok tegen hem. En de geksten liepen nog steeds vrij rond. Aan de andere kant waren ze op een bepaalde manier juist veilig, te midden van zoveel vrienden. Hun buren letten op het verkeer dat langskwam en een onbekende auto of truck werd meteen opgemerkt. Iedere hulpsheriff in het stadje en iedere hulpsheriff in de county wist dat de veiligheid van het gezin Brigance de hoogste prioriteit had.

Jake en Carla zouden nooit weggaan, hoewel ze het soms leuk vonden om het spelletje 'waar zou je willen wonen?' te spelen. Het was niet meer dan een spelletje, want Jake was goed doordrongen van de wrange waarheid: hij zou nooit passen in een groot kantoor in een grote stad, en ook zou hij in welke staat dan ook nooit een stadje vinden waar het niet al wemelde van gretige advocaten. Hij had een helder beeld van zijn toekomst en kon zich daar prima in vinden. Hij moest gewoon eindelijk eens geld verdienen.

Hij reed langs het braakliggende stuk grond in Adams Street, maakte hardop een paar snerende opmerkingen over de lafbekken die zijn huis in de fik hadden gestoken en ook een paar over de verzekeringsmaatschappij. Daarna gaf hij gas. Van Adams reed hij Jefferson in en vervolgens Washington Street, dat van oost naar west langs de noordkant van Clanton liep. Zijn kantoor stond aan Washington, tegenover het deftige rechtbankgebouw. Hij parkeerde zijn auto elke ochtend om zes uur, want op dat tijdstip waren er nog genoeg lege plekken. Het zou nog twee uur rustig blijven op het plein, tot de rechtbank en de winkels en de kantoren opengingen.

In de Coffee Shop was het echter al heel erg druk met arbeiders, boeren en hulpsheriffs als Jake binnenkwam en iedereen goedemorgen wenste. Zoals altijd was hij de enige die een colbert en stropdas droeg. De witte boorden verzamelden zich een uur later aan de overkant van het plein in de Tea Shoppe, en bespraken de rentepercentages en de wereldpolitiek. In de Coffee Shop praatten ze over football, de plaatselijke politiek en het vissen. Jake was een van de zeer weinige witte boorden die in de Coffee Shop werden getolereerd. Daar waren verschillende redenen voor: men mocht hem graag, hij had een dikke huid en was goedmoedig, en bovendien was hij altijd bereid gratis juridisch advies te geven als een van de monteurs of vrachtwagenchauffeurs in de problemen zat.

Hij hing zijn colbertje aan de muur en vond een lege stoel aan het tafeltje van Marshall Prather, een hulpsheriff. Twee dagen eerder had Ole

15

Miss met drie touchdowns verloren van Georgia, en dat was het voornaamste onderwerp van gesprek. Een kauwgum kauwende, pittige vrouw die Dell heette schonk hem koffie in en botste tegelijkertijd met haar weelderige billen tegen hem aan; dat gebeurde zes ochtenden per week. Een paar minuten later bracht ze hem het eten dat hij had besteld – geroosterd bruinbrood, gortepap en aardbeienjam – zoals altijd. Terwijl Jake tabascosaus op zijn pap druppelde, vroeg Prather: 'Hé, Jake, kende jij Seth Hubbard?'

'Nooit ontmoet,' zei Jake, terwijl een paar mensen naar hem keken. 'Ik heb zijn naam een paar keer horen noemen. Woonde in de buurt van Palmyra toch?'

'Klopt.' Prather kauwde op een worstje, terwijl Jake een slok koffie nam.

Jake wachtte even en zei toen: 'Ik kan denk ik veilig aannemen dat Seth Hubbard iets ergs is overkomen, omdat je in de verleden tijd over hem praat?'

'Wát heb ik gedaan?' vroeg Prather. De hulpsheriff had de irritante gewoonte om tijdens het ontbijt luidruchtige, geladen vragen te stellen en daarna zijn mond te houden. Hij kende alle details en alle roddels, en zat altijd te vissen of iemand daar iets aan kon toevoegen.

'In de verleden tijd praten. Je vroeg "Kende jij hem?" en niet "Ken je hem?" – en dat zou je natuurlijk hebben gevraagd als hij nog leefde. Klopt dat?'

'Denk het wel.'

'Wat is er dan gebeurd?'

Andy Furr, monteur bij de Chevrolet-garage, zei luid: 'Heeft gisteren zelfmoord gepleegd. Hing aan een boom.'

'Heeft een briefje achtergelaten en zo,' zei Dell toen ze langskwam met een koffiepot. Het café was al ruim een uur open, zodat het geen twijfel leed dat Dell evenveel over Seth Hubbards dood wist als ieder ander.

'Oké, en wat stond er in dat briefje?' vroeg Jake rustig.

'Kan het je niet vertellen, schat,' tsjilpte ze. 'Dat is iets tussen mij en Seth.'

'Je kende Seth helemaal niet,' zei Prather.

Dell was een voormalig hoertje en ongelofelijk ad rem. Ze zei: 'Ik heb Seth een keer bemind, of twee keer. Kan ik me niet altijd herinneren.'

'Er zijn er ook zoveel geweest,' zei Prather.

'Ja, maar jij bent zelfs nooit ook maar in de búúrt geweest, ouwe jongen,' zei ze.

'Je kunt het je echt niet herinneren, wel?' zei Prather snel en hij kreeg een paar lachers op zijn hand.

'Waar lag dat briefje?' vroeg Jake in een poging het gesprek weer naar het vorige onderwerp terug te leiden.

Prather propte een grote hap pannenkoek in zijn mond, kauwde er even op en zei: 'Op de keukentafel. Ozzie heeft het nu, hij is nog met het onderzoek bezig, maar er is niet veel bijzonders. Kennelijk is Hubbard naar de kerk geweest, leek in orde, reed terug naar zijn huis, haalde een ladder en een touw, en deed wat hij deed. Een van zijn arbeiders vond hem gistermiddag om een uur of twee, hangend in de regen. In z'n zondagse kleren.'

Interessant, bizar, tragisch, maar Jake kon moeilijk medelijden voelen voor iemand die hij nooit had gekend.

Andy Furr vroeg: 'Had hij bezittingen?'

'Geen idee,' zei Prather. 'Volgens mij kende Ozzie hem, maar hij zegt er niet veel over.'

Dell schonk hun kopjes weer vol en zei niets meer. Met een hand op haar heup zei ze: 'Nee, ik heb hem nooit ontmoet. Maar mijn nicht kent zijn eerste vrouw, hij heeft er minstens twee gehad en volgens die eerste had Seth wat land en geld. Ze zei dat hij een rustig leven leidde, geheimen had en niemand vertrouwde. Ze zei ook dat hij een lelijke klootzak was, maar dat zeggen ze altijd na een scheiding.'

'Zul jij wel weten,' zei Prather.

'Inderdaad, ouwe jongen. Ik weet heel veel meer dan jij.'

'Is er een testament?' vroeg Jake.

Nalatenschappen waren niet zijn favoriete bezigheid, maar een redelijk groot vermogen betekende meestal een goed inkomen voor iemand in de stad. Het betekende veel papieren heen en weer schuiven en een paar bezoekjes aan de rechtbank, dus niet moeilijk en niet erg vervelend. Jake wist dat tegen negen uur vanochtend de advocaten in de stad rond zouden sluipen in een poging te achterhalen wie Seth Hubbards testament had opgesteld.

'Weet ik nog niet,' zei Prather.

'Testamenten zijn niet openbaar, toch Jake?' vroeg Bill West, een elektricien bij de schoenenfabriek in het noorden van de stad.

'Voordat je dood bent niet. Je kunt je testament op het allerlaatste moment nog veranderen, en daarom zou het geen zin hebben het te registreren. Bovendien wil je misschien niet dat iedereen weet wat er in je testament staat voordat je dood bent. Zodra dat zo is en nadat je testament is geverifieerd, wordt het ingeschreven bij de rechtbank en is de inhoud openbaar.' Jake keek tijdens het praten om zich heen en zag ten minste drie mannen voor wie hij het testament had opgesteld. Hij had ze kort, snel en goedkoop gemaakt, en dat wist men in de stad. Zo bleef er werk aan de winkel.

'Wanneer begint die verificatie?' vroeg Bill West.

'Daar staat geen termijn voor. Meestal vinden de overlevende partner of de kinderen het testament van de overledene, brengen dat naar een advocaat en dan gaan ze een maand of zo na de begrafenis naar de rechtbank en begint de procedure.'

'En als er geen testament is?'

'Dat is de natte droom van iedere advocaat,' zei Jake lachend. 'Dat is een puinhoop. Wanneer Hubbard is gestorven zonder testament en met achterlating van een paar ex-vrouwen, en misschien een paar volwassen kinderen, en misschien een paar kleinkinderen, wie weet... Dan zijn ze waarschijnlijk de komende vijf jaar bezig met vechten om zijn bezittingen, ervan uitgaande natuurlijk dát hij bezittingen heeft.'

'O, maar die heeft hij zeker,' zei Dell, die een stuk bij hem vandaan in het café stond, zoals altijd erg oplettend. Als je hoestte, informeerde ze naar je gezondheid. Als je niesde, kwam ze eraan met een zakdoek. Als je ongewoon stil was, bemoeide ze zich met je privéleven of je baan. Als je probeerde te fluisteren, stond ze bij je tafeltje en schonk ze je kopje weer vol, ongeacht hoe vol of leeg dat was. Haar ontging nooit iets, zij onthield alles en liet nooit een kans onbenut om haar mannen eraan te herinneren dat ze drie jaar eerder het tegenovergestelde hadden beweerd.

Marshall Prather rolde met zijn ogen en keek Jake aan, alsof hij wilde zeggen: *Ze is gek.* Maar hij was zo verstandig zijn mond te houden. In plaats daarvan at hij zijn pannenkoeken op en moest toen weg.

Even later was Jake ook klaar. Hij betaalde zijn rekening om tien over halfzeven en verliet de Coffee Shop, omhelsde Dell onderweg naar buiten en moest hoesten van haar goedkope parfum. In het oosten, waar de zon opkwam, was de hemel oranje. De regen van gisteren was voorbij en de lucht was helder en koel. Zoals altijd liep Jake in oostelijke richting, bij zijn kantoor vandaan, en in een snel tempo, alsof hij laat was voor een belangrijke bespreking. In werkelijkheid had hij die dag helemaal geen belangrijke besprekingen, alleen een paar routinematige bezoekjes aan mensen die in de problemen zaten.

Jake begon aan zijn ochtendwandeling rondom het plein van Clanton, langs banken en verzekeringskantoren en makelaars, winkels en cafés, allemaal stijf tegen elkaar aan en allemaal nog gesloten op dit vroege uur. Op een paar uitzonderingen na waren alle gebouwen van baksteen en twee verdiepingen hoog, en hing er boven de stoep een balkonnetje met

een gietijzeren hek eromheen. Ze stonden in een perfect vierkant rondom de rechtbank en het grasveld eromheen. Clanton was niet bepaald
welvarend, maar ook niet armoedig zoals zoveel andere stadjes in het
landelijke zuiden. Volgens de volkstelling van 1980 woonden er iets
meer dan achtduizend mensen, een kwart van het aantal inwoners van
de hele county, en die aantallen zouden bij de volgende volkstelling naar
verwachting iets hoger zijn. Er waren geen lege etalages, er was niet één
gebouw dichtgetimmerd en er hingen geen *Te huur*-borden voor de ramen. Jake kwam uit Karaway, een stadje met vijfentwintighonderd inwoners een kleine dertig kilometer ten westen van Clanton, en de hoofdstraat daar liep leeg doordat de winkeliers met pensioen gingen, de cafés
sloten en de advocaten langzaam maar zeker hun spullen pakten en naar
de hoofdstad van de county vertrokken. Aan het plein van Clanton waren nu zesentwintig advocaten gevestigd; dat aantal werd steeds groter
en de concurrentie werkte verstikkend. *Hoeveel kunnen we nog verwerken*, vroeg Jake zich vaak af.

Hij vond het prettig om langs de andere advocatenkantoren te lopen
en naar hun gesloten deuren en donkere recepties te kijken. Dat was een
soort ererondje. Hij vond zichzelf heel slim omdat hij al klaar was om
aan de dag te beginnen terwijl zijn concurrenten nog lagen te slapen. Hij
liep langs het kantoor van Harry Rex Vonner, misschien wel zijn beste
vriend onder zijn collega's, en een strijder die zelden voor negen uur
's ochtends begon, vaak als de receptieruimte al vol echtscheidingscliën-
ten zat. Harry Rex had verschillende echtgenotes versleten en had een
chaotisch privéleven; dat was de reden dat hij er de voorkeur aan gaf tot
's avonds laat door te werken. Jake liep langs het gehate kantoor van Sullivan, de thuisbasis van het grootste aantal advocaten in de county. Negen bij de laatste telling, negen ongelofelijke klootzakken die Jake probeerde te vermijden, maar dat kwam deels doordat hij jaloers was.
Sullivan had de banken en verzekeringsmaatschappijen, en de advocaten daar verdienden meer dan alle andere. Hij liep langs het in de problemen geraakte en met een hangslot afgesloten kantoor van een oude
vriend, Mack Stafford, die al acht maanden niet meer was gesignaleerd
en er kennelijk midden in de nacht vandoor was gegaan met geld van
zijn cliënten. Zijn vrouw en twee dochters wachtten nog steeds, net als
de aanklacht tegen hem. Stiekem hoopte Jake dat Mack ergens op een
strand lag, rumcocktails dronk en nooit meer terugkwam. Hij was een
ongelukkige man geweest in een ongelukkig huwelijk. 'Wegblijven,
Mack,' zei Jake elke ochtend terwijl hij het hangslot even aanraakte zonder zijn pas te vertragen.

Hij liep langs de kantoren van *The Ford County Times*; de Tea Shoppe, die nu ook tot leven kwam; een herenmodezaak waar hij zijn pakken in de uitverkoop kocht; Claude's, een café van een zwarte eigenaar waar hij elke vrijdag ging eten samen met de andere blanke liberalen uit het stadje; een antiekwinkel van een oplichter die Jake twee keer voor de rechter had gesleept; een bank die nog steeds de tweede hypotheek op Jakes huis had en die bij diezelfde rechtszaak betrokken was; en het kantoor van de county waar de nieuwe officier van justitie werkte als hij in de stad was. De vorige, Rufus Buckley, was weg; hij was vorig jaar weggestemd door de kiezers en permanent onverkiesbaar gesteld, tenminste, dat hoopten Jake en vele anderen. Hij en Buckley hadden elkaar bijna gewurgd tijdens de Hailey-zaak en de wederzijdse haat was nog even intens. Nu was de voormalige officier van justitie terug in zijn geboortestad Smithfield, in Polk County, waar hij zijn wonden likte en moeizaam de kost verdiende aan Main Street, te midden van vele andere advocaten.

Jakes wandeling was afgelopen en hij deed de voordeur van zijn eigen kantoor van het slot, dat algemeen beschouwd werd als het mooiste kantoor van de stad. Dit gebouw was, net als vele andere op het plein, honderd jaar geleden gebouwd door de familie Wilbanks, en ongeveer even lang was hier een Wilbanks als advocaat werkzaam geweest. Hieraan kwam een einde toen Lucien, de laatst overgebleven Wilbanks en ongetwijfeld de gekste, was geroyeerd. Lucien had Jake ingehuurd, pas afgestudeerd en vol idealen. Lucien wilde hem corrumperen, maar voordat hij daar de kans toe kreeg, trok de Orde van Advocaten van de staat zijn vergunning voor de laatste keer in. Toen Lucien weg was en er geen andere Wilbanks meer was, erfde Jake een fantastisch kantoorgebouw. Hij had slechts vijf van de beschikbare tien kamers in gebruik. Beneden was een grote ontvangstkamer, waar de huidige secretaresse werkte en de cliënten verwelkomde. Boven, in een prachtig vertrek van tien bij tien, bracht Jake zijn dagen door achter een massief eiken bureau dat ooit was gebruikt door Lucien, diens vader en grootvader. Als Jake zich verveelde, wat vaak voorkwam, liep hij naar de openslaande deuren, trok ze open en stapte het balkon op, vanwaar hij een prachtig uitzicht had op de rechtbank en het plein.

Om zeven uur 's ochtends, precies volgens schema, ging hij achter zijn bureau zitten en nam een slok koffie. Hij keek in zijn agenda en moest toegeven dat de dag er niet bepaald veelbelovend of lucratief uitzag.

3

Jakes huidige secretaresse was een vrouw van eenendertig jaar die vier kinderen had. Jake had haar alleen aangenomen omdat hij niemand kon vinden die meer geschikt was voor de baan. Toen ze vijf maanden geleden was begonnen, was hij wanhopig geweest en zij beschikbaar. Ze werd Roxy genoemd en wat voor haar pleitte, was dat ze elke ochtend tegen halfnegen of een paar minuten later op kantoor kwam. Dan begon ze met haar werk, wat ze redelijk deed: de telefoon aannemen, de cliënten ontvangen, het uitschot wegjagen, typen, archiveren en haar bureau een beetje op orde houden. Wat tegen haar pleitte, en dat woog heel zwaar, was dat Roxy weinig belangstelling kon opbrengen voor haar werk, haar baan alleen maar beschouwde als iets tijdelijks tot er iets beters voorbijkwam, op de achterveranda rookte, wat je ook aan haar kon ruiken, klaagde over haar lage loontje, vage maar beladen opmerkingen maakte over dat alle advocaten volgens haar steenrijk waren, en over het algemeen gewoon een onaangenaam mens was. Ze kwam uit Indiana en was met een militair getrouwd die haar had meegenomen naar het zuiden, en net als veel mensen uit het noorden had ze bar weinig op met de cultuur om haar heen. Ze had een fantastische opvoeding genoten en woonde nu in een achtergebleven stadje. Hoewel Jake er nooit naar vroeg, had hij sterk het gevoel dat haar huwelijk op z'n zachtst gezegd niet echt bevredigend was. Haar man was ontslagen wegens nalatigheid. Ze wilde dat Jake het leger namens hem hiervoor aanklaagde, en dat etterde nog steeds door. Bovendien ontbrak er ongeveer vijftig dollar uit de kleine kas, en Jake vreesde het ergste.

Hij zou haar moeten ontslaan, iets waar hij niet aan moest denken. Elke ochtend, als hij even tijd voor zichzelf had, deed hij zijn dagelijkse gebed en vroeg God of Hij hem het geduld wilde schenken om deze nieuwste vrouw in zijn leven te blijven verdragen.

Er waren heel veel vrouwen in zijn leven geweest. Hij had jonge vrouwen aangenomen omdat daar meer van waren en ze goedkoper waren. De beste van deze jonge vrouwen trouwden, raakten zwanger en wilden zes maanden vrij. De slechtste van deze jonge vrouwen flirtten met hem, droegen minirokjes en maakten suggestieve opmerkingen. Een van hen dreigde hem aan te klagen voor ongewenste intimiteiten toen Jake haar wilde ontslaan, maar ze werd gearresteerd wegens uitgifte van ongedekte cheques en ging de bak in.

Hij had volwassener vrouwen aangenomen om niet fysiek in de verleiding te raken, maar zij gedroegen zich bijna allemaal bazig en moederlijk, hadden last van de menopauze, moesten vaker naar de huisarts, hadden meer last van pijntjes, waar ze meer over praatten, en moesten vaker naar een begrafenis.

Het kantoor was tientallen jaren geleid door Ethel Twitty, een legendarische figuur uit de hoogtijdagen van de Wilbanks. Ruim veertig jaar had Ethel de advocaten onder de duim gehouden, de andere secretaresses angst ingeboezemd en geruzied met de jongere partners, van wie niemand het langer dan een jaar of twee had uitgehouden. Maar Ethel was nu met pensioen, gedwongen door Jake tijdens het Hailey-circus. Haar echtgenoot was mishandeld door criminelen, waarschijnlijk Klan-leden, maar de zaak bleef onopgelost en het onderzoek leidde nergens toe. Jake was dolblij geweest toen ze vertrok, maar nu miste hij haar bijna.

Precies om halfnegen was hij beneden in de keuken, schonk nog een kop koffie in en scharrelde daarna in de voorraadkamer rond alsof hij op zoek was naar een oud dossier. Toen Roxy om negen over halfnegen de achterdeur binnenkwam, stond Jake bij haar bureau in een document te bladeren en constateerde dat ze, alweer, te laat was. Dat ze vier jonge kinderen had, een werkloze en ongelukkige echtgenoot, een baan waar ze van baalde met een salaris dat ze veel te laag vond, en allerlei andere problemen – daar kon Jake zich niet druk over maken. Als hij haar had gemogen, had hij meer begrip kunnen opbrengen. Maar hoe meer weken er verstreken, hoe minder graag hij haar mocht. Hij was een 'dossier' aan het samenstellen, onthield onuitgesproken minpuntjes en schreef alles op, zodat hij als hij haar moest ontslaan alle feiten bij de hand had. Jake vond het vreselijk dat hij in de positie werd gemanoeuvreerd een ongewenste secretaresse te moeten ontslaan.

'Goedemorgen, Roxy,' zei hij, met een blik op zijn horloge.

'Hallo. Sorry dat ik zo laat ben, maar ik moest de kinderen naar school brengen.'

Hij was ook doodziek van haar leugens, hoe onbelangrijk ook. Haar werkloze man bracht en haalde de kinderen naar en van school. Dat had Carla gecontroleerd.

'Hm,' mompelde Jake en hij pakte de stapel enveloppen die ze net op haar bureau had gelegd. Hij pakte de post voordat zij die kon openen en keek er even in om te kijken of er iets interessants tussen zat. Het was de gebruikelijke stapel reclame en advocatenonzin: brieven van andere kantoren en eentje van een rechter, dikke enveloppen met kopieën van aktes van beschuldiging, moties, pleidooien enzovoort. Die maakte hij niet open, dat was het werk van de secretaresse.

'Zoek je iets?' vroeg ze terwijl ze haar handtas liet vallen en zich installeerde.

'Nee.'

Zoals altijd zag ze er een beetje wild uit: geen make-up en een verwarde bos haar. Ze liep snel naar het toilet om zich op te maken, iets waar ze vaak een kwartier voor nodig had. Nog meer onuitgesproken minpuntjes.

Onder aan de stapel, op de allerlaatste envelop van normaal formaat, zag Jake zijn naam, geschreven met blauwe inkt, cursief. Hij schrok toen hij zag wie de afzender was, en liet bijna de hele stapel post uit zijn handen vallen. Hij smeet de andere post op haar bureau en liep vervolgens snel de trap op naar zijn kantoor. Hij deed zijn deur op slot. Hij ging op een cilinderbureau in de hoek zitten, onder een portret van William Faulkner, gekocht door mr. John Wilbanks, Luciens vader. Hij bekeek de envelop: merkloos, blanco, wit, A4-formaat, goedkoop papier, waarschijnlijk gekocht in een doos van honderd stuks voor vijf dollar, voorzien van een postzegel van vijfentwintig cent met een astronaut erop, en dik genoeg om verschillende vellen papier te bevatten. De envelop was aan hem geadresseerd: Mr. Jake Brigance, 146 Washington Street, Clanton, Mississippi. Geen postcode.

De afzender was: Seth Hubbard, Postbus 277, Palmyra, Mississippi, 38664.

De envelop was gestempeld op 1 oktober 1988, afgelopen zaterdag, in het postkantoor van Clanton. Jake haalde diep adem en dacht even na over wat er was gebeurd. Als hij de roddels in de Coffee Shop mocht geloven, en Jake had geen enkele reden dat niet te doen, in elk geval niet op dat moment, had Seth Hubbard zichzelf nog geen vierentwintig uur geleden, op zondagmiddag, opgehangen. Nu was het maandagochtend, kwart voor negen. Deze brief was afgelopen zaterdag in Clanton afgestempeld en dus had Seth Hubbard, of iemand die namens hem handelde, de brief in de gleuf 'Streekpost' gestopt van het postkantoor in Clanton, vrijdagmiddag laat of zaterdag voor twaalf uur 's middags als het postkantoor dichtging. Alleen streekpost werd in Clanton gestempeld; alle andere post werd naar een regionaal postcentrum in Tupelo gebracht, daar gesorteerd, gestempeld en vervolgens verspreid.

Jake vond een schaar en knipte voorzichtig een dun reepje papier van het ene uiteinde van de envelop af, van de kant tegenover de naam en adresgegevens van de afzender, dicht bij de postzegel maar er ook zo ver vandaan dat alles bewaard bleef. Misschien had hij bewijs in zijn handen. Hij zou alles later wel kopiëren. Hij kneep even in de envelop en schudde hem heen en weer tot de opgevouwen papieren eruit vielen. Hij vouwde de papieren voorzichtig open en was zich ervan bewust dat zijn hartslag versnelde. Drie vellen papier, allemaal helderwit, zonder versiering, zonder briefhoofd. Hij streek de vouwen glad en legde de papieren plat op het bureau. Daarna pakte hij het bovenste vel. Met blauwe inkt en in een keurig, cursief handschrift, indrukwekkend voor een man, had de auteur geschreven:

Geachte heer Brigance,

Voor zover ik weet, hebben wij elkaar nooit ontmoet, en dat zal ook niet gebeuren. Wanneer u dit leest, ben ik dood en zal dat afschuwelijke stadje waar u woont gonzen van de gebruikelijke roddels. Ik heb zelfmoord gepleegd, maar alleen omdat ik op korte termijn aan longkanker zou zijn gestorven. De artsen zeiden dat ik nog maar een paar weken te leven had en ik heb het helemaal gehad met de pijn. Ik heb het helemaal gehad met heel veel dingen. Als u sigaretten rookt, neem dan de goede raad aan van een dode man en houd daar meteen mee op.

Ik heb u uitgekozen, omdat u de reputatie hebt eerlijk te zijn en omdat ik bewondering had voor uw moed tijdens de rechtszaak van Carl Lee Hailey. Ik vermoed dat u tolerant bent, iets wat helaas ontbreekt in dit deel van de wereld.

Ik heb een afkeer van advocaten, vooral van de advocaten in Clanton. Op dit moment zal ik geen namen noemen, maar ik zal sterven met bijzonder sterke vijandige gevoelens ten opzichte van verschillende leden van uw beroep. Aasgieren zijn het, bloedzuigers!

Bijgesloten vindt u mijn testament, elk woord geschreven, gedateerd en ondertekend door mij. Ik heb de wet van Mississippi erop nageslagen en ben ervan overtuigd dat dit een degelijk holografisch testament is, en dus rechtsgeldig. Niemand is er getuige van geweest dat ik dit testament heb ondertekend, omdat dit zoals u weet niet noodzakelijk is bij een holografisch testament. Een jaar geleden heb ik een dikkere versie ondertekend bij advocatenkantoor Rush in Tupelo, maar dat document heb ik herroepen.

Dit document zal zeer waarschijnlijk enkele problemen veroorzaken en dat is de reden dat ik u heb uitgekozen als de advocaat voor mijn nalatenschap. Ik wil dat dit testament ten koste van alles wordt verdedigd en ik

weet dat u dat kunt. Ik heb mijn twee volwassen kinderen, hun kinderen
en mijn beide ex-echtgenotes met opzet onterfd. Zij zijn geen aardige men-
sen en zij zullen dit bevechten, dus maak uw borst maar nat. Mijn nala-
tenschap is substantieel – ze hebben geen idee van de omvang ervan – en
zodra dit bekend is geworden, zullen ze in de aanval gaan. Ga het gevecht
met hen aan, meneer Brigance, tot het bittere eind. Wij moeten zegevieren.

In mijn zelfmoordbriefje heb ik instructies nagelaten voor mijn rouw-
dienst en begrafenis. Maak de inhoud van mijn testament pas bekend ná
de begrafenis. Ik wil dat mijn familie gedwongen is alle rituelen van rouw
door te maken, voordat ze zich realiseren dat ze niets krijgen. Kijk maar
naar hen als ze net doen alsof, daar zijn ze heel goed in. Ze houden niet
van me.

Ik dank u bij voorbaat voor uw gedreven vertegenwoordiging. Het zal
niet gemakkelijk zijn. Ik troost me met de wetenschap dat ik deze pijnlijke
beproeving niet hoef te doorstaan.
Hoogachtend,
Seth Hubbard
1 oktober 1988

Jake was te zenuwachtig om het testament te lezen. Hij haalde diep
adem, stond op, liep door zijn kantoor, trok de openslaande deuren naar
het balkon open en keek voor het eerst die ochtend naar de rechtbank en
het plein. Daarna liep hij terug naar het cilinderbureau en las de brief
nog een keer. Deze brief zou worden gebruikt als bewijs dat Seth Hubbard in staat was een testament op te stellen, en heel even was Jake ver-
lamd door besluiteloosheid. Hij veegde zijn handen af aan zijn broek.
Zou hij de brief, de envelop en die andere vellen papier laten liggen waar
ze lagen, en naar Ozzie rennen om die erbij te halen? Moest hij een rechter bellen?

Nee. De brief was aan hem gericht, in vertrouwen, en hij had het recht
om de inhoud te bekijken. Toch had hij het gevoel dat hij een tikkende
tijdbom in zijn handen had. Langzaam verschoof hij de brief en keek
naar het volgende vel papier. Met bonzend hart en trillende handen keek
hij naar de blauwe inkt en wist heel goed dat deze woorden het eerstvolgende jaar van zijn leven zouden opslokken, of misschien wel twee.

Er stond:

TESTAMENT VAN HENRY SETH HUBBARD
Ik, Seth Hubbard, 71 jaar oud met een gezonde geest maar een wegte-
rend lichaam, maak bij dezen mijn testament op:

25

1 - Ik ben inwoner van de staat Mississippi. Mijn officiële adres is Simpson Road 4498, Palmyra, Ford County, Mississippi.

2 - Ik herroep al mijn vorige, door mij ondertekende testamenten, met name het testament van 7 september 1987, opgemaakt door mr. Lewis McGwyre van advocatenkantoor Rush in Tupelo, Mississippi. En dat testament maakte het testament dat ik in maart 1985 had ondertekend ongeldig.

3 - Dit testament is bedoeld als holografisch testament, elk woord is door mij geschreven, in mijn handschrift, zonder de hulp van een ander. Dit testament is door mij gedateerd en ondertekend. Ik heb dit testament zelf opgesteld, in mijn kantoor, vandaag, 1 oktober 1988.

4 - Ik ben gezond van geest en ik ben in staat een testament op te stellen. Niemand probeert invloed op me uit te oefenen.

5 - Als executeur van mijn nalatenschap wijs ik aan Russell Amburgh, Ember Street 762, Temple, Mississippi. Amburgh was onderdirecteur van mijn holding en is op de hoogte van mijn huidige bezittingen en schulden. Ik geef Russell Amburgh de opdracht om voor alle noodzakelijke acties gebruik te maken van de diensten van de heer Jake Brigance, advocaat, Clanton, Mississippi. Ik geef hierbij de opdracht dat geen enkele andere advocaat in Ford County zich bezighoudt met mijn nalatenschap of ook maar een cent verdient aan de gerechtelijke verificatie ervan.

6 - Ik heb twee kinderen – Herschel Hubbard en Ramona Hubbard Dafoe – en zij hebben kinderen, hoewel ik niet weet hoeveel, omdat ik hen al heel lang niet meer heb gezien. Hierbij sluit ik mijn twee kinderen en al mijn kleinkinderen uit als erfgenaam van mijn nalatenschap. Zij krijgen niets. Ik ben niet op de hoogte van de precieze juridische taal die noodzakelijk is om iemand 'te onterven', maar het is mijn bedoeling te voorkomen dat zij – mijn kinderen en kleinkinderen – ook maar iets van me krijgen. Als zij dit testament aanvechten en verliezen, is het mijn wens dat zij alle kosten – voor advocaten en rechtbank – moeten betalen die het gevolg zijn van hun hebzucht.

7 - Ik heb twee ex-echtgenotes, die ik niet bij naam zal noemen. Aangezien zij bij de echtscheiding vrijwel alles hebben gekregen, krijgen ze nu niets meer. Ik onterf hen ook. Mogen zij een pijnlijke dood sterven, net als ik.

8 - Ik geef, laat na of draag over (of hoe het verdomme ook heet) negentig procent van mijn nalatenschap aan mijn vriendin, Lettie Lang, als dank voor haar toegewijde diensten en haar vriendschap in de afgelopen jaren. Haar volledige naam is Letetia Delores Tayber Lang, en haar adres is Montrose Road 1488, Box Hill, Mississippi.

9 - Ik geef, laat na, etc., vijf procent van mijn nalatenschap aan mijn broer, Ancil F. Hubbard, als hij nog leeft. Ik heb al jaren niets meer van Ancil gehoord, hoewel ik vaak aan hem heb gedacht. Hij was een jongen die de weg kwijt was en die beter verdiende. Als kinderen waren hij en ik getuige van iets wat geen mens ooit zou mogen zien, iets waardoor Ancil voor altijd getraumatiseerd is geraakt. Als hij nu dood is, blijft deze 5 procent deel uitmaken van mijn nalatenschap.

10 - Ik geef, laat na, etc., vijf procent van mijn nalatenschap aan de Irish Road Christian Church.

11 - Ik geef mijn executeur opdracht mijn huis, land, onroerende goederen, persoonlijke bezittingen en de houtzagerij vlak bij Palmyra te verkopen, tegen marktwaarde, zodra dit praktisch mogelijk is, en de opbrengst aan mijn nalatenschap toe te voegen.

Seth Hubbard
1 oktober 1988

De handtekening was klein en keurig, en goed leesbaar. Weer veegde Jake zijn handen aan zijn broek af en weer las hij het testament door. Het besloeg twee bladzijden en de tekst was in bijna perfect rechte regels geschreven, alsof Seth een soort onderlegger had gebruikt.

Een stuk of tien vragen schoten Jake te binnen, waarvan de meest voor de hand liggende was: wie is Lettie Lang in vredesnaam? Een goede tweede was: wat heeft zij precies gedaan om die negentig procent te verdienen? Daarna: hoe groot is deze nalatenschap? Als deze inderdaad omvangrijk is, hoeveel successierechten zullen er dan betaald moeten worden? Deze vraag werd algauw gevolgd door: hoeveel honorarium zal ik mogen rekenen?

Maar voordat Jake hebberig werd, begon hij weer door zijn kantoor te ijsberen. Zijn hoofd tolde en de adrenaline stroomde door zijn lichaam. Wat een wonderbaarlijk juridisch gevecht. Er was waarschijnlijk heel veel geld mee gemoeid en dus leed het geen twijfel dat Seths familie advocaten in de arm zou nemen en dit testament fel zou aanvechten. Hoewel Jake nooit eerder een regelrechte testament-oorlog had meegemaakt, kende hij dergelijke zaken die voor de rechter, en vaak voor een jury, waren uitgevochten. Het was een zeldzaamheid dat een overledene in Ford County veel naliet, maar af en toe overleed weleens iemand met redelijk veel bezittingen zonder een echte boedelplanning of met een dubieus testament. Deze gevallen waren een meevaller voor de lokale advocatuur, omdat de advocaten de rechtbank in en uit konden rennen en de tegoeden door de honoraria verdampten.

Voorzichtig legde Jake de envelop en de drie vellen papier in een dossiermap en bracht die naar beneden, naar het bureau van Roxy. Inmiddels zag ze er beter uit, een beetje, en ze was bezig de post te openen. 'Lees dit,' zei hij. 'En langzaam.'

Ze deed wat haar gezegd werd en toen ze klaar was, zei ze: 'Wauw! Geweldig begin van de week.'

'Niet voor ouwe Seth,' zei Jake. 'Noteer alsjeblieft dat deze envelop vanochtend bij de post zat, het is 3 oktober.'

'Genoteerd. Waarom?'

'Het is mogelijk dat de timing in de rechtbank ooit nog eens cruciaal is. Zaterdag, zondag, maandag.'

'Word ik getuige?'

'Misschien wel, misschien niet, maar we nemen nu gewoon een paar voorzorgsmaatregelen, oké?'

'Jij bent de advocaat.'

Jake maakte vier kopieën van de envelop, de brief en het testament. Hij gaf Roxy een kopie die ze in het nieuwste dossier van het kantoor moest stoppen, en twee andere kopieën stopte hij in een afgesloten la van zijn bureau. Hij wachtte tot het negen uur was en verliet toen het kantoor met het origineel en één kopie. Hij zei tegen Roxy dat hij naar de rechtbank ging. Hij liep naar de Security Bank naast zijn kantoor, waar hij het origineel in zijn kantoorkluis legde, bij een stuk of twintig andere testamenten en een paar persoonlijke bezittingen.

Ozzie Walls' kantoor bevond zich in de countygevangenis, twee straten verderop. Het was een laag betonnen gebouw, dat tien jaar eerder voor een koopje was gebouwd. Later was er een tumorachtig aanhangsel tegenaan gebouwd om de sheriff en zijn hulpsheriffs en ander personeel te huisvesten. Het stond er stampvol met goedkope bureaus en klapstoeltjes, en de gevlekte vloerbedekking krulde omhoog tegen de plinten. Op maandagochtend was het er meestal druk, omdat dan de gevolgen van de feestjes en spelletjes van het weekend werden opgeruimd. Er kwamen boze echtgenotes met de borg naar het bureau om hun man die nog last had van een kater op te halen. Andere vrouwen kwamen binnenstormen om papieren te ondertekenen om hun man in de gevangenis te laten smijten. Doodsbange ouders wachtten op informatie over de politie-inval in een drugspand waarbij hun kinderen waren gearresteerd. De telefoons rinkelden vaker dan normaal en werden vaak niet opgenomen. Hulpsheriffs drentelden rond met donuts en koppen koffie. Boven op de gebruikelijke chaos was er sprake van een bizarre zelfmoord van een geheimzinnige man, zodat het extreem druk was in het overvolle kantoor van het personeel.

Achter in het bijgebouw, aan een korte gang, was een dikke deur waarop met de hand de volgende witte woorden waren geschilderd: OZZIE WALLS, SHERIFF, FORD COUNTY. De deur was dicht. De sheriff, die op maandagochtend altijd vroeg op kantoor was, zat te telefoneren. Hij was opgebeld door een geëmotioneerde vrouw uit Memphis wier kind was betrapt op het rijden in een pick-up met onder andere een substantiële hoeveelheid marihuana erin. Dat was die zaterdag gebeurd vlak bij Lake Chatulla, in een deel van een staatspark waar regelmatig illegale dingen gebeurden. Haar kind was natuurlijk onschuldig en de moeder wilde zo snel mogelijk langskomen om hem uit Ozzies gevangenis te halen.

'Niet zo snel,' waarschuwde Ozzie. Er werd op zijn deur geklopt. Hij hield zijn hand op de microfoon en zei: 'Binnen!'

De deur ging een paar centimeter open en Jake Brigance stak zijn hoofd om de hoek. Ozzie glimlachte meteen en gebaarde dat hij binnen mocht komen. Jake deed de deur achter zich dicht en liet zich in een stoel vallen. Ozzie vertelde de moeder dat haar kind, hoewel hij nog maar zeventien was, was betrapt met anderhalve kilo marihuana en dus niet op borgtocht zou worden vrijgelaten tot een rechter dat bepaalde. Toen de moeder begon te schelden, fronste Ozzie zijn wenkbrauwen en hield de hoorn een paar centimeter van zijn oor. Hij schudde zijn hoofd en glimlachte weer. Steeds dezelfde lulkoek. Jake had die ook al vaker gehoord, al heel vaak.

Ozzie luisterde nog even, beloofde alles te doen wat in zijn macht lag, wat natuurlijk niet veel was, en maakte ten slotte een einde aan het gesprek. Hij kwam half overeind, gaf Jake een hand en zei: 'Goedemorgen, meneer de advocaat.'

'Jij ook goedemorgen, Ozzie.'

Ze kletsten over koetjes en kalfjes en daarna over football. Ozzie had kort bij de Rams gespeeld tot hij een knieblessure kreeg, en was nog steeds een fanatieke fan van dit team. Jake was een fan van Saints, net als de meerderheid van de inwoners van Mississippi, zodat ze weinig gespreksstof hadden. De hele muur achter Ozzie was bedekt met football-memorabilia: foto's, prijzen, plaquettes, trofeeën. Hij was halverwege de jaren 1970 een *all-American* geweest bij Alcorn State en vond het kennelijk heel belangrijk zijn herinneringen in ere te houden.

Op een andere dag, op een ander moment, bij voorkeur in aanwezigheid van een groter publiek, zoals in de rechtszaal tijdens een reces als er andere advocaten naar hem luisterden, kon Ozzie er weleens toe worden verleid te vertellen hoe hij ooit Jakes been had gebroken. Jake was een magere quarterback geweest en kwam als tweedejaars uit voor Karaway, een veel kleinere school die om de een of andere reden de traditie in ere hield elk jaar in de seizoensfinale te verliezen van Clanton. Het werd nooit een echte wedstrijd en die werd dan ook aangekondigd als bijzonder onbelangrijk. Ozzie, de beste *star tackle*, had de verdediging van Karaway al drie van de vier speelperiodes geterroriseerd. Tegen het einde van de vierde speelperiode voerde hij op de derde zone een verrassingsaanval uit. De fullback, al gewond en bang, negeerde de aanval en Ozzie vermorzelde Jake, die wanhopig probeerde te verdedigen. Ozzie had altijd beweerd dat hij het kuitbeen had horen knappen. Volgens Jake had hij alleen maar Ozzies gegrom en gekreun gehoord toen hij naar beneden dook. Het verhaal werd, in welke versie dan ook, minstens één keer per jaar verteld.

Maar nu was het maandagochtend, de telefoons rinkelden en beide mannen hadden het druk. Het was wel duidelijk dat er een bepaalde reden was voor Jakes bezoek. 'Volgens mij ben ik ingehuurd door Seth Hubbard,' zei hij.

Ozzie kneep zijn ogen halfdicht en keek zijn vriend onderzoekend aan. 'Hij huurt helemaal niemand meer in. Hij ligt in Magargel's, op de snijtafel.'

'Heb jij hem losgesneden?'

'Laten we zeggen dat we hem naar beneden hebben gehaald.' Ozzie pakte een dossier, sloeg het open en haalde er drie foto's van acht bij tien centimeter uit. Hij schoof ze over zijn bureau en Jake pakte ze op. Van voren, van achteren en van opzij – allemaal foto's van Seth, zielig en dood, hangend in de regen. Jake schrok even, maar liet dat niet merken. Hij bestudeerde het groteske gezicht en probeerde hem te plaatsen. 'Ik heb die man nooit ontmoet,' mompelde hij. 'Wie heeft hem gevonden?'

'Een van zijn arbeiders. Het ziet ernaar uit dat Hubbard het allemaal zelf heeft gepland.'

'O ja.' Jake stak zijn hand in zijn jaszak, haalde de kopieën eruit en schoof ze over het bureau naar Ozzie. 'Dit zat vanochtend bij de post. Heet van de naald. De eerste bladzijde is een brief aan mij. De tweede en derde bladzijde zijn bedoeld als zijn testament.'

Ozzie pakte de brief op en las hem langzaam door. Hij las het testament met een ondoorgrondelijke blik door en toen hij klaar was, liet hij de papieren op zijn bureau vallen en wreef in zijn ogen. 'Wauw,' zei hij moeizaam. 'Is dit rechtsgeldig, Jake?'

'Op het oog wel, maar ik weet wel zeker dat zijn familie het zal aanvechten.'

'Op welke gronden?'

'Ze zullen van alles beweren: dat de oude man niet goed bij zijn hoofd
was; dat die vrouw hem heeft beïnvloed en hem heeft overgehaald zijn
testament te wijzigen. Geloof me, als er geld op het spel staat, halen ze
alles uit de kast.'

'Die vrouw,' herhaalde Ozzie. Daarna glimlachte hij en schudde langzaam zijn hoofd.

'Ken je haar?'

'O ja.'

'Zwart of blank?'

'Zwart.'

Dat had Jake al verwacht, dus was hij niet verbaasd en ook niet teleurgesteld. Sterker nog, Jake begon opgewonden te worden. Een blanke
man met veel geld die vlak voor zijn dood een testament opmaakt waarin hij alles nalaat aan een zwarte vrouw die hij kennelijk graag mocht. Er
zou een bittere erfenisstrijd worden uitgevochten voor een jury, met Jake
in het middelpunt.

'Hoe goed ken je haar?' vroeg Jake. Het was algemeen bekend dat Ozzie iedere zwarte persoon in Ford County kende; diegenen die kiesgerechtigd waren en diegenen die nog in de bak zaten; diegenen die land
bezaten en diegenen die een uitkering kregen; diegenen die een baan
hadden en diegenen die werkschuw waren; diegenen die geld hadden
gespaard en diegenen die inbraken pleegden; diegenen die elke zondag
naar de kerk gingen en diegenen die de bordelen platliepen.

'Ik ken haar,' zei hij, voorzichtig zoals altijd. 'Ze woont iets buiten Box
Hill, in een gebied dat Little Delta wordt genoemd.'

Jake knikte en zei: 'Daar ben ik weleens doorheen gereden.'

'In de rimboe, iedereen zwart. Ze is getrouwd met Simeon Lang, een
klaploper die komt en gaat, al dan niet stomdronken.'

'Ik heb nooit een Lang ontmoet.'

'Deze wil je niet ontmoeten. Als hij nuchter is, denkt hij dat hij in een
vrachtwagen rijdt, maar rijdt hij alsof hij op een bulldozer zit. Ik weet
dat hij een of twee keer in het buitenland heeft gewerkt. Onbetrouwbaar.
Vier of vijf kinderen, een jongen in de gevangenis en volgens mij zit een
meisje in het leger. Lettie is een jaar of vijfenveertig. Zij is een Tayber, en
daar zijn er niet veel van. Hij is een Lang, en in de bossen stikt het helaas
van de Langs. Ik wist niet dat ze voor Seth Hubbard werkte.'

'Kende je Hubbard?'

'Een beetje. Hij gaf me vijfentwintigduizend dollar, zwart, contant, voor mijn beide verkiezingscampagnes; wilde er niets voor terug. Sterker nog, hij heeft me in mijn eerste vier jaar bijna helemaal gemeden. Ik sprak hem vorige zomer nog, toen ik me weer verkiesbaar had gesteld en hij me weer een envelop gaf.'

'Heb je dat geld aangenomen?'

'Die toon van je bevalt me niet, Jake,' zei Ozzie glimlachend. 'Ja, ik heb dat geld aangenomen, omdat ik wilde winnen. Bovendien namen mijn tegenstanders ook geld aan. De politiek hier is een lastige zaak.'

'Ik vind het prima. Hoeveel geld had die man?'

'Volgens mij veel, maar ik weet het niet. Dat is altijd een mysterie geweest. Het gerucht gaat dat hij alles is kwijtgeraakt bij een vervelende echtscheiding – je vriendje Harry Rex heeft hem uitgekleed – en daarom hield hij zijn zaken geheim.'

'Slimme vent.'

'Hij bezit wat land en heeft altijd in hout gehandeld. Verder weet ik er niets van.'

'En zijn twee volwassen kinderen?'

'Ik heb gistermiddag om een uur of vijf met Herschel Hubbard gepraat, hem het slechte nieuws verteld. Hij woont in Memphis, maar ik heb niet veel informatie gekregen. Hij zei dat hij zijn zus zou bellen, Ramona, en dat ze binnenkort hiernaartoe komen. Seth heeft een papier achtergelaten met een paar instructies over hoe hij wil worden begraven. Rouwdienst morgen om vier uur 's middags in de kerk, en daarna een begrafenis.' Ozzie zweeg en las de brief nog een keer door. 'Lijkt nogal wreed, vind je niet, Jake? Seth wil dat zijn familie echt gaat rouwen en pas daarna mogen ze te horen krijgen dat hij ze uit zijn testament heeft geschrapt.'

Jake grinnikte en zei: 'O, maar ik vind het prachtig. Ga jij naar de begrafenis?'

'Alleen als jij ook gaat.'

'Afgesproken.'

Ze zaten nog even zwijgend bij elkaar, luisterden naar de stemmen buiten, naar het gerinkel van de telefoons en wisten allebei dat ze aan het werk moesten. Maar er waren zoveel vragen, er zat zoveel ellende aan te komen.

'Ik vraag me af wat die jongens hebben gezien,' zei Jake. 'Seth en zijn broer.'

Ozzie schudde zijn hoofd, geen idee. Hij keek naar het testament en zei: 'Ancil F. Hubbard. Als je wilt, kan ik wel proberen hem op te sporen.

Dan haal ik zijn naam door het netwerk, kijk of hij ergens een strafblad heeft.'

'Graag. Bedankt.'

Na een nieuwe geladen stilte zei Ozzie: 'Jake, ik moet nog heel veel doen vanochtend.'

Jake sprong op en zei: 'Ik ook. Bedankt. Je hoort nog van me.'

4

Het was niet meer dan een uur rijden van het centrum van Memphis naar Ford County, maar voor Herschel Hubbard was het altijd een eenzame reis die een hele dag in beslag leek te nemen. Het was een onwelkome excursie naar zijn verleden, en om allerlei redenen maakte hij die rit alleen als het écht nodig was en dat was niet vaak het geval. Hij had zijn ouderlijk huis al op achttienjarige leeftijd verlaten; hij had alles achter zich gelaten en ging er zo zelden mogelijk naartoe. Hij was het onschuldige slachtoffer geweest van de oorlog tussen zijn ouders en toen ze eindelijk gingen scheiden, koos hij de kant van zijn moeder en was hij het land, en zijn vader, ontvlucht. Vijfentwintig jaar later kon hij maar moeilijk geloven dat zijn vader eindelijk dood was.

Er waren pogingen gedaan tot verzoening, meestal op aandringen van Herschel. En het moet gezegd worden, Seth had het een tijdje volgehouden en had zijn zoon, en zijn kleinkinderen, getolereerd. Maar vervolgens waren er een tweede vrouw en een tweede huwelijk tussengekomen en dat had de zaak gecompliceerd. En de laatste tien jaar had Seth alleen zijn werk belangrijk gevonden. Op verjaardagen belde hij op en elke vijf jaar stuurde hij een kerstkaart, maar verder dan dat gingen zijn inspanningen als vader niet. Hoe meer hij werkte, hoe meer hij neerkeek op de carrière van zijn zoon, en dat was de belangrijkste oorzaak van hun gespannen relatie.

Herschel was eigenaar van een kroeg vlak bij de campus van Memphis State. Het was een drukke en populaire kroeg. Hij betaalde zijn rekeningen en verstopte wat contant geld. Zo vader zo zoon: hij worstelde nog steeds met de gevolgen van zijn eigen nare echtscheiding, die was gewonnen door zijn ex, die alle twee de kinderen en vrijwel al het geld kreeg. Het was nu vier jaar later en Herschel was gedwongen geweest om bij zijn moeder te gaan wonen in een oud, vervallen huis in het centrum van Memphis, samen met een paar katten en zo nu en dan een zwerver die zijn moeder in huis nam. Ook zij was beschadigd door het onaangename leven met Seth en ze was, zoals ze zeggen, knettergek.

Herschel reed Ford County binnen, waarop zijn stemming nog meer verslechterde. Hij reed in een kleine sportwagen, een kleine Datsun die hij tweedehands had gekocht, vooral omdat zijn overleden vader de pest had gehad aan Japanse auto's; sterker nog, hij had de pest gehad aan alles wat Japans was. Seth was in de Tweede Wereldoorlog een neef kwijtgeraakt die was gedood door de Japanners, en hij genoot intens van zijn gerechtvaardigde onverdraagzaamheid.

Herschel vond een countryradiozender van buiten Clanton en schudde zijn hoofd toen hij de nasale studentikoze opmerkingen van de dj hoorde. Hij was een andere wereld binnengereden, een wereld die hij lang geleden had verlaten en waarvan hij had gehoopt die voor altijd te mogen vergeten. Hij had medelijden met al zijn vrienden die nog steeds in Ford County woonden en daar nooit zouden weggaan. Twee derde van zijn examenklas op Clanton High woonde nog altijd in de omgeving; zij werkten in een fabriek, reden op een vrachtwagen of hakten pulphout. Hij was zo verdrietig geworden van de reünie na tien jaar, dat hij die van twintig jaar had overgeslagen.

Na de eerste echtscheiding van Seth was Herschels moeder de stad ontvlucht en naar Memphis verhuisd. Na de tweede echtscheiding van Seth was Herschels stiefmoeder de stad ontvlucht en naar Jackson verhuisd. Omdat geen van beide vrouwen de familiewoning wilde hebben, had Seth het huis gehouden, net als het land eromheen. Daarom was Herschel gedwongen terug te keren naar de nachtmerrie van zijn jeugd als hij Seth opzocht, wat, tot Seth kanker kreeg, één keer per jaar gebeurde. Het huis was een soort ranch van rode baksteen, één verdieping hoog en het stond een eindje van de weg af in de schaduw van dikke eiken en iepen. Ervoor lag een lang grasveld waar Herschel als kind had gespeeld, maar nooit met zijn vader. Ze hadden nooit samen honkbal of football gespeeld, er was nooit een doel neergezet en er waren nooit andere balspellen gespeeld. Toen Herschel de oprit opreed, keek hij naar het grote grasveld en verbaasde zich er weer over hoe klein dat nu leek. Hij parkeerde zijn auto achter een andere auto, een auto die hij niet kende, met een kenteken van Ford County, en hij bleef even zitten om naar het huis te kijken.

Hij had altijd gedacht dat het hem niets zou doen als zijn vader overleed, hoewel vrienden van hem hadden gewaarschuwd dat dit niet zo zou zijn. Je wordt volwassen, je leert je emoties beheersen, je omhelst je vader niet omdat hij daar niet van houdt, je stuurt geen cadeautjes of brieven, en als hij dood is weet je dat je gemakkelijk zonder hem kunt leven. Een beetje verdriet tijdens de begrafenis, misschien een paar tranen, maar een paar dagen later is dat ook voorbij en dan ga je weer door

35

met je leven, zonder littekens. En die vrienden hadden áárdige dingen over hun vader te zeggen. Zij hadden hun vader ouder zien worden en gezien dat deze de dood onder ogen zag zonder vrees voor wat erna kwam, en die vrienden waren stuk voor stuk gek geworden van verdriet.

Herschel voelde niets; geen gevoel van gemis, geen verdriet omdat er een hoofdstuk werd afgesloten, geen medelijden met een man die zo leed dat hij zelfmoord pleegde. Hij zat in zijn auto en keek naar het huis en bedacht dat hij niets voor zijn vader voelde. Misschien was er een gevoel van opluchting omdat hij dood was en zijn dood één complicerende factor minder betekende in zijn leven. Misschien.

Hij liep naar de voordeur die, toen hij er vlakbij was, openging.

Lettie Lang stond in de deuropening en depte haar ogen met een zakdoek. 'Hallo, meneer Hubbard,' zei ze geëmotioneerd.

'Hallo Lettie,' zei hij, en hij bleef staan op de rubber deurmat die op de betonnen veranda lag. Als hij haar beter had gekend, had hij haar misschien even omhelsd of haar even vol medeleven aangeraakt, maar daartoe kon hij zichzelf niet brengen. Hij had haar maar een keer of drie, vier ontmoet, en nooit echt met haar gepraat. Zij was de huishoudster, een zwarte vrouw, en daarom werd van haar verwacht dat ze zich op de achtergrond hield als er familie op bezoek was.

'Ik vind het zo erg,' zei ze, terwijl ze achteruit stapte.

'Ik ook,' zei Herschel. Hij liep achter haar aan naar binnen, door de hal naar de keuken waar ze naar een pot koffie wees en zei: 'Die heb ik net gezet.'

'Is dat jouw auto die buiten staat?' vroeg hij.

'Ja, meneer.'

'Waarom heb je hem op de oprit gezet? Ik dacht dat je hem daar moest parkeren, naast mijn vaders pick-up.'

'Het spijt me, ik dacht er niet bij na. Ik verplaats hem wel.'

'Nee, laat maar. Schenk me maar een kop koffie in, met twee schepjes suiker.'

'Ja, meneer.'

'Waar is de auto van mijn vader, de Cadillac?'

Lettie schonk voorzichtig koffie voor hem in. 'Die heeft de sheriff meegenomen. Ze zouden hem vandaag terugbrengen.'

'Waarom hebben ze de auto meegenomen?'

'Dat zult u hun moeten vragen.'

Herschel trok een stoel onder de tafel vandaan, ging zitten en nam zijn kopje in zijn beide handen. Hij nam een slok, fronste en vroeg: 'Hoe hoorde je het, van mijn vader?'

Lettie leunde tegen het aanrecht en sloeg haar armen over elkaar. Snel bekeek hij haar van top tot teen. Ze droeg dezelfde witte katoenen jurk die ze altijd droeg, tot op de knie, een beetje strak om haar middel, waar ze een beetje te dik was, en heel erg strak om haar weelderige boezem.

Ze zag hem wel kijken, dat deed ze altijd. Ze was zevenenveertig en nadat ze vijf kinderen had gebaard, werd Lettie Lang nog altijd nagekeken, maar nooit door blanke mannen. Ze zei: 'Calvin belde me gisteravond op, vertelde me wat er was gebeurd, vroeg me het huis vanochtend open te doen en op jullie te wachten.'

'Heb je een sleutel?'

'Nee, meneer. Nooit gehad. Het huis zat niet op slot.'

'Wie is Calvin?'

'Blanke man die hier op het terrein werkt. Zei dat meneer Seth hem gisterochtend had gebeld en gezegd dat hij om twee uur 's middags bij de brug moest zijn. En daar was hij dus ook.' Ze zweeg en depte haar ogen met de zakdoek.

Herschel nam nog een slok. 'De sheriff zei dat mijn vader een briefje met wat instructies had achtergelaten.'

'Dat heb ik niet gezien, maar Calvin wel. Zei dat meneer Seth schreef dat hij zelfmoord zou plegen.' Ze begon te huilen.

Herschel luisterde even en toen ze weer rustig was, vroeg hij: 'Hoe lang heb je hier gewerkt, Lettie?'

Ze haalde diep adem en veegde haar wangen droog. 'Dat weet ik niet, een jaar of drie. Ik begon met schoonmaken, twee dagen per week, op maandag en woensdag, een paar uur per dag. Was niet veel werk omdat meneer Seth alleen woonde, weet u, en hij was best netjes, voor een man. Toen vroeg hij of ik voor hem wilde koken, wat ik graag deed. Meer uren. Ik maakte altijd heel veel eten klaar en dat zette ik op het gasfornuis of in de koelkast. Toen hij ziek werd, vroeg hij of ik elke ochtend wilde komen om hem te verzorgen. Toen de chemo echt heel erg was, lag hij zo ongeveer dag en nacht op bed.'

'Ik dacht dat hij een verpleegster had ingehuurd.'

Lettie wist hoe zelden meneer Herschel en mevrouw Dafoe hun vader tijdens zijn ziekte hadden opgezocht. Lettie wist alles, zij wisten bijna niets. Maar ze zou hen met respect behandelen, zoals altijd. 'Ja, meneer, dat heeft hij ook een tijdje gedaan, maar op een bepaald moment wilde hij dat niet meer. Ze stuurden steeds weer een andere verpleegster en je wist gewoon nooit wie er de volgende keer zou komen.'

'Je werkte hier dus fulltime, hoe lang al?'

'Ongeveer een jaar.'

'Wat betaalde mijn vader je?'

'Vijf dollar per uur.'

'Vijf! Dat is nogal veel, hè, voor een huishoudelijke hulp? Ik bedoel, nou ja, ik woon in Memphis, een grote stad, en mijn moeder betaalt haar huishoudster vierenhalf per uur.'

Lettie knikte alleen maar, omdat ze daar niets op wist te zeggen. Ze had eraan kunnen toevoegen dat meneer Seth haar contant betaalde, haar vaak een extraatje gaf en haar vijfduizend dollar had geleend toen haar zoon in de problemen zat en naar de gevangenis ging. Die lening was haar nog maar vier dagen eerder kwijtgescholden. Er stond niets op papier.

Herschel dronk met een afkeurende blik zijn koffie op.

Lettie keek naar de grond.

Buiten, op de oprit, werden twee portieren dichtgeslagen.

Ramona Hubbard Dafoe huilde voordat ze naar binnen stapte. Ze omhelsde haar oudere broer op de veranda en het moet gezegd worden, ook hij slaagde erin voldoende ontroerd te lijken: ogen stevig dicht, lippen getuit, voorhoofd gegroefd. Een man die oprecht verdriet heeft. Ramona snikte alsof ze het echt heel erg vond, wat Herschel sterk betwijfelde. Ramona liep door en omhelsde even later Lettie, alsof ze de kinderen van dezelfde aardige en liefhebbende vader waren.

Herschel stond nog steeds op de veranda en begroette Ramona's echtgenoot, een man aan wie hij een hekel had, wat wederzijds was. Hij vond Ian Dafoe een kakker; hij kwam uit een bankiersfamilie in Jackson, de hoofdstad, de grootste stad, de thuisbasis van minstens de helft van alle hufters in Mississippi. De banken waren alleen verdwenen (bezweken), maar Ian zou altijd vasthouden aan het air van een bevoorrechte jongen, ook al was hij 'lager' getrouwd en ook al moest hij nu net als ieder ander keihard werken voor elke dollar.

Toen ze elkaar beleefd een hand gaven, keek Herschel over zijn schouder naar hun auto. Geen verrassing: een glanzende, zo te zien nieuwe witte personenauto, de laatste van een hele rij identieke auto's. Dankzij Ramona's drankgebruik en losse tong, wist Herschel dat lieve Ian zijn auto's anderhalf jaar leasede en ze vroeg inleverde. De kosten hiervan sloegen een gat in hun financiën, maar dat was niet belangrijk. Het was veel belangrijker dat meneer en mevrouw in het noorden van Jackson in een goede auto werden gezien.

Ten slotte gingen ze allemaal in de woonkamer zitten. Lettie serveerde koffie en cola, en hield zich vervolgens keurig op de achtergrond. Ze ging in de deuropening van een slaapkamer iets verderop in de hal staan; daar had ze ook vaak gestaan als meneer Seth aan de telefoon was. Vanaf die plek kon ze alles horen.

Ramona huilde nog even en zei toen dat alles zo ongelofelijk was. De mannen luisterden alleen maar, waren het met haar eens, en zeiden af en toe iets. Ze werden algauw gestoord door de bel.

Twee dames van de kerk kwamen een cake en een stoofschotel brengen, en werden natuurlijk niet weggestuurd. Lettie liep wat rond en nam het eten mee naar de keuken en de dames namen, zonder dat ze hiertoe waren uitgenodigd, plaats in de woonkamer en gooiden wat aas op voor een vette roddel. Ze hadden hun broeder Seth gisteren nog in de kerk gezien en hij had er zo goed uitgezien. Ze wisten natuurlijk wel dat hij longkanker had en zo, maar lieve help, die leek hij te hebben overwonnen.

Herschel en de Dafoes zeiden niets. Lettie luisterde vanuit de schaduw.

De dames van de kerk hadden het liefst van alles gevraagd: 'Hoe heeft hij het gedaan?' en 'Heeft hij een briefje achtergelaten?' en 'Wie krijgt het geld?' en 'Is het mogelijk dat er een misdrijf in het spel is?' Maar het was pijnlijk duidelijk dat deze vragen niet welkom waren. Nadat ze twintig minuten zo'n beetje zwijgend bij elkaar hadden gezeten, was hun belangstelling verdwenen en namen ze afscheid.

Vijf minuten nadat ze waren vertrokken, ging de bel alweer. Ze keken naar de oprit. De drie auto's trokken de aandacht.

'Doe maar open, Lettie,' riep Herschel vanuit de woonkamer. 'Wij verstoppen ons in de keuken.'

Het was de buurvrouw van de overkant met een citroencake. Lettie bedankte haar en vertelde dat de kinderen van meneer Seth er inderdaad waren, maar geen 'gasten ontvingen'. De buurvrouw bleef nog even op de veranda staan, omdat ze dolgraag naar binnen wilde om haar neus in dit familiedrama te steken, maar Lettie blokkeerde heel beleefd de voordeur. Toen de vrouw eindelijk weg was, bracht Lettie de cake naar de keuken, waar hij onaangeraakt op het aanrecht bleef staan.

Aan de keukentafel kwamen ze al snel tot zaken. 'Heb je het testament al gezien?' vroeg Ramona, met opvallend heldere ogen die glommen van argwaan.

'Nee,' zei Herschel. 'Jij wel?'

'Nee. Ik was hier een paar maanden geleden...'

'In juli,' zei Ian snel.

'Oké, in juli, en toen probeerde ik met papa over zijn testament te praten. Hij zei dat een paar advocaten in Tupelo een testament hadden opgesteld en dat er goed voor ons zou worden gezorgd, maar dat was alles. Heb jij er ooit met hem over gepraat?'

'Nee,' bekende Herschel. 'Dat voelde gewoon niet goed, weet je? De man was stervende aan kanker, dan vraag je hem toch niet naar zijn testament? Dat kon ik gewoon niet.'

Lettie stond in de hal, in de schaduw, en hoorde elk woord.

'Hoe zit het met zijn bezittingen?' vroeg Ian, in koelen bloede. Hij had een goede reden voor zijn nieuwsgierigheid, want er rustte een zware hypotheek op vrijwel al zijn bezittingen. Zijn bedrijf bouwde winkelcentra voor de gewone man, en Ian moest zich voor elke deal diep in de schulden steken. Hij werkte keihard om zijn schuldeisers een stap voor te blijven, maar ze zaten hem altijd achter de broek.

Herschel keek naar zijn zwager, de profiteur, maar zei niets. Ze verwachtten alle drie problemen met de nalatenschap van Seth, en dus had het geen enkele zin de zaak te overhaasten. Ze zouden elkaar toch al snel bevechten. Herschel haalde zijn schouders op en zei: 'Geen idee. Hij vertelde nooit veel, zoals je weet. Dit huis, en de tachtig hectare eromheen, de houtgroothandel verderop, maar ik weet niets van eventuele leningen en zo. We praatten nooit over zaken.'

'Jullie praatten nóóit ergens over,' snauwde Ramona die tegenover hem zat, maar ze nam het meteen terug. 'Het spijt me, Herschel. Sorry hoor.'

Maar zo'n goedkope aanval van een zus kun je niet over je heen laten gaan. Herschel snoof en zei: 'Ik had geen idee dat jij en papa zo'n goede band met elkaar hadden.'

Ian sneed snel een ander onderwerp aan en zei: 'Heeft hij hier een kantoor, of een plaats waar hij zijn persoonlijke papieren bewaarde? Kom op, jongens. Kunnen we hier niet even rondkijken? Er móéten bankafschriften zijn en eigendomsaktes en contracten, verdomme, ik durf te wedden dat er zelfs een kopie is van zijn testament, hier, in dit huis.'

'Dat zal Lettie wel weten,' zei Ramona.

'Laten we haar hier maar niet bij betrekken,' zei Herschel. 'Wist je dat hij haar vijf dollar per uur betaalde, fulltime?'

'Vijf dollar?' echode Ian. 'Wat betalen wij Berneice?'

'Drie vijftig,' zei Ramona. 'Voor twintig uur.'

'In Memphis betalen we vierenhalf,' zei Herschel trots, alsof hij en niet zijn moeder de cheques uitschreef.

'Waarom zou een oude pad als Seth zijn huishoudster zoveel betalen?' zei Ramona peinzend, ook al wist ze dat niemand dat wist.

'Ze moet er maar van genieten, zei Herschel. 'Want haar dagen hier zijn geteld.'

'We gaan haar dus ontslaan?' vroeg Ramona.

'Meteen. We hebben geen keus. Wil je ruziemaken over zo'n bedrag? Luister zus, dit is het plan: we regelen de begrafenis, laten Lettie alles regelen en daarna ontslaan we haar en sluiten het huis af. Dan doen we het huis volgende week in de verkoop en moeten we er maar het beste van hopen. Het heeft geen zin dat ze hier blijft hangen, niet voor vijf dollar per uur.'

Lettie, nog steeds in de schaduw, boog haar hoofd.

'Misschien niet zo snel,' zei Ian beleefd. 'Op een bepaald moment, al heel gauw, zullen we het testament zien. Dan weten we ook wie de executeur is van de nalatenschap, waarschijnlijk is dat een van jullie. Meestal is het de langstlevende partner of een van de kinderen. De executeur zal de nalatenschap volgens de bepalingen in het testament afhandelen.'

'Dat weet ik allemaal,' zei Herschel, hoewel dat niet zo was. Omdat Ian dagelijks met advocaten te maken had, gedroeg hij zich vaak als dé juridisch expert van de familie. Een van de vele redenen waarom Herschel een hekel aan hem had.

'Ik kan gewoon niet geloven dat hij dood is,' zei Ramona en ze produceerde met moeite een traan.

Herschel keek naar haar en kreeg zin haar te slaan. Voor zover hij wist, maakte ze één keer per jaar de rit naar Ford County, meestal in haar eentje omdat Ian de pest had aan het stadje en Seth Ian niet kon uitstaan. Ze vertrok dan om een uur of negen uur 's morgens uit Jackson, sprak af dat ze met Seth ging lunchen, altijd in dezelfde barbecuehut zestien kilometer ten noorden van Clanton, daarna reed ze achter hem aan naar huis, waar ze hem gezelschap hield tot ze zich, meestal om een uur of twee, verveelde en zat dan om vier uur weer in haar auto. Haar twee kinderen, beiden op een (particuliere) middelbare school, hadden hun opa al jaren niet meer gezien. Natuurlijk kon Herschel niet beweren dat hij meer deed, maar hij zat hier in elk geval niet net te doen alsof hij in tranen was en de man verschrikkelijk miste.

Ze schrokken toen iemand luid op de keukendeur klopte. Het waren twee geüniformeerde hulpsheriffs. Herschel deed de deur open en nodigde hen uit binnen te komen. Ze bleven bij de koelkast staan en stelden zich onhandig aan elkaar voor. De hulpsheriffs zetten hun pet af en gaven iedereen een hand. Marshall Prather zei: 'Sorry dat we jullie storen, maar ik en hulpsheriff Pirtle hier zijn gestuurd door sheriff Walls, die trouwens zijn condoleances laat overbrengen. We hebben de auto van meneer Hubbard teruggebracht.' Hij overhandigde de sleutels aan Herschel, die zei: 'Bedankt.'

Hulpsheriff Pirtle haalde een envelop uit een zak en zei: 'Dit is wat meneer Hubbard hier op de keukentafel heeft achtergelaten. We vonden dit gisteren, nadat we hem hadden gevonden. Sheriff Walls heeft kopieen gemaakt, maar vindt dat de familie het origineel moet hebben.' Hij gaf de envelop aan Ramona, die alweer zat te snikken.

Iedereen zei dankjewel, en na alweer een ongemakkelijk rondje knikjes en handen schudden vertrokken de hulpsheriffs. Ramona maakte de envelop open en haalde er twee vellen papier uit. Het eerste was het briefje aan Calvin waarin Seth bevestigde dat hij echt zelfmoord had gepleegd. Het tweede was niet gericht aan zijn kinderen, maar aan 'Aan Wie Dit Leest'.

Er stond:

Instructies met betrekking tot de rouwdienst:
Ik wil een eenvoudige dienst in de Irish Road Christian Church op dinsdag 4 oktober om vier uur 's middags, geleid door dominee Don McElwain. Ik wil graag dat mevrouw Nora Baines The Old Rugged Cross *zingt. Ik wil niet dat iemand een grafrede houdt. Kan me niet voorstellen dat iemand dat zou willen. Behalve dat, mag dominee McElwain zeggen wat hij wil. Dertig minuten, langer niet.*

Wanneer er zwarte mensen aanwezig willen zijn, dan moeten ze worden toegelaten. Als ze niet worden toegelaten, kan de rouwdienst me gestolen worden en stoppen jullie me maar gewoon onder de grond.

Mijn baardragers zijn: Harvey Moss, Duane Thomas, Steve Holland, Billy Bowles, Mike Mills en Walter Robinson.

Instructies met betrekking tot de begrafenis:
Ik heb zojuist een grafruimte gekocht op de Irish Road Cemetery achter de kerk. Ik heb gepraat met de heer Magargel van de uitvaartonderneming en hij heeft al geld gekregen voor de kist. Geen grafkelder. Meteen na de kerkdienst wil ik een snelle teraardebestelling – vijf minuten hooguit – dan moeten ze de kist laten zakken.

Vaarwel. Tot ziens aan de andere kant.
Seth Hubbard

Nadat ze dit briefje hadden laten rondgaan en even hadden gezwegen, schonken ze nog meer koffie in. Herschel sneed een dikke plak van de citroencake en zei dat ie heerlijk was. De Dafoes wilden niets.

'Zo te zien heeft jullie vader het allemaal goed gepland,' zei Ian terwijl hij de instructies nog een keer doorlas. 'Snel en eenvoudig.'

Ramona flapte eruit: 'We moeten het over opzet hebben, toch? Daar heeft niemand het nog over gehad, wel? Kunnen we daar niet gewoon over praten? Stel dat het geen zelfmoord was? Stel dat iemand anders het heeft gedaan en dat wil verbergen? Denk je echt dat papa zelfmoord zou plegen?'

Herschel en Ian keken naar haar alsof ze opeens gek was geworden. Ze hadden allebei de neiging haar een standje te geven, haar haar stomme opmerking te verwijten. Maar er hing alleen maar een lange, geladen stilte. Herschel nam langzaam nog een hapje van de cake. Ian pakte de twee vellen papier op en zei: 'Liefje, dit kan toch zeker niemand faken? Seths handschrift is uit duizenden te herkennen.'

Ramona huilde en veegde haar tranen weg.

Herschel zei: 'Dat heb ik aan de sheriff gevraagd, Mona, en hij is er zeker van dat het zelfmoord was.'

'Dat weet ik ook wel,' mompelde ze, tussen twee snikken door.

Ian zei: 'Je vader was stervende aan kanker, hij had heel veel pijn en zo, en hij heeft de zaak in eigen hand genomen. Zo te zien heeft hij dat heel goed gedaan.'

'Ik kan het niet geloven,' zei ze. 'Waarom heeft hij niet met ons gepraat?'

Omdat jullie nooit met elkaar hebben gepraat, dacht Lettie, die nog steeds in de schaduw stond.

Ian, de deskundige, zei: 'Dit is niet ongebruikelijk bij een zelfmoord. Ze praten nooit met iemand en ze halen soms van alles uit de kast om de zaak te plannen. Twee jaar geleden heeft mijn oom zichzelf doodgeschoten en...'

'Je oom was een dronkaard,' zei Ramona toen ze was gestopt met huilen.

'Ja, dat klopt, en hij was dronken toen hij zichzelf doodschoot. Maar toch is hij erin geslaagd alles te plannen.'

'Laten we het over iets anders hebben, oké?' vroeg Herschel. 'Nee, Mona, er is geen sprake van een misdrijf. Seth heeft dit zelf gedaan en hij heeft briefjes achtergelaten. Ik stel voor dat we het huis doorzoeken en op zoek gaan naar papieren, bankafschriften, misschien het testament, alles wat we nodig hebben. Wij zijn familie en nu zijn wij de baas. Daar is toch niets verkeerds aan?'

Ian en Ramona schudden hun hoofd, nee.

Lettie stond te glimlachen. Meneer Seth had al zijn papieren meegenomen naar zijn kantoor en ze in een gesloten dossierkast gedaan. De afgelopen maand had hij zorgvuldig zijn bureau en ladekasten leeggeruimd, en alles wat van belang was meegenomen. En hij had tegen haar gezegd: 'Lettie, als mij iets overkomt, is alles wat belangrijk is in mijn kantoor, achter slot en grendel. De advocaten zullen dat afhandelen, niet mijn kinderen.' Hij had ook gezegd: 'En jou zal ik ook een kleinigheidje nalaten.'

5

Maandag tegen twaalven bespraken alle advocaten van Ford County het nieuws van de zelfmoord en, nog veel belangrijker, de vraag welk kantoor zou worden uitgekozen om het testament te verifiëren. De meeste sterfgevallen veroorzaakten eenzelfde deining en dat gold, om voor de hand liggende redenen, nog meer voor een dodelijk auto-ongeluk. Maar niet voor een huis-tuin-en-keukenmoord. De meeste moordenaars kwamen uit de arbeidersklasse en konden dus geen hoog honorarium ophoesten. Aan het begin van de dag had Jake niets – geen moorden, geen auto-ongelukken en geen veelbelovende testamenten om te verifiëren – maar tegen lunchtijd gaf hij in gedachten al bakken met geld uit.

Hij kon altijd wel een reden bedenken om naar de rechtbank aan de overkant te gaan. Op de eerste verdieping van dat gebouw bevond zich het kadaster, een lange, brede ruimte met planken aan de muren vol mappen met bouwtekeningen die tweehonderd jaar teruggingen. Toen Jake nog heel jong was en zich vreselijk verveelde of zich voor Lucien verstopte, kon hij urenlang oude koop- en overdrachtsaktes bestuderen, alsof er een belangrijke deal zat aan te komen. Maar nu hij vijfendertig was en tien jaar ervaring had als advocaat, vermeed hij dit vertrek als het maar enigszins kon. Hij beeldde zich in dat hij procesadvocaat was, geen controleur van eigendomsrechten; een strijder in de rechtszaal, geen verlegen advocaat die zich ermee tevredenstelde dat hij in de archieven leefde en wat documenten op zijn bureau heen en weer schoof. Maar toch, en ondanks zijn dromen, vond Jake het een paar keer per jaar noodzakelijk, net als iedere andere advocaat in de stad, om zich een uur of zo te verdiepen in de archieven van de county.

Het was bomvol in het vertrek. De meer welvarende kantoren hadden juridisch medewerkers gestuurd om onderzoek te doen, en er waren er nu verschillende aanwezig. Ze sleepten met de boeken en bestudeerden de inhoud. Jake praatte met een paar advocaten die hetzelfde deden, vooral over football omdat niemand wilde worden betrapt terwijl hij op zoek was naar roddels over Seth Hubbard. Om de tijd te doden keek hij in het testamentenregister om te zien of er iemand die Hubbard heette land of onroerend goed aan Seth had verkocht, maar daar was in de afgelopen twintig jaar geen melding van gemaakt. Hij liep door de gang naar het kantoor van de griffier om de echtscheidingsconvenanten door te nemen, maar daar waren al andere advocaten aan het rondsnuffelen.

Jake verliet de rechtbank en ging op zoek naar een betere bron.

Het was geen verrassing dat Seth Hubbard de advocaten in Clanton haatte. De meeste mensen die een proces voerden, of het nu om een echtscheiding ging of om iets anders, en in conflict kwamen met Harry Rex Vonner waren de rest van hun leven zo arm als een kerkrat en hadden de pest aan alles wat maar met het juridische ambt te maken had. Seth was niet de eerste die zelfmoord pleegde.

Harry Rex zoog bloed op en geld en land en alles wat verder maar in zicht kwam. Echtscheiding was zijn specialiteit, en hoe akeliger hoe liever. Hij genoot van de vuilspuiterij, de smerige straatgevechten, de man-tegen-mangevechten, de opwinding over stiekem opgenomen telefoongesprekken of over de verrassende foto's van de vriendin in haar nieuwe cabrio. Zijn rechtszaken waren loopgravenoorlogen. Zijn alimentatieschikkingen waren uniek. Puur voor de lol blies hij probleemloze echtscheidingen op en veranderde die in twee jaar durende dodenmarsen. Hij vond niets leuker dan ex-minnaars voor de rechter te slepen voor vervreemding of verliefdheid. Wanneer geen enkele bekende smerige truc van hem effect had, verzon hij een nieuwe. Met een vrijwel compleet monopolie op de echtscheidingsmarkt, beheerste hij de rol van de rechtbank en koeioneerde hij de rechtbankmedewerkers. Jonge advocaten maakten zich uit de voeten als hij eraan kwam en oudere advocaten, die zich al aan hem hadden gebrand, hielden zich op afstand. Hij had weinig vrienden en diegenen die hem trouw bleven, moesten daar vaak voor boeten.

De enige advocaat die Harry Rex vertrouwde was Jake, en dat vertrouwen was wederzijds. Tijdens de Hailey-zaak, toen Jake slaap tekortkwam, kilo's lichaamsgewicht en concentratievermogen kwijtraakte, kogels opving, met de dood werd bedreigd en ervan overtuigd raakte dat hij de grootste zaak van zijn carrière aan het verliezen was, stapte Harry Rex Jakes kantoor binnen. Hij hield zich op de achtergrond en werkte uren aan de zaak zonder dat hij daar een cent aan wilde verdienen. Hij gaf Jake ontelbare gratis adviezen en voorkwam dat Jake gek werd.

Zoals altijd op maandag zat Harry Rex aan zijn bureau te lunchen, hij at een broodje vlees. Voor echtscheidingsadvocaten zoals hij was de maandag de ergste dag van de week, omdat huwelijken in het weekend ontploften en partners die toch al in oorlog waren hun aanvallen op-voerden.

Jake liep het gebouw binnen via de achterdeur, ten eerste om de ver-schrikkelijk prikkelbare secretaresses te vermijden en ten tweede om niet door de wachtkamer te hoeven die vol hing met rook en vol zat met gestreste cliënten. De deur van het kantoor van Harry Rex was dicht. Jake luisterde even, hoorde geen stemmen en duwde hem toen open.

'Wat moet je?' gromde Harry Rex met zijn mond vol. Zijn broodje lag voor hem op het bureau op een vetvrij papiertje, met wat barbecuechips eromheen. Hij spoelde alles weg met een flesje Bud Light.

'Goedemiddag, Harry Rex. Sorry dat ik je stoor tijdens je lunch.'

Harry Rex veegde zijn mond af met de rug van zijn mollige hand en zei: 'Je stoort me niet tijdens mijn lunch. Wat is er?'

'Nu al aan de drank?' vroeg Jake terwijl hij zich in een enorme leren stoel liet vallen.

'Als je mijn cliënten had, zou je daar bij het ontbijt al mee beginnen.'

'Ik dacht dat je dat ook deed!'

'Nooit op maandag. Hoe gaat het met juffrouw Carla?'

'Goed, dankjewel, en hoe gaat het met juffrouw eh... hoe heet ze eigen-lijk?'

'Jane, slimmerik. Jane Ellen Vonner, en ze houdt het niet alleen met me uit, maar ze lijkt er ook van te genieten en er dankbaar voor te zijn dat ze dit geluk mag proeven. Eindelijk heb ik een vrouw gevonden die me begrijpt.' Hij greep een handjevol felrode chips en propte ze in zijn mond.

'Gefeliciteerd. Wanneer kan ik haar leren kennen?'

'We zijn al twee jaar getrouwd.'

'Dat weet ik wel, maar ik wacht liever tot vijf jaar. Het heeft immers geen zin me te haasten als die meiden het maar zo kort bij je uithouden.'

'Ben je hiernaartoe gekomen om me te beledigen?'

'Natuurlijk niet.' En dat meende Jake. Het was niet slim om Harry Rex te beledigen. Hij woog bijna honderdveertig kilo en sjokte als een oude beer door het stadje, maar zijn tong was verbazingwekkend snel en vals.

Jake zei: 'Vertel me alles wat je weet over Seth Hubbard.'

Harry Rex lachte, waardoor hij stukjes chips op zijn smerige bureau spuugde. 'Had geen grotere klootzak kunnen overkomen. Waarom vraag je dat aan mij?'

'Ozzie zei dat jij een van zijn echtscheidingen hebt behandeld.'

'Klopt, zijn tweede, een jaar of tien geleden, ongeveer rond de tijd dat jij in dit stadje arriveerde en jezelf advocaat noemde. Waarom interes-seer jij je voor Seth?'

'Nou, voordat hij zelfmoord pleegde, schreef hij me een brief, en hij schreef ook een testament van twee pagina's. Beide kwamen vanochtend met de post.'

Harry Rex nam een slok bier, kneep zijn ogen halfdicht en dacht hierover na. 'Heb je hem ooit ontmoet?'

'Nooit.'

'Fijn voor je. Je hebt niets gemist.'

'Praat niet zo over mijn cliënt.'

'Wat stond er in dat testament?'

'Mag ik je niet vertellen, en ik kan hem niet verifiëren tot na de begrafenis.'

'Wie krijgt alles?'

'Mag ik niet zeggen. Woensdag kan ik het je vertellen.'

'Een handgeschreven testament, opgemaakt op de dag voor de zelfmoord. Als je het mij vraagt, wordt dit een vijf jaar durende rechtszaak.'

'Dat hoop ik van harte.'

'Dat houdt je wel even van de straat.'

'Ik heb die klus nodig. Wat heeft die ouwe man aan bezittingen?'

Harry Rex schudde zijn hoofd en stak zijn hand uit naar zijn broodje. 'Weet ik niet,' zei hij en hij nam een hap. De meeste vrienden en kennissen van Jake gaven er de voorkeur aan niet te praten als ze hun mond vol hadden, maar die vorm van beleefdheid was er bij Harry Rex nooit in gestampt. 'Als ik het me goed herinner, en zoals ik al zei is het al een jaar of tien geleden, bezat hij een huis aan Simpson Road met wat land eromheen. De waardevolste bezittingen waren een houtzagerij en een houtgroothandel aan Highway 21, vlak bij Palmyra. Mijn cliënt was eh, Sybil, Sybil Hubbard, echtgenote nummer twee, en volgens mij was het háár tweede of derde huwelijk.'

Na twintig jaar en ontelbare zaken kon Harry Rex mensen nog steeds verbazen met zijn geheugen. Hoe sappiger de details, hoe langer hij die zich herinnerde.

Na een slok bier zei hij: 'Ze was best aardig, zag er niet slecht uit en was heel slim. Ze werkte bij die houtgroothandel, had zelfs de leiding van die tent. Het bedrijf was echt winstgevend toen Seth besloot uit te breiden. Hij kocht een houtgroothandel in Alabama en bracht daar steeds meer tijd door. Bleek dat daar een secretaresse werkte die zijn belangstelling had getrokken. Alles klapte in elkaar. Seth werd betrapt met zijn broek op zijn schoenen en Sybil huurde mij in om hem te plukken. En dat deed ik. Ik heb de rechtbank overgehaald opdracht te geven voor de verkoop van de houtzagerij en de houtgroothandel bij Palmyra. Die andere houthandel heeft nooit een cent opgeleverd. De verkoop leverde tweehonderdduizend dollar op, en dat hele bedrag ging naar mijn cliënte. Ze hadden ook een leuk flatje aan de Gulf bij Destin; dat kreeg Sybil ook. Dat is de korte versie van wat er is gebeurd, maar het dossier is wel dertig centimeter dik. Je mag er wel in kijken als je wilt.'

'Later misschien. Heb je enig idee hoe hij er nu financieel voor staat?'

'Nee. Ben hem uit het oog verloren. Hij hield zich gedeisd na die scheiding. De laatste keer dat ik Sybil sprak, woonde ze aan het strand en maakte ze plezier met een andere echtgenoot, een veel jongere man zei ze. Ze zei dat het gerucht ging dat Seth weer in de houthandel zat, maar ze wist er niet veel van.' Hij slikte luidruchtig en spoelde alles weg met een slok bier. Hij boerde hard, zonder enige aarzeling of gêne, en vroeg toen: 'Heb je zijn kinderen al gesproken?'

'Nog niet. Ken je hen?'

'Toen wel. Interessant stel. Herschel is een echte loser. Zijn zus, hoe heet ze ook al weer?'

'Ramona Hubbard Dafoe.'

'Inderdaad. Zij is een paar jaar jonger dan Herschel en hoort bij die lui uit het noorden van Jackson. Ze konden geen van beiden goed met Seth opschieten, en ik had altijd het idee dat hij nooit een echte vader voor hen was geweest. Ze waren echt dol op Sybil, hun tweede moeder, en zodra duidelijk werd dat Sybil de echtscheiding zou winnen en er met het geld vandoor zou gaan, kozen ze partij voor haar. Laat me raden, hun vader heeft hun geen cent nagelaten?'

Jake knikte, maar zei niets.

'Dan worden ze helemaal hysterisch en nemen ze een advocaat in de arm. Maak je borst maar nat, Jake. Jammer dat ik me er niet tussen kan wringen en wat van dat honorarium kan inpikken.'

'Je moest eens weten.'

Een laatste hap van zijn broodje, daarna de allerlaatste chips. Harry Rex verfrommelde het vetvrije papiertje, de zak en de servetten, en smeet ze ergens onder zijn bureau, net als het lege bierflesje. Hij trok een la open, haalde er een lange, zwarte sigaar uit en stak hem in zijn mondhoek, onaangestoken. Hij was gestopt met roken, maar verslond nog altijd tien sigaren per dag, kauwend en spugend. 'Ik hoorde dat hij zichzelf heeft opgehangen. Klopt dat?'

'Ja. En hij heeft alles goed gepland.' 'Enig idee waarom?'

'Je hebt de geruchten gehoord. Hij was stervende aan kanker. Meer weten we niet. Wie was zijn advocaat tijdens die echtscheiding?'

'Hij had Stanley Wade ingeschakeld, een vergissing.'

'Wade? Sinds wanneer doet hij echtscheidingen?'

'Niet meer,' zei Harry Rex lachend. Hij smakte met zijn lippen en zei ernstig: 'Luister, Jake, ik vind het heel erg dat ik je dit moet vertellen, maar wat er tien jaar geleden is gebeurd, is voor deze zaak totaal onbelangrijk. Ik heb Seth al z'n geld afgepakt, heb genoeg voor mezelf achtergehouden en gaf de rest natuurlijk aan mijn cliënte, en daarna heb ik het dossier gesloten. Wat Seth na echtscheiding nummer twee heeft gedaan, daar heb ik niets mee te maken.' Hij gebaarde naar de rommel op zijn bureau en zei: 'Maar dit is waar mijn maandag om draait. Als je later iets met me wilt drinken, prima, maar nu heb ik het even smoordruk.'

Later iets met Harry Rex gaan drinken, betekende meestal na negen uur 's avonds. 'Prima, tot later dan,' zei Jake, en hij stapte over een paar dossiers en liep naar de deur.

'Hé, Jake, ik mag zeker aannemen dat Hubbard een eerder testament heeft herroepen?'

'Ja.'

'En dat dat eerdere testament is opgemaakt door een kantoor dat iets groter is dan het jouwe?'

'Ja.'

'Dan zou ik, als ik jou was, nu meteen naar de rechtbank rennen en het eerste verzoek indienen voor de verificatie.'

'Mijn cliënt wil dat ik wacht tot na de begrafenis.'

'Wanneer is die?'

'Morgenmiddag, vier uur.'

'De rechtbank sluit om vijf uur. Zorg dat je er bent. Het is altijd beter als je de eerste bent.'

'Bedankt, Harry Rex.'

'Graag gedaan.' Hij liet weer een boer en pakte een dossier.

De hele middag was er aanloop: buren, kerkleden en andere vrienden die met een ernstig gezicht naar Seths huis kwamen om eten en troost aan te bieden, maar vooral om te controleren of de geruchten klopten die door het noordoostelijke deel van Ford County gingen. De meesten werd beleefd de deur gewezen door Lettie die de voordeur bemande, de stoofschotels en de cakes aannam, de condoleances accepteerde en steeds weer zei dat de familie 'dankbaar was, maar geen mensen ontving'. Sommigen slaagden er echter in binnen te komen en naar de woonkamer te lopen, waar ze naar de meubels staarden en probeerden een stukje van het leven van hun dierbare overleden vriend op te snuiven. Ze waren er nooit eerder geweest en Lettie had Seth nooit over deze mensen horen praten. Toch waren ze in de rouw; wat een verdrietige manier om te sterven, had hij zichzelf echt opgehangen?

De familie had zich verstopt op de achterveranda. Ze zaten aan een picknicktafel en hielden zich afzijdig van iedereen. Hun zoekactie in Seths bureau en laden had niets nuttigs opgeleverd. Toen ze Lettie ernaar vroegen, beweerde ze van niets te weten, maar dat betwijfelden ze. Ze beantwoordde hun vragen met zachte, langzame en bedachtzame antwoorden, waardoor ze zelfs nog wantrouwiger werden. Ze serveerde hun een lunch op de veranda om twee uur 's middags, toen er even niemand aan de deur kwam. Ze eisten een tafelkleed op de picknicktafel, en linnen servetten en zilveren bestek, hoewel Seth zich daar al jaren niet meer druk over had gemaakt. Hun mening dat Lettie zich, voor vijf dollar per uur, ten minste zou kunnen gedrágen als een echte bediende bleef onuitgesproken.

Terwijl Lettie heen en weer liep, hoorde ze hen praten over wie er wel en niet bij de begrafenis aanwezig zou zijn. Ian bijvoorbeeld had het druk met zijn pogingen een gigantische deal te redden die de financiële toekomst van de hele staat zou kunnen beïnvloeden. Voor morgen stonden er belangrijke besprekingen gepland en als hij daar niet bij aanwezig was doordat hij de begrafenis bijwoonde, zou dat problemen kunnen opleveren.

Herschel en Ramona legden zich met tegenzin neer bij het feit dat zij bij de rouwdienst aanwezig móésten zijn, ook al dacht Lettie soms dat ze zich suf piekerden om iets te verzinnen waardoor ze eronderuit konden komen. Ramona's gezondheid werd met het uur slechter en ze wist niet zeker of ze nog meer kon verdragen. Herschels ex-vrouw zou er zeker niet bij zijn; dat wilde hij niet. Ze had Seth nooit gemogen en Seth had een afkeer van haar gehad. Herschel had twee dochters, de ene zat op een college in Texas en de andere op een highschool in Memphis. De studente kon écht niet nog meer colleges missen, en Herschel bekende dat zij eerlijk gezegd geen nauwe band met haar opa had gehad. *Dat meen je niet*, dacht Lettie toen ze nog wat borden weghaalde. De jongere dochter wist ook nog niet zeker of ze kwam.

Seth had een broer, hun oom Ancil, een man die ze nooit hadden ontmoet en van wie ze niets wisten. Volgens de schaarse familieverhalen had Ancil gelogen over zijn leeftijd en was hij op zijn zestiende of zeventiende bij de marine gegaan. Hij was gewond geraakt in de Stille Oceaan, had het overleefd en trok de hele wereld rond met baantjes in de scheepsbusiness. Seth had al tientallen jaren geen contact meer met zijn jongere broer en nooit over hem gepraat. Er was geen enkele manier om contact met Ancil op te nemen en eigenlijk was er ook geen enkele reden voor. Waarschijnlijk was hij even dood als Seth.

Ze praatten over een paar oude familieleden, die ze allemaal al jaren niet meer hadden gezien en nu ook helemaal niet wilden zien. *Wat een zielige, bijzondere familie*, dacht Lettie terwijl ze hun een schaal met plakken cake bracht. Het zou een kleine en korte rouwdienst worden.

'Laten we zorgen dat ze hier vertrekt,' zei Herschel toen Lettie terugliep naar de keuken. 'We worden afgezet voor vijf dollar per uur.'

'Wij? Sinds wanneer betalen wij haar?' vroeg Ramona.

'O, maar ze werkt nu voor ons, hoe je het ook bekijkt. Alles wordt uit de nalatenschap betaald.'

'Maar ik ga echt het huis niet schoonmaken, Herschel, jij wel?'

'Natuurlijk niet.'

Ian zei: 'Laten we rustig aan doen. We wachten tot na de begrafenis. Dan geven we haar opdracht het huis schoon te maken zodat we dat kunnen afsluiten als we woensdag vertrekken.'

'Wie gaat haar vertellen dat ze geen baan meer heeft?' vroeg Ramona.

'Dat doe ik wel,' zei Herschel. 'Geen probleem. Ze is maar een dienstmeisje.'

'Er klopt iets niet met haar,' zei Ian. 'Ik kan er mijn vinger niet op leggen, maar ze gedraagt zich alsof zij iets weet wat wij niet weten, iets belangrijks. Hebben jullie dat gevoel ook?'

'Er hangt inderdaad iets in de lucht,' zei Herschel, blij dat hij het voor de verandering een keer met zijn zwager eens was.

Maar Ramona was het niet met hen eens: 'Nee, dat komt gewoon door de schok en het verdriet. Zij is een van de weinige mensen die Seth om zich heen kon verdragen, of die hem kon verdragen, en ze is verdrietig omdat hij dood is. Dat, en omdat ze straks geen baan meer heeft.'

'Denk je dat ze weet dat ze wordt ontslagen?' vroeg Herschel.

'Ik weet zeker dat ze daar bang voor is.'

'Ze is maar een huishoudster.'

Lettie kwam thuis met een cake die Ramona haar minzaam had gegeven. Het was een platte cake, bedekt met een laag kant-en-klare vanille en vol stukje ananas; zonder enige twijfel de minst aantrekkelijk uitziende cake van de zes stuks die op het aanrecht stonden. Hij was gebracht door een man van de kerk die Lettie onder andere had gevraagd of de familie van plan was Seths Chevrolet-pick-up te verkopen. Lettie had geen idee, maar beloofde de vraag door te spelen. Dat deed ze niet.

Ze had serieus overwogen de cake onderweg in een sloot te gooien, maar ze kon het niet over haar hart verkrijgen om zo verspillend te zijn. Haar moeder had diabetes en had geen behoefte aan nog meer suiker, als ze al een stukje van de cake wilde proeven.

Lettie parkeerde op de oprit en zag dat Simeons oude truck er niet stond. Dat had ze ook niet verwacht, omdat hij al een paar dagen weg was. Ze vond het prettiger als hij er niet was, maar dat was nooit te voorspellen. Als alles meezat was dit al geen gelukkig huishouden, en haar man maakte de zaak er zelden beter op.

De kinderen zaten nog in de schoolbus, ergens, onderweg naar huis. Lettie liep via de keuken naar binnen en zette de cake op de eettafel.

Zoals altijd zat Cypress in de woonkamer, voor het zoveelste uur achtereen tv te kijken. Ze glimlachte en stak haar armen in de lucht. 'Mijn schatje,' zei ze. 'Hoe was je dag?'

Lettie bukte zich en omhelsde haar beleefd. 'Behoorlijk druk. En hoe was jouw dag?'

'Alleen met de shows,' zei Cypress. 'Hoe gaan de Hubbards om met hun verlies, Lettie? Kom alsjeblieft bij me zitten en praat even met me.'

Lettie zette de tv uit, ging op de kruk naast haar moeders rolstoel zitten en vertelde hoe haar dag was geweest. Ze had zich geen seconde verveeld sinds Herschel en de Dafoes waren gearriveerd en die voor het eerst sinds hun vader was overleden door het huis dwaalden waar ze hun jeugd hadden doorgebracht. Daarna alle bezoek, de buren en het eten en de eindeloze aanloop. Al met al dus een opwindende dag, volgens de versie van Lettie, die bewust niets zei over mogelijke problemen. Cypress' bloeddruk werd maar net binnen de perken gehouden door een hele verzameling medicijnen, en kon bij de minste kans op problemen omhoogschieten. Op een bepaald moment, al heel binnenkort, zou Lettie voorzichtig vertellen dat ze haar baan zou kwijtraken, maar nu niet. Dat kon ze beter later doen.

'En de begrafenis?' vroeg Cypress, terwijl ze de arm van haar dochter streelde. Lettie vertelde alle details, zei dat ze er ook naartoe wilde en dat ze blij was dat meneer Hubbard had gezegd dat zwarten ook in de kerk moesten worden toegelaten.

'Ze laten je waarschijnlijk helemaal achterin zitten,' zei Cypress grijnzend.

'Misschien wel. Maar ik ga er wel naartoe.'

'Ik wilde dat ik met je mee kon.'

'Ik ook.' Door haar gewicht en haar beperkte mobiliteit kwam Cypress zelden buitenshuis. Ze woonde daar al vijf jaar en werd elke maand zwaarder en minder mobiel. Er waren allerlei redenen voor dat Simeon wegbleef, en Letties moeder was een van de belangrijkste.

Lettie zei: 'Mevrouw Dafoe heeft ons een cake gegeven. Wil je misschien een klein stukje?'

'Wat voor cake?' Ook al woog ze een ton, toch was ze heel kieskeurig met eten.

'Ananas en zo, volgens mij heb ik zo'n cake nooit eerder gezien, maar misschien is het de moeite waard een stukje te proeven. Wil je er een kop koffie bij?'

'Ja, en maar een heel klein stukje, hoor.'

'Laten we achter gaan zitten, mama, in de frisse lucht.'

'Klinkt goed.' De rolstoel kon maar net tussen de bank en de tv door, kwam altijd bijna klem te zitten in de smalle gang naar de keuken, schuurde langs de tafel en kon maar net door de achterdeur. Lettie duwde hem voorzichtig naar buiten op de verzakte houten veranda die Simeon jaren geleden had gemaakt.

Als het mooi weer was, zat Lettie laat in de middag graag buiten met een kop koffie of ijsthee, weg van de geluiden en de bedomptheid van het overvolle huis. Er waren te veel mensen voor dit kleine huis met maar drie slaapkamertjes. Cypress had één slaapkamer, Lettie en Simeon – als hij tenminste thuis was – hadden een andere, meestal met een of twee kleinkinderen. Hun dochters sliepen stijf tegen elkaar aan in de derde slaapkamer. De zestienjarige Clarice zat op highschool en had geen kinderen. Phedra, van eenentwintig, had een peuter en een kleuter en geen echtgenoot. Hun jongste zoon, Kirk van veertien, sliep op de bank in de woonkamer. Het was niet ongebruikelijk dat nichtjes en neefjes een paar maanden bij hen logeerden terwijl hun ouders hun eigen problemen oplosten.

Cypress nam een slok oploskoffie en prikte met een vork in haar plak cake. Langzaam nam ze een hapje, kauwde erop en fronste. Lettie vond hem ook niet lekker, en dus dronken ze hun koffie op en praatten over de familie Hubbard en hoe verbaasd ze waren. Ze maakten grapjes over de blanken en hun begrafenissen, en over dat ze zo'n haast hadden om hun doden te begraven, vaak al twee of drie dagen na hun dood. Zwarten namen daar gewoon de tijd voor.

'Je lijkt wat afwezig, liefje, wat is er?' vroeg Cypress zacht.

De kinderen kwamen algauw thuis van school en daarna kwam Phedra thuis van haar werk. Dit was hun laatste rustige moment voordat ze naar bed gingen. Lettie haalde diep adem en zei: 'Ik heb hen horen praten, mama, en ze gaan me ontslaan. Waarschijnlijk deze week, kort na de begrafenis.'

Cypress schudde haar grote, ronde hoofd en leek te gaan huilen. 'Maar waarom?'

'Ze hebben geen huishoudster nodig, denk ik. Ze gaan het huis verkopen, omdat geen van beiden het wil hebben.'

'Lieve help!'

'Ze kunnen niet wachten tot ze het geld in handen hebben. Ze hadden nooit tijd om bij hem op bezoek te gaan, maar nu cirkelen ze rond als aasgieren.'

'Blanken! Doen ze nou altijd.'

'Zij vinden dat hij me te veel loon betaalde, dus ze willen me zo snel mogelijk kwijt.'

'Hoeveel betaalde hij je dan?'

'Kom op, mama.' Lettie had niemand in haar familie verteld dat meneer Hubbard haar vijf dollar per uur betaalde, en ook nog eens contant. Dat was inderdaad een hoog uurloon voor een huishoudelijke hulp op het platteland van Mississippi, en Lettie was zo verstandig om geen problemen te veroorzaken. Dan zou haar familie nóg meer geld van haar willen, en zouden haar vrienden het rondvertellen. 'Houd de dingen geheim, Lettie,' had meneer Hubbard tegen haar gezegd. 'Praat nooit over je geld.' Simeon, de waardeloze loser, zou elke motivatie om ook maar een cent bij te dragen kwijtraken. Zijn verdiensten waren al even zeldzaam als zijn aanwezigheid, en hij had geen enkele aanmoediging nodig om zelfs nog minder te doen.

Lettie zei: 'Ik hoorde dat ze me een dienstmeisje noemden.'

'Een dienstmeisje? Dat woord heb ik al heel lang niet meer gehoord.'

'Het zijn geen aardige mensen, mama. Ik denk niet dat meneer Hubbard een goede vader was, maar zijn kinderen zijn echt erg!'

'En nu krijgen ze al zijn geld.'

'Dat denk ik wel. Daar rekenen ze in elk geval wel op.'

'Hoeveel had hij?'

Lettie schudde haar hoofd en nam een slok koude koffie. 'Ik heb geen idee. Vraag me af of iemand dat weet.'

6

De parkeerplaats van de Irish Road Christian Church stond halfvol toen Ozzies min of meer ongemerkte auto er dinsdagmiddag om vijf voor vier arriveerde. Op de auto waren geen woorden of cijfers geschilderd – Ozzie gaf er de voorkeur aan niet op te vallen – maar je hoefde er maar één blik op te werpen om te weten dat het de sheriff was: een verzameling antennes; een rond blauw lampje op het dashboard, gedeeltelijk verborgen; een grote bruine Ford met vier deuren en zwarte wielen – dezelfde auto als zo ongeveer iedere andere sheriff in de staat bezat.

Hij parkeerde naast de rode Saab die een stukje van de andere auto's af stond. Ozzie stapte uit toen Jake uitstapte, en samen liepen ze de parkeerplaats over.

'Nog nieuwe ontwikkelingen?' vroeg Jake.

'Niet een,' zei Ozzie. Hij droeg een donker pak met zwarte cowboylaarzen. Jake was identiek gekleed, op de laarzen na. 'Bij jou?'

'Niets. Ik denk dat morgen de pleuris uitbreekt.'

Ozzie lachte en zei: 'Ik kan niet wachten.'

De kerk was oorspronkelijk een kapel van rode baksteen geweest met een gedrongen torenspits boven een paar dubbele deuren. Maar in de loop der tijd had de gemeente natuurlijk metalen bijgebouwen geplaatst, eentje naast de kapel en eentje erachter waar de jeugd basketbalde. Op een heuveltje vlakbij onder grote bomen lag de begraafplaats, een rustige en mooie plek om te worden begraven.

Een paar rokers namen nog een laatste trekje, plattelanders die met tegenzin hun oude pak hadden aangetrokken. Ze zeiden even iets tegen de sheriff en knikten beleefd naar Jake. Op de donkere eiken banken in de kerk zat al een behoorlijk grote menigte.

Het licht was gedempt. De organist speelde zacht een requiem en bereidde de menigte voor op het verdriet dat eraan zat te komen. Seths gesloten kist was bedekt met bloemen en stond onder de preekstoel. Zijn baardragers zaten met een grimmige blik op hun gezicht stijf naast elkaar links, vlak bij de piano.

Jake en Ozzie zaten alleen op een bank achterin, en keken om zich heen. Niet ver bij hen vandaan, vlak bij elkaar, zat een groepje zwarten, vijf in totaal.

Ozzie knikte hen toe en fluisterde: 'Groene jurk, Lettie Lang.'

Jake knikte en fluisterde terug: 'Wie zijn de anderen?'

Ozzie schudde zijn hoofd. 'Kan ik hiervandaan niet zien.'

Jake keek naar Letties achterhoofd en probeerde zich een voorstelling te maken van de avonturen die ze samen zouden meemaken. Hij had de vrouw nog nooit ontmoet en had zelfs haar naam pas de vorige dag voor het eerst gehoord, maar binnenkort zouden ze elkaar heel goed leren kennen.

Lettie wist dit niet en zat met haar handen gevouwen in haar schoot. Die ochtend had ze drie uur gewerkt tot Herschel haar vroeg te vertrekken. Toen ze het huis verliet, vertelde hij haar dat haar dienstverband woensdag om drie uur, de volgende dag dus, werd beëindigd. Dan zou het huis worden afgesloten en leegstaan in afwachting van verdere instructies van de rechtbank. Lettie had vierhonderd dollar op haar bankrekening staan, een rekening die ze geheim had gehouden voor Simeon, en in een jampotje dat ze in de keuken had verstopt zat driehonderd dollar. Behalve dat had ze geen cent en ze had weinig kans op een goede baan. Ze had haar man al bijna drie weken niet meer gesproken. Af en toe kwam hij thuis met een salarischeque of contant geld, maar meestal was hij alleen maar dronken en moest hij zijn roes uitslapen.

In de wetenschap dat ze binnenkort werkloos zou zijn, rekeningen moest betalen en mensen te eten moest geven, had Lettie naar het orgelspel kunnen luisteren en zich zorgen kunnen maken over haar toekomst, maar dat deed ze niet. Meneer Hubbard had haar meer dan eens beloofd dat hij haar iets zou nalaten als hij doodging, en hij wist dat zijn dood eraan zat te komen. Hoe weinig, hoeveel? Lettie kon er alleen maar over dromen. Vier rijen achter haar dacht Jake: *Ze moest eens weten.* Ze had geen idee dat hij hier zat, of waarom. Ze zou later zeggen dat ze zijn naam herkende van het Hailey-proces, maar dat ze meneer Brigance nooit eerder had gezien.

In het midden, in de rij direct voor de kist, zat Ramona Dafoe. Ian zat links van haar en Herschel rechts. Geen van hun kinderen, Seths kleinkinderen, had de reis kunnen maken. Ze hadden het gewoon te druk; bovendien hadden hun ouders niet erg aangedrongen. Op de bank achter hen zat een rij verre familie, zo ver dat ze zich op de parkeerplaats aan elkaar moesten voorstellen; hun namen waren ook algauw weer vergeten. Seth Hubbards ouders waren al tientallen jaren dood. Zijn enige broer, Ancil, was lang geleden weggegaan. De familie was toch al nooit groot geweest en de jaren hadden de rest gedecimeerd.

Achter de familie, en verspreid door de schemerig verlichte kerk, zaten tientallen andere rouwenden: werknemers van Seth, vrienden, mede-kerkleden. Toen dominee Don McElwain precies om vier uur op de preekstoel ging staan, wisten zowel hij als de aanwezigen dat de dienst maar kort zou duren. Hij ging hun voor in gebed en las een korte necro-logie voor: Seth was geboren op 10 mei 1917 in Ford County, waar hij overleed op 2 oktober 1988. Hij was voorgegaan in de dood door zijn ouders die-en-die; er waren twee nog in leven zijnde kinderen, een paar kleinkinderen et cetera.

Jake zag een paar rijen voor zich een bekend gezicht en links van hem een man in een keurig pak. Dezelfde leeftijd, dezelfde juridische achter-grond. Stillman Rush, advocaat, derde generatie blaaskaak uit een fami-lie vol blaaskaken, blauw bloed uit de eredivisie van het ondernemings- en verzekeringsrecht, zo groot als maar mogelijk was op het platteland in het zuiden. Rush & Westerfield, het grootste kantoor in het noorden van Mississippi, gevestigd in Tupelo met 'binnenkort een kantoor in een winkelcentrum bij u in de buurt'. Seth Hubbard had het over advocaten-kantoor Rush in zijn brief aan Jake, en ook in zijn handgeschreven testa-ment, zodat het geen twijfel leed dat Stillman Rush en de twee andere goedgeklede heren die bij hem waren, waren gekomen om te kijken hoe het ervoor stond met hun investering. Meestal werkten de verzekerings-jongens met z'n tweeën. Er waren er twee nodig om zelfs de meest onbe-langrijke juridische taken uit te voeren: twee om documenten bij de rechtbank te deponeren; twee om een oproep voor de rol te beantwoor-den; twee voor een onbetwiste hoorzitting; twee om hier en daar naartoe te rijden; en natuurlijk twee om de rekening op te drijven en het dossier dikker te maken. Grote advocatenkantoren koesterden inefficiëntie, want meer uren betekenden meer inkomsten.

Maar drie? Voor een korte begrafenisceremonie op het platteland? Dit was indrukwekkend, duur en opwindend. Dit betekende geld. Er was geen spoortje twijfel in Jakes hyperactieve geest dat deze drie hun meter hadden aangezet zodra ze hun kantoor in Tupelo hadden verlaten en nu voor tweehonderd dollar per uur per man zogenaamd zaten te treuren. Volgens Seths laatste woorden had ene Lewis McGwyre in september 1987 een testament opgesteld, en Jake nam aan dat hij een van deze drie mannen was. Jake kende McGwyre niet, maar er werkten ook zoveel advocaten bij dat kantoor. Omdat zij het testament hadden opgesteld, gingen ze er natuurlijk van uit dat zij dat ook zouden verifiëren.

Morgen, dacht hij, komen ze hier weer naartoe. Minstens met twee man, maar misschien weer met z'n drieën, en dan zouden ze met hun documenten naar de kantoren van de griffier van de rechtbank gaan, op de eerste verdieping, en zelfvoldaan tegen Eva of Sara zeggen dat zij hier waren met het doel het testament van Seth Hubbard te openen voor verificatie. En dan zou Eva of Sara een grijns onderdrukken en zouden ze net doen alsof ze er niets van begrepen. Er zouden paperassen heen en weer worden geschoven, vragen worden gesteld en dan zou de grote verrassing komen: *U bent een beetje te laat, heren. Het testament is al geopend!* Eva of Sara zou hun dan de nieuwe inschrijving laten zien en daarna zouden ze met open mond staan te kijken naar het dunne handgeschreven testament, het testament dat het dikke testament dat zij zo koesterden uitdrukkelijk herriep en nietig verklaarde. En dan zou de oorlog beginnen. Ze zouden Jake Brigance vervloeken, maar zich zodra ze gekalmeerd waren, realiseren dat deze oorlog weleens voor alle advocaten winstgevend zou kunnen zijn.

Lettie veegde een traan weg en dacht dat zij waarschijnlijk de enige aanwezige was die zat te huilen.

Vóór de advocaten zaten enkele zakenmensen en een van hen draaide zich om en fluisterde iets tegen Stillman Rush. Jake dacht dat dit weleens een van de hoge pieten kon zijn die voor Seth Hubbard werkten. Hij was vooral nieuwsgierig naar Russell Amburgh, die in het handgeschreven testament werd beschreven als de voormalige onderdirecteur van Seths holding en de man die op de hoogte was van alle bezittingen en schulden.

Mevrouw Nora Baines zong drie coupletten van *The Old Rugged Cross*, een sombere, gegarandeerde tranentrekker bij een begrafenis, maar die er bij Seths begrafenis niet in slaagde emotie op te roepen. Dominee McElwain las voor uit de Psalmen en weidde uit over de wijsheid van Solomon, daarna brachten twee tienerjongens met puisten en een gitaar iets moderns ten gehore, een zwaar nummer dat Seth niet op prijs zou hebben gesteld. Ramona stortte ten slotte in en werd getroost door Ian. Herschel staarde naar de grond voor de kist, zonder te knipperen, zonder te bewegen. Een andere vrouw begon hard te snikken.

Seths wrede plan bestond eruit dat de inhoud van zijn testament geheim bleef tot na de begrafenis. In zijn brief aan Jake stond letterlijk: *Maak de inhoud van mijn testament pas bekend ná de begrafenis. Ik wil dat mijn familie gedwongen is alle rituelen van rouw door te maken, voordat ze zich realiseren dat ze niets krijgen. Kijk maar naar hen als ze net doen alsof, daar zijn ze heel goed in. Ze houden niet van me.* Terwijl de dienst zich voortsleepte, werd wel duidelijk dat er niet veel gedaan werd alsof. Wat er van zijn familie was overgebleven, vond het niet belangrijk genoeg om zelfs maar te doen alsof. *Wat een triest einde*, dacht Jake.

Volgens Seths instructie werden er geen grafredes uitgesproken. Niemand behalve de dominee zei iets, ook al kon je gemakkelijk de indruk krijgen dat er ook geen vrijwilligers waren geweest als dat wel had gekund. De dominee sloot af met een eindeloos lang gebed, duidelijk bedoeld om de boel een beetje te rekken. Vijfentwintig minuten nadat hij was begonnen, liet hij hen gaan met het verzoek naar de begraafplaats naast de kerk te lopen voor de teraardebestelling. Buiten slaagde Jake erin Stillman Rush en de andere advocaten te ontlopen. In plaats daarvan liep hij naar de eerste de beste man in een pak en zei: 'Neem me niet kwalijk, maar ik ben op zoek naar de heer Russell Amburgh.'

De man wees beleefd en zei: 'Die staat daar.'

Russell Amburgh stond een meter of drie verderop een sigaret op te steken en hij hoorde Jakes vraag. Ze gaven elkaar ernstig een hand en stelden zich aan elkaar voor. Jake vroeg: 'Zou ik even onder vier ogen met u kunnen praten?'

De heer Amburgh haalde zijn schouders op en zei zacht: 'Natuurlijk, waarover?'

De menigte liep langzaam in de richting van de begraafplaats. Jake was niet van plan om de begrafenis bij te wonen; hij moest iets anders doen. Zodra hij en Amburgh buiten gehoorsafstand waren, zei hij: 'Ik ben een advocaat uit Clanton en ik heb de heer Hubbard nooit ontmoet, maar gisteren kreeg ik een brief van hem. Een brief, samen met zijn testament waarin hij u benoemt tot zijn executeur. We moeten zo snel mogelijk met elkaar praten.'

Amburgh bleef stokstijf staan en stopte de sigaret in zijn mondhoek. Hij keek eerst naar Jake en daarna om zich heen om te zien of ze echt alleen waren. 'Wat voor testament?' vroeg hij, terwijl hij rook uitblies.

'Handgeschreven, afgelopen zaterdag. Hij was duidelijk aan het nadenken over zijn dood.'

'Dan was hij duidelijk niet goed bij zijn hoofd,' zei Amburgh minachtend, het eerste wapengekletter in de dreigende oorlog.

Dit had Jake niet verwacht. 'Dat zullen we wel zien. Ik neem aan dat dit later zal worden vastgesteld.'

'Ik ben advocaat geweest, meneer Brigance, heel lang geleden, voordat ik een eerlijke baan vond. Ik ken het spel.'

Jake trapte een steentje weg en keek om zich heen. De eerste treurenden waren al bijna bij de ingang van de begraafplaats. 'Kunnen we praten?'

'Wat staat er in dat testament?'

'Nu kan ik u dat niet vertellen, maar morgen wel.'

Amburgh hield zijn hoofd schuin en keek langs zijn neus naar Jake. 'Hoeveel weet u van Seths zaken?'

'Feitelijk niets. In zijn testament schrijft hij dat u goed op de hoogte bent van zijn bezittingen en schulden.'

Weer een trekje, weer een sneer. 'Er zijn geen schulden, meneer Brigance. Alleen bezittingen, heel veel zelfs.'

'Laten we alstublieft een afspraak maken voor een gesprek. Alle geheimen zullen binnenkort worden geopenbaard, meneer Amburgh, ik moet alleen weten waar het op uitdraait. Volgens de bepalingen in zijn testament bent u de executeur en ben ik de advocaat voor de nalatenschap.'

'Dat klinkt niet goed. Seth haatte de advocaten in Clanton.'

'Ja, dat heeft hij heel duidelijk gemaakt. Als we elkaar morgenochtend spreken, zal ik u graag een kopie laten zien van zijn testament en wat licht op de zaak werpen.'

Amburgh begon weer te lopen en Jake liep met hem mee, een paar stappen in elk geval. Toen ze bij de begraafplaats waren, stond Ozzie bij het hek te wachten. Amburgh bleef weer staan en zei: 'Ik woon in Temple. Er is een café aan Highway 52, in het westen van de stad. Daar kunnen we praten, morgenochtend om halfacht.'

'Oké. Hoe heet dat café?'

'Het Café.'

'Begrepen.'

Amburgh verdween zonder nog iets te zeggen.

Jake keek naar Ozzie, schudde ongelovig zijn hoofd en wees naar de parkeerplaats. Ze liepen weg van de begraafplaats. Ze hadden voor die dag meer dan genoeg van Seth Hubbard. Hun afscheid was voltooid.

Twintig minuten later, precies om vijf voor vijf, rende Jake het kantoor binnen van de griffier van de rechtbank en glimlachte tegen Sara.

'Waar bleef je?' snauwde ze.

'Het is nog niet eens vijf uur!' snauwde hij terug, terwijl hij zijn aktetas openritste.

'Ja, maar we stoppen om vier uur met werken, op dinsdag in elk geval. Op maandag om vijf uur, op woensdag en donderdag om drie uur en op vrijdag mag je van geluk spreken áls we komen.' De vrouw bleef maar doorpraten en was rap van tong. Ze werkte al twintig jaar dag in, dag uit met een stelletje advocaten en ze had haar weerwoord en gevatte uitspraken alleen maar verbeterd.

Jake legde de papieren op de balie voor haar en zei: 'Ik moet de nalatenschap van meneer Seth Hubbard openen.'

'Met of zonder testament overleden?'

'O, hij heeft een testament, meer dan één zelfs. Daarom wordt het ook zo leuk.'

'Hij heeft toch net zelfmoord gepleegd?'

'Je weet verdomde goed dat hij net zelfmoord heeft gepleegd, omdat je hier werkt, bij deze rechtbank waar de geruchten rondvliegen en de roddels ontstaan en niets geheim is.'

'Ik voel me beledigd,' zei ze en ze stempelde de aanvraag. Ze bladerde er even in, glimlachte en zei: 'Oeh, leuk, een handgeschreven testament. Een zegen voor het juridische vakgebied.'

'Inderdaad.'

'Wie krijgt alles?'

'Ik mag niets zeggen.' Terwijl Jake haar plaagde, haalde hij nog meer papieren uit zijn aktetas.

'Weet u, meneer Brigance, misschien mag u niets zeggen, maar dit rechtbankdossier is niet verzegeld.' Ze zette ergens nog een stempel op en zei: 'Het is nu officieel een publiek dossier, volgens de wetten van deze geweldige staat, tenzij u natuurlijk een geschreven motie hebt met het verzoek dat dit dossier verzegeld blijft.'

'Nee, dat heb ik niet.'

'O mooi, dan kunnen we nu over de modder praten. Er wordt toch zeker met modder gegooid?'

'Weet ik niet. Ben nog steeds aan het graven. Luister, Sara, je moet iets voor me doen.'

'Wat je maar wilt, schat.'

'Dit is een wedstrijd naar de rechtbank en ik heb maar net gewonnen. Al heel binnenkort, misschien morgen al, verwacht ik dat er twee of drie arrogante klojo's in een donker pak langskomen en hun versie indienen van een verzoek om de nalatenschap van meneer Hubbard te openen. Er is nog een ander testament, weet je.'

'Dát vind ik leuk!'

'Ik ook. Hoe dan ook, je bent niet verplicht om hun te vertellen dat ze als tweede zijn geëindigd, maar het zou weleens heel leuk kunnen zijn om hun gezicht te zien. Wat vind jij?'

'Ik kan niet wachten!'

'Geweldig, laat hun het rechtbankregister zien, geniet ervan en bel me met een volledig verslag. Maar verstop dit alsjeblieft tot morgen.'

'Doe ik, Jake. Dit kon best eens leuk worden.'

'Tja, als alles loopt zoals ik verwacht, dan kan deze zaak ons het hele komende jaar plezier opleveren.'

Zodra hij weg was, las Sara het handgeschreven testament door dat aan Jakes motie was gehecht. Ze riep de andere klerken naar haar bureau, die de tekst ook doorlazen. Een zwarte vrouw uit Clanton zei dat ze nog nooit van Lettie Lang had gehoord en niemand scheen Seth Hubbard te kennen. Ze kletsten even, maar het was nu al vijf uur geweest en iedereen moest ergens naartoe. Het dossier werd opgeborgen, het licht werd uitgedraaid en de klerken vergaten algauw alles wat met hun werk te maken had. Pas de volgende dag zouden ze weer beginnen met speculeren en alles tot op de bodem uitzoeken.

Wanneer het verzoek en het testament die ochtend waren ingediend, zou het geroezemoes in de rechtbank al voor twaalf uur niet van de lucht zijn geweest, en in de stad al voor het einde van de middag. Nu moesten de roddels wachten, maar niet lang.

Simeon Lang was aan het drinken, maar hij was niet dronken: een vaag onderscheid dat zijn gezin echter wel herkende. 'Drinken' betekende enigszins beheerst en niet bedreigend gedrag; het betekende dat hij met een glazige blik en een dikke tong langzaam bier zat te drinken. 'Dronken' betekende angst, mensen die het huis uit renden en zich in het bos verstopten. En het moet gezegd worden, hij was vaak broodnuchter, wat de voorkeur had, en dat gold zelfs voor Simeon.

Nadat hij drie weken onderweg was geweest en ladingen schroot door het Diepe Zuiden had vervoerd, was hij teruggekomen met een onaangeroerde salarischeque, vermoeid en met een heldere blik in zijn ogen. Hij vertelde niet waar hij was geweest, dat deed hij nooit. Hij probeerde tevreden te lijken, zich thuis te voelen, maar nadat hij een paar uur lang andere mensen had gezien, naar Cypress had geluisterd en de afwijzingen van zijn vrouw had aangehoord, at hij een broodje en ging buiten zitten met een biertje, op een plek onder een boom naast het huis waar hij in alle rust kon zitten en de auto's kon zien die af en toe voorbijreden.

Thuiskomen was altijd moeilijk. Hier buiten zat hij urenlang te dromen over een nieuw leven elders, altijd een beter leven, alleen en zonder dat iemand hem lastigviel. Hij was al duizenden keren in de verleiding geweest om door te rijden, zijn angst op zijn bestemming achter te laten en nooit meer gas terug te nemen. Zijn vader had hem in de steek gelaten toen hij nog klein was; hij liet een zwangere vrouw en vier kinderen achter en niemand had ooit nog iets van hem gehoord. Simeon en zijn oudere broer hadden dagenlang op de veranda gezeten, hun tranen verbergend, wachtend. Toen hij ouder werd, haatte hij zijn vader. Dat deed hij nog steeds, maar nu had hij zelf ook de aandrang om weg te lopen. Zijn kinderen waren veel ouder, zij zouden zich wel redden.

Als hij onderweg was, vroeg hij zich vaak af wat het was dat hem weer naar huis trok. Hij haatte het wonen in een veel te kleine huurwoning, samen met zijn schoonmoeder, twee verdorven kleinkinderen en een vrouw die hem aan de kop zeurde dat hij meer van zijn leven moest maken. Lettie had in de afgelopen twintig jaar al honderden keren gedreigd dat ze van hem wilde scheiden, en hij vond het een wonder dat ze nog bij elkaar waren. *Wil jij scheiden, dan gáán we scheiden*, zei hij in zichzelf en hij nam een slok. Maar hij had dat ook al honderden keren gezegd.

Het was al bijna donker toen Lettie het huis uit kwam, naar de achterveranda liep en daarna langzaam over het gras naar zijn boom. Hij zat in een van de niet bij elkaar passende tuinstoelen, met zijn voeten op een oud melkkrat en zijn bierkoeler naast zich. Hij bood haar de andere stoel aan, maar die weigerde ze.

'Hoe lang blijf je thuis?' vroeg ze zacht met haar blik op de weg gericht, net als hij.

'Ik ben net thuis en nu wil je alweer dat ik wegga.'

'Zo bedoelde ik het niet, Simeon. Was nieuwsgierig, meer niet.'

Hij had geen zin de vraag te beantwoorden, dus nam hij nog een slok bier. Ze waren zelden samen alleen en als dat wel zo was, wisten ze amper nog hoe ze met elkaar moesten praten. Langzaam reed er een auto langs op de landweg en ze keken ernaar alsof het vreselijk interessant was.

Eindelijk zei ze: 'De kans is groot dat ik morgen mijn baan kwijtraak. Ik heb je toch verteld dat meneer Hubbard zelfmoord heeft gepleegd, en zijn familie wil me daar na morgen niet meer hebben.'

Simeon had hier gemengde gevoelens over. Het maakte wel dat hij zich weer superieur voelde doordat hij dan de voornaamste kostwinner was, het hoofd van het huis. Hij vond het vreselijk als Lettie zich heel wat verbeeldde omdat ze meer verdiende dan hij. Hij had er de pest aan als ze rotopmerkingen maakte als hij geen werk had. Ook al was ze maar een huishoudster, toch kon ze heel arrogant zijn als een blanke haar zo volkomen vertrouwde. Maar het gezin had het geld nodig, en zonder haar salaris zouden ze onvermijdelijk in de problemen komen. Het kostte hem moeite, maar hij zei: 'Dat spijt me.'

Weer was het lang stil. Ze hoorden stemmen en geluiden in het huis. 'Al iets van Marvis gehoord?' vroeg hij.

Ze boog haar hoofd en zei: 'Nee, het is al twee weken geleden en geen brief.'

'Heb je hem geschreven?'

'Ik schrijf hem elke week, Simeon, dat weet je. Wanneer heb jij hem voor het laatst geschreven?'

Simeon werd witheet, maar hij zei niets. Hij was trots op zichzelf omdat hij nuchter thuis was gekomen en dat wilde hij niet bederven door ruzie te maken.

Marvis Lang, achtentwintig, twee jaar in de bak met nog minstens tien te gaan. Drugssmokkel, aanval met een dodelijk wapen.

Er kwam een auto aanrijden, die vertraagde en nog langzamer ging rijden, alsof de chauffeur twijfelde. Hij reed een stukje door en vervolgens hun oprit op. Er was nog genoeg zonlicht om te kunnen zien dat het een onbekend merk was, een buitenlands merk, en rood van kleur. De motor werd uitgezet en er stapte een jonge, blanke man uit, alleen. Hij droeg een wit overhemd en een losgemaakte stropdas. Hij had niets bij zich, en nadat hij een paar stappen had gezet, leek hij zich af te vragen waar hij was.

'Hierheen!' riep Simeon.

De jonge man verstijfde, alsof hij bang was. Hij had hen niet gezien onder de boom. Hij liep voorzichtig door de kleine voortuin. 'Ik zoek mevrouw Lettie Lang,' zei hij, zo luid dat zij hem konden horen.

'Ik ben hier,' zei ze toen hij in het zicht kwam.

Hij bleef drie meter van hen af staan en zei: 'Hallo, ik ben Jake Brigance. Ik ben advocaat, ik kom uit Clanton en ik moet met Lettie Lang spreken.'

'U was vandaag bij de begrafenis,' zei ze.

'Dat klopt.'

Simeon stond met tegenzin op en ze gaven elkaar allemaal met een ongemakkelijk gevoel een hand. Simeon bood hem een biertje aan en ging toen weer zitten. Jake weigerde het bier, hoewel hij er wel zin in had. Hij was hier immers voor zaken.

Lettie zei, zonder enige opwinding: 'Ik weet wel zeker dat u hier niet toevallig langskwam.'

'Nee, nee, dat is zo.'

'Brigance,' zei Simeon en hij nam een slok. 'Was u niet de man die Carl Lee Hailey vertegenwoordigde?'

Jakkes, de oude ijsbreker, in elk geval bij zwarte mensen. 'Klopt,' zei Jake bescheiden.

'Dacht ik al. Goed gedaan. Geweldig gedaan.'

'Bedankt. Luister, ik ben hier eigenlijk voor zaken en, nou ja, ik moet onder vier ogen met Lettie hier praten. Ik wil u niet beledigen of zo, maar ik moet haar in vertrouwen iets vertellen.'

'Wat dan?' vroeg ze, verbaasd.

'Waarom is het vertrouwelijk?' vroeg Simeon.

'Omdat de wet dat zegt,' antwoordde Jake, een beetje overdreven. De wet had hier niets mee te maken. Sterker nog, toen hij aan deze ontmoeting dacht, begon hij zich te realiseren dat zijn grote nieuws misschien helemaal niet vertrouwelijk was. Het leed geen twijfel dat Lettie haar man alles zou vertellen, al voordat Jake de oprit af was gereden. Het testament van Seth Hubbard was nu een openbaar dossier en zou binnen vierentwintig uur door iedere advocaat in de stad kritisch worden bekeken. Hoezo privé of vertrouwelijk?

Simeon smeet kwaad een bierblikje tegen de boom, waardoor er een spoor schuim langs de stam naar beneden droop. Hij stond op, gromde 'Oké, oké,' en gaf een trap tegen het melkkrat. Hij deed een greep in de bierkoeler, pakte nog een biertje en beende weg, zacht mompelend en vloekend. Hij verdween in de schaduw van de bomen, ongetwijfeld toekijkend en luisterend.

Lettie zei, bijna fluisterend: 'Dat spijt me heel erg, meneer Brigance.'

'Geen probleem. Luister, mevrouw Lang, er is een bijzonder belangrijke kwestie die we zo snel mogelijk moeten bespreken, bij voorkeur morgen in mijn kantoor. Het gaat over meneer Hubbard en zijn testament.'

Lettie beet op haar onderlip en keek Jake met grote ogen aan: *Vertel me alsjeblieft meer.*

Jake zei: 'De dag voordat hij stierf, maakte hij een nieuw testament. Dat heeft hij gepost, zodat ik dat na zijn dood zou ontvangen. Zo te zien is het een rechtsgeldig testament, maar ik weet wel zeker dat zijn familie het zal aanvechten.'

'Sta ik in zijn testament?'

'Zeker. Weet u, hij heeft een groot deel van zijn bezittingen aan u nagelaten.'

'O mijn god!'

'Ja. Hij heeft mij aangewezen als de advocaat voor zijn nalatenschap, en ik weet wel zeker dat ook dat zal worden aangevochten. Daarom moeten we praten.'

Ze sloeg haar rechterhand voor haar mond en mompelde: 'O mijn god!'

Jake keek naar het huis waar het licht dat binnen brandde door de duisternis sneed. Er liep een schaduw doorheen, waarschijnlijk Simeon die rondliep. Jake had opeens de behoefte in zijn oude Saab te springen en zo snel mogelijk terug naar de beschaving te rijden.

Ze vroeg, knikkend: 'Moet ik het hem vertellen?'

'Dat is aan u. Ik had hem hier ook wel bij willen hebben, maar ik heb verhalen gehoord over zijn drinken en wist niet in welke toestand hij nu zou zijn. Maar om eerlijk te zijn, mevrouw Lang, hij is uw man en daarom zou hij morgen met u mee moeten komen. Tenminste, als hij er goed aan toe is.'

'Dat zal hij zijn, dat beloof ik.'

Jake gaf haar zijn visitekaartje en zei: 'Morgenmiddag, hoe laat maakt niet uit. Ik zal in mijn kantoor op u wachten.'

'We zullen er zijn, meneer Brigance. En dank u wel voor uw komst.'

'Het is heel belangrijk, mevrouw Lang, en ik vond dat ik kennis met u moest maken. De kans is groot dat we samen een bijzonder langdurig en keihard gevecht moeten aangaan.'

'Dat begrijp ik niet goed.'

'Dat weet ik. Morgen leg ik het wel uit.'

'Dank u wel, meneer Brigance.'

'Goedenavond.'

7

Nadat Jake en Carla die avond laat nog snel hadden gegeten, gegrilde kaas en tomatensoep, ruimden ze af en deden ze de afwas (ze hadden geen vaatwasser). Daarna trokken ze zich terug in de woonkamer, die aan de open keuken grensde, nog geen twee meter van de eettafel af. Ze woonden al ruim drie jaar in een kleine ruimte en dat vereiste een constante aanpassing van prioriteiten en gedragingen. Ze moesten er ook continu op bedacht zijn dat de ander weleens een kort lontje kon hebben. Hanna was een grote hulp. Kleine kinderen vinden allerlei materiele dingen waar volwassenen zo aan hechten totaal onbelangrijk; zolang hun beide ouders gek op hen zijn is de rest niet van belang. Carla hielp haar met foutloos schrijven en Jake las haar verhaaltjes voor, en terwijl ze haar gedurende de avond samen bezighielden, lazen ze ook de krant en keken ze naar het nieuws. Precies om acht uur stopte Carla haar in bad en dertig minuten later werd Hanna door beide ouders naar bed gebracht.

Toen ze eindelijk alleen waren en samen onder een deken op de wankele bank zaten, vroeg Carla: 'Oké, wat is er aan de hand?'

Jake, die in een sporttijdschrift zat te bladeren, vroeg: 'Wat bedoel je met "Wat is er aan de hand"?'

'Doe niet net alsof je me niet begrijpt. Er is iets. Een nieuwe zaak misschien? Een nieuwe cliënt die een goed honorarium kan betalen, of zelfs een geweldig honorarium waarmee we van de bedelstaf worden gered? Vertel!'

Jake smeet de deken op de grond en sprong op. 'Tja, heel toevallig, lieve schat, is er inderdaad een grote kans dat we inderdaad de armoedeval ontspringen.'

'Ik wíst het! Ik zie het altijd aan je als je een zwaar auto-ongeluk binnen hebt gehaald. Dan ben je heel opgewonden.'

'Het is geen auto-ongeluk.' Jake pakte zijn aktetas, haalde er een dossier uit en gaf haar een paar papieren. 'Het is een zelfmoord.'

'O, dat.'

'Ja, dat. Gisteravond vertelde ik je toch iets over het ongelukkige verscheiden van de heer Seth Hubbard? Maar wat ik je niet heb verteld is dat hij, voordat hij stierf, nog snel een testament heeft opgesteld, dat naar mijn kantoor heeft gestuurd en mij heeft aangewezen als de advocaat die zijn nalatenschap moet afhandelen. Ik heb dat testament vanmiddag laat ingediend. Nu is het openbaar en dus mag ik er nu over praten.'

'Dat is toch die man die je nog nooit hebt gezien?'

'Klopt.'

'En ook al heb je die man nooit gezien, toch ben je vanmiddag naar zijn begrafenis geweest?'

'Inderdaad.'

'Waarom heeft hij jou uitgekozen?'

'Mijn briljante reputatie. Lees zijn testament maar eens door.'

Ze keek er even naar en zei: 'Maar hij is handgeschreven.'

'Is dat zo?'

Jake ging weer lekker bij zijn vrouw op de bank zitten en keek aandachtig naar haar terwijl zij de twee bladzijden van het testament doorlas.

Langzaam viel haar mond open en werden haar ogen groot, en toen ze klaar was, keek ze Jake ongelovig aan en mompelde: '... *Vergaan van de pijn?* Wat een lul?'

'Kennelijk wel. Heb hem nooit ontmoet, maar Harry Rex heeft zijn tweede scheiding behandeld en hij heeft geen hoge pet op van Hubbard.'

'De meeste mensen hebben geen hoge pet op van Harry Rex.'

'Dat is zo.'

'Wie is Lettie Lang?'

'Zijn zwarte huishoudster.'

'O mijn god, Jake! Dit is schandalig.'

'Dat mag ik hopen.'

'Heeft hij geld?'

'Heb je niet gelezen dat hij schrijft: "Mijn nalatenschap is substantieel"? Ozzie kende hem en schijnt het met hem eens te zijn. Morgenochtend vroeg rijd ik naar Temple voor een ontmoeting met Russell Amburgh, de executeur. Tegen de middag weet ik veel meer.'

Ze wapperde een beetje met de papieren en vroeg: 'Is dit geldig? Is een dergelijk testament rechtsgeldig?'

'Zeker wel. "Testamenten en nalatenschappen 101," vijftig jaar lang gedoceerd door professor Robert Weems op de Faculteit der Rechtsgeleerdheid van Ole Miss. Zolang elk woord maar is geschreven door de overledene, en ondertekend en gedateerd, is het een rechtsgeldig testament. Ik weet zeker dat zijn twee kinderen het zullen aanvechten, maar dan begint het pas leuk te worden.'

'Waarom zou hij vrijwel alles aan zijn zwarte huishoudster nalaten?'

'Ik neem aan dat hij de manier waarop ze zijn huis schoonhield prettig vond. Ik weet het niet. Misschien deed ze wel meer dan schoonmaken.'

'Wat bedoel je daarmee?'

'Hij was ziek, Carla, hij had longkanker. Ik neem aan dat Lettie Lang op vele manieren voor hem zorgde. Het is wel duidelijk dat hij haar graag mocht. Zijn twee kinderen zullen een advocaat in de arm nemen en roepen dat ze hem heeft beïnvloed. Ze zullen beweren dat ze te intiem met hem werd, de oude man van alles in het oor heeft gefluisterd en misschien nog veel meer heeft gedaan. De jury zal hierover een besluit moeten nemen.'

'Een juryproces?'

Jake glimlachte dromerig. 'O ja.'

'Wauw! Wie weten dit nog meer?'

'Ik heb het verzoek vanmiddag om vijf uur ingediend, dus zijn de roddels nog niet begonnen. Maar ik ga ervan uit dat het morgenochtend om negen uur gonst van de geruchten in de rechtbank.'

'De rechtbank zal er bol van staan, Jake. Een blanke man met veel geld onterft zijn familie, laat alles na aan zijn zwarte huishoudster en hangt zich vervolgens op. Dat geloof je toch niet?'

Hij wel. Ze las het testament nog een keer, terwijl haar man zijn ogen sloot en aan de rechtszaak dacht. Toen ze klaar was, legde ze de beide vellen papier op de grond en keek om zich heen. 'Gewoon uit nieuwsgierigheid, lieve schat, maar hoe wordt het honorarium bij een dergelijke zaak bepaald? Neem me niet kwalijk dat ik het vraag.' Ze wees naar de kleine ruimte met de tweedehandsmeubels, de goedkope, doorgezakte, overvolle boekenplanken en het namaak-Perzische tapijt, de tweedehandsgordijnen, de stapels tijdschriften op de grond, kortom, naar de armoedige omgeving van huurders met een betere smaak zonder een mogelijkheid die te tonen.

'Wat? Wil je een mooier huis? Een flatje van twee verdiepingen misschien, of een grote stacaravan?'

'Zit me niet te stangen!'

'Het honorarium zou substantieel kunnen zijn, maar daar heb ik nog niet echt over nagedacht.'

'Substantieel?'

'Natuurlijk. Het honorarium is gebaseerd op het feitelijke werk, op de declareerbare uren, iets wat wij amper kennen. De advocaat die de nalatenschap afhandelt, houdt elke dag zijn uren bij en wordt betaald voor zijn tijd. Dat kennen wij helemaal niet. Alle declaraties moeten worden goedgekeurd door de rechter, in deze zaak onze goede vriend edelachtbare Reuben Atlee. En omdat hij weet dat wij honger lijden, zal hij waarschijnlijk in een gulle bui zijn. Een grote nalatenschap, een stapel geld, een felle strijd om een testament, en zo ontkomen we waarschijnlijk toch aan een faillissement.'

'Een stapel geld?'

'Gewoon bij wijze van spreken, liefje. Op dit moment mogen we natuurlijk niet hebberig worden.'

'Natuurlijk niet,' zei ze en ze zag dat hij haar aankeek met de niet mis te verstane blik van een hebberige advocaat.

'Juist.'

Maar Carla was in gedachten al dozen aan het inpakken en aan het verhuizen. Diezelfde fout had ze een jaar eerder ook al gemaakt toen het kantoor van Jake een jong stel had aangetrokken wier pasgeboren baby in een ziekenhuis in Memphis was gestorven. Een veelbelovende zaak van verwijtbaar medisch handelen stortte in elkaar onder het kritisch oog van een deskundige, zodat Jake wel akkoord moest gaan met een schikking.

Ze vroeg: 'En ben je al op bezoek geweest bij Lettie Lang?'

'Ja. Ze woont buiten Box Hill in het gehucht Little Delta; daar wonen amper blanken. Haar man is een dronkaard die komt en gaat. Ik ben niet binnen geweest, maar ik kreeg de indruk dat het een heel klein huis is. Ik ben bij het kadaster geweest, maar het is geen eigen woning. Het is een goedkope huurwoning, net zoiets als...'

'Net zoiets als dit krot zeker?'

'Net zoiets als ons huis. Waarschijnlijk gebouwd door dezelfde aannemer die nu ongetwijfeld failliet is. Maar goed, wij wonen hier maar met z'n drieën en in Letties huis wonen volgens mij een stuk of tien, twaalf mensen.'

'Is ze aardig?'

'Best wel. We hebben niet lang gepraat. Volgens mij is ze een gewone zwarte vrouw zoals je hier wel vaker ziet, met een huis vol kinderen, een parttime-echtgenoot, een minimumloontje en een zwaar leven.'

'Dat is nogal cru uitgedrukt.'

'Ja, maar ook nogal treffend.'

'Is ze aantrekkelijk?'

Jake begon haar rechterkuit te masseren, onder de deken. Hij dacht even na en zei toen: 'Dat kon ik niet goed zien; het begon snel donker te

71

worden. Ze is een jaar of vijfenveertig, had volgens mij nog een goed figuur. Ze was zeker niet onaantrekkelijk. Waarom vraag je dat? Denk je soms dat seks de reden is van de inhoud van het testament van Hubbard?'

'Seks? Wie had het over seks?'

'Dat vroeg je je écht wel af: neukte ze zichzelf zijn testament in?'

'Inderdaad, dat klopt, dat denk ik en morgen zal de hele stad dat roepen. Dit ruikt absoluut naar seks. Hij was stervende en zij verzorgde hem. Wie weet wat ze samen deden?'

'Jij hebt een vunzige geest! Lekker!' Zijn hand gleed naar haar bovenbeen, maar werd daar gestopt doordat de telefoon ging, waar ze allebei van schrokken. Jake liep naar de keuken, nam op en verbrak de verbinding. 'Het is Nesbit, buiten,' zei hij tegen haar. Hij pakte een sigaar en een doosje lucifers, en liep naar buiten. Aan het einde van hun zogenaamde oprit, bij de brievenbus, stak hij de sigaar op en blies in de koele, heldere avondlucht een rookwolk uit. Een minuut later reed een patrouillewagen de straat in en kwam rustig tot stilstand vlak bij Jake.

Hulpsheriff Mike Nesbit werkte zijn veel te dikke lichaam met moeite uit de auto. Hij zei: 'Goedenavond Jake,' en stak een sigaret op.

'Goedenavond, Mike.'

Ze bliezen allebei een rookwolk uit en leunden op de motorkap van de politieauto.

Nesbit zei: 'Ozzie heeft niets over Hubbard kunnen vinden. Hij heeft heel Jackson doorzocht en niets gevonden. Het ziet ernaar uit dat die ouwe vent zijn geld ergens anders bewaarde; in deze staat is niets te vinden, behalve zijn huis, auto's, land en de houtgroothandel vlak bij Palmyra. Verder helemaal niets. Totaal niets. Geen bankrekeningen, geen bedrijven, geen bv's, geen andere vennootschappen. Een paar heel gewone verzekeringspolissen, maar verder niets. Het gerucht gaat dat hij ook in andere staten zakendeed, maar zover zijn we nog niet gekomen.'

Jake knikte en rookte. Op dit moment verbaasde hij zich niet. 'En Amburgh?'

'Russell Amburgh komt uit Foley, Alabama, helemaal in het zuiden, vlak bij Mobile. Hij was advocaat tot hij ongeveer vijftien jaar geleden werd geschorst. Hij had gerotzooid met geld van zijn cliënten. Geen veroordeling. Geen strafblad. Na zijn advocatencarrière stapte hij in de houthandel en we mogen veilig aannemen dat hij Seth Hubbard daar heeft leren kennen. Voor zover wij kunnen nagaan, loopt het allemaal prima. Het is onduidelijk waarom hij naar het einde van de wereld is verhuisd, naar Temple.'

'Morgenochtend rijd ik naar Temple. Ik zal het hem vragen.'

'Goed.'

Er liep een ouder stel langs met een oude poedel. Ze wisselden een paar beleefdheden uit, maar ze bleven niet staan. Toen ze uit het zicht waren, blies Jake nog meer rook uit en vroeg: 'Iets ontdekt over Ancil Hubbard, de broer?'

'Niets, noppes, nada.'

'Verbaast me niets.'

'Gek eigenlijk. Ik woon hier al bijna mijn hele leven, maar ik heb nooit van Seth Hubbard gehoord. Mijn pa is tachtig, woont hier zijn hele leven al en hij heeft ook nooit van Seth Hubbard gehoord.'

'Er wonen tweeëndertigduizend mensen in deze county, Mike. Die kun je niet allemaal kennen.'

'Ozzie wel.'

Ze lachten even.

Nesbit mikte zijn peuk op straat en rekte zich uit. 'Ik ga maar eens op huis aan, Jake.'

'Bedankt dat je even langskwam. Ik spreek Ozzie morgen wel.'

'Prima. Dag.'

Carla zat op een stoel in de lege slaapkamer en keek naar buiten. Het was donker in de kamer.

Jake liep zachtjes naar binnen en bleef staan.

Toen ze wist dat hij haar kon horen, zei ze: 'Ik ben doodziek van die patrouillewagens voor mijn huis, Jake.'

Hij haalde diep adem en liep naar haar toe. Dit gesprek hadden ze al veel te vaak gevoerd en door één verkeerde opmerking kon de zaak uit de hand lopen. 'Ik ook,' zei hij zacht.

'Wat had hij?' vroeg ze.

'Niet veel, alleen wat achtergrondinfo over Seth Hubbard. Ozzie heeft navraag gedaan, maar niet veel ontdekt.'

'Kon hij morgen niet langskomen? Waarom moet hij hiernaartoe rijden en voor ons huis blijven staan, zodat iedereen kan zien dat de Brigances de nacht niet kunnen doorkomen zonder dat de politie weer langskomt?'

Op sommige vragen bestaat geen antwoord.

Jake beet op zijn tong en liep zachtjes de kamer uit.

8

Russell Amburgh zat verborgen achter een krant in een zitje achter in het Café. Hij was geen stamgast en ook niet alom bekend in het kleine stadje Temple. Hij was hiernaartoe verhuisd vanwege een vrouw, zijn derde echtgenote, en ze waren erg op zichzelf. Bovendien werkte hij voor een man die hechtte aan discretie en zwijgzaamheid, dus vond Amburgh dat prima.

Hij nam het zitje een paar minuten over zeven in beslag, bestelde koffie en begon te lezen. Hij wist helemaal niets over Seth Hubbards testament of testamenten. Hoewel hij al bijna tien jaar voor Hubbard had gewerkt, wist hij weinig van zijn privéleven. Amburgh was op de hoogte van de meeste bezittingen van de man, maar niet alle, maar hij had al vroeg geleerd dat zijn baas van geheimen hield. En dat hij ervan hield spelletjes te spelen, wrok te koesteren en mensen in het ongewisse te laten. De beide mannen hadden heel vaak door het zuidoosten gereisd, omdat Hubbard zijn holdings samenstelde, maar ze hadden nooit een echt goede band gekregen. Niemand had een echt goede band met Seth Hubbard.

Jake liep precies om halfacht naar binnen en ontdekte Amburgh achterin in zijn zitje. Het Café zat halfvol en Jake, de onbekende, werd in de gaten gehouden toen hij door het vertrek liep. Hij en Amburgh gaven elkaar een hand en wisselden enkele beleefdheden uit. Op basis van hun gesprek van de vorige dag had Jake zich voorbereid op een koele ontvangst en terughoudendheid, hoewel hij zich niet echt zorgen maakte over de eerste reactie van meneer Amburgh. Jake had van Seth Hubbard opdracht gekregen een klus te klaren en als hij werd uitgedaagd, zou de rechtbank hem steunen. Maar Amburgh leek ontspannen en open genoeg. Nadat ze een paar minuten over football en het weer hadden gepraat, kwam Amburgh ter zake. 'Is het testament al geverifieerd?' vroeg hij.

'Ja, sinds vijf uur gistermiddag. Ik ben na de rouwdienst vertrokken en snel naar de rechtbank in Clanton gegaan.'

'Hebt u een kopie voor me meegenomen?'

'Inderdaad,' zei Jake, zonder aanstalten te maken hem tevoorschijn te halen. 'U wordt genoemd als executeur. Het is nu een openbaar document, dus mag u een kopie hebben.'

Amburgh liet zijn handpalmen zien en vroeg: 'Ben ik een begunstigde?'

'Nee.'

Amburgh knikte grimmig en Jake wist niet of de man dit wel of niet had verwacht. 'Ik krijg dus niets?' vroeg Amburgh.

'Niets. Verbaast u dat?'

Amburgh slikte moeizaam en keek om zich heen. 'Nee,' zei hij, weinig overtuigend. 'Niet echt. Bij Seth verbaas je je nergens over.'

'Verbaasde het u niet dat hij zelfmoord heeft gepleegd?'

'Helemaal niet, meneer Brigance. De afgelopen twaalf maanden waren een nachtmerrie. Seth had het helemaal gehad met de pijn. Hij wist dat hij doodging. Dus nee, niet echt verbaasd.'

'Wacht maar tot u de inhoud van het testament leest.'

De serveerster kwam eraan en bleef amper lang genoeg staan om hun koffiekopjes weer vol te schenken.

Amburgh nam een slok en zei: 'Vertel me eens, meneer Brigance, waarvan kende u Seth?'

'Ik heb hem nooit ontmoet,' zei Jake. Hij gaf de man de korte versie van de reden waarom hij nu bij hem aan het tafeltje zat.

Amburgh luisterde aandachtig. Hij had een klein rond hoofd met een gladde kruin, en hij had een tic: hij maakte met zijn rechterhand een gebaar over zijn voorhoofd omhoog, alsof hij een paar slierten haar naar achteren moest strijken. Hij droeg een golfshirt, een oude kakikleurige lange broek en een licht windjack. Hij leek meer op iemand die met pensioen was dan op een zakenman.

Jake vroeg: 'Klopt het dat u zijn meest vertrouwde medewerker was?'

'Nee, helemaal niet. Sterker nog, ik heb geen idee waarom Seth me hierbij betrokken heeft. Ik kan wel anderen bedenken die een betere band met hem hadden.' Na een grote slok koffie zei hij: 'Seth en ik konden het niet altijd met elkaar vinden. Ik heb een paar keer overwogen op te stappen. Hoe meer geld hij verdiende, hoe meer risico's hij nam. Ik heb vaak het idee gehad dat Seth roemrijk financieel ten onder zou gaan, met zijn vermogen in het buitenland natuurlijk. Hij werd onbevreesd, en dat was angstaanjagend.'

'Nu we het daar toch over hebben, moeten we maar eens over Seths geld praten.'

'Natuurlijk. Ik zal u vertellen wat ik weet, maar ik weet niet alles.'

'Oké,' zei Jake rustig, alsof ze het over het weer hadden. Hij hield zich al bijna achtenveertig uur bezig met de brandende vraag wat Seth allemaal bezat. En nu zou hij het eindelijk te horen krijgen. Hij had geen schrijfblok of pen bij de hand, er stond alleen een kop zwarte koffie voor hem.

Amburgh keek weer om zich heen, maar niemand luisterde. 'Wat ik u ga vertellen, is niet algemeen bekend. Het is niet vertrouwelijk, maar Seth slaagde er goed in dingen geheim te houden.'

'Het zal straks allemaal bekend worden, meneer Amburgh.'

'Dat weet ik.' Hij nam een slok koffie, alsof hij brandstof nodig had, en boog zich daarna dichter naar Jake toe. 'Seth had heel veel geld, en dat heeft hij allemaal in de afgelopen tien jaar verdiend. Na zijn tweede echtscheiding was hij verbitterd, kwaad op de hele wereld, failliet, en ook vastbesloten om veel geld te verdienen. Hij was echt dol op zijn tweede vrouw en nadat zij hem aan de kant had gezet, wilde hij wraak. Voor Seth betekende wraak meer geld verdienen dan zij bij de scheiding had gekregen.'

'Ik ken haar advocaat heel goed.'

'Die grote, dikke vent, hoe heet hij ook al weer?'

'Harry Rex Vonner.'

'Harry Rex. Seth heeft hem een paar keer vervloekt!'

'Hij is niet de enige.'

'Dat heb ik ook gehoord. Hoe dan ook, Seth hield zijn huis en zijn land, en die heeft hij zwaar beleend om een grote houtzagerij te kopen in de buurt van Dothan, Alabama. Ik werkte daar, ik kocht hout in, en zo heb ik Seth leren kennen. Maar hij kon er goedkoop aan komen, aan dat bedrijf, goede timing. Dit was eind 1979, de prijs van multiplex schoot omhoog en we boerden behoorlijk. We hadden een goed orkaanseizoen, er was heel veel schade en dus was er heel veel vraag naar multiplex en timmerhout. Met de houtzagerij als onderpand kocht hij een meubelfabriek in de buurt van Albany, Georgia. Daar maakten ze van die enorme schommelstoelen die je in het hele land op de voorveranda van Griddlerestaurants ziet staan. Seth sloot een contract met die keten, en van de ene dag op de andere dag konden ze die schommelstoelen niet snel genoeg maken. Met de voorraad als onderpand leende hij nog meer geld en kocht een meubelfabriek in de buurt van Troy, Alabama. Rond die tijd leerde hij een bankier in Birmingham kennen die van zijn kleine bank een grote bank wilde maken, en agressief was. Hij en Seth zaten op dezelfde golflengte en sloten de ene deal na de andere. Meer fabrieken, meer houtzagerijen, meer kaprechten. Seth had een neus voor het opsporen van bedrijven die voor een te lage prijs te koop stonden of in de problemen zaten, en zijn bankier zei zelden nee. Ik waarschuwde hem voor te veel schulden, maar hij was te roekeloos om te luisteren. Hij wilde iets bewijzen. Hij kocht een vliegtuig, liet dat in Tupelo staan zodat niemand hier dat wist, en bleef aan de gang.'

'Heeft dit verhaal ook een happy end?'

'O ja! In de afgelopen tien jaar kocht Seth ongeveer zesendertig bedrijven, voornamelijk meubelfabrieken in het zuiden, waarvan hij er een paar naar Mexico heeft verplaatst, maar ook houtgroothandels en houtzagerijen, plus duizenden hectares productiebos. Allemaal met geleend geld. Ik had het over die bankier in Birmingham, maar er waren ook anderen. Hoe groter hij werd, hoe gemakkelijker het werd om te lenen. Zoals ik al zei, was het soms griezelig, maar hij kwam nooit in de problemen. Hij verkocht niets van wat hij had gekocht, hield alles vast, was altijd op zoek naar de volgende deal. Deals en schulden waren een soort verslaving voor Seth. Sommige mannen gokken, andere drinken en weer andere zitten achter de vrouwen aan. Seth hield van de geur van andermans geld als hij een andere onderneming kocht. Hij hield ook van vrouwen.

Toen werd hij helaas ziek. Ongeveer een jaar geleden vertelde de dokter hem dat hij longkanker had. Hij raasde op topsnelheid door tot hij weer naar de dokter ging, die hem vertelde dat hij nog een jaar te leven had, hoogstens. Ik hoef natuurlijk niet te zeggen dat hij wanhopig was. Zonder met wie dan ook te overleggen, besloot hij alles te verkopen. Een paar jaar geleden ontdekten we Advocatenkantoor Rush in Tupelo, en toen had Seth eindelijk een paar mensen die hij kon vertrouwen. Hij had de pest aan advocaten en ontsloeg ze even snel als hij ze inhuurde. Maar Rush haalde hem over alles in één holding onder te brengen. Vorig jaar november verkocht hij die holding voor vijfenvijftig miljoen dollar aan een LBO, een *leveraged buy-out*-groep in Atlanta. Hij betaalde al zijn schulden af, ten bedrage van vijfendertig miljoen dollar.'

'Hij hield er dus twintig aan over?'

'Hij hield er ruwweg twintig aan over. Er waren een paar losse eindjes, zoals ik. Ik had wat aandelen in die holding en dus kwam ik er goed van af. Ik ben eind vorig jaar met pensioen gegaan. Ik weet niet wat Seth sindsdien met dat geld heeft gedaan, waarschijnlijk heeft hij alles in zijn achtertuin begraven. Bovendien vergaarde hij andere bezittingen, buiten die holding om. Zoals een hut in de bergen van Noord-Carolina, en nog vrij veel andere bezittingen. Waarschijnlijk zijn er ook een of twee buitenlandse bankrekeningen.'

'Waarschijnlijk?'

'Dat kan ik niet met zekerheid zeggen, meneer Brigance. Ik weet alleen wat ik in de loop der jaren heb gehoord. Zoals ik al zei, hield Seth Hubbard van geheimen.'

'Tja, meneer Amburgh, u als zijn executeur en ik als zijn advocaat hebben de taak al zijn bezittingen op te sporen.'

'Zou niet zo moeilijk moeten zijn. We moeten toegang zien te krijgen tot zijn kantoor.'

'En waar is dat?'

'In de houtgroothandel vlak bij Palmyra. Dat was zijn enige kantoor. Daar is een secretaresse, Arlene, die de tent leidt. Ik heb haar zondagavond gesproken en haar opdracht gegeven alles afgesloten te houden tot ze iets van de advocaten zou horen.'

Jake nam nog een slok koffie en probeerde dit allemaal te verwerken. 'Twintig miljoen dollar, hè? Ik ken niemand anders in Ford County met zoveel geld.'

'Ik heb geen idee, meneer Brigance. Ik heb daar nooit gewoond. Maar ik kan u verzekeren dat er hier in Milburn County niemand is die zelfs maar een fractie van dat bedrag bezit.'

'Dit is het landelijke zuiden.'

'Dat is waar. Dat is zo geweldig aan Seths verhaal. Op zijn zestigste werd hij op een dag wakker en zei: *Ik ben failliet, maar dat wil ik niet langer zijn en verdomd als ik niet nog wat geld ga verdienen.* Hij had geluk met zijn twee eerste deals en daarna ontdekte hij hoe geweldig het is om het geld van andere mensen te gebruiken. Hij nam wel tien keer een hypotheek op zijn eigen huis en land. Die man had lef!'

De serveerster bracht gortepap voor Amburgh en roerei voor Jake. Ze strooiden zout en suiker op hun eten.

Amburgh vroeg: 'Heeft hij zijn kinderen onterfd?'

'Inderdaad.'

Een glimlach, een knikje, geen verbazing.

'Verwachtte u dat?' vroeg Jake.

'Ik verwacht niets, meneer Brigance, en niets verbaast me,' zei hij hooghartig.

'Dan heb ik toch een verrassing voor u,' zei Jake. 'Hij heeft zijn beide kinderen onterfd, zijn beide ex-echtgenotes krijgen helemaal niets en verder heeft hij iedereen onterfd behalve zijn lang geleden verdwenen broer Ancil, die waarschijnlijk dood is maar zo niet vijf procent krijgt, zijn kerk, die ook vijf procent krijgt, waarna er negentig procent overblijft. En die gaat naar zijn zwarte huishoudster die sinds drie jaar voor hem werkt, ene Lettie Lang.'

Amburgh hield op met kauwen, zijn mond viel open en hij kneep zijn ogen halfdicht. Hij kreeg diepe rimpels in zijn voorhoofd.

'Vertel me nou niet dat u niet verbaasd bent,' zei Jake triomfantelijk. Daarna nam hij een grote hap roerei.

Amburgh haalde diep adem en stak zijn hand uit.

Jake haalde een kopie van het testament uit zijn zak en gaf die aan Amburgh.

De diepe rimpels werden nog dieper nadat Amburgh de beide pagina's had gelezen. Hij schudde ongelovig zijn hoofd. Hij las de tekst nog een keer, vouwde de papieren op en legde ze op tafel.

'Kende u Lettie Lang misschien?' vroeg Jake.

'Ik heb haar nooit ontmoet. Ik heb Seths huis nooit gezien, meneer Brigance. Ik heb hem er nooit een woord over horen zeggen, echt niet, of over iemand die daar werkte. Seth hield alles gescheiden, en het meeste was verboden gebied voor iedereen. Kent u deze vrouw?'

'Ik heb haar gisteren voor het eerst ontmoet. Vanmiddag komt ze naar mijn kantoor.'

Langzaam duwde Amburgh met zijn vingertoppen zijn bord en zijn kom van zich af. Zijn ontbijt was voorbij, zijn eetlust verdwenen. 'Waarom zou hij dit doen, meneer Brigance?'

'Dat wilde ik ú vragen.'

'Tja, het is natuurlijk niet logisch, en daarom zal dit testament grote problemen veroorzaken. Hij was gek. Je kunt geen testament maken als je daar geestelijk niet toe in staat bent.'

'Natuurlijk niet, maar op dit moment is nog niet veel duidelijk. Aan de ene kant heeft hij zijn dood tot in detail gepland, alsof hij precies wist wat hij deed. Aan de andere kant is het moeilijk voor te stellen dat hij alles aan zijn huishoudster nalaat.'

'Tenzij ze hem beïnvloed heeft.'

'Dat zal zeker worden aangevoerd.'

Amburgh stak zijn hand in zijn zak en vroeg: 'Hebt u er bezwaar tegen als ik rook?'

'Nee.'

Hij stak een mentholsigaret op en tikte de as in zijn gortepap. Zijn hoofd tolde, niets leek logisch. Ten slotte zei hij: 'Ik weet niet zeker of ik hier wel tegen opgewassen ben, meneer Brigance. Ik ben dan misschien wel benoemd tot de executeur, maar dat betekent niet dat ik dat ook moet zijn.'

'U vertelde me dat u vroeger advocaat was. Dat is te horen.'

'In die tijd werkte ik als loonslaaf in een klein stadje, net als vele anderen. Dat was in Alabama, maar het erfrecht verschilt niet veel in de meeste staten.'

'U hebt gelijk, u bent niet verplicht als executeur op te treden.'

'Wie zou in deze puinhoop betrokken willen worden?'

Ik bijvoorbeeld, dacht Jake, maar hij zei niets.

De serveerster ruimde hun tafeltje af en schonk koffie bij.

Amburgh las het testament nog een keer door en stak een nieuwe sigaret op. Daarna blies hij zijn adem uit en zei: 'Oké, meneer Brigance, laat me even hardop denken. Seth noemt een vorig testament, vorig jaar opgesteld door de firma Rush in Tupelo. Ik ken die jongens en we kunnen veilig aannemen dat dat testament veel dikker en veel slimmer is, en zodanig is opgesteld dat er rekening is gehouden met de juiste successierechten, met uitsluiting van giften enzovoort, enzovoort, oké, alles wat maar mogelijk is om de nalatenschap veilig te stellen en om voor zover dat legaal mogelijk is zo weinig mogelijk successierechten te betalen. Bent u het met me eens?'

'Ja.'

'En dan stelt Seth, op het allerlaatste moment, dit wrede document op dat het correct opgestelde testament herroept, laat vrijwel alles na aan zijn zwarte huishoudster en zorgt ervoor dat een groot deel van wat hij probeert weg te geven zal opgaan aan successierechten. Bent u het er nog steeds mee eens?'

'Ongeveer vijftig procent zal opgaan aan belastingen,' zei Jake.

'De helft gaat dus gewoon in rook op. Lijkt dit op de daad van een man die helder kan nadenken, meneer Brigance?'

Dat was niet zo, maar Jake was niet bereid ook maar een duimbreed toe te geven. Hij zei: 'Ik ben ervan overtuigd dat dit argument ook voor de rechter zal worden aangevoerd, meneer Amburgh. Maar het is mijn werk het testament te verifiëren en de wensen van mijn cliënt uit te voeren.'

'U praat als een echte advocaat.'

'Dank u. Gaat u optreden als executeur?'

'Krijg ik daarvoor betaald?'

'Ja, en het honorarium dient te worden goedgekeurd door de rechter.'

'Hoeveel tijd zal ermee gemoeid zijn?'

'Dat zou weleens heel veel kunnen zijn. Als het testament wordt aangevochten, en dat lijkt waarschijnlijk, is het mogelijk dat we uren zo niet dagen in de rechtbank moeten doorbrengen. Als executeur zult u erbij moeten zijn en naar iedere getuige moeten luisteren.'

'Maar meneer Brigance, ik vind dit testament maar niets. Ik ben het niet eens met wat Seth heeft gedaan. Ik heb dat andere testament niet gezien, dat dikke, maar ik ben er verdomd zeker van dat ik dat testament wel zou kunnen goedkeuren. Waarom zou ik dit onzorgvuldige, op het laatste moment opgestelde, handgeschreven onzindocument moeten verdedigen waardoor alles naar een zwarte huishoudster gaat die het niet verdient en waarschijnlijk veel te veel invloed op die vent had? Begrijpt u wat ik bedoel?'

Jake knikte even en fronste argwanend. Hij had deze man nog maar een halfuur meegemaakt en wist nu al zeker dat hij het komende jaar niet met hem wilde samenwerken. Over het algemeen was het geen probleem om een executeur te vervangen, en Jake wist dat hij de rechter er wel van zou kunnen overtuigen dat deze man moest vertrekken.

Amburgh keek weer om zich heen en zei zacht: 'Dit slaat nergens op. Seth heeft zich de laatste tien jaar van zijn leven kapotgewerkt om een vermogen op te bouwen. Hij heeft enorme risico's genomen en geluk gehad. En dan laat hij alles in de schoot vallen van een vrouw die niets met zijn succes te maken heeft gehad. Daar word ik beroerd van, meneer Brigance. Beroerd en heel erg argwanend.'

'Dan treedt u niet op als executeur, meneer Amburgh. Ik ben ervan overtuigd dat de rechtbank wel iemand anders kan vinden om die taak op zich te nemen.' Jake pakte het testament, vouwde het op en stak het weer in zijn zak. 'Maar denk er nog even over na. Het heeft geen haast.'

'Wanneer begint de strijd?'

'Binnenkort. De andere advocaten zullen al heel snel met dat andere testament op de proppen komen.'

'Het zal wel bijzonder fascinerend zijn.'

'Dank u voor uw tijd, meneer Amburgh. Dit is mijn kaartje.' Jake legde zijn visitekaartje en vijf dollar op het tafeltje, en liep snel naar buiten. Hij stapte in zijn auto en bleef nog even zitten om zijn gedachten te ordenen en na te denken over een nalatenschap van twintig miljoen dollar.

Een jaar geleden had het in Clanton gegonsd van de geruchten over een rechtszaak over de verzekering van een meststoffenfabriek die op mysterieuze wijze tot op de grond was afgebrand. De eigenaar was een plaatselijke beunhaas, Bobby Carl Leach, een gewiekste kerel met een verleden van verbrande gebouwen en rechtszaken. Gelukkig was Jake niet betrokken geweest bij die rechtszaak; hij vermeed Leach altijd zo veel mogelijk. Maar tijdens de rechtszaak bleek dat Leach ongeveer vier miljoen dollar waard was. Op zijn balans stonden geen liquide middelen, maar nadat zijn schulden van zijn bezittingen waren afgetrokken, bleek zijn vermogen aanzienlijk. Dit had geleid tot talloze discussies over wie nu eigenlijk de rijkste man in Ford County was. Deze verhitte discussies werden gevoerd op het plein tijdens de ochtendkoffie, in de bars waar bankiers na werktijd kwamen en in de rechtbank waar advocaten bij elkaar kwamen en de laatste getuigenverklaring aandikten, letterlijk op elke straathoek.

Bobby Carl, met vier miljoen dollar, stond zeker boven aan deze lijst. De Wilbanks-clan zou, als Lucien het familievermogen tientallen jaren geleden niet had verkwist, bovenaan hebben gestaan. Verschillende boeren werden genoemd, maar alleen uit gewoonte. Zij hadden 'familievermogen' en dat betekende, eind 1980, dat ze stukken land bezaten maar moeite hadden met het betalen van de rekeningen. Willie Traynor had acht jaar geleden *The Ford County Times* voor anderhalf miljoen dollar verkocht, en het gerucht ging dat hij zijn geld op de aandelenmarkt had verdubbeld; maar de meeste geruchten over Willie werden niet serieus genomen. Een vrouw van achtennegentig bezat bankaandelen ter waarde van zes miljoen dollar. Tijdens deze strijd verscheen een anonieme lijst in het kantoor van de griffier en werd al snel de hele stad rondgefaxt. Het had de slimme titel *Forbes-lijst met de tien rijkste inwoners van Ford County*. Iedereen had een exemplaar, en dit stookte het geruchtenvuurtje nog eens op. De lijst werd geredigeerd, aangevuld, van details voorzien, gewijzigd en zelfs gedramatiseerd, maar nooit was Seth Hubbard genoemd. Wekenlang werd er driftig gespeculeerd in de stad, tot het vuurtje doofde. Jake had zijn eigen naam natuurlijk nooit op die lijst zien verschijnen, maar ook niet op die van Seth Hubbard. Hij grinnikte toen hij dacht aan Lettie Lang en haar aanstaande, nogal dramatische plaatsing op de lijst.

9

Op haar laatste werkdag arriveerde Lettie een halfuur te vroeg, in de zinloze overtuiging dat dit gedrag indruk zou maken op meneer Herschel en mevrouw Dafoe, dat ze daardoor misschien hun besluit zouden heroverwegen en haar lieten blijven. Om halfacht zette ze haar twaalf jaar oude Pontiac naast de pick-up van meneer Seth. Ze was maanden geleden opgehouden hem meneer Seth te noemen, in elk geval als ze alleen waren. Wanneer er andere mensen bij waren, zei ze meneer, maar alleen voor de schijn. Ze haalde diep adem, klemde haar handen om het stuur en zag ertegen op om die mensen weer te zien. Ze zouden algauw weggaan, zo snel mogelijk. Ze had hen horen zeuren over dat ze gedwongen waren hier twee nachten te blijven: hun wereld thuis stortte in en ze konden niet wachten om weg te gaan, hun vader begraven was zo lastig, ze hadden de pest aan Ford County.

Lettie had maar weinig geslapen. De woorden van meneer Brigance, 'Een aanzienlijk deel van zijn nalatenschap...' hadden de hele nacht luidkeels in haar hoofd rondgespookt. Ze had het niet aan Simeon verteld. Misschien zou ze dat later doen. Misschien zou ze dat door meneer Brigance laten doen. Simeon had haar aan haar hoofd gezeurd over wat die advocaat had gewild en wat hij had gezegd, maar Lettie was te geschrokken en te bang geweest om zelfs maar te proberen alles uit te leggen. En trouwens, hoe moest ze iets uitleggen wat ze zelf niet begreep? Lettie was erg in de war, maar ze wist dat het dom zou zijn om in een positieve uitkomst te geloven. De dag waarop ze geld zag zou de dag zijn waarop ze het geloofde, en geen dag eerder.

De keukendeur in de garage zat niet op slot. Lettie liep zachtjes naar binnen en luisterde of ze iets hoorde. De tv in de woonkamer stond aan. Op het aanrecht stond koffie klaar. Ze hoestte zo hard ze kon, waarop iemand riep: 'Ben jij dat, Lettie?'

'Ik ben het,' zei ze vriendelijk. Ze liep de woonkamer binnen met een gedwongen glimlach op haar gezicht en zag Ian Dafoe op de bank zitten, nog steeds in zijn pyjama, maar omringd door documenten, verdiept in de details van een komende deal.

'Goedemorgen, meneer Dafoe,' zei ze.

'Goedemorgen, Lettie,' antwoordde hij glimlachend. 'Hoe gaat het met je?'

'Prima, dank u wel, en met u?'

'Zo goed als verwacht mag worden. Ben het grootste deel van de nacht opgebleven met dit,' zei hij en hij wees naar zijn geliefde papierwerk, alsof ze precies wist wat dat allemaal inhield. 'Wil je me wat koffie brengen? Zwart graag.'

'Ja, meneer.'

Lettie bracht hem een kop koffie die hij zonder een knikje of een woord accepteerde, alweer helemaal verdiept in zijn deal. Ze liep terug naar de keuken, schonk zichzelf een kop koffie in en toen ze de koelkast openmaakte om de koffiemelk eruit te halen zag ze een fles wodka staan, bijna leeg. Ze had nooit eerder sterkedrank in dit huis gezien, Seth had dat nooit in huis. Eén keer per maand nam hij een paar biertjes mee naar huis, legde ze in de koelkast en vergat ze dan meestal.

De gootsteen stond vol vieze borden; niemand kon toch zeker van hen verwachten dat ze de vaatwasser zouden vullen als er een betaalde hulp was? Lettie begon alles schoon te maken.

Even later stond meneer Dafoe in de deuropening en zei: 'Ik denk dat ik nu maar even onder de douche ga. Ramona voelt zich niet goed, zij heeft waarschijnlijk kougevat.'

Kou of wodka? dacht Lettie, maar ze zei: 'Dat spijt me. Kan ik iets voor haar doen?'

'Niet echt. Maar een ontbijt zou fijn zijn, eieren met bacon. Roerei voor mij, wat Herschel wil weet ik niet.'

'Ik zal het hem vragen.'

Omdat ze toch vertrokken, net als de hulp, en omdat het huis zou worden afgesloten en daarna verkocht of op de een of andere manier geloosd, besloot Lettie de keukenkast en de koelkast leeg te halen. Ze bakte bacon en worstjes, bakte pannenkoeken, roerei en omeletten met geraspte kaas, bakte voorgebakken witte bolletjes af, Seths lievelingsmerk. De tafel stond vol dampende schalen en borden toen de drie kwamen ontbijten, terwijl ze de hele tijd klaagden over het eten en alle gedoe. Maar ze aten. Vooral Ramona, met opgezwollen ogen, een rood gezicht en weinig spraakzaam, leek het vet lekker te vinden. Lettie bleef een paar minuten rondhangen en bediende hen zoals het hoorde. Er hing een gespannen sfeer. Ze nam aan dat ze een zware avond hadden gehad, waarop ze hadden gedronken, ruzie hadden gemaakt en hadden geprobeerd ten minste één avond te overleven in een huis dat ze haatten.

Ze liep even naar de slaapkamers, keek naar binnen en was blij toen ze zag dat ze hun koffers al hadden gepakt.

Vanuit haar plekje in de schaduw hoorde ze Herschel en Ian praten over een bezoek door de advocaten.

Ian voerde aan dat het gemakkelijker was wanneer de advocaten naar Seths huis kwamen dan wanneer zij met z'n drieën naar Tupelo zouden gaan. 'Natuurlijk kunnen ze wel naar ons toe komen,' zei Ian. 'Ze zijn hier om tien uur.'

'Oké, oké,' gaf Herschel toe, daarna praatten ze veel zachter.

Na het ontbijt, toen Lettie de tafel afruimde en de borden opstapelde, liepen de drie weer naar buiten, naar de patio. Ze gingen in de ochtendzon aan de picknicktafel zitten en dronken een kop koffie. Ramona leek zich beter te voelen. Lettie, die samenwoonde met een dronkaard, nam aan dat mevrouw Dafoe de meeste ochtenden langzaamaan begon. Ze lachten toen ze even de harde woorden van de vorige avond naast zich neerlegden, wat die ook waren geweest.

De bel ging; het was een slotenmaker uit Clanton. Herschel liet hem zien wat er moest gebeuren en zei, luidkeels ten behoeve van Lettie, dat ze nieuwe sloten wilden op de vier buitendeuren van het huis. Toen de man aan het werk ging, te beginnen met de voordeur, liep Herschel even naar de keuken en zei: 'We krijgen allemaal nieuwe sloten, Lettie, de oude sleutels werken dus niet meer.'

'Ik heb nooit een sleutel gehad,' zei ze, gepikeerd omdat ze dat al had gezegd.

'Juist,' zei Herschel die er geen woord van geloofde. 'We laten een sleutel achter bij Calvin verderop, en wij houden de andere sleutels. Ik denk dat ik af en toe terugkom om de zaak te controleren.'

Ga je gang, dacht Lettie, maar ze zei: 'Ik wil het huis met alle plezier af en toe schoonmaken. Dan kan Calvin me wel binnenlaten.'

'Zal niet nodig zijn, maar bedankt. We hebben hier om tien uur een afspraak met de advocaten, zet dus maar verse koffie. Daarna gaan we naar huis. Ik ben bang dat we je daarna niet meer nodig hebben, Lettie. Sorry, maar alles verandert door de dood van mijn vader.'

Ze klemde haar kaken op elkaar en zei: 'Dat begrijp ik.'

'Hoe vaak betaalde hij je uit?'

'Elke vrijdag, voor veertig uur.'

'En hij heeft je vorige week vrijdag nog betaald?'

'Dat klopt.'

'Dus wij moeten je maandag, dinsdag en vandaag de halve dag nog uitbetalen?'

'Ja, denk het wel.'

'Vijf dollar per uur.'

'Ja, meneer.'

'Ik kan er nog steeds niet bij dat hij je zoveel betaalde,' zei Herschel. Daarna opende hij de deur en liep naar buiten, naar de patio.

Lettie haalde de bedden af toen de advocaten arriveerden. Ondanks hun donkere pak en ernstige gezicht hadden ze net zo goed de Kerstman kunnen zijn die zakken vol speelgoed kwam brengen voor kinderen die zich goed hadden gedragen. Voordat ze op de oprit stopten, stond Ramona – op hoge hakken, met een parelketting om en in een veel mooiere jurk dan ze tijdens de begrafenis had gedragen – voor het raam naar buiten te kijken. Ian, nu in colbert en stropdas, liep heen en weer door de woonkamer en keek steeds op zijn horloge. Herschel, voor het eerst sinds zijn komst gladgeschoren, liep af en aan naar de keukendeur.

In de afgelopen drie dagen had Lettie genoeg gehoord om te weten dat de verwachtingen hooggespannen waren. Ze wisten niet hoeveel geld de oude Seth op de bank had, maar ze gingen ervan uit dat er iets was. En alles was een meevallertje immers? Het huis en het land alleen al waren minstens een half miljoen waard, volgens Ians laatste schatting. Hoe vaak komt het voor dat je een half miljoen dollar mag delen? En dan was er nog de houtgroothandel, en wie weet wat nog meer?

Ze gingen allemaal in de woonkamer zitten: drie advocaten, drie potentieel begunstigden, allemaal goedgekleed met keurige manieren en opgewekt. De bediende, in haar beste witkatoenen jurk, serveerde koffie met cake, en keerde daarna terug naar de schaduw om te luisteren.

De advocaten boden hun welgemeende condoleances aan. Ze hadden Seth jarenlang gekend en hadden grote bewondering voor hem. Wat een man! Het was heel goed mogelijk dat de advocaten een hogere pet van Seth op hadden dan zijn eigen kinderen, maar op dat moment stond niemand daarbij stil. Tijdens deze eerste fase van het gesprek gedroegen Herschel en Ramona zich uitstekend, bewonderenswaardig zelfs. Ian zag eruit alsof hij zich verveelde en leek niet te kunnen wachten tot ze tot zaken zouden komen.

'Ik heb een idee,' zei Herschel. 'Misschien zijn er nog meer mensen die meeluisteren. Het is een heerlijke dag, dus waarom gaan we niet buiten zitten, op de patio? Daar kunnen we, zeg maar, onder vier ogen met elkaar praten.'

Ramona was het er niet mee eens. 'Toe nou, Herschel,' zei ze, maar Ian was al opgestaan. De hele groep liep door de keuken naar de patio, waar ze met z'n allen aan de picknicktafel gingen zitten. Een uur eerder had Lettie, met een vooruitziende blik, al een raam in de badkamer op een kier gezet. Nu zat ze op de rand van de badkuip, zodat ze alles nog beter kon horen dan eerst.

Lewis McGwyre knipte zijn zware aktetas open en haalde er een dossier uit. Hij deelde drie kopieën van een dik document uit en zei: 'Onze firma heeft dit testament ruim een jaar geleden voor uw vader opgesteld. Er staan heel veel standaarduitdrukkingen in, maar dat is helaas altijd noodzakelijk.'

Ramona, zenuwachtig en nog steeds met rode ogen, zei: 'Ik lees het later wel. Vertel ons alstublieft maar gewoon wat er in het testament staat.'

'Uitstekend,' zei meneer McGwyre. 'Het komt erop neer dat u beiden, Herschel en Ramona, ieder veertig procent krijgt van de nalatenschap. Een deel is meteen beschikbaar, een ander deel zit vast in ondernemingen, maar het komt erop neer dat jullie tachtig procent van de nalatenschap van de heer Hubbard erven.'

'En die andere twintig procent?' vroeg Ian.

'Vijftien procent gaat in een trust voor de kleinkinderen, en vijf procent is een gift aan de Irish Road Christian Church.'

'Waaruit bestaat de erfenis?' vroeg Herschel.

Stillman Rush antwoordde rustig: 'De bezittingen zijn substantieel.'

Toen Lettie een halfuur later met een pot verse koffie naar buiten kwam, was de stemming totaal omgeslagen. Verdwenen waren de nervositeit, de onzekerheid, de zwaarmoedigheid en het verdriet; dat alles had plaatsgemaakt voor een duizelingwekkend gevoel dat alleen onverdiende rijkdom kan veroorzaken. Ze hadden zojuist de loterij gewonnen, nu was hun enige zorg nog hoe ze het geld in handen konden krijgen. Nu het om zoveel geld ging, hielden ze allemaal meteen hun mond toen Lettie eraan kwam. Er werd geen woord gezegd terwijl ze koffie inschonk. Maar zodra de keukendeur achter haar dichtging, begonnen ze alle zes weer te praten.

Lettie luisterde en raakte steeds meer in verwarring.

Het testament dat voorlag, benoemde Lewis McGwyre als executeur. Hij had dus niet alleen het testament opgesteld, maar droeg ook de grootste verantwoordelijkheid voor de verificatie en de uitvoering ervan. De derde advocaat, Sam Larkin, was Seths belangrijkste zakelijk adviseur geweest en leek meteen bereid de eer voor dit ongelofelijke succes op te eisen. Larkin vertelde triomfantelijk over de ene deal na de andere, en vergastte zijn gehoor op Seths onverschrokken heldendaden nadat hij roekeloze bedragen had geleend. Zo leek het tenminste, maar Seth bleek slimmer dan ieder ander. Alleen Ian leek verveeld door deze verhalen.

McGwyre legde uit dat ze, omdat ze nu toch al in Ford County waren, naar de rechtbank moesten gaan om de noodzakelijke documenten in te dienen zodat de verificatieprocedure in gang werd gezet. In de krant van de county zou negentig dagen lang een oproep worden geplaatst waarin iedere schuldeiser werd opgeroepen eventuele schulden van Seth bekend te maken. Eerlijk gezegd, zei McGwyre, betwijfelde hij of hier wel onbekende crediteuren waren. Seth was op de hoogte geweest van zijn naderende einde. Ze hadden elkaar nog geen maand geleden gesproken.

Stillman Rush zei: 'Alles bij elkaar genomen, beschouwen we dit als een vrij routinematige verificatie, maar toch zal het tijd kosten.'

En meer inkomsten opleveren, dacht Ian.

'Over een paar maanden zullen we bij de rechtbank een financieel overzicht en een lijst met alle bezittingen en schulden van uw vader indienen. We zullen dan ook een CPA, een register-accountant, moeten inhuren, en daar kennen we verschillende van, om de bezittingen in kaart te brengen. Alle onroerende goederen moeten worden getaxeerd en alle persoonlijke bezittingen genoteerd. Dat kost tijd.'

'Hoeveel?' vroeg Ramona.

De drie advocaten knepen hun ogen halfdicht, de gebruikelijke reactie als wordt geprobeerd exacte informatie te achterhalen. Lewis McGwyre, de oudste firmant, haalde zijn schouders op en gaf een nietszeggend antwoord. 'Ik schat zo'n twaalf tot achttien maanden.'

Ian vertrok zijn gezicht toen hij dit hoorde en dacht aan alle leningen die in de komende twaalf maanden moesten worden afgelost. Herschel fronste hoewel hij probeerde dat niet te doen, en probeerde net te doen alsof hij heel veel geld op de bank had en er geen enkele haast bij was. Ramona schudde kwaad haar hoofd en vroeg: 'Waarom zo lang?'

McGwyre antwoordde: 'Goede vraag.'

'O, dank u.'

'Twaalf maanden is helemaal niet lang in dit soort zaken. Er moet veel graafwerk worden verricht. Gelukkig had uw vader waardevolle bezittingen. Voor veel nalatenschappen geldt dat niet. Wanneer hij zonder een cent was gestorven, had zijn verificatie binnen negentig dagen afgerond kunnen zijn.'

'In Florida kost de gemiddelde verificatie dertig maanden,' zei meneer Larkin.

'Dit is Florida niet,' zei Ian met een kille blik.

Stillman Rush zei snel: 'En de wet biedt een mogelijkheid voor gedeeltelijke uitkering; dat betekent dat u ondertussen al iets van uw aandeel mag nemen, voordat de nalatenschap helemaal is afgehandeld.'

'Dat klinkt goed,' zei Ramona.

'Hoe zit het met de belastingen?' vroeg Ian. 'Hoeveel is dat ongeveer?'

Meneer McGwyre leunde achterover en sloeg vol vertrouwen zijn benen over elkaar. Hij zei glimlachend en knikkend: 'Met een nalatenschap van deze omvang, zonder overlevende partner, zou de belasting torenhoog zijn, iets meer dan vijftig procent. Maar dankzij de vooruitziende blik van de heer Hubbard en onze expertise zijn we erin geslaagd een plan op te stellen...' – hij hield een kopie van het testament omhoog – '... en door gebruik te maken van enkele trusts en andere mogelijkheden hebben we het feitelijke belastingpercentage weten te drukken tot ongeveer dertig.'

Ian, het rekenwonder, had geen rekenmachine nodig. Twintig miljoen en een beetje minus dertig procent kwam neer op ongeveer veertien miljoen dollar. Veertig procent daarvan was voor zijn lieve echtgenote en daardoor zou hun aandeel ongeveer vijf komma zes miljoen dollar bedragen. En netto, zonder belasting te hoeven betalen en zo, omdat die op de nalatenschap zou drukken. Op dat moment hadden Ian en zijn verschillende partners en bedrijven bij een groot aantal banken een schuld van ruim vier miljoen dollar, waarvan ongeveer de helft moest worden afbetaald.

Terwijl Herschels interne rekenmachine de getallen kraakte, realiseerde hij zich dat hij zachtjes zat te neuriën. Even later kwam ook hij uit op een bedrag in de buurt van vijf komma zes miljoen dollar. Hij had het helemaal gehad met het inwonen bij zijn moeder. En nu hoefde hij zich geen zorgen meer te maken over de opleiding van zijn kinderen.

Ramona kon het niet laten en zei met een valse glimlach tegen haar man: 'Twintig miljoen, Ian, niet slecht voor, hoe noemde je hem ook al weer, een onopgeleide klojo.'

Herschel sloot zijn ogen en ademde uit, terwijl Ian zei: 'Kom op, Ramona.'

De advocaten hadden opeens belangstelling voor hun schoenen.

Ze ging echter door: 'Jij zult in je hele leven geen twintig miljoen dollar verdienen, en papa deed dat in tien jaar. En jouw familie, met al die banken die ze vroeger bezat, heeft nooit zoveel geld gehad. Vind je dat niet ongelofelijk, Ian?'

Ians mond viel open en hij kon haar alleen maar aanstaren. Als ze alleen waren geweest, was hij haar waarschijnlijk naar de keel gevlogen, maar nu kon hij niets doen. *Rustig aan*, zei hij tegen zichzelf terwijl hij probeerde niet woedend te worden. Je kunt je verdomme maar beter gedeisd houden, want die arrogante trut staat op het punt miljoenen te erven en hoewel al dat geld ons huwelijk waarschijnlijk naar de knoppen helpt, zit er toch ook wel iets voor mij in.

Stillman Rush deed zijn aktetas dicht en zei: 'Goed, wij moeten ervandoor. We gaan snel even naar de rechtbank en zetten alles in werking. We moeten elkaar heel binnenkort weer spreken, als dat kan.' Hij stond op terwijl hij dat zei, hij had opeens haast de familie alleen te laten. McGwyre en Larkin sprongen ook op, klikten hun aktetassen dicht en namen afscheid. Ze stonden erop alleen naar voren te lopen en renden bijna toen ze om de hoek van het huis verdwenen.

Na hun vertrek bleef het heel lang stil op de patio, doordat ze alle drie oogcontact vermeden en zich afvroegen wie als eerste iets zou zeggen. Eén verkeerd woord kon een nieuwe discussie ontketenen, of iets ergers. Ten slotte vroeg Ian, die het kwaadst was, aan zijn vrouw: 'Waarom zei je dat waar die advocaten bij waren?'

Herschel voegde eraan toe: 'Nee, waarom zei je dat, punt?'

Ramona negeerde haar broer en snauwde tegen haar echtgenoot: 'Omdat ik dat al heel lang heb willen zeggen, Ian. Je hebt altijd op ons neergekeken, vooral op mijn vader, en nu ben je opeens druk bezig zijn geld te tellen.'

'Dat doen we toch allemaal?' vroeg Herschel.

'Hou je kop, Herschel,' snauwde ze. Ze negeerde hem en bleef Ian aankijken. 'Ik ga nu van je scheiden, dat weet je.'

'Dáár had je niet veel tijd voor nodig.'

'Nee, dat klopt.'

'Kom op, jongens,' smeekte Herschel. Dit was niet de eerste echtscheiding waar hij getuige van was. 'Laten we naar binnen gaan, onze laatste spullen inpakken en zorgen dat we hier wegkomen.'

De mannen stonden langzaam op en liepen weg. Ramona keek naar de bomen in de verte, voorbij de achtertuin en naar het bos waar zij als kind had gespeeld. Zo vrij als nu had ze zich al jaren niet meer gevoeld.

Voordat het twaalf uur was, werd er alweer een cake gebracht. Lettie probeerde hem niet aan te nemen, maar uiteindelijk zette ze hem toch maar op het aanrecht waar ze voor de laatste keer stond af te wassen. De Dafoes namen kort afscheid van haar, maar alleen omdat ze daar niet met goed fatsoen onderuit konden. Ramona beloofde contact te houden, en zo. Lettie zag dat ze in de auto stapten zonder ook maar iets tegen elkaar te zeggen. Het zou een lange rit worden terug naar Jackson.

Zoals afgesproken kwam Calvin om twaalf uur langs. Ze gingen aan de keukentafel zitten, waar Herschel hem een sleutel van de nieuwe sloten overhandigde. Calvin moest om de dag het huis controleren en zoals gewoonlijk het gras maaien en het blad blazen.

Nadat Calvin vertrokken was, zei Herschel: 'Oké Lettie, volgens mij zijn we je twintig uur tegen vijf dollar per uur schuldig: maandag en dinsdag is twee keer acht uur plus vandaag vier uur. Klopt dat?'

'Als u het zegt.'

Hij stond bij het aanrecht en schreef een cheque voor haar uit. 'Honderd dollar,' mompelde hij fronsend. Hij kon het nog steeds niet laten om te mopperen over haar veel te hoge uurloon. Hij ondertekende de cheque, gaf hem aan haar en zei: 'Alsjeblieft,' alsof het een cadeautje was.

'Dank u wel.'

'Bedankt, Lettie, voor je goede zorgen voor mijn vader en het huis en zo. Ik weet dat dit niet gemakkelijk is.'

Vastberaden zei ze: 'Dat begrijp ik.'

'Ik ga ervan uit dat we je nooit meer zullen zien, maar ik wil dat je weet hoezeer we waarderen wat je allemaal voor onze vader hebt gedaan.'

Wat een flauwekul, dacht Lettie, maar ze zei: 'Dank u wel.' Met vochtige ogen vouwde ze de cheque op.

Na een ongemakkelijke stilte zei hij: 'Goed dan, Lettie, als je nu gaat, kan ik de boel hier afsluiten.'

'Ja, meneer.'

10

Op een saaie woensdagochtend beenden drie goedgeklede advocaten van buiten de stad door het rechtbankgebouw, waar ze natuurlijk de aandacht trokken, maar dat leek hen absoluut niets te kunnen schelen. Eén advocaat had deze eenvoudige taak gemakkelijk kunnen uitvoeren, maar drie konden er drie keer zoveel voor in rekening brengen. Ze negeerden de plaatselijke advocaten, de klerken en de vaste bezoekers van de rechtbank en liepen doelbewust het kantoor binnen van de griffier. Daar werden ze opgevangen door Sara, die al was ingeseind door Jake Brigance, die op zijn beurt al was ingeseind door een onverwacht telefoontje van Lettie Lang, toen nog in Seths huis, met het nieuws dat een hele groep advocaten zojuist was vertrokken en onderweg was naar Clanton.

Stillman Rush liet een verblindende glimlach zien aan Sara, die langzaam op haar kauwgum kauwde en naar de mannen keek alsof ze zich op verboden terrein bevonden. 'Wij zijn van de firma Rush uit Tupelo,' vertelde hij, en niet een van de andere drie griffiers keek op. De zachte muziek uit de radio bleef doorspelen.

'Gefeliciteerd,' zei Sara. 'Welkom in Clanton.'

Lewis McGwyre had zijn fraaie aktetas geopend en haalde er papieren uit. Stillman zei: 'Ja, nou, we moeten een verzoek indienen voor de verificatie van een nalatenschap.' Met een elegante zwaai landden de papieren op de balie voor Sara, die er, nog steeds op haar kauwgum kauwend, naar keek zonder ze aan te raken. 'Wie is er overleden?' vroeg ze.

'Een man genaamd Seth Hubbard,' zei Stillman, een octaaf hoger, maar nog steeds niet zo luid dat hij de aandacht trok van iemand anders in het kantoor van de griffier van Ford County.

'Nooit van gehoord,' zei Sara met een stalen gezicht. 'Woonde hij in deze county?'

'Inderdaad, vlak bij Palmyra.'

Eindelijk raakte ze de papieren aan, pakte ze op en begon meteen te fronsen. 'Wanneer is hij overleden?' vroeg ze.

'Deze zondag.'

'Hebben ze hem al begraven?'

Stillman brulde bijna – *Hebt u daar echt iets mee te maken?* – maar hij beheerste zich. Hij bevond zich op buitenlands grondgebied en het kon alleen maar problemen veroorzaken wanneer hij de ondergeschikten tegen zich in het harnas joeg. Hij glimlachte en zei: 'Gisteren.'

Sara keek naar het plafond alsof haar iets dwarszat. 'Seth Hubbard? Seth Hubbard?' Ze keek achterom en vroeg: 'Hé Eva, hebben we niet al iets binnen over Seth Hubbard?'

Tien meter bij haar vandaan zei Eva: 'Ja, gisteren, eind van de middag. Een nieuw dossier, in het rek daar.'

Sara zette een paar stappen, trok een dossier tevoorschijn en keek ernaar terwijl de drie advocaten verstijfden en haar nauwlettend in de gaten hielden. Ten slotte zei ze: 'Ja, ik heb hier een verzoek voor de verificatie van het testament van de heer Henry Seth Hubbard, gistermiddag om vijf voor vijf ingediend.'

De drie advocaten probeerden tegelijkertijd iets te zeggen, maar geen van drieën kon een woord uitbrengen. Ten slotte slaagde Stillman erin heel zwakjes te vragen: 'Wat heeft dat verdomme te betekenen?'

'Ik heb het niet ingediend,' zei Sara. 'Ik ben maar een nederige klerk.'

'Is dat een openbaar dossier?' vroeg McGwyre.

'Inderdaad.' Ze schoof het dossier over de balie en de drie hoofden bogen zich eroverheen, oor tegen oor tegen oor. Sara draaide zich om, knipoogde tegen de andere meisjes en liep terug naar haar bureau.

Vijf minuten later drukte Roxy op het knopje van de telefoonintercom van Jake. 'Meneer Brigance, hier zijn een paar heren die u willen spreken.'

Vanaf het balkon had Jake hen de rechtbank uit zien stormen en naar zijn kantoor zien marcheren. 'Hebben ze een afspraak?'

'Nee, meneer, maar ze zeggen dat het dringend is.'

'Ik zit in een bespreking die nog zeker een halfuur zal duren,' zei Jake in zijn lege kantoor. 'Als ze willen, mogen ze wel wachten.'

Roxy, die snel was ingeseind, legde de telefoon neer en gaf de boodschap door.

De advocaten fronsten, zuchtten, liepen onrustig heen en weer, en besloten ten slotte om ergens een kop koffie te gaan drinken. Bij de deur zei Stillman: 'Geef meneer Brigance alstublieft door dat dit een dringende kwestie is.'

'Dat heb ik al gedaan.'

'Ja, nou ja, bedankt.'

Jake hoorde de deur dichtgaan en glimlachte. Ze zouden zeker terugkomen en hij had zin in dat gesprek. Hij wijdde zijn aandacht weer aan de laatste uitgave van *The Ford County Times*, die elke woensdagochtend vroeg verscheen en een rijke bron was van het plaatselijke nieuws. Op de voorpagina, onder de vouw, stond een kort verhaal over de dood van de heer Seth Hubbard, een 'kennelijke zelfmoord'. De verslaggever had bepaalde aanwijzingen gevolgd en een beetje zitten graven. Anonieme bronnen fluisterden dat de heer Hubbard vroeger in het hele zuidoosten grote ondernemingen had bezeten in hout, meubels en kaprechten. Nog geen jaar geleden had hij zijn meeste bezittingen verkocht. Geen van zijn familieleden had teruggebeld. Er stond een foto bij van een veel jongere Seth. Hij leek totaal niet op die arme vent aan een touw op Ozzies weerzinwekkende foto's. Maar dat was natuurlijk nooit zo.

Twintig minuten later waren de advocaten terug. Roxy liet hen plaatsnemen in de vergaderzaal op de begane grond. Ze stonden bij het raam en keken naar het verkeer dat traag om het plein heen reed. Ze wachtten, af en toe fluisterden ze iets tegen elkaar, alsof er microfoontjes in het vertrek waren aangebracht en iemand anders misschien meeluisterde. Eindelijk kwam Jake Brigance binnen en begroette hen. Er werden geforceerde glimlachjes en stijve maar beleefde handdrukken uitgewisseld, en toen ze eindelijk zaten vroeg Roxy of iemand koffie of water wilde. Nadat iedereen dat aanbod had afgeslagen, deed zij de deur dicht en verdween.

Jake en Stillman waren allebei tien jaar geleden afgestudeerd aan Ole Miss, en hoewel ze elkaar tijdens hun rechtenstudie kenden en vaak dezelfde colleges volgden, gingen ze met totaal andere mensen om. Als favoriete zoon uit een familie die een advocatenkantoor bezat dat volgens zeggen honderd jaar oud was, was Stillmans toekomst al verzekerd voordat hij zijn eerste verbintenissenzaak voorbereidde. Jake en vrijwel alle anderen hadden een baan moeten zoeken. Het moet gezegd worden dat Stillman keihard werkte om zichzelf te bewijzen en tot de beste tien procent behoorde toen hij afstudeerde. Jakes resultaten waren niet veel slechter. Als advocaat hadden hun paden zich een keer gekruist toen Lucien Jake opdracht gaf een niet bepaald veelbelovende zaak wegens seksediscriminatie aanhangig te maken tegen een werkgever die door de firma Rush werd vertegenwoordigd. De uitkomst was onbeslist, maar tijdens het proces had Jake een hekel aan Stillman gekregen. Tijdens hun studie had deze zich redelijk acceptabel gedragen, maar na een paar jaar in de loopgraven was hij een grote baas geworden in een grote firma met het vereiste ego. Zijn blonde haar was tegenwoordig iets langer en wapperde om zijn oren: een fraai contrast met zijn sjaal van fijne zwarte wol.

Jake had McGwyre en Larkin nooit ontmoet, maar hij kende hen wel van naam; het was een kleine staat.

'Waar heb ik deze eer aan te danken, heren?' vroeg Jake.

'O, volgens mij weet je dat allang, Jake,' antwoordde Stillman zelfvoldaan. 'Ik zag je gisteren bij de begrafenis van Seth Hubbard. We hebben zijn holografisch testament gelezen.'

'Het is in vele opzichten ontoereikend,' zei Lewis McGwyre somber.

'Ik heb het niet opgesteld,' snauwde Jake die tegenover hen zat.

'Maar je hebt het wel ingediend ter verificatie,' zei Stillman. 'Dus denk jij dat het een rechtsgeldig testament is.'

'Ik heb geen enkele reden om iets anders te denken. Dit testament is me via de post toegezonden. Ik kreeg opdracht het te verifiëren. En dat heb ik gedaan.'

'Maar hoe kun je instemmen met zoiets slordigs?' vroeg Sam Larkin, terwijl hij een kopie van het testament pakte.

Jake keek hem aan met alle minachting die hij kon opbrengen. Typische klojo van een grote firma. Veel belangrijker dan ieder ander, omdat jij per uur declareert. Volgens jouw beschaafde en erudiete mening is dit testament 'slordig' en dus ongeldig; en daarom moet iedereen het met je eens zijn. Hij beheerste zich en zei: 'Het is tijdverspilling om de ontvankelijkheid van het handgeschreven testament van de heer Hubbard te bespreken. Laten we dat maar voor de rechtszaal bewaren.' En dat was Jakes eerste schot. De rechtszaal was immers de plaats waar hij zijn reputatie had gevestigd, hoe die ook was. McGwyre stelde testamenten op, Larkin contracten en voor zover Jake wist, was Stillmans specialiteit het verdedigen van commerciële brandstichtingszaken, hoewel hij zichzelf graag beschouwde als agressieve procesadvocaat.

De rechtszaal – Jakes rechtszaal, de rechtszaal aan de overkant in Jakes rechtbank – was de plaats waar de belangrijke Hailey-zaak nog geen drie jaar geleden had gewoed, en hoewel de andere drie het nooit zouden toegeven, hadden zij dat proces vanaf een afstandje ook aandachtig gevolgd. Net als iedere andere advocaat in de staat waren ze groen van jaloezie geweest door alle aandacht die Jake kreeg.

'Mag ik vragen naar de relatie die je met Seth Hubbard had?' vroeg Stillman beleefd.

'Ik heb die man nooit ontmoet. Zondag stierf hij en maandag zat zijn testament bij mijn post.'

Dit fascineerde hen en ze hadden even tijd nodig om dit te verwerken.

Jake besloot nog meer druk uit te oefenen: 'Ik moet toegeven dat ik nooit eerder een dergelijke zaak heb gehad en nooit eerder een handge-schreven testament heb geverifieerd. Ik neem aan dat jullie meer dan genoeg kopieën van het vorige testament hebben, het testament dat jul-lie firma vorig jaar heeft opgesteld. Ik neem aan dat ik daar geen kopie van kan krijgen?'

Ze schoven op hun stoel heen en weer, en keken elkaar aan. Stillman zei: 'Weet je, Jake, als dat testament was toegelaten voor verificatie, was het openbaar geweest en hadden we je een kopie gegeven. Maar we heb-ben het ingetrokken zodra we hoorden dat er al een ander testament was ingediend. Dus ik neem aan dat ons testament nog steeds een vertrou-welijk document is.'

'Klinkt logisch.'

De drie mannen keken elkaar zenuwachtig aan en het was wel duide-lijk dat geen van hen wist wat ze nu moesten doen.

Jake zei niets, maar vond het heerlijk om te zien dat zij zich niet op hun gemak voelden.

Stillman, de procesadvocaat, zei: 'Dus eh, Jake, we vragen je dus om het handgeschreven testament terug te trekken en ons toe te staan door te gaan met het authentieke testament.'

'Het antwoord is nee.'

'Dat verbaast me niet. Wat stel je voor, hoe zullen we vanaf hier te werk gaan?'

'Dat is heel eenvoudig, Stillman. Laten we een gezamenlijk verzoek bij de rechtbank indienen voor een hoorzitting, besloten, om de situatie te bespreken. Rechter Atlee zal beide testamenten bekijken en, geloof me, hij zal wel met een plan komen. Ik sta elke maand in zijn rechtszaal en het lijdt geen twijfel dat hij de leiding zal hebben.'

'Dat dacht ik ook,' zei Lewis McGwyre. 'Ik ken Reuben al jaren en ik vind ook dat we met hem moeten beginnen.'

'Ik wil de boel met alle plezier in gang zetten,' zei Jake.

'Je hebt dus nog niet met hem gepraat?' vroeg Stillman.

'Natuurlijk niet. Hij weet hier niets van. De begrafenis was gisteren, weet je nog?'

Ze slaagden erin beleefd afscheid van elkaar te nemen en vredig uit elkaar te gaan, hoewel ze alle vier wisten dat hun een zware strijd te wachten stond.

Lucien zat op zijn voorveranda en dronk iets wat limonade bleek te zijn. Dat deed hij af en toe als zijn lichaam en zijn leven zo onder invloed waren geraakt door de whiskey dat hij een week of zo vrij nam en een afschuwelijke afwenningskuur onderging. De veranda liep rondom een oud huis op een heuvel iets buiten Clanton en keek uit op de stad eronder en de rechtbank in het centrum. Het huis was, net als de meeste van Luciens bezittingen en schulden, een erfstuk van zijn voorouders, die hij minachtte maar die er, achteraf gezien, op een bewonderenswaardige manier in waren geslaagd hem een comfortabel leven te bieden. Lucien was drieënzestig, maar toch een oude man. Zijn gezicht leek grauw door zijn grijze snor en baard die goed bij zijn lange, onverzorgde haar pasten. De whiskey en sigaretten zorgden voor nog meer rimpels in zijn gezicht. Te veel tijd op zijn veranda voegde steeds meer kilo's toe aan zijn middel en een zwaarmoedigheid aan zijn altijd gecompliceerde stemmingen.

Negen jaar eerder was hij zijn vergunning als advocaat kwijtgeraakt en, volgens de richtlijnen van zijn schorsing, mocht hij inmiddels een verzoek indienen deze schorsing op te heffen. Die bom had hij een paar keer op Jake laten vallen om zijn reactie te peilen, maar hij kreeg niets. Niets zichtbaars in elk geval, maar onder het oppervlak werd Jake doodsbang als hij eraan dacht dat hij weer een senior partner kreeg die de eigenaar was van het gebouw en met wie hij onmogelijk kon samenwerken, of onder wie hij onmogelijk kon werken. Jake zou het geen zes maanden volhouden als Lucien weer advocaat zou worden, Jakes huidige kantoor zou betrekken en iedereen die hem kwaad maakte voor de rechter zou slepen en pedofielen en verkrachters en moordenaars zou gaan verdedigen.

'Hoe gaat het, Lucien?' vroeg Jake, toen hij de trap op kwam.

Nuchter, met een heldere blik en een fris gevoel, antwoordde Lucien: 'Prima, Jake. Altijd prettig je te zien.'

'Je hebt me een lunch aangeboden. Heb ik ooit nee gezegd tegen een lunch?' Als het weer het toeliet, aten ze minstens twee keer per maand op de veranda.

'Niet dat ik weet,' zei Lucien. Hij stond op, op blote voeten, en stak zijn hand uit.

Ze gaven elkaar hartelijk een hand, klopten elkaar even op de schouder zoals mannen doen als ze elkaar liever niet omhelzen, en gingen zitten in de oude witte schommelstoelen die niet meer dan tien centimeter waren verplaatst sinds Jakes eerste bezoek tien jaar geleden.

Sallie verscheen na een tijdje en begroette Jake. Hij zei dat hij wel zin had in ijsthee, waarop ze wegliep, zoals altijd zonder haast. Ze was aangenomen als huishoudster en daarna, nadat Lucien aan de boemel was gegaan en twee weken bewusteloos was geweest, gepromoveerd tot verpleegster. Op een bepaald moment was ze bij hem ingetrokken en een tijdje had het gegonsd van de geruchten in Clanton. Daar kwam algauw een einde aan, doordat eigenlijk niemand geschokt was door wat Lucien Wilbanks ook deed.

Sallie bracht de ijsthee en schonk Lucien nog wat limonade in. Toen ze weg was, vroeg Jake: 'Van de drank af?'

'Zeker weten van niet! Gewoon een pauze. Ik wil graag nog twintig jaar leven, Jake, en ik maak me zorgen om mijn lever. Ik wil niet doodgaan én ik wil de Jack Daniel's niet opgeven, dus bevind ik me in een constante tweestrijd. Hier maak ik me continu zorgen over, en uiteindelijk worden de zorgen en de stress en de druk me te veel, en dan kan ik alleen maar worden opgevrolijkt door de Jack.'

'Neem me niet kwalijk dat ik het vroeg.'

'Drink jij?'

'Niet echt. Af en toe een biertje, maar thuis hebben we dat nooit. Carla keurt het af, weet je.'

'Mijn tweede vrouw keurde het ook af en zij heeft het nog geen jaar volgehouden. Maar ja, ze leek dan ook niet op Carla.'

'Dank je, denk ik.'

'Graag gedaan. Sallie maakt groente klaar, dat vind je geen probleem, hoop ik.'

'Lekker!'

Ze hadden een ongeschreven lijst met onderwerpen die ze altijd bespraken en meestal in een volgorde die zo voorspelbaar was dat Jake vaak het idee had dat Lucien ergens aantekeningen had verstopt. De familie, Carla en Hanna; het kantoor, de huidige secretaresse en elke winstgevende zaak die sinds het laatste bezoek was opgedoken; de rechtszaak tegen de verzekeringsmaatschappij; het onderzoek naar de Klan; het laatste nieuws over Mack Stafford, de advocaat die was verdwenen met het geld van zijn cliënten; roddels over andere advocaten en rechters; universiteitsfootball; en het weer natuurlijk.

Ze liepen naar de kleine tafel aan de andere kant van de veranda waar Sallie de lunch klaarzette: gele sperziebonen, pompoen, gestoofde tomaten en maisbrood. Nadat ze hun bord hadden volgeschept, verdween Sallie weer.

Zwijgend namen ze een paar happen. Daarna vroeg Jake: 'Heb jij Seth Hubbard ooit ontmoet?'

'Ik las het vanochtend in de krant. Wel triest. Ik heb hem vijftien jaar geleden een paar keer ontmoet in verband met een onbelangrijke juridische kwestie. Heb hem nooit voor het gerecht gedaagd, dus daar zal ik altijd spijt van houden. Hij had misschien wel wat geld. Ik heb geprobeerd iedereen met geld voor de rechter te dagen en dat is, zoals je weet, een verdomd klein groepje. Hoezo?'

'Ik heb een hypothetische vraag voor je.'

'Kan dat niet wachten? Ik zit te eten.'

'Nee, luister. Je hebt wat geld, geen vrouw, geen kinderen, een paar verre familieleden, en je hebt een lieve zwarte huishoudster die kennelijk iets meer is dan alleen maar een huishoudster.'

'Dit klinkt als bemoeizucht. Waar gaat dit naartoe?'

'Als jij vandaag een nieuw testament zou opstellen, naar wie zou je geld dan gaan?'

'Niet naar jou, verdomd als het niet waar is!'

'Verbaast me niets, en ik kan je verzekeren dat jij ook niet in mijn testament staat.'

'Geen probleem. Trouwens, je hebt de huur van vorige maand nog niet betaald.'

'De cheque is verstuurd. Kun je mijn laatste vraag beantwoorden?'

'Nee. Je vraag bevalt me niet.'

'Toe nou, speel het spelletje even mee. Doe me een lol. Als jij nu een nieuw testament zou opstellen, wie zou dan alles krijgen?'

Lucien stopte maisbrood in zijn mond en begon langzaam te kauwen. Hij keek om zich heen om zeker te weten of Sallie niet meeluisterde. Ten slotte zei hij: 'Gaat je niets aan. Hoezo?'

Jake stak zijn hand in zijn jaszak en haalde er enkele papieren uit. 'Kijk hier maar eens goed naar. Dit is het testament van Seth Hubbard, geschreven afgelopen zaterdag en met in het achterhoofd dat wat hij die zondag zou gaan doen. Het origineel zat maandag bij mijn post.'

Lucien zette zijn leesbril op, nam een slokje limonade en las Seths testament. Toen hij bij de tweede bladzijde was, ontspande zijn gezicht en begon hij te glimlachen. Hij zat te knikken tegen de tijd dat hij klaar was. 'Dit vind ik leuk,' zei hij, en hij liet de papieren zakken en grijnsde naar Jake. 'Ik neem aan dat Lettie die zwarte huishoudster is.'

'Klopt. Ik heb haar gisteren voor het eerst gesproken. Haar naam weleens gehoord?'

Lucien dacht even na terwijl hij het testament vasthield en zijn lunch vergat. 'Ik ken geen enkele Tayber, misschien wel een paar Langs. Box Hill is een vreemd deel van de county, ik ben er nooit geweest.' Hij las het testament nog een keer, terwijl Jake doorging met eten.

'Wat is hij waard?' vroeg Lucien terwijl hij de papieren weer opvouwde en ze teruggaf aan Jake.

'Twintig miljoen ongeveer,' zei Jake nonchalant, alsof dat een gebruikelijke nalatenschap was in Ford County. 'Hij heeft goed geboerd in de meubel- en houthandel.'

'Kennelijk.'

'Nu is het allemaal omgezet in contanten, grotendeels dan.'

Lucien schoot in de lach. 'Dat kan dit stadje wel gebruiken,' zei hij schuddebuikend. 'Een splinternieuwe zwarte miljonaire met meer geld dan ieder ander.'

'Ze heeft het nog niet,' zei Jake, genietend van hun lichtzinnigheid. 'Ik heb net een paar advocaten van de firma Rush gesproken en zij hebben me feitelijk een oorlog beloofd.'

'Natuurlijk. Zou jij niet vechten voor zoveel geld?'

'Natuurlijk. Ook wel voor veel minder.'

'Ik ook.'

'Heb jij ooit een lelijk gevecht om een testament gevoerd?'

'Aha, dus dáár gaan we naartoe. Je hebt behoefte aan het gratis juridische advies van een geschorste advocaat.'

'Dit soort zaken is vrij zeldzaam.'

Lucien kauwde op een hap eten en krabde aan zijn baard. Hij schudde zijn hoofd en zei: 'Nee, nooit. Luister, de familie Wilbanks heeft honderd jaar lang gevochten om land en vee en geld; er is overal om gevochten, soms ontzettend verbitterd. Er is sprake geweest van vuistgevechten, echtscheidingen, zelfmoorden, duels, doodsbedreigingen, noem maar op en er is wel een Wilbanks die het heeft gedaan. Maar we zijn er altijd in geslaagd dat buiten de rechtbank om te doen.'

Sallie kwam eraan en schonk hun glazen weer vol.

Zwijgend zaten ze een paar minuten te eten.

Lucien zat naar zijn voortuin te staren, hij had een felle blik in zijn ogen en dacht diep na. 'Fascinerend, vind je ook niet, Jake?'

'Inderdaad.'

'En beide partijen kunnen een juryproces eisen, toch?'

'Ja, de wet is niet veranderd. En het verzoek om een juryproces moet worden ingediend vóór de eerste hoorzitting, dus dat moet snel worden gedaan. Ik wil dat je daarover nadenkt, Lucien. Dat is dé vraag van de dag: wil ik hier een jury bij betrekken of laat ik de beslissing over aan rechter Atlee?'

'Stel dat Atlee zich terugtrekt?'

'Dat zal hij niet doen, want deze zaak wordt veel te leuk. De grootste nalatenschap die hij ooit zal meemaken, een groots drama, en als er een jury is dan mag Atlee dit hele circus voorzitten terwijl hij zich achter het juryoordeel kan verschuilen.'

'Misschien heb je wel gelijk.'

'Maar de vraag is: kun je een Ford County-jury vertrouwen? Drie zwarten, hoogstens vier.'

'De Hailey-jury was helemaal blank als ik het me goed herinner.'

'Dit is niet Carl Lee Hailey, Lucien. Absoluut niet. Dat ging alleen maar om ras, en dit gaat alleen maar om geld.'

'Alles in Mississippi gaat om ras, Jake, dat mag je niet vergeten! Een eenvoudige zwarte vrouw staat op het punt misschien wel het grootste vermogen te erven dat deze county ooit heeft meegemaakt, en de beslissing hierover ligt in handen van een jury die overwegend blank is. Het gaat om ras én om geld, Jake, een zeldzame combinatie in deze streek.'

'Dus zou jij geen jury willen riskeren?'

'Dat zei ik niet. Laat me hier even over nadenken, oké? Mijn waardevolle advies, hoewel nog altijd gratis voor jou, moet meestal goed worden overwogen.'

'Klinkt logisch.'

'Misschien kom ik vanmiddag wel even langs. Ik ben op zoek naar een oud boek dat misschien op de zolder ligt.'

'Jij bent de eigenaar,' zei Jake en hij schoof zijn bord van zich af.

'En jij bent te laat met de huur.'

'Sleep me maar voor de rechter.'

'Ik zou niets liever doen, maar jij bent failliet. Je woont in een huurwoning en je auto heeft al bijna evenveel kilometers gereden als de mijne.'

'Ik had misschien in de meubelhandel moeten stappen.'

'In wat dan ook, maar niet in de wet. Ik vind dit een geweldige zaak, Jake. Misschien wil ik hier wel aan meewerken.'

'Natuurlijk, Lucien,' zei Jake, zonder enige aarzeling. 'Kom later vanmiddag maar even langs, dan bespreken we dat. Dan heb ik Lettie waarschijnlijk ook gezien.' Hij stond op en liet zijn servet op de tafel vallen.

'Geen koffie?'

'Nee, ik moet ervandoor. Bedankt voor de lunch en doe de groeten aan Sallie.'

11

Een nieuwsgierige assistent die op de gang in oude kadasteraantekeningen zat te bladeren, hoorde de roddel die bij een waterkoeler werd besproken, en maakte kopieën van het meest recente testament dat in Ford County was ingediend voor verificatie. Zodra hij terug was op kantoor liet hij het aan zijn bazen zien, maakte zelfs nog meer kopieën en verstuurde een paar faxen. Zijn bazen faxten het testament ook en tegen twaalf uur die woensdag dook Seths testament overal in de county op. De '*Mogen zij een pijnlijke dood sterven, net als ik*'-wens was een favoriete kreet, maar de discussie werd algauw gedomineerd door speculaties over hoeveel de overledene nu eigenlijk waard was.

Herschel verliet het huis van zijn vader en belde meteen zijn advocaat in Memphis op om hem het geweldige nieuws te vertellen dat hij binnenkort 'verschillende' miljoenen dollars zou erven. Hij maakte zich vooral druk om zijn ex-vrouw – hij bloedde nog altijd hevig door hun scheiding – en hij wilde weten of zij ook iets kon opeisen. Nee, dat kon ze niet, verzekerde zijn advocaat hem. De advocaat belde een bevriende advocaat in Tupelo, alleen maar om geruchten te verspreiden, en daardoor slaagde hij er ook in te laten doorschemeren dat Seth Hubbard netto 'minstens twintig miljoen dollar' waard was. De advocaat in Tupelo belde een paar vrienden op. De omvang van de nalatenschap begon te groeien.

Zodra Ian Dafoe de Natchez Trace Parkway bereikte, zette hij zijn cruisecontrol op 85 kilometer per uur en installeerde zich voor de aangename rit. Er was weinig verkeer, de zon scheen, de bladeren begonnen al te kleuren en enkele blaadjes dwarrelden al door de lucht. Hoewel zijn vrouw zoals altijd zijn leven bemoeilijkte, had hij reden om te glimlachen. Hij was erin geslaagd het gesprek over een scheiding te ontwijken, in elk geval voor dit moment. Ze had een kater, ze had zojuist haar vader begraven en haar zenuwen hadden het begeven, en zelfs op een goede dag kon Ramona slecht met tegenslagen omgaan. Hij kon haar kalmeren, haar ompraten, haar genoeg kusjes geven om hun problemen glad te strijken en beginnen aan zijn taak hun nieuwe rijkdom te managen.

Samen. Hij was ervan overtuigd dat hij dit voor elkaar zou krijgen.

Ze lag op de achterbank, op haar rug met een arm voor haar ogen geslagen, en probeerde te slapen. Ze was opgehouden met praten en ademde zwaar. Hij draaide zich vaak om om te kijken of ze nog sliep en op een bepaald moment pakte hij zijn nieuwe autotelefoon en belde het kantoor. Hij praatte zo zachtjes mogelijk en vertelde zo weinig mogelijk aan Rodney, zijn partner: 'De ouwe is dood... nalatenschap ruim twintig miljoen... meubels en timmerhout... behoorlijk verrassend... had geen idee... heb net het testament gezien... veertig procent, na belastingen... niet slecht... ongeveer een jaar... ik maak geen grapje... later vertel ik meer.'

Ian reed door, glimlachte tegen de bladeren en droomde van een beter leven. Zelfs als ze wel gingen scheiden, kreeg hij immers toch een deel van haar erfenis? Hij overwoog zijn advocaat te bellen, maar was zo verstandig daarmee te wachten. Opeens ging de telefoon, waardoor hij schrok en Ramona wakker werd. 'Hallo,' zei hij.

Aan de andere kant zei een stijve mannenstem: 'Ja, hallo Ian, met Stillman Rush, ik hoop dat ik je niet stoor. Wij zijn onderweg, terug naar Tupelo.'

'Je stoort me niet. Wij rijden op de Trace en moeten nog een paar uur rijden. Behalve praten is er niets te doen.'

'Ja, nou, luister, er is een kleine complicatie opgetreden, dus zal ik maar meteen ter zake komen.' Hij klonk een beetje zenuwachtig, zodat Ian meteen wist dat er iets mis was. Ramona ging rechtop zitten en wreef in haar gezwollen ogen.

Stillman zei: 'Nadat we jullie vanochtend hebben gesproken, kregen we niet de kans de nalatenschap van meneer Hubbard te openen, omdat er al een ander testament was ingediend. Het lijkt erop dat een advocaat in Clanton gistermiddag laat naar de rechtbank is gegaan en een handgeschreven testament heeft ingediend dat Seth Hubbard afgelopen zaterdag kennelijk heeft geschreven, de dag voordat hij stierf. Handgeschreven testamenten zijn nog altijd rechtsgeldig, als ze aan bepaalde voorwaarden voldoen. Dit is een afschuwelijk testament. Er wordt niets nagelaten aan de familie – Ramona en Herschel worden specifiek onterfd – en in plaats daarvan gaat negentig procent van de nalatenschap naar Lettie Lang, de huishoudster.'

'Lettie!' hijgde Ian, terwijl hij over de middenstreep zwabberde. Hij beheerste zich en gaf een ruk aan het stuur.

'Wat is er?' gromde Ramona vanaf de achterbank.

'Ja, Lettie Lang,' herhaalde Stillman. 'Ik neem aan dat hij gek op haar was.'

'Dit is belachelijk!' zei Ian op scherpe toon, al een paar octaven hoger, en hij keek met een wilde blik in de achteruitkijkspiegel. 'Negentig procent? Zei je negentig procent?'

'Inderdaad. Ik heb een kopie van het testament en daar staat duidelijk negentig procent.'

'Handgeschreven? Is het een vervalsing?'

'Dat weten we nog niet. Alles is nog onduidelijk.'

'Maar het is toch zeker wél duidelijk dat dit niet stand kan houden, toch Stillman?'

'Natuurlijk niet. We hebben de advocaat gesproken die het testament heeft geverifieerd, en hij is niet van plan dat in te trekken. Dus hebben we afgesproken snel met de rechter om de tafel te gaan zitten om de zaak op te lossen.'

'De zaak op te lossen? Wat wil dat zeggen?'

'Nou, we zullen de rechter vragen het handgeschreven testament weg te gooien en het rechtsgeldige testament dat we vanochtend hebben bekeken te verifiëren. Wanneer hij om de een of andere reden nee zegt, stappen we naar de rechter om uit te vechten welk testament rechtsgeldig is.'

'Wanneer stappen we naar de rechter?' vroeg Ian strijdlustig, maar er klonk ook wat wanhoop door in zijn stem, alsof hij het vermogen al uit zijn handen voelde glippen.

'Dat weten we nog niet, maar ik bel je binnen een paar dagen. We regelen dit wel, Ian.'

'Doe dat maar, want anders schakel ik de firma Lanier uit Jackson in, die grote jongens die me heel lang hebben vertegenwoordigd. Zij weten hoe ze een proces moeten voeren. Weet je, misschien bel ik Wade Lanier wel meteen nadat we hebben opgehangen.'

'Dat is niet nodig, Ian, nog niet in elk geval. Het laatste waar we op dit moment behoefte aan hebben is nog meer advocaten. Ik bel je over een paar dagen.'

'Doe dat!' Ian smeet de telefoon neer en keek naar zijn vrouw die vroeg: 'Wat is er aan de hand, Ian?'

Ian haalde diep adem, ademde uit en zei: 'Dit geloof je niet!'

Toen Herschel werd gebeld, zat hij achter het stuur van zijn kleine Datsun naar het einde van een nummer van Springsteen te luisteren. De auto stond vlak bij de hoofdingang van de bmw-dealer in Oost-Memphis. In perfecte rijen stonden er tientallen glimmende nieuwe bmw's langs de straat. Herschel had zichzelf een standje gegeven vanwege dit belachelijke bezoek, en had als compromis met zichzelf afgesproken dat hij wel met een verkoper zou gaan praten, maar geen testrit zou maken. Nog niet in elk geval. Toen hij zijn hand uitstak om de radio uit te zetten, ging zijn autotelefoon.

Het was Stillman Rush, die begon met een zenuwachtig: 'Herschel, er is een nieuwe hobbel.'

Lettie kwam alleen.

Jake liep achter haar aan de trap op naar het grote kantoor, waar hij de deur dichtdeed en haar een kleine zithoek wees met een bank en stoelen. Hij deed zijn stropdas af, schonk koffie in en probeerde haar op haar gemak te stellen.

Ze vertelde dat Simeon alweer was vertrokken. Ze had hem niets over Seths testament verteld en dat had hem woedend gemaakt. Ze hadden even ruziegemaakt, waarbij elk woord door hun overvolle huis echode, en dus was hij vertrokken.

Jake gaf haar een kopie van Seths testament. Ze las hem door en begon te huilen. Hij zette een doosje tissues naast haar stoel. Ze las hem nog een keer door en toen ze klaar was, legde ze hem op de koffietafel voor haar en bleef heel lang stilzitten met haar handen voor haar gezicht geslagen. Toen de tranen op waren, veegde ze haar wangen droog en ging ze rechterop zitten, alsof de schok voorbij was en ze klaar was om zaken te doen.

'Waarom zou hij dit doen, Lettie?' vroeg Jake.

'Dat weet ik niet, ik zweer dat ik het niet weet,' zei ze, zacht en schor.

'Heeft hij dit testament met jou besproken?'

'Nee.'

'Heb je dit testament eerder gezien?'

Ze schudde haar hoofd. 'Nee, nee.'

'Heeft hij ooit met jou over zijn testament gepraat?'

Het bleef even stil terwijl zij haar gedachten op een rijtje probeerde te krijgen. 'Twee keer, denk ik, in de afgelopen maanden. Hij zei dat hij me iets zou nalaten, maar hij zei nooit wat. Natuurlijk hoopte ik dat hij dat zou doen, maar ik ben er nooit zelf over begonnen. Ik heb nooit een testament gehad. Mijn moeder had nooit een testament. Aan dat soort dingen denken we niet eens, weet u, meneer Brigance?'

'Noem me alsjeblieft Jake.'

'Ik zal het proberen.'

'Hoe noemde je hem? Meneer Hubbard, meneer Seth of alleen maar Seth?'

Behoedzaam zei ze: 'Als we met z'n tweetjes waren, noemde ik hem Seth omdat hij dat wilde. Als er iemand anders bij was, noemde ik hem altijd meneer Seth of meneer Hubbard.'

'Hoe noemde hij jou?'

'Lettie. Altijd.'

Hij ondervroeg haar over Seths laatste dagen, zijn ziekte, behandelingen, artsen, verpleegsters, eetlust, dagritme en haar dienstverband. Ze wist bijna niets over zijn zaken en vertelde dat hij zijn papieren in huis achter slot en grendel had bewaard, maar dat de meeste in de afgelopen maanden naar zijn kantoor waren gebracht. Hij sprak nooit over zijn zaken met haar, of in haar bijzijn. Voordat hij ziek werd en daarna als hij zich goed voelde, reisde hij heel veel en was hij het liefst weg uit de stad. Zijn huis was stil, eenzaam en geen gelukkige plek. Vaak kwam ze om acht uur 's ochtends en dan had ze de komende acht uur niets te doen, vooral als Seth de stad uit was. Als hij er wel was, kookte ze en maakte ze schoon. Als hij ziek was, en toen hij stervende was, bleef ze bij hem. Ze voedde hem en ja, als het nodig was waste ze hem en maakte ze hem schoon. Er waren slechte tijden geweest, vooral tijdens de chemo en bestraling, toen hij bedlegerig was en te zwak om zelf te eten.

Jake legde voorzichtig uit wat beïnvloeding was. De juridische aanval op het handgeschreven testament zou een aanval zijn op Lettie, met de beschuldiging dat ze te intiem was geweest met Seth, te veel invloed op hem had gehad, hem had gemanipuleerd om haar in zijn testament op te nemen. Als Lettie wilde winnen, was het belangrijk dat ze kon bewijzen dat dit niet het geval was geweest. Terwijl ze praatten en zij zich meer ontspande, zag Jake haar in gedachten onder ede een verklaring afleggen; dat zou in de nabije toekomst gebeuren, in een kamer vol opgefokte advocaten die niet konden wachten tot ze aan de beurt waren en de kans kregen haar aan de tand te voelen over wat zij en meneer Hubbard wel en niet hadden gedaan. Hij had nu al medelijden met haar.

Toen ze gekalmeerd was en zichzelf weer in de hand had, zei hij: 'Ik moet je even uitleggen hoe de verhoudingen liggen, Lettie. Ik ben niet jouw advocaat. Ik ben de advocaat voor de nalatenschap van de heer Hubbard en in die hoedanigheid moet ik alles doen wat in zijn testament staat en ervoor zorgen dat aan alle eisen wordt voldaan. Ik zal moeten samenwerken met de executeur, en we gaan ervan uit dat dit meneer Amburgh zal zijn, om bepaalde dingen te doen die de wet voorschrijft, zoals het informeren van mogelijke schuldeisers, zijn bezittingen veiligstellen, een lijst opstellen van alles wat hij bezat et cetera. Als dit testament wordt aangevochten, en ik weet wel zeker dat dit gebeurt, dan is het mijn taak om in de rechtszaal alles te doen om dit testament rechtsgeldig te laten verklaren. Ik ben jouw advocaat niet, omdat jij een begunstigde van dit testament bent – net als zijn broer, Ancil Hubbard, en net als zijn kerk. Maar jij en ik staan aan dezelfde kant, omdat we willen dat dit testament rechtsgeldig wordt verklaard. Begrijp je dit?'

'Dat denk ik wel. Heb ik een advocaat nodig?'

'Niet echt, niet op dit moment. Huur geen advocaat in tot je er echt een nodig hebt.' De aasgieren zouden algauw rondcirkelen en de rechtszaal zou stampvol worden. Gooi twintig miljoen dollar op tafel en maak dat je wegkomt.

'Zult u het me vertellen als ik er een nodig heb?' vroeg ze onschuldig.

'Ja, dat zal ik doen,' zei Jake, hoewel hij geen idee had hoe hij haar dat advies zou moeten geven. Hij schonk zichzelf nog wat koffie in en zag dat zij de hare niet eens had aangeraakt. Hij keek op zijn horloge. Ze waren nu al een halfuur bij elkaar en ze had nog niets gevraagd over de omvang van de nalatenschap. Een blanke zou daar nog geen vijf minuten mee hebben gewacht. Op dit moment leek ze elk woord in zich op te nemen en af en toe leek het alsof ze ze niet hoorde, alsof ze helemaal overweldigd was.

Ze begon weer te huilen en veegde haar wangen droog.

'Wil je weten hoeveel het is?' vroeg Jake.

'Ik dacht dat u me dat wel een keer zou vertellen.'

'Ik heb nog geen enkel bankafschrift gezien. Ik ben nog niet in zijn kantoor geweest, hoewel dat wel snel zal gebeuren. Maar volgens de heer Amburgh heeft Seth Hubbard zijn bedrijf onlangs verkocht en heeft hij ongeveer twintig miljoen dollar opgestreken. Meneer Amburgh denkt dat dit ergens op een bankrekening staat. Contant. Bovendien zijn er nog een paar andere bezittingen, een paar panden waarschijnlijk. Het is een van mijn taken om alles te lokaliseren en in kaart te brengen voor de rechtbank en de begunstigden.'

'En daar ben ik een van, een begunstigde?'

'O ja, zeker weten. Negentig procent.'

'Negentig procent van twintig miljoen?'

'Ja, zo ongeveer.'

'O mijn god, Jake!' Ze pakte een tissue en begon weer te huilen.

In het volgende uur boekten ze enige vooruitgang. Tussen haar emotionele uitbarstingen door legde Jake haar uit hoe een nalatenschap in principe werd afgehandeld: de tijd, de mensen die erbij betrokken waren, bezoeken aan de rechtbank, belastingen en ten slotte het overmaken van het geld. Maar hoe meer hij vertelde, hoe verwarder ze werd, en hij nam aan dat hij binnenkort alles nog eens zou moeten herhalen. Hij versimpelde de gang van zaken bij een aangevochten testament en waarschuwde haar voor wat er zou kunnen gebeuren. Omdat hij rechter Atlee kende en zijn afkeer van slepende zaken en trage advocaten, dacht Jake dat een rechtszaak, ervan uitgaande dát er een rechtszaak zou zijn, binnen twaalf maanden zou beginnen, waarschijnlijk eerder. Nu er zoveel op het spel stond, zou de verliezende partij zeker in beroep gaan, zodat het nog eens twee jaar zou duren voordat de definitieve uitkomst bekend was. Toen het tot Lettie begon door te dringen hoe erg het zou worden en hoe lang het zou kunnen duren, nam haar besluit vastere vormen aan en vermande ze zich.

Twee keer vroeg ze of er een manier was om alles geheim te houden. Nee, zei Jake geduldig, dat zou onmogelijk zijn. Ze was bang voor Simeon en zijn criminele familie, en vroeg zich af of ze moest verhuizen. Wat dat betreft kon Jake haar geen advies geven, maar hij had zich de komende chaos in haar leven al voorgesteld, als zich onbekende familieleden meldden en er opeens nieuwe vrienden opdoken.

Twee uur later vertrok ze, aarzelend. Jake liep met haar mee naar de voordeur, waar ze door het glas keek, naar de stoep en de straat, alsof ze veel liever binnenbleef, waar ze wist dat ze veilig was. Ze was geschokt door het testament en vervolgens overweldigd door de wet; op dat moment was Jake de enige mens die ze vertrouwde. Haar ogen waren weer vochtig toen ze eindelijk naar buiten liep.

'Zijn dat vreugdetranen of is ze doodsbang?' vroeg Roxy nadat Jake de deur had gesloten.

'Allebei, denk ik.'

Roxy wapperde met een roze telefoonnotitie en zei: 'Doofus Lee belde. Hij is op jacht.'

'Ach, toe nou.'

'Echt waar! Hij zei dat hij vanmiddag misschien even langskomt om in Seth Hubbards vieze wasgoed te snuffelen.'

'Wat is er vies aan?' vroeg Jake toen hij het briefje aannam.

'Doofus vindt alles vies.'

Dumas Lee schreef voor *The Ford County Times* en stond erom bekend dat hij de feiten verdraaide; hij slaagde er maar net in aanklachten wegens smaad te ontlopen. Hoewel zijn fouten onzorgvuldig en gemakkelijk te vermijden waren, waren ze meestal klein en onschadelijk, en was hij nooit zover gegaan dat hij echt iemand belasterde. Hij had gevoel voor de straat, een neus voor een verhaal meteen nadat het was gebeurd of terwijl het gebeurde, en hoewel hij te lui was om langdurig te blijven graven, kon je erop rekenen dat hij de boel opstookte. Hij gaf er de voorkeur aan over rechtszaken te schrijven, vooral omdat de rechtbank tegenover het kantoor van de krant stond en er heel veel openbaar was.

Woensdag, laat in de middag, beende hij het kantoor van Jake Brigance binnen, trok een stoel naar Roxy's bureau en riep dat hij de advocaat wilde spreken. 'Ik weet dat hij hier is,' zei hij met een verblindende glimlach die Roxy negeerde. Hij was gek op vrouwen en dacht altijd dat iedere vrouw een oogje op hem had.

'Hij heeft het druk,' zei ze.

'Ik ook.' Hij sloeg een tijdschrift open en begon zacht te fluiten.

Tien minuten later zei Roxy: 'Hij kan je nu ontvangen.'

Jake en Dumas kenden elkaar al jaren en hadden nooit problemen met elkaar gehad. Jake was een van de weinige advocaten aan het plein die nooit had gedreigd hem voor de rechter te slepen en dat kon Dumas wel waarderen.

'Vertel eens over Seth Hubbard,' zei hij, en hij pakte zijn schrijfblok en draaide de dop van zijn pen.

'Ik neem aan dat je het testament hebt gezien,' antwoordde Jake.

'Ik heb een kopie gekregen. Die zijn overal. Hoeveel is hij waard?'

'Niets. Hij is dood.'

'Haha. Zijn nalatenschap dan...'

'Ik kan je niets vertellen, Dumas, op dit moment. Ik weet niet hoeveel en ik kan niets zeggen.'

'Oké, onofficieel dan.' Maar bij Dumas was niets onofficieel, en iedere advocaat, rechter en griffier wist dat.

'Ik zeg niets onofficieel en ik zeg niets officieel. Ik zeg helemaal niets, Dumas. Zo eenvoudig is het. Misschien later.'

'Wanneer ga je naar de rechter?'

'De begrafenis was gisteren, oké? Er is geen haast bij.'

'Is dat zo? Geen haast? Waarom heb je dat verzoek dan ingediend twintig minuten na afloop van de begrafenis?'

Jake zweeg even, klemgezet, goede vraag. 'Oké, misschien had ik een reden om dat snel te doen.'

'De oude race naar de rechtbank, hè?' zei Dumas met een slimme grijns terwijl hij iets opschreef.

'Geen commentaar.'

'Ik kan Lettie Lang niet vinden. Enig idee waar ze is?'

'Geen commentaar. En ze zal niet met je praten, of met welke andere journalist ook.'

'We zullen zien. Ik heb een vent in Atlanta opgespoord, schrijft voor een zakentijdschrift, zei dat een LBO-groep voor vijfenvijftig miljoen een holding van Seth Hubbard had gekocht. Vorig jaar. Wist je dat?'

'Geen commentaar, Dumas,' zei Jake, onder de indruk doordat de notoir luie verslaggever dit al had ontdekt.

'Ik heb niet veel verstand van zaken, maar je moet ervan uitgaan dat de man een paar schulden had, ja toch? Geen commentaar, hè?'

Jake knikte, geen commentaar.

'Maar ik kan zijn banken niet vinden. Hoe meer ik graaf, hoe minder ik over jouw cliënt te weten kom.'

'Heb de man nooit ontmoet,' zei Jake, en hij kon zijn tong wel afbijten. Dumas schreef het op. 'Weet je of hij schulden had? De heer Amburgh hield zijn mond en verbrak de verbinding.'

'Geen commentaar.'

'Dus als ik zeg dat meneer Hubbard alles voor vijfenvijftig miljoen heeft verkocht en niets zeg over schulden omdat ik geen bronnen heb, dan krijgen mijn lezers de indruk dat zijn nalatenschap veel meer waard is dan ze echt is, toch?'

Jake knikte.

Dumas keek naar hem, wachtte, schreef toen iets op. Hij probeerde een andere tactiek en vroeg: 'Dus de grote vraag, Jake, is: waarom zou een man die miljoenen waard is zijn testament de dag voor zijn zelfmoord veranderen, zijn familie naaien door die nieuwe versie en alles aan zijn huishoudster nalaten?'

Je hebt gelijk, Dumas. Dat is de grote vraag. Jake bleef knikken, maar zei niets.

'En vraag nummer twee is misschien: waar zijn Seth en zijn broertje getuige van geweest dat zo'n indruk heeft gemaakt dat Seth het er tientallen jaren later nog over heeft? Klopt dat?'

Jake antwoordde: 'Dat is inderdaad een belangrijke vraag, maar ik weet niet zeker of het vraag nummer twee is.'

'Misschien niet. Enig idee waar Ancil Hubbard tegenwoordig zit?'

'Geen enkel idee.'

'Ik heb een neef gevonden in Tupelo die zegt dat de familie ervan uitgaat dat hij al twintig jaar dood is.'

'Ik heb nog geen tijd gehad om op zoek te gaan naar Ancil.'

'Maar dat ga je wel doen?'

'Ja, hij is een begunstigde van dit testament. Het is mijn werk hem op te sporen als dat mogelijk is of uit te zoeken wat er met hem is gebeurd.'

'En hoe ga je dat doen?'

'Geen idee. Heb ik nog niet echt over nagedacht.'

'Wanneer is de eerste procesdag?'

'Die is nog niet vastgesteld.'

'Wil je jouw secretaresse opdracht geven het me te laten weten zodra er een datum bekend is?'

'Ja, tenzij het een besloten hoorzitting is.'

'Oké.'

Jakes laatste bezoeker die middag was zijn huurbaas.

Lucien zat in de vergaderzaal beneden waar de wetboeken werden bewaard. De tafel lag er vol mee en kennelijk was hij diep in zijn eigen wereldje verzonken.

Toen Jake binnenkwam, gedag zei en zag dat er een stuk of tien wetboeken opengeslagen op tafel lagen, haalde hij diep adem en ging er een angstscheut door hem heen. Hij kon zich de laatste keer niet herinneren dat Lucien zich in wetboeken had verdiept. Lucien was kort nadat Jake was aangenomen geschorst en sinds die tijd had hij zich verre gehouden van het kantoor en van de wet. Nu was hij terug.

'Wat ontspanningslectuur?' vroeg Jake en hij liet zich in een leren stoel vallen.

'Even bijspijkeren op het gebied van het erfrecht. Ik heb nooit veel erfrechtzaken gedaan. Nogal saai, tenzij je natuurlijk zo'n zaak krijgt als deze. Ik weet nog steeds niet of je wel of niet voor een jury zou moeten kiezen.'

'Ik neig naar een jury, maar alles is nog prematuur.'

'Natuurlijk.' Lucien sloeg een boek dicht en schoof het opzij. 'Je zei dat je vanmiddag een afspraak had met Lettie Lang. Hoe is dat gegaan?'

'Prima, Lucien, en je weet net zo goed als ik dat ik niet over onze vertrouwelijke gesprekken mag praten.'

'Natuurlijk. Mag je haar?'

Jake zweeg even en dwong zichzelf geduldig te blijven. 'Ja, ze is een aardige vrouw die snel onder de indruk is. En dit ís imponerend, om het maar zacht uit te drukken.'

'Maar zal een jury haar aardig vinden?'

'Blanke juryleden, bedoel je?'

'Dat weet ik niet. Ik begrijp zwarte mensen veel beter dan de meeste blanken. Ik ben geen racist, Jake. Ik ben een van de ongeveer tien blanken in deze county die niet verblind zijn door racisme. Ik was het eerste, en het enige blanke lid van de NAACP, de National Association for the Advancement of Colored People, hier. Op een bepaald moment waren bijna al mijn cliënten zwart. Ik ken zwarten, Jake, en als er zwarten in deze jury zitten, kan dat problemen veroorzaken.'

'Lucien, de begrafenis was gisteren. Is dit niet een beetje voorbarig?'

'Misschien wel, maar hier zal uiteindelijk over gesproken worden. Je mag van geluk spreken dat iemand als ik aan jouw kant staat, Jake. Doe me een lol en vertel. Heel veel zwarten zullen jaloers zijn op Lettie Lang omdat ze nu een van hen is, maar zodra ze dat geld krijgt, is ze de rijkste persoon in Ford County. Hier wonen geen rijke zwarten. Dat is ongehoord. Als zij het geld krijgt, is ze niet meer zwart. Dan wordt ze arrogant en rijk, en kijkt ze neer op iedereen, vooral op haar eigen mensen. Begrijp je me, Jake?'

'Tot op zekere hoogte wel, maar ik zou nog steeds liever zwarten in de jury hebben. Zij zullen veel meer sympathie voor haar hebben dan al die roodnekken die amper in staat zijn hun hypotheek te betalen.'

'Nee, ook geen roodnekken.'

Jake lachte en vroeg: 'Tja, als je de zwarten en de roodnekken uitsluit, wie nemen er dan zitting in jouw ideale jury?'

'Daar ben ik nog steeds mee bezig. Ik ben gek op deze zaak, Jake. Sinds onze lunch heb ik aan niets anders meer gedacht. Daardoor weet ik weer waarom ik vroeger van de wet hield.' Hij boog zich naar voren, leunde op zijn ellebogen en keek Jake smekend aan. 'Ik wil in die rechtszaal zijn, Jake.'

'Je loopt ver op de zaken vooruit, Lucien. Een rechtszaak, als die er al komt, begint pas over een paar maanden.'

'Tuurlijk, dat weet ik. Maar je hebt hulp nodig, heel veel zelfs. Ik verveel me, Jake, ik wil niet langer op die veranda zitten drinken, en ik moet eindelijk eens wat minder gaan drinken. Ik maak me er zorgen over, Jake, dat kan ik je wel vertellen.'

En niet onterecht!

'Ik zou hier graag bij willen zijn. Ik zal je niet voor de voeten lopen. Ik weet dat de meeste mensen me willen ontlopen en ik begrijp wel waarom. Verdomme, ik zou mezelf ontlopen als dat kon. Dan heb ik iets te doen, blijf ik van de fles af, in elk geval overdag, en bovendien weet ik veel meer van het recht dan jij. En, ik wil in die rechtszaal zijn.'

Dit was al de tweede keer dat hij dit zei, en Jake wist dat hij zich niet zou bedenken. De rechtszaal was een grote, statige zaal met verschillende afdelingen en heel veel zitplaatsen. Wilde Lucien bij de toeschouwers zitten om naar de show te kijken? Of dacht hij aan een stoel aan de tafel bij de andere advocaten, want als dat zo was zou Jakes leven een puinhoop worden. Als Lucien weer als advocaat aan de slag wilde, moest

112

hij zich weer onderwerpen aan de afschuwelijke kwelling van het *bar exam*. En als hij slaagde, zou hij een vergunning hebben om zijn beroep uit te oefenen, waardoor hij natuurlijk weer terugkeerde in Jakes professionele leven.

Het beeld van Lucien die aan de tafel van de verdediging zat, nog geen vijf meter bij de jurybank vandaan, was angstaanjagend. Voor de meeste blanken was hij een giftige legende, een getikte ouwe dronkaard die een vroeger zo trotse familie te schande had gemaakt en nu hokte met zijn huishoudster.

'We zullen zien,' zei Jake terughoudend.

12

Rechter Reuben V. Atlee was herstellende van zijn derde hartaanval, en dat herstel zou naar verwachting 'volledig' zijn, voor zover je je fysiek weer in orde kúnt voelen na zoveel schade aan je hart. Hij werd steeds sterker en kreeg steeds meer uithoudingsvermogen, en dat bleek wel uit het aantal zaken dat hij behandelde. Er waren duidelijke tekenen dat hij vooruitging. Advocaten werden afgesnauwd. Deadlines werden afgedwongen. Langdradige getuigen werden afgekapt. Mensen die meineed pleegden werden gedreigd met de gevangenis. Partijen die lichtzinnige eisen stelden, werden de rechtszaal uitgezet. In de gangen van de rechtszaal zeiden advocaten en griffiers, en zelfs deurwachters: 'Hij is terug.'

Hij was al twintig jaar rechter en werd nu elke vier jaar herkozen, zonder tegenstander. Hij was geen democraat of republikein, geen liberaal of conservatief, geen baptist of katholiek; en hij was niet voor de staat of Ole Miss University. Hij had geen favorieten, geen voorliefdes, geen vooringenomen mening over iets of iemand. Hij was een rechter, zo open, tolerant en eerlijk als hij maar kon zijn gezien zijn opvoeding en genetische aanleg. Hij leidde zijn rechtszaal met harde hand, gaf een advocaat die zich onvoldoende had voorbereid een felle uitbrander, maar hielp net zo goed een advocaat die in moeilijkheden zat. Hij kon ongelofelijk veel medeleven tonen als dat nodig was, en hij kon heel gemeen zijn, waarmee hij iedere advocaat in de county angst aanjoeg, behalve misschien Harry Rex Vonner.

Negen dagen nadat Seth zichzelf had opgehangen, nam rechter Atlee zitting in de grootste rechtszaal van de rechtbank en zei goedemorgen. Jake vond dat hij er prima uitzag; niet helemaal gezond, maar prima gezien zijn medische verleden. Hij was een lange man, ruim een meter tachtig en met een uitdijend middel dat hij goed verborg onder zijn zwarte toga.

'Wat een drukte,' zei rechter Atlee geamuseerd toen hij naar de rechtszaal keek. Met zoveel advocaten was het een probleem geweest een zitplaats te vinden. Jake was al vroeg gekomen en had de tafel van de eiser geclaimd. Daar zat hij nu samen met Russell Amburgh, die Jake die ochtend had laten weten dat hij niet wilde meewerken. Vlak achter hen, aan hun kant maar niet echt in hun team, zat Lettie Lang. Ze werd geflankeerd door twee advocaten, allebei zwart, allebei uit Memphis.

Jake was een dag eerder opgeschrikt door het nieuws dat Lettie advocaat Booker Sistrunk had ingehuurd, een beruchte onruststoker wiens bemoeienis met deze kwestie de zaak enorm zou compliceren. Jake had geprobeerd haar te bellen en was nog steeds verbijsterd over haar besluit, een bijzonder onverstandig besluit.

Aan de andere kant, stijf tegen elkaar aan, aan de tafel van de verdediging, zat een hele verzameling advocaten in een fraai pak.

Achter de balie en verspreid over de rijen oude houten banken, zat een indrukwekkende, bijzonder nieuwsgierige menigte.

Rechter Atlee zei: 'Voordat we beginnen, is het goed om vast te stellen waarom we hier zijn en wat we vandaag willen bereiken. We zijn hier niet omdat iemand een motie heeft ingediend; dat zal later gebeuren. Vandaag willen we afspreken hoe we deze kwestie zullen aanpakken. Ik heb begrepen dat de heer Seth Hubbard twee testamenten heeft nagelaten. Eén is ingediend voor verificatie door u, meneer Brigance, een handgeschreven testament gedateerd op 1 oktober van dit jaar.' Jake knikte, maar stond niet op. Wanneer een advocaat tegen rechter Atlee sprak, kon die advocaat maar beter gaan staan. Knikken, gezeten op een stoel, was maar net acceptabel. 'En een tweede testament is gedateerd op 7 september van vorig jaar, hoewel dit testament nadrukkelijk door het handgeschreven testament is herroepen. Goed, is iemand op de hoogte van het bestaan van nóg een testament? Is het mogelijk dat de heer Hubbard nóg een verrassing heeft achtergelaten?' Hij zweeg slechts één seconde, terwijl zijn grote bruine ogen de rechtszaal scanden. Op het puntje van zijn neus stond een goedkope leesbril met een dik montuur. 'Goed. Dat dacht ik al.'

Hij verschoof een paar papieren en maakte een aantekening. 'Oké, laten we maar beginnen. Sta alstublieft op en vertel me wie u bent, dan kunnen we ons aan elkaar voorstellen.' Hij wees naar Jake, die ging staan en zijn naam noemde.

Daarna stond Russell Amburgh op en noemde zijn naam.

'En u bent de executeur van dat handgeschreven testament?' vroeg rechter Atlee, als formaliteit.

'Ja, edelachtbare, maar dat zou ik liever weigeren,' zei Amburgh.

'We hebben meer dan genoeg tijd om dat later af te handelen. En u, in dat lichtgrijze pak?'

De langste zwarte advocaat stond zelfverzekerd op en maakte het bovenste knoopje van zijn maatpak dicht. 'Ja, edelachtbare, mijn naam is Booker Sistrunk, en samen met mijn partner hier, de heer Kendrick Bost, vertegenwoordigen wij de belangen van mevrouw Lettie Lang.' Sistrunk raakte haar schouder even aan. Bost stond op en de beide advocaten torenden boven haar uit. Ze had hier niet moeten zijn, niet in deze fase. Ze hoorde achter de balie, op de bank, samen met de andere toeschouwers, maar Sistrunk en Bost hadden haar daar neergezet en iedereen uitgedaagd er bezwaar tegen aan te tekenen.

Als het een echte hoorzitting was geweest, zou rechter Atlee haar snel op haar plaats hebben gezet, maar hij was zo verstandig de impertinentie te negeren. 'Volgens mij heb ik nog niet eerder de eer gehad u in mijn rechtszaal te zien, heren,' zei rechter Atlee argwanend. 'Waar komen jullie vandaan?'

'Onze firma is gevestigd in Memphis,' antwoordde Sistrunk, hoewel iedereen dat wist. Tegenwoordig kreeg hun firma meer aandacht in de kranten van Memphis dan de volgende vijf bij elkaar. Ze waren in oorlog met de politie van Memphis en het leek wel alsof ze de ene zaak na de andere wonnen. Sistrunk was alom bekend: hij was luidruchtig en onbeschaamd, een ruziezoeker en een bijzonder effectieve *race-baiter*: iemand die de verschillen tussen de rassen benadrukte in een poging discussie op te wekken.

Jake wist dat Simeon familieleden in Memphis had. Het één had ongetwijfeld geleid tot het ander, en Jake had het afschuwelijke telefoontje gekregen van Booker Sistrunk. Zij zouden zich ook met de zaak bemoeien, en dat betekende een extra controle van Jakes werk, plus een nieuwe vinger in de pap. Er deden al griezelige verhalen de ronde over allerlei auto's die in Letties voortuin geparkeerd stonden en aasgieren die al op haar voorveranda op de loer lagen.

Rechter Atlee vervolgde: 'Dan neem ik aan dat u een vergunning hebt om in deze staat als advocaat op te treden.'

'Nee, meneer, nu nog niet. Maar we nemen een plaatselijke advocaat in de arm.'

'Dat zou een verstandige zet zijn, meneer Sistrunk. De volgende keer dat u in mijn rechtszaal verschijnt, verwacht ik kennis te maken met de advocaat met wie u samenwerkt.'

'Ja, meneer,' zei Sistrunk stijfjes, snerend bijna. Hij en Bost gingen zitten, naast hun waardevolle cliënt.

Voordat de hoorzitting begon, had Jake Lettie goedemorgen willen wensen, maar haar advocaten hadden haar afgeschermd. En zij vermeed elk oogcontact.

'En nu u,' zei rechter Atlee terwijl hij naar de overvolle tafel van de verdediging wees.

Stillman Rush stond snel op en zei: 'Ja, edelachtbare, ik ben Stillman Rush van de firma Rush in Tupelo, en ik ben hier samen met Sam Larkin en Lewis McGwyre.' Beide mannen stonden meteen op en knikten beleefd naar de rechter. Zij kenden rechter Atlee, zodat er geen verdere introducties nodig waren.

'En uw firma heeft het testament van 1987 opgesteld, klopt dat?'

'Dat is waar,' zei Stillman met een grootmoedige, energieke glimlach.

'Uitstekend. Volgende.'

Een lange man met een rond, kaal hoofd stond op en gromde: 'Edelachtbare, ik ben Wade Lanier, van de firma Lanier in Jackson. Ik ben hier samen met mijn associé, Lester Chilcott, en wij vertegenwoordigen de belangen van mevrouw Ramona Dafoe, dochter van de overledene. Haar echtgenoot, Ian Dafoe, is al heel lang een cliënt van onze firma en...'

'Dat is wel genoeg, meneer Lanier,' bromde rechter Atlee, waarmee hij hem grof de mond snoerde. Welkom in Ford County. 'Ik heb u niets gevraagd over uw andere cliënten of uw firma.'

De aanwezigheid van Wade Lanier was ook verontrustend. Jake kende hem alleen van horen zeggen, maar dat was voldoende om hem bang te maken. Grote firma, keiharde tactieken, genoeg succes om het ego op te peppen en gretig te blijven.

Rechter Atlee wees weer en zei: 'En u, meneer?'

Een man in een opzichtig sportjasje sprong overeind en verkondigde: 'Ja, welnu, edelachtbare, mijn naam is D. Jack O'Malley, en ik vertegenwoordig de heer Herschel Hubbard, de nog in leven zijnde zoon van de overledene. Mijn cliënt woont in Memphis en daar kom ik ook vandaan, maar de volgende keer dat ik hier ben zal ik samenwerken met een plaatselijke advocaat.'

'Goed idee. Volgende?'

Ingeklemd op een plekje achter O'Malley zat een magere jongeman met een spits gezicht en springerig haar. Hij stond verlegen op, alsof hij nooit eerder iets tegen een rechter had gezegd en zei, met trillende stem: 'Meneer, ik ben Zack Zeitler, ook uit Memphis, en ik ben ingehuurd om de belangen van de kinderen van Herschel Hubbard te vertegenwoordigen.'

Rechter Atlee knikte en vroeg: 'Dus de kleinkinderen hebben ook advocaten?'

'Ja, meneer. Zij zijn begunstigden van het vorige testament.'

'Begrepen. En ik neem aan dat zij in de rechtszaal zitten.'

117

'Dat is zo.'

'Dank u wel, meneer Zeitler, en voor het geval u dat nog niet hebt begrepen, moet u de volgende keer dat u hier bent een plaatselijke advocaat meenemen – god weet dat we er nog meer nodig hebben. Tenzij u natuurlijk een vergunning hebt om in deze staat op te treden.'

'Die heb ik, edelachtbare.'

'Uitstekend. Volgende.'

Een advocaat die in een hoek tegen een balustrade geleund stond, keek om zich heen en zei: 'Ja, edelachtbare, ik ben Joe Bradley Hunt van de firma Skole in Jackson, en...'

'Welke firma?'

'Skole, edelachtbare. Skole, Rumky, Ratliff, Bodini en Zacharias.'

'Sorry dat ik het vroeg. Ga door.'

'Wij vertegenwoordigen de belangen van de twee minderjarige kinderen van Ramona en Ian Dafoe, kleinkinderen van de overledene.'

'Oké. Nog iemand?'

Een statige man die op de voorste rij zat, stond op en zei met luide stem: 'Ja, edelachtbare, ik vertegenwoordig de Sons of Confederate Veterans. Mijn organisatie wordt genoemd in het testament van de heer Hubbard van vorig jaar.'

'En u bent?'

'Jasper Greer, uit Jackson.'

'Dank u wel, meneer Greer. Welkom in het strijdperk. Nog meer advocaten?'

Er werden halzen gestrekt en het publiek werd gescand.

Rechter Atlee telde alles snel bij elkaar op en zei: 'Twaalf. Ik tel twaalf advocaten tot nu toe, en er is geen enkele reden om aan te nemen dat het er niet meer zullen worden.' Hij verschoof enkele papieren en keek naar de toeschouwers in de rechtszaal. Aan de linkerkant, achter Jake en Lettie, zaten heel veel zwarten, onder wie Simeon, hun kinderen en kleinkinderen, een paar nichten en neven, ooms en tantes, Cypress, een dominee en heel veel vrienden, oude en nieuwe, die hier allemaal waren om Lettie morele steun te verlenen bij haar eerste stap om te vechten voor waar ze recht op had. Rechts, tegenover het gangpad en achter de groep advocaten die het testament wilden aanvechten, zaten heel veel blanken, onder wie Ian en Ramona en hun twee kinderen; Herschel en zijn twee kinderen; zijn ex-vrouw, hoewel ze helemaal achterin zat, zo ver mogelijk bij hem vandaan; Dumas Lee en een andere verslaggever; en de gebruikelijke verzameling vaste klanten van de rechtbank die zelden een rechtszaak of een hoorzitting misten. Agent Prather stond bij de hoofdingang, omdat Ozzie hem hiernaartoe had gestuurd met de opdracht later verslag te komen uitbrengen. Lucien Wilbanks zat op de achterste rij aan de zwarte kant, gedeeltelijk verborgen achter een mollige jongeman die voor hem zat. Hij en Atlee kenden elkaar al jaren, en Lucien wilde hem niet afleiden.

Een paar minuten voor aanvang had Jake geprobeerd zich beleefd voor te stellen aan Herschel en Ramona, maar zij hadden hem keihard de rug toegekeerd. Nu was hij de vijand, niet hun vader. Vooral Ian zag eruit alsof hij Jake het liefst een vuistslag zou geven. Hun drie tienerkinderen bleken verschrikkelijk bekakt, en straalden geërfde rijkdom uit.

Herschels twee kinderen zagen er echter onverzorgd en armoedig uit. Nog maar een paar dagen geleden hadden de vier kinderen het te druk gehad om de begrafenis van hun geliefde opa bij te wonen, maar nu hadden ze hun prioriteiten kennelijk opeens verlegd.

Jake nam aan dat de advocaten de families ervan hadden doordrongen dat de kinderen erbij moesten zijn, gezien moesten worden, zodat duidelijk werd wie er allemaal geconfronteerd zouden worden met de acties van de rechtbank. *Tijdverspilling*, dacht hij, maar er stond veel op het spel.

Op dat moment, in die overvolle rechtszaal, voelde Jake zich heel erg alleen. Naast hem zat Russell Amburgh, die niet bereid was mee te werken, zich amper beleefd gedroeg en van plan was zich zo snel mogelijk uit de voeten te maken. Achter hem, een paar centimeter bij hem vandaan, zat Lettie, iemand met wie hij had gedacht te kunnen praten. Maar zij werd bewaakt door een stelletje pitbulls van advocaten die zich klaarmaakten voor een straatgevecht om een vermogen. En dit waren de mensen aan zijn kant van de zaal! Aan de andere kant van het middenpad lag een hele meute hyena's op de loer.

Rechter Atlee zei: 'Ik heb beide testamenten gelezen. We zullen beginnen met het laatste, het handgeschreven testament van 1 oktober. Een verzoek tot verificatie is ingediend op 4 oktober. Meneer Brigance, u zult beginnen met de uitvoering van de nalatenschap zoals voorgeschreven door de wet: het aanschrijven van de schuldeisers, het indienen van een voorlopige boedelbeschrijving et cetera. Ik verwacht dat hier onmiddellijk mee wordt begonnen. Meneer Amburgh, ik begrijp dat u zich wilt terugtrekken?'

Amburgh stond langzaam op en zei: 'Dat is juist, rechter. Ik ben hier niet de juiste persoon voor. Als executeur zou ik een eed moeten afleggen waarbij ik zweer dat dit het rechtsgeldige testament is van Seth Hubbard en ik weiger gewoon die eed af te leggen. Ik vind dit testament maar niets en wil er dan ook niets mee te maken hebben.'

'Meneer Brigance?'

Jake stond op en zei: 'Edelachtbare, de heer Amburgh is vroeger advocaat geweest en hij weet wat een verificatie inhoudt. Ik zal een opdracht voorbereiden waardoor hij zich mag terugtrekken, en tegelijkertijd de namen noemen van een mogelijke vervanger.'

'Beschouw dit als een prioriteit. Ik wil dat de inventarisatie doorgaat terwijl wij andere zaken uitzoeken. Ongeacht wat er met dat holografisch testament gebeurt, of met dat eerdere testament, moet er voor de nalatenschap van meneer Hubbard worden gezorgd. Ik neem aan dat er verschillende partijen zijn die dit testament willen aanvechten, klopt dat?'

Een hele groep advocaten stond op en knikte.

Rechter Atlee stak zijn hand op. 'Dank u wel. Ga alstublieft zitten allemaal. Meneer Amburgh, u mag vertrekken.'

Amburgh zei gespannen 'Bedankt', liep snel bij de tafel van de eiser vandaan en beende weg over het middenpad.

Rechter Atlee zette zijn bril goed en zei: 'We zullen als volgt verdergaan. Meneer Brigance, u hebt tien dagen om een vervangend executeur te vinden en we zullen er, volgens de wensen van de overledene, voor moeten zorgen dat dit geen advocaat uit deze county is. Zodra de nieuwe executeur bekend is, zullen u en hij beginnen met het in kaart brengen van de bezittingen en de schulden. Ik wil zo snel mogelijk een voorlopige boedelbeschrijving zien. Ondertussen moeten de anderen hun bezwaren tegen dit testament indienen. Nadat alle partijen op de juiste wijze bezwaar hebben aangetekend, komen we weer bij elkaar en maken we een plan voor het proces. Zoals u weet, mogen beide partijen een juryproces eisen. Wanneer u dat wilt doen, moet u hiertoe tijdig een verzoek indienen, op hetzelfde moment als waarop u uw bezwaren indient. Een proces waarbij een testament wordt aangevochten verloopt in Mississippi op dezelfde wijze als andere civiele rechtszaken, zodat dezelfde regels voor het bewijs en de procedures van toepassing zijn.' Hij zette zijn bril af, kauwde op een pootje en keek naar de advocaten. 'Omdat het op een proces uitdraait, kan ik jullie nu al vertellen dat ik niet van plan ben dat met twaalf advocaten te doen. Ik moet er niet aan denken! Wat een nachtmerrie! En dat ga ik een jury, als die er komt, ook niet aandoen. Dus we gaan de geschilpunten inventariseren, de procedure stroomlijnen en de rechtszaak op een efficiënte manier afhandelen. Vragen?'

O, wel duizend, maar er zou meer dan genoeg tijd zijn die later te stellen.

Opeens stond Booker Sistrunk op en zei met zijn dreunende bariton: 'Edelachtbare, ik weet niet wat gepast is op dit moment, maar ik zou willen voorstellen dat mijn cliënte, Lettie Lang, wordt aangewezen als de vervangend executeur om de plaats in te nemen van meneer Amburgh. Ik heb de wet van deze staat hierop nagelezen en ik heb niets gevonden waaruit blijkt dat deze rol moet worden vervuld door een advocaat of een accountant of zoiets. Sterker nog, de wet stelt absoluut geen eisen aan de opleiding of ervaring van iemand om te fungeren als de executeur in het geval van een nalatenschap zonder testament of van een executeur in een zaak als deze.' Sistrunk sprak langzaam, zorgvuldig, in perfecte bewoordingen, en zijn woorden dreunden door de rechtszaal.

Rechter Atlee en de andere advocaten luisterden verbaasd. Het was waar. Feitelijk kon iedereen de plaats van Russell Amburgh innemen; iedereen die ouder was dan achttien. Zelfs misdadigers waren niet uitgesloten. Maar gezien de omvang van de nalatenschap en de complexe ontwikkelingen die te verwachten waren, zou er een meer ervaren, onpartijdiger iemand nodig zijn. Het voorstel om Lettie een erfenis van twintig miljoen dollar te laten afwikkelen, terwijl Sistrunk haar van alles in haar oor zou fluisteren, was schokkend, in elk geval voor de blanken in de rechtszaal. Zelfs rechter Atlee leek een paar seconden te verstijven.

Sistrunk was nog niet klaar. Hij zweeg net lang genoeg om de eerste schok te laten doordringen en zei toen: 'Welnu, edelachtbare, ik weet dat vrijwel alle verificatiewerkzaamheden worden gedaan door de advocaat van de nalatenschap, onder het strenge toezicht van de rechtbank natuurlijk, en daarom stel ik voor dat mijn firma voor deze zaak wordt aangewezen als juridisch vertegenwoordiger. We zullen nauw samenwerken met onze cliënte, mevrouw Lettie Lang, zodat alle wensen van meneer Hubbard precies worden uitgevoerd. Zo nodig zullen we meneer Brigance consulteren, een prima jonge advocaat natuurlijk, maar het meeste van het ingewikkelde werk zal worden verricht door mij en mijn mensen.' Hiermee had Booker Sistrunk zijn doel bereikt: nu was de oorlog gedefinieerd als een strijd tussen zwarten en blanken.

Herschel en Ramona en hun familieleden keken met een blik vol haat naar de groep zwarten aan de andere kant van het middenpad, die enthousiast en een beetje arrogant terugkeken. Hun kleine meid Lettie was uitverkoren het geld te krijgen en zij waren hier om voor haar te vechten. Maar het geld was van de Hubbards. Seth moest wel gek zijn geweest.

Jake was verbijsterd en keek met een woeste blik achterom, maar Sistrunk negeerde hem. Jakes eerste gedachte was: *Wat een stom idee!* Een voornamelijk blanke county betekent een voornamelijk blanke jury. Ze waren heel ver bij Memphis vandaan, waar Sistrunk had bewezen dat hij er uitstekend in slaagde zijn mensen in federale jury's te krijgen en belangrijke zaken te winnen. Maar Memphis was een andere wereld.

Zet negen of tien blanken uit Ford County in de jury, laat hen een week lang Booker Sistrunk ondergaan, en Lettie Lang vertrekt met lege handen.

De andere blanke advocaten waren al even verbijsterd als Jake, maar Wade zag sneller welke kansen dit voorstel bood. Hij sprong op en zei snel: 'Wij hebben geen bezwaren, edelachtbare.'

Rechter Atlee snauwde: 'U bent helemaal niet in de positie om bezwaren te hebben.'

Jakes tweede gedachte was: *Mag ik hier alsjeblieft weg?* Met deze zwerm aasgieren blijft er niets over. Het leven is veel te kort om een jaar te verspillen aan het opvangen van kogels in een rassenoorlog.

Rechter Atlee vroeg: 'Nog iets anders, meneer Sistrunk?'

'Nee, op dit moment niet, edelachtbare.' Sistrunk keek met een zelfvoldane glimlach achterom naar Simeon en de familie. Hij had zojuist laten zien dat hij ruggengraat had. Hij was onbevreesd, liet zich niet intimideren en was klaar voor een straatgevecht. Ze hadden de juiste advocaat ingehuurd. Voordat hij ging zitten, keek hij even naar Herschel Hubbard en grijnsde tegen hem alsof hij wilde zeggen: *De strijd is begonnen, ouwe jongen.*

Rechter Atlee zei rustig: 'U moet wel even doorgaan met uw onderzoek, meneer Sistrunk. Ons erfrecht respecteert de wensen van de persoon die het testament heeft opgesteld. De heer Hubbard heeft duidelijk aangegeven welke advocaat hij wilde. Dat zal niet veranderen. Eventuele andere verzoeken van u moet u via een motie indienen, tenminste, nadat u een advocaat in de arm hebt genomen die door deze rechtbank is geaccepteerd en zich hier netjes gedraagt.'

Jake begon weer normaal adem te halen, hoewel hij nog steeds van slag was door de onbeschaamdheid van Sistrunk en zijn ideeën, en zijn hebzucht. Het leed geen twijfel dat hij Lettie een contract op contingentiebasis had laten ondertekenen, zodat hij een deel van haar deel zou krijgen. De meeste advocaten van een eiser namen dertig procent van de opbrengst, veertig procent bij een juryvonnis en vijftig procent als de zaak in beroep werd behandeld. Een ego als Sistrunk en, toegegeven, iemand die zo vaak had gewonnen, zou ongetwijfeld aan de hoge kant van die percentages zitten. En alsof dat niet genoeg was, wilde hij nog meer van het geld door zich als verificatieadvocaat per uur te laten betalen.

Rechter Atlee was klaar. Hij pakte zijn hamer en zei: 'Over dertig dagen komen we weer bij elkaar,' en sloeg met zijn hamer op de tafel.

Lettie werd meteen omringd door haar advocaten, die haar meenamen door het hekje naar de eerste rij, waar ze werd omringd door haar familie en andere plakkers. Alsof haar leven in gevaar was, groepten ze om haar heen, aaiden haar, mompelden tegen haar en moedigden haar aan. Sistrunk werd bewonderd en gefeliciteerd met zijn dappere opmerkingen en opstelling, en terwijl Kendrick Bost een arm om Letties schouder geslagen hield, zei ze ernstig fluisterend iets tegen haar geliefde familieleden. Cypress, haar moeder, zat in een rolstoel en veegde tranen van haar wangen. *Wat deden ze haar familie toch afschuwelijke dingen aan.*

Jake was niet in de stemming voor praatjes over koetjes en kalfjes; niet dat iemand hem staande probeerde te houden. De andere advocaten vormden al pratend kleine groepjes, terwijl ze hun aktetassen inpakten en zich klaarmaakten om te vertrekken. De Hubbard-erfgenamen groepten bij elkaar en probeerden niet naar de zwarten te kijken die achter hún geld aan zaten. Jake verdween door een zijdeur en liep naar de achtertrap toen de heer Pate, de oude parketwachter, hem riep: 'Hé Jake, rechter Atlee wil je spreken!'

In het kleine, overvolle kamertje waar advocaten zich verzamelden om koffie te drinken en rechters hun onofficiële besprekingen hielden, trok rechter Atlee zijn toga uit. 'Doe de deur dicht,' zei hij toen Jake binnenkwam.

De rechter was geen gladde prater, vertelde nooit indrukwekkende juridische verhalen, was geen grappenmaker. Hij hield niet van geouwehoer en maakte zelden een grapje, hoewel hij als rechter een publiek had dat heel graag overal om lachte. 'Ga zitten, Jake,' zei hij, waarop ze allebei aan een klein bureautje gingen zitten.

'Wat een hufter,' zei rechter Atlee. 'Dat lukt misschien in Memphis, maar hier niet!'

'Ik ben nog steeds verbijsterd.'

'Ken je Quince Lundy, advocaat in Smithfield?'

'Ik heb weleens van hem gehoord.'

'Oudere man, is misschien zelfs al half met pensioen. Hij doet al honderd jaar niets anders dan erfrechtzaken, weet er echt alles van en is zo eerlijk als maar kan. Oude vriend van me. Dien een motie in waarin je Quince en twee anderen noemt – kijk zelf maar – als de vervangend executeur, en dan stel ik Quince aan. Je kunt het vast goed met hem vinden. En jij doet dus tot het einde mee. Wat is je uurtarief?'

'Dat heb ik niet, rechter. Mijn cliënten werken voor tien dollar per uur,

123

als ze geluk hebben. Zij kunnen een advocaat geen honderd dollar per uur betalen.'

'Volgens mij is honderdvijftig tegenwoordig een goed tarief. Mee eens?'

'Honderdvijftig klinkt goed, rechter.'

'Oké, dan krijg jij honderdvijftig per uur. Ik neem aan dat je er wel tijd voor hebt.'

'Ja hoor.'

'Mooi. Want dit testament zal in de nabije toekomst al je tijd opslorpen. Zorg dat je ongeveer elke twee maanden een verzoek indient voor de uitbetaling van je honorarium. Dan zal ik ervoor zorgen dat je betaald krijgt.'

'Bedankt, rechter.'

'Er doen heel veel geruchten de ronde over de omvang van de nalatenschap. Enig idee wat waar is?'

'Russell Amburgh zegt dat het minstens twintig miljoen is, en het meeste daarvan cash. Verstopt, buiten de staat. Anders zou iedereen in Clanton precies weten hoeveel het is.'

'We moeten maar snel handelen om dat veilig te stellen. Ik zal een opdracht ondertekenen waarin jij toestemming krijgt de financiële stukken van meneer Hubbard op te eisen. Zodra Quince Lundy meedoet, kunnen jullie beginnen met graven.'

'Ja, meneer.'

Rechter Atlee nam een grote slok koffie uit een papieren bekertje. Hij keek door een vies raam naar buiten, het leek alsof hij naar het grasveld rondom de rechtbank keek, en zei ten slotte: 'Ik heb bijna medelijden met die arme vrouw. Ze is alle controle kwijt en wordt omringd door mensen die geld ruiken. Ze heeft geen cent meer zodra Sistrunk klaar met haar is.'

'Ervan uitgaande dat de jury in haar voordeel beslist.'

'Ben jij van plan om een jury te vragen, Jake?'

'Dat weet ik nog niet. Zou ik dat moeten doen?' Die vraag was absoluut taboe, maar op dat moment voelde dat niet zo. Jake bereidde zich voor op een standje, maar rechter Atlee grijnsde alleen even en bleef naar buiten kijken. 'Ik zou liever een jury hebben, Jake. Ik vind het niet erg om lastige beslissingen te nemen, dat hoort bij mijn werk. Maar in een zaak als deze is het goed om twaalf goede en eerlijke burgers te hebben die die lastige beslissing nemen. Dat zou ik voor de verandering wel leuk vinden.' Zijn grijns veranderde in een glimlach.

'Dat kan ik u niet kwalijk nemen. Ik dien het verzoek wel in.'

124

'Doe maar. En Jake, hier zijn heel veel advocaten, maar er zijn maar weinig die ik echt vertrouw. Aarzel niet om af en toe langs te komen en een kop koffie met me te drinken als je iets wilt bespreken. Ik weet zeker dat je begrijpt hoe belangrijk deze zaak is. Hier is niet veel geld, Jake, nooit geweest. En nu staat er opeens een pot met goud, en heel veel mensen willen daar iets van hebben. Jij niet. Ik niet. Maar heel veel anderen wel. Het is belangrijk dat jij en ik op dezelfde golflengte blijven zitten.'

Voor het eerst in uren ontspanden Jakes spieren zich, en hij ademde diep in. 'Dat ben ik met u eens, rechter, en bedankt.'

'Ik zie je wel weer.'

13

Op woensdag 12 oktober was de hele voorpagina van *The Ford County Times* voor Dumas Lee. De hoorzitting van de vorige dag was kennelijk het enige nieuws in de county. Een grote kop luidde GEVECHTSPOSITIES TESTAMENT HUBBARD INGENOMEN, en Dumas begon het hoofdartikel op zijn beste roddelkrantmanier: 'Een rechtszaal vol verwachtingsvolle erfgenamen en hun begerige advocaten namen hun gevechtsposities in voor de president van de rechtbank Reuben Atlee, toen de openings-schoten werden afgevuurd in wat een epische strijd belooft te worden om het vermogen van wijlen Seth Hubbard, die zichzelf op 2 oktober heeft opgehangen.'

Een fotograaf had het druk gehad. Midden op de pagina stond een grote foto van Lettie Lang die de rechtbank binnenliep, terwijl Booker Sistrunk en Kendrick Bost haar met zich meesleepten alsof ze een inva-lide was. Onder de foto werd ze beschreven als: 'Lettie Lang, 47 jaar, uit Box Hill, voormalig huishoudster van Seth Hubbard en vermoedelijke begunstigde volgens zijn laatste handgeschreven en verdachte testa-ment, in gezelschap van haar beide advocaten uit Memphis.' Ernaast stonden twee kleine kiekjes van Herschel en Ramona, die ook in de buurt van de rechtbank liepen.

Jake las de krant woensdagochtend vroeg. Hij zat aan zijn bureau, nam slokjes koffie en las elk woord twee keer op zoek naar fouten. Het ver-baasde hem dat Dumas de feiten voor de verandering juist had weergegeven. Maar hij vervloekte hem voor het woord 'verdachte'. Iedere gere-gistreerde kiezer in de county was een potentieel jurylid. De meesten zouden of de krant lezen of iemand erover horen praten, en Dumas had het testament meteen al verdacht genoemd. De afkeurende, zelfgenoeg-zame gezichten van de goedgeklede indringers uit Memphis hielpen ook niet. Terwijl Jake naar de foto keek, probeerde hij zich een jury voor te stellen van negen blanken en drie zwarten, die probeerde sympathie op te brengen voor Lettie terwijl er twintig miljoen dollar moest worden verdeeld. Dat zou niet goed lukken. Na een week in de rechtszaal met Booker Sistrunk zouden ze zijn bedoelingen doorzien en het testament ongeldig verklaren. Een jury zou Herschel en Ramona misschien niet mogen, maar zij waren tenminste blank en zij werden niet geleid door een klootzak die deed denken aan een tv-dominee.

Jake herinnerde zichzelf eraan dat zij, op dit moment, in hetzelfde team zaten; of in elk geval aan dezelfde kant van de rechtszaal. Hij nam zich voor ermee te stoppen: als rechter Atlee Sistrunk toestemming gaf dit spel te blijven meespelen, zou Jake zich terugtrekken en op zoek gaan naar een andere klant. Alles zou beter zijn dan een meedogenloze rechtszaak die hij hoe dan ook zou verliezen. Hij had het honorarium wel nodig, maar de kopzorgen niet.

Hij hoorde tumult beneden, daarna voetstappen. De manier waarop Harry Rex de oude houten trap naar Jakes kantoor op liep had een onmiskenbaar ritme. Zijn voetstappen klonken langzaam en zwaar, en met elke stap leek hij de traptreden te willen verbrijzelen. De trap schudde ervan. Roxy riep hem iets na, een protest. Door zwaar overgewicht en doordat hij niet in vorm was, stond hij bijna te hijgen toen hij Jakes deur opentrapte en vriendelijk zei: 'Dat stomme mens is gek geworden!' Hij smeet een exemplaar van de krant op Jakes bureau.

'Goedemorgen Harry Rex,' zei Jake toen zijn vriend zich in een stoel liet vallen en zijn moeizame ademhaling in bedwang probeerde te krijgen; elke inademing iets zachter, elke uitademing de kans op een hartaanval verkleinend.

'Probeert ze iedereen kwaad te maken?' vroeg hij.

'Lijkt het wel op. Wil je koffie?'

'Heb je een Bud Light?'

'Het is negen uur 's ochtends!'

'Nou en? Ik hoef vandaag niet naar de rechtbank. Als ik niet hoef, begin ik eerder.'

'Vind je niet dat je te veel drinkt?'

'Verdomme nee! Met mijn cliënten drink ik lang niet genoeg. Jij ook niet trouwens.'

'Ik heb geen bier hier op kantoor. En thuis ook niet.'

'Wat een leven.' Harry Rex stak opeens zijn hand uit, pakte de krant, hield hem omhoog en wees naar de foto van Lettie. 'Vertel me eens, Jake, wat zal de gemiddelde blanke in deze county zeggen als hij deze foto ziet? Je hebt een zwarte huishoudster, die er goed uitziet en zichzelf op de een of andere manier in het testament van die ouwe vent heeft gemanoeuvreerd, en nu heeft ze deze glibberige zwarte advocaten uit de grote stad ingehuurd om hiernaartoe te komen en het geld te grijpen. Wat denken ze dan in de kroeg?'

'Volgens mij weet je dat wel.'

'Is ze zwakzinnig?'

'Nee, maar ze hebben haar te pakken gekregen. Simeon heeft familie in Memphis, en op de een of andere manier is er contact gemaakt. Ze heeft geen idee wat ze doet en ze krijgt slechte adviezen.'

'Jij staat aan dezelfde kant als zij, Jake. Kun jij niet met haar praten?' Hij smeet de krant weer op het bureau.

'Nee. Ik dacht van wel, maar toen huurde ze Sistrunk in. Ik heb geprobeerd met haar te praten, gisteren in de rechtbank, maar zij schermden haar te goed af. Ik probeerde ook met de kinderen van Hubbard te praten, en zij waren ook niet erg vriendelijk.'

'Je bent niet bepaald geliefd tegenwoordig, Jake.'

'Vroeger voelde ik me ook al niet erg geliefd. Maar rechter Atlee vindt me aardig.'

'Ik hoorde dat hij niet echt onder de indruk was van Sistrunk.'

'Nee, dat klopt. Dat zal ook voor de jury gelden.'

'Je gaat dus vragen om een jury?'

'Ja, dat wil de edelachtbare, maar dat heb je niet van mij.'

'Heb ik ook niet. Je moet een manier zien te verzinnen om bij haar in de buurt te komen. Sistrunk zal iedereen in de staat tegen zich in het harnas jagen en dan krijgt ze geen cent.'

'Zou ze dat wel moeten?'

'Verdomme, ja! Het is Seths geld en als hij het aan de communistische partij wil nalaten, dan is dat zijn zaak. Hij heeft het allemaal zelf verdiend en hij mag verdomme zelf weten aan wie hij het geeft. Wacht maar tot je het met die twee kinderen aan de stok krijgt, een stelletje hufters als je het mij vraagt, dan begrijp je waarom Seth iemand anders heeft uitgekozen.'

'Ik dacht dat je de pest had aan Seth.'

'Ja, tien jaar geleden, maar ik heb altijd de pest aan de vent van de andere partij. Daarom ben ik zo vals. Maar daar groei ik altijd weer overheen. En of ik hem nu wel of niet mocht, hij heeft voor zijn dood een testament opgesteld en de wet moet dat testament steunen. Als het inderdaad rechtsgeldig is.'

'Is het rechtsgeldig?'

'Dat moet de jury bepalen. En dat testament zal van alle kanten worden aangevallen.'

'Hoe zou jij het aanvallen?'

Harry Rex leunde achterover en legde een enkel over een knie. 'Heb ik over nagedacht. Ten eerste zou ik een paar experts inhuren, een paar artsen die kunnen getuigen dat Seth onder de pijnstillers zat, dat zijn lichaam werd weggevreten door de kanker, en dat hij door alle chemo en bestraling en medicijnen die hij het afgelopen jaar heeft gehad waarschijnlijk niet meer helder kon nadenken. Hij had verschrikkelijk veel pijn, en daarom zou ik ook een deskundige inhuren die kan uitleggen wat pijn met je denkvermogen kan doen. Ik weet niet waar ik die deskundigen kan vinden, maar verdomme, je kunt een expert alles laten zeggen. Vergeet niet, Jake, dat het gemiddelde jurylid in deze county amper zijn middelbare school heeft afgemaakt. Huur een slimme expert in of een heel team experts, en dan kan de jury heel erg in verwarring raken. Verdomme, ik zou Seth Hubbard kunnen beschrijven als een kwijlende gek toen hij zijn hoofd door die strop stak. Moet je niet zwaar getikt zijn om jezelf op te hangen?'

'Geen idee.'

'Ten tweede had Seth een ritsprobleem: hij kon zijn broek niet aanhouden. Ik weet niet of hij ooit de rassenlijn heeft overschreden, maar misschien heeft hij dat inderdaad gedaan. Wanneer een blanke jury ook maar het geringste vermoeden heeft dat Seth iets meer dan warm eten en gesteven overhemden van zijn huishoudster kreeg, dan zullen ze zich snel tegen mevrouw Lettie keren.'

'Ze kunnen niet beginnen over het seksleven van een dode man.'

'Dat is waar, maar ze kunnen wel knabbelen aan de randen van Letties seksleven. Ze kunnen suggereren, conclusies trekken, overdrijven en een eind in de ruimte lullen. Als zij in het getuigenbankje gaat staan, wat ze wel moet doen, wordt ze een gemakkelijke prooi.'

'Ze moet getuigen.'

'Natuurlijk moet ze dat. En weet je wat het ergst is, Jake: het maakt helemaal niet uit wat in de rechtbank wordt gezegd of wie het zegt. Wat wel uitmaakt is dat wanneer Booker Sistrunk in die rechtszaal begint te tieren en zijn zwarte kont in het bijzijn van een blanke jury laat zien, je dan geen enkele kans hebt.'

'Ik weet niet zeker of me dat wel iets kan schelen.'

'Dat móét. Dat is je werk. Het is een belangrijk proces. En het is een dik honorarium. Je werkt nu per uur en je wordt betaald, en dat komt niet vaak voor in jouw wereld, Jake. Als dit een rechtszaak wordt, en daarna een beroepszaak enzovoort, dan verdien je de komende jaren een half miljoen dollar. Hoeveel dronken chauffeurs moet je doen om zoveel geld te verdienen?'

'Ik had nog niet over de inkomsten nagedacht...'

'Nou, iedere andere advocaat in de stad wel. Het zal heel veel zijn. Een buitenkans voor een straatadvocaat als jij. Maar je moet winnen, Jake, en om te winnen moet je die Sistrunk zien te lozen.'

'Hoe?'

'Dat vraag ik me ook af. Geef me nog wat meer tijd. Er is al wat schade aangericht door die verdomde foto in de kranten en je kunt ervan uitgaan dat Doofus de volgende hoorzitting ook zal verslaan. We moeten zo snel mogelijk van die Sistrunk zien af te komen.'

Jake vond het opvallend dat Harry Rex nu het woord 'we' gebruikte. Niemand was meer loyaal, er was niemand die hij liever bij zich in het schuttersputje had, en ook was er geen jurist die zo geslepen en zo sluw was.

'Geef me een dag of twee,' zei Harry Rex en hij stond op. 'Ik ben toe aan een biertje.'

Een uur later, Jake zat nog steeds aan zijn bureau, nam de kwestie-Booker Sistrunk nog ergere vormen aan. 'Ik heb een advocaat, ene Rufus Buckley, aan de telefoon,' zei Roxy door de intercom.

Jake haalde diep adem en zei: 'Oké.' Hij keek naar het knipperende rode lichtje en vroeg zich af waarom Buckley in vredesnaam belde. Ze hadden elkaar niet meer gesproken sinds het proces van Carl Lee Hailey, en wanneer hun paden elkaar nooit meer hadden gekruist, zouden ze dat allebei prima hebben gevonden. Een jaar eerder, tijdens de herverkiezing van Buckley, had Jake stilletjes zijn tegenstander gesteund, net als de meeste advocaten in Clanton en misschien wel het hele tweeëntwintigste gerechtelijk district. Gedurende zijn twaalfjarige carrière was Buckley erin geslaagd vrijwel iedere advocaat in dit district dat uit vijf county's bestond van zich te vervreemden. Het resultaat was geweldig, en nu zat de keiharde ex-officier van justitie met ambities voor de landelijke politiek thuis in Smithfield, een uur rijden, waar hij volgens de geruchten in een klein kantoortje aan Main Street testamenten, koopaktes en gemakkelijke echtscheidingen deed.

'Hallo gouverneur,' zei Jake in een opzettelijke poging de wederzijdse antipathie weer op te wekken. Ondanks dat er drie jaar verstreken waren, had hij nog altijd een lage dunk van de man.

'Hé hallo, Jake,' zei Buckley beleefd. 'Ik had gehoopt dat we de rotopmerkingen voor ons konden houden.'

'Sorry, Rufus, ik bedoelde er niets mee, hoor.' Maar dat was natuurlijk wel zo. Op een bepaald moment, nog niet eens zo lang geleden, hadden heel veel mensen hem 'gouverneur' genoemd. 'Waar houd jij je tegenwoordig mee bezig?'

'Gewoon met mijn praktijk, verder doe ik het rustig aan. Ik doe vrijwel alleen nog olie- en gaszaken.'

Natuurlijk doe je dat. Buckley had het grootste deel van zijn volwassen leven geprobeerd mensen ervan te overtuigen dat de aardgasonderneming van zijn echtgenote een bron van grote rijkdom was. Dat was niet zo. De Buckleys leefden ver beneden hun pretenties.

'Dat is fijn. Waarom bel je?'

'Ik had net een advocaat uit Memphis aan de telefoon, ene Booker Sistrunk. Volgens mij heb je hem al ontmoet. Lijkt een aardige vent. Hoe dan ook, hij associeert zich met mij als advocaat uit Mississippi in de zaak-Seth Hubbard.'

'Waarom zou hij jou daarvoor uitkiezen, Rufus?' vroeg Jake impulsief en hij liet zijn schouders zakken.

'Vanwege mijn reputatie, neem ik aan.'

Nee, Sistrunk had zijn huiswerk gedaan en de enige advocaat in de hele staat gevonden die een pesthekel had aan Jake. Jake kon zich gemakkelijk voorstellen welke smerige dingen Buckley over hem had gezegd. 'Ik snap niet waar hij jou voor nodig heeft, Rufus.'

'Daar werken we nog aan. Booker wil jou van de zaak hebben, zodat hij het kan overnemen. Hij zei dat hij misschien een verzoek gaat indienen om deze rechtszaak ergens anders te voeren. Hij zegt dat rechter Atlee duidelijk iets tegen hem heeft, en daarom zal hij de rechter vragen zich terug te trekken. Dit zijn alleen maar voorlopige acties, Jake. Zoals je weet, is Sistrunk een machtige advocaat met heel veel connecties. Ik neem aan dat hij mij daarom in zijn team wil.'

'Nou, welkom aan boord, Rufus. Ik betwijfel of Sistrunk jou de rest van het verhaal ook heeft verteld, maar hij heeft ook al geprobeerd mij weg te krijgen. Dat is niet gelukt, doordat rechter Atlee goed kan lezen. In het testament word ik bij name genoemd als de advocaat voor de nalatenschap. Atlee is niet van plan zich terug te trekken en ook zal hij de rechtszaak niet buiten Clanton laten plaatsvinden. Die jongens van jou zitten hun tijd te verspillen en jagen ieder potentieel jurylid in de county tegen zich in het harnas. Behoorlijk stom, als je het mij vraagt, Rufus, en die stommiteit verkleint onze kansen.'

'We zullen zien. Jij hebt geen ervaring, Jake, en je moet je terugtrekken. Je hebt natuurlijk wel een paar leuke resultaten geboekt in strafzaken, maar dit is geen strafzaak, Jake. Dit is een gecompliceerde civiele rechtszaak waar veel geld mee gemoeid is, en hij groeit je nu al boven het hoofd.'

Jake beet op zijn tong en realiseerde zich weer hoe erg hij de stem aan de andere kant van de lijn verafschuwde. Langzaam, met opzet, zei hij: 'Jij was vroeger officier van justitie, Rufus. Wanneer ben jij een expert geworden in civiel recht?'

'Ik ben advocaat. Ik leef in de rechtszaal. In de afgelopen twee jaar heb ik alleen maar civiele zaken gedaan. Bovendien zit Sistrunk bij mij aan de tafel. Hij heeft de politie van Memphis afgelopen jaar drie keer genaaid voor meer dan een miljoen dollar.'

'En ze zijn in beroep gegaan. Hij heeft nog geen cent geïncasseerd.'

'Maar dat komt nog wel. Op diezelfde manier zullen we die Hubbard-zaak aanpakken.'

'Hoeveel gaan jullie in rekening brengen, Rufus? Vijftig procent?'

'Vertrouwelijk, Jake. Dat weet je best.'

'Het zou openbaar gemaakt moeten worden.'

'Niet jaloers worden, Jake.'

'Tot ziens, Rufus,' zei Jake en hij hing op.

Hij haalde diep adem, sprong overeind en liep naar beneden. 'Zo terug,' zei hij tegen Roxy toen hij langs haar bureau liep. Het was halftien en de Coffee Shop was leeg.

Dell stond bij de toonbank vorken af te drogen toen Jake binnenkwam en op een kruk ging zitten. 'Even pauze?' vroeg ze.

'Ja. Cafeïnevrije koffie alsjeblieft.' Jake verscheen vaak op onregelmatige tijden, meestal om het kantoor en de telefoon te ontvluchten.

Ze schonk hem een kop koffie in en kwam dichterbij staan, terwijl ze nog steeds het bestek aan het afdrogen was.

'Wat weet jij?' vroeg Jake terwijl hij suiker door zijn koffie roerde. Bij Dell was er een dunne scheidslijn tussen wat ze wist en wat ze had gehoord. De meeste klanten dachten dat ze alles doorvertelde, maar Jake wist wel beter. Ze werkte al vijfentwintig jaar in de Coffee Shop en had al genoeg valse geruchten en pertinente leugens gehoord om te weten hoe schadelijk die konden zijn. En daarom was ze, ondanks haar reputatie, over het algemeen voorzichtig.

'Tja,' zei ze langzaam, 'ik denk niet dat Lettie zichzelf een plezier heeft gedaan door die zwarte advocaten uit Memphis in te huren.' Jake knikte en nam een slok. Ze ging door: 'Waarom heeft ze dat gedaan, Jake? Ik dacht dat jij haar advocaat was.' Ze praatte over Lettie alsof ze haar al jaren kende, hoewel ze elkaar nooit hadden ontmoet. Dit was tegenwoordig niet ongebruikelijk in Clanton.

'Nee, ik ben haar advocaat niet. Ik ben de advocaat voor de nalatenschap, voor het testament. Zij en ik staan aan dezelfde kant, maar ze zou me niet kunnen inhuren.'

'Heeft ze een advocaat nodig?'

'Nee. Het is mijn taak om dit testament te verdedigen en de wensen die erin staan uit te voeren. Als ik mijn werk doe, krijgt zij haar geld. Ze heeft geen enkele reden om een advocaat in te huren.'

'Heb je haar dat verteld?'

'Ja, dat heb ik gedaan en ik dacht dat ze het begreep.'

'Wat is er dan gebeurd? Waarom zijn zij hierbij betrokken?'

Jake nam nog een slok en realiseerde zich dat hij voorzichtig moest zijn. Ze wisselden wel vaker inside information uit, maar met gevoelige kwesties kon dat natuurlijk niet. 'Dat weet ik niet, maar ik neem aan dat iemand in Memphis iets over dat testament hoorde, en vervolgens kwam het Booker Sistrunk ter ore. Hij rook geld en dus reed hij hiernaartoe, parkeerde zijn zwarte Rolls-Royce voor haar huis en overrompelde haar. Hij beloofde haar gouden bergen en in ruil daarvoor krijgt hij er ook een deel van.'

'Hoeveel?'

'Dat weten zij alleen. Dat is een vertrouwelijke zaak die nooit bekend wordt gemaakt.'

'Een zwarte Rolls-Royce? Maak je een grapje, Jake?'

'Nee, ik zag hem gisteren toen hij bij de rechtbank aankwam; hij parkeerde hem voor de Security Bank. Hij reed, zijn collega zat naast hem. En Lettie zat achterin met een vent in een donker pak, waarschijnlijk een soort bodyguard. Ze voeren een hele show op en Lettie tuint erin.'

'Ik begrijp het niet.'

'Ik ook niet.'

'Prather zei vanochtend dat ze misschien gaan proberen het proces te verplaatsen. Naar een andere county waar ze meer zwarte juryleden kunnen krijgen. Is dat waar?'

'Alleen maar een gerucht, denk ik. Je kent Marshall. Ik weet bijna zeker dat hij de bron is van zo ongeveer de helft van alle roddels in deze stad. Nog meer geruchten?'

'Zeker weten, Jake. Het gonst ervan. Ze houden hun mond zodra je eraan komt, maar als je weg bent is dat het enige waar ze over praten.'

De deur ging open. Twee mannen van het belastingkantoor kwamen binnen en gingen aan een tafeltje vlak bij hen zitten.

Jake kende hen en knikte beleefd. Ze zaten binnen gehoorsafstand en zouden ongetwijfeld alles in zich opnemen. Hij boog zich naar Dell toe en zei zacht: 'Houd je oren open, oké?'

'Jake, lieve schat, je weet dat mij niets ontgaat.'

'Dat weet ik.' Jake legde een dollar neer voor de koffie en nam afscheid.

Omdat hij nog steeds geen zin had om weer achter zijn bureau te gaan zitten, wandelde Jake over het plein naar het advocatenkantoor van Nick Norton, die ook alleen werkte en in het jaar dat Jake hier was begonnen zijn rechtenstudie aan Ole Miss had afgerond. Nick had het kantoor geerfd van zijn oom en had het naar alle waarschijnlijkheid iets drukker dan Jake. Ze stuurden soms cliënten naar elkaar door, en waren er in de afgelopen tien jaar in geslaagd onplezierige meningsverschillen te vermijden.

Twee jaar eerder had Nick Marvis Lang vertegenwoordigd, die schuld had bekend aan drugssmokkel en een aanval met een dodelijk wapen. De familie had een honorarium van vijfduizend dollar contant betaald; minder dan Nick wilde, maar meer dan wat de meesten van zijn cliënten konden betalen. Marvis was gewoon schuldig geweest, zodat er maar weinig speelruimte was en bovendien was hij niet bereid gebleken zijn medeverdachten te verraden. Nick had er een gevangenisstraf van twaalf jaar uit gesleept. Vier dagen daarvoor, tijdens de lunch, had Nick Jake alles verteld wat hij wist over de familie Lang en Marvis.

Hij was in gesprek met een cliënt, maar zijn secretaresse had het dossier al klaargelegd. Jake beloofde een kopie te maken van wat hij wilde hebben en het dossier snel terug te brengen. Niet nodig, zei de secretaresse. De zaak is al een tijd gesloten.

Wade Lanier lunchte het liefst bij Hal & Mal's, een paar straten van het countykantoor en tien minuten lopen van zijn kantoor in State Street. Hij ging aan zijn favoriete tafeltje zitten, bestelde een glas thee en wachtte geduldig tot Ian Dafoe vijf minuten later binnenkwam en bij hem ging zitten. Ze bestelden broodjes, praatten over het weer en football, en kwamen al snel ter zake. 'We zullen de zaak voor de rechter brengen,' zei Lanier ernstig, heel zacht, alsof hij een belangrijk geheim onthulde.

Ian knikte, haalde zijn schouders op en zei: 'Dat is goed om te horen.' Het tegendeel zou een verrassing zijn geweest. Er waren niet veel jackpots in de staat, en heel veel advocaten zouden deze zaak willen hebben.

'Maar we hebben geen hulp nodig,' zei Lanier. 'Herschel heeft die mafketel uit Memphis, natuurlijk zonder vergunning voor Mississippi, en die loopt alleen maar in de weg. Die jongen kan verdomme niets doen om ons te helpen, maar wel veel om mij te irriteren. Kun je misschien met Herschel praten en hem ervan overtuigen dat hij en zijn zus in hetzelfde team zitten en dat ik het wel alleen kan afhandelen?'

'Dat weet ik niet. Herschel heeft zo zijn eigen ideeën en Ramona is het daar niet altijd mee eens.'

'Nou, regel het maar. Het is toch al een drukte van belang in de rechtszaal en volgens mij zal rechter Atlee heel binnenkort beginnen met het inperken van het aantal advocaten.'

'En als Herschel nee zegt, als hij zijn eigen advocaat wil houden?'

'Dan regelen we dat later wel. Maar eerst moet je proberen hem ervan te overtuigen dat zijn advocaat niet nodig is, dat hij alleen maar een extra vinger in de pap is.'

'Oké, nu we het daar toch over hebben, wat is jouw honorariumvoorstel?'

'Wij nemen de zaak aan op contingentiebasis, dertig procent van de opbrengst. De juridische kwesties zijn niet al te complex en het proces duurt waarschijnlijk nog geen week. Normaal zouden we vijfentwintig procent van de schikking voorstellen, maar dat lijkt hoogstonwaarschijnlijk.'

'Waarom?'

'Het is alles of niets, het ene testament of het andere. Er is geen enkele ruimte voor een compromis.'

Ian dacht hierover na, maar begreep het niet helemaal.

De broodjes werden gebracht en ze zaten een paar minuten zwijgend te eten.

Even later zei Lanier: 'We doen mee, maar alleen als zowel Ramona als Herschel meedoet. Wij...'

'Jij hebt dus liever een derde van veertien miljoen dan een derde van slechts zeven,' zei Ian in een half geslaagde poging een grapje te maken. Maar het kwam niet aan.

Lanier negeerde zijn opmerking en nam een hap; hij glimlachte sowieso niet vaak. Hij slikte en zei: 'Dat klopt. Ik kan deze zaak winnen, maar ik ben niet bereid een klojo uit Memphis over mijn schouder te laten meekijken, me voor de voeten te laten lopen, en de jury tegen zich in te laten nemen. Bovendien, Ian, moet je begrijpen dat wij, mijn partners en ik, het extreem druk hebben. We hadden ons voorgenomen geen nieuwe zaken meer aan te nemen. Mijn partners hebben er eigenlijk niet veel zin in om de tijd en het geld van de firma in te zetten voor een erfrechtproces. Verdomme, volgende maand staan er drie rechtszaken tegen Shell Oil op de rol. Schade door booreilanden buiten de kust.'

Ian stopte wat friet in zijn mond, zodat hij niets kon zeggen. Ook hield hij zijn adem even in, in de hoop dat de advocaat niet nog meer oorlogsverhalen zou vertellen over zijn belangrijkste zaken en processen. Dat was een irritante gewoonte van de meeste advocaten en Ian had daar al veel vaker onder geleden.

Maar Lanier bezweek niet aan deze verleiding en praatte door: 'En je hebt gelijk, als we deze zaak aannemen, willen we beide erfgenamen, niet alleen jullie. Het is dezelfde hoeveelheid werk; sterker nog, het is minder werk voor ons doordat we geen tijd hoeven te verspillen door met die vent uit Memphis te dealen.'

'Ik zal kijken wat ik kan doen,' zei Ian.

'We sturen jullie elke maand een rekening voor de kosten, en die zullen er zeker zijn, vooral voor getuige-deskundigen.'

'Hoeveel?'

'We hebben een procesbudget opgesteld. Vijftigduizend dollar zou genoeg moeten zijn voor de onkosten.' Lanier keek om zich heen, hoewel de andere eters hen niet konden horen. Nog zachter zei hij: 'Bovendien moeten we een privérechercheur inhuren, en niet zomaar een doodgewone stille. We moeten wat geld investeren in een vent die kan infiltreren in het wereldje van Lettie Lang en die wat modder kan vinden, en dat zal niet gemakkelijk zijn.'

'Hoeveel?'

'Een gokje, maar ik schat nog eens vijfentwintig.'

'Ik weet niet zeker of ik me dit proces wel kan veroorloven.'

Eindelijk een glimlach van Lanier, maar het was een gedwongen glimlach. 'Je gaat rijk worden, Ian, vertrouw me maar.'

'Waardoor ben je opeens zo optimistisch? Toen we je vorige week spraken, was je heel voorzichtig, twijfelde je zelfs.'

Weer een gedwongen glimlach. 'Dat was ons intakegesprek, Ian. De chirurg is altijd terughoudend als hij met een ingewikkelde operatie wordt geconfronteerd. Nu wordt de zaak steeds duidelijker. Gisterochtend waren we in de rechtszaal. Ik heb een indruk van de situatie. Ik heb de tegenpartij gehoord. En, het allerbelangrijkst, ik kon eens goed kijken naar de advocaten van Lettie Lang, die glibberige gluiperds uit Memphis. Zij zijn de sleutel naar onze zege. Als je die voor een jury in Clanton laat opdraven, wordt dat handgeschreven testament een lachertje.'

'Dat begrijp ik. Laten we het nog eens over die vijfenzeventigduizend aan onkosten hebben. Volgens mij schieten sommige advocatenkantoren de onkosten voor en trekken ze dat voorschot af van de opbrengst of de schikking.'

'Dat doen wij ook weleens.'

'Kom op, Wade. Dat doen jullie altijd, omdat de meesten van jullie cliënten failliet zijn. Dat zijn arme sloebers die invalide zijn geworden door een bedrijfsongeval, dat soort dingen.'

'Ja, maar dat geldt niet voor jou, Ian. Jij kunt het je permitteren om deze rechtszaak te financieren en anderen niet. De ethiek schrijft voor dat een cliënt de onkosten zelf moet betalen als hij daar financieel toe in staat is.'

'De ethiek?' vroeg Ian met een zelfgenoegzaam lachje.

Het was bijna een belediging, maar Lanier voelde zich niet aangesproken. Hij hield zich altijd aan de ethiek van zijn beroep als dat voordelig voor hem was, anders negeerde hij die. Lanier zei: 'Kom op, Ian. Het is maar vijfenzeventigduizend en dat zullen we verdelen over het komende jaar of zo.'

'Ik ben bereid tot vijfentwintig te gaan. Als het meer is, moeten jullie dat zelf maar betalen en dan verrekenen we alles wel als de zaak is afgehandeld.'

'Prima. Toe maar dan. Dat zoeken we later wel uit. Nu hebben we belangrijker problemen. Begin met Herschel; als hij zijn advocaat niet loost en ook met mij in zee gaat, heb ik wel belangrijker zaken. Begrepen?'

'Denk het wel. Ik doe mijn best.'

14

De Berring Lumber Company was gevestigd op een terrein met een zwaar hek eromheen dat gedeeltelijk open kon, alsof bezoekers niet echt welkom waren. Het bestond uit een ratjetoe van metalen gebouwen rondom een tweeënhalve meter hoge kettingzaag. Het bedrijf stond verborgen aan het einde van een lange asfaltweg, onzichtbaar vanaf Highway 21 en minder dan anderhalve kilometer van de grens met Tyler County. Binnen de omheining, voorbij de hoofdingang, stonden links de gebouwen en rechts lagen hectares vol met stammen. Achteraan stonden een paar halfopen gebouwen waar het naald- en hardhout werd schoongemaakt, opgemeten, gezaagd en behandeld voordat het in pakhuizen werd opgeslagen. Een parkeerplaats aan de rechterkant stond vol afgeleefde pick-ups, een teken dat de zaken goed gingen; mensen hadden een baan, iets wat zeldzaam was in dit deel van het land.

Jake wist inmiddels dat Seth Hubbard de houtgroothandel bij zijn tweede echtscheiding was kwijtgeraakt, maar hem een paar jaar later had teruggekregen. Harry Rex regelde de gedwongen verkoop, voor tweehonderdduizend dollar, en pakte het geld aan, voor zijn cliënt natuurlijk. Seth wachtte, zoals gebruikelijk, rustig af tot de zaken slechter gingen en zette de wanhopige eigenaar vervolgens aan tot een snelle verkoop. Niemand wist waar de naam 'Berring' vandaan kwam. Jake hoorde dat Seth overal namen vandaan haalde en die op zijn ondernemingen plakte. Toen Seth dit bedrijf voor het eerst bezat, heette het Palmyra Lumber. En om iedereen die misschien oplette zand in de ogen te strooien, koos hij de tweede keer voor de naam Berring.

Berring was zijn hoofdkantoor, hoewel hij op verschillende momenten ook andere had. Nadat hij alles had verkocht en de diagnose longkanker was gesteld, verzamelde hij zijn hele administratie en bracht hij meer tijd door op Berring. De dag na zijn dood kwam sheriff Ozzie Walls langs en maakte een vriendelijk praatje met de kantoormedewerkers. Hij drong erop aan dat niets werd aangeraakt. De advocaten zouden binnenkort langskomen en daarna zou alles alleen maar ingewikkeld worden.

Jake had twee keer telefonisch met Arlene Trotter, Seths secretaresse, gesproken. Ze was vriendelijk geweest, maar niet behulpzaam. Op vrijdag, bijna twee weken na de zelfmoord, liep Jake door de hoofdingang de receptieruimte binnen. In het midden stond een bureau. Erachter zat een zwaar opgemaakte jonge vrouw met een wilde zwarte bos haar, een strak truitje en het onmiskenbare uiterlijk van een vrouw die het niet zo nauw nam. Op een koperen plaatje stond alleen haar voornaam – Kamila – en Jakes tweede of derde indruk was dat die exotische naam goed bij haar paste. Ze verwelkomde hem met een hartelijke glimlach en Jake dacht meteen aan de opmerking dat 'Seth zijn broek niet kon aanhouden'.

Hij vertelde wie hij was.

Ze stond niet op, maar gaf hem een slap handje. 'Arlene zit al te wachten,' zei ze en ze drukte op een knopje.

'Gecondoleerd met je baas,' zei Jake. Hij kon zich niet herinneren dat hij Kamila bij de begrafenis had gezien, en hij wist zeker dat hij als ze er wel was geweest haar gezicht en figuur niet zou zijn vergeten.

'Het is vreselijk,' zei ze.

'Hoe lang werk je hier al?'

'Twee jaar. Seth was een aardige man en een goede baas.'

'Ik heb nooit het genoegen gehad hem te leren kennen.'

Arlene Trotter verscheen en stak haar hand uit. Ze was een jaar of vijftig maar helemaal grijs, ze was een beetje te zwaar maar lette op haar lijn en haar broekpak was al een jaar of tien uit de mode. Ze praatten met elkaar terwijl ze dieper het rommelige kantoorgebouw in liepen. 'Dat is zijn kantoor,' zei ze en ze wees naar een dichte deur. Haar bureau stond meteen naast de deur, die ze daardoor letterlijk beschermde. 'Zijn stukken liggen hier,' voegde ze eraan toe en ze wees naar een andere deur. 'Niets is aangeraakt. Russell Amburgh belde me de avond waarop hij stierf en zei dat ik alles in veiligheid moest brengen. De volgende dag kwam de sheriff langs en die zei hetzelfde. Het is hier heel stil geweest.' Haar stem trilde even.

'Dat spijt me.'

'U zult waarschijnlijk tot de conclusie komen dat zijn boekhouding in orde is. Seth hield alles goed bij en toen hij zieker werd, besteedde hij er meer tijd aan om alles op orde te brengen.'

'Wanneer heb je hem voor het laatst gezien?'

'De vrijdag voordat hij stierf. Hij voelde zich niet goed en vertrok om een uur of drie. Zei dat hij naar huis ging om te rusten. Ik heb gehoord dat zijn testament hier ligt. Klopt dat?'

'Dat schijnt zo te zijn. Wist jij daar iets van?'

Ze zweeg even en leek niet in staat, of niet bereid, antwoord te geven. 'Mag ik u iets vragen, meneer Brigance?'

'Natuurlijk.'

'Aan wiens kant staat u? Moeten we u vertrouwen of hebben we onze eigen advocaten nodig?'

'Tja, ik denk niet dat nog meer advocaten een goed idee is. Ik ben de advocaat voor de nalatenschap, aangesteld door Seth Hubbard, en hij heeft me opdracht gegeven ervoor te zorgen dat zijn uiterste wilsbeschikking, het handgeschreven testament, wordt gerespecteerd en uitgevoerd.'

'En dat is het testament waardoor alles naar zijn dienstmeisje gaat?'

'Vrijwel alles, ja.'

'Oké, wat is onze rol in deze zaak?'

'Jullie spelen geen rol bij het beheer van zijn nalatenschap. Jullie worden misschien opgeroepen als getuige wanneer het testament door zijn familie wordt aangevochten.'

'Tijdens een proces, in een rechtszaal?' Ze deinsde achteruit en leek bang.

'Dat is mogelijk, maar het is nog te vroeg om je daar zorgen over te maken. Hoeveel mensen werkten elke dag samen met Seth?'

Arlene wreef in haar handen en dacht even na. Ze stapte naar achteren en ging op een hoekje van haar bureau zitten. 'Ik, Kamila en Dewayne. Dat is het wel. Er zijn een paar kantoren aan de overkant, maar die mannen zagen Seth niet vaak. Eerlijk gezegd zagen wij hem ook niet vaak, tenminste, niet voor vorig jaar toen hij ziek werd. Seth was het liefst onderweg, om zijn fabrieken en bossen te controleren, deals te sluiten of naar Mexico te vliegen om nog een meubelfabriek op te zetten. Hij hield er niet van om thuis te blijven.'

'Wie onderhield contact met hem?'

'Dat was mijn werk. We belden elkaar elke dag. Soms regelde ik een reis voor hem, maar dat deed hij liever zelf. Hij delegeerde niet gemakkelijk. Hij betaalde al zijn persoonlijke rekeningen zelf, schreef zelf elke cheque uit, maakte zelf de balans op van elke rekening en hield elke cent in de gaten. Zijn CPA, registeraccountant, is een man in Tupelo...'

'Die heb ik al gesproken.'

'Hij heeft dozen vol stukken.'

'Later zou ik graag met jou, Kamila en Dewayne willen praten, als dat kan.'

'Geen probleem. We zijn allemaal hier.'

Het vertrek had geen ramen en een slechte verlichting. Een oud bureau en een oude stoel leken erop te wijzen dat het ooit als kantoor was gebruikt, maar als dat zo was, was dat niet recent. Alles was bedekt met een dikke laag stof. Een muur stond vol hoge zwartmetalen dossierkasten. Een andere muur was kaal, op een Kenworth Truck-kalender uit 1987 na die aan een spijker hing. Vier indrukwekkende kartonnen dozen stonden op het bureau, en dus begon Jake daarmee. Hij bekeek de verschillende dossiers in de eerste doos, waarbij hij ervoor zorgde dat alles netjes op volgorde bleef. Hij keek er wel in om te zien waar het over ging, maar niet echt naar de bedragen. Dat kwam later wel.

Op de eerste doos stond ONROEREND GOED en die zat vol aktes, afgeloste hypotheken, taxatierapporten, belastingaanslagen, voorlopige aanslagen, betaalde rekeningen van aannemers, kopieën van door Seth uitgeschreven cheques en slotbetogen van advocaten. Er waren documenten van Seths woning aan Simpson Road, van een hut in de buurt van Boone, Noord-Carolina en van een appartement in een flatgebouw in de buurt van Destin, Florida; en verder documentatie over verschillende stukken grond die op het eerste gezicht braakliggend land leken. Op de tweede doos stond HOUTCONTRACTEN. De derde was BANKEN en Jakes belangstelling nam iets toe. Een Merrill Lynch-portfolio bij een filiaal in Atlanta had een saldo van bijna 7 miljoen dollar. Een obligatiefonds bij UBS in Zürich was iets meer dan 3 miljoen dollar waard. Op een bankrekening bij de Royal Bank of Canada op het eiland Grand Cayman stond 6,5 miljoen dollar. Maar deze drie nogal exotische bankrekeningen waren eind september opgeheven. Jake groef verder, volgde het spoor dat Seth zorgvuldig had uitgezet en ontdekte al snel dat het geld op een bankrekening in Birmingham stond, tegen zes procent rente per jaar, en gewoon wachtte op verificatie: 21,2 miljoen dollar, cash.

Dergelijke bedragen maakten hem duizelig. Voor een advocaat uit een klein stadje die in een huurwoning woonde en in een auto reed met ruim driehonderdduizend kilometer op de teller, was dit een onwerkelijke scène. Hij, Jake, zat de inhoud te bekijken van een paar kartonnen dozen in een stoffige, slecht verlichte opslagruimte in een prefabkantoorgebouw van een houtzagerij op het platteland van Mississippi, en keek naar bedragen die ruimschoots het levenslange inkomen overschreden van alle advocaten bij elkaar die nu in Ford County werkten! Hij schoot in de lach.

Het geld was er echt! Verbaasd schudde hij zijn hoofd en voelde opeens oprechte bewondering voor Seth Hubbard.

Er klopte iemand aan en Jake schrok zich dood. Hij deed de doos dicht, opende de deur en stapte naar buiten.

Arlene zei: 'Meneer Brigance, dit is Dewayne Squire. Zijn officiële titel is onderdirecteur, maar in de praktijk doet hij gewoon wat ik hem zeg.' Arlene lachte even, voor het eerst.

Jake en Dewayne gaven elkaar zenuwachtig een hand, terwijl Kamila vlak bij hen stond te kijken. De drie werknemers keken hem aan, kennelijk omdat ze iets belangrijks wilden bespreken. Dewayne was een pezige, opgewonden man en ook, zo bleek, een kettingroker die Kools rookte en zich weinig aantrok van waar zijn rook naartoe waaide.

'Kunnen we even met u praten?' vroeg Arlene, de onbetwiste leider. Dewayne stak met onhandige bewegingen een Kool op. Praten, als in een serieus gesprek, niet alleen een praatje over het weer.

'Natuurlijk,' zei Jake. 'Wat is er?'

Arlene liet hem een visitekaartje zien en vroeg: 'Kent u deze man?'

Jake keek ernaar. *Reed Maxey, Advocaat, Jackson, Mississippi.* 'Nee,' zei Jake. 'Nooit van gehoord. Hoezo?'

'Nou, hij kwam vorige week dinsdag langs, zei dat hij werkte aan de nalatenschap van meneer Hubbard en dat de rechtbank zich zorgen maakte over dat handgeschreven testament dat u hebt ingediend of hoe dat ook maar heet. Hij zei dat dat testament waarschijnlijk niet rechtsgeldig is, omdat Seth duidelijk suf was van de medicijnen en gek was omdat hij zelfmoord pleegde en vlak daarvoor dat testament opstelde. Hij zei dat wij alle drie belangrijke getuigen waren omdat wij Seth de vrijdag voor zijn zelfmoord hadden gezien en dat wij zouden moeten verklaren hoe suf hij was; en bovendien dat het echte testament, het testament dat was opgesteld door echte advocaten en zo, geld nalaat aan ons als vrienden en werknemers. En daarom, zei hij, zou het in ons eigen belang zijn om de waarheid te vertellen, te vertellen dat Seth, hoe noemde hij dat ook al weer...'

'... wilsonbekwaam was voor het opstellen van een testament,' zei Dewayne vanuit een dikke wolk menthol.

'Dat was het, zo noemde hij dat. Hij liet het klinken alsof Seth gek was.'

Jake was verbijsterd, maar hij slaagde erin om hen met een ondoorgrondelijke blik te blijven aankijken. Zijn eerste reactie was woede: hoe durfde een andere advocaat zich met zijn zaak te bemoeien, leugens te vertellen en getuigen onder druk te zetten. Het waren zoveel ethische overtredingen dat Jake ze niet eens allemaal kon opsommen. Maar zijn tweede reactie was beheerster: deze advocaat was een bedrieger, geen echte advocaat. Niemand zou zoiets doen.

Hij bleef beheerst en zei: 'Tja, dan zal ik eens met deze advocaat praten en tegen hem zeggen dat hij zich hier niet mee moet bemoeien.'

'Wat staat er in dat andere testament, het echte?' vroeg Dewayne.

'Dat heb ik niet gezien. Dat is opgesteld door een paar advocaten in Tupelo, en zij zijn nog niet gevraagd dat openbaar te maken.'

'Denkt u dat wij erin staan?' vroeg Kamila zonder zelfs maar te proberen subtiel te lijken.

'Geen idee.'

'Kunnen we dat te weten komen?' vroeg ze.

'Dat betwijfel ik.' Jake wilde vragen of die wetenschap hun getuigenverklaring zou beïnvloeden, maar hij besloot zo weinig mogelijk te zeggen.

Arlene zei: 'Hij stelde heel veel vragen over Seth en hoe hij zich die vrijdag had gedragen. Hij wilde weten hoe hij zich voelde en alles over zijn medicijnen.'

'En wat hebben jullie hem verteld?'

'Niet veel. Eerlijk gezegd was hij niet iemand met wie ik wílde praten. Hij leek onbetrouwbaar en hij was...'

'Hij had een snelle babbel,' voegde Dewayne eraan toe. 'Te snel. Af en toe kon ik hem niet verstaan en ik bleef maar denken: en die vent is een advocaat? Zou hem niet graag in de rechtszaal zien, voor een jury.'

Kamila zei: 'Hij werd ook behoorlijk agressief, hij eiste bijna dat we ons verhaal op een bepaalde manier vertelden. Hij wilde echt dat wij zeiden dat Seth labiel was door al zijn medicijnen.'

Dewayne zei, terwijl hij de rook door zijn neusgaten uitblies: 'Op een bepaald moment zette hij zijn aktetas op Arlenes bureau, rechtop, in een vreemde stand en deed geen enkele moeite hem open te maken. Hij probeert dit op te nemen, zei ik tegen mezelf. Daar zit een recorder in.'

'Nee, hij was niet echt vriendelijk,' zei Arlene. 'Eerst geloofden we hem, weet u. Er komt een man binnen, hij draagt een mooi donker pak, zegt dat hij advocaat is, geeft ons zijn kaartje en lijkt heel veel te weten over Seth Hubbard en zijn zaken. Hij stond erop tegelijk met ons drieën te praten en wij wisten niet hoe we dat konden weigeren. Dus praatten we, of eigenlijk praatte hij. Wij hebben vooral zitten luisteren.'

'Hoe zouden jullie deze man beschrijven?' vroeg Jake. 'Leeftijd, lengte, gewicht, dat soort dingen.'

Ze keken elkaar met grote tegenzin aan, omdat ze wel wisten dat ze het niet met elkaar eens zouden zijn. 'Leeftijd?' vroeg Arlene aan de anderen. 'Ik denk een jaar of veertig.'

Dewayne knikte en Kamila zei: 'Ja, misschien vijfenveertig. Minstens een meter tachtig en dik, zeker honderd kilo.'

'Minstens honderd kilo,' zei Dewayne. 'Donker haar, heel donker, dik, een beetje onverzorgd...'

'Moest nodig naar de kapper,' zei Arlene. 'Dikke snor en bakkebaarden. Geen bril.'

'Hij rookte Camel,' zei Dewayne. 'Met filter.'

'Ik zal proberen hem op te sporen en uit te zoeken wat hij van plan is,' zei Jake, hoewel hij bijna zeker wist dat er geen advocaat bestond die Reed Maxey heette. Zelfs de allerdomste advocaat zou weten dat een dergelijk bezoek niet alleen problemen, maar ook een ethisch onderzoek zou veroorzaken. Er klopte niets van.

'Moeten we met een advocaat praten?' vroeg Kamila. 'Ik bedoel, dit is nieuw voor mij, voor ons. Nogal eng ook.'

'Nog niet,' zei Jake. Hij nam zich voor een op een met hen te praten om hun verhaal te horen. Een groepsgesprek zou het verhaal misschien beïnvloeden. 'Misschien later, maar nu niet.'

'Wat gaat er met dit bedrijf gebeuren?' vroeg Dewayne en hij vulde vervolgens luidruchtig zijn longen met rook.

Jake liep door de open ruimte en duwde ruw een raam open zodat hij kon ademen.

'Waarom rook je niet buiten?' siste Kamila tegen de onderdirecteur. Het was duidelijk dat dit onderwerp al een tijdje sudderde. Hun baas was gestorven aan longkanker en zijn kantoor rook naar verbrande houtskool. Natuurlijk mocht je binnen roken.

Jake liep terug, ging voor hen staan en zei: 'De heer Hubbard heeft in zijn testament zijn executeur opdracht gegeven al zijn bezittingen tegen een redelijke prijs te verkopen en alles in geld om te zetten. Dit bedrijf blijft gewoon voortbestaan tot iemand het koopt.'

'Wanneer zal dat gebeuren?' vroeg Arlene.

'Zodra iemand een goed bod doet. Nu, of over twee jaar. Zelfs als de afhandeling van deze nalatenschap wordt vertraagd door een erfrechtproces, worden meneer Hubbards bezittingen beschermd door de wet. Ik ben ervan overtuigd dat in deze omgeving bekend is dat dit bedrijf te koop zal komen. Misschien krijgen we binnenkort wel een bod. Tot die tijd verandert er niets. Ervan uitgaande natuurlijk dat de werknemers het bedrijf draaiende kunnen houden.'

'Dewayne is hier al vijf jaar de baas,' zei Arlene vriendelijk.

'Daar gaan we mee door,' zei hij.

'Goed. Nu, als er verder niets meer is, wil ik me weer in de boeken verdiepen.'

De drie bedankten hem en vertrokken.

Dertig minuten later liep Jake naar Arlene toe, die aan haar bureau zat te lummelen, en zei: 'Ik wil zijn kantoor graag zien.'

Ze wapperde met haar arm en zei: 'Het zit niet op slot.' Daarna stond ze op en deed de deur open voor Jake. Het was een lange, smalle ruimte met een bureau en stoelen aan de ene en een goedkope vergadertafel aan de andere kant. Het verbaasde Jake niet dat hij veel hout zag; kernhout op de muren en de vloer, verkleurd tot een bronsachtige tint; boeken-planken van donker eiken langs de muren, waarvan vele helemaal leeg. Er was geen 'egomuur': geen diploma's, omdat Seth die niet had; geen oorkondes van clubs; geen foto's met politici. Er was zelfs helemaal geen foto in het kantoor te zien. Het bureau leek een op maat gemaakte tafel met laden, en het blad was vrijwel helemaal leeg. Eén stapel papieren en drie lege asbakken.

Aan de ene kant verwachtte je dit ook van een boerenzoon die in de loop der jaren veel geld had verdiend. Aan de andere kant kon je moei-lijk geloven dat iemand die twintig miljoen dollar bezat geen mooier kantoor had.

'Alles is netjes en opgeruimd,' zei Jake, bijna tegen zichzelf.

'Seth hield ervan als alles netjes was,' zei ze.

Ze liepen naar de vergadertafel, waar Jake een stoel onder vandaan trok, ging zitten en vroeg: 'Heb je even?'

Ze ging ook zitten, alsof ze een lang gesprek verwachtte en daar zin in had.

Jake pakte zijn telefoon en zei: 'Laten we die Reed Maxey maar eens bellen.'

'Oké. Prima. Jij bent de advocaat.'

Jake koos het nummer dat op het visitekaartje stond en kreeg tot zijn verbazing een receptioniste aan de lijn die de naam van een groot, be-kend kantoor in Jackson noemde. Jake vroeg naar de heer Reed Maxey, die daar kennelijk werkte, want ze zei: 'Een ogenblik alstublieft.'

De volgende vrouwenstem zei: 'Het kantoor van meneer Maxey.'

Jake gaf zijn naam en vroeg of hij de advocaat kon spreken.

'De heer Maxey is de stad uit en zal niet voor maandag weer op kan-toor zijn,' zei ze.

Jake legde beknopt maar vriendelijk uit wat hij deed en zei, een beetje somber, dat hij bang was dat iemand zich uitgaf voor meneer Reed Maxey. 'Was hij afgelopen dinsdag in Ford County?' vroeg hij.

'O nee! Hij is al sinds maandag in Dallas voor zaken.'

Jake zei dat hij een signalement had van haar baas en begon de oplichter te beschrijven. Op een bepaald moment begon de secretaresse te giechelen en zei: 'Nee, nee, er moet een vergissing zijn. De Reed Maxey voor wie ik werk, is tweeënzestig, kaal en kleiner dan ik, en ik ben een meter vijfenzeventig.'

'Kent u nog een andere advocaat in Jackson die Reed Maxey heet?' vroeg hij.

'Nee, sorry.'

Jake bedankte haar en beloofde dat hij de volgende week haar baas zou bellen voor een uitgebreider gesprek. Toen hij had opgehangen, zei hij: 'Precies wat ik dacht. Die vent loog. Hij was geen advocaat. Hij werkt misschien wel voor een advocaat, maar hij is een bedrieger.'

De arme Arlene keek hem alleen maar aan, niet in staat een woord uit te brengen.

Jake zei: 'Ik heb geen idee wie die vent is en we zullen hem waarschijnlijk nooit terugzien. Ik zal proberen uit te zoeken wie het is, maar misschien komen we dat nooit te weten. Ik denk dat hij is gestuurd door iemand die bij deze zaak betrokken is, maar zeker weten doe ik het niet.'

'Maar waarom?' vroeg ze moeizaam.

'Om jullie te intimideren, in verwarring te brengen en bang te maken. De kans is groot dat jullie drieën, en misschien ook anderen die hier werken, worden opgeroepen om te getuigen over Seths gedrag in de dagen voordat hij stierf. Was hij geestelijk gezond? Gedroeg hij zich vreemd? Slikte hij veel medicijnen? En zo ja, konden deze medicijnen zijn beoordelingsvermogen beïnvloeden? Dit zullen heel belangrijke vragen worden.'

Ze leek hierover na te denken.

Jake wachtte en zei na een lange stilte: 'Dus, Arlene, laten we wat antwoorden formuleren. Hij schreef dat testament hier in zijn kantoor, op zaterdagochtend. Hij moest het voor twaalf uur op de post doen zodat ik het maandag zou krijgen. Jij zag hem vrijdag, nietwaar?'

'Ja.'

'Is je iets ongewoons opgevallen?'

Ze trok een tissue uit haar zak en depte haar ogen. 'Het spijt me,' zei ze, nu al in tranen, voordat ze echt iets had gezegd.

Dit kan nog wel even duren, dacht Jake.

Ze vermande zich, rechtte haar rug en glimlachte tegen Jake. 'Weet u, meneer Brigance, ik weet niet zeker wie ik in deze situatie kan vertrouwen, maar om heel eerlijk te zijn, ik vertrouw u wel.'

'Dankjewel.'

'Weet u, mijn broer zat in die jury.'

146

'Welke jury?'

'Carl Lee Hailey.'

Alle twaalf namen waren voor altijd in Jakes geheugen gegrift. Hij glimlachte en vroeg: 'Hoe heet hij?'

'Barry Acker. Mijn jongste broer.'

'Hem vergeet ik nooit.'

'Hij heeft heel veel respect voor u, door dat proces en zo.'

'En ik heb heel veel respect voor hem. Ze waren heel moedig en ze hebben het juiste vonnis bereikt.'

'Toen ik hoorde dat u de advocaat was voor Seths nalatenschap voelde ik me een stuk beter. Maar toen we dat hoorden, van zijn testament, nou ja, het is heel erg verwarrend allemaal.'

'Dat begrijp ik. Laten we elkaar vertrouwen, oké? Laat dat meneer maar zitten. Zeg Jake tegen me en vertel me de waarheid. Afgesproken?'

Arlene legde de tissue op de tafel en ontspande zich. 'Afgesproken, maar ik wil niet naar de rechtbank gaan.'

'Daar moeten we ons later maar druk over maken. Geef me nu eerst maar eens wat achtergrondinformatie.'

'Oké.' Ze slikte moeizaam, vermande zich en begon te vertellen. 'Seths laatste dagen waren niet prettig. Hij was al een maand ongeveer af en aan bedlegerig, na de chemokuur. Hij had twee series chemo en bestraling achter de rug, was zijn haar kwijtgeraakt en heel veel gewicht. Hij was zo zwak en zo ziek dat hij zijn bed niet uit kon komen. Maar hij was een stoere ouwe vent en wilde niet opgeven. Maar het was longkanker en toen de tumoren terugkwamen, wist hij dat hij al gauw dood zou gaan. Hij hield op met reizen en bracht hier meer tijd door. Hij had pijn, slikte heel veel Demerol. Hij kwam altijd vroeg, dronk koffie en voelde zich dan een paar uur goed, maar daarna ging het slechter. Ik heb nooit gezien dàt hij pijnstillers slikte, maar dat vertelde hij me. Af en toe was hij slaperig en misselijk, soms zelfs duizelig. Hij wilde per se zelf rijden en daar maakten wij ons zorgen over.'

'Wie zijn wij?'

'Wij drieën. We gaven om Seth. Hij liet nooit iemand echt dicht in de buurt komen. Je zei dat je hem nooit hebt ontmoet. Dat verbaast me niets, want Seth vermeed mensen. Hij had een hekel aan oppervlakkige gesprekken. Hij was geen warm mens. Hij was een eenling die niet wilde dat iemand inzicht had in zijn zaken of iets voor hem deed. Hij haalde zijn eigen koffie. Als ik hem koffie bracht, zei hij niet eens dankjewel. Hij vertrouwde Dewayne wel de leiding van zijn bedrijf toe, maar ze brachten niet veel tijd met elkaar door. Kamila werkt hier nu een paar jaar en

Seth vond het heel leuk om met haar te flirten. Ze is een vreselijke sloerie maar een lieve meid, en hij mocht haar graag. Maar dat is alles. Alleen wij drieën.'

'Heb je hem in zijn laatste levensdagen dingen zien doen die ongewoon waren?'

'Niet echt. Hij voelde zich beroerd. Hij snauwde vaak. Die vrijdag leek hij opgewekt. Daar hebben we het over gehad, wij met z'n drieën, en het is niet ongebruikelijk dat mensen die besloten hebben zelfmoord te plegen ontspannen worden, zelfs uitkijken naar het einde. Ik denk dat Seth die vrijdag al wist wat hij zou gaan doen. Hij had het helemaal gehad met alles. En hij zou toch doodgaan.'

'Heeft hij ooit over zijn testament gepraat?'

Dat vond ze grappig en ze lachte even. 'Seth praatte nooit over privédingen. Nooit. Ik werk hier al zes jaar en ik heb hem nog nooit iets horen zeggen over zijn kinderen, zijn kleinkinderen, familieleden, vrienden, vijanden...'

'Lettie Lang?'

'Geen woord. Ik ben nooit bij hem thuis geweest en heb die vrouw nooit ontmoet en weet niets over haar. Deze week zag ik haar foto in de krant, de eerste keer dat ik haar gezicht zag.'

'Er wordt beweerd dat Seth gek was op vrouwen.'

'Dat heb ik ook gehoord, maar hij heeft me nooit aangeraakt, heeft nooit avances gemaakt. Als Seth Hubbard vijf vriendinnen had, zou je het ook niet weten.'

'Wist je wat hij met zijn bedrijven deed?'

'Het meeste wel. Heel veel liep via mijn bureau. Hij waarschuwde me vaak dat dingen vertrouwelijk waren. Maar ik wist nooit alles, en ik betwijfel of dat voor iemand anders gold. Toen hij vorig jaar alles verkocht, gaf hij mij een bonus van vijftigduizend dollar. Dewayne en Kamila kregen ook een bonus, maar ik heb geen idee hoeveel. Hij betaalde ons goed. Seth was een eerlijke man die verwachtte dat zijn mensen hard werkten en hij vond het geen probleem hen te betalen. U moet ook nog iets anders weten. Seth had geen bekrompen geest zoals de meeste blanke mensen hier uit de omgeving. We hebben tachtig mensen in deze zagerij, de helft blank, de helft zwart, en iedereen verdient evenveel. Ik heb gehoord dat al zijn meubelfabrieken en houtgroothandels op diezelfde manier werken. Hij had niets op met politiek, maar hij had de pest aan de manier waarop zwarte mensen in het zuiden werden behandeld. Hij was gewoon een eerlijke man. Ik heb heel veel respect voor hem gekregen.' Haar stem begaf het en ze pakte weer een tissue.

Jake keek op zijn horloge en zag tot zijn verbazing dat het al bijna twaalf uur was. Hij was hier dus al tweeënhalf uur. Hij zei dat hij weg moest maar de volgende week zou terugkomen met ene Quince Lundy, de nieuwe door de rechtbank benoemde beheerder. Voordat hij naar buiten liep, praatte hij nog even met Dewayne en kreeg een vriendelijke afscheidsgroet van Kamila.

Op de terugweg naar Clanton tolde zijn hoofd van de mogelijke scenario's waarbij een bedrieger net deed alsof hij een advocaat was van een grote firma in Jackson en potentiële getuigen probeerde te intimideren; slechts een paar dagen na de zelfmoord en nog voor de eerste hoorzitting. Wie de man ook was, ze zouden hem nooit terugzien. De kans was groot dat hij werkte voor een van de advocaten van Herschel of Ramona of hun kinderen. Wade Lanier was Jakes belangrijkste verdachte. Hij had een advocatenkantoor met tien advocaten dat de reputatie had agressieve en creatieve tactieken te gebruiken. Jake had een klasgenoot gesproken die vaak samenwerkte met de firma Lanier. Het onderzoeksrapport was indrukwekkend, maar ook ontmoedigend. Wat ethiek betreft stond de firma erom bekend dat ze alle regels overtrad, daarna naar de rechter rende en de tegenpartij beschuldigde. 'Draai hen nooit je rug toe,' had Jakes vriend gezegd.

Jake had drie jaar lang een pistool bij zich gehad om zichzelf te beschermen tegen leden van de Ku Klux Klan en andere gekken. Nu vroeg hij zich af of hij beschermd moest worden tegen de haaien die achter het vermogen van Hubbard aan zwommen.

15

Lettie sliep niet veel tegenwoordig, doordat ze steeds meer ruimte aan haar familie moest afstaan. Simeon had het huis al een week niet verlaten en nam het halve bed in beslag. Lettie moest de andere helft delen met haar twee kleinkinderen. Twee neefjes sliepen op de grond.

Ze werd wakker toen de zon opkwam. Ze lag op haar zij en keek naar haar man die in een laken gewikkeld en snurkend zijn bierroes van de vorige avond lag uit te slapen. Roerloos bleef ze heel lang naar hem kijken, terwijl er allerlei onplezierige gedachten door haar heen gingen. Hij werd dik en grijs, en zijn verdiensten waren in de loop der jaren steeds minder geworden. Hé grote jongen, moet je er niet weer eens vandoor? Tijd om te verdwijnen zoals alleen jij kunt! Laat me een maand of twee alsjeblieft met rust. Je bent alleen nog maar goed voor de seks, maar dat is immers onmogelijk met kleinkinderen in de slaapkamer?

Simeon was echter niet van plan te vertrekken. Niemand liet Lettie tegenwoordig alleen. Ze moest toegeven dat zijn gedrag in de afgelopen weken behoorlijk was verbeterd; sinds de dood van meneer Hubbard natuurlijk, die had alles veranderd. Simeon dronk nog altijd elke avond, maar niet extreem, niet zoals vroeger. Hij was aardig tegen Cypress, bood aan dingen voor haar te doen en hield zijn gebruikelijke beledigingen voor zich. Hij was heel geduldig met de kinderen, had twee keer eten klaargemaakt op de grill en de keuken schoongemaakt, voor het eerst. Afgelopen zondag was hij samen met de familie naar de kerk gegaan. Maar de grootste verandering was zijn zachtaardige en bedachtzame gedrag als zijn vrouw in de buurt was.

Hij had haar al jaren niet meer geslagen, maar als je ooit bent geslagen vergeet je dat niet meer. De blauwe plekken gaan wel weg, maar de littekens blijven, diep vanbinnen, verborgen, rauw. Je wordt steeds weer geslagen. Iemand moet wel een ontzettende lafbek zijn om een vrouw te slaan. Uiteindelijk had hij gezegd dat hij er spijt van had. Ze had gezegd dat ze hem had vergeven, maar dat was niet zo. Volgens haar is er geen vergiffenis mogelijk voor bepaalde zonden, en je vrouw slaan is daar een van. Ze had iets gezworen wat ze nog steeds wilde doen: ooit zou ze weglopen en vrij zijn. Dat kon nog tien jaar duren of twintig, maar ooit zou ze daar de moed voor kunnen opbrengen en die zielige klootzak verlaten.

Ze wist niet zeker of meneer Hubbard een scheiding meer of minder waarschijnlijk had gemaakt. Aan de ene kant zou het veel moeilijker zijn om Simeon te verlaten als hij haar vleide en alles deed wat ze zei. Aan de andere kant zou het geld onafhankelijkheid betekenen.

Was dat echt zo? Zou het een beter leven betekenen in een groter huis met mooiere spullen en minder zorgen, en misschien bevrijding van een echtgenoot die ze niet mocht? Dat was natuurlijk mogelijk. Maar zou het ook betekenen dat ze haar leven lang moest vluchten voor haar familieleden en vrienden en onbekenden, die allemaal hun hand ophielden? Lettie voelde nu al de behoefte te vluchten. Ze had zich jaren opgesloten gevoeld in haar kleine huisje met te weinig vierkante meters, veel te veel mensen en niet genoeg bedden, maar nu was het alsof de muren pas echt op haar afkwamen.

Anthony, van vijf, lag bij haar voeten en ging verliggen in zijn slaap. Lettie stapte stilletjes uit bed, raapte haar kamerjas op van de grond, trok hem aan en liep zonder geluid te maken de kamer uit. De plankenvloer kraakte onder de vieze, versleten vloerbedekking. In de kamer ernaast lag Cypress te slapen in haar bed, haar enorme lichaam veel te groot voor het dunne lakentje. Haar rolstoel stond opgevouwen bij het raam. Op de grond lagen twee kinderen van een zus van Lettie. Ze keek even in de derde slaapkamer, waar haar dochters, Clarice en Phedra, samen in een eenpersoonsbed lagen te slapen, met hun armen en benen over de rand bengelend. Letties zus had het andere bed, al bijna een week. Een ander kind lag opgerold, met de knieën opgetrokken tot zijn borst, op de grond. In de woonkamer lag Kirk op de grond, terwijl een oom op zijn bank lag te snurken.

Overal lichamen, dacht Lettie. Ze deed het licht van de keuken aan en keek naar de puinhoop van de avondmaaltijd van de vorige dag. De afwas deed ze later wel. Ze zette koffie, keek ondertussen in de koelkast en vond wat ze had verwacht. Behalve een paar eieren en een pakje vlees zat er weinig eetbaars in, en zeker niet genoeg om zoveel mensen te voeden. Ze zou haar lieve man zodra hij was opgestaan naar de winkel sturen. De boodschappen zouden deze keer niet worden betaald met geld dat Simeon of zijzelf had verdiend, en ook niet met het geld van een uitkering, maar met geld waarover ze kon beschikken dankzij de gulheid van haar nieuwe held, de hooggeleerde Booker Sistrunk. Simeon had hem om een lening van vijfduizend dollar gevraagd. ('Een man die in zo'n auto

151

rijdt, maakt zich niet druk over vijfduizend dollar.') Het was niet echt een lening, had Simeon gezegd, meer een soort voorschot. Booker zei natuurlijk en ja ze hadden allebei de schuldbekentenis ondertekend. Lettie bewaarde het geld in een doosje zoutjes in de keukenkast.

Ze trok sandalen aan, snoerde haar kamerjas steviger om zich heen en liep naar buiten. Het was 15 oktober en alweer kil. De bladeren verkleurden en dwarrelden in het briesje. Ze nam een slok uit haar lievelingskopje en liep over het gras naar het schuurtje waar hun grasmaaier en andere dingen stonden. Achter het schuurtje, aan een Canadese den hing een schommel, en Lettie ging erop zitten. Ze schopte haar sandalen uit, zette zich af met haar voeten en begon te schommelen.

Ze hadden haar al heel vaak gevraagd, en de vragen zouden steeds weer worden gesteld: waarom had meneer Hubbard gedaan wat hij had gedaan? En: had hij dat met haar besproken? Die laatste vraag was de gemakkelijkste: nee, hij besprak nooit iets met haar. Ze praatten over het weer, over eventuele reparaties aan zijn huis, welke boodschappen ze moest doen en wat ze moest klaarmaken voor het avondeten, maar nooit over iets belangrijks. Dat was haar vaste antwoord, voorlopig. De waarheid was dat hij een of twee keer nonchalant en onverwacht had gezegd dat hij haar iets zou nalaten. Hij wist dat hij doodging en dat de dood snel zou komen. Hij maakte plannen voor zijn dood en wilde ervoor zorgen dat ze iets zou krijgen.

Maar waarom had hij haar zoveel nagelaten? Zijn kinderen waren geen aardige mensen, maar zo'n harde straf verdienden ze niet. Lettie verdiende al helemaal niet wat hij haar had nagelaten. Het was allemaal niet logisch. Waarom kon ze niet gewoon even ergens met Herschel en Ramona praten, alleen zij met z'n drieën zonder al die advocaten, en een afspraak maken om het geld op een veel redelijker manier te verdelen? Lettie had nooit iets bezeten en ze was niet hebzuchtig. Ze was al met heel weinig tevreden. Ze zou het grootste deel van de erfenis aan de Hubbards laten. Ze wilde alleen genoeg geld om een nieuw leven te beginnen.

Er kwam een auto aan. Hij reed op de weg die voor het huis langs liep. Hij begon langzamer te rijden en reed toen door, alsof de chauffeur even goed naar het huis van Lettie Lang wilde kijken. Een paar minuten later kwam er een andere auto aan, vanaf de andere kant. Lettie herkende de auto: hij was van haar broer Rontell en zijn troep verdorven kinderen en zijn kreng van een vrouw. Hij had gebeld en gezegd dat ze misschien langskwamen en daar waren ze dan, vroeg op een zaterdagochtend om hun geliefde tante Lettie te bezoeken die haar foto op de voorpagina van de krant had weten te krijgen en ieders lieveling was nu ze ervoor had gezorgd dat ze in het testament van die oude blanke vent was opgenomen en straks rijk zou zijn.

Ze rende het huis in en begon te gillen.

Toen Simeon over zijn boodschappenlijstje gebogen stond dat op het aanrecht lag, zag hij dat Letties hand in een doos zoutjes verdween die in de keukenkast stond. Ze haalde er geld uit. Hij deed net alsof hij het niet had gezien, maar even later, toen zij naar de woonkamer was gelopen, pakte hij de doos en haalde er tien biljetten van honderd dollar uit. *Dus dáár bewaart ze 'ons geld'.*

Minstens vier van de kinderen en Rontell zeiden dat ze meewilden naar de winkel, maar Simeon had wat tijd voor zichzelf nodig. Hij glipte via de achterdeur weg, sprong in zijn truck en vertrok zonder dat iemand hem zag. Hij reed naar Clanton, een kwartier rijden, en genoot van zijn eenzaamheid. Hij realiseerde zich dat hij de grote weg miste, de dagen weg van huis, de bars, het luieren en de vrouwen. Uiteindelijk zou hij Lettie verlaten en weggaan, naar een plek hier ver vandaan, maar zeker niet nu. Echt niet! In de nabije toekomst was Simeon Lang van plan dé ideale echtgenoot te zijn.

Dat maakte hij zichzelf tenminste wijs. Vaak wist hij niet eens waarom hij de dingen deed die hij deed. Dan kwam er vanuit het niets een duivelse stem waar Simeon dan naar luisterde. Tank's Tonk stond een paar kilometer ten noorden van Clanton, aan het einde van een onverharde weg die alleen werd gebruikt door mensen die problemen zochten. Tank had geen drankvergunning en er zat geen Kamer van Koophandel-sticker op het raam. Drinken, gokken en hoerenlopen waren in andere delen van de county illegaal, en het koudste bier van de omgeving stond in de koelers van Tank. Simeon reed over de weg met het boodschappenbriefje van zijn vrouw in de ene zak en het geld dat ze van hun advocaat hadden geleend in de andere zak. IJskoud bier en dobbelen en kaarten op een zaterdagochtend. Wat was er mooier dan dat?

De rook en de troep van de vorige avond werden net opgeruimd toen een jongen met één arm die Loot heette de vloer rondom de tafels dweilde. Er lag gebroken glas op de dansvloer, het bewijs van een onvermijdelijk gevecht.

'Iemand doodgeschoten?' vroeg Simeon toen hij een blikje van een halve liter openmaakte. Hij zat alleen aan de bar.

'Nog niet. Er liggen er twee in het ziekenhuis met een kapotte schedel,' antwoordde Ontario, de barkeeper met één been die in de gevangenis had gezeten wegens moord op zijn eerste twee vrouwen. Nu was hij single. Tank had een zwak voor mensen met een amputatie en de meeste mensen die voor hem werkten, misten wel een of twee ledematen. Baxter, de uitsmijter, miste een oor.

'Jammer dat ik er niet bij was,' zei Simeon en hij nam een grote slok.

'Ik heb gehoord dat het een behoorlijke vechtpartij was.'

'Ziet er wel naar uit. Is Benjy d'r ook?'

'Volgens mij wel.' Benjy leidde blackjack in een afgesloten kamer zonder ramen achter de bar. Ernaast, in net zo'n vertrek, waren ze op dat moment aan het dobbelen en hoorde je gespannen stemmen. Een aantrekkelijke blanke vrouw, met al haar ledematen en andere belangrijke lichaamsdelen intact en zichtbaar, kwam binnen en zei tegen Ontario: 'Ik ben er.'

'Ik dacht dat je de hele dag zou blijven slapen,' zei hij.

'Ik verwacht een paar klanten.' Ze liep door en toen ze achter Simeon langs liep, streek ze zacht met haar lange, roze nepnagels over zijn schouder. 'Klaar voor zaken,' mompelde ze in zijn oor, maar hij deed alsof hij haar niet had gehoord. Ze heette Bonnie en werkte al jaren in het achterkamertje waar veel van de jonge zwarte mannen van Ford County voor het eerst de rassenlijn hadden overschreden. Simeon was er al verschillende keren geweest, maar vandaag niet. Toen ze weg was, liep hij naar achteren en zag de blackjackdealer.

Benjy deed de deur dicht en vroeg: 'Wat zet je in, man?'

'Duizend,' zei Simeon, zelfvoldaan door zijn geld, een grote speler. Snel spreidde hij de tien bankbiljetten op het vilten oppervlak van de blackjacktafel.

Benjy's ogen werden groot. 'Lieve god, man, heb je dit opgenomen met Tank?'

'Nee. En vertel me niet dat je nog nooit duizend dollar hebt gezien.'

'Wacht even.' Benjy haalde een sleutel uit zijn zak en opende het geldkistje onder de tafel. Hij telde, dacht na, twijfelde en zei toen: 'Ik denk dat ik het wel kan doen. Als ik het me goed herinner, ben je niet echt een bedreiging.'

'Hou je kop en schud de kaarten.'

Benjy wisselde het geld in voor tien zwarte chips. De deur ging open en Ontario hinkte binnen met een nieuw biertje. 'Heb je ook pinda's?' vroeg Simeon. 'Trut had geen ontbijt klaargemaakt.'

'Ik vind wel iets,' mompelde hij en hij ging weg.

Benjy schudde de kaarten en zei: 'Ik zou die vrouw niet uitschelden, als ik het goed heb gehoord.'

'Geloof jij alles wat je hoort?'

Ze splitsten de eerste zes handen, daarna kwam Bonnie eraan met een schaaltje gemengde noten en een nieuw koud biertje in een gekoelde beker. Ze had zich omgekleed en droeg nu minuscule, doorzichtige lingerie met zwarte kousen en kinky pumps waar een sloerie van zou blozen. Simeon keek lang naar haar. Benjy mompelde: 'Lieve help!' Bonnie vroeg: 'Wil je nog iets anders?'

'Nu niet,' zei Simeon.

Eén uur en drie biertjes later keek Simeon op zijn horloge. Hij wist dat hij eigenlijk moest vertrekken, maar kon zichzelf daar niet toe brengen. Zijn huis zat bomvol klaplopende familieleden. Lettie gedroeg zich onmogelijk. En zelfs op een goede dag had hij de pest aan Rontell. En dan al die verdomde kinderen die door het huis renden.

Bonnie kwam terug met nog een biertje, dat ze topless serveerde. Simeon zei dat hij even ging pauzeren en vlug terugkwam.

Het gevecht begon nadat Simeon verdubbelde op een twaalf, een stomme actie, hoe je het ook bekeek. Benjy gaf hem een vrouw, versloeg hem en haalde zijn laatste twee chips weg. 'Leen me vijfhonderd,' zei Simeon meteen.

'We zijn geen bank!' zei Benjy, heel voorspelbaar. 'Tank geeft geen krediet.'

Simeon, dronken, gaf een klap op de tafel en schreeuwde: 'Geef me vijf chips, van honderd elk!'

Het spel had een andere speler aangetrokken, een potige jonge vent met biceps zo rond als basketballen die Rasco werd genoemd. Hij speelde met chips van vijf dollar en zat naar Simeon te kijken die net zo lang met zijn geld smeet tot het op was. 'Kijk uit!' snauwde Rasco en hij pakte zijn eigen chips.

Simeon had zich meteen al geërgerd aan Rasco's aanwezigheid. Iemand die zo hoog inzette als hij zou alleen moeten spelen, een op een met de dealer. Simeon had meteen door dat het op een vechtpartij zou uitdraaien en hij wist uit ervaring dat je in dit soort situaties maar beter als eerste in de aanval kon gaan zodat je misschien de beslissende klap kon uitdelen. Hij haalde woest uit, miste ruimschoots en terwijl Benjy schreeuwde 'Hou op met die onzin! Dit soort dingen doe je hier niet!' sprong Rasco van zijn stoel – hij was veel groter dan hij leek als hij zat – en vloerde Simeon met twee keiharde stompen in zijn gezicht.

Een tijdje later werd Simeon wakker, op de parkeerplaats. Ze hadden hem naar zijn truck gesleept en in de laadbak gelegd. Hij ging rechtop zitten, keek om zich heen, zag niemand, raakte voorzichtig zijn rechteroog aan, dat dichtzat, en wreef heel voorzichtig over zijn linkerkaak, die een beetje beurs aanvoelde. Hij keek op zijn horloge, dat er niet was. Hij was dus niet alleen de duizend dollar kwijt die hij van Lettie had gestolen, maar ook de honderdtwintig dollar die hij voor de boodschappen had moeten gebruiken. Al zijn bankbiljetten en muntgeld waren gestolen. Ze hadden zijn portefeuille niet meegenomen, maar daar zat niets van waarde in. Even overwoog Simeon om de goktent weer binnen te stormen, Ontario met zijn ene been of Loot met zijn ene arm bij de lurven te grijpen en een vergoeding te eisen voor het gestolen geld. Hij was immers in hun pand bestolen! Wat voor goktent was dat eigenlijk?

Maar hij bedacht zich en reed weg. Hij zou later teruggaan en met Tank praten, de zaak regelen. Ontario stond op de uitkijk en toen Simeons truck uit het zicht was, belde hij het kantoor van de sheriff. Ze hielden hem aan op de stadsgrens van Clanton, arresteerden hem voor rijden onder invloed, deden hem handboeien om en gaven hem een lift naar de gevangenis. Hij werd in de cel voor dronkaards gegooid en kreeg te horen dat hij niemand mocht bellen voordat hij weer nuchter was.

Ach, hij zag er toch al tegen op om naar huis te bellen.

Op tijd voor de lunch arriveerde Darias uit Memphis, met zijn vrouw Natalie en een auto vol kinderen. Ze hadden honger, natuurlijk, maar Natalie had gelukkig een grote kokostaart bij zich. Rontells vrouw had niets meegenomen. Simeon en de boodschappen waren nergens te zien. De plannen werden omgegooid en Lettie stuurde Darias naar de winkel. Terwijl de middag zich voortsleepte, ging iedereen naar buiten, waar de jongens *tackle football* speelden en de mannen bier dronken. Rontell stak de barbecue aan en even later hing de zware geur van gegrilde ribbetjes als een nevel in de achtertuin. De vrouwen zaten op de veranda te kletsen en te lachen. Er kwamen nog meer mensen bij: twee neven uit Tupelo en een paar vrienden uit Clanton.

Allemaal wilden ze bij Lettie zijn. Ze genoot van alle aandacht, de bewondering, de vleierij en ook al had ze twijfels over hun motieven, toch kon ze zich het plezier om in het middelpunt van de belangstelling te staan niet ontzeggen. Niemand praatte over het testament, het geld of meneer Hubbard, in elk geval niet waar zij bij was. Het bedrag van twintig miljoen dollar was al zo vaak rondverteld, en met zoveel gezag, dat het nu een geaccepteerd en algemeen bekend feit was. Dat was het bedrag en daar kreeg Lettie negentig procent van. Maar op een bepaald moment kon Darias zich niet beheersen. Toen hij en Rontell alleen bij de barbecue zaten, vroeg hij: 'Heb je de krant van vanochtend gezien?'

'Ja,' antwoordde Rontell. 'Ik vraag me af of we er veel aan hebben.'

'Dat dacht ik ook. Maar hierdoor scoort Booker Sistrunk wel punten.'

'Ik durf te wedden dat hij zelf de krant heeft gebeld.'

Voorpagina, het Mid-South-katern van de ochtendkrant van Memphis. Een leuk, roddelachtig verhaal over de zelfmoord van de heer Hubbard en zijn ongebruikelijke testament, met dezelfde foto van Lettie op haar paasbest terwijl Booker Sistrunk en Kendrick Bost haar meesleuren.

'Ze zullen overal vandaan komen,' zei Darias.

Rontell kreunde en lachte en zwaaide om zich heen. 'Ze zijn er al,' zei hij. 'Ze staan in de rij te wachten.'

'Hoeveel denk je dat Sistrunk inpikt?'

'Dat heb ik haar gevraagd, maar ze zegt niets.'

'Hij krijgt niet de helft, wat denk jij?'

'Geen idee. Hij is niet goedkoop.'

Er kwam een neef aan om te kijken of de ribbetjes al klaar waren, zodat de twee ooms over iets anders begonnen.

Laat in de middag werd Simeon uit de cel van de dronkaards gehaald en door een hulpsheriff naar het raamloze kamertje gebracht dat altijd werd gebruikt door advocaten die met hun cliënten wilden praten. Hij kreeg een ijszak voor zijn gezicht en een kop verse koffie. 'Wat nu?' vroeg hij.

'Je hebt een bezoeker,' zei de hulpsheriff.

Vijf minuten later wandelde Ozzie binnen en ging zitten. Hij droeg een blauwe spijkerbroek en een sportjasje, met zijn badge aan zijn riem en zijn holster op zijn heup. Hij zei: 'Volgens mij hebben we elkaar nooit eerder gezien.'

'Ik heb twee keer op je gestemd,' zei Simeon.

'Bedankt, maar dat zeggen ze allemaal nadat je hebt gewonnen.' Ozzie had in het register gekeken en wist heel goed dat Simeon Lang niet geregistreerd was als kiezer.

'Echt waar.'

'Ik kreeg een telefoontje van Tank; hij zei dat je daar weg moet blijven, oké? Ze willen geen gedonder meer met jou.'

'Ze hebben me beroofd.'

'Het is een gewelddadige tent. Je kent de regels, want er zijn geen regels. Gewoon wegblijven daar!'

'Ik wil mijn geld terug!'

'Dat geld kun je wel vergeten. Wil je naar huis of blijf je liever hier van-nacht?'

'Liever naar huis.'

'Kom dan maar mee.'

Simeon zat voor in Ozzies auto, zonder handboeien. Een hulpsheriff reed achter hen aan in zijn pick-up. De eerste tien minuten werd er niets gezegd en luisterden ze naar het gekrijs op de radio van de sheriff.

Ten slotte zette Ozzie hem uit en zei: 'Ik heb er niets mee te maken, Simeon, maar die advocaten uit Memphis hebben hier niets te zoeken. Je vrouw staat er toch al niet goed voor, in elk geval niet in de ogen van de rest van de county. Dit wordt uiteindelijk een juryproces en jullie maken iedereen kwaad.'

Simeons eerste gedachte was hem zeggen dat hij zijn kop moest hou-den, maar hij was versuft en zijn kaak deed pijn. Hij had geen zin in een discussie. In plaats daarvan bedacht hij hoe cool dit was, voorin in deze grote auto zitten en naar huis worden gebracht.

'Hoor je wat ik zeg?' vroeg Ozzie. Met andere woorden: *Zég iets!*

'Wat zou jij doen?' vroeg Simeon.

'Zorg dat je die advocaten kwijtraakt. Jake Brigance wint die zaak wel voor jullie.'

'Hij is nog maar een kind.'

'Vraag dat maar eens aan Carl Lee Hailey.'

Simeon kon niet snel genoeg nadenken om een antwoord te verzin-nen, maar dat was er natuurlijk ook niet. In Ford County betekende het Hailey-vonnis alles.

Ozzie drong aan: 'Je vroeg wat ik zou doen. Ik zou me netjes gedragen en zorgen dat ik uit de problemen bleef. Hoe haal je het in je hoofd, op een zaterdagochtend gaan drinken, naar de hoeren gaan en geld verlie-zen met kaarten? Je vrouw staat al in de belangstelling, de blanken zijn toch al argwanend en er staat jullie een juryproces te wachten. Dan wil je toch zeker niet dat je naam in de krant komt voor rijden onder invloed of zo? Wat dácht je wel?'

Drinken, naar de hoeren en gokken? Simeon was woedend, ook al zei hij niets. Hij was zesenveertig jaar en er niet aan gewend om een standje te krijgen van een man die zijn baas niet was.

'Gedraag je een beetje, oké?' zei Ozzie.

'Hoe zit het met die aanklacht wegens rijden onder invloed?'

'Die leg ik zes maanden in de koelkast, even afwachten hoe jij je ge-draagt. Als je de boel nog een keer verkloot, sleep ik je voor de rechter. Tank belt me zodra je daar binnenloopt. Begrepen?'

'Begrepen.'

'Er is nog iets. Die truck waarmee je van Memphis naar Houston en El Paso bent gereden, van wie is die?'

'Bedrijf in Memphis.'

'Heeft dat bedrijf een naam?'

'Mijn baas heeft een naam doorgekregen, maar ik weet niet wie zijn baas is.'

'Dat betwijfel ik. Wat zit er in die truck?'

Simeon zweeg en keek naar buiten. Na een geladen stilte zei hij: 'Het is een opslagbedrijf. We vervoeren heel veel spullen.'

'Ook gestolen goederen?'

'Natuurlijk niet.'

'Waarom is de FBI dan vragen aan het stellen?'

'Ik heb de FBI nergens gezien.'

'Nog niet, maar ze belden me twee dagen geleden. Ze hadden jouw naam. Luister, Simeon, als jij gearresteerd wordt door de Feds, dan kunnen jij en Lettie het wel vergeten met een juryproces in deze county. Snap je dat dan niet, man? Voorpaginanieuws. Verdomme, iedereen in de stad praat toch al over Lettie en het testament van die Hubbard. Als jij het verkloot, krijgen jullie niet de sympathie van welke jury dan ook. Ik betwijfel zelfs of de zwarten wel voor jullie zouden kiezen. Denk toch eens even na, man!'

De Feds, had Simeon bijna gezegd, maar hij hield zijn mond en bleef naar buiten kijken. Ze reden zwijgend door tot ze bij zijn huis waren. Om hem de vernedering te besparen, liet Ozzie hem in zijn eigen truck stappen en rijden. 'Zorg dat je woensdagochtend om negen uur in de rechtbank bent,' zei hij. 'Dan regel ik dat Jake de papieren klaar heeft. Dan stellen we alles een tijdje uit.'

Simeon bedankte hem en reed langzaam weg.

Hij telde acht auto's op zijn oprit en langs zijn voortuin. Er kringelde rook omhoog van de barbecue. Het stikte van de kinderen. Een gewoon feestje nu ze de rijen sloten rondom hun geliefde Lettie.

Hij parkeerde op de weg en liep naar zijn huis. Dit kon weleens lastig worden.

16

Vanaf het moment dat Jake twee weken eerder het testament van Seth Hubbard had ontvangen, werd de ochtendpost steeds interessanter. Elke dag bracht een nieuw probleem, want steeds meer advocaten verdrongen elkaar om hun positie in te nemen. Wade Lanier diende namens Ramona en Ian Dafoe een motie in om het testament aan te vechten, en dat bleek anderen te inspireren. Binnen een paar dagen werden identieke moties ingediend door de advocaten die Herschel Hubbard, zijn kinderen, en de kinderen van de Dafoes vertegenwoordigden. Omdat deze moties vaag geformuleerd mochten worden, volgden de eerste concepten dezelfde basisstrategie. Ze voerden aan dat het handgeschreven testament niet rechtsgeldig was, omdat 1) Seth Hubbard geestelijk niet in staat was een testament op te stellen, en 2) hij ongepast was beïnvloed door Lettie Lang. Er werd niets aangevoerd om deze beweringen te onderbouwen, maar dat was niet ongebruikelijk in de juridische wereld. In Mississippi gold de praktijk van *notice pleading*: eerst beschrijf je alleen de basisprincipes en later probeer je alles echt te bewijzen.

Achter de schermen leverden Ian Dafoes pogingen om Herschel ervan te overtuigen dat het beter was om ook de firma van Wade Lanier in de arm te nemen niets op, en veroorzaakten zelfs tweedracht. Herschel was niet onder de indruk van Lanier en dacht dat hij weinig succes zou hebben bij een jury, hoewel hij daar geen enkele reden voor had. Omdat Herschel een advocaat uit Mississippi nodig had, benaderde hij Stillman Rush met het voorstel zijn belangen te behartigen. Als advocaat voor het testament uit 1987 stond de firma Rush een kleine rol in de strijd te wachten. Ze kon weinig anders doen dan toekijken, en het zag er niet naar uit dat rechter Atlee haar aanwezigheid zou tolereren, zelfs niet vanaf de zijlijn, terwijl de meter doorliep natuurlijk. Herschel nam het verstandige besluit om de zeer gerespecteerde firma Rush in te schakelen, op contingentiebasis, en nam afscheid van zijn raadsman uit Memphis.

Terwijl de verdedigers van het testament zich klaarmaakten voor de strijd, vochten de leden van de verdediging een onderlinge strijd uit.

Rufus Buckley werd officieel bij de zaak betrokken als lokale raadsman voor Lettie Lang. Jake diende daar een triviaal bezwaar tegen in, met als argument dat Buckley niet de noodzakelijke ervaring had. De bommen ontploften pas echt toen Booker Sistrunk, zoals beloofd, een motie indiende om Jake van de zaak te halen en te vervangen door de firma Sistrunk & Bost, met Buckley als raadsman uit Mississippi. De volgende dag dienden Sistrunk en Buckley nog een motie in met het verzoek aan rechter Atlee om zich terug te trekken, met het vage, bizarre argument dat hij een soort voorkeur had voor het handgeschreven testament. Daarna dienden ze een motie in om het proces in een andere, 'eerlijkere' county te laten plaatsvinden. Met andere woorden: een zwartere county.

Jake sprak langdurig met een advocaat uit Memphis; ze kenden elkaar niet maar waren via een wederzijdse kennis met elkaar in contact gebracht. Deze advocaat had het al jaren aan de stok met Sistrunk, was geen fan van hem, maar moest knarsetandend toegeven dat hij bewondering had voor diens resultaten. Sistrunks strategie was om een zaak op te blazen tot een rassenstrijd en iedere blanke betrokkene aan te vallen, als het nodig was zelfs de rechter, en net zo lang door te zeuren over de samenstelling van de jury tot er voldoende zwarten in zaten. Hij was brutaal, luidruchtig, slim, onbevreesd en kon heel intimiderend zijn in de rechtszaal en, als het nodig was, bijzonder charmant in het bijzijn van een jury. Er vielen altijd slachtoffers tijdens een proces waar Sistrunk bij betrokken was, en hij vond het volkomen onbelangrijk wie klappen kreeg. Tegen hem procederen was zo onaangenaam dat een potentiële tegenpartij vaak snel bereid was te schikken.

Een dergelijke tactiek was misschien wel effectief in het door de rassenstrijd gekleurde federale rechtssysteem van Memphis, maar niet in Ford County, in elk geval niet bij rechter Reuben V. Atlee. Jake had de door Sistrunk ingediende moties gelezen en herlezen, en hoe meer hij las hoe meer hij ervan overtuigd raakte dat de belangrijke advocaat onherstelbare schade aan Lettie Lang toebracht. Hij liet kopieën zien aan Lucien en Harry Rex, en de beide mannen waren dat met hem eens. Het was een domme strategie die een averechtse werking zou hebben en gegarandeerd zou mislukken.

Na twee weken stond Jake op het punt zich terug te trekken wanneer Sistrunk erbij betrokken bleef. Hij diende een motie in om de door Sistrunk en Buckley ingediende moties te verwerpen, met als argument dat zij niets te zoeken hadden in de rechtbank. Hij was de advocaat voor de begunstigden van het testament, niet zij. Hij hoopte dat rechter Atlee hen op hun plaats zou zetten en zo niet, dan zou hij ermee kappen.

Russell Amburgh werd ontslagen en vervangen door Quince Lundy, een min of meer gepensioneerde advocaat uit Smithfield, en een oude vriend van rechter Atlee. Lundy had gekozen voor de rustige loopbaan van belastingadviseur, zodat hij de hectiek van processen kon vermijden. En als vervangend executeur werd van hem verwacht dat hij zijn taak verrichtte zonder zich veel van het erfrechtproces aan te trekken. Zijn taak was het opsporen van de bezittingen van de heer Hubbard, ze taxeren en veiligstellen, en hiervan verslag doen aan de rechtbank. Hij sleepte de stukken van de Berring Lumber Company naar Jakes kantoor in Clanton en bracht ze naar een kamer beneden, naast de kleine bibliotheek. Hij begon aan zijn dagelijkse één uur durende rit van en naar zijn werk, en kwam elke ochtend precies om tien uur op kantoor. Gelukkig konden hij en Roxy het uitstekend met elkaar vinden en waren er wat dat betreft dus geen problemen.

Maar in een ander deel van het kantoor ontstonden die wel. Lucien had zich aangewend elke dag langs te komen, zich met de zaak-Hubbard te bemoeien, in de bibliotheek rond te snuffelen, Jakes kantoor binnen te lopen, waar hij ongevraagd meningen en adviezen spuide, en Roxy lastig te vallen, die hem niet kon uitstaan. Lucien en Quince hadden wederzijdse vrienden, en het duurde niet lang of ze dronken samen vele koppen koffie en vertelden elkaar verhalen over kleurrijke rechters die al tientallen jaren dood waren. Jake bleef boven met zijn deur dicht, terwijl er beneden maar heel weinig werk werd verzet.

Bovendien werd Lucien in en bij de rechtbank gezien, voor het eerst in vele jaren. De vernedering van zijn schorsing was vergeten. Hij voelde zich nog altijd een paria, maar hij was zo'n legende – om allerlei verkeerde redenen – dat veel mensen even een praatje met hem wilden maken. *Waar heb je gezeten? Wat doe je tegenwoordig?* Hij werd vaak gesignaleerd bij het kadaster en snuffelde tot laat in de middag in stoffige, oude aktes, als een rechercheur op zoek naar aanwijzingen.

Op een dinsdagochtend eind oktober stonden Jake en Carla om vijf uur op. Ze gingen snel onder de douche, kleedden zich aan, namen afscheid van Jakes moeder, die zou oppassen en op de bank sliep, stapten in de Saab en vertrokken. In Oxford reden ze snel door een fastfood-drive-in en bestelden koffie en broodjes. Een uur ten westen van Oxford gingen de heuvels over in de vlakke Delta. Ze reden over de snelwegen tussen de katoenvelden door, die nog laat in bloei stonden. Enorme, insectachtige katoenplukkers kropen over de akkers en oogstten vier rijen per keer, terwijl er vrachtwagens klaarstonden om de oogst mee te nemen. Op een oud bord stond PARCHMAN NOG 8 KM, en even later zagen ze het hek van de gevangenis.

Jake was hier al eerder geweest. Tijdens het laatste semester van zijn rechtenstudie had een hoogleraar strafprocesrecht het jaarlijkse uitje georganiseerd, deze keer naar de beruchte staatsgevangenis. Jake en zijn medestudenten luisterden een paar uur naar de beheerders en keken vanuit de verte naar de gevangenen in de dodencellen. Het hoogtepunt was een groepsinterview geweest met Jerry Ray Mason, een veroordeelde moordenaar die ze hadden bestudeerd en die binnen drie maanden een laatste wandeling naar de gaskamer zou maken. Mason had koppig volgehouden dat hij onschuldig was, hoewel daar geen bewijs voor was. Hij had heel arrogant voorspeld dat de staat niet in zijn pogingen zou slagen, maar bleek zich vergist te hebben. Na zijn afstuderen was Jake hier twee keer naartoe gereden om een cliënt te bezoeken. Op dit moment had hij vier cliënten in Parchman en drie in een federale gevangenis.

Carla en hij parkeerden de auto vlak bij een administratiegebouw en liepen naar binnen. Ze volgden de borden en kwamen bij een gang vol mensen die zo te zien veel liever ergens anders waren. Jake schreef zich in en kreeg een document met het opschrift *Parole Hearings – Docket*: Hoorzittingen m.b.t. voorwaardelijke vrijlating – Rol. Zijn man was nummer drie op de lijst: *Dennis Yawkey – 10.00 uur*. In de hoop dat ze de familie Yawkey niet zouden tegenkomen, liepen Jake en Carla de trap op naar de eerste verdieping en kwamen uiteindelijk bij het kantoor van Floyd Green, een van Jakes medestudenten die nu bij de staatsgevangenis werkte. Jake had van tevoren gebeld en om een gunst gevraagd. Floyd wilde proberen hem te helpen. Jake liet hem een brief zien van Nick Norton, de advocaat uit Clanton die Marvis Lang vertegenwoordigde. Marvis zat op dit moment in Kamp nummer 29, maximale beveiliging. Floyd nam de brief aan en zei dat hij zou proberen een ontmoeting te regelen.

De hoorzittingen begonnen om negen uur 's ochtends in een grote, kale zaal. Er stonden klaptafels die in een rechthoek waren opgesteld met erachter tientallen klapstoeltjes in slordige rijen. Achter de voorste tafel zaten de voorzitter en vier gewone leden van de Parole Board: vijf blanke mannen, allemaal benoemd door de gouverneur.

Jake en Carla liepen samen met een hele groep toeschouwers naar binnen en gingen op zoek naar een zitplaats. Links van hem zag Jake een glimp van Jim Yawkey, vader van de gevangene, maar ze maakten geen oogcontact. Hij pakte Carla bij de arm en leidde haar naar rechts. Ze vonden een zitplaats en wachtten. De eerste op de agenda was een man die zesendertig jaar in de gevangenis had gezeten voor een moord tijdens een bankoverval. Nadat hij naar binnen was gebracht, werden zijn handboeien verwijderd en keek hij snel naar het publiek op zoek naar familieleden. Hij was blank, een jaar of zestig, had lang, keurig haar. Hij zag er aardig uit en zoals altijd vroeg Jake zich af hoe iemand het zo lang volhield in een levensgevaarlijke omgeving als Parchman. Zijn *parole*-ambtenaar besprak een rapport waarin hij een modelgevangene leek. De Parole Board stelde een paar vragen. De volgende spreker was de dochter van de bankmedewerkster die was vermoord en zij begon met te zeggen dat dit de derde keer was dat zij voor de Parole Board verscheen. De derde keer dat zij gedwongen werd de nachtmerrie opnieuw door te maken. Terwijl ze probeerde haar emoties de baas te blijven, beschreef ze nauwkeurig hoe het was om als meisje van tien te horen dat haar moeder op haar werk was doodgeschoten met een geweer met een afgezaagde loop. Daarna werd het alleen maar erger. Hoewel de Parole Board de zaak in beraad zou nemen, leek het onwaarschijnlijk dat de moordenaar voorwaardelijk vrijkwam. Na de hoorzitting, die een halfuur had geduurd, werd hij weggeleid.

De volgende was een zwarte jongen. Zijn handboeien werden verwijderd, hij moest gaan zitten en werd voorgesteld aan de Board. Hij had zes jaar in de gevangenis gezeten voor autodiefstal onder bedreiging, en was een voorbeeldige gevangene geweest. In de gevangenis had hij zijn middelbareschooldiploma behaald en was geslaagd voor zijn toelatingsexamen voor de universiteit, en was niet in de problemen gekomen. Zijn parole-ambtenaar stelde voorwaardelijke vrijlating voor, net als zijn slachtoffer. Deze vrouw had een beëdigde verklaring ondertekend waarin ze er bij de Parole Board op aandrong medelijden te tonen. Ze was niet gewond geraakt tijdens de autodiefstal en ze had de afgelopen jaren met haar overvaller gecorrespondeerd. Terwijl haar beëdigde verklaring werd voorgelezen, zag Jake dat andere leden van de Yawkey-clan zich helemaal links langs de muur hadden opgesteld. Jake had gemerkt dat het wrede lui waren, uit de onderklasse, roodnekken, met een voorliefde voor geweld. Hij had hen twee keer eerder gezien tijdens een openbare rechtszaak en was hen net zo lang blijven aankijken tot ze hun blik neersloegen, en nu waren ze er weer. Hij had niet alleen een afkeer van hen, maar was ook doodsbang voor hen.

Dennis Yawkey kwam binnen met een arrogante glimlach op zijn gezicht en keek om zich heen op zoek naar zijn mensen. Jake had hem al zevenentwintig maanden niet gezien, en hij had hem het liefst nooit teruggezien. Zijn parole-ambtenaar somde de feiten op: in 1985 had Dennis Yawkey in Ford County schuld bekend aan samenzwering tot brandstichting. Yawkey en drie andere mannen zouden hebben samengezworen om het huis van ene Jake Brigance in Clanton in brand te steken. Zijn drie mededaders hadden de vuurbommen gegooid en zaten in een federale gevangenis. Een van hen had namens de regering een verklaring afgelegd; vandaar de schuldbekentenissen. De ambtenaar adviseerde niet om Yawkey voorwaardelijk in vrijheid te stellen, wat, volgens Floyd Green, betekende dat vrijlating onwaarschijnlijk was.

Jake en Carla luisterden en werden woedend. Yawkey was er genadig van afgekomen, alleen maar omdat de officier van justitie, Rufus Buckley, de zaak had verknoeid. Wanneer Buckley zich er niet mee had bemoeid en de Feds de zaak had laten afhandelen, zou Yawkey minstens tot tien jaar zijn veroordeeld, net als zijn vriendjes. Maar dankzij Buckley zaten ze hier nu, zevenentwintig maanden later, te kijken naar een mogelijke voorwaardelijke vrijlating voor die kleine rotzak die had geprobeerd de Klan te imponeren. Hij was veroordeeld tot vijf jaar en nu, amper halverwege, probeerde hij alweer vrij te komen.

Terwijl Jake en Carla hand in hand naar de goedkope lessenaar liepen en achter een klaptafeltje plaatsnamen, kwamen Ozzie Walls en Marshall Prather met veel kabaal binnen. Jake knikte hen toe en keek vervolgens naar de Parole Board. Hij begon met te zeggen: 'Ik weet dat we maar een paar minuten hebben, dus zal ik het kort houden. Ik ben Jake Brigance, eigenaar van het huis dat niet meer bestaat en dit is mijn vrouw Carla. Wij zouden graag een paar woorden willen zeggen tegen dit verzoek om voorlopige vrijlating.' Hij stapte opzij, waarna Carla de lessenaar op stapte. Ze vouwde een vel papier open en probeerde te glimlachen tegen de leden van de Parole Board.

Ze keek naar Dennis Yawkey en schraapte haar keel. 'Mijn naam is Carla Brigance. Sommigen van u herinneren zich misschien nog het proces van Carl Lee Hailey in Clanton, in juli 1985. Mijn man verdedigde Carl Lee, een felle verdediging die ons veel leed heeft berokkend. Wij kregen anonieme dreigtelefoontjes, waaronder een paar serieuze bedreigingen. Iemand verbrandde een kruis in onze voortuin. Er is zelfs geprobeerd mijn man te vermoorden. Een man met een bom probeerde ons huis op te blazen terwijl wij lagen te slapen; zijn proces sleept zich nog steeds voort, terwijl hij net doet alsof hij ontoerekeningsvatbaar is. Op een bepaald moment ben ik samen met ons dochtertje van vier uit Clanton gevlucht en ging bij mijn ouders logeren. Mijn man droeg een wapen, doet dat nog steeds, en verschillende vrienden van hem hebben gefungeerd als bodyguard. Ten slotte, toen hij tijdens het proces op een avond op kantoor was, hebben deze mensen' – en ze wees naar Dennis Yawkey – 'ons huis met een benzinebom in brand gestoken. Dennis Yawkey was daar misschien niet zelf bij aanwezig, maar hij was lid van die bende, hij was een van die misdadigers. Te laf om zijn gezicht te laten zien, altijd verborgen in de duisternis van de nacht. Het is ongelofelijk dat we er nu, slechts zevenentwintig maanden later, getuige van moeten zijn dat deze misdadiger probeert vrij te komen.'

Ze haalde diep adem en sloeg een bladzijde om. Het kwam zelden voor dat een knappe vrouw aanwezig was bij een hoorzitting, waar meestal negentig procent man was. Carla had hun volledige aandacht. Ze rechtte haar rug en ging door: 'Ons huis was in de jaren 1890 gebouwd door een spoorwegman en zijn gezin. Hij stierf in zijn huis op kerstavond en zijn familie bleef eigenaar tot ze het huis dertig jaar geleden verlieten. Het was een historisch pand, hoewel er toen wij het kochten gaten in de vloeren en scheuren in het dak zaten. Drie jaar lang hebben Jake en ik met elke cent die we konden lenen onze ziel en zaligheid in dat huis gestopt. We werkten overdag en daarna waren we tot middernacht aan het schilderen. In onze vakanties waren we muren aan het behangen en vloeren aan het beitsen. Jake gaf zijn honorarium uit aan loodgieterswerk en de aanleg van de tuin en bouwmaterialen. Zijn vader maakte een logeerkamer op de zolder en mijn vader betegelde het achterterras. Zo kan ik nog wel uren doorgaan, maar we hebben niet veel tijd. Zeven jaar geleden namen Jake en ik ons dochtertje mee naar het huis en legden haar in de kinderkamer.' Haar stem brak even, maar ze slikte moeizaam en ze hief haar kin. 'Gelukkig was ze niet in de kinderkamer toen ons huis werd vernietigd. Ik heb me vaak afgevraagd of dat die mannen iets had kunnen schelen. Dat betwijfel ik. Ze wilden zo veel mogelijk schade veroorzaken.' Weer zweeg ze even en Jake legde een hand op haar schouder. Ze vervolgde: 'Die brand is nu drie jaar geleden en we denken nog steeds aan alles wat we zijn kwijtgeraakt, zoals onze hond. We proberen nog altijd dingen te vervangen die onvervangbaar zijn, we proberen ons dochtertje nog steeds uit te leggen wat er is gebeurd en waarom. Ze is te jong om dat te begrijpen. Vaak denk ik dat we het nog steeds niet kunnen geloven. En ik kan amper begrijpen dat we hier vandaag weer zijn, gedwongen zijn om deze nachtmerrie opnieuw door te maken, net zoals ieder slachtoffer denk ik, en dat we hier nu staan te kijken naar de misdadiger die heeft geprobeerd ons leven te verwoesten en dat wij u moeten vragen zijn straf te bekrachtigen. Een straf van vijf jaar voor Dennis Yawkey was veel te licht, veel te gemakkelijk. Alstublieft, laat hem zijn volledige straf uitzitten.'

Ze stapte naar rechts, terwijl Jake het spreekgestoelte weer beklom. Hij keek naar de familie Yawkey en zag dat Ozzie en Prather nu vlak bij hen stonden, alsof ze wilden zeggen: *Als jullie problemen willen, dan kunnen jullie die krijgen!* Jake schraapte zijn keel en zei: 'Carla en ik danken de Parole Board voor deze kans ons zegje te doen. Ik houd het kort. Dennis Yawkey en zijn zielige groepje misdadigers zijn erin geslaagd ons huis tot de grond toe af te branden en ons leven ernstig te verstoren, maar niet om ons iets aan te doen, zoals ze hadden gepland. Ook zijn ze er niet in geslaagd hun hogere doel te bereiken, namelijk te voorkomen dat het recht zegevierde. Omdat ik Carl Lee Hailey vertegenwoordigde, een zwarte man die de twee blanke mannen heeft doodgeschoten die nadat ze zijn dochter hadden verkracht probeerden haar te vermoorden, hebben zij – Dennis Yawkey en zijn slag en verschillende bekende en onbekende leden van de Klan – herhaaldelijk geprobeerd mij te intimideren en iets aan te doen, mijn familie, mijn vrienden, zelfs mijn werknemers. Daar slaagden ze totaal niet in. Het recht heeft gezegevierd, eerlijk en fantastisch, toen een compleet blanke jury oordeelde in het voordeel van mijn cliënt. Die jury heeft ook geoordeeld tegen nare kleine rotzakken als Dennis Yawkey en zijn gewelddadige, racistische acties. Die jury heeft gesproken, luid en duidelijk en voor altijd. Het zou vreselijk zijn wanneer deze Parole Board Yawkey alleen maar een tik op de vingers zou geven en naar huis zou sturen. Eerlijk gezegd zou hij zo veel mogelijk tijd hier in Parchman moeten doorbrengen als jullie hem maar kunnen geven. Dank u wel.'

Yawkey keek hem met een geamuseerde blik aan, nog steeds triomfantelijk na de brandstichting met die benzinebom en nog steeds verlangend naar meer. Zijn arrogantie werd ook opgemerkt door enkele leden van de Parole Board. Jake keek terug, daarna stapte hij van het spreekgestoelte af en liep samen met Carla terug naar hun stoel.

'Sheriff Walls?' zei de voorzitter.

Ozzie kuierde naar de lessenaar, met zijn badge op de revers van zijn jas gespeld. 'Dank u wel, meneer de voorzitter. Ik ben Ozzie Walls, sheriff van Ford County, en ik wil niet dat deze jongen weer naar huis gaat om problemen te veroorzaken. Eerlijk gezegd zou hij in een federale gevangenis een veel langere straf horen uit te zitten, maar we hebben niet genoeg tijd om daar verder op in te gaan. Ik ben nog steeds bezig met het lopende onderzoek naar wat er drie jaar geleden is gebeurd, en datzelfde geldt voor de FBI in Oxford. We zijn er nog niet klaar mee, oké? En het zou een grote vergissing zijn hem vrij te laten. Volgens mij gaat hij dan

167

gewoon verder vanaf het punt waar hij is gestopt. Dank u wel.'

Ozzie liep weg, en ging zo dicht mogelijk bij de familie Yawkey staan. Hij en Prather stonden achterin tegen de muur, en toen de volgende zaak werd aangekondigd, liepen ze samen met een paar andere toeschouwers naar buiten. Jake en Carla troffen hen buiten de zaal en bedankten hen hartelijk omdat ze hiernaartoe waren gekomen. Ze hadden niet verwacht dat de sheriff hier zou zijn. Ze praatten nog een paar minuten met elkaar en daarna gingen Ozzie en hulpsheriff Prather naar een gevangene die terugging naar Clanton.

Floyd Green kwam naar Jake en Carla toe, hij zag er een beetje opgewonden uit. 'Volgens mij gaat het lukken,' zei hij. 'Kom maar mee, en Jake, je staat bij me in het krijt.' Ze verlieten het ene gebouw en liepen een ander gebouw binnen. Naast het kantoor van een assistent van de gevangenisdirecteur stonden twee gewapende bewakers bij een deur. Een man in een overhemd met korte mouwen en een vlinderdasje zei grimmig: 'Jullie hebben tien minuten.'

Ook fijn jou te ontmoeten, dacht Jake.

Een van de bewakers deed de deur open. 'Wacht hier,' zei Jake tegen Carla.

'Ik blijf wel bij haar,' zei Floyd Green.

Het was een klein kamertje zonder raam, meer een inloopkast dan een kantoor. Met handboeien aan een metalen stoel vastgemaakt, zat Marvis Lang, achtentwintig, gekleed in de standaard witte gevangeniskleding met een vaalblauwe streep langs beide broekspijpen. Hij leek vrij ontspannen en zat onderuitgezakt in de stoel, met zijn ene been over zijn andere geslagen. Hij had een warrig afrokapsel en een sikje.

'Marvis, ik ben Jake Brigance, advocaat uit Clanton,' zei Jake terwijl hij de andere stoel dichterbij trok en ging zitten.

Marvis glimlachte beleefd en stak zijn rechterhand uit, die net als zijn linkerhand aan de stoelleuning was vastgemaakt. Ondanks de handboeien gaven ze elkaar stevig de hand.

Jake vroeg: 'Herinner jij je jouw advocaat nog, Nick Norton?'

'Min of meer. Lang geleden. Ik had niet veel reden met hem te praten.'

'Ik heb een brief bij me die door Nick is ondertekend, waarin hij mij toestemming geeft met jou te praten. Wil je die zien?'

'Ik praat wel. Laten we praten. Waarover wil je het hebben?'

'Over je moeder, Lettie. Is ze kortgeleden nog langs geweest?'

'Ze was hier afgelopen zondag.'

'Heeft ze je verteld dat haar naam is genoemd in het testament van een blanke man, ene Seth Hubbard?'

Marvis ontweek zijn blik even, maar knikte toen kort. 'Inderdaad. Waarom wil je dat weten?'

'Omdat Seth Hubbard mij in dat testament heeft aangewezen als de advocaat die zijn nalatenschap moet afhandelen. Negentig procent van zijn bezittingen heeft hij aan je moeder gegeven en het is mijn taak om ervoor te zorgen dat ze dat krijgt ook. Snap je?'

'Dus jij bent een goeie vent?'

'Zeker weten! Sterker nog, ik ben de beste vent in deze hele strijd, maar je moeder denkt van niet. Ze heeft advocaten uit Memphis ingehuurd die haar alles willen afpakken, terwijl ze de zaak ondertussen naar de knoppen helpen.'

Marvis ging rechtop zitten, probeerde beide handen te heffen en zei: 'Oké, ik ben officieel verbijsterd. Leg het me eens rustig uit.'

Jake was nog steeds aan het praten toen er iemand op de deur klopte. Een bewaker stak zijn hoofd om het hoekje en zei: 'Tijd is om.'

'We zijn aan het afronden,' zei Jake terwijl hij beleefd de deur weer dichtdeed. Hij boog zich zelfs nog dichter naar Marvis toe en zei: 'Ik wil dat je Nick Norton belt, collect call; hij zal het telefoongesprek aannemen en bevestigen wat ik je heb verteld. Op dit moment zal iedere advocaat in Ford County je hetzelfde vertellen: Lettie begaat een afschuwelijke vergissing.'

'En ik zou daar iets aan moeten doen?'

'Jij kunt haar helpen. Praat met haar. Wij, zij en ik, moeten een zware strijd leveren. Zij maakt alles veel erger.'

'Daar moet ik even over nadenken.'

'Doe maar, Marvis. En je mag me altijd bellen, collect.'

Toen was de bewaker er weer.

17

De gebruikelijke witte boorden zaten in de Tea Shoppe voor hun ontbijt met koffie, nooit thee, niet zo vroeg op de dag. Aan een rond tafeltje zaten een advocaat, een bankier, een winkelier en een verzekeringsagent. Aan een ander tafeltje zat een select groepje oudere, gepensioneerde heren; gepensioneerd, maar niet saai, sloom of kalm. Deze tafel werd de *Geezer Table* genoemd, de ouwelullentafel. Het gesprek tussen de *geezers* werd steeds verhitter. Ze bespraken de slechte resultaten van het footballteam van Ole Miss – dat het die afgelopen zaterdag thuis van Tulane had verloren was onvergefelijk – en de zelfs nog slechtere resultaten van Mississippi State. De gemoederen raakten pas echt verhit toen de bankier, nadat ze Dukakis hadden afgekraakt, die net was afgemaakt door Bush, luidkeels zei: 'Zeg, ik hoorde dat die vrouw het Sappington-huis heeft gehuurd en nu naar de stad verhuist, samen met haar aanhang natuurlijk. Ze zeggen dat er hele kuddes familieleden bij haar komen wonen en ze daarom een groter huis nodig heeft.'

'Het Sappington-huis?'

'Je weet wel, in het noorden van de stad, een zijstraat van Martin Road, iets voorbij de veiling. Oude boerderij, vanaf de weg amper te zien. Die ze al proberen te verkopen sinds Yank Sappington stierf, wanneer was dat, tien jaar geleden?'

'Minstens. Ondertussen hebben ze het al een paar keer verhuurd.'

'Maar nooit aan zwarten, toch?'

'Voor zover ik weet niet.'

'Ik dacht dat het in prima staat was.'

'Is ook zo. Ze hebben het vorig jaar nog geverfd.'

Ze dachten hier even over na en het nieuws veroorzaakte grote consternatie. Ook al stond het Sappington-huis aan de rand van de stad, toch werd de wijk als blank beschouwd.

'Waarom zouden ze het aan zwarten verhuren?' vroeg een van de heren.

'Geld. Hier woont geen enkele Sappington meer, dus wat kan het hun schelen? Als ze het niet kunnen verkopen, kunnen ze het net zo goed verhuren. Geld is groen, van wie je het ook krijgt.' Zodra de bankier dat had gezegd, wachtte hij tot iemand ertegenin zou gaan. Zijn bank stond erom bekend dat ze geen zwarte klanten wilde.

Er kwam een makelaar binnen die aan de witteboordentafel ging zitten, en meteen om de oren werd geslagen met: 'We hadden het net over die vrouw die dat Sappington-huis huurt. Klopt dat?'

'Verdomd als het niet waar is!' zei hij arrogant. Hij was er trots op dat hij als eerste de laatste roddels kende, of in elk geval deed alsof. 'Ik hoorde dat ze er gisteren in zijn getrokken. Zevenhonderd dollar per maand.'

'Hoeveel mensen?'

'Geen idee. Ik was er niet bij en ben ook niet van plan even langs te wippen. Ik hoop wel dat daardoor de waarde van de huizen in die buurt niet keldert.'

'Welke buurt?' vroeg een van de heren. 'Verderop in die straat staat dat veilinggebouw waar het toen ik nog klein was al naar koeienstront stonk. En aan de overkant is die sloperij van Luther Selby. Over wat voor buurt heb je het dan?'

'Je weet wel, de huizenmarkt,' zei de makelaar snel. 'Als die lui naar de verkeerde buurten verhuizen, keldert de prijs van de huizen in de hele stad. Dat zou slecht kunnen zijn voor ons allemaal.'

'Daar heeft hij gelijk in,' zei de bankier.

De winkelier zei: 'Ze werkt toch niet, wel? En haar man is een klaploper. Dus hoe kan zij zich zevenhonderd dollar huur permitteren?'

'Zo snel kan ze dat geld van Hubbard toch niet krijgen?'

'Echt niet!' zei de advocaat. 'Dat geld zit in die nalatenschap tot de rechtszaken voorbij zijn. Dat kan jaren duren. Misschien krijgt ze geen cent.'

'Waar komt dat geld dan vandaan?'

'Moet je mij niet vragen,' zei de advocaat. 'Misschien vraagt ze huur aan iedereen die bij haar inwoont.'

'Dat huis heeft vijf slaapkamers.'

'En ik durf te wedden dat die allemaal bezet zijn.'

'En ik durf te wedden dat niemand haar een cent huur betaalt.'

'Ze zeggen dat hij is opgepakt voor rijden onder invloed, een paar weken geleden.'

'Dat is waar,' zei de advocaat. 'Ik zag het op de rol staan, Simeon Lang. Betrapt op een zaterdagochtend. Hij voerde aan dat het de eerste keer was en Jake heeft hem vertegenwoordigd. Is een tijdje uitgesteld. Volgens mij is Ozzie daar ook op de een of andere manier bij betrokken.'

'Wie betaalt Jake?'

De advocaat glimlachte en zei: 'O, dat kun je nooit zeker weten, maar je kunt er donder op zeggen dat dat uit die nalatenschap komt, hoe dan ook.'

'Als daar iets van overblijft.'

'En dat lijkt twijfelachtig.'

'Bijzonder twijfelachtig.'

De winkelier zei: 'Maar even terug naar mijn vraag: hoe kan zij zich die huur permitteren?'

'Kom op, Howard. Ze krijgen uitkeringen. Ze weten hoe ze het systeem moeten bespelen. Etensbonnen, kinderbijslag, bijstandsuitkering, huursubsidie, werkloosheidsuitkering – zij krijgen meer geld met op de bank zitten dan de meeste mensen met veertig uur werken. Als er vijf of zes samen in één huis wonen, krijgen ze allemaal een uitkering. Maak je dus maar niet druk over die huur.'

'Klopt, maar dat Sappington-huis is niet bepaald een sociale huurwoning.'

De advocaat zei: 'Haar advocaat uit Memphis schiet de onkosten waarschijnlijk voor. Verdomme, hij heeft haar waarschijnlijk betaald om die zaak te krijgen. Ga maar eens na. Als hij vijftig- of honderdduizend dollar ophoest, contant, van tevoren, om die zaak te krijgen, dan pikt hij de helft van die erfenis in als het schip met geld binnenkomt. Dan heeft hij een geweldige deal gesloten. Bovendien brengt hij waarschijnlijk rente in rekening.'

'Dat is toch niet ethisch, wel?'

'Bedoel je dat een advocaat de boel zou bedriegen?'

'Of op een zaak zit te azen?'

De advocaat zei rustig: 'De ethiek wordt bepaald door waarop je wordt betrapt. Als je niet wordt betrapt, heb je geen enkele ethische regel overschreden. En ik betwijfel of Sistrunk veel tijd besteedt aan het doornemen van de meest recente ethische richtlijnen van de Orde van Advocaten.'

'Hij heeft het veel te druk met het lezen van zijn eigen krantenknipsels. Wanneer komt hij weer naar de stad?'

De advocaat antwoordde: 'Rechter Atlee heeft volgende week weer een hoorzitting gepland.'

'Wat gaan ze dan doen?'

'Een heleboel moties behandelen en zo, waarschijnlijk nog meer gedoe.'

'Hij is stom als hij weer in een zwarte Rolls-Royce komt aanrijden.'

'Ik durf te wedden dat ie dat wel doet.'

De verzekeringsagent zei: 'Ik heb een neef in Memphis, werkt bij de rechtbank. Hij zegt dat Sistrunk in de hele stad schulden heeft. Hij verdient een heleboel, geeft zelfs nóg meer uit, en is altijd op de loop voor banken en schuldeisers. Twee jaar geleden kocht hij een vliegtuig en daar is hij bijna failliet door gegaan. De bank nam dat vliegtuig in beslag en sleepte hem vervolgens voor de rechter. Hij beweert dat het een racistische samenzwering is. Hij organiseerde een groots verjaardagsfeest voor zijn vrouw, echtgenote nummer drie: een grote tent gehuurd, een circus laten komen, pony's voor alle kleine kinderen, daarna een chic diner met verse oesters en krab en wijn. Na afloop van het feest bleken al zijn cheques ongedekt. Hij ging bijna failliet toen hij voor een containerzaak een schikking van tien miljoen regelde en iedereen afbetaalde. Het gaat op en neer met hem.'

Dit vonden ze interessant en ze dachten hier nog even over na. De serveerster schonk hun kopjes nog eens vol met gloeiend hete koffie.

De makelaar keek naar de advocaat en zei: 'Je hebt toch niet echt op Michael Dukakis gestemd, wel?' Dit was pure provocatie.

'Dat heb ik wel en ik zou het zo weer doen,' zei de advocaat en een paar aanwezigen begonnen bulderend te lachen en anderen deden net alsof. De advocaat was een van de twee aanwezige democraten. Bush kreeg vijfenzestig procent van de stemmen in Ford County.

De andere democraat, een van de geezers, bracht het gesprek weer op het vorige onderwerp met de vraag: 'Wanneer maken ze Hubbards boedelbeschrijving bekend? We moeten toch weten waaruit die nalatenschap bestaat? Ik bedoel, wij zitten hier te kletsen over zijn erfenis en zijn testament en zo. We hebben door de Freedom of Information Act toch zeker het recht, als burgers en belastingbetalers en begunstigden, om precies te weten hoe groot die erfenis is? Ik vind van wel!'

'Dat gaat je niets aan,' zei de winkelier.

'Misschien niet, maar ik wil het toch weten. Jij niet dan?'

'Interesseert me geen zier,' antwoordde de winkelier, die meteen werd uitgelachen.

Toen het tumult voorbij was, zei de advocaat: 'De administrateur moet een boedelbeschrijving indienen zodra de rechter hem daar opdracht voor geeft. Daar staat geen deadline voor. Maar ik neem aan dat de administrateur bij een erfenis van deze omvang meer dan genoeg tijd krijgt om alles op te sporen en te laten taxeren.'

'Over wat voor omvang heb je het dan?'

'Dezelfde omvang als waar iedereen het over heeft. Maar dat zullen we niet zeker weten tot de administrateur zijn boedelbeschrijving indient.'

'Ik dacht dat ie executeur werd genoemd.'

'Niet als de executeur ermee ophoudt, zoals hier is gebeurd. Dan benoemt de rechtbank een administrateur om alles af te handelen. Die nieuwe vent is een advocaat uit Smithfield, ene Quince Lundy, een oude vriend van rechter Atlee. Volgens mij is hij half met pensioen.'

'En hij wordt betaald uit de nalatenschap?'

'Waar moet dat geld anders vandaan komen?'

'Oké, dus wie worden er allemaal betaald uit die nalatenschap?'

De advocaat dacht even na en zei toen: 'De advocaat die de nalatenschap behandelt en dat is voorlopig Jake, hoewel ik niet weet of hij dat blijft. Ze zeggen dat hij het helemaal heeft gehad met die advocaten uit Memphis en overweegt te kappen. De administrateur wordt uit de nalatenschap betaald, net zoals de accountants, taxateurs, belastingadviseurs, dat soort mensen.'

'Wie betaalt Sistrunk?'

'Ik neem aan dat hij een contract met die vrouw heeft. Als zij wint, krijgt hij een percentage.'

'En wat heeft Rufus Buckley in vredesnaam met die zaak te maken?'

'Hij is de lokale raadsman voor Sistrunk.'

'Hitler en Mussolini. Proberen ze iedereen in Ford County tegen zich in het harnas te jagen of zo?'

'Lijkt er wel op.'

'En het wordt een juryproces, hè?'

De advocaat zei: 'Echt wel! Het ziet ernaar uit dat iedereen dat wil, inclusief rechter Atlee.'

'Waarom wil rechter Atlee dat?'

'Simpel: dan is de druk van zijn schouders. Hoeft hij de beslissing niet te nemen. Er zullen grote winnaars en grote verliezers zijn, en met een juryvonnis kan niemand dat de rechter kwalijk nemen.'

'Tien tegen een dat de jury nu tegen die vrouw zal beslissen.'

De advocaat zei: 'Laten we maar afwachten, oké? Over een paar maanden heeft rechter Atlee tijd gehad om iedereen op zijn plaats te zetten, de zaak te organiseren en een procesdatum vast te stellen. En vlak voordat het begint, zullen we een pot maken en inzetten. Ik neem jullie geld graag aan. Wat, vier Super Bowls achter elkaar?'

'Hoe moeten ze twaalf mensen vinden die niets van deze zaak weten? Iedereen die ik ken heeft er een mening over, en je kunt er donder op zeggen dat iedere zwarte in een omtrek van honderd kilometer zit te azen op een deel van de koek. Ik hoorde dat Sistrunk de zaak naar Memphis wil verplaatsen.'

De advocaat zei: 'De zaak kan niet buiten de staat worden behandeld, stomkop. Maar hij heeft een verzoek ingediend om de zaak naar een ander district te verplaatsen.'

'Heeft Jake niet ook geprobeerd de zaak-Hailey te verplaatsen? Naar een vriendelijker county, een county met meer zwarte stemmers?'

'Dat heeft hij gedaan, en rechter Noose heeft dat geweigerd. Maar Hailey was een veel grotere zaak dan deze.'

'Misschien, maar toen stond er geen twintig miljoen op het spel.'

De democratische geezer vroeg aan de advocaat: 'Denk je dat Jake deze zaak voor die vrouw kan winnen?'

Iedereen hield even zijn mond en keek naar de advocaat. De afgelopen week was hem dat al zeker vier keer gevraagd terwijl hij aan diezelfde tafel zat. 'Hangt ervan af,' zei hij ernstig. 'Als Sistrunk in de rechtszaal zit, kan hij de zaak op geen enkele manier winnen. Als Jake alleen is, geef ik hem een kans van vijftig procent.' En dat kwam van een advocaat die nooit naar de rechtbank ging.

'Ik hoor dat hij tegenwoordig over een geheim wapen beschikt.'

'Wat voor wapen?'

'Ze zeggen dat Lucien Wilbanks weer een vergunning heeft, geen drankvergunning natuurlijk. Ze zeggen dat hij heel vaak bij Jake op kantoor is.'

De advocaat zei: 'Hij ís terug. Ik heb hem in de rechtbank zien snuffelen in oude eigendomsaktes en testamenten. Hij is geen spat veranderd.'

'Jammer.'

'Leek hij nuchter?'

'Min of meer.'

'Jake zal hem toch zeker niet bij de jury in de buurt laten komen?'

'Ik betwijfel of rechter Atlee hem in de rechtszaal laat.'

'Hij mag toch niet als advocaat aan het werk, wel?'

'Nee, hij is levenslang geschorst en dat betekent, in zijn geval, dat hij acht jaar moet wachten tot hij een verzoek kan indienen weer toegelaten te worden.'

'Levenslang, maar voor acht jaar?'

'Ja.'

'Dat is niet logisch.'

'Dat is de wet.'

'De wet, de wet...'

'Wie zei: "Het eerste wat we moeten doen, is de advocaten vermoorden"?'

'Volgens mij was dat Shakespeare.'

'Ik dacht Faulkner.'

Waarop de advocaat zei: 'Nu we Shakespeare gaan citeren, is het de hoogste tijd dat ik wegga.'

Het telefoontje kwam van Floyd Green in Parchman. Met drie tegen twee stemmen had de Parole Board besloten Dennis Yawkey vrij te laten. Zonder verklaring. Floyd maakte een paar vage opmerkingen over de geheimzinnige werkwijze van de Parole Board. Jake wist dat de staat een lange, slechte traditie had van geld aannemen in ruil voor gratie, maar hij weigerde te geloven dat de familie Yawkey genoeg geld had om een omkoopsom te kunnen betalen.

Tien minuten later belde Ozzie met hetzelfde nieuwtje. Hij uitte zijn ongeloof en zijn frustratie, en zei tegen Jake dat hij de volgende dag persoonlijk naar Parchman zou rijden om Dennis op te halen, en dat hij vervolgens tweeënhalf uur alleen met die jongen in de auto zou zitten. Hij zou elk denkbaar dreigement uiten, en de jongen verbieden de stadsgrens van Clanton te overschrijden.

Jake bedankte hem en belde Carla.

18

Rufus Buckley parkeerde zijn gedeukte Cadillac aan de overkant van het plein, zo ver mogelijk bij Jakes kantoor vandaan. Hij bleef nog even in zijn auto zitten en dacht eraan hoe erg hij de pest had aan de stad Clanton, de rechtbank, de stemmers en vooral aan zijn eigen verleden hier. Er was een tijd geweest, nog niet eens zo heel veel jaren geleden, dat de stemmers hem bewonderden en hij zichzelf en hen beschouwde als onderdeel van zijn basis, de basis waarvandaan hij zou meedoen aan de verkiezingen voor het gouverneurschap van deze staat en daarna naar... wie weet? Hij was hun officier van justitie, een jonge, harde officier van justitie met een pistool op elke heup, een lus in de hand, en zonder angst voor misdadigers. Zoek ze, grijp ze en kijk dan hoe Rufus ze opknoopt. Hij voerde keihard campagne met zijn negentig procent veroordelingen, en zijn mensen hielden van hem. Drie keer hadden ze in overweldigende aantallen op hem gestemd, maar de laatste keer, afgelopen jaar, met het nare Hailey-vonnis nog vers in hun geheugen, hadden de goede inwoners van Ford County hem uitgekotst. Hij had ook dik verloren in Tyler, Milburn en Van Buren Counties, in zo ongeveer het hele tweeëntwintigste district, hoewel de inwoners van zijn eigen Polk County met tegenzin naar de stembus waren gegaan en hem daar aan een zielige zestig procent meerderheid hadden geholpen.

Zijn carrière als ambtenaar was voorbij, maar op zijn vierenveertigste kon hij zichzelf af en toe bijna wijsmaken dat er nog een toekomst voor hem was, dat hij nog steeds nodig was. Door wie en waarvoor wist hij niet zeker. Zijn vrouw dreigde hem te verlaten als hij zichzelf ooit nog eens kandidaat stelde, waarvoor dan ook.

Nadat hij tien maanden lang in een klein en stil kantoor had zitten lummelen en naar het trage verkeer in Main Street had zitten kijken, verveelde Rufus zich stierlijk, was hij verslagen en depressief, en had hij het gevoel dat hij gek werd. Het telefoontje van Booker Sistrunk was een wonder geweest, en Rufus greep de kans om zich in een geschil te mengen met beide handen aan. Het feit dat Jake de vijand was, maakte de zaak alleen maar leuker.

Hij duwde het portier open, stapte uit en hoopte maar dat niemand hem herkende. *Wat kun je diep zinken!*

De rechtbank van Ford County ging om acht uur 's ochtends open. Vijf minuten later wandelde Rufus door de voordeur naar binnen, zoals hij in een ander leven al zo vaak had gedaan. Toen werd hij nog gerespecteerd, gevreesd zelfs. Nu werd hij genegeerd, op de ietwat slome blik van een schoonmaker na die zei: 'Hé, ken ik jou niet?' Hij liep snel naar boven en was blij dat de grote rechtszaal niet op slot zat en niet werd bewaakt. De hoorzitting zou om negen uur beginnen en Rufus was de eerste aanwezige. Dit was opzet, want hij en Sistrunk hadden een plan.

Het was nog maar zijn derde bezoek sinds de Hailey-rechtszaak, en zijn maag verkrampte toen hij eraan terugdacht dat hij die zaak had verloren. Hij bleef staan voor de openstaande grote dubbele deuren en keek naar de lege, gigantische, afschuwelijke rechtszaal. Zijn knieën werden slap en even was hij bang dat hij zou flauwvallen. Hij sloot zijn ogen en hoorde in gedachten rechtbankmedewerker Jean Gillespie het vonnis voorlezen: 'Op elk punt van de aanklacht verklaren wij de verdachte niet schuldig wegens ontoerekeningsvatbaarheid.' *Wat een misser!* Maar je kunt toch zeker niet twee jongens in koelen bloede doodschieten en dan zeggen dat je dat hebt gedaan omdat ze dat verdienden? Nee, daar moet je een legale reden voor vinden, en ontoerekeningsvatbaarheid was het enige wat Jake Brigance te bieden had. Maar het was voldoende gebleken, hoewel Carl Lee Hailey even helder van geest was als wie ook toen hij die jongens doodschoot.

Rufus liep naar binnen en dacht terug aan het spektakel dat losbarstte toen de familie Hailey en al hun vrienden uitzinnig werden. Wie was er nu getikt? Een paar seconden later ontplofte de menigte die voor de rechtbank stond nadat een kind tegen hen had geschreeuwd: 'Niet schuldig! Niet schuldig!'

Bij het hek slaagde Rufus erin zichzelf en zijn gedachten te kalmeren. Hij had een klus te klaren en niet veel tijd om die voor te bereiden. Zoals in elke rechtszaal stonden er twee grote tafels tussen het hek, of de balie, en de rechtersstoel. Ze waren identiek, maar totaal verschillend. De tafel rechts was de thuisbasis van de officier van justitie in een strafzaak – zijn oude werkterrein – of de eiser in een civiele zaak. Deze tafel stond dicht bij de jurybank, zodat hij, Rufus, tijdens een proces zich altijd dichter bij zijn mensen voelde. De andere tafel, drie meter daarvandaan, was de thuisbasis van de verdachte, zowel in straf- als civiele zaken. Naar de mening van de meeste advocaten die veel tijd in de rechtszaal doorbrachten, was het belangrijk waar je zat. Je zitplaats straalde macht uit, of een gebrek aan macht. Hierdoor hadden bepaalde advocaten de kans meer, of minder, gezien te worden door de juryleden, die altijd naar je keken. Het kon het podium zijn voor een David en Goliath-strijd wanneer één enkele advocaat en zijn gehavende cliënt tegen een rij advocaten van een grote firma aankeken, of voor een verslagen verdachte die zich tegenover de macht van de staat gesteld zag. Waar je zat, was belangrijk voor knappe vrouwelijke advocaten met een kort rokje en een jurybank vol mannen, en het was al even belangrijk voor *drugstore cowboys* met puntlaarzen.

Als officier van justitie had Rufus zich nooit zorgen gemaakt om waar hij zat, omdat dat nooit een probleem was. Maar erfrechtprocessen waren zeldzaam, en hij en Sistrunk hadden een besluit genomen: als het enigszins kon, zouden zij de tafel van de officier van justitie en de eiser claimen, de tafel die het dichtst bij de jury stond, en zichzelf etaleren als de ware stem van de verdedigers van het testament. Jake Brigance zou er waarschijnlijk bezwaar tegen maken, maar zich erbij neerleggen. Het werd tijd om de juiste rollen vast te stellen en omdat hun cliënte de begunstigde was van het waarschijnlijk rechtsgeldige testament van Seth Hubbard, zouden zij hun plaats opeisen.

Persoonlijk, stiekem, was Rufus niet eens zo overtuigd van deze strategie. Hij had veel ervaring met de legendarische rechter Reuben V. Atlee, die, net als de meeste andere oude, doorgewinterde en vaak chagrijnige rechters in Mississippi, met ijzeren hand regeerde en vaak sceptisch tegenover buitenstaanders stond. Maar Sistrunk had zin in een gevecht en hij was de baas. Wat er ook gebeurde, het zou opwindend zijn en hij, Rufus, zou zich in het middelpunt bevinden.

Snel verplaatste hij de stoelen aan de rechtertafel: hij liet er drie staan en schoof de rest naar één kant. Hij leegde een dikke aktetas en verspreidde papieren en schrijfblokken over de hele tafel, alsof hij hier al uren zat en een hele werkdag voor de boeg had. Hij praatte met de heer Pate, de parketwachter, die kannen met ijswater vulde. Vroeger zouden hij en Pate over het weer hebben gepraat, maar Rufus interesseerde zich niet meer voor regen.

Dumas Lee kwam rustig binnen en toen hij Buckley herkende, liep hij meteen naar hem toe. Er hing een camera om zijn hals en hij had een schrijfblok bij zich voor een citaat, maar toen hij vroeg: 'Zeg eens, meneer Buckley, wat doet u hier?' werd hij genegeerd. 'Ik begrijp dat u de lokale raadsman bent voor Lettie Lang, nietwaar?'

'Geen commentaar,' zei Rufus en hij verschoof neuriënd een paar dossiers.

Er verandert ook nooit iets, dacht Dumas. De oude Rufus zou nooit met een verslaggever praten, en niemand stond ooit tussen Rufus en een camera.

Dumas drentelde weg en zei iets tegen de heer Pate, die zei: 'Weg hier, met die camera.' En dus liep Dumas naar buiten, waar hij en een collega hoopvol wachtten op de mogelijke komst van een zwarte Rolls-Royce.

Wade Lanier kwam eraan met zijn associé, Lester Chilcott. Ze knikten naar Buckley die het te druk had om iets te zeggen, en zagen geamuseerd dat hij zich de tafel van de eiser had toegeëigend. Ook zij begonnen aan de dringende taak hun zware aktetassen leeg te halen en zich op te maken voor de strijd.

Even later verschenen Stillman Rush en Sam Larkin bij het hek, en begroetten hun halve collega's. Ze zaten aan dezelfde kant van de rechtszaal en zouden vaak dezelfde argumenten aanvoeren, maar in deze beginfase van het conflict waren ze nog niet bereid elkaar te vertrouwen.

Toeschouwers druppelden binnen en het gonsde nu in de rechtszaal van de zachte en gespannen begroetingen en roddelpraatjes. Verschillende geüniformeerde hulpsheriffs liepen rond, maakten grapjes en begroetten de bezoekers.

Ian en Ramona en hun kinderen arriveerden tegelijk en gingen helemaal links zitten, achter hun advocaten en zo ver mogelijk bij de mensen aan de andere kant vandaan.

Nieuwsgierige advocaten liepen rond alsof ze daar iets te zoeken hadden. Ze maakten grapjes met de griffiers.

Eindelijk ontstond er opschudding toen Booker Sistrunk en zijn entourage in de deuropening stonden, het middenpad blokkeerden en de rechtszaal binnenstapten alsof die speciaal voor hen was gereserveerd. Arm in arm met Lettie ging hij zijn mensen voor over het middenpad, keek fronsend om zich heen, daagde iedereen uit iets tegen hem te zeggen en was, zoals altijd, op zoek naar ruzie. Hij zette haar op de eerste rij, met Simeon en de kinderen naast haar. Voor haar zat een zwarte jongeman met een dikke nek in een zwart pak, een zwart overhemd en een zwarte stropdas, als een soort bewaker, alsof ze onverwacht kon worden belaagd door sluipmoordenaars of bewonderaars. Om Lettie heen zaten verschillende nichten, neven, tantes, ooms, en allerlei andere mensen die het beste met haar voorhadden.

Buckley zag deze parade wantrouwig aan. Twaalf jaar lang had hij in dit deel van de wereld voor jury's gestaan. Hij kon hen grotendeels begrijpen, hun reacties voorspellen, met hen praten en hen sturen, en hij wist onmiddellijk dat Booker Sistrunk en zijn Big & Black & Bad-routine in deze rechtszaal niet zou werken. *Meende hij dat nou, een bodyguard?* Lettie was een waardeloze actrice. Haar was verteld dat ze ernstig moest lijken, verdrietig zelfs, in de rouw, alsof haar dierbare overleden vriend haar een welverdiende erfenis had geschonken die deze hebzuchtige blanken nu wilden hebben. Ze probeerde eruit te zien alsof ze verkeerd was behandeld, misbruikt. Sistrunk en zijn partner, Kendrick Bost, liepen door het hek en begroetten hun collega-advocaat, de heer Buckley. Ze legden nog meer rommel op de ingepikte tafel, terwijl ze de advocaten aan de andere kant volledig negeerden.

Er kwam steeds meer publiek en het was nu bijna kwart voor negen.

Jake kwam binnen via een zijdeur en zag meteen dat zijn plaats al was ingepikt. Hij gaf Wade Lanier, Stillman Rush en de andere advocaten voor de begunstigden een hand. 'Zo te zien hebben we een probleem,' zei hij tegen Stillman en hij knikte in de richting van Buckley en de advocaten uit Memphis. 'Veel succes ermee,' zei Stillman.

Jake besloot meteen een confrontatie te vermijden. Hij liep de rechtszaal weer uit en liep naar de rechterskamer.

Herschel Hubbard kwam binnen met zijn twee kinderen en een paar vrienden, en ging vlak bij Ian en Ramona zitten.

Toen het bijna negen uur was, werd het rustig in de rechtszaal. De scheiding was bijna compleet: zwarten aan de ene kant, blanken aan de andere. Lucien zat natuurlijk aan de zwarte kant, helemaal achterin.

Jake kwam terug en bleef in zijn eentje naast een deur vlak bij de jurybank staan. Hij praatte met niemand, maar bladerde nonchalant door een document.

Om vijf over negen brulde de heer Pate: 'Opstaan voor het hof!' waarop rechter Atlee binnenkwam. Zijn oude, vale toga wapperde achter hem aan. Hij ging zitten en zei: 'Ga alstublieft zitten.' Daarna keek hij de rechtszaal rond. Hij keek en keek, hij fronste en fronste, maar hij zei niets. Hij keek naar Jake, daarna naar Buckley en Sistrunk & Bost, en pakte daarna een vel papier op. Hij las de namen voor van de aanwezige advocaten, tien in totaal.

Hij trok zijn microfoon naar zich toe en zei: 'Eerst een huishoudelijke vraag. Meneer Buckley, u hebt een verzoek tot toelating ingediend als lokale raadsman voor de firma Sistrunk en Bost uit Memphis, klopt dat?'

Buckley, die altijd graag opstond en van zich liet horen, sprong overeind en zei: 'Dat klopt, edelachtbare. Ik...'

'En daarna hebben u en uw geassocieerde raadslieden een vrachtlading moties ingediend die allemaal vandaag behandeld zouden moeten worden. Klopt dat?'

'Ja, edelachtbare, en ik wil er graag...'

'Neem me niet kwalijk. De heer Brigance heeft een motie ingediend waarin hij bezwaar aantekent tegen uw betrokkenheid bij deze zaak, gebaseerd op uw gebrek aan ervaring, vaardigheden en kennis op dit terrein, klopt dat?'

'Een volstrekt belachelijk bezwaar, edelachtbare, zoals u wel kunt zien. Als advocaat in deze staat is het niet vereist dat ik...'

'Neem me niet kwalijk, meneer Buckley. U hebt een verzoek tot toelating ingediend, de heer Brigance heeft daar bezwaar tegen aangetekend en dat betekent dat ik een oordeel moet vellen over zijn bezwaar. Dat heb ik nog niet gedaan en tot die tijd bent u niet werkelijk geaccepteerd als rechtsgeldig raadsman in deze zaak. Begrijpt u?'

'Edelachtbare, het bezwaar van meneer Brigance is zo belachelijk dat het verworpen dient te worden. Sterker nog, ik bereid een eis voor tot sancties.'

'Verspil uw tijd niet, meneer Buckley. Ga zitten en luister naar me.' Hij wachtte tot Buckley zat. Rechter Atlee kneep zijn donkere ogen halfdicht en de diepe rimpels in zijn voorhoofd werden nog dieper. Hij verloor nooit zijn kalmte, maar hij kon er zo kwaad uitzien dat hij iedere advocaat in een straal van vijftig meter om hem heen de stuipen op het lijf joeg. 'U hebt strikt genomen geen bevoegdheid in deze rechtszaal, meneer Buckley, en u ook niet, meneer Sistrunk, en u, meneer Bost. Toch hebt u de leiding over mijn rechtszaal overgenomen door uw positie-inname. U bent niet de advocaten voor deze nalatenschap. De heer Brigance is, naar behoren en officieel, door mij aangewezen. Misschien wordt u ooit nog eens de advocaat voor de verdedigers van dit testament, maar dat is nu nog niet het geval.' Hij praatte langzaam, venijnig, scherp en gemakkelijk te begrijpen. Zijn woorden echoden door de rechtszaal en hadden de volledige aandacht van iedereen die hem hoorde praten.

Jake kon een glimlach niet onderdrukken. Hij had geen idee gehad dat zijn belachelijke, hatelijke, zelfs pedante bezwaar tegen Buckleys aanwezigheid zoveel effect zou hebben.

Rechter Atlee stoomde op volle kracht door. 'U bent hier niet officieel aanwezig, meneer Buckley. Waarom bent u er eigenlijk van uitgegaan dat u hier bevoegd was?'

'Nou, edelachtbare...'

'Sta alstublieft op wanneer u het woord richt tot het hof!'

Buckley stond snel op, knalde met zijn knie tegen de tafelpoot en probeerde er toch waardig uit te zien. 'Weet u, edelachtbare, ik heb nooit eerder een zaak meegemaakt waarin op dergelijke ongefundeerde gronden bezwaar werd gemaakt tegen de aanwezigheid van een bevoegd advocaat en dus nam ik aan dat u dat bezwaar onmiddellijk zou verwerpen en wij ons met dringender zaken zouden kunnen bezighouden.'

'Dat hebt u dan verkeerd aangenomen, meneer Buckley, en u hebt ook aangenomen dat u en uw collega's uit Memphis hier konden plaatsnemen en de leiding konden overnemen van de zaak van de verdediger van dit testament. Dat stoort me.'

'Weet u, rechter, ik kan het hof verzekeren...'

'Ga zitten, meneer Buckley. Pak uw spullen bij elkaar en ga hier in de jurybank zitten.' Rechter Atlee wees met een lange, magere vinger in de richting van Jake.

Buckley verroerde zich niet, maar zijn collega's wel.

Booker Sistrunk stond op, spreidde zijn handen en zei met zijn lage, volle, dreunende stem: 'Edelachtbare, neem me niet kwalijk, maar ik moet zeggen dat dit nogal absurd is. Dit is een routinekwestie die we zeker in heel korte tijd kunnen afhandelen. Het is helemaal niet nodig daar zo overdreven op te reageren. We zijn allemaal redelijke mensen, en we proberen allemaal het recht te doen zegevieren. Mag ik voorstellen dat we ons bezighouden met het oorspronkelijke verzoek, namelijk of de heer Buckley het recht heeft in deze zaak als lokale raadsman op te treden? Edelachtbare, u ziet toch zeker wel dat het bezwaar dat is ingediend door de jonge heer Brigance hier geen enkele grond heeft en meteen zou moeten worden verworpen? Dat ziet u toch zeker wel in, rechter, nietwaar?'

Rechter Atlee zei niets en liet geen enkele emotie blijken. Een paar seconden later keek hij naar een griffier en zei: 'Kijk even of sheriff Walls in de rechtbank is.'

Die opdracht joeg Rufus Buckley misschien angst aan, en misschien amuseerde ze Jake en de advocaten aan de andere kant, maar Booker Sistrunk werd woedend. Hij rechtte zijn rug en zei: 'Edelachtbare, ik heb het recht iets te zeggen.'

'Nog niet. Ga alstublieft zitten, meneer Sistrunk.'

'Ik heb bezwaar tegen uw toon, edelachtbare. Ik vertegenwoordig de begunstigde van dit testament, mevrouw Lettie Lang, en ik heb de plicht haar belangen op elk moment te beschermen.'

'Ga zitten, meneer Sistrunk.'

'Ik laat me niet het zwijgen opleggen, edelachtbare! Nog niet eens zoveel jaar geleden kregen advocaten zoals ik niet eens toestemming in deze rechtszaal het woord te voeren. Jarenlang mochten ze niet binnenkomen en als ze wel binnen waren, mochten ze niets zeggen.'

'Ga zitten voordat ik u laat arresteren wegens minachting van het hof.'

'Bedreig me niet, rechter,' zei Sistrunk terwijl hij achter de tafel vandaan stapte. 'Ik heb het recht te spreken en op te komen voor mijn cliënte, en ik laat me niet het zwijgen opleggen door een of ander geheimzinnig formeel puntje in uw procesvoorschriften.'

'Ga zitten voordat ik u laat arresteren wegens minachting van het hof.'

Sistrunk zette nog een stap naar voren, terwijl de advocaten en alle andere aanwezigen hun ogen niet konden geloven.

'Ik ga niet zitten!' zei hij kwaad, en Jake dacht dat hij gek werd. 'Dit is precies de reden waarom ik een motie heb ingediend met het verzoek dat u zich terugtrekt. Voor mij en voor vele anderen is wel duidelijk dat u een racistisch vooroordeel in deze zaak hebt, en dat het daardoor onmogelijk is dat mijn cliënte een eerlijk proces zal krijgen. Dat is ook de reden dat we een verzoek hebben ingediend dit proces elders te voeren. Het zal onmogelijk zijn om in dit... in dit stadje een onpartijdige jury te vinden. De rechtvaardigheid vereist dat dit proces in een andere rechtszaal wordt gevoerd, met een andere rechter.'

'U minacht het hof, meneer Sistrunk.'

'Dat kan me niets schelen. Ik zal alles doen wat nodig is om te vechten voor mijn cliënte, en als ik daarvoor naar de federale rechtbank moet gaan om ervoor te zorgen dat we een eerlijk proces krijgen, dan ben ik bereid dat te doen. Ik zal iedereen voor de federale rechter slepen die me voor de voeten loopt.'

Twee parketwachters liepen langzaam in de richting van Sistrunk.

Opeens draaide hij zich om en wees naar een van hen. 'Raak me niet aan, tenzij je voor de federale rechter wilt worden gesleept. Blijf van me af!'

'Waar is sheriff Walls?' vroeg rechter Atlee.

Een griffier knikte en zei: 'Hier.'

Ozzie kwam net binnen. Hij stormde over het middenpad, met hulpsheriff Willie Hastings achter zich aan.

Rechter Atlee sloeg met zijn hamer op de tafel en zei: 'Meneer Sistrunk, ik verklaar u schuldig aan minachting van het hof en ik draag u over aan de sheriff van Ford County. Sheriff Walls, breng hem alstublieft weg.'

'Dit kunt u niet doen!' schreeuwde Sistrunk. 'Ik ben een bevoegd advocaat en mag optreden voor de Hoge Raad. Ik ben hier namens mijn cliënt. Ik ben hier samen met een lokale raadsman. U kunt dit niet doen, edelachtbare. Dit is discriminerend en bijzonder bevooroordeeld ten opzichte van mijn cliënte.'

Ozzie stond inmiddels vlak bij hem, klaar om zo nodig geweld te gebruiken. Hij was ook tien centimeter groter, tien jaar jonger, vijftien kilo lichter en gewapend, en de blik op zijn gezicht liet er geen enkele twijfel over bestaan dat hij wel zin had om op zijn thuisbasis eens even lekker op de vuist te gaan. Hij greep Sistrunk bij zijn elleboog, die zich heel even verzette. Ozzie hield hem stevig vast en zei: 'Handen op uw rug.'

Op dat moment had Booker Sistrunk zijn zin. Met een uitstekend gevoel voor drama liet hij zijn hoofd hangen, zwaaide hij zijn handen op zijn rug en zag eruit alsof hij werd gekweld door het vernederende feit dat hij werd gearresteerd. Hij keek naar Kendrick Bost, en een paar mensen die dichtbij zaten, zouden later zeggen dat ze hem vals zagen grijnzen. Omringd door hulpsheriffs werd Sistrunk door het klaphekje en over het middenpad geleid. Toen hij vlak bij Lettie was, zei hij luid: 'Ik krijg ze wel, Lettie. Maak je maar geen zorgen. Deze racisten zullen je geld nooit krijgen. Geloof me.' Ze duwden hem verder over het middenpad en door de grote deuren de rechtszaal uit.

Om redenen die niemand ooit zou begrijpen, voelde Rufus Buckley zich gedwongen iets te zeggen. Hij stond in de doodstille rechtszaal en zei: 'Edelachtbare, met alle respect, maar ik moet zeggen dat dit ons in een nadelige positie brengt.'

Rechter Atlee keek naar een van de nog achtergebleven hulpsheriffs, wees naar Buckley en zei: 'Breng hem ook weg.'

'Wat?' vroeg Buckley geschrokken.

'U minacht het hof, meneer Buckley. Breng hem alstublieft weg.'

'Maar waarom, edelachtbare?'

'Omdat u niet alleen het hof minacht, maar ook verwaand, oneerbiedig, arrogant en heel veel andere dingen bent. Weg hier!'

Ze deden Rufus handboeien om; hij was bleek geworden en keek met grote ogen om zich heen. Hij, Rufus Buckley, voormalig officier van justitie, de meest gezagsgetrouwe, moreel hoogstaande en ethische burger, werd weggesleept als een gewone misdadiger.

Jake had de neiging te applaudisseren.

'En zet hem in dezelfde cel als zijn collega-advocaat!' brulde rechter Atlee in de microfoon toen Rufus strompelend over het middenpad liep en met een wanhopige blik om zich heen keek of hij vrienden zag.

Toen de deuren dichtklapten, zat iedereen naar adem te happen. De advocaten keken elkaar geamuseerd aan; ze wisten zeker dat ze iets hadden meegemaakt wat ze nooit weer zouden meemaken. Rechter Atlee deed net alsof hij aantekeningen maakte, terwijl iedereen probeerde rus-

185

tig te worden. Ten slotte keek hij op en zei: 'Goed, meneer Bost, hebt u iets te zeggen?'

Dat had de heer Bost niet. Hij had heel veel te zeggen, maar gezien de stemming van het hof was hij zo verstandig zijn hoofd te schudden. *Nee*.

'Goed. U hebt nu ongeveer dertig seconden om die tafel leeg te maken en hier in de jurybank te gaan zitten. Meneer Brigance, wilt u nu plaatsnemen op de plaats die u toekomt?'

'Graag, edelachtbare.'

'Ach, bij nader inzien schors ik de zitting tien minuten.'

Ozzie Walls had wel gevoel voor humor. Op de ronde oprit achter de rechtbank stonden vier volledig opgetuigde politiewagens, allemaal met grote letters en cijfers erop, en met een heleboel antennes en zwaailichten. Hij gaf zijn mannen opdracht om in de achterste gang om de twee advocaten te gaan staan, en besloot ondertussen dat ze met dezelfde auto zouden worden vervoerd. 'Zet ze maar in mijn auto,' zei hij.

'Hiervoor sleep ik je voor de rechter!' dreigde Sistrunk, zeker voor de tiende keer.

'Wij hebben advocaten,' was Ozzies repliek.

'Ik sleep jullie allemaal voor de rechter, roodnekken, gekken!'

'Onze advocaten zitten tenminste niet in de bak.'

'Voor de federale rechtbank!'

'Ik ben gek op de federale rechtbank.'

Sistrunk en Buckley werden naar buiten geduwd en op de achterbank van Ozzies grote bruine Ford gezet.

Dumas Lee en een kameraad maakten allemaal foto's.

'Kom, we laten hun echt iets zien,' zei Ozzie tegen zijn mannen. 'Zwaailichten, geen sirenes.'

Ozzie stapte in, startte de motor en reed weg, heel langzaam. 'Heb je al eens eerder achterin gezeten, Rufus?'

Buckley gaf geen antwoord. Hij zat in elkaar gedoken achter de sheriff en keek naar buiten, terwijl ze heel langzaam om het plein heen reden. Een meter bij hem vandaan zat Booker Sistrunk, ongemakkelijk met zijn handen op de rug, nog steeds te mopperen. 'Je zou je moeten schamen dat je een *brother* op deze manier behandelt!'

'Blanken krijgen dezelfde behandeling,' zei Ozzie.

'Je schendt mijn burgerrechten.'

'En jij schendt de mijne met je mond. Hou je nu alsjeblieft stil, anders sluit ik je onder de gevangenis op. Daar hebben we nog een kelder. Heb je die al eens gezien, Rufus?'

Weer zei Rufus niets.

Ze reden twee keer om het plein heen en daarna zigzagden ze door een paar straten, Ozzie voorop en de andere auto's erachteraan. Ozzie gaf Dumas alle tijd om naar de gevangenis te gaan en toen ze daar aankwamen, stond de verslaggever alweer foto's te maken. Sistrunk en Buckley werden uit Ozzies auto gehaald en langzaam over het trottoir de gevangenis in gebracht. Ze werden net zo behandeld als alle nieuwe arrestanten: er werden foto's van hen gemaakt, hun vingerafdrukken werden genomen, hun werd enkele vragen gesteld voor het dossier, ze moesten hun kleren inleveren en andere aantrekken.

Drie kwartier nadat ze de woede hadden opgewekt van de edelachtbare Reuben V. Atlee, zaten Booker Sistrunk en Rufus Buckley in identieke overalls van de countygevangenis – verbleekt oranje met witte strepen op de broekspijpen – op hun metalen bed naar het toilet te kijken – vol zwarte vlekken en lekkend – dat ze moesten delen. Een cipier keek door de tralies van hun smalle cel en vroeg: 'Hebben jullie nog iets nodig, jongens?'

'Hoe laat lunchen we?' vroeg Rufus.

Nadat Bost naar de jurybank was verbannen en zijn collega's waren weggevoerd, ging de hoorzitting door en werd ze in een verbazingwekkend tempo afgerond. Nu er niemand aanwezig was om te pleiten voor behandeling op een andere locatie of door een andere rechter, werden die moties afgewezen. Het verzoek om Jake te vervangen door Rufus Buckley werd vrijwel zonder een woord afgewezen. Rechter Atlee willigde de moties voor een juryproces in en gaf de partijen negentig dagen voor het beginnen en afsluiten van het gerechtelijk vooronderzoek. Hij legde in duidelijke bewoordingen uit dat de zaak voor hem de hoogste prioriteit had en dat hij niet zou toelaten dat de zaak zich zou voortslepen. Hij zei dat de advocaten hun agenda's moesten pakken en dwong hen akkoord te gaan met een procesdatum, 3 april 1989, bijna vijf maanden later.

Een halfuur later maakte hij een einde aan de hoorzitting en verliet zijn stoel. Het publiek stond op en begon te praten, terwijl de advocaten bij elkaar gingen staan en probeerden te begrijpen wat er zojuist was gebeurd. Stillman Rush fluisterde tegen Jake: 'Volgens mij mag je van geluk spreken dat jíj niet in de bak zit!'

'Ongelofelijk,' zei Jake. 'Ga je Buckley opzoeken?'

'Misschien later.'

Kendrick Bost nam Lettie en haar mensen mee naar een hoek van de rechtszaal en probeerde hen ervan te overtuigen dat alles volgens plan verliep. Maar dat geloofde vrijwel niemand. Hij en de bodyguard vertrokken zo snel mogelijk, sprongen in de zwarte Rolls-Royce – de bodyguard was tevens de chauffeur – en scheurden naar de gevangenis. Ze kregen van Ozzie te horen dat het hof geen bezoek had toegestaan. Bost vloekte, vertrok en reed in de richting van Oxford, waar de dichtstbijzijnde federale rechtbank gevestigd was.

Dumas Lee typte nog voor de lunch zo'n duizend woorden en faxte het verhaal naar een verslaggever van de krant in Memphis die hij kende. Hij stuurde ook heel veel foto's mee. Later die dag stuurde hij datzelfde materiaal naar kranten in Tupelo en Jackson.

19

Het gerucht was afkomstig uit betrouwbare bron en verspreidde zich als een lopend vuurtje door de rechtbank en om het plein. Om negen uur 's ochtends zou rechter Atlee opnieuw zitting nemen en zijn gevangenen de kans geven hun excuses aan te bieden. Niemand wilde zich de kans laten ontnemen om er getuige van te zijn dat Rufus Buckley en Booker Sistrunk naar de rechtbank werden gebracht, hopelijk geboeid en op rubberen doucheschoenen en in oranje county-overalls.

Hun verhaal had de aandacht getrokken en was aanleiding voor enthousiaste roddels en speculaties. Buckley vond het een gigantische vernedering. Sistrunk vond het alleen maar een nieuw hoofdstuk.

De ochtendkrant van Memphis plaatste elk woord van Dumas' verslag op de voorpagina van de *Metro Section*, en zette er een grote foto bij van de twee geboeide advocaten toen ze de rechtbank verlieten. Sistrunk vond alleen al de kop de moeite waard: PROMINENTE ADVOCAAT UIT MEMPHIS GEVANGEN IN MISSISSIPPI. Behalve Dumas' griezelig accurate artikel was er nog een kleiner artikel over het verzoek dat de firma Sistrunk & Bost had ingediend bij de federale rechtbank in Oxford voor vrijlating op grond van *habeas corpus*. Een hoorzitting hierover stond gepland voor één uur die middag.

Jake zat op zijn balkon met uitzicht op het plein, dronk samen met Lucien een kop koffie en wachtte tot de politieauto's eraan kwamen. Ozzie had beloofd te bellen om hem te waarschuwen.

Lucien, die vroeg opstaan verschrikkelijk vond en met goede reden, zag er verrassend fris uit en had een heldere blik. Hij beweerde dat hij minder dronk en meer beweging nam, en het leed geen twijfel dat hij harder werkte. Jake vond het steeds lastiger hem te ontlopen in zijn (hun) kantoor.

Lucien zei: 'Ik had niet gedacht dat ik ooit nog eens zou meemaken dat Rufus Buckley geboeid werd weggeleid.'

'Geweldig, echt geweldig, en nog steeds amper te bevatten,' zei Jake. 'Ik ga Dumas bellen en vragen of ik die foto kan kopen van Buckley die de gevangenis in wordt gebracht.'

'O, dat moet je doen! En maak dan een kopie voor mij.'

'Dertien bij achttien, ingelijst. Die kan ik waarschijnlijk wel gaan verkopen.'

Roxy was gedwongen de trap op te gaan, Jakes kantoor binnen te lopen en naar het balkon te gaan waar haar baas zat. Ze zei: 'Sheriff Walls belde. Ze zijn onderweg hiernaartoe.'

'Bedankt.'

Jake en Lucien staken snel de straat over en zagen dat de andere advocatenkantoren aan het plein ook leegstroomden, doordat de raadslieden die daar werkten opeens dringende zaken in de rechtbank moesten afhandelen. Die arme Buckley had zoveel vijanden gemaakt. De rechtszaal was niet echt helemaal vol, maar er liepen vrij veel van zijn vijanden rond. Het was wel duidelijk dat er maar één reden voor was dat ze hier waren. Een gerechtsdienaar riep dat iedereen moest gaan staan, waarna rechter Atlee naar zijn stoel liep. Hij knikte tegen een hulpsheriff en zei: 'Breng hem naar binnen.' Er ging een zijdeur open en Buckley liep naar binnen, zonder boeien om zijn polsen en enkels. Op zijn stoppelbaard en verwarde kapsel na, zag hij er ongeveer net zo uit als de vorige dag. Rechter Atlee had medelijden met hem gehad en toegestaan dat hij zich omkleedde. Het zou té gênant zijn om hem in gevangeniskledij te laten verschijnen. Gezien de artikelen in de ochtendkranten kon rechter Atlee echt niet toestaan dat iemand in zijn rechtbank in dergelijke kledij werd gezien.

Sistrunk was er niet. Toen de deur dichtging, was meteen duidelijk dat hij er niet was om zijn excuses aan te bieden.

'Hierheen, meneer Buckley,' zei rechter Atlee en hij wees naar een plek vlak voor zijn rechtersstoel.

Buckley gehoorzaamde en bleef staan, nogal hulpeloos, erg alleen, vernederd en verslagen. Hij slikte moeizaam en keek op naar de rechter.

Rechter Atlee duwde zijn microfoon opzij en zei zacht: 'Ik hoop dat u de nacht in onze mooie gevangenis goed hebt doorstaan.'

'Inderdaad.'

'Heeft sheriff Walls u goed behandeld?'

'Inderdaad.'

'Hebben u en de heer Sistrunk een rustige nacht achter de rug?'

'Ik zou het niet rustig willen noemen, edelachtbare, maar we hebben het overleefd.'

'Het valt me natuurlijk op dat u hier alleen bent. Iets gehoord van de heer Sistrunk?'

'O ja, hij heeft heel veel te zeggen, edelachtbare, maar het is me niet toegestaan daar iets van te herhalen. Ik denk niet dat dit in zijn voordeel zou werken.'

'Dat weet ik wel zeker. Ik houd er niet van als iemand me beledigt, meneer Buckley, vooral niet als iemand me een "racist" noemt. Dat is een van de lievelingswoorden van de heer Sistrunk. Ik geef u toestemming, omdat u met hem samenwerkt, om hem dit te vertellen en hem te laten weten dat wanneer hij me ooit weer zo noemt, hij uit mijn rechtszaal zal worden verbannen.'

Buckley knikte en zei: 'Dat zal ik hem graag doorgeven, rechter.'

Jake en Lucien zaten op de vierde rij van achteren, op een lange mahoniehouten bank die al tientallen jaren niet was verplaatst. Helemaal aan de andere kant kwam er een jonge zwarte vrouw aan, die ging zitten. Ze was midden twintig, aantrekkelijk en kwam hem vaag bekend voor. Ze keek snel om zich heen alsof ze niet zeker wist of ze hier wel mocht zijn. Ze keek naar Jake.

Hij glimlachte: *Het is oké, de rechtszaal is open voor het publiek.*

Rechter Atlee zei: 'Dank u wel. Goed, het doel van deze kleine hoorzitting vanochtend is om te zien hoe de zaak ervoor staat en u hopelijk te ontheffen van mijn bevel u op te sluiten wegens minachting van het hof. Ik vond dat u het hof minachtte, meneer Buckley, u en uw collega, vanwege wat ik beschouwde als een flagrant gebrek aan respect voor mijn rechtszaal, en dus voor mij. Ik geef toe dat ik boos werd en ik probeer geen besluiten te nemen als ik kwaad ben. In de loop der jaren ben ik tot de ontdekking gekomen dat dit altijd slechte besluiten zijn. Ik heb geen spijt van wat ik gisteren heb gedaan en zou het vandaag zo weer doen. Dit gezegd hebbende, bied ik u de gelegenheid hierop te reageren.'

Ozzie had hun verteld wat de deal kon zijn: een eenvoudige erkenning, een simpel excuus, en hij kwam vrij. Buckley was snel akkoord gegaan; Sistrunk had geweigerd.

Buckley verplaatste zijn gewicht en keek naar zijn voeten. Hij zei: 'Ja, nou, edelachtbare, ik realiseer me dat we ons boekje gisteren te buiten zijn gegaan. We waren vooringenomen en respectloos, en daar bied ik mijn excuses voor aan. Het zal niet weer gebeuren.'

'Uitstekend. Mijn bevel u op te sluiten wegens minachting van het hof is hierbij opgeheven.'

'Dank u wel, edelachtbare,' zei Buckley nederig en hij liet opgelucht zijn schouders zakken.

'Goed dan, meneer Buckley, ik heb de eerste zittingsdag bepaald op 3 april. Er moet nog heel veel werk worden verzet, er zullen nog veel besprekingen zijn tussen de advocaten onderling en ik neem aan dat er nog vele hoorzittingen in deze rechtszaal zullen volgen. Het is onacceptabel dat er elke keer als we hier bij elkaar zijn weer een verbale vechtpartij of ophef ontstaat. Iedereen is erg gespannen. We weten allemaal dat er heel veel op het spel staat en daarom wil ik u de volgende vraag stellen: hoe ziet u uw rol in deze zaak, die van u en uw collega's uit Memphis?'

Rufus Buckley, opeens weer een vrij man die de kans kreeg te spreken, schraapte zijn keel en greep vol zelfvertrouwen zijn kans. 'Tja, edelachtbare, wij zullen hier zijn om de rechten te beschermen van onze cliënte, mevrouw Lettie Lang en...'

'Dat snap ik. Maar ik heb het over dit proces, meneer Buckley. Ik vind dat er domweg niet voldoende ruimte is voor de heer Brigance, de hoofdadvocaat voor de voorstanders van het testament, en alle advocaten die de begunstigde vertegenwoordigen. Dat is gewoon te veel, begrijpt u wat ik bedoel?'

'Nee, niet echt, edelachtbare.'

'Oké, dan zal ik duidelijk zijn. Iemand die een testament wil aanvechten, heeft het recht een advocaat in te huren en een motie in te dienen,' zei hij en hij wees naar de advocaten aan de andere kant. 'Die advocaat is daarna van het begin tot het eind bij de zaak betrokken. Aan de andere kant worden de verdedigers van het testament vertegenwoordigd door de advocaat voor de nalatenschap. In deze zaak is dat de heer Brigance. De individuele begunstigden liften min of meer met hem mee.'

'O, maar dat ben ik niet met u eens, edelachtbare, wij...'

'Wacht even. Wat ik wil zeggen, meneer Buckley, met alle respect, is dat ik niet zeker weet of jullie echt nodig zijn. Misschien is dat wel zo, maar daar moet u me later maar van overtuigen. We hebben meer dan genoeg tijd. Denk daar gewoon even over na, oké?'

'Weet u, rechter, volgens mij...'

Rechter Atlee hief zijn handen en zei: 'Hier laten we het bij. Ik ga hier nu niet op in. Misschien een andere keer.'

Heel even leek Buckley ertegenin te willen gaan, maar hij herinnerde zich opeens weer waarom hij hier stond. Het had geen zin de rechter weer te ergeren. 'Natuurlijk, rechter, en dank u wel.'

'U mag gaan.'

Jake keek weer naar de jonge vrouw. Strakke spijkerbroek, rode trui, veel gedragen gele hardloopschoenen, een kort, modieus kapsel en stijlvolle bril. Ze was slank en fit, en leek absoluut niet op de gemiddelde vijfentwintigjarige zwarte vrouw in Ford County.

Ze keek naar hem en glimlachte.

Een halfuur later stond ze voor het bureau van Roxy en vroeg beleefd of ze een paar minuten met de heer Brigance kon praten. Naam alstublieft? Portia Lang, dochter van Lettie. De heer Brigance had het erg druk, maar Roxy wist dat dit weleens belangrijk kon zijn. Ze liet haar tien minuten wachten en vond toen een gaatje in zijn drukke agenda.

Jake verwelkomde haar in zijn kantoor. Hij bood koffie aan, maar ze weigerde. Ze zaten in een hoek; Jake in een oude leren stoel en Portia op de bank, alsof ze bij de psychiater was.

Ze keek om zich heen in het grote vertrek en bewonderde de mooie meubels en de georganiseerde chaos. Ze vertelde dat dit haar eerste bezoek was aan het kantoor van een advocaat.

'Als u geluk hebt, is dit ook uw laatste bezoek,' zei hij.

Ze schoot in de lach. Ze was zenuwachtig en in eerste instantie wilde ze niet veel zeggen.

Haar aanwezigheid kon weleens van cruciaal belang zijn en dus deed Jake zijn best haar op haar gemak te stellen. 'Vertel me eens iets over uzelf,' zei hij.

'Ik weet dat u het druk hebt.'

'Ik heb genoeg tijd en de zaak van uw moeder is de belangrijkste zaak van dit kantoor.'

Ze glimlachte nerveus. Ze zat op haar handen en de gele hardloopschoenen bewogen zenuwachtig heen en weer. Langzaam begon ze te praten: ze was vierentwintig, de oudste dochter en was net afgezwaaid uit het leger, na zes jaar. Ze was in Duitsland toen ze hoorde dat haar moeder in het testament van de heer Hubbard werd genoemd, hoewel dat niets met haar ontslag te maken had. Ze had het wel gezien in het leger en had zin in het burgerleven. Op Clanton High had ze goede studieresultaten behaald, maar door het schimmige arbeidsverleden van haar vader was er geen geld geweest om verder te studeren. (Ze fronste toen ze het over Simeon had.) Omdat ze zo snel mogelijk haar ouderlijk huis en Ford County wilde verlaten, ging ze bij het leger en reisde ze de hele wereld rond. Ze was nu bijna een week terug, hoewel ze niet van plan was in deze regio te blijven. Ze wilde haar college-opleiding afmaken en droomde ervan rechten te studeren. In Duitsland had ze als griffier bij het JAG Corps gewerkt en zittingen van de krijgsraad bijgewoond.

Ze logeerde bij haar ouders, die naar de stad waren verhuisd. Ze huurden het Sappington-huis, zei ze met een heel klein beetje trots. 'Weet ik,' zei Jake. 'Dit is een klein stadje. Dat was algauw bekend.' Hoe dan ook, ze betwijfelde of ze daar lang zou blijven, want het huis was weliswaar veel groter, maar het was er een chaos met al die familieleden die kwamen en gingen en al die mensen die overal sliepen.

Jake luisterde aandachtig en wachtte op een opening die zeker zou komen. Af en toe vroeg hij iets over haar leven, maar ze had weinig aansporing nodig.

Ze was nu aardig op dreef en kletste gewoon door. Doordat ze zes jaar in het leger had gezeten, was haar lijzige en nasale manier van praten verdwenen. Haar woordkeus en grammatica waren perfect, en dat was niet toevallig. In Europa had ze Duits en Frans geleerd, en ze werkte als vertaler. Nu studeerde ze Spaans.

Hij had de neiging aantekeningen te maken, uit gewoonte, maar dat leek onbeleefd.

Ze was vorig weekend naar Parchman gegaan om Marvis op te zoeken, en hij had haar verteld dat Jake op bezoek was geweest. Ze bleef lang over hem praten en veegde af en toe een traan weg. Hij was haar grote broer, was altijd haar held geweest, en dit was zo'n verspilling. Als Simeon een betere vader was geweest, zou Marvis niet op het slechte pad zijn geraakt. Ja, hij had tegen Portia gezegd dat zij tegen hun moeder moest zeggen dat ze bij Jake moest blijven, en hij zei dat hij had gesproken met zijn advocaat, Nick Norton, die zei dat die advocaten uit Memphis de hele boel zouden verpesten.

'Waarom was je vanochtend in de rechtbank?' vroeg Jake.

'Ik was gisteren ook in de rechtbank, meneer Brigance.'

'Zeg alsjeblieft Jake.'

'Oké. Jake. Ik zag die puinhoop gisteren en ben vanochtend teruggegaan om in het kantoor van de griffier het rechtbankregister in te kijken. Toen hoorde ik het gerucht dat ze die advocaten uit de gevangenis zouden halen en naar de rechtbank zouden brengen.'

'De advocaten van jouw familie.'

'Inderdaad.' Ze haalde diep adem en zei, veel langzamer: 'Daar wilde ik dus met je over praten. Mogen we over de zaak praten?'

'Natuurlijk. Feitelijk staan we aan dezelfde kant. Dat voelt nu even niet zo, maar voorlopig zijn we bondgenoten.'

'Oké.' Weer haalde ze diep adem. 'Ik moet met iemand praten, oké? Luister, Jake, ik was hier niet tijdens de Hailey-zaak, maar ik heb er alles over gehoord. Toen ik die kerst thuiskwam, werd er veel gepraat over dat proces en de Klan en de nationale garde en zo, en ik vond het eigenlijk wel jammer dat ik dat allemaal had gemist. Maar jouw naam is overbekend bij ons. Mijn moeder zei een paar dagen geleden tegen mij dat ze het gevoel heeft dat ze je kan vertrouwen. Dat is niet gemakkelijk voor een zwarte vrouw, Jake, vooral niet in een situatie zoals deze.'

'Zo'n situatie hebben we nooit eerder meegemaakt.'

'Je snapt me wel. Nu het om zoveel geld gaat, nou, verwachten we min of meer automatisch dat wij aan het kortste eind zullen trekken.'

'Ik denk dat ik je wel begrijp.'

'Dus toen we gisteren thuiskwamen, ontstond er weer ruzie. Een enorme discussie tussen mijn moeder en vader, met een paar ongewenste opmerkingen ertussen. Ik weet niet wat er allemaal is gebeurd voordat ik thuiskwam, maar kennelijk maakten ze ruzie over iets heel belangrijks. Volgens mij beschuldigde mijn vader haar ervan dat ze met die Hubbard had geslapen.' De tranen sprongen haar in de ogen en ze zweeg even om ze weg te vegen. 'Mijn moeder is geen hoer, Jake, ze is een geweldige vrouw die vrijwel in haar eentje vijf kinderen heeft grootgebracht. Het doet pijn te weten dat zoveel mensen nu denken dat ze zichzelf in het testament van die oude man heeft geneukt. Dat geloof ik gewoon niet! Echt niet! Maar mijn vader, dat is een ander verhaal. Ze maken al twintig jaar ruzie en toen ik nog op highschool zat, heb ik haar gesmeekt hem te verlaten. Hij heeft kritiek op alles wat ze doet en nu heeft hij kritiek op iets wat ze niet eens heeft gedaan. Ik zei dat hij zijn mond moest houden.' Jake gaf haar een tissue, maar de tranen waren verdwenen. Ze zei: 'Bedankt. Hoe dan ook, aan de ene kant beschuldigt hij haar ervan dat ze met Hubbard naar bed is geweest en aan de andere kant is hij blij dát ze dat heeft gedaan, omdat dit lucratief zou kunnen zijn. Ze kan dus hoe dan ook niet winnen. En toen we gisteren thuiskwamen van de rechtbank, verweet mijn moeder hem dat hij die advocaten uit Memphis had ingehuurd.'

'Hij heeft ze ingehuurd?'

'Ja, hij is nu immers een grote baas, en hij moet zijn schatten – mijn moeder – beschermen. Hij is ervan overtuigd dat de blanken hier met elkaar zullen samenzweren om het testament ongeldig te verklaren en het geld te houden. Het heeft allemaal met ras te maken, dus waarom zou je dan niet de grootste race-baiter uit dit deel van het land erbij halen? En hier zitten we dan. En hij zit in de bak.'

'Wat vind jij van hem?'

'Van Sistrunk? Die wil nu in de bak zitten. Daardoor staat zijn foto in de krant met een leuke kop ernaast. Alweer een zwarte man die ten onrechte in de gevangenis is gestopt door die racisten uit Mississippi. Dit is perfect voor hem. Hij had het zelf niet beter kunnen bedenken.'

Jake knikte en glimlachte. Deze vrouw doorzag de situatie. 'Ik ben het met je eens,' zei hij. 'Het was een toneelstukje. Voor Sistrunk in elk geval. Ik kan je verzekeren dat Rufus Buckley niet van plan was de bak in te draaien.'

'Waarom zijn we in vredesnaam met die mafketels in zee gegaan?' vroeg ze.

'Dat wilde ik jou ook vragen.'

'Tja, als ik het goed heb begrepen, is mijn vader naar Memphis gegaan waar hij Sistrunk opzocht die – niet verrassend natuurlijk – het grote geld rook. Daarom ging hij snel naar Ford County, voerde zijn toneelstukje op en mijn moeder trapte erin. Ze mag je echt, Jake, en ze vertrouwt je, maar Sistrunk heeft haar ervan overtuigd dat je in deze zaak geen enkele blanke kunt vertrouwen. Om de een of andere reden heeft hij Buckley erbij betrokken.'

'Wanneer die mannen bij de zaak betrokken blijven, gaan we die verliezen. Kun je je voorstellen wat er gebeurt als de jury hen ziet?'

'Nee, dat kan ik niet en daar ging die ruzie dus ook over. Mijn moeder en ik vonden dat we de zaak nu naar de knoppen helpen. Simeon, altijd de expert, voerde aan dat Sistrunk de zaak naar een federale rechtbank zal brengen en daar zal winnen.'

'Dat is onmogelijk, Portia. Dit is geen federale zaak.'

'Dat dacht ik al.'

'Hoeveel krijgt Sistrunk?'

'De helft. En dat weet ik alleen maar omdat dit tijdens die ruzie aan de orde kwam. Mijn moeder zei dat het belachelijk was om de helft van haar aandeel aan Sistrunk te geven. Mijn vader zei: "Ja, maar de helft van niets is niets."'

'Hebben ze geld geleend van Sistrunk?'

'Je vindt het geen enkel probleem om vragen te stellen, wel?'

Jake glimlachte, haalde zijn schouders op en zei: 'Uiteindelijk wordt het allemaal bekend, geloof me maar.'

'Ja, ze hebben iets geleend, maar ik weet niet hoeveel.'

Jake nam een slok koude koffie, terwijl ze allebei over de volgende vraag nadachten. 'Dit is een serieuze zaak, Portia. Het gaat om heel veel geld, en onze kant dreigt het nu te gaan verliezen.'

Ze glimlachte en zei: 'Heel veel geld? Toen bekend werd dat die arme zwarte vrouw op het platteland van Mississippi op het punt stond twintig miljoen te erven, werd iedere advocaat opgewonden. Ze kreeg een telefoontje uit Chicago, ze beloofden van alles. Sistrunk was er toen al bijgehaald en hij heeft ze afgepoeierd, maar ze bellen nog steeds. Blanke advocaten, zwarte advocaten, iedereen komt met een betere deal.'

'Jullie hebben ze niet nodig.'

'Weet je dat zeker?'

'Het is mijn taak om de voorwaarden in het testament van Seth Hubbard uit te voeren, dat is alles. Het testament wordt aangevochten door zijn familie, en daar hoort het gevecht plaats te vinden. Als de zaak voor de rechter komt, wil ik daar zitten, aan mijn tafel, samen met Quince Lundy, de administrateur voor de nalatenschap. Hij is blank en ik ben blank, en tussen ons in zal Lettie zitten, knap en gelukkig. Dit gaat om geld, Portia, maar het gaat ook om ras. We zitten echt niet te wachten op een rechtszaal waar de zwarten aan de ene en de blanken aan de andere kant zitten. Ik zal de zaak voorleggen aan de jury, en...'

'En je gaat winnen?'

'Alleen een domme advocaat voorspelt wat een jury misschien zal doen. Maar ik durf te zweren dat mijn kansen om de zaak te winnen veel groter zijn dan die van Booker Sistrunk. Bovendien krijg ik geen aandeel van Letties erfenis.'

'Hoe word je dan betaald?'

'Je vindt het geen enkel probleem om vragen te stellen, wel?'

'Sorry. Maar er is zoveel dat ik niet weet.'

'Ik werk per uur en mijn honorarium komt uit de nalatenschap. Een redelijk uurloon, goedgekeurd door het hof.'

Ze knikte alsof ze dit wel vaker had gehoord. Ze kuchte en zei: 'Ik heb een droge mond. Heb je iets te drinken, een sapje of zo?'

'Tuurlijk. Kom maar mee.'

Ze gingen naar beneden, naar het keukentje, waar Jake een blikje suikervrije frisdrank vond. Om haar te imponeren, nam hij haar mee naar de kleine vergaderzaal en liet haar zien waar Quince Lundy werkte en de stukken van de zaak-Hubbard doornam. Lundy was er nog niet.

'Hoeveel van het geld is al vrijgemaakt?' vroeg ze verlegen, alsof ze misschien een ongepaste vraag stelde. Ze keek naar de dozen met dossiers alsof ze vol geld zaten.

'Het grootste deel.'

Ze keek vol bewondering naar de planken die vol stonden met dikke wetboeken en traktaten, die grotendeels al jaren niet meer waren ingezien. 'Wat een mooi kantoor heb je, Jake,' zei ze.

'Dat heb ik gekregen. De eigenaar is ene Lucien Wilbanks.'

'Ik heb weleens van hem gehoord.'

'Dat geldt voor de meeste mensen. Ga zitten.'

Ze ging in een dikke leren stoel aan de lange tafel zitten, terwijl Jake de deur dichtdeed. Roxy was natuurlijk in de buurt en had haar oren gespitst.

Jake ging tegenover haar zitten en vroeg: 'Vertel me eens, Portia, hoe denk je van Sistrunk af te komen?'

Als een echte soldaat zei ze meteen: 'Door hem in de gevangenis weg te laten rotten.'

Jake schoot in de lach en zei: 'Dat is maar tijdelijk. Je moeder moet hem ontslaan. Je vader is niet belangrijk; hij heeft hier niets over te zeggen.'

'Maar ze zijn hem geld schuldig.'

'Ze kunnen hem later wel betalen. Als ze naar mij luistert, help ik haar wel. Maar eerst moet ze Sistrunk duidelijk maken dat hij is ontslagen. Buckley ook. Zwart-op-wit. Ik stel wel een brief op, en dan kan zij die ondertekenen.'

'Je moet me wel wat tijd geven, oké?'

'Er is niet veel tijd. Hoe langer Sistrunk hier rondhangt, hoe meer schade hij aanricht. Hij is publiciteitsgeil en gek op alle aandacht. Helaas krijgt hij die aandacht van alle blanken in Ford County. En dat worden onze juryleden, Portia.'

'Een helemaal blanke jury?'

'Nee, maar minstens acht of negen van de twaalf.'

'Was de Hailey-jury niet helemaal blank?'

'Inderdaad en die leek met de dag blanker te worden. Maar dat was een ander proces.'

Ze nam een slok uit het blikje frisdrank en keek weer naar de rijen belangrijke boeken die de muren bedekten. 'Het is vast heel cool om advocaat te zijn,' zei ze vol bewondering.

Cool was niet een woord dat Jake zou gebruiken, maar hij moest toegeven dat het al heel lang geleden was dat hij zijn beroep iets anders dan saai had gevonden. Het Hailey-proces was een enorme triomf geweest, maar hij had slechts negenhonderd dollar gekregen voor al het harde werk, de pesterijen, de fysieke bedreigingen en de enorme emoties. Bovendien was hij zijn huis en bijna zijn gezin kwijtgeraakt. 'Ach, het is weleens bijzonder,' zei hij.

'Vertel eens, Jake, zijn er ook zwarte vrouwelijke advocaten in Clanton?'

'Nee.'

'Hoeveel zwarte advocaten zijn er?'

'Twee.'

'Waar zit de dichtstbijzijnde zwarte vrouw met haar eigen advocatenkantoor?'

'Er is eentje in Tupelo.'

'Ken je haar? Ik zou haar graag willen ontmoeten.'

'Ik wil haar met alle plezier voor je bellen. Ze heet Barbara McNatt, een aardige vrouw. Toen ik rechten studeerde, zat ze in een hoger jaar. Ze doet vooral familierecht, maar werkt ook voor de politie en het Openbaar Ministerie. Ze is een goede advocaat.'

'Dat zou ik geweldig vinden, Jake.' Ze nam nog een slokje, terwijl er even een ongemakkelijke stilte viel.

Jake wist wat hij wilde bereiken, maar ook dat hij rustig aan moest doen. 'Je had het over rechten studeren,' zei hij, en daardoor was ze er weer met haar gedachten bij. Ze praatten er lang over door, terwijl Jake probeerde zijn beschrijving van die drie jaar minder afschuwelijk te laten klinken dan ze werkelijk waren. Af en toe vroegen studenten aan advocaten, zo ook aan Jake, of ze iemand zouden aanraden dat vak te gaan uitoefenen. Hij had nooit een eerlijke manier gevonden om nee te zeggen, hoewel hij veel vraagtekens had. Er waren te veel goede advocaten en niet genoeg goede banen. Ze zaten stijf tegen elkaar aan geperst in de hoofdstraat van talloze kleine stadjes, en ze zaten op elkaar gepropt in de hoge gebouwen van de grotere steden. Toch kon minstens de helft van alle Amerikanen die juridische hulp nodig hadden dat niet betalen, en dus waren er meer advocaten nodig. Niet meer advocaten op het gebied van ondernemings- of verzekeringsrecht, en al helemaal niet meer straatadvocaten in kleine stadjes zoals Jake zelf. Hij had het gevoel dat wanneer Portia Lang advocaat werd, zij dat beroep op de juiste manier zou uitvoeren. Zij zou haar cliënten helpen.

Quince Lundy kwam binnen en maakte een einde aan hun gesprek. Jake stelde hem en Portia aan elkaar voor, waarna hij met haar meeliep naar de voordeur. Buiten, onder het balkon, nodigde hij haar uit voor het avondeten.

De hoorzitting over Kendrick Bosts aanvraag voor vrijlating op grond van habeas corpus vond plaats op de tweede verdieping van de federale rechtbank in Oxford, zoals gepland om één uur die middag. Op dat moment droeg de hooggeleerde Booker F. Sistrunk de overall van de countygevangenis al ruim vierentwintig uur. Hij was niet aanwezig tijdens de hoorzitting, maar dat werd ook niet verwacht.

Een federale rechter zat de zitting voor en deed dat vrij ongeïnteresseerd. Het was niet eerder voorgekomen, in elk geval niet in het Fifth Circuit, dat een federale rechtbank betrokken was bij een zaak over minachting van het hof in een staatsrechtbank. De rechter vroeg herhaaldelijk om ervaringsgegevens, van wie ook in het land, maar kreeg geen respons.

Bost mocht een halfuur tekeergaan, maar zei vrijwel niets wat echt van belang was. Zijn slecht gefundeerde argument was dat de heer Sistrunk het slachtoffer was van een vaag complot van de autoriteiten in Ford County die hem van dat erfrechtproces wilden halen. Wat niet werd gezegd, was wat voor de hand lag: Sistrunk verwachtte dat hij werd vrijgelaten, alleen omdat hij zwart was en het gevoel had dat een blanke rechter hem verkeerd had behandeld.

De aanvraag werd afgewezen. Bost ging meteen in beroep bij het Fifth Circuit in New Orleans. Hij en Buckley waren ook in beroep gegaan bij het hooggerechtshof van Mississippi.

Ondertussen zat de heer Sistrunk te schaken met zijn nieuwe celgenoot, iemand die ongedekte cheques had uitgeschreven.

Carla's familie had, zo beweerde haar familie van moederskant tenminste, Duitse voorouders en daarom had ze op highschool en daarna vier jaar op Ole Miss Duits gestudeerd. In Clanton had ze vrijwel nooit de kans deze taal te spreken en ze vond het dan ook geweldig dat ze Portia in hun eenvoudige huis mocht verwelkomen, ook al dacht Jake er pas om vijf uur die middag aan haar te vertellen dat hij Portia had uitgenodigd. 'Rustig maar,' had hij gezegd. 'Het is een leuke meid die weleens een cruciale rol zou kunnen spelen, en bovendien is ze waarschijnlijk nooit eerder door een blanke voor het avondeten uitgenodigd.' Tijdens dit gesprek, dat eerst een beetje gespannen was, realiseerden ze zich dat zij ook nooit eerder een zwarte hadden uitgenodigd om te komen eten.

Hun gast kwam precies om halfzeven en had een fles wijn bij zich, een fles met een kurk. Hoewel Jake had gezegd dat de avond 'zo gewoon mogelijk' zou zijn, had Portia zich omgekleed en droeg nu een lange, wijde katoenen jurk. Ze begroette Carla in het Duits, maar ging snel in het Engels over. Portia verontschuldigde zich voor haar fles wijn – een goedkope rode uit Californië – waarna ze grapjes maakten over de beperkte keus in de plaatselijke drankwinkels. Jake vertelde dat alle wijnen en sterkedrank feitelijk door de staat werden ingekocht, die alles vervolgens doorverkocht aan de drankwinkels van particuliere eigenaren. Dit leidde tot een levendige discussie over de belachelijke drankwetten in Mississippi, waar je in sommige steden rum met een alcoholpercentage van tachtig kon kopen, maar geen blikjes bier.

Jake zei, met de wijnfles in zijn hand: 'Zelf hebben wij nooit alcohol in huis.'

'O, neem me niet kwalijk,' zei Portia, gegeneerd. 'Dan neem ik die fles natuurlijk weer mee.'

'Waarom drinken we die wijn niet gewoon op?' vroeg Carla. *Een ge-*

weldig idee. Terwijl Jake op zoek ging naar een kurkentrekker, liepen de vrouwen naar het gasfornuis om naar het eten te kijken. Portia zei dat ze liever at dan kookte, hoewel ze in Europa veel over eten had geleerd. Ze was ook van Italiaanse wijnen gaan houden, die in Ford County amper te krijgen waren. 'Daar moet je voor naar Memphis,' zei Jake, nog steeds op zoek. Carla had een pastasaus met gekruide worst klaargemaakt, en terwijl dat stond te pruttelen begon ze te oefenen met een paar eenvoudige Duitse zinnetjes. Portia antwoordde langzaam, herhaalde soms iets en verbeterde haar vaak. Toen Hanna, die achter in het huis was geweest, die onbekende woorden hoorde, kwam ze er ook aan. Ze werd voorgesteld aan hun gast, die haar begroette met '*Ciao.*'

'Wat betekent dat?' vroeg Hanna.

'Onder vrienden betekent het hallo en tot ziens in het Italiaans, maar volgens mij ook in het Portugees,' zei Portia. 'Dat is veel eenvoudiger dan *Guten Tag* of *bonjour.*'

'Ik ken een paar Duitse woorden,' zei Hanna. 'Die heeft mijn moeder me geleerd.'

'Laat die later maar horen,' zei Carla.

Jake vond een oude flessenopener en slaagde erin de fles open te krijgen. 'We hebben ooit een echt wijnglas gehad,' zei Carla en ze pakte drie goedkope waterglazen. 'Maar dat glas is, net als al onze andere bezittingen, verbrand.' Jake schonk de wijn in. Daarna proostten ze met elkaar en gingen aan de keukentafel zitten. Hanna liep naar haar kamer.

'Praten jullie weleens over die brand?' vroeg Portia.

'Niet vaak,' zei Jake. Carla schudde haar hoofd een beetje en wendde haar blik af. 'Maar als je de krant hebt gelezen, weet je dat een van die rotzakken nu weer vrij rondloopt, misschien wel hier vlakbij.'

'Dat heb ik gelezen,' zei Portia. 'Zevenentwintig maanden.'

'Ja. Hij heeft het vuur natuurlijk niet zelf aangestoken, maar hij had er alles mee te maken.'

'Zijn jullie bang, nu hij weer vrij is?'

'Natuurlijk,' zei Carla. 'We slapen hier met wapens binnen handbereik.'

'Dennis Yawkey jaagt me niet zoveel angst aan,' zei Jake. 'Hij is niet meer dan een stom rotjoch dat probeerde een paar andere jongens te imponeren. Bovendien houdt Ozzie hem scherp in de gaten. Eén verkeerde beweging en Yawkey gaat terug naar Parchman. Ik maak me meer zorgen om die rotzakken die nooit opgepakt zijn. Er waren heel veel mannen bij betrokken, al dan niet hier uit de buurt, en er zijn er maar vier vervolgd.'

'Vijf, als je Blunt meetelt,' zei Carla.

'Hij is niet vervolgd. Blunt was de Klucker die ons huis probeerde op te blazen, een week voordat ze ons huis in brand staken. Hij zit tegenwoordig in een klein psychiatrisch staatsziekenhuis waar hij erin slaagt net te doen alsof hij gek is.'

Carla stond op en liep naar het gasfornuis. Ze roerde in de saus en zette water op voor de pasta.

'Wat erg,' zei Portia zacht. 'Het was niet mijn bedoeling zo'n onplezierig onderwerp aan te roeren.'

'Geen probleem,' zei Jake. 'Vertel ons eens iets over Italië. Wij zijn daar nooit geweest.'

Tijdens de maaltijd vertelde Portia over haar reizen door Italië, Duitsland, Frankrijk en andere Europese landen. Toen ze nog op highschool zat, had ze zich voorgenomen een wereldreis te maken en zo ver mogelijk bij Mississippi vandaan te gaan. Het leger bood haar die kans, en die greep ze met beide handen aan. Na haar opleiding waren haar favoriete landen Duitsland, Australië en Japan. Tijdens haar stationering in Ansbach gaf ze haar geld uit aan treinkaartjes en studentenhostels. Ze reisde vaak alleen en bezocht elk land, van Zweden tot Griekenland. Ze werd een jaar op Guam gestationeerd, maar ze miste de geschiedenis en de cultuur, en vooral het Europese eten en de wijnen, en slaagde erin zich te laten overplaatsen.

Jake was in Mexico geweest en Carla naar Londen. Toen ze vijf jaar getrouwd waren, hadden ze genoeg geld gespaard voor een goedkope reis naar Parijs, en daar praatten ze nog altijd over. Afgezien van die reizen waren ze altijd thuisgebleven. Als ze geluk hadden, konden ze in de zomer een week naar het strand van Destin. Nu ze Portia's verhalen over haar reizen over de hele wereld hoorden, werden ze jaloers. Hanna was onder de indruk. 'Heb je piramides gezien?' vroeg ze op een bepaald moment.

Dat was inderdaad zo, sterker nog, het leek wel alsof Portia alles had gezien. Na de salade was de fles wijn al leeg en hadden ze meer wijn nodig. In plaats daarvan schonk Carla ijsthee in en aten ze verder. Nadat Hanna naar bed was gebracht, dronken ze decaf-koffie en praatten ze over van alles en nog wat.

Er werd met geen woord gerept over Lettie en het testament en alles wat daarmee te maken had.

20

Ancil Hubbard was niet langer Ancil Hubbard. Hij had snel afstand gedaan van die oude naam en van zijn oude zelf toen een zwangere vrouw hem opzocht, allerlei beschuldigingen uitte en eisen stelde. Zij was niet de eerste die voor problemen zorgde, of voor een naamsverandering. Ze was voorgegaan door een in de steek gelaten vrouw in Thailand, een paar jaloerse echtgenoten, de Belastingdienst, enkele politiediensten in minstens drie landen en een woedende drugsdealer in Costa Rica. En dit waren nog maar de meest gedenkwaardige hoogtepunten van een chaotisch en slordig geleefd leven, een leven dat hij heel lang geleden graag voor een meer traditioneel leven had ingeruild. Maar Ancil Hubbard zou nooit een traditioneel leven leiden.

Hij werkte in een bar in Juneau, Alaska, in een vervallen stadswijk waar matrozen, dekknechten en dokwerkers naartoe gingen om te drinken, te dobbelen en stoom af te blazen. Een paar meedogenloze uitsmijters bewaarden de vrede, maar het bleef oppassen geblazen. Hij werd Lonny genoemd, een naam die hij twee jaar eerder in een overlijdensadvertentie in een krant in Tacoma had gezien. Lonny Clark. Lonny wist hoe hij het systeem moest bespelen en als hij dat had gewild, had hij een burgerservicenummer kunnen krijgen, een rijbewijs in elke staat die hij uitkoos, zelfs een paspoort. Maar Lonny speelde op veilig, zodat er in geen enkel overheidsdossier, al dan niet digitaal, iets over hem te vinden was. Hij bestond niet, hoewel hij een paar valse papieren had voor het geval hij werd aangehouden. Hij werkte in een bar omdat hij dan contant werd uitbetaald. Hij huurde een kamer in een vunzig hotel verderop in de straat en betaalde contant. Hij verplaatste zich per fiets of bus, en als hij moest verdwijnen, wat altijd een mogelijkheid was, kocht hij een Greyhound-kaartje of zwaaide hij met een vals rijbewijs. Of hij ging liften, iets wat hij ook al honderden keren had gedaan.

Hij stond achter de bar en bestudeerde iedereen die kwam en ging. Als je al dertig jaar op de vlucht bent, leer je wel opletten, kijken, de iets te lange blik zien, signaleren dat iemand niet op zijn plaats is. Omdat hij tijdens zijn misdaden nooit iemand lichamelijk letsel had toegebracht en er helaas ook nooit veel geld mee gemoeid was geweest, was de kans groot dat hij helemaal niet werd gezocht. Lonny was een onbelangrijke figuur wiens grootste zwakte was dat hij zich aangetrokken voelde tot de verkeerde vrouwen. Dat was geen echte misdaad. Hij had weleens misdaden gepleegd – belastingontduiking, handel in drugs, wapensmokkel – maar verdomme, een man moet toch zeker de kost verdienen! Misschien had hij een paar ernstiger misdaden gepleegd. Maar toch, nadat hij zijn hele leven had rondgezwalkt, had hij zich aangewend altijd achterom te kijken.

Hij had die misdaden achter zich gelaten, net als de vrouwen, nou ja, grotendeels dan. Lonny was nu zesenzestig en accepteerde het feit dat een verminderd libido misschien wel iets positiefs was. Daardoor bleef hij uit de problemen, bleef hij gefocust op andere zaken. Hij droomde ervan een vissersboot te kopen, hoewel hij daar met zijn schamele loontje nooit genoeg voor zou kunnen sparen. Omdat hij nu eenmaal was wie en wat hij was, overwoog hij vaak nog een laatste drugsdeal te sluiten, nog één keer veel geld te verdienen zodat hij kon doen wat hij wilde. Maar hij was bang voor de gevangenis. Wanneer hij, op zijn leeftijd en met de hoeveelheid drugs waar hij van droomde, werd betrapt, zou hij in de gevangenis sterven. En hoewel hij het vreselijk vond om toe te geven: zijn vorige drugsdeals waren niet echt goed gegaan.

Nee, toch maar niet. Het beviel hem prima achter de bar, kletsen met de matrozen en de hoertjes, en goedbedoelde adviezen geven. Hij sloot de bar elke nacht om twee uur en liep, iets aangeschoten, naar zijn kleine kamertje waar hij op een vies bed ging liggen. Dan verlangde hij naar zijn dagen op de open zee, eerst bij de marine en later op cruiseschepen, jachten, zelfs tankers. Als je geen toekomst hebt, leef je in het verleden, en Lonny zou daar voor altijd vastzitten.

Hij dacht nooit aan Mississippi of aan zijn jeugd daar. Meteen nadat hij was vertrokken, had hij geen seconde meer aan die plek gedacht. Alsof hij een knop had omgedraaid, verdwenen die beelden uit zijn hoofd, en tientallen jaren later had hij zichzelf wijsgemaakt dat hij daar nooit had gewoond. Zijn leven was begonnen op zijn zestiende; daarvoor was er niets gebeurd.

Helemaal niets.

Al vroeg op de tweede ochtend van zijn gevangenschap, en kort na een ontbijt van koud roerei met zelfs nog kouder geroosterd witbrood, werd Booker Sistrunk uit zijn cel gehaald en, zonder boeien, naar het kantoor van de sheriff gebracht. Hij liep naar binnen, terwijl een hulpsheriff bij de deur bleef staan. Ozzie begroette hem hartelijk en vroeg of hij verse koffie wilde. Dat wilde hij wel. Ozzie bood hem ook donuts aan, die Sistrunk meteen verorberde.

'Je kunt over twee uur op vrije voeten zijn, als je dat wilt,' zei Ozzie. Sistrunk luisterde. 'Het enige wat je hoeft te doen, is naar de rechtbank gaan en rechter Atlee je excuses aanbieden. Dan ben je ruim voor lunchtijd weer in Memphis.'

'Ik vind het hier wel prettig,' zei Sistrunk met volle mond.

'Nee, Booker, wat jij prettig vindt is dit.' Ozzie schoof de *Metro*, de krant uit Memphis naar hem toe. Op de voorpagina, onder de vouw, stond een stockfoto onder de kop: VERZOEK SISTRUNK AFGEWEZEN. BLIJFT GEVANGEN IN CLANTON. Hij las het artikel langzaam door, terwijl hij nog een donut verorberde.

Ozzie zag dat hij grijnsde. 'Een nieuwe dag, een nieuwe kop, hè, Booker? Is dat het enige wat je wilt bereiken?'

'Ik vecht voor mijn cliënte, sheriff. Goed tegen kwaad. Het verbaast me dat jij dat niet kunt zien.'

'Ik zie alles, Booker, en dit is nu wel duidelijk: jij gaat deze zaak niet afhandelen voor rechter Atlee. Punt uit. Je hebt het verknald bij hem en hij heeft het helemaal gehad met jou en je stomme gedrag. Jouw naam staat op zijn zwarte lijst en die gaat er niet meer af.'

'Geen probleem, sheriff. Dan ga ik wel naar de federale rechtbank.'

'Tuurlijk, je kunt bij de federale rechtbank een onzinnige aanklacht indienen wegens schending van je burgerrechten of zo, maar daar bereik je niets mee. Ik heb een paar advocaten gesproken die federaal werk doen en zij zeggen dat je een ongelofelijke hufter bent. Luister, Booker, de rechters hier kun je niet imponeren zoals je dat in Memphis doet. Hier in het noordelijke district hebben we drie federale rechters. De eerste is een voormalige voorzitter van de rechtbank, net als Atlee. De tweede is een voormalige officier van justitie en de derde een federale officier van justitie. Allemaal blank. Allemaal vrij conservatief. En dan denk jij dat je hier een federale rechtbank kunt binnenwandelen en al die racistische onzin van je kunt uitkramen en denken dat iemand daar intrapt? Je bent een stomkop!'

'En jij bent geen advocaat, meneer de sheriff. Maar toch bedankt voor het juridisch advies. Dat ben ik alweer vergeten tegen de tijd dat ik terug ben in mijn cel.'

Ozzie leunde achterover en legde zijn voeten op zijn bureau, zijn cowboylaarzen waren glimmend gepoetst. Hij keek naar het plafond, gefrustreerd, en zei: 'Je maakt het de blanken die Lettie Lang haten wel heel erg gemakkelijk, weet je dat, Booker?'

'Ze is zwart. Ze haatten haar al voordat ik naar dit stadje kwam.'

'Wat dat betreft vergis je je. Ik ben twee keer gekozen door de blanken in deze county. De meesten zijn goede mensen. Zij zullen Lettie een eerlijke kans geven, of dat zouden ze hebben gedaan tot jij opdook. Nu is het zwart tegen blank, en wij hebben geen enkele stem. Je bent een stomkop, weet je dat, Booker? Ik weet niet hoe je de dingen in Memphis voor elkaar krijgt, maar dat gaat je hier dus niet lukken!'

'Bedankt voor de koffie en de donuts. Mag ik nu gaan?'

'Graag.'

Sistrunk stond op en liep naar de deur. Daar bleef hij staan en zei: 'Trouwens, ik betwijfel of jouw gevangenis wel aan de federale eisen voldoet.'

'Sleep me maar voor de rechter.'

'Heel veel overtredingen.'

'Het kon nog weleens erger worden.'

Voor het twaalf uur was, was Portia al terug. Ze wachtte en praatte met Roxy, terwijl Jake een lang telefoongesprek afhandelde, en daarna liep ze naar boven. Ze had rode ogen, haar handen trilden en ze zag eruit alsof ze al een week niet had geslapen. Ze maakten een paar opmerkingen over het etentje van de vorige avond. Daarna vroeg Jake recht op de man af: 'Wat is er aan de hand?'

Ze deed haar ogen dicht, wreef over haar voorhoofd en zei: 'We hebben de hele nacht geen oog dichtgedaan, het was één grote afschuwelijke ruzie. Simeon zat te drinken, niet veel, maar genoeg om zichzelf op te jutten. Mijn moeder en ik zeiden dat Sistrunk weg moest. Hij vond dat natuurlijk maar niets en dus maakten we ruzie. We hebben het huis vol mensen en wij beginnen te vechten als een stelletje idioten. Ten slotte is hij weggegaan en we hebben hem nog niet teruggezien. Dat is het slechte nieuws. Het goede nieuws is dat mijn moeder elke brief zal ondertekenen waarmee ze die advocaten uit Memphis kan ontslaan.'

Jake liep naar zijn bureau, pakte een vel papier en gaf dat aan haar. 'Hier staat alleen dat ze hem ontslaat. Meer niet. Als ze dit ondertekent, is het klaar.'

'Hoe zit het met Simeon?'

'Hij kan iedere advocaat inhuren die hij wil, maar hij staat niet in dat testament, en dus speelt hij geen rol in deze zaak. Rechter Atlee zal hem en zijn advocaten niet toelaten. Simeons spelletje is voorbij. Dit is een zaak tussen Lettie en de familie Hubbard. Gaat ze dit ondertekenen?'

Portia stond op en zei: 'Ik ben zo terug.'

'Waar is ze?'

'Buiten, in de auto.'

'Vraag haar alsjeblieft of ze binnen wil komen.'

'Dat wil ze niet. Ze is bang dat u kwaad op haar bent.'

Jake kon zijn oren niet geloven. 'Kom op, Portia. Ik zet wat koffie en dan gaan we even met elkaar praten. Haal je moeder maar.'

Sistrunk lag ontspannen op het onderste gedeelte van het stapelbed te lezen, met een stapel moties en aktes van beschuldiging op zijn buik. Zijn celgenoot zat vlak bij hem en was verdiept in een boek. Gekletter van metaal, de deur ging open, Ozzie kwam binnen en zei: 'Kom, we gaan, Booker.' Hij gaf hem zijn pak, overhemd en stropdas, allemaal op één hangertje. Zijn schoenen en sokken zaten in een papieren boodschappentas.

Ze glipten via een achterdeur naar buiten, waar Ozzies auto stond. Een minuut later stopten ze achter de rechtbank en liepen naar binnen. De gangen waren leeg en niemand vond het verdacht. Op de tweede verdieping liepen ze het kleine voorkamertje van rechter Atlee binnen. Zijn stenotypiste fungeerde ook als zijn secretaresse. Ze wees naar een andere deur en zei: 'Ze zitten al te wachten.'

'Wat is er aan de hand?' mompelde Sistrunk, al zeker voor de vierde keer.

Ozzie gaf geen antwoord en duwde de deur open.

Rechter Atlee zat aan het hoofd van een lange tafel, in zijn gebruikelijke zwarte pak, maar niet in zijn toga. Rechts van hem zaten Jake, Lettie en Portia. Hij wees naar links en zei: 'Heren, ga alstublieft zitten.' Dat deden ze, waarbij Ozzie zo ver mogelijk bij iedereen vandaan plaatsnam.

Sistrunk keek over de tafel naar Jake en Lettie. Hij vond het moeilijk zijn mond te houden, maar het lukte hem wel. Het was zijn gewoonte om eerst iets te roepen en pas daarna vragen te stellen, maar zijn gezond verstand zei hem dat hij zich gedeisd moest houden, moest afwachten en moest proberen de rechter niet kwaad te maken. Vooral Portia leek hem wel te willen slaan, terwijl Lettie naar haar handen keek en Jake iets noteerde op een schrijfblok.

'Lees dit alstublieft,' zei rechter Atlee tegen Sistrunk en hij schoof een vel papier naar hem toe. 'U bent ontslagen.'

Sistrunk las de ene korte alinea, keek vervolgens naar Lettie en vroeg: 'Heb jij dit ondertekend?'

'Inderdaad.'

'Onder druk?'

'Absoluut niet,' zei Portia kortaf. 'Zij heeft besloten je te ontslaan. Dat staat daar, zwart-op-wit. Begrijp je dat?'

'Waar is Simeon?'

'Weg,' zei Lettie. 'Geen idee wanneer hij terugkomt.'

'Ik vertegenwoordig hem nog steeds,' zei Sistrunk.

'Hij is geen partij in deze zaak,' zei rechter Atlee. 'En dus krijgt hij geen toestemming hieraan deel te nemen, net zomin als u.' Hij pakte nog een vel papier en schoof dat naar hem toe. 'Dit is een opdracht die ik zojuist heb ondertekend, waarin ik uw arrest wegens minachting van het hof ophef. Omdat u niet langer bij deze zaak betrokken bent, meneer Sistrunk, bent u vrij om te gaan.' Dit was eerder een commando dan een verzoek.

Sistrunk keek kwaad naar Lettie en zei: 'Ik heb recht op betaling voor mijn tijd en onkosten, en bovendien is er nog die kwestie van die lening. Wanneer kan ik dat geld verwachten?'

'Te zijner tijd,' zei Jake.

'Ik wil het nu hebben.'

'Je krijgt het niet nu.'

'Dan sleep ik haar voor de rechter.'

'Prima. Dan verdedig ik haar.'

'En dan zal ik de zaak voorzitten,' zei rechter Atlee. 'En ik kan u nu al vertellen dat de zaak over vier jaar voorkomt.'

Portia kon zich niet inhouden en grinnikte.

Ozzie zei: 'Rechter, zijn we klaar? Zo ja, dan breng ik de heer Sistrunk terug naar Memphis. Het ziet ernaar uit dat hij hier vastzit. Bovendien moeten hij en ik een paar zaken bespreken.'

'Je hoort weer van mij. Het laatste woord hierover is nog niet gezegd!' gromde Sistrunk tegen Lettie.

'Daar twijfel ik niet aan,' zei Jake.

'Breng hem weg,' zei rechter Atlee. 'Bij voorkeur naar de staatsgrens.'

De bespreking was afgelopen.

21

Het advocatenkantoor van Jake Brigance had nog nooit gebruikgemaakt van een stagiaire. Andere advocaten aan het plein deden dat wel; meestal waren het middelbare scholieren uit de buurt die rechten wilden studeren en iets op hun cv wilden zetten. In theorie waren ze goede gratis of goedkope arbeidskrachten, maar Jake had meer negatieve verhalen gehoord dan positieve. Hij was dan ook nooit in de verleiding gekomen, tot Portia Lang in beeld kwam. Ze was slim, ze verveelde zich, ze was werkloos en ze wilde rechten studeren. Ze was ook de verstandigste bewoonster van het Sappington-huis en haar moeder vertrouwde haar volkomen, haar moeder die natuurlijk nog steeds kans maakte de rijkste zwarte vrouw in de staat te worden, hoewel Jake grote problemen voorzag.

Hij nam Portia aan voor vijftig dollar per week en gaf haar een kantoor boven, zodat ze niet kon worden afgeleid door Roxy, Quince Lundy en vooral Lucien, die vanaf eind november elke dag kwam en zijn oude gewoonten weer opnam. Het was immers zijn kantoor en als hij een sigaar wilde roken, en alle anderen wilde vergiftigen, dan was daar niets aan te doen. Als hij laat in de middag door de receptieruimte wilde dwalen met een glas cognac in de hand en Roxy lastigviel met schunnige grapjes, dan was daar niets aan te doen. Als hij Quince Lundy wilde lastigvallen met vragen over de bezittingen van Seth Hubbard, dan was daar niets aan te doen.

Jake moest steeds meer tijd besteden aan bemiddelen tussen zijn uitdijende ploeg medewerkers. Twee maanden geleden hadden hij en Roxy rustig gewerkt, op een nogal saaie maar ook productieve manier. Nu was er vaak sprake van spanningen, soms conflicten, maar ook van veel gelach en teamwork. Over het algemeen genoot Jake van het lawaai, hoewel hij doodsbang was dat Lucien echt zijn oude beroep weer wilde oppakken. Aan de ene kant mocht hij Lucien heel graag en had hij veel respect voor zijn advies en kennis. Aan de andere kant wist hij ook dat deze nieuwe regeling niet kon voortduren. Jakes troef was een belangrijke voorwaarde in de wetten van Mississippi, die voorschreef dat een geschorste advocaat moest slagen voor het bar exam voordat hij weer in zijn vroegere ambt kon worden hersteld. Lucien was drieënzestig en hij was elke dag, vanaf vijf uur tot diep in de nacht, onder invloed van Jack Daniel's. Het was onmogelijk dat zo'n oude dronkaard kon studeren en voor het bar exam zou slagen.

Portia kwam op haar eerste werkdag om vijf voor negen op kantoor, vijf minuten te vroeg. Ze had Jake verlegen gevraagd wat de kledingvoorschriften waren. Hij had haar rustig verteld dat hij geen idee had hoe stagiaires zich hoorden te kleden, maar dat hij dacht dat ze vrijetijdskleding droegen. Als ze naar de rechtbank gingen, moest ze iets netters aantrekken, maar hem kon het niets schelen. Hij verwachtte een spijkerbroek en hardloopschoenen, maar Portia droeg een leuke bloes, een rok en pumps. De vrouw was klaar om aan het werk te gaan en binnen een paar minuten had Jake de indruk dat zij zichzelf nu al als advocaat beschouwde. Hij liet haar haar kantoor zien, een van de drie lege kantoren op de bovenverdieping. Dit vertrek was al jaren niet meer gebruikt, niet sinds de hoogtijdagen van de oude firma Wilbanks.

Portia keek met grote ogen naar het fraaie houten bureau en de mooie maar stoffige meubels. 'Wie was de laatste advocaat die hier heeft gewerkt?' vroeg ze en ze keek naar een verbleekte foto van een vroegere Wilbanks.

'Dat zul je Lucien moeten vragen,' antwoordde Jake. Hij had de afgelopen jaren nog geen vijf minuten in dit vertrek doorgebracht.

'Dit is fantastisch,' zei ze.

'Niet slecht voor een stagiaire. Iemand van de telefoonmaatschappij komt vandaag langs om je aan te sluiten. Daarna kun je aan de slag.'

Een halfuur lang bespraken ze de regels: telefoongebruik, lunchpauze, kantoorvoorschriften, overuren et cetera. Haar eerste taak was het doornemen van twaalf erfrechtzaken uit Mississippi die voor een jury waren uitgevochten. Het was belangrijk dat ze de wet en de terminologie leerde kennen, en zou begrijpen hoe de zaak van haar moeder zou worden aangepakt. Lees de rechtbankverslagen, en lees ze dan nog een keer. Maak aantekeningen. Lees de wetsartikelen en onthoud ze, zodat je gesprekken met Lettie meer impact hebben. Tijdens het proces zou Lettie verreweg de belangrijkste getuige zijn, en het was belangrijk om nu al de basis te leggen voor haar getuigenverklaring. De waarheid was van het grootste belang, maar zoals iedere advocaat wist, waren er verschillende manieren om de waarheid te vertellen.

Zodra Jake haar alleen liet, stormde Lucien haar kantoor binnen en maakte het zichzelf gemakkelijk. Ze hadden elkaar de vorige dag leren kennen, zodat voorstellen niet nodig was. Hij kletste maar door over hoe verstandig het was om die advocaten uit Memphis te lozen en met Jake samen te werken, hoewel het volgens hem lastig zou worden de zaak te winnen. Hij vertelde haar dat hij een neef van haar vader had vertegenwoordigd, een Lang, twintig jaar geleden in een strafzaak. Hij had de jongen uit de gevangenis kunnen houden. Geweldige verdediging. Dat leidde tot een ander verhaal over een schietpartij waar vier mannen bij betrokken waren, die voor zover Portia wist bij lange na geen familie van haar waren.

Ze kende Lucien en zijn reputatie, zoals iedereen: hij was de oude, dronken advocaat die de eerste blanke was geweest die lid werd van de plaatselijke NAACP en nu samenwoonde met zijn huishoudster in het grote huis op de heuvel. Deels legende, deels schoft, maar toch was hij iemand die ze nooit had verwacht te leren kennen en nu zat hij met haar te kletsen (in haar kantoor!) alsof ze oude vrienden waren. Een tijdje zat ze vol respect te luisteren, maar na een uur vroeg ze zich af hoe vaak hij op bezoek zou komen.

Terwijl zij zat te luisteren, zat Jake in zijn kantoor met Quince Lundy. Ze bestudeerden een dossier dat de Eerste Boedelbeschrijving zou worden genoemd. Nadat Lundy een maand lang had zitten graven, was hij ervan overtuigd dat deze eerste boedelbeschrijving vrijwel identiek zou zijn aan de definitieve. Er waren geen verborgen bezittingen. Seth Hubbard wist wanneer en hoe hij zou sterven, en hij had ervoor gezorgd dat zijn administratie op orde en inzichtelijk was.

De taxaties van het onroerend goed waren afgerond. Ten tijde van zijn dood bezat Seth 1) zijn huis en 80 hectare eromheen, geschat op 300.000 dollar; 2) 60 hectare productiebos in de buurt van Valdosta, Georgia, getaxeerd op 450.000 dollar; 3) 160 hectare productiebos in de buurt van Marshall, Texas, getaxeerd op 800.000 dollar; 4) een braakliggend terrein aan de baai ten noorden van Clearwater, Florida, getaxeerd op 100.000 dollar; 5) een hut en 2 hectare bij Boone, Noord-Carolina, getaxeerd op 280.000 dollar; en 6) een appartement op de vijfde etage aan het strand van Destin, Florida, getaxeerd op 230.000 dollar.

De totale getaxeerde waarde van Seths onroerende goederen was 2.160.000 dollar. Er waren geen hypotheken.

Een adviesbureau uit Atlanta taxeerde de Berring Lumber Company op 400.000 dollar. Hun rapport was aan de boedelbeschrijving gehecht, net als de taxatierapporten.

Er was ook een verklaring van het saldo op de rekening van de bank in

Birmingham. Dankzij de zes procent rente bedroeg dit nu 21.360.000 dollar en nog wat.

De kleine cijfertjes waren het saaist. Quince Lundy beschreef zoveel van Seths persoonlijke bezittingen als het hof volgens hem kon verdragen, te beginnen met zijn nieuwste auto's (35.000 dollar) tot en met zijn kleding (1.000 dollar).

Maar het totaal was nog steeds verbijsterend. De Eerste Boedelbeschrijving schatte Seths complete nalatenschap op 24.020.000 dollar. Het geld op de bankrekening was natuurlijk een feit, de rest zou afhankelijk zijn van de markt en het zou maanden, zo niet jaren kosten om alles te verkopen.

De boedelbeschrijving was drie centimeter dik. Jake wilde niet dat iemand anders op kantoor die zag en dus maakte hij zelf twee kopieën. Hij vertrok al vroeg om te gaan lunchen, reed naar de school en at samen met zijn vrouw en dochter in de eetzaal een bord spaghetti. Hij probeerde één keer per week op bezoek te komen, vooral op de woensdag, als Hanna liever naar de eetzaal ging dan haar lunchpakketje opat. Ze was gek op de spaghetti, maar wat ze nog leuker vond was dat haar vader erbij was.

Toen Hanna naar het speelplein was gegaan, liepen de Brigances terug naar Carla's klaslokaal. Na een tijdje ging de bel en zouden de lessen weer beginnen.

'Ik ga naar rechter Atlee,' zei Jake grijnzend. 'De eerste betaaldag.'

'Succes,' zei ze en ze gaf hem een kus. 'Ik hou van je.'

'Ik ook van jou.' Jake liep snel weg, om de drukte van kinderen in de gangen voor te zijn.

Rechter Atlee zat aan zijn bureau een kop aardappelsoep te eten en was daar bijna klaar mee toen Jake door de secretaresse naar binnen werd gebracht. Tegen de instructies van zijn artsen in rookte de rechter nog steeds pijp – hij kon er niet mee stoppen – en hij vulde zijn pijp met Sir Walter Raleigh en streek een lucifer aan. Doordat hij al dertig jaar stevig rookte, was alles in zijn kantoor bedekt met een bruinachtige laag en hing er altijd wat rook tegen het plafond. Een raam dat een klein stukje openstond bood een beetje verlichting, maar de geur van de rook was vol en aangenaam. Jake had dit altijd een prettig kantoor gevonden, met de dikke rijen verhandelingen en verbleekte foto's van overleden rechters en generaals. Er was niets veranderd in de twintig jaar dat Reuben Atlee dit deel van de rechtbank bezette, en Jake had het gevoel dat er in de afgelopen vijftig jaar zelfs maar weinig was veranderd. De rechter hield van het verleden en zorgde ervoor dat zijn geliefde boeken op de op maat gemaakte planken in een hoek in perfecte conditie bleven. Zijn bureau lag vol rommel, en Jake wist bijna zeker dat al tien jaar lang hetzelfde gehavende dossier rechts in de hoek lag.

Ze hadden elkaar tien jaar eerder leren kennen in de presbyteriaanse kerk, toen Jake en Carla in Clanton kwamen wonen. De rechter leidde de kerk op dezelfde manier als alle andere aspecten van zijn leven, en hij had de jonge advocaat algauw geaccepteerd. Ze werden vrienden, maar altijd op professioneel niveau. Reuben Atlee was van de oude stempel; hij was een rechter en Jake was maar een advocaat. De grenzen moeten altijd worden gerespecteerd. Hij had Jake twee keer berispt tijdens een openbare rechtszitting, en dat had een onuitwisbare indruk gemaakt.

Met de steel van de pijp in zijn mondhoek, pakte rechter Atlee zijn zwarte colbertje en trok het aan. Behalve als hij in de rechtszaal was en een toga aanhad, droeg hij alleen maar een zwart pak. Hetzelfde zwarte pak. Niemand wist of hij er twintig bezat of slechts één; ze waren identiek. En hij droeg altijd marineblauwe sokophouders en een wit gesteven overhemd. Stijf gesteven, hoewel er in de meeste overhemden ronde gaatjes zaten van ronddwarrelende stukjes brandende tabak. Terwijl ze over Lucien kletsten, ging hij aan het hoofd van de tafel zitten. Toen Jake klaar was met het uitpakken van zijn aktetas, overhandigde hij de rechter een kopie van de boedelbeschrijving.

'Quince Lundy is heel goed,' zei Jake. 'Ik zou niet willen dat hij mijn financiën zou controleren.'

'Dat zou waarschijnlijk weinig tijd in beslag nemen,' zei rechter Atlee droog. Naar de meeste mensen toe toonde hij geen enkel gevoel voor humor, maar als hij iemand mocht maakte hij graag een grapje.

'Nee, dat klopt.'

Voor een rechter was hij weinig spraakzaam. Zwijgend en aandachtig nam hij de boedelbeschrijving door, de ene bladzijde na de andere, terwijl zijn tabak opbrandde. Tijd was volstrekt onbelangrijk voor hem, omdat hij de agenda bepaalde. Ten slotte haalde hij zijn pijp uit zijn mond, legde hem in een asbak en zei: 'Vierentwintig miljoen, hè?'

'Dat is het totaal.'

'Laten we dit opbergen, oké, Jake? Dit zou niemand mogen zien, nog niet in elk geval. Bereid een rechterlijk bevel voor en dan sluit ik dit deel van het dossier. God mag weten wat er gebeurt als het publiek dit weet. Dat zou voorpaginanieuws zijn en misschien zelfs nóg meer advocaten aantrekken. Later maken we dit wel bekend, maar nu nog niet. Dus bewaren we dit achter slot en grendel.'

'Mee eens, rechter.'

'Nog iets gehoord van Sistrunk?'

'Nee meneer, en ik heb nu een goede bron. Omdat we volledig open willen zijn, moet ik u vertellen dat ik een nieuwe stagiaire heb inge-huurd. Portia Lang, Letties oudste dochter. Een slimme meid die denkt dat ze advocaat wil worden.'

'Slimme zet, Jake, en ik mag haar graag.'

'Dus geen problemen?'

'Nee, ik heb niets te zeggen over jouw kantoor.'

'Geen tegenstrijdige belangen?'

'Volgens mij niet.'

'Volgens mij ook niet. Als Sistrunk opduikt, of stiekem langskomt, we-ten we dat snel genoeg. Simeon is nog steeds weg, maar ik neem aan dat hij uiteindelijk wel weer thuiskomt. Hij is misschien een lastpak, maar niet dom. Ze is nog altijd zijn vrouw.'

'Hij komt wel terug. Maar er is iets anders, Jake. Dat testament laat vijf procent na aan een broer, Ancil Hubbard, en daardoor is hij een belanghebbende. Ik heb je verslag en de beëdigde verklaringen gelezen, en ik begrijp dat we nu doen alsof Ancil dood is. Maar dat baart me zorgen. Omdat we dat niet zeker weten, mogen we daar niet van uit-gaan.'

'We hebben gezocht, rechter, maar geen enkele aanwijzing gevonden.'

'Dat is zo, maar jij bent geen prof, Jake. Dit is mijn voorstel. Vijf pro-cent van deze nalatenschap is meer dan een miljoen dollar. Het lijkt mij verstandig om een klein bedrag, vijftigduizend of zo, te gebruiken en daarmee een goede rechercheur van een goed bekendstaand bureau in te huren om hem op te sporen of om uit te zoeken wat er met hem is ge-beurd. Wat vind jij?'

In dit soort situaties vond rechter Atlee het niet echt belangrijk wat een ander ervan vond. De beslssing was al genomen, en hij probeerde alleen maar beleefd te zijn.

'Een geweldig idee,' zei Jake, iets wat iedere rechter graag wil horen.

'Dan keur ik dat goed. Hoe zit het met de andere kosten?'

'Nou rechter, ik ben blij dat u dat vraagt. Ik moet worden betaald.' Jake gaf hem een overzicht van de tijd die hij aan de zaak had besteed. Rech-ter Atlee bekeek het, fronste alsof Jake de erfenis helemaal opmaakte en zei toen: 'Honderdtachtig uur. Welk tarief had ik goedgekeurd?'

Hij wist heel goed wat hij had goedgekeurd. 'Honderdvijftig per uur,' zei Jake.

'Dus in totaal, even kijken...' Hij keek langs zijn neus door zijn dikke leesbril die op het puntje van zijn neus stond, nog steeds fronsend alsof hij beledigd was. 'Zevenentwintigduizend dollar?' Zijn stem ging omhoog, alsof hij het niet kon geloven.

'Minstens zoveel.'

'Lijkt dat niet een beetje veel?'

'Integendeel, rechter. Het is een koopje.'

'Het is ook een leuk begin van de kerstvakantie.'

'O ja, dat ook.' Jake wist dat Atlee zijn honorarium zou goedkeuren, zelfs als het twee keer zoveel uren waren geweest.

'Goedgekeurd. Nog andere kosten?' vroeg hij en hij haalde een tabakszakje uit zijn zak.

Jake schoof nog meer papieren naar hem toe. 'Ja, rechter, vrij veel. Quince Lundy moet worden betaald. Hij heeft honderdtien uur besteed, tegen honderd dollar per uur. En we moeten de taxateurs, de accountants en dat adviesbureau betalen. Ik heb de documentatie hier, net als enkele andere rechterlijke bevelen die u moet tekenen. Mag ik voorstellen om wat geld van de bank in Birmingham over te schrijven naar de rekening van de nalatenschap hier bij First National?'

'Hoeveel?' vroeg hij, en hij streek een lucifer af en hield die boven zijn gevulde pijp.

'Niet veel, want ik vind het niet prettig als iemand van de bank al dat geld ziet. Het staat nu ver weg in Birmingham, en volgens mij moeten we het daar maar zo lang mogelijk laten.'

'Dat dacht ik ook,' zei rechter Atlee, iets wat hij vaak zei als iemand met een goed idee kwam. Hij blies een dikke rookwolk uit die over de tafel golfde.

'Ik heb dat rechterlijk bevel al voorbereid,' zei Jake en hij schoof nog meer papieren naar de rechter toe, terwijl hij probeerde de rook te negeren.

Rechter Atlee haalde de pijp uit zijn mond en schreef op zijn karakteristieke manier zijn naam, die nooit kon worden ontcijferd maar toch herkenbaar was. Hij wachtte even en keek naar het bevel om het geld over te schrijven. Hij zei: 'En met één pennenstreek kan ik een half miljoen dollar overmaken. Wat een macht.'

'Dat is meer dan ik in de komende tien jaar netto overhoud.'

'Niet als je zo blijft declareren. Je moet nu denken als advocaat van een grote firma.'

'Ik graaf nog liever sloten, rechter.'

'Ik ook.' Even zweeg hij en hij rookte en schreef zijn naam op, afwisselend trekkend aan zijn pijp en schrijvend. Toen de stapel klaar was, zei hij: 'Laten we het nu over volgende week hebben. Is alles in orde?'

'Voor zover ik weet wel. Letties depositie is bepaald op maandag en dinsdag. Herschel Hubbard op woensdag, zijn zus donderdag en vrijdag Ian Dafoe. Dat is een behoorlijk zware week. Vijf dagen met deposities.'

'En je gebruikt de grote rechtszaal?'

'Ja, meneer. Er zijn geen rechtszaken, en ik heb Ozzie gevraagd ons een extra hulpsheriff te geven om de deuren gesloten te houden. We zullen genoeg ruimte hebben, maar die hebben we natuurlijk ook nodig.'

'En ik ben er ook, voor het geval er problemen ontstaan. Ik wil geen enkele andere getuige in de zaal terwijl een getuige wordt ondervraagd.'

'Dat is alle partijen heel duidelijk gemaakt.'

'En ik wil hen allemaal op video.'

'Dat is allemaal geregeld. Geld is geen bezwaar.'

Rechter Atlee kauwde op de steel van zijn pijp en leek iets grappig te vinden. 'O jee,' zei hij. 'Wat zou Seth Hubbard denken als hij kon zien dat maandag een zaal vol hebberige advocaten om zijn geld begint te vechten?'

'Ik weet wel zeker dat hij dat verschrikkelijk zou vinden, rechter, maar het is zijn eigen schuld. Hij had de zaak moeten verdelen, onder zijn kinderen en Lettie en ieder ander die hij geld wilde nalaten. Dan zouden we hier nu niet zitten.'

'Denk je dat hij gek was?'

'Nee, niet echt.'

'Waarom heeft hij dit dan gedaan?'

'Geen idee.'

'Seks?'

'Nou, mijn nieuwe stagiaire denkt van niet en die meid heeft heel wat van de wereld gezien. Het is weliswaar haar moeder, maar ze is niet naïef.'

Officieel mochten ze dit gesprek helemaal niet voeren. Een van de vele verouderde paragrafen van de Mississippi Code, een van de beruchtste, in elk geval onder advocaten, was de paragraaf met de kop 'Ongepaste beïnvloeding van een rechter door roddel en achterklap verboden'. Dit betekende dat het een advocaat verboden was gevoelige onderdelen van een lopende zaak met de rechter te bespreken in afwezigheid van de advocaat van de tegenpartij. Dit verbod werd regelmatig genegeerd. Ongepaste beïnvloeding van een rechter kwam veel voor, vooral in de kamer van Reuben V. Atlee, maar slechts door een paar uitverkoren en vertrouwde advocaten.

Jake had door bittere ervaring geleerd dat wat hier werd gezegd hier bleef en niet van belang was in de rechtszaal. Daar waar het van belang was, vonniste rechter Atlee eerlijk en fatsoenlijk, hoe hij ook was beïnvloed.

22

Het was waar wat rechter Atlee had gezegd: de oude Seth zou zich als hij dit had kunnen meemaken ontzettend hebben opgewonden. Niet minder dan tien advocaten verzamelden zich maandagochtend vroeg in de rechtszaal voor de formele deposities, de getuigenverklaringen in de zaak die nu officieel op de rol stond als: nalatenschap van Henry Seth Hubbard. Met andere woorden: tien advocaten slepen hun messen voor een stuk van de koek.

Behalve Jake waren aanwezig Wade Lanier en Lester Chilcott, uit Jackson, als vertegenwoordigers van Ramona en Ian Dafoe. Stillman Rush en Sam Larkin, uit Tupelo, als vertegenwoordigers van Herschel Hubbard. Lanier zette Ian nog steeds onder druk om Ramona onder druk te zetten om Herschel onder druk te zetten om de advocaten uit Tupelo te lozen en hun krachten te bundelen, maar die pogingen hadden alleen maar tot meer spanningen binnen de familie geleid. Lanier dreigde zich terug te trekken wanneer de twee bondgenoten niet zouden samenwerken, maar zijn dreigementen werden steeds zwakker. Ian nam aan dat er gewoon zoveel geld in de pot zat dat geen enkele advocaat zou weglopen. Herschels kinderen werden vertegenwoordigd door Zack Zeitler, een advocaat uit Memphis die ook in Mississippi mocht werken. Hij bracht een nutteloze associé mee wiens enige functie was een stoel bezet te houden, continu aantekeningen te maken en de indruk te wekken dat Zeitler geld had. Ramona's kinderen werden vertegenwoordigd door Joe Bradley Hunt uit Jackson, en hij had net zo'n associé bij zich als Zeitler. Een advocaat uit Oxford, Jasper Greer, was aanwezig namens de Sons of Confederate Veterans, die hoogstens vijf procent van de koek konden krijgen, wat natuurlijk toch de moeite waard was. Ancil, die ook vijf procent kon krijgen, werd nog steeds als dood beschouwd, was dus niet vertegenwoordigd en werd dus niet genoemd.

Portia was een van de drie assistenten in de rechtszaal. Wade Lanier en Stillman Rush brachten de andere twee mee, twee blanken, mannen, zoals alle andere aanwezigen op de stenotypiste na, een blanke vrouw. 'De rechtszaal is eigendom van de belastingbetalers,' had Jake Portia verteld.

'Gedraag je dus alsof die zaal van jou is.'

Ze deed haar best, maar was desondanks een hoopje zenuwen. Ze verwachtte spanningen, misschien zelfs kwade woorden, een geladen sfeer vol commotie en wantrouwen. Maar wat ze zag, waren een stuk of wat blanke mannen die elkaar een hand gaven, elkaar goedmoedig beledigden, grapjes maakten, lachten en zich uitstekend vermaakten, terwijl ze koffiedronken en wachtten tot het negen uur was. Als er al sprake was van spanningen doordat ze op het punt stonden hun oorlog om een vermogen te beginnen, dan was daar niets van te merken.

'Het zijn maar deposities,' had Jake gezegd. 'Je gaat je stierlijk vervelen. Dood door depositie.'

In het midden van de rechtszaal, tussen het hek en de rechtersstoel, waren de tafels tegen elkaar aan geschoven en er stonden allemaal stoelen omheen. De advocaten begonnen langzaam hun plaatsen op te zoeken, hoewel er geen plaatsing was bepaald. Omdat Lettie de eerste getuige was, ging Jake naast de lege stoel aan het ene uiteinde zitten. Aan het andere uiteinde was de stenotypiste bezig met een videocamera, terwijl er een griffier binnenkwam met een volle pot koffie en die op de tafel zette.

Toen iedereen op zijn plaats zat en zich een beetje had geïnstalleerd, knikte Jake naar Portia, die een zijdeur opende en haar moeder ophaalde.

Lettie droeg haar zondagse kleren en zag er fantastisch uit, hoewel Jake haar had gezegd dat ze mocht aantrekken wat ze maar wilde. 'Het is maar een depositie.' Ze ging aan het hoofdeinde van de tafel zitten, met Jake aan de ene kant en de stenotypiste met haar stenomachine aan de andere, en haar dochter niet ver bij haar vandaan. Lettie keek naar het tafelblad, glimlachte naar de groep advocaten en zei: 'Goedemorgen.'

Iedere advocaat groette haar terug met een glimlach. Dat was een goed begin.

Maar slechts heel even. Net toen Jake aan de inleiding wilde beginnen, ging de grote deur open en kwam Rufus Buckley binnen met een aktetas in de hand alsof hij hier iets te doen had. De rechtszaal was leeg – er was geen enkele toeschouwer – en dat zou zo blijven in opdracht van rechter Reuben Atlee.

Maar Buckley was hier duidelijk niet om toe te kijken. Hij liep door het klaphekje en ging aan de tafel zitten. De andere negen advocaten keken argwanend toe.

Opeens had Jake zin in een discussie. Hij zei met luide stem: 'Nee maar, hallo Rufus! Wat fijn om te zien dat je niet meer in de gevangenis zit.'

'Haha, Jake. Erg grappig!'

'Wat doe jij hier?'

'Ik ben hier voor de depositie. Dat zie je toch?' snauwde Buckley.

'Wie vertegenwoordig je?'

'De cliënt die ik al een maand heb: Simeon Lang.'

'Hij is geen belanghebbende partij.'

'O, maar volgens ons dus wel. Misschien moeten we dit later voor de rechter uitvechten, maar onze stelling is dat de heer Lang een direct financieel belang heeft bij dit erfrechtproces. En daarom ben ik hier.'

Jake stond op en zei: 'Oké, dan moeten we nu meteen even stoppen. Rechter Atlee is stand-by voor het geval er problemen ontstaan. Ik ga hem snel halen.' Jake verliet gehaast de rechtszaal en Buckley ging in zijn stoel zitten, een beetje zenuwachtig.

Een paar minuten later kwam rechter Atlee via de deur achter zijn rechtersstoel binnen, zonder zijn toga, en ging op zijn gebruikelijke plaats zitten. 'Goedemorgen, heren,' zei hij grimmig. Zonder op antwoord te wachten, vervolgde hij: 'Meneer Buckley, vertel me alstublieft, zo beknopt mogelijk, waarom u hier bent.'

Buckley stond op met zijn gebruikelijke resoluutheid en zei: 'Nou, rechter, wij vertegenwoordigen nog steeds de heer Simeon Lang en...'

'Wie zijn wij?'

'De heer Booker Sistrunk en ik, samen met...'

'De heer Sistrunk zal niet in deze rechtszaal verschijnen, meneer Buckley, niet in deze zaak in elk geval.'

'Oké, nou, toch is onze positie niet veranderd. De heer Simeon Lang is een partij in deze zaak en...'

'Dat is hij niet, en ik zal ook niet toestaan dat hij een partij wordt. En daarom, meneer Buckley, vertegenwoordigt u geen belanghebbende partij.'

'Maar dat is nog niet definitief vastgesteld.'

'Zeker wel. Door mij. U hebt hier niets te zoeken, meneer Buckley. En deze depositie is besloten.'

'Kom op, rechter, dit is slechts een depositie, geen geheime bijeenkomst. Deze verklaringen zullen worden toegevoegd aan het rechtbankregister en worden dus openbaar.'

'Dat is aan mij om op een bepaald moment over te beslissen.'

'Rechter, wat zij vandaag zegt wordt een beëdigde getuigenverklaring, en die wordt onderdeel van de stukken in deze zaak.'

'Probeer me niet de les te lezen, meneer Buckley.'

'Mijn excuses, ik wilde niet...'

'Deze deposities worden verzegeld tot ik ze openbaar maak. Eerlijk gezegd, meneer Buckley, vind ik het bijzonder onplezierig dat ik in de positie word gemanoeuvreerd om met u in discussie te gaan. Moet ik u eraan herinneren wat er is gebeurd de laatste keer dat u te veel zei in deze rechtszaal?'

'Dat is niet nodig, rechter,' zei Buckley.

'Goedendag, meneer Buckley,' zei de rechter met luide stem.

Buckley stond hulpeloos, ongelovig en met beide armen gespreid alsof hij zijn oren niet kon geloven. 'Meent u dit nou, rechter?'

'Dit meen ik echt, meneer Buckley. Goedendag, meneer.'

Buckley knikte, pakte zijn aktetas en verliet gehaast de rechtszaal. Toen de grote deur achter hem dichtging, zei rechter Atlee: 'Ga door,' en verdween.

Iedereen haalde diep adem.

Jake zei: 'Oké, waar waren we?'

'Ergens mis ik Sistrunk wel,' zei Wade Lanier sloom, en hij kreeg een paar lachers op zijn hand.

'Dat geloof ik graag,' zei Jake. 'Hij en Buckley zouden het goed doen bij een Ford County-jury.'

Jake stelde Lettie voor aan de stenotypiste en de andere advocaten, en alle namen en gezichten werden een waas door het enorme aantal. Daarna begon hij aan een langdurige uitleg van het doel van een depositie. De instructies waren heel eenvoudig. Praat alsjeblieft duidelijk en langzaam, en wanneer een vraag niet duidelijk is, vraag of die wordt herhaald. Als je iets niet zeker weet, zeg dan niets. Hij, Jake, zal bezwaar aantekenen tegen alles waar bezwaar tegen aangetekend kan worden, en antwoord alsjeblieft eerlijk, want je staat onder ede. De advocaten zullen hun vragen om beurten stellen. Zeg het gewoon als je even wilt pauzeren. De stenotypiste zal elk woord noteren en de videocamera zal de volledige depositie opnemen. Wanneer Lettie om de een of andere reden niet in staat zou zijn om tijdens het proces te getuigen, dan zou de video als bewijs worden gebruikt.

Deze instructies waren noodzakelijk, maar eigenlijk ook niet. Jake, Portia en Lucien hadden urenlang met Lettie geoefend, in de vergaderzaal van het kantoor. Ze was goed voorbereid, hoewel het onmogelijk was om te voorspellen wat er tijdens een depositie aan de orde kwam. Tijdens een proces moest elke verklaring relevant zijn. Dat gold niet voor een depositie, die daardoor vaak uitmondde in een langdurige visexpeditie.

Wees beleefd. Wees beknopt. Zeg niets uit jezelf. Als je het niet weet, dan weet je het niet. Vergeet niet dat de camera alles registreert. En ik ben vlak bij je om je te beschermen, had Jake steeds weer gezegd. Portia was naar de zolder gegaan en had tientallen oude deposities gevonden die ze urenlang had doorgenomen. Ze kende de formele punten, de strategieën, de valkuilen. Zij en haar moeder hadden urenlang met elkaar gepraat op de achterveranda van het Sappington-huis.

Lettie was zo goed mogelijk voorbereid. Nadat de stenotypiste haar de eed had afgenomen, stelde Wade Lanier zichzelf met een brede glimlach voor en begon aan zijn verhoor. 'Laten we beginnen met uw familie,' zei hij. Namen, huidige adressen, geboortedata, geboorteplaatsen, opleidingen, beroepen, kinderen, kleinkinderen, ouders, broers, zussen, nichten, neven, ooms en tantes. Lettie en Portia hadden eindeloos geoefend en de antwoorden kwamen gemakkelijk. Lanier zweeg op een bepaald moment toen hij zich realiseerde dat Portia haar dochter was. Jake vertelde: 'Zij werkt als stagiaire bij mij op kantoor. Betaald.' Dit veroorzaakte enige ongerustheid aan de tafel. Stillman Rush vroeg ten slotte: 'Veroorzaakt dit een conflict, Jake?'

Jake had daar allang over nagedacht. 'Helemaal niet. Ik vertegenwoordig de nalatenschap. Portia is geen begunstigde van het testament. Ik zie geen conflict. Jij wel?'

'Zal ze nog als getuige optreden?' vroeg Lester Chilcott.

'Nee. Ze was de afgelopen zes jaar als militair in het buitenland.'

Zack Zeitler vroeg: 'Krijgt ze toegang tot bepaalde informatie die haar moeder misschien niet mag zien?'

'Zoals?'

'Ik kan je nu geen voorbeeld geven. Ik denk alleen maar hardop. Ik zeg niet dat er sprake is van een conflict, Jake, dit is gewoon een beetje onverwacht.'

'Heb je rechter Atlee hiervan op de hoogte gesteld?' vroeg Wade Lanier.

'Ja, vorige week en hij heeft het goedgekeurd.'

Einde discussie.

Wade Lanier ging door met zijn vragen over Letties ouders en grootouders. Hij stelde zijn vragen zacht en formuleerde ze eenvoudig, alsof ze gewoon met elkaar zaten te kletsen en hij zich echt interesseerde voor waar de grootouders van haar moeder ooit woonden en wat zij deden voor de kost.

Na een uur moest Jake zijn best doen niet te gaan zitten dagdromen. Het was belangrijk dat hij aantekeningen maakte, voor het geval een andere advocaat, uren later, per ongeluk dezelfde vragen stelde.

Terug naar Lettie. Ze maakte in 1959 haar highschool af in Hamilton, Alabama, op de voormalige zwarte school. Ze liep weg naar Memphis en leerde Simeon kennen. Ze trouwen meteen en het jaar daarna werd Marvis geboren.

Wade Lanier besteedde enige tijd aan Marvis; zijn strafblad, veroordelingen, gevangenisstraf. Lettie kreeg het te kwaad en veegde haar wangen af, maar stortte niet in. Daarna was Phedra aan de beurt, met haar problemen: twee buitenechtelijke kinderen, Letties eerste twee kleinkinderen, en een arbeidsverleden dat op zijn zachtst gezegd niet geweldig was. Phedra woonde op dit moment thuis, sterker nog, ze was nooit uit huis gegaan. Haar twee kinderen hadden verschillende vaders die nu buiten beeld waren.

Portia kromp in elkaar toen er vragen werden gesteld over haar oudere broer en jongere zus. Het waren geen geheimen, maar er werd ook niet openlijk over gepraat. De familie fluisterde over die zaken, maar hier werden ze besproken door een stelletje blanke mannen, allemaal onbekenden.

Om halfelf pauzeerden ze een kwartier en iedereen liep weg. De advocaten gingen snel op zoek naar een telefoon. Portia en Lettie gingen naar het damestoilet. Een griffier bracht een verse pot koffie en een schaal koekjes. De tafels lagen vol paperassen.

Toen ze weer doorgingen, nam Stillman Rush het stokje over en ging door over Simeon, wiens familie wat gecompliceerder in elkaar zat. Lettie bekende dat ze niet zoveel af wist van zijn voorouders. Zijn arbeidsverleden zat vol hiaten, maar ze herinnerde zich banen als vrachtwagenchauffeur, bulldozerchauffeur, pulphouthakker, schilder en hulpje van een metselaar. Hij was een paar keer gearresteerd, de laatste keer in oktober. Overtredingen, geen misdrijven. Ja, ze waren een paar keer uit elkaar gegaan, maar nooit langer dan twee maanden.

Genoeg over Simeon, voorlopig in elk geval. Stillman wilde doorgaan met Letties cv. Zij werkte de afgelopen drie jaar af en aan voor Seth Hubbard, parttime en fulltime. Daarvoor werkte ze drie jaar als huishoudster in Clanton in het huis van een oud stel van wie Jake nog nooit had gehoord. Beiden stierven nog geen drie maanden na elkaar, zodat Lettie geen werk meer had. Daarvoor werkte ze als kokkin in de eetzaal van de middelbare school in Karaway. Stillman wilde data, loon, loonsverhogingen, bazen, elk minuscuul detail, en Lettie deed haar uiterste best.

Dit kan toch niet waar zijn? dacht Portia. Hoe kan de naam van de baas van mijn moeder van tien jaar geleden in vredesnaam van belang zijn voor dit erfrechtproces? Het zou een visexpeditie worden, had Jake gezegd. Welkom bij de geestdodende saaiheid van de depositieoorlog.

Jake had ook uitgelegd dat deposities zich dagen konden voortslepen, omdat de advocaten per uur werden betaald, of in elk geval diegenen die de banale en monotone vragen stelden. Met vrijwel geen enkele beperking ten aanzien van het onderwerp dat mag worden uitgediept, en met hun meters die doortikken, hebben advocaten, vooral diegenen die voor verzekeringsmaatschappijen en grote ondernemingen werken, er geen enkel belang bij beknopt te zijn. Zolang het gesprek maar enigszins over de getuige ging, of over iets wat ook maar enigszins iets met het proces te maken had, konden ze urenlang doorgaan.

Maar Jake had ook verteld dat de Hubbard-zaak anders was, doordat hij in dit geval de enige advocaat was die per uur werd betaald. De anderen hoopten dat ze geluk hadden en een percentage kregen. Als het handgeschreven testament ongeldig werd verklaard, dan zou het geld volgens het vorige testament naar de familie gaan en kregen al die advocaten een deel. Omdat die andere advocaten niet zeker wisten of ze wel werden betaald, verwachtte hij dat hun vragen niet zo eentonig zouden zijn.

Portia was daar nog niet zo zeker van. De eentonigheid straalde er van alle kanten af.

Stillman vond het prettig om van de hak op de tak te springen, waarschijnlijk in een poging de getuige uit balans te brengen. Maar iedereen was klaarwakker na zijn volgende vraag: 'En, hebt u geld geleend van uw voormalige advocaat, Booker Sistrunk?'

'Ja.' Lettie wist dat die vraag zou komen en gaf zonder enige aarzeling antwoord. Er was geen wet of voorschrift tegen een dergelijke lening, tenminste, niet voor degene die het geld kreeg.

'Hoeveel?'

'Vijftigduizend dollar.'

'Schreef hij een cheque voor u uit of kreeg u het geld contant?'

'Contant geld en wij, Simeon en ik, hebben een schuldbekentenis ondertekend.'

'Was dat de enige lening van Sistrunk?'

'Nee, eerder was er nog een lening van vijfduizend dollar.'

'Waarom hebt u geld van de heer Sistrunk geleend?'

'Omdat we dat geld nodig hadden. Ik was mijn baan kwijtgeraakt en met Simeon weet je het maar nooit.'

'Hebt u het geld aangenomen en bent u daarna naar een grotere woning verhuisd?'

'Ja.'

'Hoeveel mensen wonen er nu in dat huis?'

Lettie dacht even na en zei toen: 'Meestal elf mensen, maar het aantal verschilt. Sommigen komen en gaan.'

Jake keek naar Stillman met een blik van: *Je vraagt hoop ik niet naar alle elf namen. Kunnen we alsjeblieft gewoon doorgaan?*

Stillman was even in verleiding gebracht, maar ging door. 'Hoeveel huur betaalt u?'

'Zevenhonderd per maand.'

'En u bent nog steeds werkloos?'

'Inderdaad.'

'Waar werkt uw man op dit moment?'

'Hij werkt nu niet.'

'En nu de heer Sistrunk niet langer uw advocaat is, hoe wilt u hem gaan terugbetalen?'

'Daar houden we ons later wel mee bezig.'

Roxy had broodjes en patat klaargezet voor de lunch, en ze aten in de vergaderzaal.

Lucien kwam hen gezelschap houden. 'Hoe ging het?' vroeg hij.

'De gebruikelijke eerste ronde met waardeloze vragen,' zei Jake. 'Lettie was geweldig, maar ze is nu al moe.'

Lettie zei: 'Ik kan dit echt niet nog anderhalve dag doen.'

'De moderne tijd,' zei Lucien vol afschuw.

'Vertel eens hoe het vroeger was, Lucien,' zei Jake.

'Tja, vroeger, vroeger was het veel beter dan al die nieuwe regels van tegenwoordig...'

'Ik heb ze niet opgesteld.'

'Toen was het niet nodig om al je getuigen voor te bereiden en hun te vertellen wat ze moesten zeggen. Nee, meneer. Je viel aan vanuit een hinderlaag. Jij zorgt voor jouw getuigen en ik voor de mijne, en dan gaan we naar de rechtbank en voeren het proces. Daardoor werd je ook een betere advocaat, omdat je snel moest reageren. Tegenwoordig moet alles openbaar zijn en moet iedere getuige beschikbaar zijn voor een depositie. Denk aan al die tijd, aan al die kosten! Toen was het veel beter, echt waar.'

'Waarom neem je niet een grote hap van dat broodje?' vroeg Jake. 'Lettie moet even ontspannen en niemand kan ontspannen als jij op je zeepkist staat.'

Lucien nam een klein hapje en vroeg: 'Wat vind jij ervan, Portia?'

Ze zat te knabbelen van een stukje friet. Ze legde hem neer en zei: 'Ik vind het best cool, ik bedoel, om in een zaal met zoveel advocaten te zitten. Daardoor voel ik me belangrijk.'

'Laat je niet al te erg imponeren,' zei Jake. 'De meesten kunnen niet eens een zaak van winkeldiefstal tot een goed einde brengen.'

'Ik durf te wedden dat Wade Lanier dat wel kan,' zei Lettie. 'Hij is een gladde jongen. Ik heb het idee dat hij al weet wat ik ga zeggen voordat ik het zeg.'

'Hij is heel goed,' gaf Jake toe. 'Maar geloof me, Lettie, we leren nog wel hem te verafschuwen. Hij lijkt nu een aardige vent, maar tegen de tijd dat dit voorbij is kun je hem niet meer zien!'

De gedachte aan een lange strijd leek Lettie uit te putten. Na deze eerste schermutseling, die vier uur had geduurd, was ze al uitgeput.

Tijdens de lunch zetten twee dames van het kantoor van de griffier een kleine kunstkerstboom in elkaar en plaatsten hem helemaal achterin, in een hoekje van de rechtszaal. Als Jake aan de tafel zat, kon hij de boom goed zien. Op de dag voor Kerstmis kwamen de meeste medewerkers van de rechtbank, de rechters en een paar uitverkoren advocaten hier om twaalf uur 's middags bij elkaar voor een drankje en grappige presentjes. Die bijeenkomst probeerde Jake altijd te ontlopen.

Maar de boom herinnerde hem eraan dat het al over tien dagen Kerstmis was en hij helemaal niet aan cadeautjes had gedacht, tenminste, nog niet. Terwijl Wade Lanier doorzaagde, met zo'n lage en droge stem dat die bijna als een slaapmiddel fungeerde, realiseerde Jake zich dat hij aan de kerstvakantie zat te denken. De laatste twee jaar hadden ze amper genoeg geld gehad om hun huurwoning voor de kerstdagen te versieren. Gelukkig hadden ze Hanna; een kind dat door het huis huppelde, had de stemming erin gehouden.

Lanier stapte over op een gevoelig onderwerp. Langzaam, slim, begon hij te wroeten in Letties taken in het huis wanneer de heer Hubbard ziek was door de chemo en de bestraling en aan zijn bed gekluisterd was. Lettie vertelde dat een thuiszorgorganisatie een verpleegster stuurde om hem te verzorgen, maar dat die vrouwen niet goed, niet voorzichtig genoeg waren en dat meneer Hubbard heel onbeleefd tegen hen was. Ze kon het hem niet kwalijk nemen. Hij stuurde hen weg en maakte ruzie met die organisatie. Uiteindelijk nam Lettie de verzorging over. Ze kookte wat hij maar wilde en voedde hem als hij hulp nodig had. Ze hielp hem uit bed en naar de badkamer, waar hij soms wel een halfuur op het toilet bleef zitten. Hij had ongelukjes en dan verschoonde ze zijn bed. Een paar keer moest hij een ondersteek gebruiken en daar hielp Lettie hem mee. Nee, dat was geen prettig werk en daar was ze niet voor opgeleid, maar het lukte haar. Hij had waardering voor haar vriendelijkheid. Hij vertrouwde haar. Ja, een paar keer had ze de heer Hubbard in zijn bed gewassen. Ja, helemaal, waarbij ze alles aanraakte. Hij was zo ziek en amper wakker. Later, toen ze een tijdje stopten met de chemo en de bestraling, werd hij weer sterk en begon hij zo snel mogelijk weer rond te lopen. Hij veerde altijd weer op met een verbazingwekkende vastberadenheid. Nee, hij was nooit gestopt met roken.

Seks kan onze zaak de das omdoen, had Jake tegen Portia gezegd en die woorden waren overgebracht van dochter naar moeder. Als de jury geloofde dat Lettie een te nauwe band met Seth Hubbard had, zouden ze er geen enkele moeite mee hebben om te besluiten dat ze hem ongepast had beïnvloed.

Was de heer Hubbard aanhalig tegen haar? Was hij iemand die haar omhelsde, een tikje op de wang gaf, een klopje op de billen? Absoluut niet, zei Lettie. Nooit. Haar baas was een harde man die zich met niemand bemoeide. Hij had weinig geduld met andere mensen en had niet veel vrienden nodig. Hij gaf Lettie geen hand als ze 's ochtends op haar werk kwam en hij probeerde niets wat zelfs maar op een omhelzing leek als ze weer vertrok. Ze was zijn werkneemster, meer niet; geen vriendin, geen vertrouweling, niets anders. Hij was beleefd en hij bedankte haar als dat nodig was, maar hij was nooit iemand die veel zei.

Ze wist niets over zijn zaken of zijn privéleven. Hij praatte nooit over een andere vrouw en Lettie zag nooit een vrouw in zijn huis. Ze kon zich zelfs geen enkele keer herinneren dat er een vriend of een zakenrelatie naar het huis kwam, niet in de drie jaar dat zij daar werkte.

Perfect, dacht Jake.

Slechte advocaten probeerden getuigen in de val te laten lopen, klem te zetten of in verwarring te brengen, allemaal in een poging de depositie te winnen. Goede advocaten gaven er de voorkeur aan het proces te winnen en gebruikten de deposities als een manier om informatie te vergaren die ze later konden gebruiken om een val op te zetten. Heel goede advocaten sloegen de deposities helemaal over en legden als de jury erbij was knappe hinderlagen. Wade Lanier en Stillman Rush waren goede advocaten, en zij gebruikten de eerste dag om gegevens te verzamelen. Tijdens de acht uur waarin ze Lettie ondervroegen, viel er geen kwaad woord en wees niets erop dat ze geen respect hadden voor de getuige.

Jake was onder de indruk van zijn tegenstanders. Later, in zijn kantoor, zei hij tegen Lettie en Portia dat zowel Lanier als Rush eigenlijk acteerde. Ze deden zich voor als vriendelijke mannen die Lettie echt aardig vonden en alleen de waarheid wilden achterhalen. Ze wilden dat Lettie hen aardig vond en hen vertrouwde, in de hoop dat ze tijdens het proces niet op haar hoede was. 'Het is een stelletje wolven,' zei hij. 'Tijdens het proces vliegen ze je naar de keel.'

Lettie, uitgeput, vroeg: 'Jake, ik hoef toch niet acht uur in de getuigenbank te zitten, wel?'

'Tegen die tijd ben je daar wel klaar voor.'

Dat betwijfelde ze.

Zack Zeitler begon de volgende ochtend met een aantal indringende vragen over de laatste levensdagen van de heer Hubbard. Hij had succes toen hij vroeg: 'Hebt u hem ook gezien op zaterdag 1 oktober?'

Jake zette zich schrap voor wat er nu zou volgen. Hij wist dit al een paar dagen, maar het was niet te vermijden. De waarheid was de waarheid.

'Ja,' antwoordde Lettie.

'Ik dacht dat u zei dat u op zaterdag nooit werkte.'

'Dat klopt, maar meneer Hubbard vroeg of ik die zaterdag kon komen.'

'Waarom dan wel?'

'Hij wilde dat ik met hem naar zijn kantoorgebouw ging om schoon te maken. De vaste schoonmaker was ziek en het moest daar nodig worden schoongemaakt.'

De aanwezige advocaten vonden Letties antwoord veel effectiever dan hun ochtendkoffie: hun ogen gingen open, ze gingen rechtop zitten en schoven naar het puntje van hun stoel, en een paar keken elkaar met een veelbetekenende blik aan.

Zeitler rook bloed en drong voorzichtig aan. 'Hoe laat was u bij het huis van de heer Hubbard?'

'Rond negen uur.'

'En wat zei hij?'

'Hij zei dat hij wilde dat ik met hem naar zijn kantoor ging. Dus stapten we in de auto en reden ernaartoe.'

'Welke auto?'

'Zijn auto, de Cadillac.'

'Wie reed?'

'Ik. Meneer Hubbard vroeg of ik weleens eerder in een nieuwe Cadillac had gereden. Ik zei nee. Ik had daarvoor al gezegd dat ik de auto zo mooi vond, en daarom vroeg hij of ik misschien wilde rijden. Eerst zei ik nee, maar hij gaf mij de sleutels. Dus reed ik naar het kantoor, maar ik knapte van de zenuwen.'

'U reed hem ernaartoe?' vroeg Zeitler.

Alle advocaten aan de tafel begonnen fanatiek te schrijven en dachten diep na. In misschien wel het beroemdste erfrechtproces in de geschiedenis van de staat reed de begunstigde, die geen bloedverwant was, de stervende persoon naar het kantoor van de advocaat om een testament te ondertekenen dat alle familieleden uitsloot en alles naliet aan de begunstigde, de chauffeur. Het hooggerechtshof verklaarde het testament ongeldig wegens ongepaste beïnvloeding, en gaf daarvoor als belangrijkste reden het feit dat de 'verrassingsbegunstigde' op die manier betrokken was geweest bij het opstellen van dat nieuwe testament. Sinds dat vonnis dertig jaar geleden was het niet ongebruikelijk dat een advocaat vroeg wie er achter het stuur zat als er een onverwacht testament werd ontdekt.

'Ja,' zei ze.

Jake keek naar de andere acht advocaten, die precies zo reageerden als hij had verwacht. Voor hen was dit een cadeautje en voor hem een enorme hindernis die hij moest zien te slechten.

Zeitler maakte een paar aantekeningen en vroeg toen: 'Hoe lang was u in dat gebouw?'

'Ik heb niet op de klok gekeken, maar ik denk een paar uur.'

'Wie waren er nog meer?'

'Niemand. Hij zei dat hij meestal niet werkte op zaterdag, in elk geval niet in het kantoorgebouw.'

'Ik begrijp het.' Het volgende uur bleef Zeitler doorvragen over die zaterdagochtend. Hij vroeg Lettie een plattegrond van het kantoorgebouw te tekenen om te zien waar zij had schoongemaakt en waar de heer Hubbard toen was. Ze zei dat hij zijn kantoor niet had verlaten en dat de deur dicht was. Nee, daar was ze niet naar binnen gegaan, zelfs niet om schoon te maken. Ze wist niet waar hij mee bezig was of wat hij in zijn kantoor deed. Hij liep in en uit met zijn gebruikelijke aktetas, maar ze had geen idee wat erin zat. Hij leek helder, zeker in staat om zelf te rijden als hij dat had gewild, en ze wist weinig van zijn pijnstillers. Ja, hij was broos en zwak, maar hij was die week elke dag naar kantoor gegaan. Als iemand anders hem in het kantoorgebouw had gezien, dan wist ze dat niet. Ja, zij reed de Cadillac terug naar het huis van meneer Hubbard en daarna ging ze naar huis, waar ze rond twaalf uur aankwam.

'En hij heeft geen enkele keer gezegd dat hij zijn testament opstelde?'

'Bezwaar,' zei Jake. 'Die vraag heeft ze al twee keer beantwoord.'

'Oké, ja, maar ik wilde het gewoon even zeker weten.'

'Het staat in het verslag.'

'Tuurlijk.' Nu Zeitler zo geweldig had gescoord, had hij niet veel zin om door te gaan. Hij stelde vast dat Lettie alleen die dag in de Cadillac had gereden; ze zag zelden pillenpotjes of medicijnen in het huis; ze nam aan dat hij zijn medicijnen in zijn aktetas bewaarde; af en toe had hij heel veel pijn; hij had het nooit over zelfmoord; ze had nooit vreemd gedrag gezien dat erop wees dat hij onder invloed was van zijn medicijnen; hij was geen drinker maar er lagen weleens een paar biertjes in de koelkast; en er stond een bureau in zijn slaapkamer, maar hij werkte bijna nooit thuis.

Tegen twaalf uur die dinsdag stond Lettie op het punt ermee te kappen. Ze genoot van een lange lunch in Jakes kantoor, weer samen met Portia, en viel vervolgens op een bank in slaap.

Dood door depositie kreeg een vervolg op woensdag. Jake nam de leiding en ondervroeg Herschel Hubbard een paar uur lang. De ochtendsessie sleepte zich voort met afstompende saaiheid en het duurde niet lang om vast te stellen dat Herschel weinig had bereikt in zijn leven en in zijn loopbaan weinig kansen had gegrepen. Zijn echtscheiding was de meest opwindende gebeurtenis in zijn leven geweest. Belangrijke onderwerpen als zijn opleiding, werkervaring, banen, vroegere woningen, relaties, vrienden, interesses, hobby's, religieuze overtuigingen en politieke voorkeuren werden uitgebreid besproken en bleken verbijsterend saai. Verschillende advocaten dommelden in. Portia, op haar derde dag van echte juridische actie, moest moeite doen om wakker te blijven.

Na de lunch keerden de advocaten met tegenzin terug naar de rechtszaal voor een nieuwe sessie. Jake slaagde erin de boel een beetje op te fleuren en vroeg hoeveel tijd Herschel de afgelopen jaren met zijn vader had doorgebracht. Herschel probeerde de indruk te wekken dat hij en zijn vader een goede band met elkaar hadden, maar had er moeite mee zich specifieke bezoeken te herinneren. Als ze zo vaak met elkaar belden, wat zouden de overzichten van de telefoonmaatschappijen dan laten zien? vroeg Jake. Had hij kaarten of brieven van Seth? Herschel wist zeker dat hij die had, maar niet of hij die kon laten zien. Zijn advocaten hadden hem geïnstrueerd om zo vaag mogelijk te blijven, en daar slaagde hij uitstekend in.

Over het onderwerp Lettie Lang beweerde Herschel dat hij haar heel vaak had gezien, tijdens zijn vele bezoeken aan zijn geliefde vader. Naar zijn mening was Seth heel gek op haar. Hij gaf toe dat hij nooit had ge-

230

zien dat ze elkaar aanraakten, maar er was iets aan de manier waarop ze naar elkaar keken. Wat dan precies? Hij wist het niet zeker, maar er wás iets tussen hen. Ze stond altijd in de schaduw om te proberen hen af te luisteren. En toen zijn vader zieker werd en hij steeds afhankelijker werd van Lettie, werd hun band steeds sterker. Jake vroeg of hij misschien suggereerde dat ze met elkaar naar bed gingen. 'Dat weet alleen Lettie,' zei Herschel, waarmee hij natuurlijk insinueerde dat dit voor de hand lag.

Portia keek woedend naar de anderen aan de tafel. Ze ging ervan uit dat iedere aanwezige, behalve Jake, dacht dat haar moeder naar bed ging met een afgetakelde, stervende oude blanke man, en dat ze dat deed om zijn geld te krijgen. Maar Portia hield zich in en slaagde erin om als een echte professional met een pokerface aantekeningen te maken die niemand ooit zou doornemen.

Zeven uur doorvragen was meer dan genoeg om vast te stellen dat Herschel Hubbard een volkomen oninteressante man was die een moeizame en afstandelijke relatie met zijn vader had gehad. Hij woonde nog steeds bij zijn moeder, hij leed nog steeds onder zijn nare echtscheiding en slaagde er, nu hij zesenveertig was, amper in om rond te komen van het inkomen dat hij verdiende met zijn studentenkroeg. Herschel had dus dringend een erfenis nodig.

Dat gold ook voor Ramona. Haar depositie begon op donderdagochtend om negen uur, en tegen die tijd waren de advocaten kapot en hadden ze het helemaal gehad met deze zaak. Het kwam niet vaak voor dat er vier dagen achtereen deposities waren. Tijdens een pauze vertelde Wade Lanier een verhaal over de depositie van twaalf getuigen die tien dagen had geduurd in een zaak over olievervuiling in New Orleans. De getuigen kwamen uit Venezuela, de meeste spraken geen Engels en de tolken kenden de taal niet echt heel goed. De advocaten gingen elke avond stevig aan de boemel, luisterden met een enorme kater naar de deposities en twee van hen gingen na die beproeving naar een afkickkliniek.

Niemand had meer verhalen dan Wade Lanier. Hij was de meest ervaren advocaat en had al dertig jaar in rechtszalen doorgebracht. Hoe meer Jake naar Lanier keek en luisterde, hoe meer respect hij voor hem kreeg. Hij zou een formidabele tegenstander zijn voor de jury.

Ramona bleek al even saai als haar broer. Uit hun verklaringen bleek wel dat Seth Hubbard zijn kinderen had verwaarloosd en hen vooral lastig had gevonden. Bij nader inzien, en nu er zoveel geld op het spel stond, probeerden ze wanhopig om de oude man aardiger af te schilderen dan hij was geweest en net te doen alsof ze één gelukkige familie waren geweest met een sterke band, maar Seth kon natuurlijk niet opnieuw worden uitgevonden. Jake wroette en spitte en liet haar af en toe in de val lopen, maar dat deed hij met een glimlach en zonder haar te beledigen. Omdat zij en Herschel zo weinig tijd met hun vader hadden doorgebracht, zou hun getuigenverklaring tijdens het proces niet erg belangrijk zijn. Ze waren niet bij hem geweest in de dagen voor zijn dood en konden dus niets zeggen over zijn geestelijke gezondheid. Ze hadden geen kennis uit de eerste hand over zijn zogenaamde nauwe band met Lettie.

En dit waren alleen nog maar de voorlopige deposities. Jake en de andere advocaten wisten dat de kans groot was dat Lettie, Herschel, Ramona en Ian Dafoe weer zouden worden ondervraagd. Zodra de feiten duidelijker en de uitkomsten beter gedefinieerd waren, zouden de advocaten meer vragen hebben.

23

Toen Jake donderdag laat in de middag de rechtbank verliet, werd hij tegengehouden door Stillman Rush die hem vroeg of hij tijd had om even iets te drinken. Dat was een vreemd aanbod, want het enige wat ze met elkaar gemeen hadden was de zaak-Hubbard.

Tuurlijk, zei Jake, waarom niet? Stillman had waarschijnlijk iets belangrijks te melden, anders zou hij zijn tijd niet verspillen aan een straatadvocaat als Jake.

Ze troffen elkaar in een bar in de kelder van een oud gebouw vlak bij het plein en op loopafstand van de rechtbank. Buiten was het al donker, en mistig, een mistroostige avond en een goed tijdstip om iets te drinken. Hoewel Jake niet vaak naar een bar ging, was hij hier weleens eerder geweest. Het was een donkere, vochtige ruimte met donkere hoekjes en zitjes, die de indruk wekte dat hier schimmige deals werden gesloten. Bobby Carl Leach, de meest beruchte beunhaas van de stad, had een tafeltje vlak bij de open haard en werd daar vaak gezien met politici en bankiers. Harry Rex Vonner was een vaste klant.

Jake en Stillman kregen een zitje, bestelden een glas tapbier en ontspanden zich. Ze hadden inmiddels vier dagen lang aan dezelfde tafel naar eindeloze en vrijwel onbelangrijke getuigenverklaringen geluisterd en waren bijna gek geworden van verveling.

Stillmans aangeboren arrogantie leek te verdwijnen en hij was bijna aardig. Nadat de ober hun biertjes had gebracht, boog hij zich naar Jake toe en zei zacht: 'Ik heb een idee, het is van mezelf, zonder bemoeienis van iemand anders. Maar het gaat om heel veel geld hier, dat weten we allemaal. We weten nog niet precies hoeveel, maar...'

'Vierentwintig miljoen,' zei Jake. De advocaten zouden al heel gauw weten hoeveel het was en het kon geen kwaad om dit aan Stillman te vertellen. Jake probeerde het alleen uit de kranten te houden.

Stillman zweeg even, glimlachte, nam een slok en schudde zijn hoofd. 'Vierentwintig miljoen.'

'En geen schulden.'

'Ongelofelijk, vind je niet?'

'Inderdaad.'

'Dus het is vierentwintig miljoen, en tegen de tijd dat de Belasting-dienst zijn deel heeft ingepikt, mogen we van geluk spreken als de helft nog over is.'

Jake zei: 'Volgens de accountants klopt dat.'

'Het gaat dus om twaalf miljoen, dat is nog steeds heel veel geld, meer dan jij en ik ooit zullen zien. Ik heb het volgende bedacht, Jake: waarom proberen we niet te onderhandelen en een schikking te treffen? Er zijn drie grote spelers: Herschel, Ramona en Lettie. Ik ben ervan overtuigd dat we de koek zo kunnen verdelen dat iedereen tevreden is.'

Dit was geen nieuw idee. Jake en Lucien hadden al een paar keer met die gedachte gespeeld, en ze wisten zeker dat de advocaten van de tegen-partij dat ook hadden gedaan. Elke kant geeft een beetje, of veel, je be-perkt de honoraria en de onkosten van de advocaten, maakt een einde aan de druk, voorkomt de stress en onzekerheid van een proces, en ie-dereen is zeker van een deel van de koek. Het was volstrekt logisch. In elke rechtszaak dachten de advocaten altijd aan de mogelijkheid een schikking te treffen.

'Wil jouw cliënt dit ook?' vroeg Jake.

'Dat weet ik niet. Dat hebben we nog niet besproken. Maar als het een optie is, dan zal ik het er met Herschel over hebben.'

'Oké. En die koek waar je het over hebt, hoe wil je die dan verdelen?'

Stillman nam een grote slok, veegde met de rug van zijn hand langs zijn mond en boog zich naar voren. 'Laten we eerlijk zijn, Jake, Lettie Lang krijgt dan heel weinig. In dit hele gedoe, en in de normale verde-ling van bezittingen en erfenissen, is ze een buitenbeentje. Zij is geen familie, en ongeacht hoe getikt deze familie ook is, het geld gaat bijna altijd naar de volgende generatie. Dat weet je. Negentig procent van al het geld dat via een testament wordt nagelaten, gaat naar familieleden. Dat is zo in Mississippi, maar ook in New York en Californië, waar ze grotere erfenissen hebben. En kijk eens naar de wet. Wanneer iemand zonder testament overlijdt, gaan zijn geld en bezittingen naar bloedver-wanten en naar niemand anders. De wet geeft er de voorkeur aan dat het geld binnen de familie blijft.'

'Dat is waar, maar we kunnen deze zaak niet schikken als Lettie te ho-ren krijgt dat ze niets krijgt.'

'Natuurlijk niet, Jake. Geef haar een paar miljoen. Stel je voor: Lettie Lang, werkloze huishoudster, krijgt opeens twee miljoen dollar, na be-lastingen? Ik wil die vrouw niet neerhalen, Jake, verdomme, ik begon haar aardig te vinden tijdens haar depositie. Ze is aardig, grappig zelfs, een goed mens. Ik heb geen kritiek op haar, maar kom op, Jake, weet je eigenlijk wel hoeveel zwarten in Mississippi zeven cijfers bezitten?'

'Vertel eens.'

'Volgens de volkstelling van 1980 beweerden zeven zwarten in deze staat dat ze meer dan een miljoen dollar bezaten. Allemaal mannen, de meeste zaten in de bouw of het onroerend goed. Lettie zou de rijkste zwarte vrouw van de staat zijn.'

'En jouw cliënt en zijn zus delen de resterende tien miljoen?' vroeg Jake.

'Ja, zoiets. We geven een leuk cadeautje aan de kerk, en dan delen we de rest.'

'Voor jullie zou dat een leuke deal zijn,' zei Jake. 'Jullie strijken dan een derde op van bijna vijf miljoen. Geen slecht inkomen.'

'Ik heb niet gezegd dat we een derde krijgen, Jake.'

'Maar jullie krijgen een percentage?'

'Dat kan ik niet zeggen, maar inderdaad, dan is het nog steeds geen slecht inkomen.'

Voor bepaalde mensen wel, dacht Jake. Wanneer de zaak nu werd geschikt, werd zijn eigen honorarium behoorlijk beperkt. 'Heb je dit al met Wade Lanier besproken?'

Stillman vertrok zijn gezicht toen hij die naam hoorde. 'Dat is een ander verhaal. Lanier wil mijn cliënt, die, voorlopig in elk geval, bij mij blijft. Ik vertrouw Lanier niet en ik zal hem de komende zes maanden goed in de gaten moeten houden. Wat een rat.'

'Het antwoord is dus nee?'

'Het antwoord is nee. Ik heb dit nog met niemand besproken.'

'Ik neem aan dat er spanningen zijn tussen jouw cliënt en zijn cliënte.'

'Denk het wel. Herschel en Ramona kunnen wel met elkaar opschieten als het moet, maar Ian is het probleem. Herschel zei dat hij en Ian elkaar niet kunnen uitstaan, altijd al zo geweest. Herschel beschouwt Ian als een geprivilegieerde lul uit een bekrompen oude familie die erin geslaagd is al haar geld kwijt te raken, en dus probeert hij weer wat status te krijgen en doet hij net alsof hij heel wat is. Hij kijkt altijd neer op de Hubbards alsof ze maar net iets meer zijn dan blank uitschot. Tot nu natuurlijk. Nu is hij opeens gek op de familie en maakt zich grote zorgen om het welzijn ervan.'

Het ontging Jake niet dat Stillman iemand anders 'een geprivilegieerde lul uit een bekrompen oude familie' noemde.

'Verbaast me niets,' zei hij. 'Luister, Stillman, ik heb net achtenhalf uur lang een kat-en-muisspelletje met Ramona gespeeld, en volgens mij drinkt ze te veel. Die rode, waterige ogen; dat opgezwollen gezicht, gedeeltelijk verborgen onder make-up; de vele rimpels, ietsje te veel voor een vrouw van nog maar tweeënveertig. Ik ben een expert op het gebied van dronkaards, want ik heb nauw contact met Lucien Wilbanks.'

'Herschel zegt dat zij een dronken tor is die al jaren dreigt bij Ian weg te gaan,' zei Stillman.

Jake was onder de indruk van zijn openheid. 'Nu kan ze niet van hem af,' zei Jake.

'O nee. Volgens mij is Ian weer zwaar verliefd op zijn vrouw. Ik heb een vriend in Jackson die een paar van Ians drinkmaatjes kent. Ze zeggen dat hij gek is op de vrouwtjes.'

'Daar zal ik hem morgen naar vragen.'

'Doe maar. Maar waar het om gaat is dat Herschel en Ian elkaar nooit zullen vertrouwen.'

Ze bestelden meer bier en dronken hun eerste glas leeg.

Stillman zei: 'Je lijkt niet erg enthousiast over het vooruitzicht van een schikking.'

'Nee, want dan negeer je wat die oude man zelf wilde. Hij was heel duidelijk, zowel in zijn testament als in zijn brief aan mij. Hij gaf me de opdracht zijn handgeschreven testament ten koste van alles te verdedigen, tot het bittere eind.'

'Hij heeft je een opdracht gegeven?'

'Ja. In een brief die bij het testament zat. Die brief zul je nog wel zien. Hij was erg specifiek in zijn wens om zijn familie te onterven.'

'Maar hij is dood.'

'Het is nog steeds zijn geld. Hoe kunnen we zijn geld anders verdelen, terwijl hij heel duidelijk was over zijn wensen? Het is niet juist en ik betwijfel of rechter Atlee het zou goedkeuren.'

'En als je verliest?'

'Dan verlies ik terwijl ik deed waar ik opdracht voor had gekregen. Dat testament ten koste van alles verdedigen.'

Hun tweede biertje werd gebracht net toen Harry Rex zwijgend naar hen toe sjokte. Hij leek in gedachten verzonken en keek niet naar Jake. Het was nog geen zes uur, te vroeg voor Harry Rex om zijn kantoor te verlaten. Hij glipte in zijn eentje in een zitje in de hoek en probeerde zich te verstoppen.

Stillman veegde weer wat schuim van zijn mond en vroeg: 'Waaróm heeft hij het gedaan, Jake? Weet je al iets meer?'

'Niet echt,' zei Jake schouderophalend, alsof hij natuurlijk bereid was dat soort vertrouwelijke informatie met zijn tegenstander te delen. Dat zou hij niet eens doen als hij daar zelf iets mee opschoot!

'Seks?'

Weer een nonchalant schouderophalen, een kort hoofdschudden, een frons. 'Volgens mij niet. Die ouwe vent was eenenzeventig, een zwaar roker, ziek, zwak, bijna opgevreten door de kanker. Ik kan me niet voorstellen dat hij de energie en het uithoudingsvermogen heeft gehad om iets met welke vrouw dan ook te beginnen.'

'Twee jaar geleden was hij niet ziek.'

'Klopt, maar dat kun je nooit bewijzen.'

'Ik heb het niet over bewijzen, Jake. Of over processen of over iets anders. Ik speculeer alleen maar. Er móét een reden voor zijn.'

Dan moet je die zelf maar verzinnen, klootzak, dacht Jake. Hij vond Stillmans onhandige poging om te roddelen wel grappig, alsof ze oude vrienden waren die wel vaker samen wat dronken en elkaar geheimen vertelden. Met een losse tong breng je een schip tot zinken, zei Harry Rex graag. Met een losse tong verlies je processen.

Jake zei: 'Ik kan me amper voorstellen dat een beetje seks vierentwintig miljoen waard zou kunnen zijn.'

Stillman lachte en zei: 'Daar ben ik nog niet zo zeker van. Daar zijn oorlogen om gevoerd.'

'Klopt.'

'Je wilt dus niet proberen een schikking te treffen?'

'Nee. Ik heb mijn opdracht.'

'Daar zul je spijt van krijgen.'

'Is dat een dreigement?'

'Helemaal niet. Volgens ons heeft Booker Sistrunk iedere blanke in Ford County al tegen zich in het harnas gejaagd.'

'Ik wist niet dat je zoveel verstand had van Ford County.'

'Luister, Jake, je hebt hier een geweldig, sensationeel vonnis voor elkaar gekregen. Laat dat niet naar je hoofd stijgen.'

'Ik vroeg niet om advies.'

'Misschien heb je dat wel nodig.'

'Van jou?'

Stillman dronk zijn glas leeg en zette het met een klap op de tafel. 'Ik moet ervandoor. Ik betaal wel aan de bar.' Hij was al opgestaan en stak zijn hand in zijn zak.

Jake keek hem na, vervloekte hem, stond op en ging tegenover Harry Rex zitten. 'Even wat drinken met je vrienden?' vroeg Jake.

'Zo zo, dus Carla liet je even uit huis.' Harry Rex dronk een Bud Light en las een tijdschrift, maar schoof dat opzij.

'Ik dronk net voor het eerst en voor het laatst iets met Stillman Rush.'

'Wat opwindend. Laat me raden: hij wil schikken.'

'Hoe weet je dat?'

'Ligt voor de hand. Een snelle deal en die jongens verdienen goudgeld.'

Jake beschreef Stillmans versie van een eerlijke schikking, waar ze hartelijk om moesten lachen. Een ober bracht een bord nacho's met saus. 'Is dit je avondeten?' vroeg Jake.

'Nee, mijn lunch. Ik moet zo terug naar kantoor. Je raadt nooit wie er in de stad is.'

'Wie?' 'Herinner je je Willie Traynor nog, de vroegere eigenaar van *The Times*?'

'Vaag. Ik ben hem weleens tegengekomen, jaren geleden al. Volgens mij heeft hij die krant verkocht in de tijd dat ik hier kwam.'

'Klopt. Willie kocht hem in 1970 van de familie Caudle. Die was failliet en volgens mij heeft hij er toen zo'n vijftigduizend voor betaald. Tien jaar later verkocht hij hem voor ruim anderhalf miljoen.' Harry Rex schepte wat saus op een nacho en propte die in zijn mond. Hij wachtte heel even met praten, maar zei toen: 'Hij heeft hier eigenlijk nooit echt gepast en daarom ging hij terug naar Memphis, waar hij vandaan kwam, en verloor al zijn geld aan onroerend goed. Daarna overleed zijn oma, die hem ook heel veel geld naliet. Volgens mij is hij bezig om ook dat allemaal kwijt te raken. Vroeger konden we heel goed met elkaar opschieten en af en toe komt hij langs, om iets te drinken.'

'Is hij nog altijd eigenaar van Hocutt House?'

'Ja, en volgens mij is dat een van de redenen dat hij wil praten. Hij heeft het in 1972 gekocht, nadat alle Hocutts dood waren. Wat een maf stel was dat, zeg! Er was een tweeling, Wilma en Gilma, plus een broer en een getikte zus, en geen van hen is ooit getrouwd. Willie kocht het huis omdat niemand anders het wilde hebben, en daarna is hij een paar jaar bezig geweest het op te knappen. Heb je het weleens gezien?'

'Alleen vanaf de straat. Het is schitterend.'

'Het is een van de mooiste victoriaanse huizen in deze regio. Doet me een beetje denken aan jouw oude huis, alleen veel groter. Willie heeft een goede smaak en het interieur is fantastisch. Het probleem is dat hij er in de afgelopen vijf jaar nog geen drie nachten heeft geslapen. Hij wil het verkopen, heeft het geld waarschijnlijk nodig, maar verdomd, hier in de buurt kan niemand zich dat permitteren!'

'Wat de vraagprijs ook is, ik kan dat nooit betalen,' zei Jake.

'Hij denkt dat het driehonderdduizend waard is. Ik zei misschien wel, maar dat krijgt ie er nooit voor. Nu niet, en over tien jaar ook niet.'

'Een arts zal het wel kopen.'

'Hij had het over jou, Jake. Hij heeft het Hailey-proces gevolgd, weet dat de Klan je huis in de fik heeft gestoken en weet dat je in de markt bent.'

'Ik ben niet in de markt, Harry Rex. Het proces met de verzekerings-maatschappij is nog in volle gang. Maar zeg toch maar nee tegen hem, te duur voor mij.'

'Wil je wat nacho's?'

'Nee, bedankt. Ik moet naar huis.'

'Zeg tegen Carla dat ik van haar houd en naar haar lichaam verlang.'

'Dat weet ze. Tot ziens.'

Jake liep naar zijn kantoor. Er viel een kille motregen. De straatlan-taarns rondom het plein waren versierd met kerstverlichting en zilveren belletjes. Voor de rechtbank stond een kerststal en werden kerstliedjes gezongen. De winkels waren nog laat open en het was druk. Er was een kleine kans dat het de volgende dag zou sneeuwen en dat vooruitzicht veroorzaakte opwinding in het stadje. De oudere inwoners beweerden dat het in 1952 een witte kerst was geweest en doordat er nu een kleine kans was dat dit nu ook het geval kon zijn, zaten de kinderen met hun neus tegen de ruit gedrukt naar buiten te kijken en verkochten de win-kels sneeuwschuivers en strooizout. Het winkelende publiek liep vol verwachting rond alsof er een sneeuwstorm werd verwacht.

Jake nam de lange weg naar huis: hij reed langzaam bij het plein van-daan naar de beschaduwde straten van het centrum van Clanton en sloeg vervolgens Market Street in. In Hocutt House brandde licht, een zeldzaamheid. Jake en Carla waren er vaak langsgereden, altijd lang-zaam, altijd vol bewondering en zich er altijd van bewust dat het prach-tige victoriaanse huis nauwelijks werd bewoond. Er werd al heel lang beweerd dat Willie Traynor het huis wilde verkopen. Hij had Clanton verlaten nadat hij de krant had verkocht, en iedereen wist dat.

Het huis had een verfje nodig. In de zomer stonden de bloembedden vol onkruid en het gras werd bijna nooit gemaaid. In het najaar vorm-den zich bladerhopen op de voorveranda en was er niemand die het bij elkaar harkte.

Heel even was Jake in de verleiding te stoppen, aan te kloppen, naar binnen te stormen, iets met Willie te gaan drinken en met hem te onder-handelen. Maar die verleiding verdween en hij reed naar huis.

24

Op de dag van kerstavond sliep Jake uit, zo làng mogelijk. Carla was nog diep in slaap, toen hij om zeven uur zacht uit bed glipte en geluidloos naar de keuken liep. Hij zette koffie, maakte roerei klaar en roosterde muffins, en toen hij terugkwam met ontbijt op bed werd ze met tegenzin wakker. Ze ontbeten op hun gemak en praatten zachtjes met elkaar.

Ze genoten van dit zeldzame moment, tot Hanna verwachtingsvol hun kamer binnenstormde en onophoudelijk over de Kerstman praatte. Ze kroop tussen haar ouders in en pakte een muffin. Ongevraagd somde ze alles op wat ze in haar brief naar de Noordpool had geschreven en leek zich echt zorgen te maken dat ze misschien te veel had gevraagd. Daar waren haar ouders het niet mee eens. Ze was immers enig kind en kreeg meestal wat ze wilde. Bovendien was er een verrassing die al haar vragen in de schaduw zou stellen.

Een uur later vertrokken Jake en Hanna naar het plein, terwijl Carla thuisbleef om de cadeautjes in te pakken. Roxy was die dag vrij en Jake moest een cadeau voor zijn vrouw ophalen. Het kantoor was altijd de beste verstopplek. Ook al verwachtte hij dat er niemand zou zijn, het verbaasde hem niet echt dat Lucien in de vergaderzaal in een stapel oude dossiers zat te wroeten.

Lucien zag eruit alsof hij er al uren was en, nog belangrijker, hij was schoon en nuchter. 'We moeten praten,' zei hij.

Hanna vond het altijd heerlijk om in haar vaders grote kantoor te rommelen, zodat Jake haar boven achterliet en op zoek ging naar koffie.

Lucien had al een halve pot op en leek voldoende opgefokt. 'Dit ga je niet geloven!' zei hij toen Jake de deur van de vergaderzaal sloot.

Jake liet zich in een stoel vallen, roerde in zijn koffiekopje en vroeg: 'Kan dit niet tot maandag wachten?'

'Nee, hou je mond en luister! De grote vraag is: waarom zou een man doen wat Seth Hubbard heeft gedaan? Ja toch? Op het laatste moment een testament schrijven, onopgesmukt en handgeschreven, zijn familie onterven en alles nalaten aan iemand die geen recht heeft op ook maar één cent van zijn vermogen? Dit is de vraag die jou nu kwelt, en dat zal alleen maar erger worden tot we het antwoord weten.'

'Ervan uitgaande dat er een antwoord ís.'

'Ja. Dus om dat geheim op te lossen en in de hoop dat het helpt om deze zaak te winnen, moeten we die vraag beantwoorden.'

'En dat is jou gelukt?'

'Nog niet, maar ik zit op het juiste spoor.' Lucien wees naar een stapel paperassen op de tafel: dossiers, kopieën van oude aktes, aantekeningen. 'Ik heb de kadastergegevens onderzocht van de 80 hectare die Seth Hubbard in deze county bezat toen hij stierf. Veel van die gegevens zijn vernietigd toen het rechtbankgebouw na de Tweede Wereldoorlog afbrandde, maar ik ben erin geslaagd een groot deel van de gegevens die ik zocht te reconstrueren. Ik heb elke eigendomsakte bekeken, helemaal terug tot begin negentiende eeuw, en ik heb elk exemplaar van de lokale kranten uitgeplozen vanaf het moment dat die werden gedrukt. Ik heb ook een grondig genealogisch onderzoek gedaan, naar de families Hubbard, Tayber en Rinds. Zoals je weet, is dat heel moeilijk bij die zwarte mensen. Lettie is opgevoed door Cypress en Clyde Tayber, maar ze was onofficieel geadopteerd. Dat hoorde ze pas toen ze dertig was, volgens Portia. Portia denkt ook, net als ik, dat Lettie eigenlijk een Rinds was, een familie die niet langer voorkomt in Ford County.'

Jake nam een slok koffie en luisterde aandachtig.

Lucien hield een grote, met de hand getekende plattegrond omhoog en begon te wijzen. 'Dit is het oorspronkelijke land van Hubbard, 32 hectare, al honderd jaar in de familie. Seth erfde dat van zijn vader Cleon, die dertig jaar geleden stierf. Cleon liet in zijn testament alles na aan Seth; Ancil werd nooit genoemd. Ernaast ligt nog eens 32 hectare, hier, bij de brug waar ze Seth vonden nadat hij van zijn ladder was gestapt. De andere 16 hectare hier werd twintig jaar geleden door Seth gekocht en is niet belangrijk.' Lucien tikte op het tweede stuk land, waarop hij grof een kreek, een brug en een boom met een hangende man eraan had getekend. 'Hier wordt het interessant. Dit tweede stuk van 32 hectare kocht Cleon Hubbard in 1930 van Sylvester Rinds, of van de vrouw van Sylvester Rinds. Dat land was al zestig jaar eigendom van de familie Rinds. Het bijzondere aan deze zaak is dat Rinds zwart was, en het lijkt erop dat zijn vader de zoon was van een bevrijde slaaf die deze 32 hectare rond 1870, tijdens de Wederopbouw, in bezit kreeg. Het is niet duidelijk hoe hij dit in bezit kreeg en ik weet bijna zeker dat we dat ook nooit zullen weten. Die informatie bestaat gewoon niet.'

'Hoe kreeg Cleon dat land van Rinds in bezit?' vroeg Jake.

'Door een eenvoudige akte van afstand, ondertekend door Esther Rinds en niet door haar man.'

'Waar was haar man?'

'Geen idee. Ik neem aan dat hij dood was of vertrokken, want het land stond op zijn naam en niet op de naam van zijn vrouw. Ze kon het land alleen aan een ander overdragen als ze het had geërfd. Dus was hij waarschijnlijk dood.'

'Geen aantekening van zijn dood?'

'Nee, nog niet, maar ik ben nog steeds op zoek. Er is meer. Na 1930 is er geen enkele aantekening meer over de familie Rinds in Ford County. Ze zijn verdwenen en ook tegenwoordig is er geen enkele Rinds meer te vinden. Ik heb de telefoonboeken, kiesregisters, belastinggegevens, van alles doorgenomen. Geen enkele Rinds, nergens. Nogal vreemd.'

'Dus?'

'Dus zijn ze verdwenen.'

'Misschien zijn ze allemaal naar Chicago gegaan, zoals ieder ander.'

'Misschien. Uit Letties depositie weten we dat haar moeder een jaar of zestien was toen zij werd geboren, buitenechtelijk, en dat ze haar vader nooit heeft gekend. Ze zegt dat ze is geboren vlak bij Caledonia, in Monroe County. Haar moeder stierf een paar jaar later – Lettie kan zich haar niet herinneren – en een tante nam haar bij zich in huis. Daarna een andere tante. Ten slotte kwam ze terecht in Alabama bij de familie Tayber. Ze nam hun achternaam aan en ging door met haar leven. De rest heb je in haar depositie gehoord. Ze heeft niet eens een geboorteakte.'

'Waar wil je naartoe, Lucien?'

Lucien sloeg een ander dossier open en schoof een vel papier naar Jake toe. 'In die tijd werden er heel veel zwarte baby's geboren die geen geboorteakte kregen. Ze werden thuis geboren, met vroedvrouwen en zo, en niemand nam de moeite dit op te schrijven. Maar het ministerie van Gezondheid van elke county probeerde wel alle geboortes te registreren. Dit is een kopie van een bladzijde uit het Register van Levendgeborenen uit 1941. Daaruit blijkt dat op 16 mei ene Letetia Delores Rinds is geboren, dochter van Lois Rinds, zestien jaar, in Monroe County, Mississippi.'

'Jij bent naar Monroe County gegaan en hebt dit gevonden?'

'Inderdaad, en ik ben nog niet klaar. Het lijkt erop dat Lettie best eens een Rinds zou kunnen zijn.'

'Maar ze zei dat ze zich dit allemaal niet kan herinneren, of in elk geval dat ze zich niets kan herinneren uit de tijd voor haar jeugd in Alabama.'

'Herinner jij je nog dingen van voor je drie was?'

'Alles.'

'Dan ben jij niet goed bij je hoofd.'

'Maar stel dat Letties mensen uit Ford County kwamen?'

'Laten we daar eens van uitgaan, gewoon, zomaar. En laten we er verder van uitgaan dat zij eigenaar waren van dezelfde 32 hectare die Cleon Hubbard in 1930 in bezit kreeg, dezelfde 32 hectare die aan Seth Hubbard is verkocht. En dezelfde 32 hectare die hij aan Lettie naliet. Dan is de cirkel rond, ja toch?'

'Misschien. Er zijn nog steeds grote hiaten. Je kunt er niet van uitgaan dat alle zwarten in Noord-Mississippi die Rinds heten uit Ford County kwamen. Dat is vergezocht.'

'Mee eens. Het is maar een theorie, maar we boeken vooruitgang.'

'We?'

'Portia en ik. Ik heb haar onderzoek laten doen naar haar stamboom. Ze zeurt Cypress aan de kop om bijzonderheden, maar die is niet erg spraakzaam. En zoals in de meeste families, is er sprake van een heleboel ellende die Portia veel liever niet had geweten.'

'Zoals?'

'Cypress en Clyde Tayber zijn nooit getrouwd. Ze hadden zes kinderen en woonden veertig jaar samen, maar ze zijn nooit in het huwelijksbootje gestapt, niet officieel tenminste.'

'Dat was niet ongebruikelijk. Ze werden beschermd door het gewoonterecht.'

'Dat weet ik. Er is een goede kans dat Cypress niet eens een bloedverwant is. Portia denkt dat haar moeder misschien vaker dan eens in de steek is gelaten, tot ze voor de deur van de Taybers werd achtergelaten.'

'Praat Lettie daar weleens over?'

'Niet veel kennelijk. Je begrijpt natuurlijk wel dat haar stamboom niet bepaald een leuk onderwerp is.'

'Zou Lettie het niet weten als ze een Rinds was?'

'Dat zou je wel denken, maar misschien ook niet. Ze was dertig toen Cypress haar de waarheid over haar echte moeder vertelde. Bovendien heeft Cypress Letties moeder nooit ontmoet. Denk je dat eens in, Jake. Gedurende de eerste dertig jaar van haar leven dacht Lettie dat Cypress en Clyde haar biologische ouders waren en die andere zes kinderen haar broers en zussen. Portia zei dat ze van slag was toen ze de waarheid te horen kreeg, maar nooit de behoefte heeft gehad in haar verleden te graven. De Taybers in Alabama zijn niet eens verre familie van de Rinds in Ford County, dus ik neem aan dat het mogelijk is dat Lettie niet weet waar ze vandaan komt.'

Jake dacht hier een paar minuten over na, dronk langzaam zijn koffie op en probeerde de zaak van alle kanten te bekijken. Hij zei: 'Oké, laten we eens uitgaan van jouw theorie. Maar waarom zou Seth dat land dan weer aan een Rinds willen teruggeven?'

'Zo ver heb ik mijn theorie nog niet uitgewerkt.'

'En waarom zou hij haar alles nalaten – die 32 hectare plus nog een heleboel meer – ten koste van zijn eigen familie?'

'Nog steeds mee bezig.'

'Fijn. Ga daarmee door.'

'Dit kon weleens van groot belang zijn, Jake, want misschien is dat het motief. De grote vraag is: waarom? En als we die vraag kunnen beantwoorden, win jij die rechtszaak misschien wel. Anders ben je de klos.'

'Dat is jouw mening, Lucien. Als ik het me goed herinner, dacht je dat ook vlak voor het begin van de Hailey-rechtszaak.'

'Hoe eerder je dat proces vergeet, hoe eerder je een betere advocaat wordt.'

Jake glimlachte en stond op. 'Sommige dingen kun je niet vergeten, Lucien. Oké, maar nu moet ik weg. Ik ga shoppen met mijn dochter. Prettig kerstfeest.'

'Bah, flauwekul.'

'Kom je eten?'

'Bah, flauwekul.'

'Dacht ik al. Tot maandag.'

Simeon Lang kwam thuis op kerstavond, even nadat het donker was geworden. Hij was ruim twee weken weg geweest en zijn reizen hadden hem helemaal naar Oregon gebracht, in een achttienwieler met zes ton gestolen apparaten. Hij had een zak vol geld, liefde in zijn hart, kerstliedjes op zijn tong en een lekkere fles cognac onder de passagiersstoel. Hij was broodnuchter en had zichzelf beloofd dat hij de kerstvakantie niet door de drank zou laten verpesten. Simeon was dus in een opgewekte stemming, in elk geval tot hij voor het Sappington-huis stopte. Hij telde zeven auto's die kriskras op de oprit en het gazon stonden. Drie herkende hij, de andere niet. Halverwege een zin hield hij op met het zingen van een kerstliedje en had zin om te vloeken. Alle lampen in het huis brandden en zo te zien was het er stampvol mensen.

Een van de voordelen van zijn huwelijk met Lettie was geweest dat haar familie ver weg woonde, helemaal in Alabama. Ze had geen familieleden in Ford County. Aan zijn kant waren er veel te veel, en zij veroorzaakten problemen, maar hij kreeg geen kritiek van haar familie, de eerste jaren tenminste niet. Eigenlijk was hij opgetogen geweest toen zij,

244

op haar dertigste, te horen kreeg dat Cypress en Clyde Tayber niet haar echte ouders waren en hun zes kinderen niet haar broers en zussen. Deze opgetogenheid verdween echter snel toen bleek dat Lettie net deed alsof ze wel bloedverwanten waren. Clyde stierf, de kinderen gingen uit huis en Cypress moest ergens wonen. Ze namen haar bij hen in huis, tijdelijk, en vijf jaar later was ze er nog steeds, dikker en hulpbehoevender dan ooit. De broers en zussen waren terug, met hun kinderen op sleeptouw en hun hand uitgestoken.

Hij moest toegeven dat er ook een paar Langs waren. Vooral één schoonzus was een constante irritatie geweest. Ze had geen werk en moest geld lenen, met de mondelinge belofte dat ze de lening zou afbetalen, maar daar kon ze natuurlijk niet toe worden gedwongen. Simeon greep bijna naar de fles, maar hij beheerste zich en stapte uit zijn truck.

Er waren allemaal kinderen, de open haard brandde, de keuken was vol vrouwen die kookten en mannen die proefden. Bijna iedereen was blij hem te zien of deed net alsof. Lettie glimlachte en ze omhelsden elkaar. Hij had de vorige dag vanuit Kansas gebeld en beloofd dat hij op tijd voor het kerstdiner thuis zou zijn. Ze gaf hem een tikje op zijn wang om te zien of hij had gedronken, en toen bleek dat dat niet zo was, ontspande ze zich. Voor zover zij wist was er geen druppel sterkedrank in huis en ze wilde erg graag dat dit zo bleef. In de woonkamer omhelsde Simeon zijn kinderen, Portia, Phedra, Clarice en Kirk, en zijn twee kleinkinderen. Boven liet een gettoblaster keihard kerstliedjes horen, terwijl drie kleine jongens Cypress in haar rolstoel met een levensgevaarlijke snelheid door de gang heen en weer reden. Tieners zaten tv te kijken met het volume hoog.

Het oude huis trilde bijna van de chaotische energie, en na een paar minuten was Simeon alweer tot rust gekomen. De eenzaamheid van de grote weg was ontmoedigend geweest, en het was immers kerstavond en hij was omringd door familieleden. Natuurlijk was veel van de getoonde liefde en warmte ingegeven door hebzucht en het verlangen dichter bij Lettie te zijn, maar Simeon liet het maar gebeuren en genoot ervan. In elk geval nog een paar uur.

Had Marvis hier maar bij kunnen zijn.

In de eetkamer schoof Lettie twee eettafels tegen elkaar aan. De vrouwen zetten ze vol met gebraden kalkoenen, ham, zoete aardappels, een stuk of zes verschillende groenten en stoofschotels, plus een indrukwekkende sortering cakes en taarten. Het duurde een paar minuten voordat iedereen aan tafel zat en toen ze allemaal stil waren, zegde Lettie een kort dankgebed op. Maar ze had meer te zeggen. Ze vouwde een vel wit gelinieerd papier open en zei: 'Luister alsjeblieft, dit is van Marvis.'

Toen ze zijn naam hoorden, bleef iedereen stilzitten en bogen ze hun hoofd nog dieper. Iedereen had zijn eigen herinneringen aan het oudste kind, en de meeste herinneringen waren hartverscheurend, onplezierig.

Lettie las voor: 'Hallo mama en papa, broers en zussen, nichten en neven, tantes en ooms, en vrienden. Ik wens jullie een prettig kerstfeest en hoop dat iedereen zich vermaakt. Ik zit in mijn cel nu ik dit schrijf, en het is nacht. Hiervandaan kan ik een glimp opvangen van de hemel en vannacht is er geen maan, maar er zijn wel heel veel sterren. Eén ster is heel fel, volgens mij is het de Poolster, maar dat weet ik niet zeker. Hoe dan ook, ik doe net alsof het de ster boven Bethlehem is die de wijze mannen naar baby Jezus leidt. *Matteüs*, boek 2. Ik hou van jullie en wilde dat ik erbij kon zijn. Ik heb zoveel spijt van mijn fouten en van alle ellende die ik mijn familie en vrienden heb berokkend. Ooit zal ik vrijkomen en zodra ik vrij ben, ben ik erbij met Kerstmis en zullen we ons allemaal goed vermaken. Marvis.'

Haar stem bleef sterk maar de tranen stroomden over haar wangen. Ze veegde ze weg, glimlachte en zei: 'Laten we eten.'

Omdat het een speciale gelegenheid was, wilde Hanna per se bij haar ouders slapen. Ze lazen tot na tienen kerstverhalen voor, met elk halfuur ten minste twee pauzes zodat ze naar de woonkamer kon rennen om te kijken of de Kerstman al stiekem het huis was binnengeslopen. Ze kwebbelde en wriemelde van nerveuze opwinding tot ze zomaar in slaap viel. Toen Jake bij zonsopgang wakker werd, lag ze naast haar moeder; allebei waren ze diep in slaap. Maar zodra hij heel zachtjes zei: 'Volgens mij is de Kerstman hier al geweest,' waren zijn meisjes klaarwakker. Hanna rende naar de kerstboom en gilde van bewondering toen ze zag wat de Kerstman haar had gegeven. Jake zette koffie en Carla nam foto's. Ze maakten de pakjes open en lachten samen met Hanna toen het pakpapier en de dozen zich opstapelden. Het is toch geweldig als je op kerstochtend een meisje van zeven bent? Toen de opwinding begon weg te ebben, glipte Jake naar buiten. Uit een schuurtje naast de carport haalde hij een ander cadeau, een grote rechthoekige doos, verpakt in groen papier met een grote rode strik. De puppy in de doos begon te piepen. Het was een lange nacht geweest, voor hen allebei.

'Kijk eens wat ik heb gevonden,' zei hij toen hij de doos naast Hanna op de grond zette.

'Wat is het, papa?' vroeg Hanna, meteen argwanend. De uitgeputte pup in de doos gaf geen kik.

'Maak maar open,' zei Carla.

Hanna begon het papier eraf te trekken. Jake maakte de bovenkant van de doos open en Hanna keek erin. Romantische liefde, spirituele liefde, vleselijke liefde – dat is niets vergeleken met de onmiddellijke en absolute liefde tussen een kind en een nieuwe pup. Hanna keek naar Sadie, die haar aankeek met een trieste, vermoeide blik die leek te zeggen: *Haal me hieruit!*

Ze zouden net doen alsof Sadie van de Noordpool kwam; in werkelijkheid kwam ze uit het dierenasiel, waar Jake haar had gekocht voor zevenendertig dollar, inclusief alle inentingen die ze al had gehad en een paar die ze nog moest krijgen. Omdat haar verzorgers geen idee hadden wie haar voorouders waren, konden ze niets zeggen over haar toekomstige formaat of karakter. De een dacht dat ze 'veel op een terriër leek', terwijl een ander vond dat 'er absoluut iets van een schnauzer of zo in zat'. Haar moeder was dood in een greppel gevonden en zij en haar vijf zusjes en broertjes, ongeveer één maand oud, waren gered.

Hanna tilde haar voorzichtig op, nam haar in haar armen, knuffelde haar en drukte haar stevig tegen zich aan; natuurlijk likte het hondje haar gezicht. Hanna keek met sprakeloze verbazing naar haar ouders, met tranen in haar mooie ogen en niet in staat iets te zeggen.

Jake zei: 'De Kerstman noemde haar Sadie, maar jij mag haar wel een andere naam geven.'

De Kerstman was een wonderdoener, maar op dat moment waren alle andere cadeaus en speelgoed dat hij haar had gegeven vergeten. Hanna zei ten slotte: 'Sadie is perfect.'

Nog geen uur later had het hondje de leiding genomen, want de drie mensen liepen achter haar aan en zorgden ervoor dat ze alles kreeg wat ze wilde.

De uitnodiging voor de cocktailparty was een handgeschreven briefje van Willie Traynor: zes uur 's avonds, de dag na kerst in Hocutt House. Kerstkleding, wat dat ook mocht betekenen. Carla wist zeker dat Jake minstens een stropdas moest dragen, en uiteindelijk legde hij zich daarbij neer. In eerste instantie deden ze net alsof ze er niet naartoe wilden, hoewel er op de dag na kerst echt niets anders te doen was. Goed georganiseerde cocktailparty's waren zeldzaam in Clanton en zij gingen ervan uit dat Willie, die in Memphis was opgegroeid te midden van rijkelui, wel zou weten hoe dat moest. De grootste aantrekkingskracht had het huis; dat bewonderden ze al jaren vanaf de straat, maar ze waren nog nooit binnen geweest.

'Ze zeggen dat hij het wil verkopen,' zei Jake toen ze de uitnodiging bespraken. Hij had zijn vrouw niets verteld over zijn gesprek met Harry Rex, vooral omdat de prijs, hoe hoog die ook bleek te zijn, ver boven hun budget zou liggen.

'Ja, dat zeggen ze al een hele tijd, hè?' zei ze, en vanaf dat moment droomde ze alleen nog maar over dat huis.

'Ja, maar volgens Harry Rex meent Willie het nu echt. Hij is er nooit.'

Zij waren de eerste gasten, ze arriveerden keurig tien minuten te laat, en Willie was helemaal alleen. Zijn kerstkleding bleek een rood vlinderdasje, een zwart satijnen smokingjasje en een aangepaste Schotse kilt. Hij was begin veertig, knap, met lang haar en een grijzende baard, en heel charmant, vooral tegen Carla. Jake moest toegeven dat hij een beetje jaloers was. Willie was maar een paar jaar ouder en had toch al een miljoen dollar verdiend. Hij was single, was gek op vrouwen en wekte de indruk dat hij veel van de wereld had gezien.

Willie schonk champagne in, in zware kristallen flûtes, prooste op de kerst en zei na het eerste slokje glimlachend: 'Ik wil jullie iets vertellen,' alsof ze familie van hem waren en hij een belangrijk nieuwtje had. Hij vervolgde: 'Ik heb besloten dit huis te verkopen. Ik heb het nu zestien jaar en ik ben er gek op, maar ik ben hier gewoon niet vaak genoeg. Dit huis heeft behoefte aan echte eigenaren, aan mensen die het waarderen en het in deze staat behouden.' Weer een slokje, terwijl Jake en Carla aan zijn lippen hingen. 'En ik verkoop het niet aan iedereen. Er is geen makelaar bij betrokken. Ik wil het liever niet gewoon in de verkoop, omdat ik niet wil dat de hele stad erover praat.'

Jake moest even lachen, want de hele stad hád het er al over.

'Oké, oké, niets is hier geheim, maar de mensen hoeven niet te weten wat wij met elkaar bespreken. Ik zou het geweldig vinden als jullie het huis kochten. Ik heb jullie huis gezien, voordat het werd verwoest, en ik heb bewondering voor de manier waarop jullie het hadden gerestaureerd.'

'Verlaag de prijs en we hebben een deal,' zei Jake.

Willie keek naar Carla's zachte bruine ogen en zei: 'Dit huis hoort gewoon bij je.'

'Hoeveel?' vroeg Jake. Zijn rug verstijfde en hij nam zich voor niet in elkaar te krimpen wanneer het bedrag werd genoemd.

'Twee vijftig,' zei Willie zonder een moment te aarzelen. 'Ik heb er in 1972 honderd voor betaald en er daarna nog eens honderd aan uitgegeven om het op te knappen. Ditzelfde huis in het centrum van Memphis zou een miljoen opbrengen, maar dat gaat hier bij lange na niet lukken.

Voor twee vijftig is het diefstal, maar je mag de markt niet negeren. Als ik hem voor een half miljoen op de markt bracht, zou het eeuwenlang te koop blijven staan. Eerlijk gezegd wil ik gewoon mijn geld terug.'

Jake en Carla keken elkaar met een nietszeggende blik aan, want ze konden niets zeggen, niet op dat moment.

Willie, altijd de verkoper, zei: 'Ik zal het jullie laten zien. De anderen komen pas om halfzeven.' Hij schonk hun glazen weer vol en daarna liepen ze naar de voorveranda. Zodra de rondleiding was begonnen, wist Jake, zouden ze niet meer terug kunnen.

Volgens Willie was het huis rond 1900 gebouwd door dr. Miles Hocutt, tientallen jaren de belangrijkste arts van de stad. Het was een klassiek victoriaans huis, met twee puntgevels, een torentje van vier verdiepingen hoog en brede, overdekte veranda's die aan beide kanten langs het huis liepen.

De prijs was niet extreem hoog, moest Jake toegeven. Hij kon het weliswaar niet betalen, maar het had veel erger kunnen zijn. Jake vermoedde dat Harry Rex tegen Willie had gezegd dat hij redelijk moest zijn, vooral als hij wilde dat de Brigances het kochten. Volgens Harry Rex ging er één gerucht dat Willie een bom duiten had verdiend met aandelen, een ander dat hij veel geld had verloren op onroerend goed in Memphis, en weer een ander dat hij een vermogen had geërfd van zijn oma BeBe. Wie weet? Maar de vraagprijs scheen erop te wijzen dat hij snel geld nodig had. Willie wist dat Jake en Carla een huis nodig hadden. Hij wist dat ze klem zaten door die kwestie met de verzekeringsmaatschappij. Hij wist (waarschijnlijk via Harry Rex) dat Jake op het punt stond een genereus honorarium te innen in de zaak-Hubbard. Terwijl Willie continu doorpraatte en Carla meenam over de prachtige hardhouten vloeren, door de moderne keuken, via de wenteltrap naar boven en helemaal naar het ronde torenkamertje op de derde verdieping met uitzicht op de torenspitsen van de kerk een paar straten verderop, liep Jake gehoorzaam achter hen aan en vroeg zich af hoe ze zich dit huis in vredesnaam konden veroorloven, laat staan inrichten.

25

Voor iedereen die het handgeschreven testament van Seth Hubbard aanvocht, kwam Kerstmis laat. Op 16 januari om precies te zijn.

Randall Clapp, een rechercheur die voor Wade Lanier werkte, had succes. Hij vond een potentiële getuige, Fritz Pickering, die in de buurt van Shreveport, Louisiana, woonde. Clapp was Wade Laniers toprechercheur, die een goede neus had voor het opsporen van informatie. Pickering was gewoon met zijn eigen dingen bezig en had geen idee wat Clapp wilde, maar hij was nieuwsgierig en dus spraken ze af in een eethuisje waar Clapp hem op een lunch trakteerde.

Clapp was bezig met het ondervragen van Lettie Langs voormalige werkgevers, vrijwel alleen maar rijke blanke huiseigenaren die altijd zwarte huishoudelijke hulpen inhuurden. In haar depositie had Lettie alle namen opgegeven die ze zich kon herinneren, tenminste, dat had ze gezegd. Volgens haar waren er de afgelopen dertig jaar nog een of twee anderen geweest, maar dat hield ze niet bij. Dat deden de meeste huishoudsters niet. Ze had echter niet verteld dat ze voor Irene Pickering had gewerkt, Fritz' moeder. Die naam kwam boven tafel toen Clapp een andere vroegere werkgever ondervroeg.

Lettie had nooit langer dan zes jaar voor iemand gewerkt. Daar waren verschillende redenen voor die echter niets met incompetentie te maken hadden. Vrijwel al haar voormalige werkgevers waren positief over haar. Maar dat gold niet voor Pickering, en tijdens hun maaltijd – soep en salade – vertelde hij zijn verhaal.

Een jaar of tien geleden, in 1978 of 1979, had zijn moeder, een weduwe die Irene Pickering heette, Lettie Lang ingehuurd om schoon te maken en eten te koken. Mevrouw Pickering woonde iets buiten het stadje Lake Village, in een oud huis dat al eeuwen in de familie was. Fritz Pickering woonde in Tupelo, werkte voor een verzekeringsmaatschappij, en werd overgeplaatst naar Shreveport. Hij zag zijn moeder ten minste één keer per maand en leerde Lettie daardoor vrij goed kennen. Iedereen was blij met de werkrelatie, vooral mevrouw Pickering. In 1980 ging haar gezondheid snel achteruit en werd het duidelijk dat haar einde naderbij kwam. Lettie maakte lange dagen en leefde intens met de stervende vrouw mee, maar Fritz en zijn zus, het enige andere kind, kregen argwaan met betrekking tot de financiën van hun moeder. Lettie had namelijk na verloop van tijd van mevrouw Pickering opdracht gekregen de rekeningen te controleren en cheques uit te schrijven, hoewel mevrouw Pickering die altijd zelf ondertekende. Lettie hield de bankafschriften bij, de verzekeringsformulieren, rekeningen en andere papieren.

Op een dag kreeg Fritz een dringend telefoontje van zijn zus, die een verbijsterend document had gevonden. Het was een testament, handgeschreven door hun moeder, waarin ze vijftigduizend dollar naliet aan Lettie Lang. Fritz vertrok meteen van zijn werk, reed snel naar Lake Village, waar zijn zus al was, en bekeek het testament. Het was twee maanden eerder opgesteld en ondertekend door Irene Pickering. Het was ongetwijfeld haar handschrift, hoewel veel onduidelijker dan het handschrift dat ze kenden. Zijn zus had het testament gevonden in een blanco envelop in een oude familiebijbel op een plank tussen de kookboeken. Ze lieten het aan hun moeder zien, die beweerde dat ze te zwak was om deze kwestie te bespreken.

Op dat moment bezat mevrouw Pickering 110.000 dollar op een depositorekening en 18.000 dollar op een betaalrekening. Lettie had toegang tot de maandelijkse afschriften van deze rekeningen.

De volgende ochtend confronteerden Fritz en zijn zus Lettie, zodra zij op haar werk kwam. Tijdens een vervelende ruzie beweerden broer en zus dat Lettie hun moeder had overgehaald of zelfs had gedwongen dit testament op te stellen. Lettie ontkende dat ze hier iets vanaf wist en leek oprecht verbaasd, gekwetst zelfs. Ze ontsloegen haar toch en dwongen haar het huis onmiddellijk te verlaten. Ze zetten hun moeder in de auto en reden samen met haar naar een advocatenkantoor in Oxford, waar de zus woonde. Terwijl zij zaten te wachten, stelde de advocaat een testament van twee pagina's op, waarin Lettie Langs naam niet voorkwam en alles werd nagelaten aan Fritz en zijn zus, in gelijke delen, precies zoals ze al verschillende keren met hun moeder hadden besproken. Hun moeder ondertekende dit testament meteen en overleed een maand later, waarna de nalatenschap probleemloos werd afgehandeld. Fritz en zijn zus verkochten het huis en verdeelden de opbrengst zonder dat er één kwaad woord viel.

Voordat Irene stierf, vroegen ze haar nog een paar keer naar dat handgeschreven testament, maar ze werd er altijd onrustig van en wilde er niet over praten. Ze vroegen haar naar Lettie Lang, en ook hierdoor begon ze te huilen. Uiteindelijk brachten ze deze onderwerpen niet meer ter sprake. Eerlijk gezegd was ze niet meer helder toen ze het testament in dat advocatenkantoor ondertekende, en dat werd er niet beter op voor ze overleed.

Tijdens de koffie luisterde Clapp naar dit verhaal en werd steeds opgewondener. Met toestemming van Fritz nam hij het gesprek op en hij kon niet wachten tot hij het aan Wade Lanier kon laten horen.

'Heb je een kopie van dat handgeschreven testament bewaard?'

Fritz schudde zijn hoofd en zei: 'Nee, dat kan ik me niet herinneren, en als ik het wel had bewaard, is het nu allang weg. Ik zou niet weten waar het kon zijn.'

'Heeft die advocaat in Oxford het bewaard?'

'Vast wel. Toen we samen met onze moeder naar hem toe gingen, gaven we hem haar vorige testament, dat was opgesteld door een advocaat in Lake Village, plus dat handgeschreven testament, en ik weet wel zeker dat hij die heeft bewaard. Hij zei dat het belangrijk was om vorige testamenten te vernietigen, omdat ze soms opduiken en dan problemen veroorzaken.'

'Weet je nog hoe die advocaat in Oxford heette?'

'Hal Freeman, een oude man; hij is inmiddels met pensioen. Mijn zus is vijf jaar geleden overleden en ik was de executeur van haar nalatenschap. Freeman was toen met pensioen, maar zijn zoon deed de verificatie.'

'Hebben jij en die zoon ooit over dat handgeschreven testament gepraat?'

'Dacht het niet. Ik had heel weinig contact met hem. Ik probeer advocaten te ontlopen, meneer Clapp. Ik heb een paar bijzonder onplezierige ervaringen met hen gehad.'

Clapp was slim genoeg om te weten dat hij een grote ontdekking had gedaan en ervaren genoeg om te weten dat het tijd werd het hierbij te laten. *Doe rustig aan, vertel het allemaal aan Wade Lanier en laat de advocaat maar zeggen wat er moet gebeuren.*

Pickering vroeg waarom Clapp navraag deed naar Lettie, maar kreeg alleen maar vage dingen te horen.

Zodra ze hun lunch op hadden, namen ze afscheid.

Wade Lanier luisterde met zijn gebruikelijke grijns en strakke lippen naar de tape. Maar Lester Chilcott, zijn associé, kon zijn enthousiasme bijna niet onderdrukken. Nadat Clapp was vertrokken, wreef Chilcott in zijn handen en zei: 'Deze wedstrijd is gelopen!' Toen pas glimlachte Wade.

Stap één: geen contact meer met Pickering. Zijn moeder en zus waren dood, en dus was hij de enige persoon die zou kunnen getuigen over dat handgeschreven testament, op Hal Freeman na dan. Twee korte telefoontjes naar Oxford bevestigden dat Freeman met pensioen was, dat hij nog leefde en dat zijn oude kantoor was overgenomen door zijn twee zoons, Todd en Hank. Negeer Pickering, voorlopig. Geen contact tussen Laniers kantoor en Pickering, want het was, op een later moment, belangrijk dat Pickering kon getuigen dat hij nooit met de advocaten had gesproken.

Stap twee: vind dat handgeschreven testament, hoe dan ook. Als het bestaat, vind het, zorg dat je het in handen krijgt. En als het even kan zonder dat Hal Freeman het weet. Vind het, voordat Jake of iemand anders dat doet.

Stap drie: laat dit nu rusten en bewaar het voor later. Het meest dramatische en effectieve moment om het handgeschreven testament van Irene Pickering te gebruiken, zou zijn tijdens de rechtszaak, als Lettie Lang in de getuigenbank zit en ontkent dat ze iets van dat testament af weet. Laat het dan zien. Bewijs dat ze een leugenaar is. En bewijs de jury dat het een slinkse gewoonte van haar is om zich in het handgeschreven testament van haar oude en kwetsbare werkgevers te manoeuvreren.

Een dergelijke strategie omvatte veel risico's. Het eerste en meest voor de hand liggende risico waren de basisregels voor het vooronderzoek. Jake had schriftelijke vragen ingediend, waarin hij zijn tegenstanders verzocht de identiteit van de jury-*pool* – de groep potentiële getuigen – bekend te maken. Dat hadden Lanier en de andere advocaten ook gedaan; dat was de standaardprocedure in de moderne tijd waarin alle stukken zogenaamd transparant waren. Het was niet alleen onethisch om een getuige als Fritz Pickering verborgen te houden, maar ook gevaarlijk. Het was vaak vergeefse moeite om te proberen tijdens een proces opeens met een verrassingsgetuige op de proppen te komen. Lanier en Chilcott hadden tijd nodig om deze regel te omzeilen. Er waren uitzonderingen, maar het bleef lastig.

Al even ingewikkeld was het plan om Irenes handgeschreven testament te vinden. Er was een kans dat het was vernietigd, net als duizenden andere waardeloze oude dossiers in het archief van Freeman. Advocaten bewaarden hun verjaarde documenten echter vaak langer dan tien jaar, zodat de kans aanwezig was dat dit testament nog steeds bestond.

Fritz negeren was ook een probleem. Stel dat een andere advocaat hem opspoorde en dezelfde vragen stelde? Als die andere advocaat toevallig Jake was, zou het geen verrassing meer zijn. Jake had dan ruim voldoende tijd om Lettie voor te bereiden op een verklaring die de jury misschien zou slikken. Hij kon het verhaal zeker een andere draai geven. En Jake zou woedend zijn omdat de regels waren overtreden, en rechter Atlee zou er geen enkel begrip voor kunnen opbrengen.

Lanier en Chilcott overlegden of ze rechtstreeks contact met Freeman zouden opnemen. Als het testament in het archief lag te verstoffen, kon Freeman het zeker tevoorschijn halen zonder dat iemand het hoefde te stelen. Bovendien zou hij tijdens een proces een waardige getuige zijn. Maar door met Freeman te praten, zouden ze hun grote geheim onthullen. Als potentiële getuige zou zijn naam worden bekendgemaakt en was het verrassingselement verdwenen. Het was misschien nodig om hem later te benaderen, maar voorlopig waren Wade Lanier en Lester Chilcott er tevreden mee om een web van stilzwijgen en bedrog te weven. Bedrog was vaak moeilijk te verbergen en vereiste een nauwkeurige planning, maar ze waren bijzonder ervaren.

Twee dagen later ging Randall Clapp naar advocatenkantoor Freeman en vertelde de secretaresse dat hij om vier uur een afspraak had. Het kantoor was gevestigd in een gerenoveerde bungalow, één straat van de centrale markt van Oxford, naast een bank en vlak bij de federale rechtbank. Terwijl Clapp in de receptieruimte zat te wachten, bladerde hij in een tijdschrift en keek ondertussen goed om zich heen: geen videocamera's; geen bewegingsmelders; een nachtslot op de voordeur; geen kettingen; vrijwel niets om een onnozele inbreker ervan te weerhouden 's nachts naar binnen te glippen en het rustig aan te doen. En waarom ook? Behalve de gebruikelijke enorme hoeveelheid papierwerk was er niets van waarde in dit gebouw.

Het was een doorsnee advocatenkantoor in een kleine stad, net als de honderden andere die Clapp had bezocht. Hij was al door de steeg achter het gebouw gelopen en had de achterdeur bekeken: een nachtslot, maar niets bijzonders. Zijn mannetje Erby kon sneller via de voor- of achterdeur naar binnen lopen dan een van de werknemers met een sleutel.

Tijdens Clapps afspraak met Todd Freeman praatte hij over een stuk land dat hij overwoog te kopen, ten westen van de stad langs de snelweg. Hij gebruikte zijn echte naam, zijn echte beroep en zijn echte visitekaartje, maar loog toen hij vertelde dat hij en zijn broer een nachtcafé voor vrachtwagenchauffeurs wilden openen. De officiële documenten zouden routinewerk zijn en Todd leek voldoende geïnteresseerd. Clapp vroeg of hij even naar het toilet mocht en werd de smalle gang in gestuurd: een vlizotrap; minstens twee vertrekken boordevol dossiers; een keukentje met een kapot raam, geen slot; nergens bewegingsmelders. Geen probleem.

Iets na middernacht ging Erby het gebouw binnen, terwijl Clapp onderuitgezakt in zijn auto op de uitkijk zat, aan de overkant. Het was woensdag 18 januari, koud, en er was geen student op straat. Clapp was vooral bang dat een verveelde politieagent hem zou zien. Zodra Erby binnen was, meldde hij zich via de radio. Alles was rustig en stil. Met zijn betrouwbare inbrekerstuig had hij het nachtslot op de achterdeur binnen een paar seconden open. Met een infrarode penlight liep hij door de kantoren; geen enkele binnendeur zat op slot. De vlizotrap was wankel en kraakte, maar hij kon hem zonder veel lawaai laten zakken. Hij stond voor het voorraam en praatte via de radio met Clapp, maar toch kon Clapp hem niet zien staan. Erby droeg handschoenen en begon zonder iets overhoop te halen in een van de opslagruimtes. Het zou uren kosten en hij had geen haast. Hij trok laden open, bekeek dossiers, data en namen, en raakte zodoende documenten aan die al weken, maanden, misschien al jaren niet meer waren aangeraakt. Clapp zette zijn auto op een parkeerplaats aan de andere kant van het plein, en liep door de stegen terug. Om één uur opende Erby de achterdeur en liep Clapp naar binnen. Erby zei: 'In elk vertrek staan dossierkasten. Zo te zien worden de actuele dossiers bewaard in de kantoren van de advocaten, en sommige bij de secretaresses.'

'En hoe zit het met deze twee vertrekken?' vroeg Clapp.

'De dossiers hier gaan ongeveer vijf jaar terug. Sommige zijn verjaard, andere niet. Ik ben nog steeds aan het kijken en ben nog niet klaar met die tweede kamer. Er is een grote kelder vol oude meubels, typemachines, wetboeken en nog meer dossiers, allemaal verjaard.'

In de tweede kamer vonden ze niets van belang. Ze zagen de gebruikelijke verzameling verlopen dossiers die je in elk advocatenkantoor in een kleine stad kon vinden. Om halfdrie ging Erby via de vlizotrap naar de zolder. Clapp deed de trap achter hem omhoog en ging zelf naar de kelder. De zolder had geen raam, was stikdonker en stond vol keurige rijen kartonnen archiefdozen. Omdat Erby van buitenaf niet kon worden gezien, zette hij zijn zaklamp feller en bekeek de dozen. Op elke doos had iemand met een zwarte stift iets geschreven: ONROEREND GOED, 1/1/76-1/8/77; STRAFRECHT, 1/3/81-1/7/81; enzovoort. Tot zijn opluchting zag hij dat er dozen stonden die twaalf jaar teruggingen, maar hij raakte gefrustreerd toen er niets bij zat met betrekking tot testamenten en nalatenschappen. Dan zouden die wel in de kelder staan.

Nadat Clapp daar een halfuur had rondgekeken, vond hij een stapel van dezelfde soort archiefdozen, maar nu een met het opschrift: VERIFICATIES, 1979-1980. Hij trok de doos uit de stapel, maakte hem voorzichtig open en bekeek de tientallen dossiers die erin zaten. Irene Pickerings dossier was gedateerd augustus 1980, was vier centimeter dik en bevatte de juridische documenten vanaf de dag waarop Hal Freeman het testament van twee bladzijden had opgesteld dat Irene ter plekke had ondertekend, tot en met de laatste opdracht waarin Fritz Pickering werd ontheven van zijn functie als haar executeur. Het eerste document was een oud testament, opgesteld door de advocaat in Lake Village. Het tweede was een handgeschreven testament. Clapp las het hardop en langzaam door, de krabbels waren soms moeilijk te ontcijferen. De vierde alinea bevatte een legaat ten bedrage van 50.000 dollar aan Lettie Lang.

'Bingo!' mompelde hij. Hij legde het dossier op een tafel, deed de doos weer dicht, zette hem voorzichtig terug en verliet de kelder. Met het dossier in een aktetas liep hij de donkere steeg in en nam een paar minuten later contact op met Erby via de radio. Erby glipte via de achterdeur naar buiten en bleef alleen even staan om het nachtslot weer op slot te doen. Voor zover zij wisten, hadden ze niets overhoopgehaald en geen sporen achtergelaten. De kantoren moesten dringend worden schoongemaakt, zodat een beetje modder van een schoen of stof dat iets was verplaatst niemand zou opvallen.

Ze maakten een rit van tweeënhalf uur naar Jackson en hadden voor zes uur 's ochtends een bespreking met Wade Lanier in zijn kantoor. Lanier was al dertig jaar een echte vechtjas in de rechtszaal en kon zich geen mooier voorbeeld herinneren van een *smoking gun*. Maar de vraag bleef: hoe kon je die het best afvuren?

Fat Benny woonde aan het einde van het verharde deel van een landweg, verderop was het een gravelpad, precies zoals Portia was verteld. Zij was opgegroeid in Box Hill, een sombere en afgelegen plaats, verborgen door een moeras en een bergrug met maar heel weinig blanken in de buurt. Maar Box Hill was Times Square vergeleken met het grimmige, achtergebleven gat Prarietown helemaal aan de grens van Noxubee County, nog geen vijftien kilometer van de grens met Alabama. Als ze blank was geweest, was ze doorgereden. Ervoor stonden twee benzinepompen en op het gravel stonden een paar smerige auto's geparkeerd. Ze liep naar binnen en achter haar klapte de hordeur dicht. Ze knikte tegen de tienerjongen die bij de kassa stond. Ze zag levensmiddelen, frisdrankjes en bierkoelers, en achterin een stuk of tien tafeltjes met rood-wit geruite tafelkleedjes erop. Het rook er naar oud vet, en op een barbecue lagen hamburgers te sissen. Een grote man met een enorme buik had een spatel in de hand alsof het een wapen was, en praatte met twee mannen die op een kruk zaten. Het leed geen twijfel wie Fat Benny was.

Op een bord stond: HIER BESTELLEN.

'Wat kan ik voor je doen?' vroeg de kok met een vriendelijke glimlach.

Ze glimlachte zo hartelijk mogelijk terug en zei zacht: 'Een hotdog en een cola alstublieft, en ik ben op zoek naar Benny Rinds.'

'Dat ben ik,' zei hij. 'En jij bent?'

'Ik ben Portia Lang, uit Clanton, maar er is een kans dat ik een Rinds ben. Ik weet het niet zeker, maar ik ben op zoek naar informatie.'

Hij knikte naar een tafeltje. Tien minuten later zette hij de hotdog en de cola voor haar neer en ging tegenover haar zitten. 'Ik ben bezig met mijn stamboom,' zei ze: 'En ik vind heel veel rotte appels.'

Benny lachte en zei: 'Je had hier voordat je daarmee begon naartoe moeten komen en me dat moeten vragen.'

Zonder de hotdog aan te raken, vertelde ze hem over haar moeder en de moeder van haar moeder. Hij had nooit van hen gehoord. Zijn familie kwam uit Noxubee en Lauderdale, meer in het zuiden dan het noorden. Hij had nooit een Rinds uit Ford County gekend, niet één. Terwijl hij vertelde, at ze snel haar hotdog op en realiseerde zich dat ze weer bot hadden gevangen. Ze bedankte hem en vertrok. Onderweg naar huis stopte ze in elk klein stadje om in de telefoonboeken te kijken. Er woonden maar heel weinig Rinds in dit deel van de wereld. Een stuk of twintig in Clay County. Zo'n vierentwintig in Oktibbeha County, vlak bij de staatsuniversiteit. Ze had telefonisch met een paar uit Lee County gesproken, in de omgeving van Tupelo.

Zij en Lucien hadden drieëntwintig leden van de familie Rinds geïdentificeerd, die vlak voor 1930 in Ford County hadden gewoond, maar daarna allemaal waren verdwenen. Uiteindelijk zouden ze misschien wél een verre afstammeling vinden, een oud familielid dat iets wist en misschien iets wilde vertellen.

26

Op de laatste vrijdag van januari kwam Roxy om kwart voor negen op haar werk.

Jake stond bij haar bureau te wachten en bladerde nonchalant in een dossier, alsof alles in orde was. Dat was niet zo. Het was de hoogste tijd voor een functioneringsgesprek, en dat zou niet leuk worden. Het gesprek begon al goed toen ze eruit flapte: 'Jake, ik heb het helemaal gehad met deze tent!'

'Jij ook goedemorgen.'

Ze huilde al. Niet opgemaakt, haar niet gekamd en de verwilderde blik van een echtgenote/moeder/stuurloze vrouw. 'Ik kan Lucien niet verdragen,' zei ze. 'Hij is hier bijna elke dag en hij is de grofste man die ik ken. Hij is vulgair, gemeen, smerig, hij vloekt en hij rookt de smerigste sigaren die ooit zijn gemaakt. Ik walg van die man!'

'Nog iets?'

'Het is hij of ik!'

'Hij is de eigenaar van dit gebouw.'

'Kun je niet iets doen?'

'Zoals? Tegen Lucien zeggen dat hij aardiger moet zijn en moet stoppen met roken, vloeken, mensen beledigen en vieze grappen vertellen en nuchter moet blijven? Voor het geval het je nog niet is opgevallen, Roxy, niemand kan Lucien Wilbanks vertellen ook maar iets te doen.'

Ze pakte een tissue en veegde haar wangen droog. 'Ik kan er niet meer tegen.'

Dit was de perfecte opening en Jake was niet van plan die kans te laten lopen. 'Dan moet je maar ontslag nemen,' zei hij vol medeleven. 'Ik geef je natuurlijk goede referenties mee.'

'Word ik ontslagen?'

'Nee. Jij neemt ontslag, op staande voet. Ga maar en neem een vrije dag. Ik stuur je laatste salarischeque wel naar je toe.'

De emotie veranderde in woede, maar toen keek ze naar haar bureau. Tien minuten later ging ze weg en sloeg de deur achter zich dicht.

Portia liep precies om negen uur binnen en zei: 'Ik kwam Roxy net tegen, maar ze weigerde iets tegen me te zeggen.'

'Ze is weg. Luister, ik heb een voorstel: je kunt hier op tijdelijke basis werken als secretaresse en receptioniste. Dan word je beschouwd als een assistente, niet als een onbelangrijke stagiaire. Dat is een enorme promotie.'

Ze dacht hier even over na en zei: 'Ik kan niet goed typen.'

'Dan moet je oefenen.'

'En mijn salaris?'

'Duizend dollar per maand, met twee maanden proeftijd. Daarna evalueren we alles.'

'Werktijden?'

'Halfnegen tot vijf, een halfuur lunchpauze.'

'Hoe zit het met Lucien?' vroeg ze.

'Wat bedoel je?'

'Hij zit hierbeneden. Ik vind het wel prettig boven, op de eerste verdieping; daar is het veilig.'

'Heeft hij je lastiggevallen?'

'Nog niet. Luister, Jake, ik mag Lucien graag en we kunnen goed samenwerken, maar soms krijg ik het gevoel dat hij graag iets meer wil, begrijp je wat ik bedoel?'

'Ik denk het wel.'

'Als hij me aanraakt, laat ik hem alle hoeken van de kamer zien.'

Jake lachte om dat beeld. Het leed geen twijfel dat Portia inderdaad voor zichzelf kon zorgen. Hij zei: 'Ik zal wel even met Lucien praten. Ik regel het wel.'

Portia haalde diep adem en keek om zich heen. Ze knikte, glimlachte en zei: 'Ik ben geen secretaresse, Jake. Ik ga advocaat worden, net als jij.'

'Daar zal ik je op alle mogelijke manieren mee helpen.'

'Dank je.'

'Ik wil een antwoord. Nu meteen.'

'Maar ik wil het proces niet missen. Als ik hier aan dit bureau zit, kan ik er immers niet naartoe?'

'Daar moeten we ons later maar mee bezighouden. Op dit moment heb ik je hierbeneden nodig.'

'Oké.'

'Dus we hebben een deal?'

'Nee. Duizend per maand is te weinig voor een secretaresse, receptioniste en assistente van een advocaat in één.'

Jake hief zijn handen en wist dat hij was verslagen. 'Goed, waar denk jij aan?'

'Tweeduizend is meer in overeenstemming met de markt.'

'Wat weet jij in vredesnaam van de markt?'

'Niet veel, maar ik weet wel dat duizend per maand te weinig is.'

'Oké. Vijftienhonderd per maand voor de eerste twee maanden, daarna zien we wel verder.'

Ze boog zich naar voren, gaf hem een snelle maar stevige omhelzing en zei: 'Bedankt, Jake.'

Een uur later handelde Jake de tweede personeelscrisis van die ochtend af. Lucien stormde zijn kantoor binnen zonder behoorlijk te kloppen en liet zich in een stoel vallen. 'Jake, jongen,' zei hij op een toon die problemen voorspelde, 'ik heb een besluit genomen. Ik worstel al maanden, zelfs al jaren, met de vraag of ik een verzoek zal indienen om mijn schorsing op te heffen en een begin te maken met mijn comeback, weet je dat?'

Jake, die geconcentreerd bezig was geweest met het opstellen van een reactie op een door Stillman Rush ingediende motie, legde langzaam zijn pen neer en slaagde erin Lucien peinzend aan te kijken. Het woord 'comeback' was nog niet eerder gevallen, maar in de afgelopen drie maanden had Lucien zo vaak hij kon laten merken dat hij weer advocaat wilde worden. Hoewel Jake al had verwacht dat dit eraan zat te komen, overviel dit nieuws hem toch. Hij wilde niet dat Lucien hier rondliep, vooral niet Lucien als advocaat, want Lucien als onofficieel en onbetaald adviseur had hem altijd al zorgen gebaard. Lucien als advocaat betekende Lucien de baas, en dat zou Jake niet volhouden. Maar Lucien de vriend was de man die Jake een baan had gegeven, een kantoor, een carrière, en de man die ongelofelijk loyaal was.

'Waarom?' vroeg Jake.

'Ik mis het, Jake. Ik ben te jong om op de veranda te zitten. Wil je mij steunen?'

Het enige antwoord was ja en Jake zei snel: 'Natuurlijk, dat weet je toch. Maar hoe?'

'Morele steun, Jake, tenminste in eerste instantie. Zoals je weet kan ik pas worden benoemd als ik slaag voor het bar exam en dat is geen kleinigheid voor een ouwe zak als ik.'

'Je hebt het al eens eerder gedaan, dus kun je het weer doen,' zei Jake met de noodzakelijke overtuiging. Hij betwijfelde ernstig of Lucien dat echt kon, helemaal opnieuw beginnen, een zes maanden durende stoomcursus volgen en in zijn eentje studeren terwijl hij ook probeerde van de whiskey af te blijven.

'Dus je steunt me?'

'Hoe stel je je dat voor, Lucien? Nadat je weer bent benoemd, wat dan? Wil je dit kantoor terug? Wil je dat ik hier blijf als je sloofje? Gaan we dan weer terug naar waar we een jaar of acht, negen geleden zijn begonnen?'

'Dat weet ik niet, maar daar komen we wel uit, Jake. Dat weet ik zeker.'

Jake haalde zijn schouders op en zei: 'Ja, ik steun je en ik zal je op elke mogelijke manier helpen.' En voor de tweede keer die ochtend bood Jake zijn hulp aan aan een collega-advocaat in zijn kantoor. Wie zou de volgende zijn?

'Bedankt.'

'Nu je hier toch bent, moet ik iets anders met je bespreken. Roxy heeft ontslag genomen en Portia is de interim-secretaresse. Ze is allergisch voor sigarenrook, dus rook alsjeblieft buiten. En houd je handen thuis. Ze heeft zes jaar in het leger gezeten, is getraind in man-tegen-mangevechten en karate, en ze vindt het geen prettig idee dat een griezelige oude blanke man haar aanraakt. Als je haar aanraakt, slaat ze jou verrot en klaagt mij vervolgens aan voor ongewenste intimiteiten. Begrepen?'

'Heeft zij dit gezegd? Ik zweer dat ik niets heb gedaan!'

'Dit is gewoon een waarschuwing, Lucien, oké? Raak haar niet aan, vertel haar geen gore moppen, vloek zelfs niet in haar bijzijn, en drink en rook niet als je bij haar in de buurt bent. Ze denkt dat zij advocaat is en wil er eentje worden. Behandel haar als een beroeps.'

'Ik dacht dat we uitstekend met elkaar konden opschieten.'

'Misschien is dat ook zo, maar ik ken je. Gedraag je.'

'Ik doe mijn best.'

'Je moet meer doen dan dat. Oké, maar nu moet ik door met mijn werk.'

Lucien vertrok, maar mompelde zo hard dat Jake het wel kon horen: 'Ze heeft wel een lekker kontje.'

'Kappen, Lucien!'

Op een gewone vrijdagmiddag was het bijna onmogelijk een rechter in de rechtbank of een advocaat in zijn kantoor te vinden. Het weekend begon vroeg en ze glipten allemaal weg voor allerlei dingen. Er werd veel vis gevangen, en veel bier geconsumeerd. Veel juridische kwesties werden uitgesteld tot maandag. En op druilerige vrijdagmiddagen in januari sloten advocaten en niet-advocaten hun kantoor vroeg en verlieten het plein.

Rechter Atlee zat op de voorveranda van zijn huis met een deken over zijn benen toen Jake er tegen vieren aankwam. De wind was gaan liggen en er dreef een grote wolk rook van zijn pijp boven de trap. Op het bordje bij de brievenbus stond dat het huis Maple Run heette. Het was een deftig oud herenhuis met gregoriaanse zuilen en verzakte luiken, een van de vele erfstukken in Clanton en Ford County. Het dak van Hocutt House een straat verderop was twee blokken hiervandaan te zien.

Reuben Atlee verdiende als rechter tachtigduizend dollar per jaar en gaf maar heel weinig geld uit aan zijn bezit. Zijn vrouw was al jaren dood en aan de bloembedden, de doorzakkende schommelstoelen op de veranda en de gescheurde gordijnen voor de ramen boven was duidelijk te zien dat er een vrouwenhand ontbrak. Hij woonde alleen. Zijn huishoudster, die heel lang voor hem had gewerkt, was ook dood en hij had niet de moeite genomen een nieuwe in te huren. Jake zag hem elke zondagochtend in de kerk en het was hem opgevallen dat de rechter in de loop der jaren er steeds iets minder verzorgd uitzag. Zijn pakken waren minder schoon. Zijn overhemden waren minder goed gesteven. De knoop in zijn stropdassen zat minder strak. Hij moest vaak dringend naar de kapper. Het was wel duidelijk dat rechter Atlee elke ochtend zijn huis verliet zonder de kritische blik van een ander.

Hij was geen echte drinker, maar hij genoot 's middags van een *toddy*, Amerikaanse whiskey, vooral op vrijdag. Zonder iets te vragen schonk hij ook voor Jake een groot glas whiskey in en zette het glas op het gevlochten tafeltje tussen hen in. Als je zakendeed met de rechter op zijn veranda, kreeg je altijd een toddy. De rechter leunde achterover in zijn favoriete schommelstoel, nam een grote slok en zei: 'Ze zeggen dat Lucien tegenwoordig vaak bij je op kantoor is.'

'Het is zijn kantoor,' zei Jake.

Ze keken uit over het gazon van de voortuin, dat bruin en drassig was midden in de winter. Ze hadden allebei hun jas nog aan en als de whiskey hem niet snel zou opwarmen, zou Jake, die geen deken had, misschien wel vragen of ze binnen konden zitten.

'Wat is hij van plan?' vroeg rechter Atlee. Hij en Lucien kenden elkaar al jaren en hadden samen veel meegemaakt.

'Ik heb hem gevraagd onderzoek te doen naar het land van Seth Hubbard, en naar een paar andere dingen.' Jake zou nooit zeggen wat Lucien hem die ochtend had verteld, vooral niet tegen Reuben Atlee. Wanneer bekend werd dat Lucien Wilbanks van plan was terug te komen, zouden de meeste rechters in de omgeving ontslag nemen.

'Houd hem in de gaten,' zei rechter Atlee, waarmee hij voor de zoveelste keer ongevraagd advies gaf.

'Hij is ongevaarlijk,' zei Jake.

'Hij is nooit ongevaarlijk.' Hij liet de ijsblokjes in zijn glas rammelen en leek ongevoelig voor de buitentemperatuur. 'Wat is het laatste nieuws over de zoektocht naar Ancil?'

Jake probeerde zonder een stukje ijs binnen te krijgen een slok whiskey te nemen. Zijn tanden begonnen te klapperen. Hij antwoordde: 'Niet veel. Onze jongens hebben een ex-vrouw gevonden in Galveston die met tegenzin toegaf dat ze dertig jaar geleden met ene Ancil Hubbard is getrouwd. Ze waren drie jaar getrouwd, kregen twee kinderen en toen verliet hij de stad. Is goudgeld schuldig aan alimentatie, maar dat kan haar niets schelen. Het ziet ernaar uit dat hij al zo'n vijftien jaar zijn echte naam niet meer gebruikt en is ondergedoken. We zijn nog aan het graven.'

'Zijn dat die jongens uit D.C.?'

'Ja, meneer, een firma met ex-FBI-experts die zich heeft gespecialiseerd in het vinden van vermiste personen. Ik weet niet hoe goed ze zijn, maar wel dat ze duur zijn. Ik heb een rekening die we moeten betalen.'

'Blijven doorgraven. Het hof beschouwt Ancil niet als dood tot we zeker weten dat hij dood is.'

'Ze controleren alle overlijdensregisters in de vijftig staten en in een stuk of twaalf andere landen. Dat kost tijd.'

'Hoe gaat het met het gerechtelijk vooronderzoek?'

'Snel. Dit is een vreemde zaak, rechter, want iedere betrokken advocaat wil zo snel mogelijk een rechtszaak. Hoe vaak hebt u dat meegemaakt?'

'Misschien wel nooit.'

'Deze zaak is voor elk kantoor een prioriteit, dus is iedereen bereid tot samenwerking.'

'Is er niemand die de zaak probeert te stagneren?'

'Niemand. Vorige week hebben we in drie dagen elf deposities afgewerkt, allemaal van leden van de kerk die Seth Hubbard op de ochtend voor zijn dood hebben gezien. Niets wat echt belangrijk of ongebruikelijk was. De getuigen zijn het over het algemeen met elkaar eens dat hij zichzelf leek, niet gek was en zich niet vreemd gedroeg. Tot nu toe hebben we vijf mensen ondervraagd die op zijn hoofdkantoor werken en die bij hem waren op de dag voordat hij dat testament schreef.'

'Dat heb ik gelezen,' zei rechter Atlee en hij nam een slok. *Schiet op.*

'Iedereen is experts aan het zoeken. Ik heb mijn paleograaf gevonden en...'

'Een handschriftexpert? Willen ze niet toegeven dat het Seth Hubbards handschrift is?'

'Nog niet.'

'Is er ook maar enige twijfel?'

'Nee, niet echt.'

'Dan moet je hierover een hoorzitting regelen voorafgaand aan het proces, dan kijk ik er wel even naar. Misschien kunnen we deze kwestie dan afhandelen. Ik wil alles stroomlijnen en de rechtszaak zo soepel mogelijk laten verlopen.'

Reuben Atlee schreef een boek over het 'stroomlijnen' van een rechtszaak. Hij had net zo'n hekel aan tijdverspilling als aan breedsprakige advocaten. Toen Jake pas afgestudeerd was, was hij erbij geweest toen een slecht voorbereide advocaat een onbevredigend betoog hield tegenover rechter Atlee. Toen hij zichzelf voor de derde keer herhaalde, snoerde de rechter hem de mond met: 'Denkt u dat ik stom ben, of doof?' Verbijsterd, maar wel zo verstandig om geen antwoord te geven, keek de advocaat alleen maar met een ongelovige blik omhoog. Daarop zei rechter Atlee: 'Mijn gehoorapparaat doet het prima en ik ben niet stom. Als u uzelf wéér herhaalt, vonnis ik in het voordeel van de tegenpartij. Ga nu maar verder, meneer.'

Ben je stom of doof? was een veelgestelde vraag in het juridische wereldje van Clanton.

Jake werd eindelijk een beetje warm van de whiskey en hij realiseerde zich dat hij het rustig aan moest doen. Eén glas was wel genoeg. Carla zou het niet leuk vinden als hij op vrijdagmiddag aangeschoten thuiskwam. Hij zei: 'Natuurlijk zullen er vrij veel medisch onderlegde getuigen zijn. Seth Hubbard had hevige pijnen en slikte veel medicijnen. De andere kant zal proberen te bewijzen dat dit zijn beoordelingsvermogen heeft beïnvloed, dus...'

'Dat begrijp ik, Jake. Naar hoeveel medische deskundigen moet de jury luisteren?'

'Op dit moment weet ik dat nog niet.'

'Hoeveel van de medische getuigenverklaringen kan een jury in deze stad begrijpen? Van de twaalf zijn er maximaal twee met een collegediploma, een paar schoolverlaters en de rest zal een highschooldiploma hebben.'

'Seth Hubbard had geen enkel diploma,' zei Jake.

'Klopt, en ik durf te wedden dat hem nooit is gevraagd tegenstrijdige medische verklaringen tegen elkaar af te wegen. Waar het mij om gaat, Jake, is dat we moeten voorkomen dat de jury wordt overvoerd met te veel deskundige meningen.'

'Dat begrijp ik, maar als ik aan de andere kant stond zou ik heel veel experts inhuren om twijfel te zaaien. Breng de juryleden in verwarring, geef hun een reden om te geloven dat Seth niet helder kon denken. Zou u dat ook niet doen, rechter?'

'Laten we de processtrategie maar niet bespreken, Jake. Ik vind het niet prettig om beïnvloed te worden. Dat is tegen de regels, weet je?' Hij zei dit met een glimlach, maar zijn punt was gemaakt.

Even hing er een geladen stilte, terwijl ze slokjes whiskey namen en van de stilte genoten.

Ten slotte zei de rechter: 'Je bent al zes weken niet betaald.'

'Ik heb de papieren bij me.'

'Hoeveel uren?'

'Tweehonderdtien.'

'Dus, iets meer dan dertigduizend?'

'Ja, meneer.'

'Klinkt redelijk. Ik weet dat je heel hard werkt, Jake, en ik keur je declaratie met alle plezier goed. Maar er is wel iets waar ik me zorgen over maak, als je het goedvindt dat ik me met jouw zaken bemoei.'

Op dit moment kon niets wat Jake zei de rechter ervan weerhouden zich met zijn zaken te bemoeien. Als de rechter je mocht, voelde hij zich geroepen je ongevraagd advies te geven over allerlei onderwerpen. Je werd geacht jezelf gelukkig te prijzen dat hij je deze gunst bewees. 'Zeg het maar,' zei Jake en hij zette zich schrap.

Gerammel van ijsblokjes, een slok en toen: 'Nu en in de nabije toekomst zul je goed worden betaald voor je werk en dat zal niemand je misgunnen. Zoals je al zei, is deze puinhoop veroorzaakt door Seth Hubbard, en hij wist dat dit zou gebeuren. Het zij zo. Maar ik betwijfel of het verstandig is dat je de indruk wekt opeens zoveel geld te hebben. Mevrouw Lang is met haar gezin in het Sappington-huis getrokken, dat, zoals we weten, niets bijzonders is en al heel lang onverkocht is gebleven; maar het staat evengoed niet in Lowtown, de zwarte wijk, maar aan onze kant van het spoor. Daar wordt over gemopperd. Dat ziet er niet goed uit. Heel veel mensen denken dat ze al profiteert van het geld, en dat vinden ze maar niets. En nu wordt beweerd dat jij je oog op Hocutt House hebt laten vallen. Vraag me niet hoe ik dat weet; dit is een klein stadje. Zo'n actie op dit moment zou veel aandacht trekken, en niet in positieve zin.'

Jake was sprakeloos. Terwijl hij naar de hoogste puntgevel van Hocutt House in de verte keek, probeerde hij tevergeefs te bedenken wie het wie had verteld en hoe dit was uitgelekt. Willie Traynor had hem geheimhouding laten beloven omdat hij, Willie, niet door andere kopers lastig-

265

gevallen wilde worden. Harry Rex was een vertrouweling van zowel Jake als Willie, en hoewel hij het heerlijk vond om roddels te verspreiden, zou hij dit soort informatie nooit doorvertellen. 'Daar dromen we alleen maar van, rechter,' zei Jake moeizaam. 'Ik kan het me niet permitteren en bovendien ben ik nog met die rechtszaak bezig. Maar bedankt.'

Bedankt dat je je weer met mijn zaken hebt bemoeid, rechter. Hoewel, toen Jake diep inademde en zijn woede liet wegtrekken, moest hij toegeven dat hij en Carla ditzelfde gesprek ook hadden gevoerd. Door een dergelijke verdachte aankoop zouden velen denken dat Jake voordeel had ten koste van een dode man.

'Is er al over een schikking gesproken?' vroeg de rechter.

'Ja, even,' zei Jake snel, blij dat het onderwerp onroerend goed van tafel was.

'En?'

'Dat heeft nergens toe geleid. Seth Hubbard was heel duidelijk in zijn brief aan mij. Volgens mij schreef hij letterlijk: "Ga het gevecht met hen aan, meneer Brigance, tot het bittere eind. Wij moeten zegevieren." Dat laat niet veel ruimte open voor een schikking.'

'Maar Seth Hubbard is dood en deze rechtszaak die hij heeft veroorzaakt niet. Wat zeg je tegen Lettie Lang als, en wanneer, de jury tegen haar vonnist en zij niets krijgt?'

'Lettie Lang is niet mijn cliënt, dat is de nalatenschap en het is mijn taak om te zorgen dat wordt voldaan aan de voorwaarden in het testament dat die nalatenschap heeft gecreëerd.'

Rechter Atlee knikte alsof hij het hiermee eens was, maar zei het niet.

27

Charley Pardues bezoek was gelukkig goed getimed. Het was zaterdagochtend en Simeon was weer vertrokken. Als hij thuis was geweest, waren hij en Charley elkaar meteen aangevlogen en dat zou een naar gevecht zijn geworden.

Maar op het moment dat Charley op de deur van het Sappington-huis
klopte, was het huis vol vrouwen en kinderen. De kinderen aten muesli
uit de doos en keken tv, terwijl de vrouwen in de smerige keuken in kamerjas en pyjama koffiedronken en kletsten.

Phedra deed de deur voor hem open en installeerde hem in de woonkamer. Daarna rende ze naar de keuken en hijgde: 'Mama, er is een man
die je wil spreken en hij is zó chic!'

'Wie is het?'

'Charley Pardue en hij zegt dat hij denkt dat hij een neef is.'

'Nooit gehoord van iemand die Charley Pardue heet,' zei Lettie, opeens
op haar hoede.

'Nou, hij is hier en hij is een schatje!'

'Is het de moeite waard met hem te praten?'

'O ja!'

De vrouwen stommelden naar boven en kleedden zich snel om. Phedra glipte via de achterdeur naar buiten en rende om het huis heen naar
voren. Gele Cadillac: nieuw model, smetteloos schoon, kenteken uit Il-
linois. Charley was zelf al even fraai: donker pak, wit overhemd, zijden
stropdas, diamanten dasspeld en ten minste twee kleine, smaakvolle diamanten aan zijn vingers – geen trouwring. Gouden armband om zijn
rechterpols en een indrukwekkend horloge om zijn linker. Hij straalde
uit dat hij een gladde jongen uit de grote stad was, en Phedra wist al dat
hij uit Chicago kwam voordat hij binnen was. Ze wilde per se bij haar
moeder blijven toen Lettie beneden kwam en naar hem toe ging. Portia
en Clarice zouden hen later gezelschap komen houden. Cypress bleef in
de keuken.

Charley noemde een paar namen, die haar echter geen van alle iets
zeiden. Hij zei dat hij uit Chicago kwam en daar werkte als entrepreneur,

wat dat ook mocht betekenen. Hij had een brede, gemakkelijke glimlach, gedroeg zich ongedwongen en zijn ogen schitterden als hij lachte. De vrouwen ontspanden zich meteen. In de afgelopen vier maanden had Lettie veel mensen op bezoek gehad. Velen van hen beweerden, net als Charley, dat ze bloedverwanten waren. Gezien haar karige stamboom was ze natuurlijk cynisch en had ze veel mogelijke familieleden weggestuurd. Lettie was onofficieel geadopteerd door Clyde en Cypress Tayber, nadat ze verschillende keren in de steek was gelaten. Ze had geen idee wie haar grootouders waren. Portia was urenlang bezig geweest met het doornemen van de schaarse informatie over haar voorouders en dat had weinig opgeleverd. Charley verraste hen met de mededeling: 'Mijn oma van moeders kant was een Rinds, en volgens mij ben jij ook een Rinds, Lettie.'

Hij haalde een paar papieren tevoorschijn en ze gingen aan de eettafel zitten, waar hij ze op uitspreidde. Hij vouwde een tekening open van iets wat, van een afstandje, meer aan een paar struiken deed denken dan aan een volwassen boom. Er stonden allerlei gebogen lijnen op, met aantekeningen in de marge. Wat het ook was, het zou uren kosten alles te ontcijferen.

'Mijn moeder heeft me hiermee geholpen,' zei Charley. 'Haar moeder was een Rinds.'

'Waar komt de naam Pardue vandaan?' vroeg Portia.

'Van mijn vaders kant. Zij komen uit Kansas City en hebben zich lang geleden in Chicago gevestigd. Daar hebben mijn ouders elkaar leren kennen.' Hij wees met een vulpen naar zijn stamboom. 'Deze gaat terug tot Jeremiah Rinds, een slaaf die rond 1841 in de buurt van Holly Springs is geboren. Hij had vijf of zes kinderen, en een van hen was Solomon Rinds. Solomon had minstens zes kinderen, en een van hen was Marybelle Rinds, mijn oma. Zij is de moeder van mijn moeder, Effie Rinds, die in 1920 in deze county is geboren. In 1930 vertrokken Marybelle Rinds en haar man en nog een paar andere Rinds naar Chicago, en zijn nooit meer teruggegaan.'

Portia zei: 'In hetzelfde jaar werd het bezit van Sylvester Rinds overgedragen aan de familie Hubbard.' De anderen hoorden dit wel, maar het zei hun niets. Zelfs Portia wist niet zeker of er een verband was, er waren te veel onbekende grootheden.

'Daar weet ik niets van,' zei Charley, 'maar mijn moeder herinnert zich een nicht die volgens haar enig kind was van Sylvester Rinds. Voor zover wij weten is die nicht rond 1925 geboren. Na 1930 hadden ze geen contact meer, want toen verspreidde de familie zich. Maar binnen de familie werd wel geroddeld: dat meisje zou een baby hebben gekregen toen ze nog heel jong was, de vader stapte op een trein en de familie weet niet wat er van die baby is geworden. Mijn moeder weet nog dat dit nichtje Lois heette.'

'Ik heb gehoord dat mijn moeder Lois heette,' zei Lettie behoedzaam.

'Nou, dan moeten we even op je geboorteakte kijken,' zei Charley, alsof ze eindelijk een belangrijk punt hadden.

'Nooit gehad,' zei Lettie. 'Ik weet dat ik in 1941 in Monroe County geboren ben, maar er is geen officieel certificaat.'

'Van haar ouders is amper iets bekend,' voegde Portia eraan toe. 'Dat hebben we kortgeleden ontdekt, in Monroe County. De moeder is L. Rinds, zestien jaar. De vader is H. Johnson, maar meer staat er niet over hem.'

Charley was meteen ontmoedigd. Hij had zo hard gewerkt en hij had zo ver gereisd om zijn bloedlijn met zijn nieuwe nicht te bewijzen, en nu kwam hij tot de ontdekking dat het een doodlopende weg was. Hoe kon je leven zonder geboorteakte?

Portia zei: 'Mijn moeder werd min of meer geadopteerd door Cypress en haar man, en ze was al dertig toen ze dat hoorde. Maar toen waren al heel veel familieleden dood en verspreid, zodat het niet echt iets uitmaakte.'

Lettie zei: 'Ik was getrouwd en had drie kinderen toen ik het ontdekte. Ik kon dus niet echt weggaan om te proberen een stelletje overleden familieleden op te sporen. Bovendien kon het me niet veel schelen, nog steeds niet. Ik was een Tayber. Clyde en Cypress waren mijn ouders. Ik had zes broers en zussen.' Ze klonk een beetje verdedigend en daar baalde ze zelf van; ze was deze onbekende toch zeker geen verklaring schuldig? Of hij nu een neef was of niet.

Portia zei: 'Dus volgens jouw theorie zou mijn moeder een Rinds uit Ford County kunnen zijn, maar is dat niet te bewijzen.'

'O, maar volgens mij is ze echt een Rinds,' zei Charley, wanhopig vasthoudend aan zijn theorie. Hij tikte op zijn papieren alsof ze de onbetwiste waarheid bevatten. 'Wij zijn waarschijnlijk in de zevende of achtste graad verwant.'

'Net als iedere andere zwarte in Noord-Mississippi,' zei Lettie, bijna fluisterend. De vrouwen liepen weg van de tafel. Shirley, Letties zus, kwam binnen met een pot koffie en schonk hun kopjes weer vol.

Charley leek niet uit het veld geslagen en bleef maar doorkletsen, nu over iets anders dan bloedverwantschap en vage familieverhalen. Hij was hier op zoek naar geld, en hij had zijn huiswerk gedaan. Zijn nasporingen hadden Lettie dichter bij haar voorouders gebracht dan ooit, maar er waren domweg onvoldoende bewijzen om de losse eindjes aan elkaar te knopen. Er waren nog te veel hiaten, te veel vragen die nooit konden worden beantwoord.

Portia trok zich terug en luisterde nu alleen maar. Ze begon moe te worden van zijn diamanten en gladde praatjes, maar was heel blij met zijn onderzoek. Zij en Lucien, en nu ook Lettie, gingen ervan uit dat Lettie familie was van de Rinds die ooit eigenaar waren van het land dat Hubbard in 1930 in bezit had gekregen. Als ze dit konden bewijzen, kon dat verklaren waarom Seth deed wat hij had gedaan. En misschien ook niet. Het zou ook honderd nieuwe vragen kunnen oproepen, waarvan enkele ook nadelig konden zijn. Was iets hiervan bruikbaar in de rechtszaal? Waarschijnlijk niet, volgens Lucien, maar het was de moeite van hun verbeten zoektocht waard.

'Waar kun je hier het beste lunchen?' vroeg Charley opeens. 'Dan trakteer ik jullie op een lunch.'

Wat een Chicago-achtig idee! Zwarte mensen in Clanton gingen zelden uit eten en het was een onweerstaanbaar voorstel om op zaterdag te gaan lunchen met een charmante jongeman die ook de rekening zou betalen. Ze waren het al snel eens over Claude's, het café van een zwarte eigenaar op het plein. Jake at daar elke vrijdag en had zelfs Portia een keer meegenomen. Op zaterdag grilde Claude varkenskarbonade en zat de zaak vol.

De laatste keer dat Lettie in een nieuw model Cadillac had gezeten, was de ochtend waarop ze Seth naar zijn kantoor had gebracht, de dag voor zijn zelfmoord. Hij had haar laten rijden en ze was doodnerveus geweest. Daar dacht ze aan toen ze voorin zat, naast Charley. Haar drie dochters zaten op de zachte leren achterbank en bewonderden het prachtige interieur. Charley praatte onophoudelijk, reed langzaam zodat de locals zijn auto konden bewonderen en al na een paar minuten vertelde hij dat hij aan de zuidkant van Chicago een bijzonder lucratieve uitvaartonderneming wilde kopen. Portia keek naar Phedra, die naar Clarice keek. Charley zag dat wel in de achteruitkijkspiegel, maar praatte gewoon door.

Volgens zijn moeder – achtenzestig, kerngezond en een ijzersterk geheugen – woonde haar tak van de familie Rinds vlak bij de anderen, en hadden ze op een bepaald moment een redelijk grote gemeenschap gevormd. Maar na enige tijd trokken ze, net als zoveel anderen, naar het noorden op zoek naar banen en een beter leven. Na hun vertrek uit Mississippi hadden ze geen enkele behoefte terug te gaan. De Rinds in

Chicago stuurden geld naar de Rinds die waren achtergebleven, en na verloop van tijd waren alle Rinds dood of vertrokken. Die uitvaartonderneming zou een goudmijn kunnen zijn.

Het was twaalf uur en het kleine restaurant zat halfvol. In een smetteloos wit schort werkte Claude in het restaurant, terwijl zijn zus de keuken bemande. Menu's waren niet nodig. De dagmenu's werden soms op een schoolbord gekrabbeld, maar meestal at je gewoon wat zijn zus klaarmaakte. Claude serveerde het eten en organiseerde de boel, zat achter de kassa, veroorzaakte meer roddels dan hij doorvertelde en regeerde de tent met ijzeren hand. Tegen de tijd dat Charley en de dames op hun plaats zaten en ijsthee hadden besteld, had Claude al gehoord dat ze allemaal familie van elkaar waren. Hij rolde met zijn ogen toen hij dit hoorde; iedereen was tegenwoordig immers familie van Lettie?

Een kwartier later kwamen Jake en Lucien binnenlopen, alsof ze toevallig langskwamen. Dat was niet zo. Portia had Lucien een halfuur eerder gebeld met het laatste nieuws. Er was een redelijke kans dat Charley een link was met het verleden, met het geheim van de familie Rinds, en daarom dacht ze dat Lucien zelf wel even wilde kijken. Nadat ze aan elkaar waren voorgesteld, zette Claude de twee blanken op een andere plek.

Terwijl ze de gegrilde karbonades met aardappelpuree opaten, bleef Charley doortetteren over de indrukwekkende voordelen van de begrafenisbusiness in 'een stad van vijf miljoen', hoewel de vrouwen hun belangstelling allang waren verloren. Hij was getrouwd geweest, maar nu gescheiden; hij had twee kinderen, die nu bij hun moeder woonden; hij had op college gezeten. De vrouwen luisterden afwezig en genoten intens van hun lunch. Tegen de tijd dat de kokostaart werd gebracht, negeerden de vrouwen hem volkomen en roddelden ze over een diaken die ervandoor was gegaan met de vrouw van een ander.

Tegen het eind van die middag ging Portia naar Luciens huis, voor het eerst. Het weer was omgeslagen, het was nu guur en winderig, zodat ze niet op de veranda konden zitten. Ze kon niet wachten om Sallie te leren kennen, een vrouw die zelden in de stad werd gezien maar die iedereen kende. Hun woonsituatie was een eindeloze bron van veroordeling aan beide kanten van het spoor, maar Sallie en Lucien leken zich daar niets van aan te trekken. Portia had algauw gemerkt dat Lucien zich eigenlijk nergens iets van aantrok, tenminste, niet als het om de gedachten of meningen van andere mensen ging. Hij tierde over onrechtvaardigheid, de geschiedenis of de wereldproblemen, maar trok zich niets aan van de mening van anderen.

Sallie was een jaar of tien ouder dan Portia. Ze was niet opgegroeid in Clanton; eigenlijk wist niemand waar haar familie vandaan kwam. Portia vond haar beleefd en vriendelijk, en ze leek op haar gemak nu er een andere zwarte vrouw in huis was. Lucien had de open haard in zijn werkkamer aangestoken en Sallie bracht hun warme chocolademelk. Lucien deed een scheut cognac in zijn melk, maar Portia niet. Ze vond het maar een vreemd idee om alcohol aan zo'n troostrijk drankje toe te voegen, maar Portia was al lang geleden tot de ontdekking gekomen dat ze Lucien eigenlijk nooit iets had zien drinken wat niet kon worden verbeterd met een scheut sterkedrank.

In het bijzijn van Sallie, die af en toe ook iets zei, werkten ze een uur lang de stamboom bij. Portia had opgeschreven wat Charley had gezegd; belangrijke zaken zoals namen en data, en onbelangrijke zaken zoals de sterfdata en verdwijning van mensen die geen familie van hen waren. Er woonden verschillende Rinds in de omgeving van Chicago, en ook een stel in Gary. Charley had het over ene Boaz gehad, een verre neef die in Birmingham woonde, van wie hij geen adres had, en over een neef die naar Texas was verhuisd et cetera.

Portia moest zichzelf af en toe even in haar arm knijpen! Ze zat hier bij de open haard in een prachtig oud huis – een huis met een geschiedenis – en dronk warme chocolademelk die door iemand anders was klaargemaakt en praatte met een beroemde ouwe rot als Lucien Wilbanks. Ze was een gelijke. Daar moest ze zichzelf steeds aan herinneren, maar het was echt zo, want Lucien behandelde haar als zodanig. Er was een grote kans dat het tijdverspilling was dat ze het verleden probeerden na te jagen, maar wat wás het een fascinerend onderzoek! Lucien was geobsedeerd door deze puzzel. Hij was ervan overtuigd dat Seth Hubbard een goede reden had gehad om te doen wat hij had gedaan. En die reden was niet seks of gezelschap.

Portia had haar moeder heel voorzichtig en met alle respect, vertrouwen en liefde die ze maar kon opbrengen, die belangrijke vraag gesteld.

Nee, had Lettie gezegd. Nooit. Dat was nooit een optie geweest, niet voor haar in elk geval. Er was nooit over gepraat, het was nooit een mogelijkheid geweest. Nooit.

Randall Clapp stopte de envelop in de brievenbus voor het hoofdpostkantoor van Oxford. Het was een blanco envelop, wit, A4-formaat, zonder de naam van de afzender, geadresseerd aan Fritz Pickering in Shreveport, Louisiana. Er zaten twee vellen papier in: de volledige kopie van het handgeschreven testament van Irene Pickering, ondertekend door haar op 11 maart 1980. De andere kopie was opgeborgen in Wade La-niers kantoor, achter slot en grendel. Het origineel zat in het dossier dat was gestolen uit het kantoor van Freeman, twee straten verderop.

Het plan was dat Fritz Pickering een anonieme brief kreeg, met post-stempel Oxford, die zou openmaken, het oude testament zou herkennen en zich zou afvragen wie hem dat in vredesnaam had gestuurd. Hij had misschien wel een vermoeden, maar zou het nooit zeker weten.

Het was zaterdagavond laat, de studentenbars waren smoordruk en de politie maakte zich daar meer zorgen over dan over een onbelangrijke inbraak in een klein advocatenkantoor. Terwijl Clapp in de steeg op de uitkijk stond, liep Erby via de achterdeur naar binnen. Nog geen vijf minuten later had hij het Pickering-dossier alweer teruggelegd op zijn oorspronkelijke plaats.

28

Op maandag 20 februari riep rechter Atlee alle betrokkenen bij elkaar voor een overzicht van de stand van zaken. Omdat het geen officiële hoorzitting was, liet hij de rechtszaal afsluiten om verslaggevers en toeschouwers te weren. De meeste deelnemers waren aanwezig: aan de ene kant de Hubbards, en aan de andere kant Lettie en Phedra; de veteranen zaten vlakbij te kijken, als wachtposten. Nog steeds geen teken van leven van Ancil, hoewel rechter Atlee nog niet bereid was hem dood te verklaren.

Atlee ging in de rechtersstoel zitten, in zijn toga, zei kortaf 'Goedemorgen' en riep de namen af van de advocaten. Iedereen was aanwezig. Algauw was duidelijk dat de rechter niet in een goede bui was en zich waarschijnlijk niet goed voelde. Met een vermoeide stem zei hij: 'Heren, deze zaak staat op de rol als een juryproces, te beginnen vandaag over precies zes weken. Vanaf de zijlijn volg ik het gerechtelijk vooronderzoek en ik zie geen enkele reden waarom we daar niet zoals gepland op 3 april mee klaar kunnen zijn. Mis ik iets? Is er een reden om het proces uit te stellen?'

Iedereen schudde ernstig zijn hoofd: *Nee meneer, geen enkele reden.* Zoals Jake had gezegd, was het inderdaad een vreemde zaak, want iedere advocaat wilde zo snel mogelijk met het proces beginnen. Als er al iemand zou willen treuzelen, was dat Jake, en daar had hij een uitstekende reden voor: hij kreeg honderdvijftig dollar per uur. Maar rechter Atlee zat ook hem op zijn huid, zodat de zaak die officieel bekendstond als *In Re: De Nalatenschap van Henry Seth Hubbard* in recordtempo dichterbij kwam.

De rechter zei: 'Goed, de heer Brigance heeft de eerste boedelbeschrijving in zijn bezit en volgens mijn schriftelijke instructies moet deze zo vertrouwelijk mogelijk blijven.' Portia deelde de kopieën uit aan de tegenpartij. 'Dit deel van de stukken heb ik voor het publiek afgesloten, omdat het alleen maar nadelig kan zijn als dit gevoelige materiaal openbaar wordt. Jullie, als raadslieden, en jullie cliënten hebben het recht te weten wat er in de nalatenschap zit, dus kijk maar even.'

De advocaten pakten snel hun kopie van de boedelbeschrijving op en namen hem door. Sommige hadden de geschatte waarde al gehoord, maar wilden het toch nog zwart-op-wit zien. Ruim vierentwintig miljoen! Dat bevestigde nog eens waarom ze dit deden, waarom ze hiervoor vochten.

Even was het doodstil in de rechtszaal toen ze dit op zich lieten inwerken. Meer geld dan ieder van hen ooit zou kunnen verdienen in een lange carrière. Er werd wat gefluisterd en iemand grinnikte om een opmerking.

Rechter Atlee zei: 'Nu wil ik iets tegen de verdedigers zeggen. Als ik naar het gerechtelijk vooronderzoek kijk, lijkt het erop dat jullie de geldigheid van het handschrift ter discussie willen stellen. Jullie hebben twee experts op dat gebied ingeschakeld en ik neem aan dat de verdedigers hun eigen getuige-deskundigen zullen moeten inhuren. Ik heb voorbeelden van het handschrift bekeken – vooral het testament, de instructies met betrekking tot de begrafenis, het briefje dat de heer Hubbard op zijn keukentafel had gelegd en de brief aan de heer Brigance van 1 oktober. Ik heb ook de andere voorbeelden van zijn handschrift gezien die gearchiveerd zijn. Welnu, meneer Lanier en meneer Rush, bent u serieus van plan aan te vechten dat dit testament door iemand anders is geschreven dan Seth Hubbard?' Zijn toon liet er weinig twijfel over bestaan wat hij daarvan vond.

Rush en Lanier stonden langzaam op, geen van beiden wilde eigenlijk antwoorden. Lanier zei: 'Edelachtbare, daarover zijn we nog in gesprek.'

'Nou, schiet dan maar op,' zei rechter Atlee kortaf. 'Het is onzin en jullie verspillen mijn tijd. Zelfs een blinde kan zien dat het zijn handschrift is. Iedere expert die in deze rechtszaal iets anders beweert, zal door de jury worden uitgelachen en een standje krijgen van het hof.'

Daarmee was de kwestie van het handschrift afgehandeld. Ze gingen zitten. Lanier fluisterde tegen zijn sidekick Lester Chilcott: 'Wat heeft hij verder al besloten?'

Rechter Atlee keek naar Jake en gromde: 'Meneer Brigance, is er al enige vooruitgang geboekt in de zoektocht naar Ancil Hubbard? Vijf procent van deze nalatenschap is heel veel geld!'

Verdomd, rechter, het is dat u het zegt! wilde Jake zeggen alsof hij ergens anders aan had gedacht, maar hij stond netjes op en zei: 'Niet echt, edelachtbare. Dat onderzoek heeft bar weinig opgeleverd. Ancil is lang geleden andere namen gaan gebruiken. We hebben geen bewijs gevonden dat hij dood is, en ook niet dat hij nog leeft.'

'Uitstekend. Het volgende punt dat ik wil bespreken is het aantal kandidaat-juryleden. Het is al ruim acht jaar geleden dat ik een juryproces heb voorgezeten en ik moet toegeven dat ik het allemaal niet meer goed weet. Ik heb gesproken met rechter Noose, rechter Handleford en anderen van het tiende district, dus ik word uitstekend geadviseerd. Zij schijnen te denken dat een groep van honderd voldoende zal zijn. Heren?'

Geen reactie.

'Goed. Dan zal ik de griffier opdracht geven om dat aantal namen uit het kiesregister te halen, en ik zorg ervoor dat die lijst twee weken voor het proces beschikbaar is; dezelfde procedure als voor de Circuit Court, de rondtrekkende rechtbank. Hier gelden dezelfde standaard voorzorgsmaatregelen en waarschuwingen tegen niet-geautoriseerd contact met de jurypool. Dit is een zaak die veel belangstelling krijgt, heren, en ik denk weleens dat iedereen in deze county zich al een mening heeft gevormd.'

Jake stond op en zei: 'In dat geval, edelachtbare, moeten we misschien overwegen de zaak te verplaatsen naar een ander arrondissement.'

'Daar kunt u om vragen, meneer Brigance. Ik heb nog geen officiële aanvraag gezien.'

'Die heb ik ook niet ingediend. Ik denk alleen maar hardop. Wanneer de meesten van onze potentiële juryleden de zaak al kennen, lijkt het juist om de zaak te verplaatsen.'

'Meneer Lanier?' vroeg rechter Atlee, en hij keek naar de andere advocaten. 'Meneer Rush? Meneer Zeitler? Iemand?'

Wade Lanier stond uiterst gefrustreerd op. 'Het is nog nooit voorgekomen dat een erfrechtproces in Mississippi is verplaatst. Nooit. Dat hebben we nagekeken.' Lester Chilcott begon opeens in zijn dikke aktetas te graaien. 'En het lijkt een beetje te ver te gaan om te beweren dat iedereen in deze county zich al een mening heeft gevormd voordat we de bewijzen hebben gepresenteerd.' Chilcott gaf hem een dik verslag. 'Dit is het, wanneer het hof zou willen kijken. Geen enkele erfrechtzaak.'

Jake was onder de indruk van dit onderzoek, maar rechter Atlee niet echt. Hij zei: 'Ik geloof u op uw woord, voorlopig. Ik zal dat onderzoek later wel bekijken.'

Jake was niet echt van plan de zaak te laten verplaatsen, omdat hij wilde dat die in zijn rechtszaal plaatsvond, maar toch had het ook voordelen om de zaak in een ander arrondissement te laten behandelen: 1) ze hadden kans op meer zwarte juryleden; 2) ze vermeden de blijvende schade door Booker Sistrunk, zijn grote mond, zijn *race-baiting* en zijn zwarte Rolls-Royce; 3) ze konden juryleden vinden die nog niet hadden geroddeld over Lettie en haar familie, hun problemen en hun nieuwe huurwoning buiten Lowtown, en 4) ze konden een jury selecteren die nog niet was beïnvloed door eindeloze speculaties over Lettie en Seth Hubbard en wat die twee echt hadden gedaan. Deze factoren en onderwerpen waren de afgelopen weken besproken door Jake en Lucien, en in toenemende mate Portia. Ze konden het zo vaak bespreken als ze wilden, maar het was tijdverspilling. Rechter Atlee zou de zaak niet verplaatsen en dat had hij ook al tegen Jake gezegd. Dus Jake blufte en genoot van de gezichten van zijn tegenstanders die zich onmiddellijk tegen dat voorstel verzetten. Hij zei: 'Rechter, wanneer u denkt dat iedereen in Ford County zich al een mening heeft gevormd, zal ik een verzoek indienen de zaak te verplaatsen.'

Rechter Atlee zei: 'Ik heb een beter idee, meneer Brigance. Laten we wachten op de honderd namen en met de selectie beginnen. Dan weten we meteen of we hier onze tijd verspillen. Als het erop lijkt dat we geen onpartijdige jury kunnen samenstellen, dan verplaatsen we de zaak. Er zijn heel veel rechtszalen in deze staat, ten minste één in elke county.'

Jake ging zitten, net als Wade Lanier en Stillman Rush.

Rechter Atlee pakte een paar papieren en begon een discussie over de resterende deposities. Nu de advocaten in een opvallend toegeeflijke bui waren, leverde dit vrijwel geen problemen op. Ze maakten een afspraak voor een bijeenkomst op 20 maart, twee weken voor het proces.

De bespreking werd afgesloten.

Maar de bespreking ging vijftien minuten later weer verder, in het kantoor van rechter Atlee verderop in de gang. Alleen advocaten – geen cliënten, juridisch medewerkers, griffiers of wie dan ook die niet kon worden vertrouwd – alleen de advocaten en de rechter, die zijn toga had uitgetrokken en aan zijn pijp zat te trekken.

Toen ze allemaal zaten, zei hij: 'Heren, de komende minuten zullen we bespreken of een schikking in deze zaak mogelijk is. Ik heb geen reserves om door te gaan met dit proces, sterker nog, om verschillende redenen heb ik er zin in! Ik zit vrijwel nooit een juryproces voor en ik heb zelden zo'n intrigerende zaak meegemaakt als deze. Maar ik zou mijn rol als onpartijdige scheidsrechter niet goed uitvoeren als ik niet zou kijken of er manieren zijn om alle partijen iets te geven, hoewel misschien minder dan ze zouden willen. Het gaat om heel veel geld, heren, en er is vast en zeker wel een mogelijkheid om de koek te verdelen en iedereen tevreden te stellen.' Tijdens de geladen stilte die hierop volgde, zoog hij luidruchtig aan zijn pijp. 'Mag ik een eerste voorstel doen?'

Alsof hij hier toestemming voor nodig had. Alle advocaten knikten ja, maar behoedzaam.

'Uitstekend. Neem de twee kleinere legaten van vijf procent elk; geef de kerk alles en stop Ancils deel in een fonds tot we op een later moment hebben besloten wat we daarmee gaan doen. Neem de resterende negentig procent en verdeel die in drieën; een derde naar Lettie Lang; een derde naar Herschel Hubbard; een derde naar Ramona Hubbard Dafoe. Als we ervan uitgaan dat de Belastingdienst vijftig procent opslokt, krijgt iedere begunstigde een bedrag van ongeveer 3,6 miljoen. Veel minder dan ze allemaal willen, maar veel meer dan iedereen krijgt als de andere kant wint. Wat vinden jullie hiervan?'

'Ik weet zeker dat de kerk hiermee akkoord gaat,' zei Jake.

'Daardoor houden wij er niets aan over, edelachtbare,' zei Zack Zeitler, raadsman van de kinderen van Herschel.

'Datzelfde geldt hier,' zei Joe Bradley Hunt, raadsman voor de kinderen van Ramona.

'Natuurlijk,' zei rechter Atlee. 'Maar we kunnen veilig aannemen dat de kinderen een redelijk deel van een dergelijke schikking krijgen. Hun ouders krijgen opeens een dikke erfenis, dus zullen zij er ook wel iets van krijgen. Misschien kunnen jullie vastleggen dat een deel naar een fonds gaat voor de kinderen. Het is maar een idee.'

'Misschien,' zei Zeitler, die benauwd naar de andere advocaten keek, alsof die hem in het nauw hadden gedreven.

'Interessant,' mompelde Wade Lanier. 'Ik denk dat mijn cliënten het wel in overweging zouden willen nemen.'

'De mijne ook,' zei Stillman Rush.

Rechter Atlee kauwde op de gehavende steel van zijn pijp en keek naar Jake, die zich grote zorgen maakte over deze hinderlaag. Hij was niet op de hoogte geweest van deze spontane schikkingsbespreking, en hij had absoluut niet geweten dat zijn oude vriend van plan was een concreet voorstel te doen. Rechter Atlee vroeg: 'Jake?'

Jake zei: 'Jullie hebben allemaal een kopie van Seth Hubbards brief aan mij, die aan zijn testament gehecht was. Zijn instructies aan mij zijn heel duidelijk. Zijn wensen en eisen met betrekking tot zijn twee volwassen kinderen zouden niet duidelijker kunnen zijn. Ik stel voor dat jullie die brief en het testament nog eens doorlezen. Ik vertegenwoordig de nalatenschap, en ik heb mijn instructies. Het is mijn taak om het testament van de heer Hubbard te verdedigen en erop toe te zien dat zijn kinderen geen cent krijgen. Ik heb geen keus. Ik zal niet meewerken aan welke schikking dan ook.'

'Moet je dit niet bespreken met je cliënt?' vroeg Stillman.

'Mijn cliënt is de nalatenschap, en die wordt vertegenwoordigd door de heer Quince Lundy, de administrateur.'

'Ik heb het over Lettie Lang.'

'Maar ik vertegenwoordig Lettie Lang niet. Wij hebben dezelfde belangen – de uitvoering van dat handgeschreven testament – maar ik ben niet haar advocaat. Dat heb ik iedereen duidelijk gemaakt, vooral haar. Als belanghebbende heeft zij het recht een advocaat in de arm te nemen, wat ze al eens heeft geprobeerd, maar die is in de gevangenis beland.'

'Ergens mis ik die ouwe Booker wel,' zei Wade Lanier en hij kreeg een paar lachers op zijn hand.

Jake ging door: 'Wat ik dus wil zeggen, is dat ik haar advocaat niet ben.'

Stillman zei: 'Natuurlijk niet, Jake, feitelijk niet, maar op dit moment heb jij meer invloed op haar dan wie dan ook. Verdomd, haar dochter is jouw assistente, of secretaresse, of zo.'

'Ik heb meer personeel.'

Wade Lanier zei: 'Jake, je kunt ons niet wijsmaken dat Lettie, als jij haar nu vertelde dat ze over twee maanden – verdomme, over twee weken! – drie miljoen dollar kan hebben, die kans niet met beide handen zou aangrijpen.'

'Ik weet niet wat zij zou doen. Ze is een trotse vrouw die zich beledigd voelt door de gemeenschap. Zij ziet uit naar haar optreden in de rechtbank.'

'Drie miljoen dollar zou iets van die belediging kunnen wegnemen,' zei Lanier.

'Misschien wel, maar ik ben niet bereid te schikken. Als het hof dat wenst, zal ik me terugtrekken als de advocaat voor de nalatenschap, maar zolang ik dat ben, ben ik niet in de positie om te schikken.'

Rechter Atlee stak met een lucifer zijn pijp weer aan en blies rook uit. Hij leunde op zijn ellebogen naar voren en zei: 'Heren, volgens mij heeft hij gelijk. Wanneer bewezen is dat dit testament rechtsgeldig is, tenminste, als de jury gelooft dat de heer Hubbard gezond van geest was en niet ongepast is beïnvloed, hebben we geen andere keus en moeten we de voorwaarden in dat testament uitvoeren. Die zijn heel duidelijk: zijn volwassen kinderen krijgen niets.'

Misschien, dacht Wade Lanier, *maar jij weet niet wat ik weet. Jij hebt dat testament van Irene Pickering niet gezien. Jij weet niet dat mevrouw Lettie Lang zich al eerder in de privézaken van haar werkgevers heeft binnengedrongen. En als de jury dit ziet en hoort, komt het helemaal goed met de volwassen kinderen van Seth Hubbard.*

279

Jakes belangrijkste verdediging van het testament van zijn dode cliënt, evenals zijn ietwat aanmatigende overtuiging dat het proces moest plaatsvinden in Clanton, in zijn rechtszaal, werd behoorlijk onderuit geschoffeld door een tragedie die later die avond plaatsvond vlak bij de stad Lake Village, in het zuidelijke deel van Ford County. Het ijzelde en twee broers, Kyle en Bo Roston, waren na een highschoolbasketbal- wedstrijd in hun auto onderweg naar huis. Kyle was Clanton Highs be- langrijkste *point guard* en Bo was een eerstejaars reservespeler. Een ooggetuige die achter hen reed, zei dat de chauffeur, Kyle, voorzichtig en niet snel reed en geroutineerd inspeelde op de situatie op de weg. Opeens kwam er een andere auto met hoge snelheid de heuvel af en begon te slippen. De getuige zag tot zijn afgrijzen dat een botsing on- vermijdelijk was. Hij schatte dat Kyle ongeveer zestig kilometer per uur reed; het andere voertuig, een oude pick-up, reed veel sneller. Door de frontale botsing tolde de kleine Toyota van de broers door de lucht en kwam in een sloot terecht. De pick-up draaide woest rond en landde in een akker, terwijl de brokstukken op de weg spatten. De getuige kon op tijd stoppen en hulp bieden.

Kyle overleed ter plaatse. Bo werd door reddingswerkers uit de auto gehaald en naar het ziekenhuis in Clanton gebracht, waar hij onmiddel- lijk werd geopereerd. Hij had een gevaarlijke hoofdwond en was in le- vensgevaar. De andere chauffeur werd ook in het ziekenhuis opgeno- men, maar zijn verwondingen waren niet ernstig. Het alcoholpercentage in zijn bloed was twee keer de toegestane hoeveelheid. Er werd een agent voor zijn ziekenkamer gezet.

De andere chauffeur was Simeon Lang.

Iets na middernacht belde Ozzie Jake wakker uit een diepe slaap. Vijf- tien minuten later stopte Ozzie voor zijn huis; Jake haastte zich naar bui- ten en stapte in de auto van de sheriff. De ijzel was nog erger geworden en terwijl ze langzaam door de stad reden, praatte Ozzie hem bij. De tweede jongen was nog steeds in de operatiekamer, maar het zag er slecht uit. Voor zover Ozzie wist, was Simeon niet in een plaatselijke bar ge- weest. Volgens Lettie, die al in het ziekenhuis was, was hij al ruim een week niet thuis. Ze dacht dat hij terugkwam van een lange rit, hoewel hij geen geld of cheque bij zich had. Hij had een gebroken neus, maar was verder ongedeerd.

'Die zatlappen komen er altijd zonder een kleerscheurtje vanaf,' zei Ozzie.

Lettie en Portia hadden zich teruggetrokken achter in een lange gang, niet ver van Simeons kamer. Ze huilden, waren in de war en bijna ontroostbaar. Jake ging bij hen zitten en Ozzie ging weg om zich met andere zaken bezig te houden. Nadat ze een paar minuten amper iets hadden gezegd, ging Lettie op zoek naar een toilet. Meteen daarna zei Portia: 'Tien jaar geleden was ik veertien en smeekte ik haar bij hem weg te gaan. Hij sloeg haar toen nog. Dat zag ik. Ik zei: "Alsjeblieft mama, laten we bij hem weggaan, ergens anders naartoe." Misschien heeft ze dat ook wel geprobeerd, maar ze is altijd bang voor hem geweest. En moet je nu zien wat hij heeft gedaan! Wat gaat er met hem gebeuren, Jake?' Met de rug van haar hand veegde ze de tranen van haar wangen.

Fluisterend zei Jake: 'Niets goeds. Ervan uitgaande dat alles zijn schuld is en dat hij dronken was, zal hij worden beschuldigd van *vehicular homicide*, doodslag met een voertuig. En dat is nog maar één punt van de aanklacht.'

'Wat staat daarvoor?'

'Vijf tot vijfentwintig jaar. De rechter heeft een grote beslissingsvrijheid.'

'En hij kan er niet onderuit?'

'Nee. Dat zie ik niet gebeuren.'

'Goddank! Dan blijft hij eindelijk heel lang weg.' Ze sloeg haar handen voor haar gezicht en snikte nog harder. 'Die arme jongens,' zei ze steeds weer.

Er kwamen meer mensen naar de wachtkamer. Ozzie praatte met de ouders van de jongens, Jeff en Evelyn Roston, die te verbijsterd waren om veel te zeggen. Hij praatte met een oom van de jongens en vertelde hem dat Simeon Lang gearresteerd was en binnen een paar uur naar de gevangenis zou worden gebracht. Ja, hij was dronken en is dat nog steeds. Het spijt me heel erg.

'Je kunt hem hier maar beter vandaan halen,' zei de oom en hij knikte naar een groepje mannen. Opgefokte mannen, mannen van het platteland die waren opgegroeid met wapens en geweren en woedend genoeg waren om iets drastisch te doen. Er kwamen er nog meer bij. De Rostons teelden sojabonen en kippen, en waren actief in hun plattelandskerk. Ze hadden veel familieleden en vrienden, en nooit op Ozzie gestemd.

Iedere hulpsheriff op de loonlijst was om twee uur die nacht in het ziekenhuis. Om drie uur haalden ze Simeon uit het ziekenhuis en brachten hem naar de gevangenis. Ozzie vertelde dit aan de oom.

Lettie en Portia verlieten het ziekenhuis via dezelfde zijdeur.

Jake liep met hen mee naar hun auto. Daarna liep hij terug, omzeilde de wachtkamer en vond Ozzie die met twee van zijn mannen stond te praten.

Even later kwam Dumas Lee naar hen toe, met zijn camera om zijn hals, waarop ze meteen hun mond hielden.

Dumas vroeg: 'Hé Jake, heb je even?'

Jake aarzelde en keek naar Ozzie die zei: 'Geen woord,' en vroeg daarna aan Dumas: 'Wat wil je?'

'Alleen een paar vragen stellen.'

Ze liepen weg, naast elkaar, door een lange gang.

Dumas vroeg: 'Kun je bevestigen dat het Simeon Lang is?'

Het had geen zin dit te ontkennen en dus zei Jake: 'Ja.'

'En jij bent zijn advocaat?'

'Nee, dat ben ik niet.'

'Oké, maar er hing hem een aanklacht wegens rijden onder invloed boven het hoofd, en jouw naam staat op de rol als zijn advocaat.'

Oppassen nu, zei Jake tegen zichzelf. Hij ademde diep in en voelde dat hij een dikke knoop in zijn maag had. 'Dat was een gunst,' zei hij.

'Het kan me niets schelen waarom je het deed. Jouw naam staat op de rol als zijn advocaat.'

'Ik ben zijn advocaat niet, oké? Nooit geweest. Ik kan de nalatenschap van Seth Hubbard niet vertegenwoordigen en tegelijkertijd ook Simeon Lang, de echtgenoot van een van de begunstigden.'

'Maar waarom ging je dan op 19 oktober naar de rechtbank om een verzoek in te dienen voor uitstel van zijn rijden-onder-invloedzaak?'

'Dat was een gunst. Ik ben níét zijn advocaat, oké Dumas?'

'Waarom is die zaak vier maanden uitgesteld?'

'Ik ben de rechter niet!'

'Die spreek ik nog wel!' snauwde Dumas terug.

'Moet je vooral doen! Geen verder commentaar!' snauwde Jake. Hij draaide zich snel om en liep weg.

Dumas liep achter hem aan en zei: 'Luister, Jake, je kunt maar beter wel met me praten, want dit ziet er slecht uit.'

Jake draaide zich weer om, waarna ze in een hoek gingen staan. Jake vermande zich, haalde diep adem en zei: 'Trek niet zomaar conclusies, Dumas. Ik heb al vier maanden niets aan die zaak gedaan, omdat ik zijn advocaat niet ben. Als je even goed nadenkt, weet je vast nog wel dat hij toen werd vertegenwoordigd door die mafketels uit Memphis en niet door mij. Wees dus alsjeblieft nauwkeurig.'

Dumas was fanatiek aan het schrijven. Jake kon hem wel slaan. Maar opeens vergaten ze alles door geschreeuw in het andere deel van het gebouw.

Om kwart over vier die nacht werd Bo Roston doodverklaard.

29

Jake en Carla zaten aan de keukentafel te wachten tot de koffie klaar was. Het was nog geen vijf uur 's ochtends op woensdag 22 februari, een dag die ongetwijfeld een van de verdrietigste en donkerste dagen in de geschiedenis van de county zou worden. Twee tieners – slimme jongens, goede studenten, atleten, kerkleden, populaire jongens uit een goede familie – afgeslacht op een beijzelde weg door een dronkaard. Het gruwelijke nieuws verspreidde zich als een lopend vuurtje. Het zou druk worden in de cafés, want iedereen die vroeg was opgestaan zou ernaartoe gaan om het laatste nieuws te horen. De kerken zouden opengaan voor gebed en Clanton High School zou een verschrikkelijke plek zijn. Die arme kinderen!

Carla schonk koffie in en zij en Jake praatten zacht met elkaar, zodat Hanna niet wakker zou worden. Jake zei: 'Ik heb nooit een dossier aangelegd. Ozzie belde me die maandag, en zei dat Simeon die zaterdagochtend was gearresteerd en woensdag voor de rechter moest verschijnen. Zodra Simeon nuchter was, bracht Ozzie hem naar huis en zei onderweg dat hij die advocaten uit Memphis moest lozen. Ik bedankte Ozzie en we spraken af elkaar later te zien. Hij belde terug en vroeg of ik woensdag naar de rechtbank wilde komen zodat de zaak voortgang kon vinden. Ozzie dacht dat hij die aanklacht wegens rijden onder invloed kon gebruiken om Simeon onder druk te zetten. Ik ging die woensdag naar de rechtbank, deed het papierwerk, vroeg om uitstel, kreeg dat en vergat de zaak, min of meer. Op dat moment werd Simeon nog steeds vertegenwoordigd door Booker Sistrunk en toen we in de rechtbank waren, zei ik tegen Simeon dat ik hem niet zou helpen met die aanklacht wegens rijden onder invloed. Ik mocht die vent niet, sterker nog, ik walgde van hem. Simeon deed net alsof hij heel wat voorstelde, hij intimideerde Lettie en huurde die advocaten uit Memphis in. Ik kon hem niet uitstaan!'

'Dacht je niet aan belangenverstrengeling?' vroeg Carla.

'Daar heb ik aan gedacht. Dat zei ik zelfs tegen Ozzie. Maar er was geen belangenverstrengeling. Ik ben de advocaat voor de nalatenschap.

Simeon is geen begunstigde van die nalatenschap. Zijn vrouw wel, maar hij niet.'

'Dat is niet echt duidelijk, Jake.'

'Nee, dat is zo, en ik had me er niet mee moeten bemoeien. Dat was een grote vergissing. Ik heb niet naar mijn instinct geluisterd.'

'Maar niemand kan jou er de schuld van geven dat Simeon nu dronken achter het stuur zat.'

'Natuurlijk wel! Als die zaak naar behoren was afgehandeld, was hij nu veroordeeld en zou zijn rijbewijs zijn ingetrokken. Dan had hij vannacht niet achter het stuur gezeten, in theorie niet tenminste. Maar in werkelijkheid heeft de helft van alle zwarten en roodnekken in deze county geen geldig rijbewijs.'

'Het is maar vier maanden geleden, Jake. Dit soort zaken duurt toch altijd veel langer?'

'Soms wel.'

'Hoe heette die vent ook alweer, die dakdekker? Jij verdedigde zijn zoon die was aangeklaagd voor rijden onder invloed, en die zaak heeft een jaar geduurd.'

'Chuck Bennett, maar dat kwam omdat ik niet wilde dat die jongen in de bak terechtkwam voordat ze klaar waren met ons dak.'

'Wat ik wil zeggen, is dat die zaken lang kunnen duren.'

'Natuurlijk, maar na een ramp wordt altijd een zondebok gezocht. En omdat ik in het kamp van de Langs zit, ben ik ook de klos. Het is altijd de schuld van de advocaten. Ozzie krijgt ook nog wel klappen; hij zal worden beschouwd als de zwarte sheriff die probeert een van zijn mensen te beschermen en nu zijn er twee blanke kinderen dood. Dit kon nog weleens heel naar worden.'

'Misschien niet, Jake.'

'Ik ben niet optimistisch.'

'Wat voor invloed heeft dit op het erfrechtproces?'

Jake nam een slok koffie en keek door het raam naar zijn donkere achtertuin. Zacht zei hij: 'Het is een ramp. Simeon Lang zal de komende maanden de minst geliefde man in deze county zijn. Hij zal worden berecht en daarna de bak in gaan. Na een tijdje is vrijwel iedereen hem vergeten. Maar ons proces begint al over zes weken. De naam Lang is vergif. Stel je eens voor hoe je dan een jury moet selecteren.' Hij nam nog een slok en wreef in zijn ogen. 'Lettie heeft geen keus, ze zal echtscheiding moeten aanvragen, en snel ook. Ze moet alle banden met Simeon doorsnijden.'

'Doet ze dat, denk je?'

'Waarom niet? Hij zit de eerstkomende twintig of dertig jaar in Parchman, waar hij hoort.'

'Ik weet wel zeker dat de Rostons daar blij mee zullen zijn.'

'Ach, die arme mensen.'

'Zie je Lettie vandaag?'

'Dat weet ik wel zeker. Eerst bel ik Harry Rex en probeer een afspraak met hem te maken. Hij zal wel weten wat ik moet doen.'

'Komt dit ook in *The Times* te staan?'

'Nee, die komt al over een uur uit. Maar ik weet zeker dat Dumas hier volgende week de hele voorpagina aan wijdt, met foto's van de autowrakken, zo bloederig mogelijk. En hij zal het heerlijk vinden ook mij de grond in te boren.'

'Wat is het ergst wat hij over je kan zeggen, Jake?'

'Ten eerste kan hij beweren dat ik Simeons advocaat ben. Ten tweede kan hij met modder gooien en suggereren dat ik die rijden-onder-invloedzaak heb uitgesteld en dat het hof, als ik dat niet had gedaan, Simeons rijbewijs had ingetrokken. Dan had hij nu dus niet gereden en dan waren die jongens nu dus niet dood.'

'Dat kan hij niet doen! Dat zijn veel te veel aannames.'

'Dat kán hij doen en dat zál hij doen.'

'Dan moet je met hem gaan praten. Je móét proberen de schade te beperken, Jake. Vandaag is het woensdag, dus zijn de begrafenissen waarschijnlijk dit weekend. Wacht tot maandag en dien dan de eis tot echtscheiding in. Hoe heet zo'n tijdelijk iets ook alweer?'

'Een tijdelijk contactverbod.'

'Juist. Laat de rechter zoiets ondertekenen, zodat Simeon niet bij Lettie in de buurt kan komen. Hij zit natuurlijk in de gevangenis, maar het zou positief voor haar uitpakken als zij zo'n tijdelijk contactverbod aanvraagt. Een radicale breuk, ze wil niets meer met die vent te maken hebben. Ondertussen praat jij met Dumas en zorg je ervoor dat hij de zaak beschrijft zoals die is. Dat doet hij zelden. Doe wat onderzoek en laat hem zien dat sommige rijden-onder-invloedzaken veel langer duren dan vier maanden. Zorg dat hij begrijpt dat jij in oktober baalde van Simeon omdat hij die klojo's uit Memphis had ingehuurd. Dat je nooit een dossier hebt aangelegd en al helemaal geen cent betaald hebt gekregen. Kijk of je Ozzie kunt overhalen iets van de schuld op zich te nemen. Als ik het me goed herinner, kreeg hij bij zijn laatste herverkiezing zo'n zeventig procent van de stemmen, dus hij zit gebeiteld. Bovendien wil hij dat Lettie dat erfrechtproces wint. Als jij hieronder lijdt, lijdt Ozzie hier ook onder. Maar hij kan het wel hebben.'

Jake knikte, glimlachte zelfs. *Slimme meid!*

Ze zei: 'Luister, lieve schat, op dit moment zijn we verbijsterd en ben jij bang. Zet het van je af. Jij hebt niets verkeerd gedaan, dus hoor je ook nergens de schuld van te krijgen. Beperk de schade en help dan het toeval een handje.'

'Kan ik je niet inhuren? Mijn kantoor kan wel wat hulp gebruiken.'

'Je kunt me niet genoeg betalen. Ik ben lerares!'

Hanna hoestte en Carla ging naar haar toe.

De echte schadebeperking begon ongeveer een uur later toen Jake de Coffee Shop binnenstormde, klaar om iedereen te vertellen dat hij Simeon Langs advocaat niet was en ook nooit was geweest. Hier begonnen heel veel geruchten, bij het roerei met bacon. Toen Jake onder de douche stond, nam hij zich voor meteen naar de bron te gaan.

Marshall Prather zat in uniform achter een stapel pannenkoeken. Het leek alsof hij zat te wachten. Ook hij was de hele nacht op geweest en had rode ogen, net als Jake. Tijdens de stilte die door Jakes komst was veroorzaakt, zei Marshall: 'Hé Jake, ik zag je een paar uur geleden in het ziekenhuis.' Dit was een opzettelijke poging om een positieve draai aan alles te geven, omdat ook Ozzie de schade probeerde te beperken.

'Ja, echt verschrikkelijk,' zei Jake ernstig. Met luide stem vroeg hij: 'Hebben ze Lang al naar de gevangenis gebracht?'

'Ja. Hij is nog steeds niet nuchter.'

'Ben jij zijn advocaat, Jake?' vroeg Ken Nugent drie tafeltjes verderop. Nugent werkte als vrachtwagenchauffeur voor Pepsi; overdag droeg hij kratten vol frisdrank plattelandswinkels binnen. Dell had een keer gezegd, waar Nugent niet bij was, dat niemand meer geruchten verspreidde dan Nugent.

'Nooit geweest,' zei Jake. 'Ik werk niet voor hem, en ook niet voor zijn vrouw.'

'Wat heb je verdomme dán met die zaak te maken?' vroeg Nugent.

Dell schonk koffie in Jakes kopje en botste met haar achterwerk tegen hem aan, zoals altijd. 'Morgen, schatje,' fluisterde ze.

Jake glimlachte tegen haar en keek toen weer naar Nugent. Het werd stil, alle andere gesprekken werden gestaakt. Jake zei: 'Volgens de wet vertegenwoordig ik feitelijk de heer Seth Hubbard, die natuurlijk niet meer leeft, maar die me vlak voor zijn dood heeft aangewezen als de advocaat voor zijn nalatenschap. Mijn taak is zijn wensen uitvoeren, zijn testament vertegenwoordigen en zijn nalatenschap beschermen. Ik heb een contract met de administrateur van de nalatenschap, en met niemand anders. Niet met Lettie Lang, en al helemaal niet met haar man. Eerlijk gezegd kan ik die vent niet uitstaan! Vergeet niet dat hij die mafketels uit Memphis had ingehuurd die probeerden die zaak in te pikken.'

Dell, altijd loyaal, zei: 'Dat zei ik ook al.' Ze zette Jakes toast en gortepap voor hem neer.

'Wie is zijn advocaat dan wel?' vroeg Nugent, haar negerend.

'Geen idee. Waarschijnlijk iemand die door het hof wordt aangesteld. Ik betwijfel of hij er zelf eentje kan betalen.'

'Wat krijgt hij, Jake?' vroeg Roy Kern, een timmerman die aan Jakes vorige huis had gewerkt.

'Veel. Twee keer doodslag met een voertuig voor vijf tot vijfentwintig jaar per stuk. Geen idee hoe het afloopt, maar rechter Noose is niet mals in dit soort zaken. Het zou me niets verbazen als hij twintig of dertig jaar krijgt.'

'Waarom niet de doodstraf?' vroeg Nugent.

'Omdat het geen moord was, want...'

'Natuurlijk wel, verdomme! Er zijn twee kinderen dood!'

'Hij heeft niet met opzet geprobeerd hen te doden, hij had niets gepland. Voor een doodstraf is moord plus iets anders vereist: moord plus verkrachting; moord plus diefstal; moord plus ontvoering. Dit kan geen doodstraf opleveren.'

Dit vonden ze maar niets. Soms, als ze zich echt opwonden, leek het of de gasten van de Coffee Shop een lynchpartij planden, maar na het ontbijt kalmeerde iedereen altijd weer. Jake deed wat tabasco op zijn gortepap, en smeerde boter op zijn toast.

Nugent vroeg: 'Kunnen de Rostons iets van het geld krijgen?'

Het geld? Alsof Seths nalatenschap nu beschikbaar en dus opeisbaar was.

Jake legde zijn vork neer en keek naar Nugent. Hij zei tegen zichzelf dat dit zijn mensen waren, zijn cliënten en vrienden, en dat ze gewoon gerustgesteld moesten worden. Ze begrepen de precieze details niet van het recht en van procesvoering, en ze waren bang dat er geen recht zou worden gedaan. 'Nee,' zei Jake vriendelijk, 'dat is onmogelijk. Het zal maanden, misschien wel jaren duren voordat het geld van Seth Hubbard eindelijk beschikbaar is en op dit moment weten we helemaal niet wie het krijgt. Dit proces zal helpen dat duidelijk te maken, maar er zal zeker tegen het vonnis in beroep worden gegaan. En zelfs als Lettie Lang uiteindelijk al het geld krijgt, of negentig procent ervan, dan krijgt haar man geen cent. Bovendien zit hij dan toch in de gevangenis. En de Rostons kunnen niets van Lettie eisen.' Hij nam een hap toast en begon te kauwen. Hij wilde de roddels voor zijn en geen tijd verspillen met zijn mond vol.

'Hij komt toch niet op borgtocht vrij, wel Jake?' vroeg Bill West.

'Dat betwijfel ik. Misschien wordt er wel een borgsom bepaald, maar die zal zeker te hoog zijn. Ik ga ervan uit dat hij in de gevangenis blijft tot hij akkoord gaat met een overeenkomst of tot hij wordt berecht.'

'Wat zou hij ter verdediging kunnen aanvoeren?'

Jake schudde zijn hoofd alsof dat onmogelijk was. 'Hij was dronken en er is een ooggetuige, toch Marshall?'

'Ja. Iemand heeft alles gezien.'

Jake zei: 'Ik voorzie dat hij schuld bekent in ruil voor een strafvermindering, maar dat hij toch heel lang zal zitten.'

'Hij heeft toch een zoon in de gevangenis?' vroeg Nugent.

'Klopt. Marvis.'

'Misschien kan hij bij zijn zoon in de cel zitten, lid worden van dezelfde bende en zich lekker vermaken in Parchman,' zei Nugent en hij kreeg een paar lachers op zijn hand.

Jake lachte ook, maar wijdde zijn aandacht toen aan zijn ontbijt. Hij was blij dat het gesprek nu eindelijk niet meer over zijn mogelijke relatie met Simeon Lang ging.

Iedereen zou de Coffee Shop verlaten en naar zijn werk gaan, waar de hele dag over niets anders zou worden gepraat dan over de Rostons, en zij hadden dan echt iets te vertellen, want zij hadden ontbeten met Jake, de man die er middenin zat. Ze zouden hun collega's en andere toehoorders ervan overtuigen dat hun vriend Jake niet de advocaat was van Simeon Lang, de meest gehate man in Ford County. Ze zouden hen kalmeren en hun beloven dat Lang heel lang in de gevangenis zou zitten.

Want dat had Jake hun verteld.

Het was vroeg in de ochtend. Het zonlicht scheen door de houten jaloezieën naar binnen en viel in strakke lijnen op de lange tafel in de vergaderzaal. Ergens op de achtergrond rinkelde constant een telefoon, maar niemand had zin om op te nemen. De voordeur zat op slot en elk kwartier klopte er wel iemand aan. De nerveuze discussies laaiden op, werden rustiger en doofden ten slotte helemaal uit, hoewel er nog veel meer te zeggen was.

Harry Rex had hun uitgelegd hoe ze een echtscheiding konden aanvragen: aanvraag indienen, aanvraag luidkeels bekendmaken, aanvraag volplempen met zo veel mogelijk nare beschuldigingen waaruit bleek dat de heer Lang de engerd was die hij echt was. Beschuldig hem van overspel, chronische wreedheid en onmenselijke behandeling, dronken-schap, verlating, mishandeling, geen bijdrage in de kosten van levenson-derhoud – gooi alles op tafel, want dat huwelijk is voorbij, of Lettie dat nu wil toegeven of niet. Val hem aan, want hij kan toch niet reageren vanuit de gevangenis; en waarom zou hij ook? Zijn leven is voorbij. Doe het maandag en geef Dumas Lee en iedere andere verslaggever met zelfs maar een greintje belangstelling een kopie van de aanvraag tot echt-scheiding. En geef ze meteen een kopie van de aanvraag voor een con-tactverbod om hem voor eeuwig en altijd bij Lettie en haar kinderen en kleinkinderen vandaan te houden. Het doel is een einde maken aan een slecht huwelijk, maar het is tegelijkertijd een signaal naar het publiek toe. Harry Rex stemde ermee in de zaak af te handelen.

Portia had verteld dat het eerste dreigtelefoontje iets na vijf uur 's och-tends was gekomen. Phedra nam op en verbrak na een paar seconden rustig de verbinding. 'Hij noemde me een neger,' zei ze verbijsterd. 'Zei dat we zouden boeten voor het vermoorden van die jongens.' Ze raakten in paniek en deden de deuren op slot. Portia vond een pistool in een kast en laadde het. Ze deden het licht uit, kropen bij elkaar in de woonkamer en hielden de straat in de gaten. Toen ging de telefoon weer. En weer. Ze konden niet wachten tot het licht werd. Portia vertelde dat haar moeder de echtscheidingspapieren zou tekenen, maar dat ze daarna moest uit-kijken voor de Langs. Simeons broers en neven waren notoire misdadi-gers – dezelfde genen – en zouden ongetwijfeld problemen veroorza-ken. Zij eisten toch al geld van Lettie en als ze dachten dat ze helemaal niets kregen, konden ze weleens iets stoms doen.

Lucien had een zware nacht achter de rug, maar hij was er wel en had een helder hoofd. Hij was algauw van mening dat het proces over het testament niet in Ford County gehouden moest worden. Jake zou een verzoek moeten indienen om de zaak naar een ander arrondissement te verplaatsen, wat Atlee waarschijnlijk zou afwijzen, maar dan hadden ze in elk geval een sterke troef in handen als ze in beroep moesten. Lucien was nooit echt overtuigd geweest van Jakes kansen om een juryproces te winnen, en hij was ervan overtuigd dat de potentiële juryleden al waren vergiftigd door Booker Sistrunk. Letties domme besluit om in de stad te gaan wonen en ook nog eens in een huis dat eigendom was geweest van een enigszins vooraanstaande blanke familie, had haar positie in de ge-meenschap geen goed gedaan. Er was al rancune en heel veel wantrou-wen. Ze werkte niet op dat moment en had ook niet gewerkt na de dood van Hubbard. En nu dit. Nu had ze de meest gehate achternaam in de county. Echtscheiding aanvragen was niet gewoon een optie, maar een noodzaak. De scheiding zou er waarschijnlijk nog niet door zijn als het proces op 3 april begon. In het testament was haar naam Lang; nu was haar naam Lang; en tijdens het proces zou haar naam Lang zijn. Als hij, Lucien, in Wade Laniers schoenen stond, zou hij ervoor zorgen dat de jury de pest kreeg aan iedere Lang die ooit had geleefd.

'Sorry, Portia,' zei Lucien. 'Ik wil je niet beledigen, maar zo zou het wel gaan.'

Ze begreep het, of probeerde dat in elk geval. Ze was te uitgeput om veel te zeggen. Ze had haar moeder en zussen achtergelaten terwijl ze hun kamerjassen nog aanhadden, bij elkaar bij de open haard, met het geweer op de schoorsteenmantel, terwijl ze zich afvroegen of ze de kinderen wel naar school moesten sturen en wat ze tegen hen moesten zeggen. Kirk, eerstejaarsstudent op Clanton High, kende de Roston-jongens en zwoer dat hij nooit meer naar die school zou gaan. Het waren zulke leuke jongens. En hij haatte zijn vader. Zijn leven was voorbij. Hij wilde weg, net als Portia, hij zou bij het leger gaan en nooit weer terugkomen.

Jake en Harry Rex hadden gepraat over mogelijke manieren om het proces uit te stellen. Vertraag de boel, verspil veel tijd, geef Harry Rex genoeg tijd om de scheiding erdoor te krijgen, geef het systeem genoeg tijd om Simeon te lozen en geef de county enige tijd tussen de gruwelen van dit moment en de twee begrafenissen en het gevecht om de nalatenschap van Seth Hubbard. Hoe zou iedereen er over zes maanden voor staan? Dan zou Lettie gescheiden zijn; ze kon zelfs haar meisjesnaam weer aannemen. Lettie Tayber. Dat klonk veel beter, hoewel Portia zich realiseerde dat zij altijd Lang zou blijven heten. Simeon zou weg zijn. Sistrunk zou vergeten zijn. Een proces over zes maanden zou ongetwijfeld veel eerlijker zijn. Jakes tegenstanders zouden zich hevig verzetten en waarom ook niet, nu hen deze gouden kans in de schoot was geworpen?

Jake hoopte dat hij met rechter Atlee kon praten, misschien weer op een late vrijdagmiddag op zijn veranda met een toddy, en nadat de spanning was weggeëbd kon hij beginnen over uitstel of een andere locatie. Hij kon het proberen. Het enige nadeel was het risico dat de rechter kwaad werd om zijn poging hem te beïnvloeden, maar ach, wat kon de rechter anders doen dan zeggen dat Jake zijn mond moest houden? Dat zou hij niet doen, niet na een paar whiskeys. Misschien vond hij het gesprek niet aangenaam, maar hij zou Jake nooit een uitbrander geven. Misschien een standje, maar nooit iets wat hem permanente schade zou berokkenen.

Laat wat tijd voorbijgaan, zei Jake. Laat de woede en de afschuw en het verdriet afnemen, verdwijnen. Maandag zouden ze de echtscheiding aanvragen, en een week later zou Jake rechter Atlee benaderen.

Quince Lundy kwam langs voor een van zijn twee wekelijkse bezoeken. Hij vond hen in de vergaderzaal, waar ze met een sombere blik aan tafel zaten, stil, tam, bijna treurig. Ze keken met een nietsziende blik voor zich uit en zagen de toekomst met angst en beven tegemoet. Toen hij hier vanuit Smithfield naartoe reed, had hij het nieuws gehoord op de radiozender van Clanton. Hij wilde vragen wat deze tragedie betekende voor het proces, maar nadat hij even in de vergaderzaal was geweest, vermoedde hij dat het proces hier erg onder te lijden zou hebben.

Willie Hastings was een van de vier zwarte hulpsheriffs van Ozzie. Zijn nicht was Gwen Hailey, echtgenote van Carl Lee, moeder van Tonya, die nu dertien jaar was en met wie het weer goed ging. Hij klopte op de voordeur van het Sappington-huis en hoorde dat er snel iemand aankwam. Uiteindelijk ging de deur een stukje open en keek Lettie hem aan.

Willie zei: 'Morgen, mevrouw Lang. Sheriff Walls heeft me gestuurd.'

De deur ging verder open en ze glimlachte moeizaam. 'Jij bent het, Willie,' zei ze. 'Wil je binnenkomen?'

Hij liep naar binnen en zag dat de vier kinderen in de woonkamer tv zaten te kijken; ze spijbelden dus. Hij liep achter Lettie aan naar de keuken, waar Phedra hem een kop koffie gaf. Hij praatte met de vrouwen, maakte aantekeningen over de dreigtelefoontjes, zag dat de telefoon van de haak lag en zei dat hij hier een tijdje zou blijven rondhangen. Hij zou in zijn auto op de oprit zitten en daar blijven voor het geval ze hem nodig hadden, en om te laten zien dat hij er was. Sheriff Walls zegt dat het hem spijt. Simeon zat alleen in een cel en sliep nog steeds zijn roes uit. Hastings kende de Rostons niet en had niet met hen gepraat, maar hij begreep dat ze thuis waren, omringd door familie en vrienden. Lettie gaf hem een brief die ze die ochtend vroeg had geschreven en vroeg of hij ervoor kon zorgen dat die aan de Rostons werd overhandigd. 'Dit is onze manier om te zeggen hoe erg we het vinden,' zei ze.

Willie beloofde dat ze de brief voor twaalf uur zouden hebben.

Ze schonken zijn kopje nog eens vol en daarna liep hij naar buiten. De temperatuur was nog steeds onder het vriespunt, maar de verwarming in zijn patrouillewagen deed het prima. Die ochtend dronk hij koffie, hield hij de straat in de gaten en probeerde hij wakker te blijven.

Een vroege nieuwsshow op de zender van Tupelo zond het verhaal om zeven uur die ochtend uit. Stillman Rush stond onder de douche en miste het, maar een associé van hem niet. Er werden telefoongesprekken

291

gevoerd en details geverifieerd. Een uur later belde Stillman Rush Wade Lanier in Jackson met het tragische, maar ook veelbelovende nieuws. De bliksem was ingeslagen. Geen enkel jurylid in Ford County zou Simeon Lang ooit te zien krijgen, maar zijn vrouw was nu een gemakkelijk doelwit geworden.

30

Op donderdagochtend werd Simeon Lang al vroeg wakker gemaakt, kreeg te eten, werd geboeid en uit zijn cel gehaald. Hij werd door een gang naar een klein kamertje gebracht, waar een onbekende zat te wachten. Simeon ging op een klapstoeltje zitten, nog steeds met handboeien om, en luisterde naar de onbekende.

Deze zei: 'Mijn naam is Arthur Welch en ik ben een advocaat uit Clarksdale, in de Delta.'

'Ik weet waar Clarksdale ligt,' zei Simeon. Hij had een grote pleister op zijn neus. Zijn linkeroog zat dicht en er zaten hechtingen omheen.

'Fijn voor je,' zei Welch. 'Ik ben hier om jou te vertegenwoordigen, want niemand anders wil deze zaak aannemen. Vanochtend om negen uur moet je voor de rechter verschijnen en wordt je eventuele borgsom bepaald, en je hebt een advocaat nodig.'

'Waarom ben jij hier?'

'Omdat een vriend me dat heeft gevraagd, oké? Meer hoef je niet te weten. Op dit moment heb je een advocaat nodig, en ik ben de enige klojo die bereid is je bij te staan.'

Simeon knikte even. Om halfnegen werd hij naar de rechtbank gebracht en via de trap naar de grote rechtszaal gebracht.

Dit was het tijdelijke domein van de plaatselijke rechter Percy Bullard. Zijn eigen rechtszaal was verderop in de gang en vrij klein. Daarom gaf hij er de voorkeur aan de grote zaal te gebruiken als die niet bezet was, wat minstens de helft van de tijd het geval was. Hij had het grootste deel van zijn zestien jaar op de rechtersstoel doorgebracht met het afhandelen van kleine civiele zaken en lichtere overtredingen, maar af en toe kreeg hij een ernstiger zaak toegewezen. Nu de county in de rouw was en de spanningen hoog opliepen, besloot hij Lang aan te pakken en hem het vuur na aan de schenen te leggen, zodat de mensen wisten dat de raderen van het recht draaiden.

Dit was al snel bekend geworden en er zaten toeschouwers in de rechtszaal. Precies om negen uur werd Simeon naar binnen geleid. Nooit had een verdachte er schuldiger uitgezien. Zijn gezicht zag er niet uit.

Zijn oranje overall van de countygevangenis was hem te groot en zat onder de bloedvlekken. Zijn handen waren geboeid achter zijn rug en de gerechtsdienaren namen er alle tijd voor hem van zijn boeien te ontdoen.

Rechter Bullard keek naar hem en zei: 'De staat versus Simeon Lang. Hier komen.' Hij wees naar een plek voor de rechtersstoel. Simeon schuifelde ernaartoe en keek zenuwachtig om zich heen alsof iemand hem in de rug zou schieten.

Arthur Welch, die naast hem stond, slaagde er ook in wat afstand te houden.

'U bent Simeon Lang?' vroeg rechter Bullard.

Simeon knikte.

'Doe je mond open!'

'Dat ben ik.'

'Bedankt. En u bent?'

'Edelachtbare, mijn naam is Arthur Welch en ik werk in Clarksdale. Ik ben hier om de heer Lang te vertegenwoordigen.'

Bullard keek hem aan alsof hij wilde zeggen: *Waarom dat in vredesnaam?* Maar in plaats daarvan vroeg hij aan Simeon: 'Meneer Lang, is de heer Welch uw advocaat?'

'Dat klopt.'

'Oké. Goed dan, meneer Lang, u bent beschuldigd van twee keer doodslag met een voertuig en één keer van rijden onder invloed. Bent u schuldig of onschuldig?'

'Onschuldig.'

'Verbaast me niets. De voorlopige hoorzitting vindt plaats over dertig dagen. Meneer Welch, u wordt op de hoogte gebracht door mijn griffier. Ik neem aan dat u over borg wilt praten.'

Alsof hij iets voorlas, zei Welch: 'Ja, edelachtbare, we willen vragen om een redelijke borgsom. De heer Lang heeft in deze county een vrouw en familie, en heeft hier zijn hele leven gewoond. Er is geen sprake van dat hij zal vluchten en hij heeft mij beloofd, en hij zal u beloven, dat hij zodra het nodig is, in de rechtszaal zal verschijnen.'

'Dank u. De borg is hierbij vastgesteld op twee miljoen dollar, één voor elke beschuldiging van doodslag met een voertuig. Nog iets, meneer Welch?'

'Nee, edelachtbare.'

'Heel goed. Meneer Lang, u blijft in voorarrest bij de sheriff van Ford County tot u de borgsom betaalt of wordt opgeroepen door dit hof.' Hij tikte zacht met zijn hamer en gaf Welch een knipoog.

Simeon kreeg weer handboeien om en werd de rechtszaal uit geleid. Welch liep achter hem aan, en buiten, onder het achterbalkon, precies op de plek waar de verdachten altijd werden gefotografeerd als ze belangrijk genoeg waren om te worden gefotografeerd, stond Dumas Lee klaar en kon heel veel foto's maken van Lang en zijn advocaat. Later praatte hij met Welch, die weinig te vertellen had maar toch bereid was met hem te praten. Hij was uiterst vaag over zijn betrokkenheid bij een zaak op twee uur rijden van zijn huis.

Welch was die ochtend om vijf uur gewekt door een telefoontje van Harry Rex Vonner, zijn oude kamergenoot tijdens hun rechtenstudie. Welch had twee van Harry Rex' scheidingen behandeld en Harry Rex twee van Welch, en ze waren elkaar zoveel wederdiensten verschuldigd dat ze de tel kwijt waren. Harry Rex had hem meteen nodig in Clanton, en Welch stapte in zijn auto voor de rit van twee uur en zat al die tijd te vloeken. Hij was niet van plan Simeon Lang na de tenlastelegging te vertegenwoordigen en zou de zaak over een maand of zo laten vallen.

Harry Rex had hem in de meest kleurrijke en krasse bewoordingen uitgelegd dat het belangrijk was dat de plaatselijke bevolking zag dat Simeon Lang niet door Jake Brigance werd vertegenwoordigd, maar door een klootzak die ze niet kenden.

Welch had daar alle begrip voor. Dit was nog zo'n duidelijk voorbeeld van iets wat je tijdens je rechtenstudie niet leerde.

Het was vroeg op de vrijdagmiddag en buiten was het koud en vochtig. Jake was zoals elke week bezig met het afhandelen van de losse eindjes van die week, zodat ze niet langer werden en zijn maandag zouden verpesten. Een van zijn ongeschreven maar niettemin serieuze regels was dat hij op vrijdagmiddag alle telefoontjes beantwoordde. Het liefst negeerde hij de meeste telefoontjes, maar dat kon niet. Terugbellen was een makkelijk iets om uit te stellen. Regelmatig stelde hij het van de ene dag uit naar de andere, maar hij wilde ze liever niet over het weekend heen schuiven. Een andere ongeschreven regel verbood hem waardeloze zaken aan te nemen die weinig of niets zouden opleveren, met vervelende cliënten die hij na een tijdje wel kon wurgen. Maar net als iedere andere advocaat, zei hij altijd ja tegen een arme sloeber wiens moeder Jake ooit les had gegeven of wiens oom zijn vader kende, of tegen de arme weduwe van de kerk die zich geen advocaat kon veroorloven maar er wel dringend eentje nodig had. Deze zaken veranderden zonder uitzondering in 'visdossiers': zaken die stonken en steeds erger gingen stinken als er niets mee werd gedaan. Iedere advocaat had ze, iedere advocaat haatte ze, iedere advocaat zwoer dat hij nooit meer zo'n zaak zou aannemen; je kon ze bijna ruiken als die cliënt voor het eerst je kantoor binnenkwam.

Vrijheid voor Jake was een kantoor zonder visdossiers, en elk jaar nam hij zich voor nee te zeggen tegen die arme sloebers. Jaren geleden zei Lucien vaak: 'Je wordt niet gemaakt door de zaken die je aanneemt, maar door de zaken die je niet aanneemt. Zeg gewoon nee.' Toch zat zijn speciale la voor visdossiers deprimerend vol, en elke vrijdagmiddag zat hij ernaar te kijken en zichzelf te vervloeken.

Zonder aan te kloppen beende Portia zijn kantoor binnen, duidelijk van slag. Ze gaf klopjes op haar borst, alsof ze geen adem kreeg. 'Er is een man,' zei ze, bijna fluisterend omdat ze niet harder kón praten.

'Gaat het?' vroeg hij en hij schoof weer een visdossier opzij.

Ze schudde haar hoofd. 'Nee. Dit is de heer Roston. De vader van die jongens.'

'Wat?' zei Jake en hij sprong overeind.

Ze bleef op haar borst kloppen. 'Hij wil je spreken.'

'Waarom?'

'Alsjeblieft, Jake, vertel hem niet wie ik ben.'

Ze keken elkaar even aan, ze wisten niet waar ze aan toe waren.

'Oké, oké. Breng hem maar naar de vergaderzaal. Ik ben over een minuutje beneden.'

Jeff Roston was niet veel ouder dan Jake, maar gezien de omstandigheden leek hij al heel oud. Hij zat met gevouwen handen en hangende schouders op een stoel, alsof er een enorme last op hem drukte. Hij droeg een zwaar gesteven kakikleurige lange broek en een marineblauwe blazer, en leek meer op een student dan op een man die sojabonen verbouwde. Hij zag er ook uit als een vader die in een onvoorstelbare nachtmerrie leefde. Hij stond op en ze gaven elkaar een hand.

Jake zei: 'Mijn welgemeende condoleances, meneer Roston.'

'Dank u wel. Zullen we elkaar maar Jeff en Jake noemen?'

'Graag.' Jake ging naast hem aan de tafel zitten en ze keken elkaar even aan. Na een ongemakkelijke stilte zei Jake: 'Ik kan me geen voorstelling maken van wat je nu meemaakt.'

'Nee, dat kun je niet,' zei Jeff zacht en langzaam, elk woord boordevol verdriet. 'Ik ook niet. Ik heb het gevoel dat we nu aan het slaapwandelen zijn, weet je. We laten alle emoties over ons heen komen en proberen elk uur te overleven zodat we het volgende uur weer aankunnen. We bidden dat de tijd zal helpen, dat de dagen weken worden en dan maanden en daarna, misschien over enkele jaren, dat deze nachtmerrie voorbij zal zijn en we kunnen omgaan met de pijn en het verdriet. Maar we weten ook dat dit nooit zal gebeuren. Je hoort je kinderen niet te overleven, Jake. Dat hoort niet!'

Jake knikte, niet in staat iets te zeggen wat zin had, slim was of behulpzaam was. Wat moet je zeggen tegen een vader wiens twee zonen nu in hun kist lagen te wachten op hun begrafenis? 'Ik kan het me niet voorstellen,' zei Jake. Zijn eerste gedachte was geweest: wat wil hij hier – en nu, minuten later, vroeg hij zich dit nog steeds af.

'De rouwdienst is morgen,' zei Jake na een lange, geladen stilte.

'Dat klopt. Nog zo'n nachtmerrie.' Jeffs ogen waren rood en zijn blik was vermoeid, waaruit duidelijk bleek dat hij al dagen niet had geslapen. Hij kon Jake niet blijven aankijken en sloeg zijn blik neer. Zacht tikte hij zijn vingertoppen tegen elkaar, alsof hij mediteerde. Ten slotte zei hij: 'We kregen een heel aardig briefje van Lettie Lang. Dat werd persoonlijk afgegeven door sheriff Walls, die, dat moet ik zeggen, geweldig is geweest. Hij zei dat jullie vrienden zijn.' Jake knikte, luisterde, maar zei niets. Jeff zei: 'Die brief was oprecht en er bleek uit dat de familie verdrietig is en zich schuldig voelt. Het betekende heel veel voor Evelyn en mij. We begrepen dat Lettie een goede christen is die het verschrikkelijk vindt wat haar man heeft gedaan. Wilt u haar namens ons bedanken?'

'Natuurlijk.'

Weer sloeg Jeff zijn blik neer. Hij tikte met zijn vingertoppen tegen elkaar, ademde langzaam alsof zelfs dat pijn deed, en zei toen: 'Ik wil dat je hun nog iets anders vertelt, Jake, als je het niet erg vindt, iets waarvan ik graag zou zien dat jij het doorgeeft aan Lettie en haar familie, en zelfs aan haar man.'

Natuurlijk, wat dan ook. Wat zou Jake niet willen doen voor zo'n door verdriet overmande vader?

'Ben jij een christen, Jake?'

'Jawel. De ene keer meer dan een andere keer, maar ik doe mijn best.'

'Dat dacht ik al. In het zesde hoofdstuk van het evangelie volgens Lucas vertelt Jezus over het belang van vergeving. Hij weet dat we maar mensen zijn en dat we van nature wraak willen nemen, terug willen slaan, degenen die ons kwaad hebben gedaan willen vervloeken, maar dat is verkeerd. We moeten vergeven, altijd. Dus daarom wil ik graag dat jij Lettie en haar familie, en vooral haar man, vertelt dat Evelyn en ik Simeon vergeven wat hij heeft gedaan. Daarover hebben we gebeden. We hebben er langdurig met onze dominee over gepraat. En we mogen ons niet de rest van ons leven laten verteren door haat en wrok. We vergeven hem, Jake. Wil je hun dat vertellen?'

Jake was te verbijsterd om iets te zeggen. Hij realiseerde zich dat zijn mond een beetje openstond en dat hij Jeff Roston ongelovig aankeek, maar een paar seconden kon hij daar niets tegen doen. Hoe was het menselijkerwijs mogelijk om een dronkaard te vergeven die je twee zonen nog geen drie dagen eerder had vermoord? Hij dacht aan Hanna en aan het bijna niet te bevatten beeld van Hanna in een kist. Hij zou schreeuwen om bloederige wraak! Eindelijk slaagde hij erin te knikken. *Ja, ik zal het hun vertellen.*

Roston zei: 'Als we Kyle en Bo morgen begraven, als we afscheid van hen nemen, dan doen we dat met totale liefde en vergeving. Er is geen ruimte voor haat, Jake.'

Jake slikte moeizaam en zei: 'Die jonge zwarte vrouw die je heeft binnengelaten is Letties dochter. Simeons dochter. Zij werkt voor me. Waarom zeg je het niet tegen haar?'

Zonder een woord te zeggen stond Jeff Roston op en liep naar de deur. Hij deed hem open en liep, met Jake achter zich aan, naar de receptieruimte. Hij keek Portia aan. 'Dus jij bent de dochter van Simeon Lang,' zei hij.

Ze kromp bijna in elkaar. Langzaam stond ze op, keek hem aan en zei: 'Ja, meneer.'

'Je moeder heeft me een bijzonder aardige brief gestuurd. Bedank haar alsjeblieft.'

'Dat zal ik doen, ja, dank u wel,' zei ze zenuwachtig.

'En wil je tegen je vader zeggen dat mijn vrouw Evelyn en ik hem vergeven voor wat er is gebeurd?'

Portia sloeg haar rechterhand voor haar mond en de tranen sprongen haar in de ogen.

Roston liep naar haar toe en omhelsde haar. Daarna stapte hij abrupt achteruit en zei nog een keer: 'We vergeven hem,' en liep zonder nog iets te zeggen de voordeur uit.

Ze bleven nog lang naar de voordeur kijken. Ze waren sprakeloos, overdonderd.

Ten slotte zei Jake: 'Kom, we sluiten de boel af en gaan naar huis.'

31

Aan het einde van die zondagochtend werden Jakes inspanningen om het handgeschreven testament van Seth Hubbard rechtsgeldig te laten verklaren weer gedwarsboomd, ook al konden Jake en de voorstanders daarvan dat niet weten. Randall Clapp was aan het rondsnuffelen in de stad Dillwyn, in het uiterste zuiden van Georgia, een kilometer of tien van de grens met Florida, toen hij eindelijk een zwarte vrouw vond die hij al een week probeerde op te sporen. Ze heette Julina Kidd, was negenendertig, gescheiden en moeder van twee kinderen.

Vijf jaar eerder werkte Julina in een grote meubelfabriek bij Thomasville, Georgia. Ze was receptioniste, verdiende vijftienduizend dollar per jaar en hoorde op een dag tot haar grote verrassing dat het bedrijf was opgekocht door een onbekende onderneming die in Alabama was gevestigd. Niet lang daarna kwam de nieuwe eigenaar, ene Hubbard, langs om kennis te maken.

Een maand later werd Julina ontslagen. Een week nadat ze bij de arbeidsrechter een klacht had ingediend wegens ongewenste intimiteiten. Die klacht werd afgewezen, drie weken nadat ze die had ingediend. Haar advocaat in Valdosta weigerde de zaak met Clapp te bespreken, zei dat hij geen contact meer had met Julina en niet wist waar ze was.

Toen Clapp haar vond, woonde ze in een sociale huurwoning met haar twee tienerkinderen en een jongere zus, en werkte ze parttime voor een oliehandelaar. In eerste instantie had ze geen belangstelling voor een gesprek met een blanke die ze niet kende. Maar het was Clapps werk en hij was er heel goed in informatie in te winnen. Hij bood haar tweehonderd dollar plus een lunch voor een uur van haar tijd en directe antwoorden op zijn vragen. Ze troffen elkaar in een chauffeurscafé en bestelden het menu van de dag: gebakken kip. Clapp, eigenlijk een racist die nooit in de verleiding zou komen achter een zwarte vrouw aan te zitten, had moeite zich te beheersen. Dit was een stuk: prachtige donkere huid met een vleugje crème, lichtbruine ogen met een doordringende blik, hoge Afrikaanse jukbeenderen, een perfect gebit en een gemakkelijke, verleidelijke glimlach.

Ze was gereserveerd en keek hem met opgetrokken wenkbrauwen aan alsof ze alles wat hij zei wantrouwde.

Hij vertelde haar niet veel, niet meteen in elk geval. Hij zei dat hij betrokken was bij een belangrijke rechtszaak waar Seth Hubbard bij betrokken was, en dat hij wist dat er tussen hen iets was voorgevallen. Ja, hij was op zoek naar modder.

En die had ze. Seth had achter haar aan gezeten als een achttienjarige matroos met verlof. Zij was vierendertig geweest en in de laatste fase van een nare echtscheiding. Ze was kwetsbaar en bang voor haar toekomst. Ze had geen enkele belangstelling voor een blanke man van zesendertig die naar een asbak rook, hoeveel bedrijven hij ook bezat. Maar hij bleef aandringen en bracht veel tijd door in de fabriek in Thomasville. Hij gaf haar een enorme opslag en verplaatste haar naar een bureau vlak bij zijn kantoor. Hij ontsloeg de oude secretaresse en benoemde Julina als zijn 'directiesecretaresse', hoewel ze niet kon typen.

Hij bezat twee meubelfabrieken in Mexico en moest die bezoeken. Hij regelde dat Julina een paspoort kreeg en vroeg of ze hem wilde vergezellen. Dat beschouwde ze meer als een eis dan als een verzoek. Maar ze was nog nooit in het buitenland geweest en het leek haar wel leuk om iets van de wereld te zien, ook al wist ze dat er iets tegenover zou staan.

'Ik denk niet dat Seth de eerste blanke man was die achter je aan zat,' zei Clapp.

Ze glimlachte even, knikte en zei: 'Nee. Dat gebeurt wel vaker.'

Weer moest Clapp zijn gedachten in bedwang houden. Waarom was ze nog altijd single? En woonde ze in een sociale huurwoning? Iedere vrouw, zwart of blank, met haar gezicht en lichaam, kon die gebruiken voor een veel beter leven.

Haar eerste reis per vliegtuig was naar Mexico City. Ze checkten in in een luxehotel, in twee aan elkaar grenzende kamers. Het gevreesde klopje op haar deur kwam die avond, en ze deed de deur open. Na afloop, toen ze met hem in bed lag, walgde ze van wat ze had gedaan. Seks voor geld. Ze voelde zich gewoon een hoer. Maar ze beet op haar tong en zodra hij de volgende dag was vertrokken, liet ze zich door een taxi naar het vliegveld brengen. Toen hij een week later terugkwam, werd ze op staande voet ontslagen en door een gewapende bewaker het gebouw uit gebracht. Ze huurde een advocaat in die een klacht indiende tegen Seth wegens ongewenste intimiteiten. Seths eigen advocaat luisterde vol afschuw toen hij de feiten hoorde. Ze capituleerden algauw en wilden een schikking. Na wat gedoe ging Seth akkoord met een bedrag ineens van honderdvijfentwintigduizend dollar als de deal vertrouwelijk bleef. Haar advocaat nam vijfentwintigduizend dollar en zij kreeg de rest. Ze mocht het eigenlijk aan niemand vertellen, maar goed, het was al vijf jaar geleden.

'Maak je niet druk, Seth is dood,' zei Clapp en hij vertelde haar de rest van het verhaal.

Ze luisterde, kauwde op de taaie kip en spoelde die weg met ijsthee met suiker. Ze had geen gevoelens voor Seth en deed ook niet alsof. Ze was de man al min of meer vergeten.

'Heeft hij ooit gezegd dat hij een voorkeur had voor zwarte vrouwen?'

'Hij zei dat hij niet discrimineerde,' zei ze, langzamer nu. 'Hij zei dat ik niet de eerste zwarte was.'

'Wanneer zei hij dat?'

'In bed, weet je? Maar ik wil niet bij een rechtszaak worden betrokken.'

'Dat heb ik ook niet gezegd,' probeerde Clapp haar gerust te stellen, maar nu was ze zelfs nog behoedzamer. Clapp wist dat hij weer eens iets ontzettend belangrijks had ontdekt, maar speelde het spel vakkundig. 'Maar ik weet zeker dat de advocaten voor wie ik werk je zouden willen betalen voor je getuigenverklaring.'

'Is dat legaal?'

'Natuurlijk is dat legaal. Advocaten betalen heel vaak voor getuigenverklaringen. Iedere getuige-deskundige declareert een vermogen. Bovendien betalen ze je ticket en je onkosten.'

'Hoeveel?'

'Weet ik niet, maar dat bespreken we later wel. Mag ik je een, nou ja, intieme vraag stellen?'

'O, waarom niet? Wat hebben we nog niet besproken?'

'Toen je met Seth was, hoe was hij toen, begrijp je wat ik bedoel? Hij was toen zesenzestig en een paar jaar later nam hij een zwarte huishoudster in dienst. Dat was lang voordat hij ziek werd. Die ouwe vent was al behoorlijk op leeftijd, maar het klinkt alsof hij nog vrij jeugdig was, weet je?'

'Het ging wel. Ik bedoel, voor een man van zijn leeftijd was hij best goed.' Ze zei dat alsof ze veel mannen had gehad, van elke leeftijd. 'Ik kreeg de indruk dat hij zich het liefst in die kamer wilde verschansen en een week lang wilde neuken. Dat is behoorlijk indrukwekkend voor een oude man, zwart óf blank.'

Wade Lanier zat een biertje te drinken in de mannenbar van de golfclub toen Clapp hem vond. Elke zondagochtend, precies om kwart voor elf, golfde hij met drie vrienden, speelde achttien holes, won meestal meer dan hij verloor en daarna speelde hij een paar uur lang Gin Poker en dronk een biertje. Hij liet zijn kaarten en zijn bier voor wat ze waren, en zei dat Clapp elk woord van zijn gesprek met Julina Kidd moest herhalen.

Het meeste van wat ze had gezegd was niet geoorloofd in de rechtbank. Maar het feit dát ze in de getuigenbank kon plaatsnemen, dat de jury kon zien dat ze zwart was en kon horen dat ze een klacht tegen Seth Hubbard had ingediend wegens ongewenste intimiteiten, zou ieder blank jurylid laten geloven dat de oude man en Lettie waarschijnlijk ook met elkaar geslapen hadden. Ze zouden denken dat Lettie zo intiem was geweest als menselijk mogelijk was en dat ze hem had beïnvloed. Ze had haar lichaam gebruikt om een plaatsje in zijn testament te veroveren. Lanier kon dit niet echt bewijzen, maar dat wel op niet mis te verstane manier suggereren.

Hij verliet de golfclub en reed naar zijn kantoor.

Op de vroege maandagochtend reden Ian en Ramona Dafoe in drie uur van Jackson naar Memphis, voor een laat ontbijt met Herschel. Hun relatie was verslechterd en het werd tijd om het bij te leggen, tenminste, dat had Ramona gezegd. Ze stonden aan dezelfde kant; het was dom van hen om ruzie te maken en elkaar te wantrouwen.

Ze ontmoetten elkaar in een pannenkoekenhuis en na de gebruikelijke pogingen tot verzoening vroeg Ian hartstochtelijk of Herschel alsjeblieft Stillman Rush en zijn firma wilde ontslaan. Zijn advocaat, Wade Lanier, had veel meer ervaring en was eerlijk gezegd bang dat Rush juist een obstakel zou blijken tijdens de rechtszaak. Hij was een knappe jongen, maar te opzichtig en te arrogant, en de kans was groot dat hij de jury van zich vervreemdde. Lanier had hem nu al ruim vier maanden bezig gezien en wat hij zag beviel hem helemaal niet. Rush had een groot ego en weinig talent. Processen kunnen worden gewonnen of verloren door de arrogantie van een advocaat, en Wade Lanier maakte zich grote zorgen. Hij dreigde zelfs zich terug te trekken. En dat was nog niet alles. Als bewijs van de ongelijkheid van hun advocaten vertelde Ian het verhaal van het andere testament en de poging vijftigduizend dollar aan Lettie na te laten. Hij noemde geen namen, omdat hij niet wilde dat Stillman Rush de boel verpestte.

Herschel was verbijsterd, maar ook opgewonden.

Maar wacht, het wordt nog beter! Nu had Wade Lanier een zwarte vrouw gevonden die Seth had aangeklaagd voor ongewenste intimiteiten.

Kijk toch eens wat mijn advocaat doet, en vergelijk dat met de jouwe! Jouw mannetje doet helemaal niet mee, Herschel. Lanier heeft verstand van een guerrillaoorlog, jouw advocaat is een padvinder. Laten we samenwerken. Lanier heeft zelfs een deal voor je: als we samenwerken, als jij Rush loost en Lanier ons allebei kan vertegenwoordigen, dan verlaagt hij zijn honorarium tot vijfentwintig procent van elke schikking. Hij heeft een strategie om een schikking af te dwingen, vooral in het licht van wat zijn belangrijkste onderzoeker allemaal boven tafel krijgt. Hij zal het juiste moment uitkiezen en Jake Brigance hiermee overvallen, die dan onder de druk zal bezwijken. Binnen een paar maanden kunnen we het geld al hebben!

Herschel bleef even tegenstribbelen, maar ging er uiteindelijk mee akkoord om naar Jackson te rijden voor een geheime ontmoeting met Lanier.

Het was maandag en Simeon Lang had zijn avondeten – varkensvlees met bonen uit blik en vier oude witte boterhammen – net op toen de cipier eraan kwam en een envelop door de tralies stak. 'Veel leesplezier,' zei hij en hij liep weg. De envelop was afkomstig van het advocatenkantoor van Harry Rex Vonner.

Er zat een brief in van de advocaat, geadresseerd aan Simeon, per adres de gevangenis van Ford County, en de brief informeerde Simeon beknopt dat er een echtscheidingsaanvraag zou volgen. Hij had dertig dagen om te reageren.

Simeon las de tekst langzaam door. Waarom die haast? Overspel, chronische wreedheid en onmenselijke behandeling, verlating, mishandeling, geen bijdrage in de kosten van levensonderhoud. Bladzijde na bladzijde met beschuldigingen, sommige uit de lucht gegrepen, andere waar. Wat maakte het uit? Hij had twee jongens gedood en zou voor lange tijd naar Parchman worden gestuurd. Zijn leven was voorbij. Lettie had iemand anders nodig. Ze was niet bij hem op bezoek geweest sinds ze hem hadden opgesloten, en hij betwijfelde of ze dat ooit zou doen. Niet hier, niet in Parchman. Portia was wel op bezoek geweest om dag te zeggen, maar was niet lang gebleven.

'Wat lees je?' vroeg Denny, die op het bovenste bed sliep. Denny was zijn nieuwe celgenoot die was betrapt op rijden in een gestolen auto. Simeon was nu al moe van hem. Hij was liever alleen, hoewel het soms bijna prettig was dat er iemand was om mee te praten.

'Mijn vrouw heeft net echtscheiding aangevraagd,' zei hij.

'Heb jij even mazzel! Ik heb er al twee achter de rug. Ze worden altijd een beetje gek als je in de bak zit.'

'Als jij dat zegt. Heb je ooit een contactverbod gehad?'

'Nee, maar mijn broer wel. Die trut overtuigde de rechter ervan dat hij gevaarlijk was, wat hij ook was, en toen zei de rechter dat hij uit de buurt van haar huis moest blijven en in het openbaar afstand moest houden. Trok hij zich niets van aan. Vermoordde haar toch.'

'Heeft je broer zijn vrouw vermoord?'

'Ja, maar ze vroeg erom. Het was gerechtvaardigde moord, maar de jury zag dat anders. Ze verklaarden hem schuldig aan moord met voorbedachten rade.'

'Waar is hij nu?'

'Angola, Louisiana, twintig jaar. Dat krijg jij ook, volgens mijn advocaat.'

'Jouw advocaat?'

'Ja, dat vroeg ik hem vanmiddag toen ik hem sprak. Hij is op de hoogte van je zaak, zei dat de hele stad erover praat, dat iedereen van slag is, dat je vrouw waarschijnlijk rijk wordt door dat grote erfrechtproces, maar dat jij de eerstvolgende twintig jaar in de bak zit. Tegen de tijd dat jij vrijkomt is al het geld op, met al die nieuwe vrienden van haar, klopt dat?'

'Moet je je advocaat vragen.'

'Hoe heeft je vrouw zichzelf in dat testament van die ouwe kerel gemanoeuvreerd? Hij zei dat hij twintig miljoen dollar heeft nagelaten, klopt dat?'

'Moet je je advocaat vragen.'

'Zal ik doen. Wilde je niet pissig maken of zo.'

'Ik ben niet pissig. Ik wil er gewoon niet over praten, oké?'

'Jij je zin, man.' Denny pakte zijn boek weer en ging door met lezen.

Simeon ging op het onderste bed liggen en begon weer aan de eerste bladzijde. Over twintig jaar was hij negenenzestig. Dan had Lettie een andere man en een veel beter leven. Dan had zij de kinderen en kleinkinderen en misschien zelfs achterkleinkinderen, en hij niets. Zijn leven was voorbij. Hij zou zich niet verzetten tegen de scheiding. Ze mocht alles hebben.

Misschien zag hij Marvis wel, in de gevangenis.

32

Acht dagen na de tragische dood van de broers Roston, net toen alles weer een beetje rustig werd en de mensen over andere dingen praatten, kwam alles weer in het middelpunt van de belangstelling te staan in het weekblad *The Ford County Times*. Op de voorpagina, onder een grote kop – COUNTY TREURT OM DOOD BROERS ROSTON – stonden grote klassenfoto's van Kyle en Bo. Daaronder en onder de vouw stonden foto's van hun vernielde auto, van hun kisten die uit hun kerk werden gedragen en van hun klasgenoten die met kaarsen in de hand een wake hielden voor Clanton Highschool. Dumas Lee had niet veel over het hoofd gezien. Zijn verhalen waren lang en gedetailleerd.

Op pagina twee stond een grote foto van Simeon Lang die de vorige donderdag, met zijn gezicht dik in het verband, geboeid de rechtbank verliet samen met zijn advocaat Arthur Welch uit Clarksdale. Het verhaal bij de foto repte met geen woord over Jake Brigance, voornamelijk doordat Jake had gedreigd Dumas voor de rechter te slepen als hij er ook maar enigszins op zinspeelde dat hij Simeon vertegenwoordigde. Er werd melding gemaakt van de oude maar nog steeds opgeschorte aanklacht wegens rijden onder invloed van oktober, maar Dumas ging er niet verder op in en suggereerde ook niet dat die onjuist was afgehandeld. Hij was doodsbang voor een rechtszaak en krabbelde meestal snel terug. De twee in memoriams waren lang en hartverscheurend. Er was een verhaal over hun school met hartstochtelijke verhalen van klasgenoten en docenten. Er was een verhaal over de plaats van het ongeluk, met details van Ozzie. De ooggetuige had heel veel te melden en kreeg zijn foto in de krant. De ouders waren zwijgzaam; een oom had gevraagd of ze hun privacy wilden respecteren.

Om zeven uur die ochtend had Jake de artikelen gelezen, woord voor woord, en voelde zich uitgeput. Hij ging niet naar de Coffee Shop omdat hij helemaal geen zin meer had in het eindeloze geprat over deze tragedie. Hij gaf Carla om halfacht een afscheidskus en ging naar zijn kantoor, in de hoop dat hij zijn normale routine weer kon oppakken. Hij wilde die dag grotendeels aan andere zaken dan de zaak-Hubbard werken. Hij had een paar andere cliënten die ook aandacht eisten.

Iets na acht uur belde Stillman Rush op met het nieuws dat hij zojuist was ontslagen door Herschel Hubbard. Jake luisterde aandachtig. Aan de ene kant was hij blij dat Stillman aan de kant was gezet, omdat hij de man niet echt mocht, maar aan de andere kant maakte hij zich zorgen om Wade Laniers manipulatieve gaven. In zijn enige andere belangrijke proces, dat van Carl Lee Hailey, was het een nek-aan-nekrace geweest tussen Jake en Rufus Buckley, toen een vakkundige officier van justitie. En terwijl Buckley veel ervaring had in de rechtszaal, was hij niet echt slim, geen handige manipulator of intrigant. Totaal anders dan Wade Lanier, die iedereen altijd een stap voor leek te zijn. Jake wist bijna zeker dat Lanier alles zou doen – liegen, bedriegen, stelen, dingen wegmoffelen, wat ook maar om het proces te winnen; en hij had de ervaring, een snelle babbel en kende elke truc die daarvoor nodig was. Jake gaf de voorkeur aan Stillman in de rechtszaal, klungelend en arrogant in het bijzijn van de jury. Jake deed net alsof hij het heel erg vond en nam afscheid, maar was het telefoontje een uur later alweer vergeten.

Portia moest gerustgesteld worden. Inmiddels was het gebruikelijk dat ze om een uur of halfnegen met z'n allen koffie dronken, altijd in Jakes kantoor. De familie had in de dagen na het ongeluk vier dreigtelefoontjes gekregen, maar nu was dat voorbij. Er was nog altijd een hulpsheriff bij het huis, op de oprit, die 's nachts de achterdeur controleerde, zodat de familie zich veiliger voelde. De Rostons hadden zich zo fantastisch en moedig gedragen dat alle wraakgevoelens binnen de perken bleven, voorlopig in elk geval.

Maar wanneer Simeon besloot dat hij een proces wilde, zou de hele nachtmerrie weer worden opgerakeld. Portia, Lettie en de andere familieleden maakten zich daar zorgen over, waren bang dat ze in de rechtbank tegenover de familie Roston zouden staan. Jake betwijfelde of het ooit zover zou komen en zo ja, dan zou het minstens een jaar duren voordat zo'n proces begon.

Drie maanden lang had hij Lettie op het hart gedrukt een baan te zoeken, wat voor baan dan ook. Tijdens het proces zou het belangrijk zijn dat de juryleden wisten dat ze werkte en probeerde de kost te verdienen voor haar familie en niet al op haar zevenenveertigste met pensioen was gegaan in afwachting van de erfenis. Helaas zou geen enkel blank gezin haar nu inhuren als huishoudster, niet met haar verleden en alle controversies. Ze was te oud voor de fastfoodrestaurants, te zwart voor een kantoorbaan.

'Mijn moeder heeft een baan,' zei Portia trots.

'Geweldig! Waar?'

'Bij de methodistische kerk. Drie dagen per week gaat ze daar schoonmaken. Minimumloon, maar dit is het enige wat ze nu kan vinden.'

'Is ze blij?'

'Ze heeft twee dagen geleden echtscheiding aangevraagd, Jake, en haar achternaam in deze contreien wekt behoorlijk nare associaties op. Ze heeft een zoon die in de gevangenis zit, een huis vol klaplopende familieleden, een dochter van eenentwintig met twee ongewenste kinderen. Mijn moeder heeft een behoorlijk zwaar leven. Ze wordt niet echt blij van een baantje waar ze drieënhalve dollar per uur mee verdient.'

'Sorry dat ik het vroeg.'

Ze zaten op zijn balkon en het was er fris maar niet koud. Jake had heel veel aan zijn hoofd en al heel veel koffie op.

'Herinner je je Charley Pardue, mijn zogenaamde neef uit Chicago?' vroeg ze. 'Je hebt hem een paar maanden geleden in Claude's gezien.'

'Jazeker. Je noemde hem een klootzak die geld wil voor een nieuwe uitvaartonderneming.'

'Ja, maar we hebben elkaar telefonisch gesproken en hij heeft een familielid gevonden in de buurt van Birmingham. Een oude man in een verpleeghuis die Rinds heet. Volgens hem kon hij weleens de link zijn.'

'Maar Pardue wil geld hebben, toch?'

'Ze willen allemaal geld hebben. Hoe dan ook, ik overweeg om zaterdag naar die oude man toe te gaan om hem een paar dingen te vragen.'

'Is hij een Rinds?'

'Ja, Boaz Rinds.'

'Oké. Heb je dit al aan Lucien verteld?'

'Ja, en volgens hem is het de moeite waard.'

'Zaterdag is je vrije dag, dus daar heb ik niets over te zeggen.'

'Ik wilde dat je het wist. En er is nog iets, Jake. Lucien vertelde me dat de county oude archiefstukken bewaart in Burley, die oude zwarte school.'

'Ja, dat klopt. Ik ben daar weleens geweest, op zoek naar een oud dossier, wat ik trouwens niet heb gevonden. De county bewaart daar een heleboel rommel.'

'Tot hoever terug gaan de stukken daar?'

Jake dacht even na. In de verte rinkelde zijn telefoon. Ten slotte zei hij: 'De recente kadastergegevens liggen nog altijd in de rechtbank, omdat die nog worden gebruikt. Maar heel veel spul is feitelijk waardeloos: data van huwelijken en echtscheidingen, geboortes en sterfgevallen, rechtszaken, vonnissen, dat soort dingen. Het meeste zouden ze moeten weggooien, maar niemand wil rechtbankdocumenten weggooien, zelfs niet als ze al honderd jaar oud zijn. Ik heb een keer gehoord dat er proces-stukken liggen van voor de Burgeroorlog, allemaal handgeschreven. Interessant, maar tegenwoordig van weinig waarde. Heel jammer dat die brand niet alles heeft vernietigd.'

'Wanneer was die brand?'

'Elke rechtbank staat weleens in brand. Die van ons is ernstig bescha-digd in 1948. Toen zijn heel veel stukken vernietigd.'

'Zal ik eens in die oude stukken kijken?'

'Waarom zou je? Dat is tijdverspilling.'

'Omdat ik gek ben op rechtsgeschiedenis, Jake. Ik heb uren in de recht-bank gezeten om oude rechtbankregisters en kadastergegevens door te nemen. Dan kun je veel leren over een stad en de inwoners. Wist je dat ze in 1915 voor de rechtbank een man hebben opgehangen, één maand na zijn proces? Hij had de Security Bank beroofd, op een man geschoten die echter niets mankeerde, ging ervandoor met tweehonderd dollar en werd daarna opgepakt. Ze hebben hem meteen berecht en vervolgens opgeknoopt.'

'Dat is behoorlijk efficiënt. Dan hoefden ze zich waarschijnlijk geen zorgen te maken over overvolle gevangenissen.'

'Of over overvolle agenda's. Hoe dan ook, dit soort dingen fascineert me. Ik heb een oud testament uit 1847 gezien waarin een blanke man zijn slaven weggaf; hij vertelde hoeveel hij van hen hield en gaf ze vervol-gens weg, als paarden of koeien.'

'Klinkt deprimerend. Je zult nooit een Brigance vinden die een slaaf had. Wij mochten al blij zijn als we een koe hadden.'

'Maar goed, ik heb schriftelijke toestemming nodig van een lid van de balie om die oude dossiers te mogen inzien. Voorschrift van de county.'

'Komt in orde. Maar doe het na werktijd. Ben je nog steeds op zoek naar je voorouders?'

'Ja. En ik zoek overal. De Rinds hebben deze county in 1930 verlaten zonder een spoor achter te laten, zonder aanwijsbare reden, en ik wil weten waarom.'

De lunch achter in Bates Grocery bestond uit vier verschillende groen-ten, die willekeurig werden uitgekozen uit tien pannen op een groot gas-fornuis. Mevrouw Bates wees aan, schepte op en becommentarieerde terwijl ze de borden volschepte, en meneer Bates zat achter de kassa en ontving drie dollar vijftig voor de lunch inclusief ijsthee en maisbrood. Jake en Harry Rex reden er één keer per maand naartoe, als ze wilden eten en praten zonder te worden afgeluisterd. De eters kwamen van het platteland; boeren en boerenknechten en een enkele pulphouthakker. Allemaal blank. Zwarten zouden ook worden bediend, maar dat was nog nooit gebeurd. Zwarten deden hun boodschappen in de winkel; To-nya Hailey had hier drie jaar geleden boodschappen gedaan en was onderweg naar huis geweest toen ze werd gekidnapt.

De twee advocaten gingen aan een klein tafeltje zitten, zo ver mogelijk bij de anderen vandaan. Het tafeltje wiebelde, de oude houten vloer kraakte en vlak boven hun hoofd draaide een ventilator onregelmatig rond hoewel het nog steeds winter was en het gebouw vochtig. In een andere hoek stond een potkachel die een dikke, prikkelende warmte verspreidde waardoor het toch aangenaam was in de kleine ruimte.

Nadat Harry Rex een paar happen had genomen, zei hij: 'Dumas heeft goed werk geleverd, voor zijn doen dan. Die jongen is even gek op een groot auto-ongeluk als de meeste advocaten.'

'Ik heb hem moeten bedreigen, maar hij heeft ons niet beschadigd. Niet meer dan al het geval was. Bedankt dat je Arthur Welch hebt laten inspringen.'

'Hij is een idioot, maar wel mijn soort idioot. We hebben dingen mee-gemaakt! We hebben een keer twee nachten in een countygevangenis gezeten terwijl we eigenlijk op de rechtenfaculteit hadden moeten zijn. Zijn bijna weggestuurd.'

Jake wist heel goed dat hij eigenlijk niet moest doorvragen, maar hij wilde het weten: 'Waarom zaten jullie in de gevangenis?'

Harry Rex schoof een grote hap boerenkool naar binnen en zei: 'Nou, we waren een lang weekend in New Orleans geweest en wilden terug naar Ole Miss. Ik reed en dronk, en op de een of andere manier ver-dwaalden we in Pike County. We zagen blauwe zwaailichten. Ik zei: "Shit, Welch, jij moet achter het stuur gaan zitten. De politie komt eraan en ik ben dronken." Welch zei: "Ik ben ook dronken, klojo, je bekijkt het maar." Maar het was zijn auto en ik wist zeker dat hij lang niet zo dron-ken was als ik. Ik zei: "Hé Welch, jij hebt maar een paar biertjes op. Ik stop nu meteen en dan ga jij achter het stuur zitten." De blauwe zwaai-lichten kwamen dichterbij. Hij zei: "Echt niet! Ik ben al dronken sinds vrijdag. Bovendien ben ik al eens betrapt op rijden onder invloed en mijn pa vermoordt me als me dat nog een keer overkomt." Ik trapte op de rem en stopte op de vluchtstrook. De blauwe zwaailichten waren vlak achter ons. Ik greep Welch, die toen veel kleiner was dan ik, en pro-beerde hem op mijn plaats te trekken, en daardoor werd hij laaiend. Hij vocht terug, hield zich vast aan zijn portier en zette zich schrap, zodat ik hem geen centimeter van zijn plaats kreeg. Ik was inmiddels echt woest en dus gaf ik hem een dreun op zijn neus en wel zo hard dat hij even verslapte. Ik greep hem bij zijn haar en wilde hem naar me toe trekken, maar hij bleef achter de versnellingspook haken. We zaten allebei klem en waren allebei woedend, we vloekten, en we vochten als gekken. Ik had hem in de houdgreep toen de agent door het raam zei: "Neem me niet kwalijk, jongens."

We verstijfden. Op het bureau vertelde de agent ons dat we allebei even dronken waren. Dit was voordat die ademtests er waren en zo, dus in de goede oude tijd.' Hij nam een slok ijsthee en viel vervolgens aan op een kleine portie gebakken okra.

'Wat gebeurde er toen?' vroeg Jake ten slotte.

'Ik wilde mijn vader niet opbellen en Welch wilde zijn vader niet opbellen. In de gevangenis kwam er een advocaat op bezoek bij een cliënt en hij hoorde dat er twee dronken rechtenstudenten van Ole Miss in een cel zaten, nuchter werden en colleges misten. Hij ging naar de rechter, trok aan een paar touwtjes en kreeg ons vrij. De faculteitsvoorzitter wachtte ons op school op en dreigde ons te vermoorden of te schorsen, al voordat we waren afgestudeerd. Na verloop van tijd is het allemaal onder de tafel geveegd. De decaan wist dat ik een te waardevolle aanvulling op de advocatuur zou zijn om me weg te sturen.'

'Natuurlijk.'

'Je begrijpt dus dat Welch en ik elkaar al heel lang kennen, en dat er heel veel lijken in de kast zitten. Hij zorgt wel voor Simeon tot dat erfrechtproces voorbij is en dan loost hij hem. Die vent is er toch al geweest, niemand kan echt iets voor hem doen.'

'Hoe erg lijdt onze zaak hieronder?'

Lucien, de pessimist, wist zeker dat er onherstelbare schade was toegebracht, maar Jake betwijfelde dat. Harry Rex veegde zijn gezicht af met een goedkoop papieren servetje en zei: 'Je weet hoe het is met rechtszaken, Jake. Zodra een proces is begonnen, worden de rechter, de advocaten, de getuigen en de juryleden allemaal in dezelfde ruimte opgesloten, dicht op elkaar. Ze horen alles, ze zien alles en ze voelen zelfs alles. Ze vergeten vaak wat er buiten is, wat er vorige week is gebeurd, wat er vorig jaar is gebeurd. Ze zijn helemaal gericht op wat er voor hun ogen plaatsvindt, en op het besluit dat ze moeten nemen. Volgens mij denken ze echt niet aan Simeon Lang of de broertjes Roston. Lettie had niets met die tragedie te maken en ze probeert van Simeon af te komen, die binnenkort voor heel lange tijd de county zal verlaten.' Een slok thee, een hap maisbrood. 'Op dit moment ziet het er slecht uit, maar over een maand of zo is dat veel minder het geval. Ik denk dat de jury zo gefixeerd zal zijn op Seth Hubbards testament dat ze amper aan een auto-ongeluk zullen denken.'

'Volgens mij vergeten ze dat niet zo gemakkelijk. Daar zal Wade Lanier wel voor zorgen.'

'Wil je nog steeds proberen Atlee over te halen de zaak te verplaatsen?'

'Dat ben ik wel van plan. We hebben vrijdag een afspraak op zijn voorveranda, op mijn verzoek.'

'Dat is een slecht voorteken. Als hij wil dat je langskomt, dan is het prima. Maar als je er zelf om moet vragen, wordt het waarschijnlijk erg lastig.'

'Geen idee. Ik zag hem zondag in de kerk en hij vroeg hoe ik de zaak wilde aanpakken. Hij leek zich echt zorgen te maken en was zelfs bereid om na de dienst over de zaak te praten. Heel ongebruikelijk.'

'Ik zal je eens iets over Atlee vertellen, Jake. Ik weet dat je een goede relatie met hem hebt, of in elk geval zo goed als maar kan voor een advocaat, maar er zit ook een donkere kant aan hem. Hij is van de oude stempel, uit het oude zuiden, met oude familiebanden en tradities. Ik durf te wedden dat hij diep vanbinnen baalt van het idee dat een blanke man het familievermogen aan een zwarte vrouw nalaat. Misschien dat we ooit zullen begrijpen waarom Seth Hubbard deed wat hij deed, maar wat de reden ook is, volgens mij vindt Reuben Atlee het maar niets. Wat hij bezit, heeft hij alleen maar doordat zijn voorouders het hebben nagelaten. Zijn familie had slaven, Jake.'

'Duizend jaar geleden of zo. Net als Luciens voorouders.'

'Ja, maar Lucien is getikt. Hij telt niet mee, maar Atlee wel. En je moet niet denken dat hij je gunsten zal bewijzen. Hij zal zorgen dat het proces eerlijk verloopt, maar ik durf te wedden dat hij voor de andere kant is.'

'Het enige wat we kunnen vragen is een eerlijk proces.'

'Zeker, maar een eerlijk proces in een ander arrondissement klinkt op dit moment beter dan een eerlijk proces hier.'

Jake nam een slok en praatte even met een man die langsliep. Daarna boog hij zich naar Harry Rex en zei: 'Ik moet nog steeds een motie indienen om de zaak naar een ander arrondissement te verplaatsen. Dan hebben we iets in handen als we in beroep willen.'

'O, moet je doen, maar Atlee zal daar niet mee akkoord gaan.'

'Waarom ben je daar zo zeker van?'

'Omdat hij een oude man is met een slechte gezondheid die geen zin heeft om elke dag honderdvijftig kilometer te rijden. Hij blijft de rechter, Jake, waar de rechtszaak ook plaatsvindt. Atlee is lui, zoals de meeste rechters, en hij wil dat dit spectaculaire proces hier plaatsvindt, in zijn eigen rechtszaal.'

'Ik ook, eerlijk gezegd.'

'Hij brengt zijn dagen door met probleemloze echtscheidingen en net als iedere andere rechter wil hij deze zaak hebben, hier in eigen huis. We kunnen hier wel een jury uitzoeken, Jake. Daar heb ik alle vertrouwen in.'

'We?'

'Natuurlijk. Dit kun je niet alleen doen. Dat hebben we tijdens het Hailey-proces wel bewezen. Jij hebt het in de rechtszaal uitstekend gedaan, maar mijn hersens hebben die zaak gewonnen.'

'Jee, zo herinner ik me dat echt niet.'

'Geloof me maar, Jake. Wil je een bananentoetje?'

'Ja, graag!'

Harry Rex liep naar de toonbank en kocht twee grote porties, in papieren bakjes. De vloer trilde toen hij terugliep naar hun tafeltje en zich zwaar in zijn stoel liet vallen. Met zijn mond vol zei hij: 'Willie Traynor belde gisteravond. Hij wil weten of je al iets hebt besloten over dat huis.'

'Rechter Atlee zei dat ik het niet moest kopen, nog niet in elk geval.'

'Wát?'

'Je hebt me wel verstaan.'

'Ik wist niet dat de rechter tegenwoordig in de onroerendgoedhandel zat.'

'Hij denkt dat het een slechte indruk kan wekken, dat ze zullen beweren dat ik een bak geld krijg voor die erfeniskwestie en daardoor een chic huis kan kopen.'

'Zeg maar tegen Atlee dat ie de pot op kan. Sinds wanneer heeft hij iets te zeggen over jouw privéleven?'

'O, al heel lang. Hij moet tegenwoordig mijn declaraties goedkeuren.'

'Flauwekul. Luister Jake, zeg maar tegen die ouwe lul dat ie moet oprotten en zich met zijn eigen zaken moet bemoeien. Als je te lang wacht en dit huis misloopt, hebben jij en Carla daar de rest van je leven spijt van.'

'We kunnen het ons niet veroorloven.'

'Je kunt het je niet veroorloven het niet te kopen. Zo worden ze niet meer gebouwd, Jake. Bovendien wil Willie dat jullie het kopen.'

'Zeg dan maar tegen hem dat hij de prijs moet laten zakken.'

'De vraagprijs is al lager dan de marktwaarde.'

'Maar nog niet laag genoeg.'

'Luister, Jake, het zit zo: Willie heeft het geld nodig. Ik weet niet wat er aan de hand is, maar kennelijk zit hij echt in geldnood. Hij zal zakken van twee vijftig naar twee vijfentwintig. Dat is diefstal, Jake. Verdomd, als mijn vrouw wilde verhuizen, kocht ik dat huis!'

'Zoek dan een andere vrouw.'

'Dat overweeg ik ook. Luister, stomkop, dit wil ik voor je doen. Jij hebt die brandstichtingszaak inmiddels zo verpest dat je die nooit meer wint. Waarom? Omdat jij je eigen cliënt bent en ze ons al tijdens onze rechtenstudie hebben geleerd dat een advocaat die zichzelf vertegenwoordigt een achterlijke cliënt heeft. Ja toch?'

'Ja, zoiets.'

'Goed, dan neem ik die zaak van je over, gratis, en zorg dat die eindelijk wordt geschikt. Welke verzekeringsmaatschappij is het?'

'Land Fire and Casualty.'

'Stelletje achterbakse rotzakken! Waarom heb je daar een verzekering afgesloten?'

'Is dat nuttig, op dit moment?'

'Nee. Wat was hun laatste bod?'

'Het is een herbouwwaardepolis, voor honderdvijftig. En omdat we maar veertigduizend voor het huis hebben betaald, beweert Land dat het honderdduizend waard was toen het afbrandde. Ik heb alle bonnetjes en rekeningen, ook van de aannemer en zo, bewaard en kan bewijzen dat we in drie jaar tijd nog eens vijftig in het huis hebben geïnvesteerd. Bovendien zijn de huizen meer waard geworden en dus zeg ik dat het huis honderdvijftig waard was toen het afbrandde. Ze willen niet toegeven, en zo negeren ze gewoon alle tijd en moeite die Carla en ik in het huis hebben gestopt.'

'En daar ben je kwaad om?'

'Natuurlijk, wat dacht jij dan!'

'Zie je wel! Je bent te emotioneel betrokken bij deze zaak voor een positieve uitkomst. Je hebt een achterlijke cliënt.'

'Bedankt.'

'Graag gedaan. Hoe hoog is de hypotheek?'

'Hypotheken, meervoud. Ik heb een tweede hypotheek genomen toen de renovatie was afgerond. De eerste hypotheek is tachtigduizend, en de tweede iets minder dan vijftien.'

'Dus Land biedt je net genoeg om beide hypotheken af te lossen.'

'Inderdaad, en dan houden we er zelf niets aan over.'

'Ik pleeg wel een paar telefoontjes.'

'Wat voor telefoontjes?'

'Schikkingstelefoontjes, Jake. Dat is de kunst van onderhandelen, en jij moet nog heel veel leren. Ik heb die achterbakse rotzakken voor vijf uur vanmiddag omgepraat: we schikken de zaak, strijken wat cash op – voor jou, niet voor mij – en daarna sluiten we een deal met Willie voor Hocutt House, en ondertussen vertel jij edelachtbare Reuben Atlee dat hij de pot op kan.'

'O, doe ik dat?'

'Verdomd als het niet waar is!'

33

Jake zei natuurlijk niets wat zelfs maar een beetje als respectloos kon worden beschouwd. Jake en Atlee zaten samen op de veranda. Het was een winderige, maar warme avond in maart en het eerste halfuur praatten ze over de twee zonen van rechter Atlee. Ray was hoogleraar recht aan de universiteit van Virginia en leidde tot dusver een vredig, productief leven. Dat gold niet voor Forrest, de jongste zoon. Beide zonen hadden in het noordoosten van de VS op kostschool gezeten en waren dus niet goed bekend in Clanton. Forrest probeerde van zijn verslavingen af te komen en zijn vader, die in de eerste twintig minuten twee toddy's achteroversloeg, leed daar erg onder.

Jake deed het rustig aan. Toen de tijd er rijp voor was, zei hij: 'Ik denk dat onze potentiële juryleden al beïnvloed zijn, rechter. De naam Lang heeft een smetje in deze omgeving, zodat ik denk dat Lettie geen eerlijk proces kan krijgen.'

'Ze hadden die misdadiger zijn rijbewijs moeten innemen, Jake. Ik hoorde dat jij en Ozzie die aanklacht wegens rijden onder invloed in de koelkast hebben gezet. Dat bevalt me helemaal niet.'

Jake voelde zich aangevallen en haalde diep adem. Reuben Atlee had absoluut niets te maken met rijden-onder-invloedzaken in deze county, maar zoals altijd vond hij van wel. Jake zei: 'Dat is niet waar, rechter, maar ook zonder rijbewijs was Simeon Lang gaan rijden. Deze mensen vinden een rijbewijs totaal niet belangrijk. Ozzie heeft drie maanden geleden op een vrijdagavond een wegversperring opgezet. Zestig procent van de zwarten en veertig procent van de blanken had geen rijbewijs.'

'Ik zie het verband niet,' zei rechter Atlee, en Jake was niet van plan hem daarop te wijzen. 'Hij werd in oktober betrapt op rijden onder invloed. Als zijn zaak op de juiste wijze was afgehandeld door de rechtbank, had hij geen rijbewijs gehad en dan was de kans groot geweest dat hij vorige week dinsdag niet had gereden.'

'Ik ben zijn advocaat niet, rechter. Toen niet, en nu ook niet.'

Beide mannen lieten hun ijsblokjes rinkelen en zwegen.

Ten slotte nam rechter Atlee een slok en zei: 'Dien maar een motie in

om de zaak elders te laten behandelen, als je dat wilt. Ik kan je niet tegenhouden.'

'Maar dan wil ik wel dat die motie serieus wordt behandeld. Ik heb de
indruk dat u al een hele tijd geleden een besluit hebt genomen. Inmiddels is er veel veranderd.'

'Ik behandel álles serieus. We zullen heel veel te weten komen als we
beginnen met het selecteren van de juryleden. Als blijkt dat de mensen
te veel over de zaak weten, dan zal ik de zaak even stopzetten en dat
probleem aanpakken. Ik dacht dat ik dit al had uitgelegd.'

'Dat hebt u ook, meneer.'

'Wat is er eigenlijk met je vriend Stillman Rush gebeurd? Hij stuurde
me maandag een fax waarin hij me vertelde dat hij niet langer de raads-
heer van Herschel Hubbard is.'

'Hij is ontslagen. Wade Lanier was al maanden bezig te proberen de
aanvechters samen in zijn kamp te krijgen. En daar is hij nu dus in geslaagd.'

'Geen groot verlies. Gewoon één advocaat minder om rekening mee te
houden. Ik was ook niet bepaald onder de indruk van Stillman.'

Jake beet op zijn tong en zei niets. Als Atlee een andere advocaat wilde
afkraken, wilde Jake graag meedoen, maar hij had het gevoel dat er niets
meer zou worden gezegd, niet door de rechter.

'Heb je die Arthur Welch uit Clarksdale al ontmoet?' vroeg rechter
Atlee.

'Nee, meneer. Ik weet alleen dat hij een vriend is van Harry Rex.'

'We hebben elkaar vanochtend aan de telefoon gehad en hij zegt dat hij
Lang ook bij zijn scheiding zal vertegenwoordigen, hoewel er niet veel te
doen is. Hij zegt dat zijn cliënt met alles zal instemmen. Niet dat het iets
uitmaakt. Met zijn borg, en de aanklachten, komt hij toch binnenkort
niet vrij.'

Jake knikte instemmend. Arthur Welch deed precies wat Harry Rex
hem opdroeg, en Harry Rex hield Jake van alles op de hoogte.

'Bedankt dat u dat contactverbod hebt uitgevaardigd,' zei Jake. 'Als dat
in de krant komt, pakt dat positief uit.'

'Het lijkt nogal bizar om een man die de komende tijd in de gevangenis zit te zeggen dat hij niet bij zijn vrouw en familie in de buurt mag
komen, maar niet alles wat ik doe is logisch.'

Dat is waar, dacht Jake, maar hij zei niets.

Ze keken naar het gras dat boog in de wind en naar het blad dat op-
dwarrelde.

Rechter Atlee nam een slok en dacht na over wat hij zojuist had gezegd. Daarna vroeg hij: 'Al nieuws over Ancil Hubbard?'

'Nee, niet echt. Tot nu toe hebben we dertigduizend dollar uitgegeven en we weten nog altijd niet of hij nog leeft. De professionals denken van wel, maar vooral doordat ze geen bewijzen kunnen vinden dat hij ooit is gestorven. Maar ze blijven graven.'

'Blijf erbovenop zitten. Ik vind het nog steeds niet prettig om dit proces voort te zetten zonder dat we zekerheid hebben.'

'We zouden het proces echt een paar maanden moeten uitstellen, rechter, tot wij die zoektocht hebben afgerond.'

'En tot de mensen hier die tragedie van de Rostons zijn vergeten.'

'Ja, dat ook.'

'Zeg dat maar als we elkaar op 20 maart spreken. Dan zal ik het in overweging nemen.'

Jake haalde diep adem en zei: 'Rechter, ik moet een juryconsultant aannemen voor het proces.'

'Wat is een juryconsultant?'

Deze vraag verbaasde Jake niet. Juryconsultants bestonden nog niet in de tijd dat Atlee advocaat was en de rechter was niet bepaald op de hoogte van de nieuwste ontwikkelingen. Jake zei: 'Een deskundige die verschillende dingen doet. Ten eerste bestudeert hij de demografische situatie van de county en analyseert die in het licht van de zaak om het modeljurylid te vinden. Vervolgens houdt hij een telefonische enquête met andere namen, maar identieke feiten om de reactie van het publiek te peilen. Zodra we de namen van de jurypool krijgen, zal hij onderzoek doen naar de achtergrond van de potentiële juryleden, vanaf een veilige afstand natuurlijk. Zodra de selectieprocedure begint, zit hij ook in de rechtszaal om de pool te observeren. Deze mensen zijn heel goed in het lezen van lichaamstaal en zo. Hij zal erbij zijn als we de individuele juryleden accepteren of ondervragen. En zodra het proces is begonnen, zit hij elke dag in de rechtszaal om naar de juryleden te kijken. Hij zal weten welke getuigen we kunnen geloven en welke niet, en naar welke kant de jury neigt.'

'Dat is erg veel. Hoeveel kost zo iemand?'

Jake klemde zijn kaken op elkaar en zei: 'Vijftigduizend dollar.'

'Het antwoord is nee.'

'Meneer?'

'Nee. Ik geef geen toestemming om zoveel uit de nalatenschap uit te geven. Volgens mij is het tijdverspilling.'

'Dit is vrij gangbaar tegenwoordig tijdens belangrijke juryprocessen, rechter.'

'Ik vind een dergelijk honorarium onacceptabel. Het is het werk van de advocaat om de jury te selecteren, Jake, niet van de een of andere chique consultant. In mijn tijd vond ik het geweldig om de potentiële juryleden te screenen en de juisten uit te kiezen. Daar had ik echt een neus voor, Jake, al zeg ik het zelf.'

Ja, meneer. Zoals tijdens de zaak van de prediker met één oog.

Ongeveer dertig jaar geleden was de jonge Reuben Atlee ingehuurd als verdediger door de Eerste Verenigde Methodistische Kerk van Clanton tijdens een rechtszaak die aanhangig was gemaakt door een rondtrekkende prediker van de pinksterbeweging die in de stad was om de gelovigen op te peppen voor het jaarlijkse Herfst Reveil. Dan ging hij altijd naar de andere kerken in de stad en dreef voor hun voordeur duivelse geesten uit. Hij en een paar van zijn fanatieke volgelingen beweerden dat deze oudere, meer bezadigde kerkgenootschappen het Woord van God corrumpeerden en een veilig toevluchtsoord vormden voor afvalligen en andere zogenaamde christenen. God had hem opdracht gegeven deze ketters op hun eigen terrein uit te dagen, en dus gingen hij en zijn volgelingen elke middag tijdens de Reveil Week naar de verschillende kerken om te bidden en af en toe onverstaanbare klanken uit te stoten. Ze werden bijna helemaal genegeerd door de methodisten, presbyterianen, baptisten en leden van de pinkstergemeente. Bij de methodistische kerk verloor de prediker, terwijl hij luidkeels en met zijn ogen dicht stond te bidden, zijn evenwicht en viel acht treden van de marmeren trap naar beneden. Hij raakte ernstig gewond, liep herenletsel op en verloor zijn rechteroog. Een jaar later (in 1957) maakte hij een rechtszaak aanhangig en beschuldigde de kerk van nalatigheid. Hij eiste vijftigduizend dollar.

De jonge Reuben Atlee was woedend dat de man een rechtszaak was begonnen en begon gretig aan de verdediging van de kerk, gratis. Hij was gelovig en beschouwde het als zijn christelijke plicht om een echte kerk te verdedigen tegen zo'n belachelijke bewering. Tijdens de juryselectie sprak hij, heel arrogant, de onvergetelijke woorden: 'Geef me de eerste twaalf maar.'

De advocaat van de prediker was zo verstandig hiermee akkoord te gaan, en de eerste twaalf werden ingezworen en in de jurybank gezet. De advocaat voerde aan dat de trap van de kerk in bijzonder slechte staat was en al jaren niet was onderhouden en dat er al vaker over was geklaagd et cetera. Reuben Atlee beende door de rechtszaal – heel arrogant en hooghartig en woedend dát de kerk voor de rechter was gesleept. Twee dagen later gaf de jury de prediker veertigduizend dollar, een record voor Ford County. Dit was een lelijke tegenvaller voor advocaat Atlee en hij werd hier jaren mee gepest, tot hij tot rechter werd gekozen.

Later werd bekend dat vijf van de eerste twaalf juryleden ook lid waren van de pinkstergemeente, berucht om hun groepsvorming en overgevoeligheid. Een oppervlakkig onderzoek door een advocaat zou dit hebben onthuld. Dertig jaar later werd 'Geef me de eerste twaalf maar' nog vaak voor de grap gemompeld door advocaten als ze naar de pool potentiële juryleden keken.

De prediker met één oog werd later verkozen tot lid van de staatssenaat, met hersenletsel en al.

Jake zei: 'Ik ben ervan overtuigd dat Wade Lanier wél een juryconsultant heeft. Hij gebruikt ze altijd. Ik probeer er gewoon een eerlijke strijd van te maken. Dat is alles.'

'Heb je zo iemand gebruikt tijdens het Hailey-proces?' vroeg rechter Atlee.

'Nee, meneer. Ik heb negenhonderd dollar gekregen voor die rechtszaak. Toen het voorbij was, kon ik mijn telefoonrekening niet eens betalen.'

'En toch heb je gewonnen. Ik begin me zorgen te maken over alle kosten van deze zaak.'

'De erfenis bedraagt vierentwintig miljoen, rechter. Daar hebben we nog niet één procent van uitgegeven.'

'Ja, maar in het tempo waarin jij bezig bent, duurt dat niet lang meer.'

'Zo'n groot aandeel heb ik daar niet in.'

'Ik stel je honorarium niet ter discussie, Jake. Maar we hebben al geld uitgegeven aan accountants, taxateurs, Quince Lundy, jou, rechercheurs, stenotypistes, en nu betalen we getuigen-deskundigen om tijdens het proces te getuigen. Ik realiseer me wel dat we dit doen omdat Seth Hubbard zo stom was om een dergelijk testament op te stellen, terwijl hij wist dat er een onsmakelijk gevecht over gevoerd zou worden. Maar hoe dan ook, het is onze plicht zijn nalatenschap te beschermen.' Hij deed net alsof hij alles zelf moest betalen en zijn toon klonk bijzonder ontoeschietelijk.

Jake dacht hierdoor aan Harry Rex' waarschuwing. Hij haalde diep adem en ging er niet op in. Jake besloot de zaak te laten rusten, zowel de aanvraag voor behandeling in een ander arrondissement als voor de juryconsultant; hij zou het een andere keer wel weer proberen.

Niet dat het veel uitmaakte, want rechter Atlee begon opeens te snurken.

Boaz Rinds woonde in een somber, verwaarloosd verpleeghuis aan de snelweg naar het stadje Pell City, Alabama.

Het was zaterdag en Portia en Lettie vonden het tehuis na een rit van vier uur, met een paar omwegen, verkeerde afslagen en doodlopende straten. Na een paar gesprekken met verre familieleden in Chicago was Charley Pardue erin geslaagd Boaz te vinden. Charley deed zijn best om in contact te blijven met zijn nieuwste en meest favoriete nicht. De winstvooruitzichten voor de uitvaartonderneming waren elke week veelbelovender, en het zou algauw tijd zijn om toe te slaan.

Boaz had een slechte gezondheid en was bijna helemaal doof. Hij zat in een rolstoel, die hij echter niet zelf kon verplaatsen. Ze reden hem naar buiten, naar een betonnen terras, en lieten hem achter zodat de twee dames hem konden ondervragen. Boaz vond het al geweldig dát hij bezoek had. Die zaterdag waren er geen andere bezoekers. Hij zei dat hij 'ongeveer' in 1920 was geboren, de zoon van Rebecca en Monroe Rinds, ergens in de buurt van Tupelo. Dat zou betekenen dat hij een jaar of achtenzestig was, waar ze heel erg van schrokken. Hij leek veel ouder, had spierwit haar, een glazige blik en een sterk gerimpeld gezicht. Hij zei dat hij een slecht hart had en een zwaar roker was geweest.

Portia vertelde dat zij en haar moeder probeerden hun stamboom samen te stellen en dat er een kans was dat ze familie van hem waren. Hier moest hij om glimlachen, en toen bleek dat hij een paar tanden miste. Portia wist dat er in het geboorteregister van Ford County geen Boaz Rinds was ingeschreven, maar ook dat die gegevens in die tijd slecht werden bijgehouden. Hij vertelde dat hij twee zoons had, allebei dood, en dat zijn vrouw jaren geleden was gestorven. Als hij al kleinkinderen had, wist hij dat niet. Niemand kwam hem ooit opzoeken. En toen ze om zich heen keken, dachten ze dat hij niet de enige bewoner was die in de steek was gelaten.

Boaz praatte langzaam, zweeg soms even om over zijn voorhoofd te wrijven als hij probeerde zich iets te herinneren. Na tien minuten was wel duidelijk dat hij aan een vorm van dementie leed. Hij had een zwaar, bijna onmenselijk leven achter de rug. Zijn ouders werkten op boerderijen in Mississippi en Alabama, en namen hun grote gezin – zeven kinderen – mee van het ene katoenveld naar het andere. Hij wist nog dat hij toen hij vijf jaar was al katoen plukte. Hij was nooit naar school geweest en het gezin bleef nooit lang op één plek. Ze woonden in schuren en tenten, en hadden vaak honger. Zijn vader overleed al jong en werd begraven achter een zwarte kerk in de buurt van Selma. Zijn moeder kreeg een relatie met een man die de kinderen sloeg. Boaz en een broer liepen weg en gingen nooit meer terug.

Portia maakte aantekeningen en Lettie stelde vragen, op zachte toon. Boaz genoot van de aandacht. Een verpleegster bracht ijsthee. Hij kon zich de namen van zijn grootouders niet herinneren en wist ook verder niets van hen. Hij dacht dat ze in Mississippi hadden gewoond. Lettie noemde een paar namen, allemaal Rinds, en dan grijnsde Boaz, knikte en zei vervolgens dat hij die persoon niet kende. Maar toen ze zei: 'Sylvester Rinds,' bleef hij knikken, en knikken, en zei ten slotte: 'Dat was mijn oom, Sylvester Rinds. Hij en mijn vader waren neven.'

Sylvester was geboren in 1898 en stierf in 1930. Hij was eigenaar van de 32 hectare die door zijn vrouw aan Cleon Hubbard, de vader van Seth, werd overgedragen. Als Monroe Rinds, de vader van Boaz, een neef van Sylvester was, dan was hij niet echt een oom van Boaz. Maar in het licht van de kronkelende lijnen van de stamboom van de familie Rinds wilden ze hem niet verbeteren. Ze waren ontzettend blij met deze informatie. Lettie dacht dat haar biologische moeder Lois Rinds was, de dochter van Sylvester, en dat wilde ze graag bewijzen. Ze vroeg: 'Sylvester bezat wat land, hè?'

Het gebruikelijke knikje, toen een glimlach. 'Waarschijnlijk wel. Ik denk het wel.'

'Hebben jij en je familie ooit op zijn land gewoond?'

Hij krabde aan zijn voorhoofd. 'Ik denk het wel. Ja, toen ik nog een kleine jongen was. Nu herinner ik het me weer, ik plukte katoen op het land van mijn oom. Ik weet het weer. En er was ruzie over onze betaling voor de katoen.' Hij wreef over zijn lippen en mompelde iets.

'Er was dus een meningsverschil. Wat gebeurde er toen?' vroeg Lettie vriendelijk.

'We vertrokken en gingen naar een andere boerderij, ik weet niet waar. We werkten op zoveel.'

'Weet je nog of Sylvester kinderen had?'

'Iedereen had kinderen.'

'Herinner jij je kinderen van Sylvester?'

Boaz krabde zich, en dacht zo diep na dat hij uiteindelijk in slaap viel. Toen ze zich realiseerden dat hij sliep, schudde Lettie zacht aan zijn arm en vroeg: 'Boaz, herinner jij je kinderen van Sylvester?'

'Duw me daarnaartoe, in de zon,' zei hij en hij wees naar een plek die niet in de schaduw lag. Ze rolden zijn stoel ernaartoe en verplaatsten hun tuinstoelen. Hij ging zo rechtop mogelijk zitten, keek omhoog naar de zon en deed zijn ogen dicht. Ze wachtten. Ten slotte zei hij: 'Dat weet ik niet. Benson.'

'Wie was Benson?'

'De man die ons sloeg.'

'Herinner jij je een meisje dat Lois heette? Lois Rinds?'

Hij keek naar Lettie en zei, snel en duidelijk: 'Jazeker. Nu herinner ik me haar. Ze was Sylvesters kleine meid en zij waren de eigenaar van het land. Lois. Kleine Lois. Het was niet gebruikelijk, weet je, dat gekleurde mensen zelf land bezaten, maar nu weet ik het weer. Eerst was het goed, maar toen maakten ze ruzie.'

Lettie zei: 'Volgens mij was Lois mijn moeder.'

'Weet je dat niet zeker?'

'Nee. Ze stierf toen ik drie was en toen werd ik geadopteerd door iemand anders. Maar ik ben een Rinds.'

'Ik ook. Altijd al geweest,' zei hij en ze schoten in de lach. Daarna keek hij verdrietig en zei: 'Nu is het geen echte familie meer. Iedereen woont zo verspreid.'

'Wat is er met Sylvester gebeurd?' vroeg Lettie.

Hij vertrok zijn gezicht en nam een andere houding aan, alsof hij pijn had. Hij ademde een paar minuten moeizaam en leek de vraag te zijn vergeten. Daarna keek hij naar de twee vrouwen alsof hij ze nooit eerder had gezien, en veegde met een mouw zijn neus af. Toen was hij weer terug in het heden en zei: 'We gingen weg. Ik weet het niet. Ik hoorde later dat er iets ergs was gebeurd.'

'Weet je ook wat?' Portia's pen bleef onbeweeglijk.

'Ze hebben hem vermoord.'

'Wie hebben hem vermoord?'

'Blanke mannen.'

'Waarom hebben ze hem vermoord?'

Weer dwaalde zijn aandacht af, alsof hij de vraag niet had gehoord. Daarna: 'Ik weet het niet. We waren vertrokken. Nu herinner ik me Lois weer. Een lief meisje. Benson sloeg ons.'

Portia vroeg zich af of ze wel iets van wat hij zei konden geloven. Zijn ogen waren gesloten en zijn oren bewogen alsof hij een attaque had. Hij herhaalde: 'Benson, Benson.'

'En Benson was met je moeder getrouwd?' vroeg Lettie vriendelijk.

'We hoorden alleen dat een paar blanke mannen hem te grazen hadden genomen.'

34

Halverwege een vrij productieve ochtend hoorde Jake het onmiskenbare geluid van Harry Rex die met zijn schoenen maat 47 zijn toch al gehavende trap op stampte. Hij haalde diep adem, wachtte en keek op toen de deur werd opengegooid zonder zelfs maar een beleefd klopje op zijn deur. 'Goedemorgen, Harry Rex,' zei hij.

'Heb je ooit gehoord van de Whiteside-clan van bij het meer?' vroeg Harry Rex snuivend en hij liet zich in een stoel vallen.

'Vaag. Waarom vr...'

'Mafste stelletje idioten dat ik ooit heb gezien. Vorig weekend betrapte de heer Whiteside zijn vrouw in bed met een van hun schoonzonen, en dat betekent dus opeens twee echtscheidingen. Daarvoor had een van hun dochters al echtscheiding aangevraagd. Die kreeg ik. En nu heb ik dus...'

'Harry Rex, alsjeblieft, dat kan me niets schelen!' Jake wist dat er vaak geen eind kwam aan die verhalen.

'O, nou, neem me niet kwalijk! Ik ben hier omdat ze nu allemaal in mijn kantoor zitten, ze schoppen en krabben elkaar, en we moesten de politie bellen. Ik word doodziek van mijn cliënten, van allemaal!' Hij veegde met een mouw over zijn voorhoofd. 'Heb je een Bud Light voor me?'

'Nee, wel koffie.'

'Dat is wel het laatste waar ik behoefte aan heb. Ik heb vanochtend met je verzekeringsmaatschappij gepraat en ze bieden nu honderdvijfendertig. Neem dat bod aan, wil je? Nu.'

Jake dacht dat hij een grapje maakte en schoot bijna in de lach. De verzekeringsmaatschappij zat al jaren op honderdduizend dollar. 'Meen je dat?'

'Ja, ik meen het, waarde cliënt. Neem dat geld aan. Mijn secretaresse typt op dit moment de schikkingsovereenkomst en geeft die hier tegen twaalf uur af. Zet je handtekening en Carla ook, en breng dat verdomde ding dan weer naar mijn kantoor. Oké?'

'Oké. Hoe heb je dat gelapt?'

'Jake, jongen van me, dit is wat je fout hebt gedaan. Je hebt die zaak aanhangig gemaakt bij de Circuit Court en je eiste een jury omdat je het na dat Hailey-proces hoog in je bol had gekregen en je dacht dat elke verzekeringsmaatschappij doodsbang zou zijn om jou als tegenstander te krijgen, de grote Jake Brigance, tijdens een juryproces in Ford County. Dat zag ik. Dat zagen anderen. Je eiste een hoge schadevergoeding en je dacht dat je een geweldig vonnis voor elkaar zou krijgen, er veel geld aan zou overhouden en ook nog eens een civiele zaak zou winnen. Ik ken je en ik weet dat je dat dacht, ontken het maar niet! Toen die lui van die verzekeringsmaatschappij niet eens met hun ogen knipperden, groeven beide partijen zich in, werd de zaak persoonlijk en verstreken de jaren. Die zaak had een frisse blik nodig, maar ook iemand zoals ik die weet hoe die verzekeringsmaatschappijen redeneren. Bovendien heb ik gezegd dat ik die zaak bij de Circuit Court zou intrekken en aanhangig zou maken bij de Chancery Court, waar ik zo ongeveer de agenda en de rest bepaal. Het idee dat ze tegenover mij zouden komen te staan in de Chancery Court, hier in deze county, is niet iets waar andere advocaten graag aan denken. Dus na wat getouwtrek kreeg ik hen eindelijk op honderdvijfendertig. Dan houd je er ongeveer veertig aan over, mij hoef je niet te betalen, dat was de deal, en ben je weer vrij man. Dan bel ik Willie en zeg tegen hem dat jij en Carla twee vijfentwintig willen betalen voor Hocutt House.'

'Niet zo snel, Harry Rex. Ik ben niet bepaald rijk met veertigduizend dollar op zak.'

'Zit me niet te zieken, Jake. Je krijgt zo'n dertigduizend per maand uit die nalatenschap.'

'Niet helemaal, en de rest van mijn praktijk loopt ondertussen leeg. Het kost me een jaar om deze zaak te boven te komen. Net als bij die Hailey-zaak.'

'Maar voor deze krijg je tenminste betaald.'

'Dat is zo en ik waardeer het dat jij je verbazingwekkende vaardigheden heb ingezet om mijn brandschadeclaim te schikken. Dankjewel, Harry Rex. Ik zal zorgen dat de papieren vanmiddag nog worden ondertekend. Maar ik zou me beter voelen als je wel een honorarium zou accepteren, desnoods een laag honorarium.'

'Niet van een vriend, Jake, en geen laag honorarium. En als ik een dikke rekening zou schrijven, zou ik onze vriendschap belazeren. Bovendien kan ik dit kwartaal geen extra inkomsten meer gebruiken. Het geld stapelt zich zo snel op dat het niet meer in de matras past. Ik wil niet dat de Belastingdienst wordt opgeschrikt en die klojo's weer naar me toe stuurt. Goed, wat zeg ik tegen Willie?'

'Zeg maar dat hij de prijs moet laten zakken.'

'Hij is dit weekend in de stad en geeft zaterdagmiddag weer een cocktailparty. Hij zei dat ik jou en Carla moest uitnodigen. Kom je?'

'Dat zal ik de baas moeten vragen.'

Harry Rex stond op en beende weg. 'Tot zaterdag.'

'Zeker, en nogmaals bedankt, Harry Rex.'

'Graag gedaan.' Hij sloeg de deur achter zich dicht.

Jake grinnikte. Wat een opluchting dat die zaak nu was geschikt. Nu kon hij eindelijk een behoorlijk dik en deprimerend dossier sluiten, de twee hypotheken aflossen, de banken zeggen dat ze hem met rust moesten laten en wat cash in zijn zak steken. Hij en Carla konden hun huis nooit vervangen, maar was dat niet het geval bij elke grote brand? Zij waren niet de enigen die door een ramp alles waren kwijtgeraakt. Nu konden ze eindelijk doorgaan met hun leven en het verleden achter zich laten.

Vijf minuten later klopte Portia op Jakes deur. Ze wilde hem iets laten zien, maar daarvoor moesten ze wel een stukje rijden.

Om twaalf uur verlieten ze het kantoor, staken het spoor over en reden door Lowtown. Verderop, helemaal in het oosten van Clanton, stond Burley, de voormalige zwarte basis- en middelbare school die in 1969, na de opheffing van de rassenscheiding, was gesloten. Niet lang daarna werd het gebouw weer opgeëist door de county, opgeknapt en gebruikt als gebouw voor opslag en onderhoud. De school was een complex van vier grote, schuurachtige gebouwen van licht hout met golfplaten daken. De parkeerplaats stond vol auto's van het personeel. Achter de school was een grote onderhoudsschuur met allemaal grindtrucks en machines eromheen. East, de zwarte highschool, stond aan de overkant.

Jake had veel zwarten gekend die op Burley zaten, en hoewel ze blij waren met de integratie, keken ze nog altijd met enigszins nostalgische gevoelens terug op hun oude school en de oude gebruiken. Ze kregen altijd tweedehandsspullen: versleten bureautjes, boeken, schoolborden, typemachines, dossierkasten, sportspullen, muziekinstrumenten; alles. Niets was nieuw, alles was afgedankt door de blanke scholen in Ford County. De blanke docenten verdienden minder dan die in de andere staten, en de zwarte docenten verdienden daar zelfs maar een fractie van. Alles bij elkaar was er niet genoeg geld voor een goed schoolsysteem, maar tientallen jaren lang probeerde de county, net als elke county, twee scholen in stand te houden. Apart maar gelijkwaardig was een wrede farce. Toch was Burley, ondanks de gigantische nadelen, een plek waar iedereen die het geluk had daar te mogen studeren trots op was. De docenten werkten keihard en waren toegewijd; ze hadden alles tegen, zodat hun successen zelfs nog mooier waren. Af en toe slaagde een oud-leerling erin een universitaire studie af te ronden, en hij of zij werd dan een voorbeeld voor de jongere generaties.

'Je zei dat je hier al eens was geweest,' zei Portia toen ze de trap van het administratiegebouw opliepen.

'Ja, één keer, tijdens mijn eerste jaar bij Lucien. Hij stuurde me hiernaartoe om een paar oude rechtbankverslagen te zoeken. Dat is niet gelukt.'

Eenmaal binnen liepen ze naar de eerste verdieping. Portia wist precies waar ze naartoe moesten en Jake liep met haar mee. De lokalen stonden vol tweedehandsdossierkasten van het leger, met oude belasting- en kadasterinformatie. *Alleen maar troep*, dacht Jake toen hij de bordjes op de deuren las. In één vertrek werden de motorrijtuigengegevens opgeslagen, in een ander oude edities van plaatselijke kranten et cetera. *Wat een verspilling van ruimte en mankracht!*

Portia deed het licht aan in een donker vertrek zonder ramen, waar ook allemaal dossierkasten stonden. Ze pakte een dik boek van een plank en legde dat voorzichtig op een tafel. Het was gebonden in donkergroen leer, gebarsten nadat het tientallen jaren was verwaarloosd. In het midden stond één woord: rol. Ze zei: 'Dit is een boek met de zaken die in de jaren 1920 op de rol stonden, van augustus 1927 tot oktober 1928.' Ze sloeg het boek langzaam open en begon voorzichtig door de vergeelde en broze, bijna uit elkaar vallende pagina's te bladeren. 'Chancery Court,' zei ze, als een soort curator.

'Hoeveel tijd heb je hier doorgebracht?' vroeg Jake.

'Geen idee. Uren. Dit alles fascineert me, Jake. Hier is de geschiedenis van deze county te vinden, in de geschiedenis van zijn rechtssysteem.' Ze sloeg nog een paar pagina's om en stopte. 'Hier is het! Juni 1928, bijna zestig jaar geleden.' Jake boog zich naar voren om beter te kunnen kijken. Alle aantekeningen waren met de hand geschreven en de inkt was al behoorlijk verbleekt. Met haar wijsvinger gleed ze langs de kolom naar beneden en zei: 'Op 4 juni 1928.' Ze ging naar rechts, naar de volgende kolom. 'De eiser, een man genaamd Cleon Hubbard, spande een rechtszaak aan tegen de gedaagde.' Ze ging naar de volgende kolom. 'Een man genaamd Sylvester Rinds.' Ze ging naar de volgende kolom. 'De rechtszaak werd beschreven als een eigendomsgeschil. In de volgende kolom staat de advocaat. Cleon Hubbard werd vertegenwoordigd door Robert E. Lee Wilbanks.'

'Dat is Luciens opa,' zei Jake.

Ze stonden met hun schouders tegen elkaar over het rolboek gebogen. Ze zei: 'En de gedaagde werd vertegenwoordigd door Lamar Thisdale.'

'Een oude man, al dertig jaar dood. Je komt zijn naam vaak tegen op testamenten en oude aktes. Waar is het dossier?' vroeg Jake en hij stapte achteruit.

Ze ging rechtop staan en zei: 'Dat kan ik niet vinden.' Ze gebaarde om zich heen. 'Als het al bestaat, moet het hier liggen, maar ik heb overal gezocht. Er ontbreekt heel veel en ik denk dat dat komt doordat de rechtbank is afgebrand.'

Jake leunde op een dossierkast en dacht hierover na. 'In 1928 maakten ze dus ruzie over een stuk land.'

'Ja, en we kunnen veilig aannemen dat dit de 32 hectare is die Seth in bezit had toen hij stierf. We weten van Luciens onderzoek dat Sylvester in die tijd geen land bezat. Cleon Hubbard kreeg dit land in 1930 in bezit en sindsdien is het eigendom van de familie Hubbard.'

'En het feit dat Sylvester dat land in 1930 nog steeds in zijn bezit had, is het duidelijke bewijs dat hij deze rechtszaak in 1928 heeft gewonnen. Anders was het van Cleon Hubbard geweest.'

'Dat wilde ik je vragen. Jij bent de advocaat en ik alleen maar de nederige secretaresse.'

'Jij wordt advocaat, Portia. Ik betwijfel zelfs of je daarvoor nog rechten moet studeren. Denk jij dat Sylvester je overgrootvader was?'

'Nou, mijn moeder is er op dit moment vrij zeker van dat hij haar opa was, dat Lois enig kind was en dat Lois haar moeder was. Dan zou die man mijn opa zijn, hoewel we dat natuurlijk niet zeker weten.'

'Heb je Lucien verteld wat zijn voorouders van plan waren?'

'Nee. Zou ik dat moeten doen? Ik bedoel, waarom zou ik? Daar kan hij niets aan doen, hij leefde toen niet eens.'

'Ik zou het alleen al doen om hem te pesten. Hij zal het verschrikkelijk vinden als hij hoort dat zijn voorouders die oude Hubbard hebben vertegenwoordigd en hebben verloren.'

'Kom op, Jake. Je weet dat Lucien zijn familie en hun geschiedenis haat.'

'Ja, maar hij is gek op zijn geld en zijn bezittingen. Ik zou het hem wel vertellen.'

'Denk je dat de firma Wilbanks nog oude stukken heeft bewaard?'

Jake kreunde en glimlachte en zei: 'Ik betwijfel of ze nog stukken van zestig jaar geleden hebben. Er liggen stapels troep op de zolder, maar niet zulke oude troep. In principe gooit een advocaat nooit iets weg, maar in de loop der jaren verdwijnen dingen gewoon.'

'Mag ik op de zolder kijken?'

'Ga je gang. Wat ga je dan zoeken?'

'Het dossier, aanwijzingen. Het is vrij duidelijk dat er een geschil was over die 32 hectare, maar waarom, wat zat erachter? En wat is er tijdens die rechtszaak gebeurd? Hoe kon een zwarte man in de jaren 1920 in Mississippi een rechtszaak winnen? Stel je eens voor, Jake. Een blanke landeigenaar huurde het grootste advocatenkantoor van de stad in, met heel veel macht en relaties, om een arme zwarte man voor de rechter te slepen in verband met een geschil over het eigendom van een stuk land. En de zwarte man won, tenminste, dat lijkt zo.'

'Misschien won hij niet. Misschien liep de zaak nog toen Sylvester stierf.'

'Inderdaad! Dat is het, Jake. Dat moet ik proberen uit te vinden.'

'Succes. Ik zou Lucien alles vertellen en hem vragen of hij je helpt. Hij zal zijn voorouders vervloeken, maar dat doet hij elke dag toch al voor het ontbijt. Hij komt er wel overheen. Geloof me, ze hebben wel ergere dingen gedaan.'

'Geweldig! Dan zal ik het hem vertellen en vanmiddag begin ik al op zolder te zoeken.'

'Pas wel op. Ik ga maar één keer per jaar naar boven en alleen als het moet. Ik betwijfel of je iets vindt.'

'Afwachten maar.'

Lucien nam het goed op. Zoals gebruikelijk vervloekte hij zijn erfenis, maar hij leek opgevrolijkt door het feit dat zijn opa de zaak tegen Sylvester Rinds had verloren. Zonder dat Portia erom vroeg, dook hij in het verleden en vertelde aan haar, en in de loop van de middag ook aan Jake, dat Robert E. Lee Wilbanks tijdens de wederopbouw was geboren en het grootste deel van zijn leven was blijven denken dat de slavernij weer zou worden ingevoerd. De familie slaagde erin de *carpetbaggers* – noordelingen die na de Burgeroorlog, op zoek naar financieel of politiek gewin, naar het zuiden trokken – van hun land te houden. Robert bouwde een dynastie op in het bank- en spoorwezen, de politiek en de rechtspraak. Hij was een hardvochtige, onaangename man geweest, en als kind was Lucien bang voor hem. Maar ere wie ere toekomt: het prachtige huis dat Lucien nu bezat, was gebouwd door zijn lieve, oude opa en vervolgens zoals het hoort nagelaten aan zijn nageslacht.

Na werktijd gingen ze naar de zolder en doken nog verder in het verleden. Jake bleef ook even, maar concludeerde al snel dat het tijdverspilling was. De dossiers gingen terug tot 1965, het jaar waarin Lucien het advocatenkantoor had geërfd nadat zijn vader en oom bij een vliegtuigongeluk waren omgekomen. Iemand, waarschijnlijk Ethel Twitty, de legendarische secretaresse, had de boel opgeruimd en de oude dossiers weggegooid.

35

Twee weken voor het geplande begin van de strijd ontmoetten de advocaten en hun medewerkers elkaar in de grote rechtszaal voor een PTC, een *pre-trial conference*, een bespreking voorafgaand aan het proces. Vroeger waren dergelijke besprekingen ongehoord, maar volgens de moderne omgangsregels waren ze vereist. Advocaten als Wade Lanier die vooral civiele zaken deden, waren zeer ervaren in de strategieën en nuances van de PTC. Jake minder. Reuben Atlee had nooit een PTC voorgezeten, maar zou dat nooit toegeven. Een vervelende echtscheiding waarbij het om veel geld ging was voor hem en zijn Chancery Court al een grote rechtszaak. Dat soort zaken kwam zelden voor, en hij behandelde ze al dertig jaar op dezelfde manier, zonder zich iets aan te trekken van de moderne regels.

Critici van de nieuwe regels met betrekking tot het gerechtelijk vooronderzoek jammerden dat de PTC niets meer was dan een oefening voor het proces, waardoor de advocaten zich twee keer moesten voorbereiden. Het was tijdrovend, duur, belastend en ook beperkend. Een document, een kwestie of een getuige die tijdens de PTC niet naar behoren was behandeld, mocht tijdens het proces niet worden gebruikt. Oude advocaten zoals Lucien die graag gebruikmaakten van smerige trucs en hinderlagen, hadden de pest aan de nieuwe regels, omdat ze waren ontwikkeld om de rechtvaardigheid en transparantie te bevorderen. 'Een proces draait niet om rechtvaardigheid, Jake, maar om winst,' had hij al honderden keren gezegd.

Rechter Atlee was er ook niet blij mee, maar hij moest zich natuurlijk wel aan de regels houden. Op maandag 20 maart om tien uur 's ochtends stuurde hij het handjevol toeschouwers weg en gaf de gerechtsdienaar opdracht de deuren te sluiten. Dit was geen openbare hoorzitting.

Terwijl de advocaten hun plaats opzochten, liep Lester Chilcott, de collega van Lanier, naar Jakes tafel en legde een paar documenten neer. 'Bijgewerkte stukken,' zei hij, alsof het heel normaal was.

Rechter Atlee opende de bijeenkomst en keek of alle advocaten aanwezig waren. 'De heer Stillman Rush is nog afwezig,' mompelde hij in zijn microfoon.

Jake bladerde door de nieuwe papieren en zijn verbazing sloeg algauw om in woede. In een gedeelte waar alle potentiële getuigen waren opgesomd, had Lanier de namen van vijfenveertig mensen genoteerd. Ze woonden verspreid over het zuidoosten, en vier woonden zelfs in Mexico. Jake herkende er maar een paar; een enkeling had hij tijdens de depositie inderdaad ondervraagd. Een zogenaamde *document dump* was een gebruikelijke smerige truc, geperfectioneerd door grote ondernemingen en verzekeringsmaatschappijen, waarbij zij en hun advocaten bepaalde documenten tot het allerlaatste moment achterhielden. Daarna dumpten ze vlak voor het proces tientallen documenten bij de advocaat van de tegenpartij, in de wetenschap dat hij en zijn personeel die nooit op tijd konden doornemen. Sommige rechters werden woedend als dit gebeurde; andere lieten het gewoon toe. Wade Lanier had zojuist een 'getuigedump' gelanceerd, net zoiets: houd de namen van zo veel mogelijk potentiële getuigen tot het laatste moment achter en overhandig ze dan samen met een heleboel nieuwe namen om de tegenpartij in paniek te brengen.

De tegenpartij kookte van woede, maar moest zich opeens met dringender zaken bezighouden. Rechter Atlee zei: 'Goed dan, meneer Brigance, u hebt twee moties ingediend. Een om de zaak in een ander arrondissement te laten behandelen, en een voor uitstel van het proces. Ik heb uw moties gelezen plus de reacties hierop van de aanvechters, en ik neem aan dat u niets aan deze moties hebt toe te voegen.'

Jake stond op en zei, heel verstandig: 'Nee, meneer.'

'Blijf gewoon zitten, heren. Dit is een PTC, geen formele hoorzitting. Goed, mag ik er ook van uitgaan dat er geen vooruitgang is geboekt in de zoektocht naar Ancil Hubbard?'

'Ja, meneer, daar mag u van uitgaan, hoewel we met meer tijd wel meer vooruitgang zullen boeken.'

Wade Lanier stond op en zei: 'Edelachtbare, ik wil hier graag op reageren. De aan- of afwezigheid van Ancil Hubbard is hier van geen belang. De kwesties komen inmiddels neer op wat we verwachtten, op die zaken die altijd een rol spelen in een erfrechtproces: op slechte geestelijke gesteldheid, wilsonbekwaamheid en ongepaste beïnvloeding. Ancil, als hij nog leeft, heeft zijn broer Seth al tientallen jaren voor diens zelfmoord niet meer gezien. Ancil kan onmogelijk getuigen van wat zijn broer dacht. Laten we dus doorgaan zoals gepland. Wanneer de jury vonnist in het voordeel van het handgeschreven testament, hebben de heer Brigance en de nalatenschap meer dan genoeg tijd om Ancil op te sporen om hem zijn vijf procent te kunnen geven. Maar wanneer de jury het handgeschreven testament afwijst, wordt Ancil irrelevant omdat hij niet in het vorige testament wordt genoemd. Laten we doorgaan, rechter. U hebt de procesdatum maanden geleden al bepaald op 3 april, en er is geen enkele goede reden om niet volgens plan door te gaan.'

Lanier praatte niet gladjes, maar bijzonder pragmatisch en overtuigend. Jake had al ontdekt dat de man probleemloos uit de losse pols kon argumenteren en iedereen van zo ongeveer alles kon overtuigen.

'Mee eens,' zei rechter Atlee kortaf. 'We gaan volgens plan door op 3 april. Hier, in deze rechtszaal. Ga alstublieft zitten, meneer Lanier.'

Jake maakte aantekeningen en wachtte op de volgende discussie.

Rechter Atlee keek naar zijn aantekeningen, zette zijn leesbril op het puntje van zijn neus en zei: 'Ik tel zeven advocaten aan de kant van de aanvechters. De heer Lanier is de hoofdraadsman van de kinderen van Seth Hubbard: Ramona Dafoe en Herschel Hubbard. De heer Zeitler is de hoofdadvocaat van de twee kinderen van Herschel Hubbard. De heer Hunt is de hoofdadvocaat voor de twee kinderen van Ramona Dafoe. De anderen zijn slechts associés.' Hij zette zijn bril af en kauwde even op een pootje. Er zat een preek aan te komen. 'Goed dan, heren, tijdens de rechtszaak ben ik niet van plan van zes advocaten een heleboel overdreven en onnodige kletspraatjes te accepteren. Sterker nog, niemand behalve advocaten Lanier, Zeitler en Hunt zullen toestemming krijgen om in de rechtbank het woord te voeren namens de aanvechters. Dat lijkt me meer dan genoeg. En ik ben niet van plan de jury lastig te laten vallen met drie verschillende openingsverklaringen, drie verschillende slotbetogen en drie verschillende ondervragingen van de getuigen. Als er een bezwaar is, wil ik niet dat drie van jullie overeind springen, met je armen gaan zwaaien en roepen: "Bezwaar! Bezwaar!" Begrijpen jullie me?'

Natuurlijk begrepen ze dat. Hij praatte langzaam, duidelijk en met zijn gebruikelijke autoriteit.

Hij vervolgde: 'Ik stel voor dat de heer Lanier de leiding neemt voor de aanvechters en het grootste deel van het proces afhandelt. Hij is degene met de meeste rechtbankervaring en heeft de cliënten met de grootste belangen.

Verdeel het werk zoals jullie willen, daar zou ik natuurlijk geen suggesties voor willen doen,' zei hij ernstig, suggererend. 'Ik probeer niemand te muilkorven. Jullie hebben het recht op te komen voor jullie cliënt of cliënten. Ieder van jullie mag de eigen getuigen naar voren roepen en iedere getuige die de verdedigers oproepen aan een kruisverhoor onderwerpen. Maar zodra je herhaalt wat al is gezegd, zoals advocaten zo ongeveer van nature doen, mag je erop rekenen dat ik snel ingrijp. Dat zal ik niet toestaan! Zitten we op dezelfde golflengte?'

Zeker weten, in elk geval voorlopig.

Hij zette zijn leesbril weer op zijn neus en keek naar zijn aantekeningen. 'Laten we het nu over de bewijsstukken hebben,' zei hij. Een uur lang bespraken ze de documenten die als bewijs zouden worden toegelaten en aan de jury mochten worden getoond. Op aandringen van rechter Atlee werd besloten dat het handschrift van Henry Seth Hubbard was. Het zou tijdverspilling zijn het tegendeel te beweren. Ook de doodsoorzaak werd bepaald. Vier grote kleurenfoto's werden goedgekeurd. Hierop was te zien dat Seth aan de boom hing en ze lieten er geen enkele twijfel over bestaan hoe hij was gestorven.

Toen rechter Atlee zei: 'Goed, laten we nu de getuigen bekijken. Ik zie dat de heer Lanier er vrij veel heeft toegevoegd.'

Jake had al ruim een uur ongeduldig gewacht. Hij probeerde zich te beheersen, maar dat was moeilijk. Hij zei: 'Edelachtbare, ik heb er bezwaar tegen dat veel van deze getuigen tijdens het proces zullen mogen getuigen. Wanneer u naar bladzijde zes kijkt, dan ziet u dat vanaf daar de namen van vijfenveertig potentiële getuigen zijn opgesomd. Aan hun adressen te zien, neem ik aan dat deze mensen hebben gewerkt in de verschillende fabrieken en werkplaatsen van de heer Hubbard. Dat weet ik niet, omdat ik deze namen nog niet eerder heb gezien. Ik heb deze bijgewerkte lijst zojuist bekeken en de aanvechters hebben tot de dag van vandaag maar vijftien of zestien van deze vijfenveertig namen genoemd. Volgens de regels had ik deze namen al maanden geleden moeten hebben doorgekregen. Dit wordt een getuigedump genoemd, edelachtbare: ze dumpen de namen van een heleboel getuigen twee weken voor het proces op mijn tafel en dan kan ik onmogelijk met hen allemaal praten om uit te zoeken wat ze zullen getuigen. Dat zou nog eens zes maanden kosten. Dit is een flagrante schending van de regels, en bovendien achterbaks.'

Rechter Atlee keek streng naar de andere tafel en zei: 'Meneer Lanier?'

Lanier stond op en zei: 'Mag ik mijn benen even strekken, edelachtbare? Ik heb een slechte knie.'

'Ga uw gang.'

Lanier begon een beetje mank heen en weer te lopen. *Waarschijnlijk een of ander rechtszaaltrucje*, dacht Jake.

'Edelachtbare, dit is niet achterbaks en ik maak bezwaar tegen deze beschuldiging. Het vooronderzoek is altijd in ontwikkeling. Er duiken altijd nieuwe namen op. Onwillige getuigen besluiten soms op het laatste moment toch mee te werken. De ene getuige herinnert zich een andere getuige, of hij herinnert zich iets nieuws wat er is gebeurd. Onze onderzoekers zijn al vier maanden non-stop aan het graven en eerlijk gezegd hebben we de tegenpartij overtroefd. We hebben meer getuigen gevonden en we zijn nog steeds op zoek naar meer. De heer Brigance heeft twee weken om iedere getuige op mijn lijst te bellen of op te zoeken. Twee weken. Nee, dat is niet veel tijd, maar is er ooit genoeg tijd? Dat is niet zo, dat weten we allemaal. Dit is nu eenmaal gebruikelijk tijdens een proces om veel geld, edelachtbare. Beide partijen blijven tot het laatste moment vechten.' Heen en weer lopend, hinkend, argumenterend. Knarsetandend voelde Jake bewondering voor de man, terwijl hij hem ook het liefst wilde wurgen. Lanier hield zich niet aan de regels, maar was er heel goed in om zijn bedrog te autoriseren.

Dit was een cruciaal moment voor Wade Lanier. Begraven in de lijst met vijfenveertig namen stond Julina Kidd, de enige zwarte vrouw die Randall Clapp tot nu toe had gevonden die bereid was te getuigen en toe te geven dat ze met Seth had geslapen. Voor vijfduizend dollar plus onkosten was ze bereid naar Clanton te komen om te getuigen. Ze had ook beloofd telefoontjes van en contact met iedere andere advocaat te vermijden, met name als het ging om ene Jake Brigance die misschien langs zou komen in een wanhopige poging aanwijzingen te vinden.

Niet begraven in die lijst was Fritz Pickering; zijn naam was niet genoemd en zou ook niet worden genoemd tot een cruciaal moment tijdens het proces.

Rechter Atlee vroeg aan Jake: 'Hoeveel deposities hebt u afgenomen?'

Jake antwoordde: 'In totaal dertig.'

'Dat vind ik nogal wat. En ze zijn niet goedkoop. Meneer Lanier, u bent toch zeker niet van plan vijfenveertig getuigen op te roepen?'

'Natuurlijk niet, edelachtbare, maar de regels schrijven voor dat we alle potentiële getuigen opsommen. Pas tijdens het proces weet ik wie ik zal oproepen. Die flexibiliteit bieden de regels ons wel.'

'Dat begrijp ik. Meneer Brigance, hoeveel getuigen bent u van plan op te roepen?'

'Ongeveer vijftien, edelachtbare.'

'Nou, ik kan jullie nu al vertellen dat ik niet van plan ben de jury, en mezelf, bloot te stellen aan de verklaring van zestig getuigen. Tegelijkertijd wil ik jullie niet beperken in wie jullie tijdens het proces wel of niet oproepen. Zorg er gewoon voor dat de tegenpartij de namen van alle getuigen kent. Meneer Brigance, u hebt nu alle namen en u hebt twee weken voor onderzoek.'

Gefrustreerd schudde Jake zijn hoofd. De oude rechter gedroeg zich weer als vanouds. Jake vroeg: 'Is het dan mogelijk om de advocaten opdracht te geven een korte samenvatting te geven van wat iedere getuige waarschijnlijk zal verklaren? Dat lijkt me alleen maar fair, edelachtbare.'

'Meneer Lanier?'

'Ik betwijfel of dat fair is, edelachtbare. Het feit dat wij ons kapot hebben gewerkt en heel veel getuigen hebben gevonden van wie de heer Brigance nog nooit heeft gehoord, betekent niet dat wij hem moeten vertellen wat zij misschien zullen gaan zeggen. Laat hij dat zelf maar uitzoeken.' Zijn toon was minachtend, bijna beledigend, en heel even voelde Jake zich een luilak.

'Mee eens,' zei rechter Atlee.

Lanier keek Jake met een minachtende en zegevierende blik aan toen hij langs hem liep en weer ging zitten.

De PTC sleepte zich voort. Ze bespraken de getuige-deskundigen en wat zij misschien zouden zeggen. Jake ergerde zich aan rechter Atlee en deed geen moeite dat te verbergen.

Het hoogtepunt van de bespreking was het uitdelen van de jurylijst; dat had de rechter voor het laatst bewaard. Het was al bijna twaalf uur toen een griffier die uitdeelde. 'Er staan zevenennegentig namen op,' zei Atlee, 'en ze zijn op alles gescreend, behalve op hun leeftijd. Zoals jullie weten, willen sommige mensen van vijfenzestig of ouder niet bij voorbaat worden geschrapt, en dus laat ik dat aan jullie over tijdens de selectie.'

De advocaten keken naar de namen, op zoek naar vriendelijke mensen, meelevende mensen, slimme mensen die meteen hun partij zouden kiezen en het juiste oordeel zouden vellen.

Atlee zei: 'Nu moeten jullie even naar me luisteren. Ik zal niet toestaan dat jullie ongepast contact met deze mensen opnemen. Ik begrijp dat het tegenwoordig niet ongebruikelijk is dat advocaten de jurypool zo grondig mogelijk natrekken. Ga je gang. Maar neem geen contact met hen op, achtervolg hen niet, maak hen niet bang en val hen op geen enkele manier lastig. Ik zal het iedereen die dat wel doet heel moeilijk maken. Houd deze lijst geheim. Ik wil niet dat de hele county weet wie in die pool zitten.'

Wade Lanier vroeg: 'In welke volgorde worden ze opgeroepen voor de selectie, edelachtbare?'

'Volledig willekeurig.'

De advocaten namen de lijst met namen snel door. Jake had een klein voordeel, omdat hij hier woonde. Maar elke keer dat hij naar een jurylijst keek, verbaasde het hem hoe weinig namen hij kende. Soms een voormalige cliënt, soms iemand die naar dezelfde kerk ging als hij. De man van een vrouw die op dezelfde school lesgaf als Carla. Een mede-scholier uit Karaway. De nicht van zijn moeder. Hij kende er ongeveer twintig van de zevenennegentig. Harry Rex zou zelfs nog meer mensen kennen. Ozzie zou alle zwarten kennen en veel van de blanken. Lucien zou opscheppen over hoeveel hij er kende, maar in werkelijkheid zat hij inmiddels al veel te lang op zijn voorveranda.

Wade Lanier en Lester Chilcott kwamen uit Jackson en herkenden niemand, maar zij zouden voldoende hulp krijgen. Ze werkten samen met de firma Sullivan, met negen advocaten nog altijd de grootste firma in de county, en ze zouden heel veel advies krijgen.

Om halféén was rechter Atlee moe en stuurde hij iedereen weg.

Snel verliet Jake de rechtszaal en vroeg zich af of de oude man fysiek wel opgewassen was tegen een lastige rechtszaak. Hij vroeg zich ook be-zorgd af welke regels het proces zouden beheersen. Het was wel duide-lijk dat de officiële regels, de nieuwe regels, niet volledig zouden worden toegepast.

Ongeacht de regels wist Jake, net als iedere andere advocaat in de staat, dat het hooggerechtshof van Mississippi leunde op de wijsheid van de plaatselijke rechters. Zij waren ter plaatse, in het heetst van de strijd; zij zagen de gezichten, zij hoorden de getuigenverklaringen, zij voelden de spanning. Wie zijn wij, vroeg het hooggerechtshof zich al tientallen ja-ren af, dat wij vanaf deze afstand een oordeel vellen over rechter die en die?

Zoals altijd zou de rechtszaak onderworpen zijn aan de regels van Reuben Atlee. Hoe die op een bepaald moment ook zouden luiden.

Wade Lanier en Lester Chilcott liepen meteen naar het kantoor van Sul-livan en gingen naar een vergaderzaal op de eerste verdieping. Er stond al een schaal met broodjes klaar en ze werden opgewacht door een op-vliegend mannetje met een sterk accent uit het noordelijk deel van het middenwesten. Dit was Myron Pankey, een voormalige advocaat die een niche had ontdekt in het relatief nieuwe vak 'juryconsultatie', een vakge-bied waarvan bij belangrijke processen gebruik werd gemaakt. Voor een leuk honorarium zouden Pankey en zijn mensen allerlei wonderen ver-richten en de perfecte jury, of in elk geval de beste beschikbare jury, presenteren. Er was al een telefonische enquête gehouden. Tweehonderd geregistreerde kiezers in de county's grenzend aan Ford County waren al geïnterviewd. Vijftig procent zei dat iemand zijn bezittingen mocht nalaten aan wie hij maar wilde, zelfs ten koste van zijn of haar eigen familie. Maar negentig procent zou wantrouwig staan tegenover een handgeschreven testament waarin alles aan de laatste verzorger werd nagelaten. De gegevens hadden zich opgestapeld en werden nog steeds geanalyseerd in het kantoor van Pankey in Cleveland. Ras speelde geen enkele rol in dit onderzoek.

Gebaseerd op de voorlopige uitkomsten was Wade Lanier optimistisch. Hij stond te praten, terwijl hij een broodje at en een cola light dronk. Er werden kopieën van de jurylijst gemaakt en alle negen leden van de firma Sullivan kregen er een. Zij kregen opdracht de namen zo snel mogelijk te bekijken, hoewel ze het allemaal al ongelofelijk druk hadden en niet wisten hoe ze hiervoor in hun toch al overvolle agenda nog eens vijf minuten moesten vinden.

Aan een muur hing een uitvergrote wegenkaart van Ford County. Sonny Nance, een ex-politieman uit Clanton, prikte al genummerde spelden op de straten en wegen waar de potentiële juryleden woonden. Nance kwam uit Clanton, was getrouwd met een vrouw uit Karaway en zei dat hij iedereen kende. Hij was ingehuurd door Myron Pankey om te vertellen wat hij allemaal wist. Om halftwee kwamen er nog meer werknemers die ook geïnstrueerd werden. Lanier was beknopt, maar precies. Hij wilde kleurenfoto's van elk huis, van elke wijk en zo mogelijk van elk voertuig. Maak een foto van de stickers op de bumpers. Maar voorkom, hoe dan ook, dat je wordt betrapt. Doe je voor als meteropnemer, verzekeringsagent die een rekening komt brengen, Jehova's getuige – als het maar geloofwaardig is – maar praat met de buren en probeer zonder argwaan te wekken zo veel mogelijk informatie in te winnen. Zorg dat je, hoe dan ook, geen rechtstreeks contact hebt met een potentieel jurylid. Zoek uit waar die mensen werken, naar welke kerk ze gaan en waar hun kinderen op school zitten. We hebben de basisgegevens – naam, leeftijd, geslacht, adres, kiesdistrict – en verder niets. Er moeten dus heel veel hiaten worden opgevuld.

Lanier zei: 'Je mag níet worden betrapt. Wanneer je argwaan wekt, moet je meteen verdwijnen. Wanneer iemand doorvraagt, geef je een valse naam op en meld je dat hier. Ook al dénk je alleen maar dat iemand je heeft betrapt: verdwijn en meld je. Nog vragen?'

Geen van de vier kwam uit Ford County, dus de kans dat iemand werd herkend was nul. Twee waren ex-politieagent en twee parttime rechercheur; ze wisten hoe ze te werk moesten gaan. 'Hoeveel tijd hebben we?' vroeg een van hen.

'Het proces begint vandaag over twee weken. Meld je elke dag en geef alle informatie door die je hebt verzameld. Volgende week vrijdag is de deadline.'

'Kom, we gaan,' zei een van hen.

'En zorg dat je niet betrapt wordt.'

Jakes deskundige juryconsultant was ook zijn secretaresse/assistente. Omdat rechter Atlee de nalatenschap nu behandelde alsof het geld uit zijn eigen krappe portemonnee moest komen, was een echte juryconsultant uitgesloten. Portia kreeg de leiding over het verzamelen van de gegevens en het bijhouden van alles. Om halfvijf die maandagmiddag kwamen zij, Jake, Lucien en Harry Rex bij elkaar in een vertrek op de eerste verdieping, naast haar oude kantoor. Verder was aanwezig Nick Norton, die vijf jaar eerder de advocaat was van Marvis Lang.

Ze namen alle zevenennegentig namen door.

36

Door hun uiterlijk en hun accent wist Lonny meteen dat het een stel Russen was en hij wist het helemaal zeker nadat hij had gezien dat ze een uur lang pure wodka achteroversloegen. Onbehouwen, onbeschoft, luidruchtig en op zoek naar problemen. Ze hadden een avond uitgekozen waarop er maar één uitsmijter werkte. De bareigenaar had gedreigd een bord 'Verboden voor Russen' op te hangen, maar dat kon natuurlijk niet. Lonny dacht dat ze op een vrachtschip werkten, waarschijnlijk een die graan uit Canada vervoerde.

Hij belde naar het huis van de andere uitsmijter, maar die nam niet op. De eigenaar was er niet en op dat moment was Lonny de enige die de leiding had. Ze bestelden nog meer wodka. Lonny overwoog die met water aan te lengen, maar dat zouden deze kerels meteen merken. Toen een van hen de serveerster op haar welgevormde kontje sloeg, liep de zaak uit de hand, en snel ook. De uitsmijter, een man die nooit terugdeinsde voor geweld, brulde iets tegen de Rus, die in zijn eigen taal iets terugbrulde en woedend opstond. Hij haalde uit, maar sloeg mis, en kreeg vervolgens een stomp die raak was. Vanaf de andere kant van de bar smeet een groep patriottistische motorrijders bierflesjes naar de Russen, die allemaal meteen in actie kwamen. Lonny zei 'O, shit!' en overwoog via de keuken te ontsnappen, maar hij had het allemaal al eens eerder meegemaakt, heel vaak zelfs. Zijn bar had nu eenmaal de reputatie gewelddadig te zijn, en dat was een van de redenen dat hij zo goed verdiende en cash werd uitbetaald.

Toen een andere serveerster werd neergeslagen, rende hij om de bar heen om haar te helpen. De vechtpartij vond vlak bij hem plaats en toen hij haar wilde vastpakken, sloeg iemand met iets op zijn achterhoofd. Hij raakte bewusteloos en viel op de grond, terwijl het bloed uit de wond stroomde en zijn lange, grijze paardenstaart doorweekte. Lonny was nu zesenzestig en domweg te oud om zelfs maar naar zo'n knokpartij te kijken.

Twee dagen lag hij buiten kennis in een ziekenhuis in Juneau. De eigenaar van de bar meldde zich met tegenzin en liet weten dat hij geen informatie over de man had. Alleen een naam: Lonny Clark. Er hing een politieagent rond en toen bleek dat hij misschien nooit meer bij kennis zou komen, werd er een plan beraamd. De eigenaar vertelde waar Lonny woonde, waarop de agenten zijn kamer binnendrongen. Ze vonden vrijwel geen bezittingen, maar wel dertig kilo cocaïne, keurig in folie gewikkeld en kennelijk onaangeroerd. Onder de matras vonden ze ook een plastic zakje met een rits. Er zat tweeduizend dollar in; een rijbewijs uit Alaska dat vals bleek te zijn en op naam stond van Harry Mendoza; een paspoort, ook vals, op naam van Albert Johnson; nog een vals paspoort op naam van Charles Noland; een gestolen rijbewijs uit Wisconsin op naam van Wilson Steglitz, verlopen, en een vergeelde ontslagbrief van de marine voor ene Ancil F. Hubbard, van mei 1955. Het mapje bevatte al Lonny's wereldse bezittingen, behalve de cocaïne natuurlijk met een straatwaarde van ongeveer anderhalf miljoen dollar.

Het kostte de politie een paar dagen om alles na te trekken, en toen was Lonny weer bij kennis en voelde hij zich beter. De politie besloot hem niets te vragen over de coke tot hij voldoende was hersteld om uit het ziekenhuis te worden ontslagen. Ze zetten een agent in burger voor zijn kamerdeur. Omdat de enige niet-valse namen in zijn documentenvoorraad Ancil F. Hubbard en Wilson Steglitz bleken, stopten ze die namen in de nationale misdaaddatabase om te zien of er misschien iets uit kwam. De rechercheur begon te kletsen met Lonny, ging bij hem langs en bracht hem milkshakes, maar zei niets over de drugs. Na een paar bezoekjes zei de rechercheur dat ze nergens informatie konden vinden over ene Lonny Clark. Waar en wanneer ben je geboren, Lonny? Wat is je burgerservicenummer, je burgerlijke staat? Vertel eens, Lonny?

Lonny, die zijn hele leven al op de vlucht was, kreeg argwaan en hield zijn mond.

De rechercheur vroeg: 'Heb je ooit ene Harry Mendoza gekend?'

'Misschien,' zei Lonny.

O, echt? Waar dan en wanneer? Hoe? In welke situatie? Niets.

En Albert Johnson, of Charles Noland?

Lonny zei dat hij die mannen lang geleden misschien had ontmoet, maar het niet zeker wist. Dat zijn geheugen hem soms in de steek liet. Hij had immers een klap op zijn hoofd gehad en een gebarsten schedel, en bovendien kon hij zich niet veel van voor het gevecht herinneren. Waarom vroeg hij dit eigenlijk allemaal?

Inmiddels wist Lonny dat ze in zijn kamer waren geweest, maar hij wist niet zeker of ze de cocaïne hadden gevonden. De kans was groot dat de eigenaar van de coke niet lang na dat gevecht zelf naar Lonny's huis was gegaan en het had weggehaald. Lonny was geen dealer, hij bewees alleen een vriend een dienst, een dienst waar hij goed voor werd betaald. De vraag was dus of de politie de cocaïne had gevonden. Zo ja, dan had Lonny een groot probleem. Hoe minder hij zei, hoe beter. Zoals hij tientallen jaren geleden al had geleerd, moet je altijd ontkennen zodra de politie je serieuze vragen gaat stellen.

Jake zat aan zijn bureau toen Portia hem belde en zei: 'Dit is Albert Murray.' Jake nam het telefoontje aan en begroette hem.

Murray had buiten D.C. een kantoor dat gespecialiseerd was in het opsporen van vermiste personen in binnen- en buitenland. Inmiddels had de nalatenschap van Seth Hubbard zijn bedrijf tweeënzestigduizend dollar betaald om de verdwenen broer op te sporen. Ze hadden weinig resultaat geboekt, maar hoge rekeningen gestuurd.

Murray, zoals altijd sceptisch, begon met: 'Er is een kleine kans dat we Ancil Hubbard hebben gevonden, maar wacht even voordat je uit je bol gaat.' Hij vertelde de feiten zoals hij die kende: iemand die Lonny werd genoemd, een gevecht in een bar in Juneau, een gebarsten schedel, een enorme partij cocaïne en valse papieren.

'Hij is zesenzestig en handelt in drugs?' vroeg Jake.

'Er is geen verplichte pensioenleeftijd voor drugsdealers.'

'Haha.'

'Hoe dan ook,' zei Murray, 'deze vent is behoorlijk geslepen en zal niet gauw iets toegeven.'

'Hoe ernstig zijn zijn verwondingen?'

'Hij ligt nu een week in het ziekenhuis. Van daaruit gaat hij meteen door naar de gevangenis, dus zijn artsen maken geen haast. Een gebarsten schedel is een gebarsten schedel.'

'Als jij het zegt.'

'De politie daar is nieuwsgierig naar de ontslagpapieren van de marine. Die zien er echt uit en passen niet bij het geheel. Een vals rijbewijs en een vals paspoort kun je overal krijgen, maar een ontslagbrief van dertig jaar geleden? Waarom zou een bedrieger zoals hij die nodig hebben? Hij kan natuurlijk gestolen zijn.'

'Dus zijn we weer terug bij de hoofdvraag,' zei Jake. 'Hoe weten we zeker dát we hem hebben gevonden als we hem vinden?'

'Klopt helemaal.'

Er waren geen foto's van Ancil Hubbard waar ze iets aan hadden. In een kast van Seth hadden ze dozen vol familiefoto's gevonden, voornamelijk van Ramona, Herschel en Seths eerste vrouw. Er was geen enkele foto bij uit Seths jeugd; niet één foto van zijn ouders of zijn jongere broer. Een paar rapporten van Ancil tot zijn veertiende, en zijn glimlachende gezicht op een korrelige groepsfoto die was genomen in de brugklas van Palmyra in 1934. Die foto was vergroot, net als een paar foto's van de volwassen Seth. En omdat Ancil al vijftig jaar niet meer in Ford County was gezien, kon niemand zeggen of hij als kind op zijn oudere broer had geleken of er juist totaal anders had uitgezien.

'Heb je iemand in Juneau?' vroeg Jake.

'Nee, nog niet. Ik heb twee keer met de politie gepraat, en binnen vierentwintig uur kan ik daar iemand hebben.'

'Wat gaat ie daar doen? Als Lonny Clark niet met de plaatselijke politie praat, waarom zou hij dan met een volkomen onbekende praten?'

'Ik vraag me ook af of hij dat zal doen.'

'Ik wil er nog even over nadenken.' Jake verbrak de verbinding en dacht een uur lang nergens anders aan. Dit was de eerste aanwijzing in maanden, maar wel een bijzonder vage. Het proces begon over vier dagen, en hij kon echt niet even naar Alaska vliegen om de identiteit vast te stellen van een man die niet geïdentificeerd wílde worden; sterker nog, van iemand die in de afgelopen dertig jaar al diverse malen een andere identiteit had aangenomen.

Hij liep naar beneden. In de vergaderzaal zat Lucien over indexkaartjes gebogen met daarop in hoofdletters de namen van de juryleden. Ze lagen keurig uitgespreid op de lange tafel, alle zevenennegentig, op alfabet. Ze waren genummerd van 1 tot 10, waarbij 10 de meest aantrekkelijke was. Veel namen hadden nog geen nummer, omdat er niets over hen bekend was.

Jake vertelde Lucien wat Albert Murray had verteld.

Luciens eerste reactie was: 'Dit zeggen we niet tegen Atlee, nog niet in elk geval. Ik weet wat je denkt: als Ancil leeft en we misschien weten waar hij is, dan moeten we uitstel vragen zodat we meer tijd hebben. Maar dat is geen goed idee, Jake.'

'Dat dacht ik helemaal niet.'

'De kans is groot dat die man de rest van zijn leven achter slot en grendel zit. Dan zou hij zelfs niet als hij dat wilde bij een rechtszaak aanwezig kunnen zijn.'

'Nee, Lucien, ik maak me meer zorgen om de verificatie. Die is onmogelijk tenzij we met hem gaan praten. Vergeet niet dat het voor hem om heel veel geld gaat. Misschien is hij wel veel behulpzamer dan we nu denken.'

Lucien haalde diep adem en begon rondjes om de tafel te lopen. Portia had te weinig ervaring en zij was bovendien een jonge zwarte vrouw, niet iemand die geheimen zou kunnen ontfutselen aan een oude blanke man die voor iets of alles op de loop was. Dan bleef alleen hijzelf over, de enige beschikbare persoon van dit kantoor. Hij liep naar de deur en zei: 'Ik ga wel. Geef me alle informatie die je hebt.'

'Weet je het zeker, Lucien?'

Lucien gaf geen antwoord toen hij de deur achter zich dichtdeed.

Jake dacht alleen maar: *ik hoop dat hij nuchter blijft!*

Ozzie kwam donderdagmiddag even langs. Harry Rex en Portia zaten in het commandocentrum naar de namen en adressen van de juryleden te kijken. Jake zat boven te telefoneren aan zijn bureau; hij zat tijd te verspillen door te proberen nog een paar van Wade Laniers vijfenveertig nieuwe getuigen op te sporen. Tot dan toe was het een frustrerende klus geweest.

'Wil je een biertje?' vroeg Harry Rex aan de sheriff. Er stond een ongeopend flesje Bud Light vlak bij hem.

'Ik heb dienst en ik drink niet,' antwoordde Ozzie. 'Ik hoop dat je niet achter het stuur gaat zitten. Ik wil liever niet zien dat je wordt gearresteerd voor rijden onder invloed.'

'Ach, dan huur ik Jake wel in zodat het voor eeuwig wordt uitgesteld. Heb je een paar namen?'

Ozzie gaf hem een vel papier en zei: 'Een paar. Die Oscar Peltz over wie we het gisteren hadden, uit de buurt van Lake Village, nou, die gaat naar dezelfde kerk als de Rostons.'

Portia pakte het kaartje met de naam OSCAR PELTZ.

'Niet doen,' zei Ozzie.

Harry Rex keek naar zijn aantekeningen en zei: 'We hadden hem toch al een 5 gegeven, niet erg aantrekkelijk.'

'Raymond Griffis, woont vlak bij Parker's Country Store. Wat weet je van hem?'

Portia pakte een ander kaartje en zei: 'Blanke man, eenenveertig, werkt voor een bedrijf dat afrasteringen plaatst.' Harry Rex voegde eraan toe: 'Gescheiden, hertrouwd, vader ongeveer vijf jaar geleden omgekomen tijdens een auto-ongeluk.'

Ozzie zei: 'Niet doen. Ik heb gehoord dat zijn broer betrokken was bij de Klan drie jaar geleden, tijdens het Hailey-proces. Volgens mij is die broer er nooit lid van geworden, maar hij zat er iets te dicht op. Op het oog lijken ze misschien acceptabel, maar het zou weleens een ruig stel kunnen zijn.'

'Ik had hem een 4 gegeven,' zei Harry Rex. 'Ik dacht dat je alle zwarten zou natrekken.'

'Dat is tijdverspilling. Alle zwarten krijgen automatisch een 10 in dit proces.'

'Hoeveel staan er op de lijst, Portia?'

'Eenentwintig, van de zevenennegentig.'

'Dan nemen we die.'

'Waar is Lucien?' vroeg Ozzie.

'Jake heeft hem weggestuurd. Geluk gehad met Pernell Phillips? Je dacht dat Moss Junior hem misschien kende.'

'Hij is de achterneef van Moss Juniors vrouw, maar zij proberen familiebijeenkomsten zo veel mogelijk te vermijden. Baptisten. Ik zou hem niet veel punten geven.'

'Portia?'

'Laten we hem een 3 geven,' zei ze, met de autoriteit van een ervaren juryconsultant.

'Dat is het probleem met deze verdomde pool,' zei Harry Rex. 'Veel te veel drieën en vieren, niet genoeg achten en negens. Zo komen we dus nergens.'

'Waar is Jake?' vroeg Ozzie.

'Boven, aan de telefoon.'

Lucien reed naar Memphis, vloog naar Chicago en nam vervolgens een nachtvlucht naar Seattle. Hij dronk wel tijdens de vlucht, maar viel in slaap voordat hij te veel dronk. Op het vliegveld van Seattle moest hij zes uur wachten en stapte daarna in een vliegtuig van Alaska Air voor de twee uur durende vlucht naar Juneau. Hij nam een hotel in het centrum, belde Jake, sliep drie uur, douchte zich, schoor zich zelfs en trok een oud zwart pak aan dat hij al zeker tien jaar niet meer had gedragen. Met een wit overhemd en een paisley stropdas kon hij doorgaan voor een advocaat, en dat was dan ook precies wat hij van plan was. Met een versleten aktetas in de hand liep hij naar het ziekenhuis. Vierentwintig uur na zijn vertrek uit Clanton begroette hij de rechercheur met wie hij een kop koffie dronk en die hem bijpraatte.

Daar werd hij niet veel wijzer van. Lonny had een ontsteking waardoor zijn hersens opzwollen, zodat hij niet echt in de stemming was om te praten. Zijn artsen wilden dat hij met rust werd gelaten en zelfs de rechercheur had die dag niet met hem gesproken. Hij liet Lucien de valse documenten gezien die ze in zijn kamer hadden gevonden, plus de ontslagbrief van de marine. Lucien liet de rechercheur twee vergrote foto's zien van Seth Hubbard. Misschien was er een vage gelijkenis, maar misschien ook niet. Het was een gok. De rechercheur belde de eigenaar van de bar en eiste dat de man naar het ziekenhuis kwam. Omdat hij Lonny goed kende, mocht hij even naar de foto's kijken. Dat deed hij, maar hij zag niets.

Na het vertrek van de bareigenaar en omdat Lucien niets beters te doen had, vertelde hij waarom hij hier was: ze waren al zes maanden op zoek naar Ancil, maar hadden niets gevonden. Zijn broer, de man op de foto's, had hem via zijn testament wat geld nagelaten. Geen vermogen, maar wel zoveel dat het de moeite waard was dat Lucien van Mississippi naar Alaska reisde.

De rechercheur interesseerde zich niet echt voor een rechtszaak die zo ver weg werd gevoerd. Hij had meer belangstelling voor de cocaïne. Nee, hij dacht niet dat Lonny Clark een drugsdealer was. Ze stonden op het punt een drugssyndicaat in Vancouver op te rollen en hadden een paar informanten. Het gerucht ging dat Lonny het spul alleen maar bewaarde en daar geld voor kreeg. Natuurlijk, hij zou een tijdje de bak in gaan, maar dan ging het om maanden, niet om jaren. En nee, hij zou geen toestemming krijgen naar Mississippi te gaan, om welke reden dan ook, ook al was zijn echte naam misschien wel Ancil Hubbard.

Nadat de rechercheur was vertrokken, dwaalde Lucien door het ziekenhuis om het gebouw te verkennen. Hij vond Lonny's kamer op de tweede verdieping en zag dat er een man vlakbij stond die in een tijdschrift bladerde en probeerde wakker te blijven. Lucien dacht dat het een agent was.

Zodra het donker was, ging hij terug naar zijn hotel, belde Jake om hem bij te praten en ging naar de bar.

Het was zijn vijfde of zesde nacht in deze klamme, donkere kamer met ramen die nooit opengingen en ook overdag het licht tegenhielden. De verpleegsters kwamen en gingen; soms klopten ze zacht aan voordat ze de deur openduwden, maar soms stonden ze zomaar aan zijn bed zonder een geluid te maken om hem te waarschuwen. Hij had buisjes in zijn beide armen en er hingen monitoren boven zijn hoofd. Hij had te horen gekregen dat hij niet dood zou gaan, maar na vijf of zes dagen zonder echt eten maar met heel veel medicijnen en te veel artsen en verpleegsters, vond hij het niet erg als hij nog een tijdje bewusteloos zou zijn. Zijn hoofd klopte van de pijn en hij had kramp in zijn onderrug door de inactiviteit. Soms had hij de neiging alle buisjes en draden los te trekken en de kamer te ontvluchten.

Op een digitaal klokje stond de tijd: 23.10 uur. Kon hij weggaan? Mocht hij het ziekenhuis zomaar uit lopen? Of stond de politie voor zijn kamerdeur om hem mee te nemen? Dat zou niemand hem aan de neus hangen. Hij had een paar van de aardigste verpleegsters gevraagd of er iemand op wacht stond, maar ze waren allemaal vaag gebleven. Veel dingen waren vaag. Af en toe was het beeld op de tv scherp en soms wazig. Hij hoorde een constant gepiep in zijn oren waar hij gek van werd. De artsen ontkenden dit. De verpleegsters gaven hem gewoon nog een pilletje. Op elk uur van de nacht zag hij schaduwen, mensen die zijn kamer binnenglipten om naar hem te kijken. Misschien waren het studenten die echte patiënten wilden zien; misschien waren het alleen maar schaduwen die niet echt waren. Ze veranderden zijn medicijnen regelmatig om te zien hoe hij erop reageerde. Probeer dit eens tegen de pijn, of dat tegen je wazige zicht, of dit tegen de schaduwen, dit is een bloedverdunner, dit is een antibioticum... Tientallen pillen, op elk uur van de dag en de nacht.

Hij doezelde weer weg en toen hij wakker werd, was het 23.17 uur. Het was pikdonker in zijn kamer, het enige lichtje was een rode gloed van een monitor boven zijn hoofd, die hij niet kon zien.

Geluidloos ging de deur open, maar vanuit de donkere gang scheen geen licht naar binnen. Het was geen verpleegster. Een man, een onbekende, liep regelrecht naar zijn bed. Hij had grijs haar, lang haar, een zwart overhemd. Het was een oude man die hij nooit eerder had gezien. De man keek hem scherp en recht aan, en toen hij zich naar hem toe boog, rook hij meteen dat de man veel whiskey had gedronken.

Hij vroeg: 'Ancil, wat is er eigenlijk met Sylvester Rinds gebeurd?'

Lonny's hart sloeg een slag over en hij keek vol afgrijzen naar de onbekende, die heel vriendelijk een hand op zijn schouder legde. De whiskeygeur werd steeds sterker.

Hij vroeg het nog eens: 'Ancil, wat is er met Sylvester Rinds gebeurd?'

Lonny wilde iets zeggen, maar kon geen woord uitbrengen. Hij knipperde om zijn ogen scherp te stellen, maar hij kon duidelijk genoeg zien. De woorden waren ook duidelijk, en het accent was onmiskenbaar. De onbekende kwam uit het diepe zuiden. 'Wat...' fluisterde Lonny.

'Wat is er met Sylvester Rinds gebeurd?' vroeg de onbekende weer en hij keek met zijn laserogen neer op Lonny.

Er zat een knopje op zijn bed, waarmee Lonny een verpleegster kon roepen. Snel drukte Lonny erop.

De onbekende trok zich snel terug, werd weer een schaduw en verliet de kamer.

Even later kwam er een verpleegster binnen. Ze was een van zijn minst favoriete verpleegsters en hield er niet van lastig te worden gevallen. Lonny wilde praten, haar vertellen over de onbekende, maar deze meid hield niet van luisteren. Ze vroeg wat hij wilde en hij zei dat hij niet kon slapen. Ze beloofde later nog even langs te komen, iets wat ze altijd beloofde.

Hij lag in het donker, bang. Was hij bang omdat iemand hem met zijn echte naam had aangesproken? Of omdat zijn verleden hem had ingehaald? Of omdat hij niet zeker wist of hij die onbekende echt had gezien en gehoord? Werd hij nu echt gek? Was die hersenbeschadiging nu echt permanent?

Hij dommelde weg, sliep heel even, maar dacht even later alweer aan Sylvester.

37

Op zaterdagochtend om vijf over zeven wandelde Jake de Coffee Shop binnen en zoals gebruikelijk stokte het gesprek even terwijl hij ergens ging zitten en een paar beledigingen uitwisselde. Het proces zou over twee dagen beginnen en volgens Dell werd het gesprek die ochtend gedomineerd door geruchten en eindeloze opmerkingen over de zaak. Elke ochtend als Jake binnenkwam, begon iedereen over iets anders te praten alsof iemand een knop had omgedraaid. Hoewel alle klanten blank waren, leken ze allemaal in verschillende kampen te zijn verdeeld. Sommige waren van mening dat een man die goed bij zijn hoofd was zijn bezittingen naar believen mocht weggeven, zonder rekening met zijn familie te houden. Andere voerden aan dat hij niet goed bij zijn hoofd was geweest. Lettie had haar eigen groep lasteraars; veel mensen vonden haar een losbandige vrouw die misbruik had gemaakt van die arme ouwe Seth.

Jake kwam minstens één keer per week naar het café, als het er leeg was en werd dan bijgepraat door Dell. Vooral van belang was een vaste klant, ene Tug Whitehurst, een vleesinspecteur in dienst van de staat. Zijn broer stond op de jurylijst, maar ze wist zeker dat Tug dat niet had verteld. Hij was geen echte prater, maar tijdens een gesprek was hij het eens geweest met Kerry Hull toen die verklaarde dat het niemand iets aanging aan wie iemand zijn geld naliet. Hull was altijd platzak en had altijd schulden, en iedereen wist dat zijn erfenis een ramp zou zijn, maar daar zei niemand iets over. Hoe dan ook, Dell dacht dat Jake wel blij zou zijn met Tug Whitehurst, maar wie wist hoe zijn broer over deze kwestie dacht?

Op dit moment wilde Jake graag zo veel mogelijk informatie over de zevenennegentig potentiële juryleden. Hij ging bij een paar boeren aan het tafeltje zitten en wachtte op zijn gortepap en geroosterd brood. Ze hadden het over het vissen op baars, zodat Jake niet veel toe te voegen had. Al zeker drie jaar vond er in bepaalde kringen een felle discussie plaats over de vraag of de forelbaarspopulatie in Lake Chatulla af- of juist toenam. Iedereen had daar luidkeels iets over te zeggen en er leek geen enkele ruimte te zijn voor een compromis. Er waren ontelbare experts. Altijd wanneer de mening neigde naar een afnemende populatie, kwam er wel iemand met een grote vangst op de proppen en laaide de discussie weer op. Jake was doodziek van dit onderwerp, maar hij was er nu dankbaar voor: het leidde de aandacht af van de zaak-Hubbard.

Terwijl hij zat te eten, vroeg Andy Furr: 'Hé, Jake, begint dat proces nog steeds maandag?'

'Klopt.'

'Dus er is geen kans op uitstel of zo?'

'Volgens mij niet. De potentiële juryleden zullen er om negen uur zijn en korte tijd later beginnen we. Kom je ook?'

'Nee, ik moet werken. Verwachten jullie veel toeschouwers?'

'Dat weet je maar nooit. Civiele processen zijn vaak heel saai. In het begin zijn er misschien wel wat toeschouwers, maar ik denk dat die snel verdwenen zullen zijn.'

Dell schonk zijn koffiekopje weer vol en zei: 'Het zal smoordruk worden, dat weet je best. Zoveel opwinding hebben we sinds dat Hailey-proces niet meer gehad.'

'O ja, die zaak was ik vergeten,' zei Jake en hij kreeg een paar lachers op zijn hand.

Bill West zei dat hij had gehoord dat de FBI een inval had gedaan in de kantoren van twee supervisors in Polk County, een corrupte plaats, waarop iedereen behalve Jake en Dell een minachtende opmerking maakte. Daardoor ging het gesprek ook opeens over iets anders, en daar was Jake blij om. Hij zou het hele weekend moeten werken en had nu alleen zin in een ontbijt.

Portia kwam om een uur of negen. Samen dronken ze een kop koffie op het balkon en zagen de stad onder hen tot leven komen. Ze vertelde dat ze al vroeg had ontbeten met Lettie, die zenuwachtig was, zwak zelfs en heel erg opzag tegen het proces. Lettie was uitgeput door de spanning die het samenleven met een hele serie familieleden veroorzaakte, het parttime werken en het proberen te doen alsof haar man niet in de gevangenis zat voor de moord op twee jongens. Bovendien stond haar een echtscheiding en een zenuwslopend erfrechtproces te wachten, zodat Lettie heel begrijpelijk gewoon een wrak was. Portia gaf toe dat ook zij uitgeput was. Ze maakte lange dagen op kantoor en sliep weinig.

Jake toonde begrip, maar tot op zekere hoogte. Procederen kostte vaak dagen van achttien uur zonder weekend, en als Portia echt advocaat wilde worden had ze die druk nodig.

In de afgelopen twee weken hadden ze elkaar geholpen om alle zevenennegentig namen op de jurylijst uit het hoofd te leren. Als Jake zei: 'R,' dan reageerde Portia met: 'Zes: Rady, Rakestraw, Reece, Riley, Robbins en Robard.' Als Portia zei: 'W,' dan reageerde Jake met: 'Drie: Wampler, Whitehurst, Whitten.' Dit wedstrijdje hield hen elke dag bezig.

De juryselectie in Mississippi was normaal gesproken een kwelling die één dag duurde, hoogstens. Jake was altijd weer gefascineerd door processen in andere staten waar het twee weken of een maand kostte om een jury samen te stellen. Hij kon zich een dergelijk systeem niet voorstellen en dat gold ook voor de rechters in Mississippi. Ze vonden het heel belangrijk om een rechtvaardige en onpartijdige jury te selecteren, maar verspilden daar liever geen tijd aan.

Snelheid was cruciaal. Ze moesten snel besluiten nemen. De advocaten van beide kanten zouden niet veel tijd hebben om na te denken over de namen of om ze op te zoeken in hun aantekeningen. Het was noodzakelijk dat ze de namen kenden en daar snel de gezichten bij konden plaatsen. Jake wilde alle juryleden kennen, plus hun leeftijd, adres, baan, opleiding, kerkgenootschap; alle informatie die ze maar konden vergaren.

Zodra de zevenennegentig namen waren gearchiveerd, kreeg Portia opdracht rechtbankverslagen door te spitten. Ze was urenlang verdiept in allerlei aktes op zoek naar transacties in de afgelopen tien jaar. Ze bekeek nauwkeurig elke rol, op zoek naar eisers en gedaagden, winnaars en verliezers. Van de zevenennegentig waren zestien in de afgelopen tien jaar gescheiden. Ze wist niet goed wat dat betekende tijdens een proces over een testament, maar ze wist het tenminste. Eén man, Eli Rady, had vier keer een rechtszaak aangespannen en die steeds verloren. Ze controleerde de retentieverslagen en vond tientallen claims voor niet-betaalde belastingen en onbetaalde leveranciers. Een paar potentiële juryleden waren de county nog onroerendezaakbelasting schuldig. Op het kantoor van de belastinginspecteur bekeek ze de aanslagen eigendomsbelasting en maakte een lijst van welk merk en model auto de juryleden hadden. Het was niet verrassend dat er heel veel pick-ups bij waren.

Het werk was saai en slaapverwekkend, maar ze nam nooit gas terug, overwoog nooit ermee te stoppen. Nadat ze twee weken lang met deze mensen had doorgebracht, had ze er alle vertrouwen in dat ze hen kende.

Na de koffie gingen ze met tegenzin weer aan het werk. Jake maakte een ruwe opzet voor zijn openingsverklaring. Portia ging terug naar de vergaderzaal en haar zevenennegentig nieuwe vrienden.

Om tien uur kwam Harry Rex eindelijk binnen met een zak vettige worstenbroodjes die hij bij Claude's had gekocht. Hij bood er een aan aan Jake, drong erop aan dat deze hem aannam en schoof vervolgens een envelop naar hem toe. 'Dit is een cheque van je verzekeringsmaatschappij, Land Fire and Casualty. Wat een stelletje achterbakse mafketels, sluit dus nooit van je leven weer een verzekering bij hen af, begrepen? Honderdvijfendertigduizend dollar. Schikking afgerond. En geen cent daarvan is verdwenen in de zak van een advocaat, dus je staat behoorlijk bij me in het krijt, makker.'

'Bedankt. O, maar als je honorarium toch zo laag is, moet je maar snel aan de slag.'

'Ik word echt doodziek van deze zaak, Jake. Maandag help ik je nog met de juryselectie en dan ben ik hier weg. Ik moet mijn eigen zaken gaan verliezen.'

'Kan ik me voorstellen. Maar help me inderdaad nog maar met die selectie.' Jake wist dat Harry Rex in werkelijkheid weinig van de procesdagen zou missen, en dan zou hij elke avond naar de vergaderzaal beneden komen, waar ze pizza en broodjes zouden eten en bespreken wat er verkeerd was gegaan en wat er de volgende dag zou kunnen gebeuren. Hij zou vraagtekens zetten bij alles wat Jake had gedaan; zware kritiek uiten op Wade Lanier; negatieve besluiten van rechter Atlee vervloeken; op elk moment ongevraagde adviezen geven; constant volhouden dat deze zaak niet te winnen was en soms zo onverdraaglijk zijn dat Jake iets naar zijn hoofd zou willen gooien. Maar hij had het zelden mis. Hij kende het recht en de fijne kneepjes ervan. Hij kon de gedachten van andere mensen lezen zoals andere mensen een tijdschrift lazen. Zonder dat het opviel, zou hij naar de juryleden kijken terwijl die naar Jake keken. En zijn adviezen zouden van onschatbare waarde zijn.

Ondanks Seth Hubbards vrij expliciete instructie dat geen enkele andere advocaat in Ford County van zijn nalatenschap mocht profiteren, had Jake zich vast voorgenomen een manier te zoeken om iets van zijn honorarium door te sluizen naar Harry Rex. Seth wilde dat zijn op het allerlaatste moment opgestelde handgeschreven testament elke aanval zou afslaan, en of hij dat nu leuk vond of niet, om dat voor elkaar te krijgen was Harry Rex Vonners bijdrage cruciaal.

De telefoon op Jakes bureau begon zacht te rinkelen. Hij negeerde het.

Harry Rex vroeg: 'Waarom nemen jullie hier de telefoon eigenlijk niet meer op? Ik heb deze week wel tien keer gebeld en niemand nam op.'

'Portia was in de rechtbank, ik had het druk en Lucien neemt de telefoon nooit op.'

'Denk aan al die auto-ongeluk-, echtscheidings- en winkeldiefstalzaken die je nu misloopt. Al die menselijke ellende buiten deze muren die wanhopig probeert tot je door te dringen.'

'Ik zou zeggen dat we onze handen nu al vrij vol hebben.'

351

'Al iets van Lucien gehoord?'

'Vanochtend nog niet, maar in Alaska is het nog maar zes uur. Ik betwijfel of hij al uit bed is.'

'Hij stapt waarschijnlijk nu pas in bed. Stomme streek van je, Jake, om Lucien die tocht te laten maken. Verdomd, hij wordt al dronken tussen hier en zijn huis. Stuur hem de weg op, naar een vliegveldlounge, naar een hotelbar, noem maar op, en hij drinkt zich dood.'

'Hij drinkt veel minder nu. Hij wil aan de studie voor zijn bar exam en dan weer als advocaat aan de slag.'

'Minder drinken voor die ouwe vent betekent dat hij om middernacht al ophoudt met drinken!'

'Sinds wanneer ben jij gestopt met drinken, Harry Rex? Jouw ontbijt bestaat uit Bud Light!'

'Ik kan me beheersen. Ik ben een professional. Lucien is gewoon een zatlap, dat is alles.'

'Ben je nog van plan die jury-instructies te perfectioneren of blijf je de hele ochtend Lucien zitten afzeiken?'

Harry Rex stond op. 'Later. Heb je een Bud Light koud staan?'

'Nee.'

Zodra hij weg was, maakte Jake de envelop open en keek naar de cheque van de verzekeringsmaatschappij. Aan de ene kant was hij verdrietig omdat deze cheque het einde van hun eerste woning vertegenwoordigde. Natuurlijk, die was bijna drie jaar geleden in vlammen opgegaan, maar door de rechtszaak tegen de verzekeringsmaatschappij hadden Carla en hij goede hoop gehad dat die nog zou worden herbouwd. Dat was nog steeds mogelijk, maar onwaarschijnlijk. Aan de andere kant betekende deze cheque geld op de bank; op zich niet veel, maar nadat de twee hypotheken waren afgelost hielden ze netto nog zo'n veertigduizend dollar over. Dat was geen vetpot, maar hierdoor stonden ze iets minder onder druk.

Hij belde Carla, zei dat ze iets te vieren hadden en dat ze een oppas moest regelen.

Lucien klonk normaal aan de telefoon, hoewel normaal voor hem zijn gebruikelijke krassende stem was met de gekwelde toon van een dronkaard die probeert helder over te komen. Hij zei dat Lonny Clark een zware nacht achter de rug had; de ontsteking werd niet minder; de artsen maakten zich meer zorgen dan de vorige dag; en, het allerbelangrijkst, hij mocht geen bezoek.

'Wat ga je doen?' vroeg Jake.

'Hier een beetje blijven rondhangen, misschien een uitstapje maken. Ben jij hier weleens geweest, Jake? Het is hier prachtig: aan drie kanten bergen en de Stille Oceaan vlakbij. De stad is niet groot en ook niet echt mooi, maar man, wat een landschap! Ik vind het schitterend en ik ben van plan eropuit te gaan.'

'Denk je dat hij het is, Lucien?'

'Ik weet zelfs minder dan toen ik Clanton verliet. Het is nog steeds onduidelijk. De politie vindt het totaal onbelangrijk wie hij is of wat er bij jou gebeurt; zij willen een drugsbende oprollen. Ik vind het hier mooi, Jake. Misschien blijf ik hier nog een tijdje. Ik heb helemaal geen haast om terug te gaan. En je hebt me niet nodig in die rechtszaal.'

Jake was het absoluut met hem eens, maar zei niets.

Lucien zei: 'Het is hier koel en de luchtvochtigheid is laag. Stel je dat eens voor, Jake, een plek zonder een hoge luchtvochtigheid. Ik vind het hier prettig. Ik houd een oogje op Lonny en praat met hem zodra ze me bij hem laten.'

'Ben je nuchter, Lucien?'

'Ik ben altijd nuchter om tien uur 's ochtends. Ik heb pas een probleem om tien uur 's avonds.'

'Hou me op de hoogte.'

'Doe ik, Jake. Geen probleem.'

Ze brachten Hanna naar Jakes ouders in Karaway en reden in een uur naar Oxford. Daar reden ze over de campus van Ole Miss en haalden herinneringen op aan een ander leven. Het was een warme, heldere lentedag en de studenten liepen rond in korte broek en op blote voeten. Ze speelden frisbee in het bos, dronken bier uit een bierkoeler en genoten van de zon. Jake was vijfendertig, Carla eenendertig, en hun studententijd leek heel kort, maar toch ook al heel lang geleden. Ze hadden elkaar leren kennen tijdens een feestje toen hij rechten studeerde en zij eerstejaarsstudent was. Nadat ze twee weken lang intensief met elkaar waren opgetrokken, vroeg hij haar ten huwelijk en zei zij nee, nu niet in elk geval. Haar ouders zouden niet blij zijn als ze nu thuiskwam met een verlovingsring aan haar vinger. En dus waren ze een jaar lang stiekem verloofd voordat ze het bekendmaakten.

Een wandeling over de campus wekte altijd nostalgische gevoelens op. En ongeloof. Waren ze echt al in de dertig? Het leek alsof ze vorige maand nog student waren. Jake bleef uit de buurt van de rechtenfaculteit, die nachtmerrie was nog niet ver genoeg weggezakt. Tegen zonsondergang reden ze naar de rechtbank en zetten hun auto daar neer. Ze dwaalden een uur lang door de boekwinkel, dronken koffie op het balkon en gingen vervolgens dineren in de Downtown Grill, het duurste restaurant binnen een straal van zeker honderd kilometer. Nu ze geld als water hadden, bestelde Jake een fles bordeaux, voor tachtig dollar.

Tegen middernacht reden ze naar huis, zoals altijd om beurten, en reden langzaam langs Hocutt House. Er brandden een paar lampen en het schitterende oude huis lonkte naar hen. Op de oprit stond Willie Traynors Spitfire met Tennessee-kenteken.

Nog steeds een beetje lichtzinnig door de wijn, zei Jake: 'Kom, we gaan Willie even een bezoekje brengen.'

'Nee, Jake! Daar is het echt te laat voor,' zei Carla.

'Kom op. Willie vindt het heus niet erg.' Hij was al gestopt en zette de Saab in zijn achteruit.

'Jake, dat is heel onbeleefd.'

'Bij een ander wel, maar bij Willie niet. Bovendien wil hij dat wij dit huis kopen.' Jake parkeerde achter de Spitfire.

'Stel dat hij al gasten heeft?'

'Dan heeft hij er nu meer. Kom mee.'

Carla stapte met tegenzin uit.

Ze bleven even op de smalle oprit staan en keken naar de veranda die om het huis heen liep. Het rook er heerlijk naar pioenrozen en irissen. In de bloembedden stonden ontelbare roze en witte azalea's.

'Ik vind dat we het moeten kopen,' zei Jake.

'Dat kunnen we niet betalen,' zei ze.

'Nee, maar de bank wel.'

Ze stapten de veranda op, belden aan en hoorden vaag Billie Holiday. Even later deed Willie de deur open, in een spijkerbroek en T-shirt, en zei met een brede glimlach: 'Nee maar, de nieuwe eigenaren!'

'We waren toevallig in de buurt en wilden iets drinken,' zei Jake.

'Ik hoop dat we niet storen,' zei Carla een beetje gegeneerd.

'Helemaal niet! Kom binnen, kom binnen,' zei Willie en hij gebaarde dat ze naar binnen moesten gaan.

Ze liepen naar de voorkamer, waar hij een fles witte wijn in een wijnkoeler had staan. De fles was bijna leeg, maar Willie pakte snel een nieuwe fles en ontkurkte die. Ondertussen vertelde hij dat hij in de stad was om het proces te kunnen verslaan. Zijn laatste onderneming was de lancering van een maandblad gewijd aan de zuidelijke cultuur, en het eerste nummer zou een diepgravend verhaal bevatten over Seth Hubbard en het vermogen dat hij aan zijn zwarte huishoudster had nagelaten. Dat had Willie nog niet eerder verteld.

Jake werd opgewonden door het idee dat de zaak ook buiten Ford County publiciteit zou krijgen. Het Hailey-proces had hem een bepaalde bekendheid gegeven, en dat was verslavend. 'Wie komt er op het omslag?' vroeg hij, voor de grap.

'Jij waarschijnlijk niet,' zei Willie en hij gaf ieder van hen een vol glas wijn. 'Proost.'

Ze kletsten even over het proces, maar dachten aan iets anders.

Uiteindelijk brak Willie het ijs en zei: 'Ik heb een voorstel: laten we vanavond de koop sluiten, een mondelinge overeenkomst, gewoon wij met z'n drieën.'

'Een mondelinge overeenkomst voor onroerend goed is niet rechtsgeldig,' zei Jake.

'Heb jij ook zo de pest aan advocaten?' vroeg Willie aan Carla.

'Aan de meeste wel.'

Willie zei: 'Het is rechtsgeldig als wij zeggen dat het rechtsgeldig is. Laten we de koop vanavond met een handdruk bezegelen, een geheime deal sluiten, en pas na het proces zoeken we een echte advocaat die een echt contract kan opstellen. Dan gaan jullie naar de bank voor een hypotheek en ronden we de koop binnen negentig dagen af.'

Jake keek naar Carla die hem aankeek. Heel even verstijfden ze, alsof het een volkomen nieuw idee was. Maar in werkelijkheid hadden ze al zo vaak over Hocutt House gepraat dat ze er doodziek van waren.

'En als we geen hypotheek kunnen krijgen?' vroeg Carla.

'Doe niet zo raar! Elke bank in de stad zal jullie een hypotheek verstrekken.'

'Dat betwijfel ik,' zei Jake. 'Er zijn er maar vijf en tegen drie daarvan heb ik een proces aangespannen.'

'Luister, dit huis voor twee vijftig is een koopje en dat weten die banken ook.'

'Ik dacht dat het twee vijfentwintig was,' zei Jake met een blik naar Carla.

Willie nam een slok wijn, smakte tevreden en zei: 'Nou ja, dat was ook zo, even, maar toen hebben jullie niet gehapt. Eerlijk gezegd is dit huis minstens vierhonderdduizend waard. In Memphis...'

'Dit gesprek hebben we al eens gevoerd, Willie. Dit is niet het centrum van Memphis.'

'Nee, dat is zo, maar twee vijftig is een redelijker prijs. Dus, het is twee vijftig.'

Jake zei: 'Dat is een vreemde manier om te verkopen, Willie. Als jij je prijs niet krijgt, dan verhoog je hem steeds?'

'Ik verhoog hem niet meer, Jake, tenzij er een rijke arts langskomt. Het is twee vijftig. Dat is redelijk en dat weten jullie ook. Kom op, dan sluiten we de deal.'

Jake en Carla keken elkaar even aan. Toen liep Carla naar Willie toe en gaf hem een hand. 'Goed zo, meisje,' zei Jake. De deal was gesloten.

Het enige geluid was het gezoem van een monitor, ergens boven en achter hem. Het enige licht was de rode gloed van de digitale cijfers die zijn levensfuncties vastlegden. Hij had kramp in zijn onderrug en Lonny probeerde een iets andere houding aan te nemen. Via een infuus druppelden de heldere, maar sterke medicijnen in zijn bloed en zorgden ervoor dat hij bijna geen pijn had. Het ging af en aan, dan was hij wakker, dan weer niet. Hij had geen besef van de tijd, van de uren en de dagen. Ze hadden zijn televisie uitgezet en zijn afstandsbediening weggehaald. De medicijnen waren zo sterk dat zelfs de vervelendste verpleegsters hem 's nachts niet wakker kregen, hoe ze ook hun best deden.

Als hij wakker werd, voelde hij beweging in de kamer: verpleeghulpen, schoonmakers, artsen, heel veel artsen. Soms hoorde hij hen praten met een lage, sombere stem; Lonny was er al van overtuigd dat hij doodging. Een infectie waarvan hij de naam niet kon uitspreken en die hij zich ook niet kon herinneren, was nu de baas over zijn lichaam en de artsen wisten niet wat ze nog konden doen. Af en aan.

Geluidloos liep er een onbekende naar zijn bed en raakte de zijsteun even aan. 'Ancil,' zei hij met een zachte, maar indringende stem. 'Ancil, ben je wakker?'

Toen Lonny zijn naam hoorde, deed hij zijn ogen wijd open.

Het was een oude man met lang, grijs haar en een zwart T-shirt. Dit was hetzelfde gezicht, hij was er weer. 'Ancil, kun je me horen?'

Lonny verroerde zich niet.

'Je heet geen Lonny, dat weten we. Je heet Ancil, Ancil Hubbard, de broer van Seth. Ancil, wat is er met Sylvester Rinds gebeurd?'

Hoewel Lonny doodsbang was, bleef hij stilliggen. Hij rook whiskey en herinnerde zich dat van de vorige avond.

'Wat is er met Sylvester Rinds gebeurd? Je was toen acht, Ancil. Wat is er met Sylvester Rinds gebeurd?'

Lonny deed zijn ogen dicht en haalde diep adem. Even was hij buiten bewustzijn, maar toen bewoog hij zijn handen en deed hij zijn ogen open. De onbekende was weg.

Hij belde de verpleegster.

38

Voordat rechter Atlees vrouw stierf, gingen ze acht jaar lang elke zondag naar de First Presbyterian Church. Tweeënvijftig zondagen achter elkaar, acht jaar lang. Een griepvirus maakte daar een einde aan. Daarna overleed ze, werd de rechter iets slordiger en ging een of twee keer per jaar niet naar de kerk. Dat was niet vaak, maar hij was daar altijd zo aanwezig dat zijn afwezigheid werd opgemerkt. Hij was er niet op de zondag voordat het proces begon.

Toen Jake zich dat realiseerde, liet hij tijdens de dienst zijn gedachten de vrije loop. Was het mogelijk dat de oude man ziek was? Zo ja, zou het proces dan worden uitgesteld? Wat voor invloed zou dit hebben op zijn strategie? Tientallen vragen, maar geen antwoorden.

Na de kerkdienst gingen Jake en zijn vrouwen weer naar Hocutt House, waar Willie op de achterveranda een brunch klaarmaakte. Hij stond erop de nieuwe eigenaren te ontvangen, zei dat hij Hanna wilde leren kennen en haar wilde rondleiden. Allemaal topgeheim natuurlijk. Jake en Carla hadden hun dochter er veel liever buiten gehouden, maar ze konden hun opwinding bijna niet bedwingen. Hanna beloofde dit grote geheim geheim te houden. Na een rondleiding, waarbij Hanna haar nieuwe slaapkamer mocht uitkiezen, gingen ze op de veranda aan een ruwhouten tafel zitten en kregen geroosterd brood met roerei.

Willie begon over iets anders dan het huis en het proces. Probleemloos veranderde hij in een journalist en probeerde gevoelige informatie los te krijgen. Carla keek Jake twee keer met een waarschuwende blik aan, maar die realiseerde zich heel goed wat er gebeurde. Toen Willie vroeg of ze verwachtten dat bewezen kon worden dat Seth Hubbard intiem was geweest met Lettie Lang, zei Jake beleefd dat hij die vraag niet kon beantwoorden. De brunch werd een beetje ongemakkelijk toen Jake steeds stiller werd terwijl zijn gastheer babbelde over de geruchten die hij probeerde te verifiëren. Was het waar dat Lettie had aangeboden het geld te delen en de zaak te schikken? Jake antwoordde kortaf dat hij daar niet op in kon gaan. Er werd zoveel geroddeld. Toen Willie weer iets vroeg over die 'intimiteit', zei Carla: 'Alsjeblieft, Willie, er zit iemand van zeven aan tafel.'

'Ja, sorry.'

Hanna miste geen woord.

Na een uur keek Jake op zijn horloge en zei dat hij aan het werk moest. Hij had een lange middag en avond voor de boeg. Willie schonk nog wat koffie in, terwijl zij hem bedankten en hun servet op tafel legden. Het duurde vijftien minuten om zonder onbeleefd te zijn afscheid te nemen. Terwijl ze wegreden, keek Hanna door de achterruit naar het huis en vroeg: 'Ik vind ons nieuwe huis mooi. Wanneer gaan we er wonen?'

'Binnenkort, liefje,' zei Carla.

'Waar gaat meneer Willie dan wonen?'

'O, hij heeft nog meer huizen,' zei Jake. 'Maak je over hem maar geen zorgen.'

'Hij is heel aardig.'

'Ja, dat is hij,' zei Carla.

Lucien liep achter de rechercheur de kamer in waar Lonny zat te wachten met een strenge verpleegster naast zich, als een bewaker. Ze glimlachte niet en leek zich te ergeren aan hun komst. Een van de artsen had met tegenzin toestemming gegeven voor een paar vragen. Lonny was er na die nacht op vooruitgegaan en hij voelde zich beter, maar zijn medische team wilde hem nog steeds beschermen. Ze hielden toch al niet van advocaten.

'Dit is de man over wie ik het had, Lonny,' zei de rechercheur, zonder zelfs maar enige inleiding.

Lucien, in zijn zwarte pak, stond bij Lonny's voeteneind en keek hem met een gedwongen glimlach aan. 'Meneer Clark, mijn naam is Lucien Wilbanks, en ik werk voor een advocaat in Clanton, Mississippi,' zei hij.

Lonny had dat gezicht toch eerder gezien? Midden in de nacht was dat gezicht verschenen en weer verdwenen, als een spook. 'Aangenaam,' zei Lonny, alsof hij nog steeds niet helemaal helder was na de klap op zijn hoofd.

Lucien zei: 'Wij zijn betrokken bij een rechtszaak waardoor het nodig is dat we een man vinden, ene Ancil Hubbard. De heer Hubbard is op 1 augustus 1922 geboren in Ford County, Mississippi. Zijn vader was Cleon Hubbard, zijn moeder Sarah Belle Hubbard, en hij had één broer, Seth, die vijf jaar ouder was. We hebben alles geprobeerd om Ancil Hubbard te vinden en we weten dat er een kans is dat u hem kent of hem in de afgelopen jaren hebt ontmoet.'

Lonny vroeg: 'U bent hiervoor helemaal uit Mississippi gekomen?'

'Inderdaad, maar dat is geen probleem. Daar hebben we ook vliegtuigen en we hebben in het hele land naar Ancil gezocht.'

'Wat voor proces?' vroeg Lonny, met dezelfde minachting waarmee de meeste mensen een onsmakelijk onderwerp aanroeren.

'Dat is een erg ingewikkelde zaak. Seth Hubbard stierf ongeveer zes maanden geleden en liet een puinhoop achter. Heel veel zakelijke belangen en niet bepaald een handig testament. Onze taak als advocaten is allereerst alle familieleden vinden, wat bij de familie Hubbard niet eenvoudig is. We hebben redenen om aan te nemen dat u iets af weet van Ancil Hubbard. Klopt dat?'

Lonny deed zijn ogen dicht terwijl er een pijnscheut door zijn hoofd ging. Hij deed ze weer open, keek naar het plafond en zei zacht: 'Die naam zegt me niets, sorry.'

Alsof hij dit wel had verwacht, of niet had gehoord, zei Lucien: 'Kunt u zich iemand herinneren die Ancil Hubbard misschien heeft gekend, of zijn naam heeft genoemd? Help me alstublieft, meneer Clark. Denk goed na. Zo te zien bent u overal en nergens geweest en dus hebt u heel veel mensen gekend. Ik weet dat u gewond bent aan uw hoofd, maar neem er alle tijd voor, denk hier goed over na.'

Weer zei hij: 'Die naam zegt me niets.'

De verpleegster keek naar Lucien en leek te willen ingrijpen.

Hij negeerde haar. Zorgvuldig zette hij zijn versleten leren aktetas op het voeteneind van het bed zodat Lonny die kon zien. Misschien zat er iets belangrijks in. Lucien vroeg: 'Bent u ooit in Mississippi geweest, meneer Clark?'

'Nee.'

'Weet u dat zeker?'

'Natuurlijk weet ik dat zeker.'

'Nou, dat verbaast me, want volgens ons bent u daar geboren. We hebben veel geld betaald aan bijzonder goede detectives die Ancil Hubbard probeerden op te sporen. Toen uw naam opdook, hebben ze u nagetrokken en vonden ze verschillende Lonny Clarks. Een van hen is zesenzestig jaar geleden in Mississippi geboren. U bent toch zesenzestig, meneer Clark?'

Lonny staarde hem aan, overweldigd en onzeker. Langzaam zei hij: 'Dat is zo.'

'Dus wat is uw relatie met Ancil Hubbard?'

De verpleegster zei: 'Hij zei dat hij hem niet kende.'

Lucien snauwde tegen haar: 'Ik heb het niet tegen u! Dit is een belangrijke juridische kwestie, een grote zaak waar tientallen advocaten en verschillende rechtbanken bij betrokken zijn en waarbij het om heel veel geld gaat. En als ik wil dat u zich hiermee bemoeit, laat ik het wel weten. Houdt u zich er tot die tijd alstublieft buiten.'

Haar wangen werden donkerrood en ze hapte naar adem.

Lonny had een hekel aan die verpleegster en zei tegen haar: 'Praat alsjeblieft niet namens mij, oké? Ik kan wel voor mezelf zorgen.'

De verpleegster, helemaal in de hoek gezet, stapte iets bij het bed vandaan.

Lucien en Lonny, die nu een band hadden door hun afkeer van de verpleegster, keken elkaar behoedzaam aan.

Lonny zei: 'Daar zal ik over na moeten denken. Mijn geheugen komt en gaat tegenwoordig, en ik zit onder de medicijnen, weet u.'

'Ik vind het geen enkel probleem om te wachten,' zei Lucien. 'Het is ontzettend belangrijk dat we Ancil Hubbard vinden.' Hij haalde een visitekaartje uit een zak en gaf dat aan Lonny. 'Dit is mijn baas, Jake Brigance. Bel hem maar als u me wilt checken. Hij is de hoofdadvocaat in deze zaak.'

'En u bent ook advocaat?' vroeg Lonny.

'Inderdaad. Maar mijn kaartjes zijn op. Ik logeer in de Glacier Inn aan Third Street.'

Aan het einde van de middag deed Herschel Hubbard de voordeur van het huis van zijn vader van het slot en liep naar binnen. Hoe lang stond het nu al leeg? Hij dacht even na: zijn vader had op zondag 2 oktober vorig jaar zelfmoord gepleegd en vandaag was het zondag 2 april. Voor zover hij wist was het huis niet meer schoongemaakt sinds de dag waarop Lettie was ontslagen, de dag na de begrafenis. Er lag een dikke laag stof op de tv en de boekenplanken. Hij deed het licht aan. Hij wist dat Quince Lundy, de administrateur, de rekeningen voor het gas en licht betaalde. In de keuken was het aanrecht smetteloos schoon en de koelkast was leeg. Een kraan lekte en er druppelde water op een bruine plek in de porseleinen gootsteen. Hij liep naar het achterste deel van het huis en in zijn vroegere kamer sloeg hij het stof van zijn bed, ging erop liggen en keek naar het plafond.

In de afgelopen zes maanden had hij zijn erfenis in gedachten al een paar keer uitgegeven. Hij had alles gekocht wat hij wilde, maar het bedrag ook verdubbeld en verdrievoudigd door slimme investeringen. De ene keer voelde hij zich miljonair, maar de andere keer werd hij overvallen door een afschuwelijk leeg gevoel bij de gedachte dat hij misschien geen cent van al dat geld zou krijgen. Waarom had zijn vader dit gedaan? Herschel was bereid toe te geven dat hun slechte relatie ook aan hem te wijten was, maar hij begreep absoluut niet dat hij geen cent kreeg. Hij had meer van Seth kunnen houden, maar Seth gaf ook weinig liefde terug. Hij had hier meer tijd kunnen doorbrengen, in dit huis, maar Seth wilde hem hier niet hebben. Waar was het misgegaan? Hoe jong was Herschel toen hij zich realiseerde dat zijn vader kil en afstandelijk was? Een kind kan een vader die geen tijd voor hem heeft onmogelijk bereiken.

Maar Herschel was nooit tegen zijn vader ingegaan, hij had hem nooit in verlegenheid gebracht door openlijke opstandigheid of iets ergers: verslavingen, arrestaties, een misdadig leven. Hij had op zijn achttiende afscheid genomen van Seth en was het huis uit gegaan om een man te worden. Sindsdien had hij zichzelf kunnen bedruipen. Mocht hij Seth toen hij volwassen was hebben verwaarloosd, dan kwam dat doordat Seth hem toen hij een kleine jongen was, had verwaarloosd. Een kind wordt niet geboren met de neiging tot verwaarlozing; dat moet je leren. En Herschel had het geleerd van een meester.

Zou het geld iets hebben veranderd? Als hij had geweten hoe rijk zijn vader was, wat had hij dan anders gedaan? Verdomd veel, gaf hij eindelijk toe. Eerst had hij arrogant beweerd, in elk geval tegen zijn moeder, dat hij niets anders zou hebben gedaan. Echt niet! Als Seth niets te maken wilde hebben met zijn enige zoon, dan gaf die zoon hem zijn zin. Maar nu, nu de tijd verstreek en zijn eigen ongelukkige wereld er steeds somberder uitzag, wist Herschel dat hij hier zou zijn geweest, in dit huis, om voor zijn lieve, oude vader te zorgen. Hij zou zich hevig hebben geïnteresseerd voor timmerhout en meubels. Hij zou Seth hebben gesmeekt hem het ondernemerschap te leren en hem op te leiden tot zijn opvolger. Hij zou zijn trots hebben ingeslikt en zijn teruggekeerd naar Ford County en hier in de buurt een huis hebben gehuurd. En dan had hij Lettie Lang zeker in de gaten gehouden.

Het was ontzettend vernederend om onterfd te worden als de erfenis zo groot was. Zijn vrienden hadden achter zijn rug om geroddeld en zijn vijanden hadden genoten van zijn ongeluk. Zijn ex-vrouw had ongeveer net zo'n grote hekel aan hem als aan Seth, en zij had de afschuwelijke maar ware roddel vrolijk rondverteld in Memphis. Zelfs nu haar kinderen ook onterfd waren, kon ze zich er niet van weerhouden Herschel te kwellen. Zes maanden lang had hij grote moeite gehad zijn bedrijf te leiden en zich op zijn zaken te concentreren; de rekeningen en de schulden stapelden zich op. Zijn moeder was steeds minder meelevend en behulpzaam, en had al twee keer gezegd dat hij ergens anders moest gaan wonen. Dat wilde hij wel, maar dat kon hij zich niet permitteren.

Zijn lot lag nu in handen van een handige advocaat, Wade Lanier; een chagrijnige oude rechter, Reuben Atlee en een groep toevallige juryleden van het platteland van Mississippi. Soms had hij er alle vertrouwen in. Het recht zou zegevieren, goed over kwaad en zo. Het was gewoon verkeerd dat een huishoudster, welke huidskleur ze ook had, in de laatste levensjaren van een man opdook en de zaak op zo'n afschuwelijke manier manipuleerde. Maar soms kon hij alleen maar de intense pijn voelen van dat alles uit zijn handen glipte. Als dat één keer gebeurde, kon het ook weer gebeuren.

De muren kwamen op hem af en de muffe lucht werd zwaarder. Dit was een vreugdeloos thuis geweest met twee ouders die een afkeer van elkaar hadden. Hij had hen allebei een tijdje vervloekt, allebei even erg, maar had zich daarna meer op Seth geconcentreerd. Waarom neem je kinderen als je ze niet wilt? Maar hij worstelde al jaren met die vraag en er was geen antwoord op. Laat het toch rusten. Zo was het genoeg.

Hij sloot het huis af, stapte in zijn auto en reed naar Clanton, waar hij rond zes uur werd verwacht. Ian en Ramona waren er al, in de grote vergaderzaal op de eerste verdieping van de firma Sullivan. Hun fantastische juryconsultant, Myron Pankey, was uitgebreid aan het vertellen over hun nauwkeurige onderzoek toen Herschel binnenkwam. Ze stelden zich aan elkaar voor. Pankey had twee medewerkers bij zich, twee aantrekkelijke jonge vrouwen die aantekeningen maakten. Wade Lanier en Lester Chilcott zaten in het midden tegenover elkaar aan de tafel, geflankeerd door hun assistenten.

Pankey zei: 'Ons telefonisch onderzoek heeft ook uitgewezen dat toen er meer informatie werd gegeven zoals dat het testament was opgesteld door een rijke man van zeventig en dat de verzorgster een veel jongere aantrekkelijke vrouw was, meer dan de helft van de ondervraagden vroeg of er seks in het spel was. Zelf zijn we nooit over seks begonnen, maar dat was vaak de spontane reactie. Wat was er echt aan de hand? We hebben het nooit over ras gehad, maar van de zwarte ondervraagden vermoedde bijna tachtig procent dat er een seksuele relatie was. Van de blanken was dat vijfenvijftig procent.'

'Dus dat onderwerp hangt wel in de lucht, hoewel onuitgesproken,' zei Lanier.

Dit wisten we zes maanden geleden toch al? dacht Herschel terwijl hij op een schrijfblok zat te tekenen. Tot nu toe hadden ze Pankey twee derde van zijn honorarium van vijfenzeventigduizend dollar betaald. Dit geld werd voorgeschoten door het advocatenkantoor van Wade Lanier, dat alle proceskosten betaalde. Ian had twintigduizend dollar bijgedragen, Herschel niets. Als ze al geld kregen, zou er ook nog een oorlog ontstaan over de verdeling ervan.

Pankey deelde een dik boekwerk uit met informatie over de getuigen; de advocaten hadden hier vele uren aan besteed. Het begon met Ambrose en eindigde met Young, en in totaal stond er een één of twee pagina lange samenvatting in van ieder jurylid, vaak met foto's van hun huizen of auto's erbij. Soms was er zelfs een foto van het jurylid zelf, uit het adresboek van hun kerk of club, jaarboeken van hun school en een paar kiekjes die hun vrienden stiekem hadden afgegeven.

Pankey zei: 'Ons perfecte jurylid is een blanke van boven de vijftig. De jongeren hebben op geïntegreerde scholen gezeten en zijn toleranter ten aanzien van ras, maar wij zijn natuurlijk niet op zoek naar tolerantie. Helaas geldt voor ons: hoe racistischer hoe beter. Wij hebben een iets grotere voorkeur voor blanke vrouwen dan voor blanke mannen, en dat komt doordat ze de neiging hebben een beetje jaloers te zijn op een andere vrouw die erin is geslaagd invloed op dat testament uit te oefenen. Een man zou wel begrip kunnen hebben voor een andere man die met zijn huishoudster zit te klooien, maar een vrouw heeft daar minder begrip voor.'

Vijfenzeventigduizend dollar voor deze onzin? dacht Herschel. *Dit weet toch iedereen?* Hij keek met een vervelende blik naar zijn zus, die er oud en moe uitzag. Het ging niet goed tussen haar en Ian, en Herschel had in de afgelopen drie maanden vaker telefonisch contact met zijn zus gehad dan in de afgelopen tien jaar. Ians transacties leverden geen winst op en hun moeizame huwelijk stond op springen. Ian zat het grootste deel van zijn tijd aan de Gulf Coast, waar hij en enkele partners een winkelcentrum renoveerden. Ramona vond dat prima, ze wílde niet eens dat hij thuis was. Ze praatte openlijk over echtscheiding, in elk geval met Herschel. Maar als ze deze zaak verloren, zat ze misschien aan hem vast. We gaan niet verliezen, zei Herschel steeds weer tegen haar.

De bespreking sleepte zich voort tot halfacht, toen Wade Lanier zei dat hij er genoeg van had. Ze reden naar een visrestaurant met uitzicht op Lake Chatulla, waar ze langdurig van een maaltijd genoten, alleen de advocaten en hun cliënten. Na een paar drankjes kwamen hun zenuwen tot rust en konden ze zich ontspannen. Zoals de meeste procesadvocaten was Wade Lanier een getalenteerd verteller en hij trakteerde hen op hilarische verhalen over zijn gevechten in de rechtszaal. En hij zei meerdere keren: 'We gaan winnen, mensen. Geloof me maar.'

363

Lucien zat in zijn hotelkamer, met een glas whiskey op zijn nachtkastje en verdiept in een taaie roman van William Faulkner, toen de telefoon ging.

Een zwakke stem vroeg: 'Spreek ik met de heer Wilbanks?'

'Inderdaad,' zei Lucien. Hij sloeg zijn boek dicht en ging rechtop zitten.

'U spreekt met Lonny Clark, meneer Wilbanks.'

'Zeg alsjeblieft Lucien, dan zeg ik Lonny, oké?'

'Oké.'

'Hoe gaat het met je, Lonny?'

'Beter, veel beter. Jij was vannacht in mijn kamer, hè, Lucien? Ik weet het zeker. Ik dacht dat ik droomde dat er een onbekende mijn kamer binnenkwam en iets tegen me zei, maar toen ik je vandaag sprak, herkende ik je gezicht en herinnerde ik me je stem.'

'Ik vrees dat je dat echt hebt gedroomd, Lonny.'

'Nee, zeker weten van niet. Want de nacht daarvoor was je er ook. Vrijdagnacht en zaterdagnacht. Ik weet dat jij dat was.'

'Niemand kan je kamer binnenkomen, Lonny. Er staat een agent voor je deur, dag en nacht, is me verteld.'

Lonny zweeg, alsof hij dat niet wist. En als hij het wel wist, hoe zou een onbekende zijn kamer dan kunnen binnenkomen? Ten slotte zei hij: 'Die onbekende zei iets over Sylvester Rinds. Ken jij Sylvester Rinds, Lucien?'

'Waar komt hij vandaan?' vroeg Lucien en hij nam een slokje.

'Dat vraag ik jou, Lucien. Ken jij Sylvester Rinds?'

'Ik woon mijn hele leven al in Ford County, Lonny. Ik ken iedereen daar, blank en zwart. Maar iets zegt me dat Sylvester Rinds al stierf voordat ik werd geboren. Kende jij hem?'

'Dat weet ik niet. Het is allemaal zo vaag nu. En al zo lang geleden...' Zijn stem stierf weg alsof hij de telefoon had laten vallen.

Houd hem aan de praat, dacht Lucien. 'Ik heb veel meer belangstelling voor Ancil Hubbard,' zei hij. 'Herinner je je die naam alweer, Lonny?'

'Vaag,' zei hij. 'Misschien weet ik al meer. Kun je morgen langskomen?'

'Natuurlijk. Hoe laat?'

'Kom maar vroeg. 's Ochtends ben ik minder moe.'

'Hoe laat zijn de artsen klaar met hun ronde?'

'Weet ik niet. Om een uur of negen.'

'Dan ben ik er om halftien, Lonny.'

39

Nevin Dark parkeerde zijn truck voor de rechtbank en keek op zijn horloge. Hij was vroeg, maar dat wilde hij ook. Hij was nooit eerder opgeroepen voor de juryplicht en hij moest met tegenzin toegeven dat hij wel een beetje opgewonden was. Hij had een boerderij met zo'n veertig hectare land ten westen van Karaway en kwam zelden in Clanton; hij kon zich niet herinneren wanneer hij voor het laatst in de hoofdstad van de county was geweest. Voor deze gelegenheid droeg hij zijn nieuwste gesteven kakikleurige broek en een leren pilotenjas van zijn vader, die tijdens de Tweede Wereldoorlog piloot was geweest. Zijn vrouw had zijn katoenen overhemd met knopen aan de kraag stevig geperst. Nevin dofte zich zelden zo op. Hij bleef even zitten en keek of er nog meer mensen waren die misschien ook waren gedagvaard om naar de rechtbank te komen.

Hij wist weinig van de zaak. De broer van zijn vrouw, een branieschopper, had gezegd dat hij dacht dat deze rechtszaak over een handgeschreven testament ging, maar wist er verder niet veel van. Nevin en zijn vrouw hadden geen abonnement op een plaatselijke krant. Ze waren al tien jaar niet meer naar de kerk geweest, zodat ze ook verstoken waren van die rijke bron van roddels. In de dagvaarding stond niets over de soort rechtszaak waar het om ging. Nevin had nooit gehoord van Seth Hubbard of van Lettie Lang. De naam Jake Brigance zou hij wel herkennen, maar alleen doordat Jake uit Karaway kwam en het Hailey-proces zoveel aandacht had gekregen.

Kortom, Nevin was een modeljurylid: redelijk slim, onpartijdig en slecht geïnformeerd. De dagvaarding zat opgevouwen in zijn jaszak. Hij liep om het plein heen om een paar minuten te doden en ging daarna naar de rechtbank, waar het steeds drukker werd. Hij liep de trap op en ging bij de groep mensen staan die voor de grote eikenhouten deuren van de grote rechtszaal stonden. Twee geüniformeerde hulpsheriffs hadden een klembord bij zich. Nevin werd uiteindelijk doorgelaten en toen hij de rechtszaal binnenkwam, glimlachte een griffier tegen hem en wees naar een stoel aan de linkerkant. Hij ging zitten naast een aantrekkelijke vrouw in een kort rokje, en twee minuten later had ze Nevin al verteld dat zij op dezelfde school lesgaf als Carla Brigance en waarschijnlijk niet zou worden geselecteerd. Toen hij bekende dat hij niets van de zaak af wist, kon ze dat bijna niet geloven. Alle juryleden zaten te fluisteren en naar de advocaten te kijken die met een gewichtig air rondliepen. De rechtersstoel was leeg. Een stuk of zes griffiers verplaatsten wat papieren en probeerden eigenlijk alleen maar net te doen alsof het belangrijk was dat ze aanwezig waren bij het grootste erfrechtproces in de geschiedenis van Ford County. Enkele advocaten hadden er niets mee te maken en dus geen enkele reden om hier te zijn, maar een rechtszaal vol potentiële juryleden trok altijd wel een paar vaste bezoekers aan.

Een van hen was een advocaat genaamd Chuck Rhea. Hij had geen cliënten, geen kantoor en geen geld. Af en toe controleerde hij kadastergegevens en hij was dus vaak in de rechtbank, waar hij heel veel tijd doodde, koffiedronk in het kantoor waar ze de verste koffie hadden, met de griffiers flirtte die hem goed kenden en met iedere advocaat roddelde die binnen gehoorsafstand kwam. Eigenlijk was Chuck er dus gewoon altijd en miste zelden een proces. Omdat hij nooit zelf een zaak had, volgde hij alle andere. Vandaag droeg hij zijn donkerste pak en had hij zijn schoenen keurig gepoetst. Hij praatte met Jake en Harry Rex – mannen die hem maar al te goed kenden – en ook met de advocaten van buiten de stad, die inmiddels wisten dat Chuck gewoon een soort stamgast was. Die zag je in elke rechtbank.

Een man die links van Nevin zat, begon tegen hem te praten. Hij vertelde dat hij hekkenleverancier was in Clanton en ooit een hek voor Harry Rex Vonners jachthonden had geplaatst. Hij wees en zei: 'Die dikke daar, in dat lelijke pak, dat is Harry Rex Vonner. De meest geslepen echtscheidingsadvocaat in de county.'

'Werkt hij samen met Jake Brigance?' vroeg Nevin, totaal onwetend.

'Lijkt er wel op.'

'Wie zijn die andere advocaten?'

'Wie weet? Er lopen hier tegenwoordig zoveel advocaten rond. Het wemelt ervan op het plein.'

Een gerechtsdienaar riep opeens: 'Opstaan voor het hof. De Chancery Court van het vijfentwintigste gerechtelijk district van Mississippi, onder leiding van de edelachtbare Reuben V. Atlee.'

Rechter Atlee verscheen en nam plaats op de rechtersstoel, terwijl iedereen opsprong.

'Gaat u zitten, alstublieft,' zei hij.

De aanwezigen gingen luidruchtig weer zitten.

Hij zei hallo en goedemorgen, en bedankte de potentiële juryleden voor hun aanwezigheid, alsof ze een keus hadden. Hij legde uit dat ze begonnen met de selectie van de jury, twaalf juryleden plus twee reserves, en dat hij ervan uitging dat ze daar het grootste deel van de dag mee bezig waren. Soms zou er weinig vooruitgang worden geboekt, zoals zo vaak in de rechtbank, en hij vroeg of ze geduld wilden hebben. Een griffier had elke naam op een strookje papier geschreven en in een plastic doos gestopt. De rechter zou er steeds willekeurig een strookje uithalen en dat was de volgorde waarin de juryleden in eerste instantie werden geplaatst. Zodra de eerste vijftig zaten, mocht de rest die dag naar huis en werd dan zo nodig de volgende dag weer opgeroepen.

De rechtszaal bestond uit twee delen, links en rechts van het middenpad, en in elk deel stonden tien lange banken met ongeveer tien zitplaatsen. Omdat de rechtszaal helemaal vol zat, vroeg rechter Atlee de andere toeschouwers op te staan en de eerste vier rijen links van hem vrij te maken. Dit duurde een paar minuten terwijl de mensen opstonden en niet zeker wisten waar ze naartoe moesten. De meesten gingen tegen de muren staan. Daarna stak de rechter zijn hand in de plastic doos, haalde er een naam uit en riep: 'De heer Nevin Dark.'

Nevins hart sloeg een slag over, maar hij stond op en zei: 'Ja, meneer.'

'Goedemorgen, meneer Dark. Wilt u alstublieft op de eerste rij gaan zitten, helemaal links? Dan noemen we u voorlopig jurylid nummer 1.'

'Natuurlijk.' Nevin liep over het middenpad en zag dat de advocaten naar hem keken alsof hij zojuist iemand had doodgeschoten. Hij ging op de lege voorste bank zitten en de advocaten bleven naar hem kijken. Allemaal.

Nevin Dark. Blanke man, drieënvijftig, boer, een echtgenote, twee volwassen kinderen, geen kerkgenootschap, geen clubs, geen universitaire titel, geen strafblad.

Jake gaf hem een 7. Hij en Portia keken naar hun aantekeningen. Harry Rex, die in een hoek bij de jurybank stond, keek in zijn aantekeningen. Hun modeljurylid was een zwarte man of vrouw van welke leeftijd dan ook, maar daar waren er niet veel van.

Aan de tafel van de aanvechters vergeleken Wade Lanier en Lester Chilcott hun onderzoeksgegevens. Hun modeljurylid was een blanke man, vijfenveertig of ouder, die was opgegroeid in het diepe zuiden in de tijd van de rassenscheiding en totaal niet tolerant was ten opzichte van zwarten. Ze stonden positief tegenover Nevin Dark, hoewel ze niet meer van hem wisten dan Jake.

Nummer 2 was Tracy McMillen, secretaresse, blanke vrouw, eenendertig.

Rechter Atlee nam er alle tijd voor: hij vouwde de strookjes papier open, keek naar de namen, probeerde ze goed uit te spreken en gaf iedereen genoeg tijd om op zijn nieuwe plaats te gaan zitten. Zodra de eerste rij vol was, gingen ze door naar de tweede rij met jurylid nummer 11, ene Sherry Benton, de eerste zwarte die naar voren werd geroepen.

Het kostte een uur om de eerste vijftig op te roepen. Daarna stuurde rechter Atlee de anderen weg en zei dat ze tot nader order beschikbaar moesten blijven. Sommigen vertrokken, maar de meesten bleven waar ze waren en werden aldus deel van het publiek.

'We schorsen een kwartier,' zei de rechter en hij tikte met zijn hamer. Daarna stond hij moeizaam op en liep bij de rechtersstoel vandaan, met zijn zwarte toga achter zich aan wapperend.

De advocaten gingen in drukke groepjes bij elkaar staan en begonnen allemaal tegelijk te praten.

Jake, Portia en Harry Rex liepen meteen naar de jurykamer, die op dat moment leeg was. Zodra Jake de deur had dichtgedaan, zei Harry Rex: 'We zijn de klos, weten jullie dat. Een slechte trekking. Afschuwelijk, afschuwelijk!'

'Niet zo snel,' zei Jake en hij smeet zijn schrijfblok op de tafel en kraakte met zijn knokkels.

Portia zei: 'Er zitten elf zwarten bij de vijftig. Helaas zitten vier van hen op de achterste rij. We zitten dus alweer op de achterste rij.'

'Probeer je grappig te zijn of zo?' brulde Harry Rex tegen haar.

'Eh ja, ik vond het zelf wel leuk.'

Jake zei: 'Kop dicht, oké? Ik betwijfel of we verder komen dan nummer 40.'

'Ik ook,' zei Harry Rex. 'En jullie moeten weten dat ik de nummers 7, 18, 31, 36 en 47 een proces heb aangedaan, voor echtscheiding. Ze weten niet dat ik voor jou werk, Jake, en nogmaals, ik weet niet zeker waaróm ik eigenlijk voor je werk, omdat ik verdomme niet eens betaald krijg! Het is maandagochtend, mijn kantoor zit vol scheidende stellen, sommige hebben een pistool bij zich, en ik hang hier een beetje rond als Chuck Rhea en krijg geen cent.'

'Wil jij nu eindelijk je mond eens houden?' gromde Jake.

'Als je daarop staat.'

'Het is echt niet hopeloos,' zei Jake. 'Het is geen goede trekking, maar niet volkomen hopeloos.'

'Ik durf te wedden dat Lanier en zijn jongens nu zitten te glimlachen.'

Portia zei: 'Ik begrijp jullie niet. Waarom is het altijd zwart tegen blank? Ik heb naar die mensen gekeken, naar hun gezicht, en ik zag echt geen groep keiharde racisten die het testament zullen verbranden en alles aan de andere kant zullen geven. Ik heb daar een paar redelijke mensen gezien.'

'En een paar onredelijke,' zei Harry Rex.

'Ik ben het met Portia eens, maar we zijn nog lang niet bij de definitieve twaalf. Laten we ons gekibbel maar voor later bewaren.'

Na de schorsing mochten de advocaten hun stoelen naar de andere kant van hun tafel schuiven, zodat ze naar de juryleden konden kijken, die naar hen terugkeken. Rechter Atlee nam plaats op de rechtersstoel zonder het rituele 'Opstaan voor het hof', en gaf een beknopte samenvatting van de zaak. Hij zei dat hij verwachtte dat het proces drie of vier dagen zou duren en dat hij van plan was vrijdag tegen twaalf uur klaar te zijn. Hij stelde de advocaten aan hen voor, allemaal, maar niet de assistenten. Jake stond alleen, tegenover een leger.

Rechter Atlee legde uit dat hij een paar onderwerpen zou aanroeren die moesten worden besproken en dat hij de raadslieden vervolgens toestemming zou geven de juryleden te ondervragen. Hij begon met gezondheid: is iemand ziek, wordt iemand binnenkort geopereerd of is iemand niet in staat langere tijd te zitten en te luisteren? Een vrouw stond op en zei dat haar man in het ziekenhuis in Tupelo lag en dat ze daar moest zijn. 'U mag gaan,' zei rechter Atlee meelevend, waarop ze snel de rechtszaal verliet. Nummer 29 vertrokken. Nummer 40 had een uitpuilende tussenwervelschijf die dat weekend was verschoven en hij zei dat hij veel pijn had. Hij slikte pijnstillers, waardoor hij behoorlijk suf was. 'U mag gaan,' zei rechter Atlee.

Hij leek volkomen bereid om iedereen met een legitieme reden te laten gaan, maar dat bleek schijn. Zodra hij begon over problemen op het werk stond een man, in colbert en met stropdas, op en zei dat hij gewoon niet gemist kon worden op kantoor. Hij was districtsmanager voor een bedrijf dat stalen gebouwen maakte en was duidelijk een leidinggevende die zichzelf erg belangrijk vond. Hij liet zelfs doorschemeren dat hij zijn baan weleens kwijt kon raken. Rechter Atlees preek over burgerlijke verantwoordelijkheid duurde vijf minuten en hij gaf de man een ernstige reprimande. Hij sloot af met: 'Wanneer u uw baan kwijtraakt, meneer Crawford, laat u het mij maar weten. Dan klaag ik uw baas aan, zet hem hier in de getuigenbank en nou ja, dan maak ik het hem knap lastig!'

Crawford ging zitten, behoorlijk vernederd. Er werden geen verdere pogingen gedaan om werk aan te voeren als reden om aan de juryplicht te ontkomen.

Rechter Atlee ging over naar het volgende onderwerp op zijn lijst: eerdere juryplicht. Verschillende mensen zeiden dat ze dit al eerder hadden gedaan, drie in de staatsrechtbank en twee in de federale rechtbank. Maar die ervaringen veranderden niets aan hun vermogen om te oordelen in de onderhavige zaak.

Negen mensen zeiden dat ze Jake Brigance kenden. Vier waren voormalige cliënten; zij werden weggestuurd. Twee vrouwen gingen naar dezelfde kerk, maar dachten dat dit geen invloed zou hebben op hun oordeel; zij werden niet weggestuurd. Een ver familielid wel. Carla's collega zei dat ze Jake goed kende en dus niet objectief zou zijn; zij werd weggestuurd. De laatste was iemand met wie Jake in Karaway op highschool had gezeten, maar die toegaf dat hij Jake al tien jaar niet meer had gezien; hij moest blijven zitten, over hem zou later worden besloten.

Weer werd iedere advocaat voorgesteld, met dezelfde vragen. Niemand kende Wade Lanier, Lester Chilcott, Zack Zeitler of Joe Bradley Hunt, maar zij kwamen dan ook van buiten de stad.

Rechter Atlee zei: 'Goed, we gaan door. Het testament is geschreven door de heer Seth Hubbard, nu natuurlijk dood. Kende iemand van u hem persoonlijk?' Twee handen werden verlegen opgestoken. Een man stond op en zei dat hij was opgegroeid in de omgeving van Palmyra en Seth toen ze allebei wat jonger waren had gekend.

'Hoe oud bent u, meneer?' vroeg rechter Atlee.

'Negenenzestig.'

'U weet dat u vanaf uw vijfenzestigste ontheffing van uw juryplicht kunt krijgen?'

'Ja, meneer, maar dat hoeft toch niet, of wel?'

'O nee. Wanneer u dit wilt doen is dat bewonderenswaardig. Dank u wel.'

Een vrouw stond op en zei dat ze ooit bij een houtgroothandel had gewerkt die eigendom was van Seth Hubbard, maar dit zou geen probleem zijn.

Rechter Atlee noemde de namen van de twee ex-echtgenotes van Seth en vroeg of iemand hen kende. Een vrouw zei dat haar oudere zus de vriendin van zijn eerste vrouw was geweest, maar dat dit al lang geleden was.

Herschel Hubbard en Ramona Hubbard Dafoe werd gevraagd naar voren te komen. Ze glimlachten ongemakkelijk tegen de rechter en de juryleden en gingen vervolgens zitten. Rechter Atlee vroeg het jurypanel of iemand hen kende. Een paar handen werden opgestoken, allemaal van klasgenoten van Clanton High.

Rechter Atlee stelde ieder een paar vragen. Allemaal zeiden ze dat ze weinig af wisten van de zaak en niet zouden worden beïnvloed door de kennis die ze hadden.

De verveling sloeg toe toen rechter Atlee vragen bleef stellen, bladzijde na bladzijde. Tegen twaalf uur waren twaalf van de vijftig weggestuurd, allemaal blanken. Van de achtendertig resterende juryleden waren elf zwart, van wie niet één zijn of haar hand had opgestoken.

Tijdens de lunchpauze stonden de advocaten in gespannen groepjes bij elkaar en bespraken wie acceptabel was en wie weg moest. Ze negeerden hun koude broodjes en discussieerden over lichaamstaal en gezichtsuitdrukkingen.

De sfeer in Jakes kantoor was opgewekter, omdat het jurypanel nu zwarter was. In de grote vergaderzaal in het kantoor van Sullivan was de stemming minder optimistisch, want de zwarten logen: van de elf resterende zwarten bekende niet een dat hij Lettie Lang kende. Dat was onmogelijk in zo'n kleine county! Er was duidelijk sprake van een soort samenzwering. Hun juryconsultant, Myron Pankey, had tijdens de ondervraging een paar mensen scherp in de gaten gehouden en twijfelde er niet aan dat zij hun best deden in de jury te komen. Maar Myron kwam uit Cleveland en wist niet veel over de zwarten in het zuiden.

Wade Lanier was echter niet onder de indruk. Hij had meer rechtszaken gevoerd in Mississippi dan de andere advocaten bij elkaar, en hij maakte zich niet druk over de resterende achtendertig leden van de jurypool. In vrijwel elke rechtszaak huurde hij consultants in om in de achtergrond van de juryleden te spitten, maar zodra hij hen in het echt zag wist hij dat hij hen kon doorzien. En ook al zei hij dit niet, hij was erg tevreden over wat hij die ochtend had gezien.

Lanier had nog altijd twee geweldige geheimen achter de hand: het handgeschreven testament van Irene Pickering en de getuigenverklaring van Julina Kidd. Voor zover hij wist, had Jake hier geen idee van. Wanneer Lanier erin slaagde deze twee bommen tijdens het proces tot ontploffing te brengen, werd het misschien wel een unaniem vonnis. Na uitgebreide onderhandelingen had Fritz Pickering erin toegestemd om voor zevenenhalfduizend dollar te getuigen. Julina Kidd was ingegaan op het aanbod van slechts vijfduizend dollar. Fritz noch Julina had met iemand van de tegenpartij gesproken, zodat Lanier er alle vertrouwen in had dat zijn hinderlagen succes zouden hebben.

Tot nu toe had zijn kantoor iets meer dan vijfentachtigduizend dollar uitgegeven of toegezegd, geld waar zijn cliënten uiteindelijk verantwoordelijk voor waren. De kosten van de zaak werden zelden besproken, hoewel ze er altijd aan dachten. Terwijl de cliënten zich zorgen maakten over de stijgende onkosten, wist Wade Lanier hoeveel een belangrijk proces kostte. Twee jaar geleden had zijn kantoor tweehonderdduizend dollar uitgegeven aan een productaansprakelijkheidszaak, en verloren.

Je gooit met de dobbelsteen en soms verlies je. Maar Wade Lanier zou niet klagen als hij de zaak-Hubbard verloor.

Nevin Dark liep naar de Coffee Shop, ging in een zitje zitten, samen met drie van zijn nieuwe vrienden, en bestelde ijsthee bij Dell. Ze droegen alle vier een reversspeldje met het woord JURYLID in blauwe hoofdletters, alsof ze nu officieel verboden gebied en onbenaderbaar waren. Dell had die speldjes al honderden keren gezien en wist dat ze goed moest luisteren, maar geen vragen moest stellen of haar mening moest geven.

Rechter Atlee had de achtendertig resterende juryleden verboden over de zaak te praten. Omdat de vier mannen aan Nevins tafeltje elkaar niet kenden, praatten ze een paar minuten over zichzelf en bestudeerden ze het menu. Fran Decker was een gepensioneerde leraar uit Lake Village, tien kilometer ten zuiden van Clanton. Charles Ozier verkocht tractoren voor een bedrijf buiten Tupelo en woonde vlak bij het meer. Debbie Lacker woonde in het centrum van Palmyra, met driehonderdvijftig inwoners, maar had Seth Hubbard nooit ontmoet. Omdat ze niet óver de zaak mochten praten, praatten ze over de rechter, de rechtszaal en de advocaten. Dell luisterde aandachtig, maar kon niets uit hun gesprek halen, in elk geval niets wat ze aan Jake kon vertellen voor het geval hij later langskwam voor een paar roddels.

Om kwart over een betaalden ze allemaal voor zich en gingen terug naar de rechtszaal. Om halftwee, toen alle achtendertig aanwezig waren, kwam rechter Atlee terug en zei: 'Goedemiddag.' Hij vertelde dat hij nu zou doorgaan met de selectie van de jury en dat hij dat op een enigszins ongebruikelijke manier wilde doen. Ieder jurylid zou worden uitgenodigd om naar zijn kamer te komen om daar door de advocaten te worden ondervraagd.

Jake had dit verzocht, omdat hij ervan uitging dat de juryleden meer over de zaak wisten dan ze, als groep, wilden toegeven. Door hen afzonderlijk te ondervragen, vertrouwde hij erop dat ze eerlijker zouden zijn. Wade Lanier maakte er geen bezwaar tegen.

Rechter Atlee zei: 'Meneer Nevin Dark, wilt u ons alstublieft gezelschap komen houden in mijn kamer?'

Een gerechtsdienaar nam hem mee en Nevin liep zenuwachtig langs de rechtersstoel, door een deur en een korte gang, en vervolgens een vrij kleine kamer in waar iedereen zat te wachten en een stenotypiste klaarzat om elk woord op te schrijven. Rechter Atlee zat aan het hoofd van de tafel en de advocaten zaten eromheen.

'Vergeet alstublieft niet dat u onder ede staat, meneer Dark,' zei de rechter.

'Natuurlijk niet.'

Jake Brigance keek hem met een ernstige glimlach aan en zei: 'Enkele vragen zijn misschien persoonlijk, meneer Dark, en wanneer u ze niet wilt beantwoorden dan is dat geen probleem. Begrijpt u dat?'

'Ja.'

'Hebt u op dit moment een testament?'

'Ja.'

'Wie heeft dat opgesteld?'

'Barney Suggs, een advocaat in Karaway.'

'En uw vrouw?'

'Ja, we hebben ze tegelijk ondertekend, in het kantoor van de heer Suggs, ongeveer drie jaar geleden.'

Zonder naar de precieze inhoud van deze testamenten te vragen, stelde Jake vragen over het opstellen van een testament. Waarom hadden ze hun testament opgemaakt? Wisten hun kinderen wat er in die testamenten stond? Hoe vaak hadden ze hun testamenten gewijzigd? Hadden ze elkaar benoemd als de executeur van hun testamenten? Hadden ze ooit iets geërfd via het testament van een ander? Vond hij, Nevin Dark, dat iemand het recht had zijn bezittingen aan wie dan ook na te laten? Aan een niet-familielid? Aan de liefdadigheid? Aan een vriend of een werknemer? Mocht je familieleden onterven die uit de gunst waren? Had meneer Dark of zijn vrouw ooit overwogen hun testament te wijzigen om iemand die op dit moment als begunstigde vermeld stond te schrappen? Enzovoort.

Toen Jake klaar was, stelde Wade Lanier een aantal vragen over medicijnen en pijnstillers. Nevin Dark zei dat hij die zelden gebruikte, maar dat zijn vrouw borstkanker had gehad en op een bepaald moment erg afhankelijk was geweest van sterke pijnstillers. Hij kon zich de namen niet herinneren. Lanier toonde oprecht medeleven met deze vrouw die hij nooit had gezien, en hij vroeg en zeurde lang genoeg door om de man ervan te overtuigen dat sterke pijnstillers bij erg zieke mensen vaak een vermindering van hun rationele denkvermogen veroorzaakten. Het zaadje was deskundig geplant.

Rechter Atlee keek op de klok en zei na tien minuten dat de tijd om was. Nevin keerde terug naar de rechtszaal, waar iedereen naar hem keek.

Jurylid nummer 2, Tracy McMillen, zat al klaar in een stoel naast de rechtersstoel en werd snel naar de rechterskamer gebracht, waar zij aan eenzelfde verhoor werd onderworpen.

De verveling sloeg keihard toe en veel toeschouwers vertrokken. Enkele juryleden dommelden in, terwijl andere een krant of tijdschrift lazen en herlazen. Gerechtsdienaren gaapten en staarden door de grote ramen naar het gazon van de rechtbank. Het ene potentiële jurylid volgde het andere op in een gestage parade naar de kamer van rechter Atlee. De meesten bleven de volle tien minuten weg, maar een paar werden al eerder weggestuurd. Toen jurylid nummer 11 na haar verhoor terugkwam, liep ze langs de banken en naar de deur; ze was niet goedgekeurd, om redenen die niemand in de rechtszaal ooit zou weten.

Lettie en Phedra vertrokken voor een lange pauze. Toen ze over het middenpad naar de grote deuren liepen, vermeden ze het naar de Hubbard-clan te kijken die op de achterste rij bij elkaar zat, alle wagens in een cirkel, de radar op scherp.

Het was bijna halfzeven toen jurylid nummer 38 de rechterskamer verliet en terugkeerde naar de rechtszaal.

Rechter Atlee, verbazingwekkend energiek, wreef in zijn handen en zei: 'Heren, laten we deze klus afronden, zodat we morgenochtend fris met de openingsverklaringen kunnen beginnen. Akkoord?'

Jake zei: 'Rechter, ik zou mijn motie voor behandeling in een ander arrondissement opnieuw willen indienen. Nu we de eerste achtendertig juryleden hebben ondervraagd, is wel duidelijk dat deze groep veel te veel over deze zaak weet. Vrijwel ieder jurylid was bereid te verklaren dat hij of zij er al iets over had gehoord. Dit is vrij ongebruikelijk bij een civiele zaak.'

'Integendeel, Jake,' zei rechter Atlee. 'Ik vond dat ze de vragen goed beantwoordden. Natuurlijk, ze hebben over de zaak gehoord, maar vrijwel iedereen verklaarde dat hij of zij zich nog geen mening had gevormd.'

'Ik ben het met u eens, rechter,' zei Wade Lanier. 'Op een paar uitzonderingen na, ben ik onder de indruk van dit panel.'

'Verzoek afgewezen, Jake.'

'Verbaast me niets,' mompelde Jake, net luid genoeg om te worden gehoord.

'Goed, kunnen we dan nu onze jury samenstellen?'

'Ik ben er klaar voor,' zei Jake.

'Laten we beginnen,' zei Wade Lanier.

Rechter Atlee zei: 'Heel goed. Ik vind dat er een reden voor is om juryleden 3, 4, 7, 9, 15, 18 en 24 af te wijzen. Vragen?'

Langzaam vroeg Lanier: 'Ja, edelachtbare, waarom nummer 15?'

'Hij zei dat hij de familie Roston kende en diepbedroefd was door de dood van hun twee zoons. Ik verwacht dat hij een bezwaar heeft tegen iedereen met de achternaam Lang.'

'Hij zei van niet, edelachtbare,' voerde Lanier aan.

'Natuurlijk zei hij dat, maar ik geloof hem gewoon niet. Hij wordt afgewezen. Nog iemand?'

Jake schudde zijn hoofd. Lanier was kwaad, maar zei niets.

Rechter Atlee ging door: 'Elke partij mag om dwingende redenen vier juryleden afwijzen. Meneer Brigance, u moet de eerste twaalf presenteren.'

Jake keek zenuwachtig naar zijn aantekeningen en zei toen langzaam: 'Oké, wij nemen de nummers 1, 2, 5, 8, 10, 12, 14, 16, 17, 19, 21 en 22.'

Het bleef lang stil en iedereen in de kamer keek naar zijn eigen aantekeningen en schreef iets op.

Ten slotte zei rechter Atlee: 'Dus u schrapt 6, 13, 20 en 23, klopt dat?'

'Dat klopt.'

'Bent u klaar, meneer Lanier?'

'Nog heel even, rechter,' zei Lanier en hij boog zich naar Lester Chilcott. Ze fluisterden een tijdje en waren het duidelijk niet met elkaar eens.

Jake probeerde hen af te luisteren, maar verstond geen woord. Hij bleef naar zijn aantekeningen kijken, naar zijn eigen twaalf, en wist dat hij ze niet allemaal kon houden.

'Heren,' zei rechter Atlee.

'Ja, meneer,' zei Lanier langzaam. 'Wij schrappen de nummers 5, 16, 25 en 27.'

Weer werd het stil, en iedere advocaat en de rechter streepten namen door op provisorische kaarten en verplaatsten de hogere nummers omhoog.

Rechter Atlee zei: 'Dus het ziet ernaar uit dat onze jury zal bestaan uit de nummers 1, 2, 8, 10, 12, 14, 17, 19, 21, 22, 26 en 28. Is iedereen het daarmee eens?'

De advocaten knikten zonder op te kijken van hun schrijfblok. Tien blanken, twee zwarten. Acht vrouwen, vier mannen. De helft had een testament, de helft niet. Drie hadden gestudeerd, zeven hadden een highschooldiploma, twee niet. Gemiddelde leeftijd negenenveertig, en twee vrouwen van in de twintig, voor Jake een aangename verrassing. Over het geheel genomen was hij tevreden. Wade Lanier ook. Rechter Atlee had goed werk verricht door diegenen uit te schakelen die mogelijk bevooroordeeld waren. Op papier leek het alsof de extremisten weg waren, en alsof het proces nu in handen lag van twaalf onbevooroordeelde mensen.

'Laten we nu een paar reserve-juryleden kiezen,' zei Atlee.

Om zeven uur kwamen de nieuwe juryleden bij elkaar in de jurykamer om een paar dingen te regelen, volgens de instructies van rechter Atlee. Omdat hij de eerste was die was geselecteerd, de eerste die was opgeroepen, en omdat hij in elk opzicht een vriendelijke man leek met een gemakkelijke glimlach en een vriendelijk woord voor iedereen, werd Nevin Dark gekozen als voorzitter van de jury.

Het was een lange, maar opwindende dag geweest. Terwijl hij naar huis reed, merkte hij dat hij zin had om tijdens een late avondmaaltijd met zijn vrouw te kletsen en haar alles te vertellen. Rechter Atlee had hun verboden de zaak met elkaar te bespreken, maar had niets gezegd over hun partner.

40

Lucien schudde het pak kaarten en begon te delen: tien voor Lonny en tien voor hemzelf.

Zoals inmiddels gebruikelijk was, pakte Lonny zijn kaarten langzaam van het tafeltje en deed er eeuwen over om ze in de juiste volgorde te schikken. Hij praatte en bewoog zich langzaam, maar zijn geest leek uitstekend te werken. Dit was hun vijfde spelletje gin rummy en Lonny stond dertig punten voor; hij had de eerste vier spelletjes gewonnen. Hij droeg een wijde ziekenhuispyjama en vlak boven zijn hoofd hing een infuuszak. Een vriendelijke verpleegster had hem toestemming gegeven zijn bed te verlaten zodat hij voor het raam kon gaan kaarten, maar pas nadat Lonny tegen haar was uitgevaren. Hij werd doodziek van het ziekenhuis en wilde weg. Maar ja, hij kon nergens naartoe. Alleen naar de stadsgevangenis, waar het eten zelfs nog slechter was en de agenten zaten te wachten om hem allemaal vragen te stellen. Sterker nog, ze stonden nu zelfs voor zijn deur te wachten. Dertig kilo cocaïne zorgt altijd voor problemen. Zijn nieuwe vriend Lucien, die zei dat hij advocaat was, had hem gerustgesteld en gezegd dat het bewijs onrechtmatig was verkregen en dus ongeldig zou worden verklaard. De politie had geen geldige reden gehad om Lonny's woning binnen te gaan. Alleen maar het feit dat een man gewond is geraakt tijdens een vechtpartij in een bar geeft de politie niet het recht zijn afgesloten woning te doorzoeken. 'Dat wordt een makkie,' had Lucien gezegd. 'Iedere onnozele strafrechtadvocaat krijgt dat voor elkaar. Je gaat vrijuit.'

Ze hadden gepraat over Seth Hubbard, en Lucien had hem alle feiten, roddels, speculaties en geruchten verteld die Clanton de afgelopen zes maanden bezig hadden gehouden. Lonny zei dat het hem niet echt interesseerde, maar leek wel te luisteren. Lucien zei niets over het handgeschreven testament of over de zwarte huishoudster. Maar hij vertelde uitgebreid over Seth die – toen hij na zijn tweede nare echtscheiding blut was – veel risico's had genomen en steeds weer een hypotheek op zijn bezit had genomen en daardoor een vermogen had vergaard. Hij beschreef Seths voorliefde voor geheimzinnigheid, zijn buitenlandse bankrekeningen en zijn netwerk van bedrijven. Hij vertelde het verbazingwekkende verhaal uit het verleden dat Seths vader Cleon Hubbard in 1928 Luciens opa Robert E. Lee Wilbanks had ingehuurd om een rechtszaak te voeren over het bezit van een stuk land. En dat zij hadden verloren!

Lucien praatte bijna continu door in een poging Lonny's vertrouwen te winnen en hem ervan te overtuigen dat het geen kwaad kon geheimen uit het verleden te vertellen. Wanneer Lucien zo open kon zijn, dan kon Lonny dat ook. Twee keer die ochtend had Lucien voorzichtig gevraagd of Lonny iets af wist van Ancil, maar beide keren zonder resultaat. Lonny leek zich totaal niet te interesseren voor dat onderwerp. Ze praatten en kaartten de hele ochtend. Tegen twaalf uur was Lonny moe en moest hij rusten. De verpleegster vond het geweldig dat ze Lucien mocht wegsturen.

Lucien ging weg, maar twee uur later was hij alweer terug om te kijken hoe het ging met zijn nieuwe vriend.

Lonny wilde nu blackjack spelen, om tien cent per spel.

Na ongeveer een halfuur zei Lucien: 'Ik heb Jake Brigance gebeld, de advocaat in Mississippi voor wie ik werk, en ik heb hem gevraagd die Sylvester Rinds over wie jij het had na te trekken. Hij heeft iets ontdekt.'

Lonny legde zijn kaarten neer en keek Lucien nieuwsgierig aan. Behoedzaam zei hij: 'Wat dan?'

'Nou, volgens de kadastergegevens in Ford County bezat Sylvester Rinds 32 hectare land in het noordoostelijke deel van de county, land dat hij had geërfd van zijn vader Solomon Rinds, die rond het begin van de Burgeroorlog werd geboren. Hoewel deze gegevens niet echt duidelijk zijn, is de kans groot dat de familie Rinds dat land vlak na de oorlog in bezit kreeg, tijdens de wederopbouw, toen bevrijde slaven land mochten verkrijgen met de hulp van carpetbaggers en federale gouverneurs en ander tuig dat ons land in die tijd overspoelde. Het ziet ernaar uit dat er een tijdlang onenigheid was over deze 32 hectare. De familie Hubbard bezat een ander stuk land van 32 hectare dat grensde aan het land van de familie Rinds, en kennelijk vochten ze de eigendom van dat land aan. Het proces waar ik het vanochtend over had, dat in 1928 werd aangespannen door Cleon Hubbard, ging over een geschil over dat land van de Rinds. Mijn opa, de beste advocaat in de county met goede connecties, verloor die zaak voor Cleon. Ik mag aannemen dat wanneer mijn opa die zaak verloor, de familie Rinds wel een stevige claim op dat land moet hebben gehad. Zodoende kon Sylvester zijn land nog een paar jaar behouden, maar hij stierf in 1930. Na zijn dood kreeg Cleon Hubbard het land van de weduwe van Sylvester.'

Lonny had zijn kaarten weer opgepakt en zat er met een nietsziende blik naar te kijken. Hij luisterde en zag in gedachten beelden uit een ander leven.

'Best interessant, vind je niet?' vroeg Lucien.

'Ach, het is al heel lang geleden,' zei Lonny en hij vertrok zijn gezicht toen er een pijnscheut door zijn hoofd ging.

Lucien ploeterde moeizaam voort. Hij had niets te verliezen en was dus niet van plan op te geven. 'Het gekke aan dit hele verhaal is dat er nergens iets te vinden is over Sylvesters dood. Op dit moment woont er geen enkele Rinds in Ford County, en het ziet ernaar uit dat ze de county allemaal hebben verlaten rond de tijd waarin Cleon Hubbard dat land in bezit kreeg. Ze zijn allemaal verdwenen. De meesten zijn naar het noorden gevlucht, naar Chicago waar ze een baan kregen, maar dat was niet ongebruikelijk tijdens de depressie. Heel veel arme zwarten zijn het diepe zuiden toen ontvlucht. Volgens Brigance is er in Alabama een verre verwant gevonden, Boaz Rinds, die beweert dat een paar blanke mannen Sylvester hebben vermoord.'

'Wat heeft dat hiermee te maken?' vroeg Lonny.

Lucien stond op, liep naar het raam en keek naar de parkeerplaats beneden. Hij vroeg zich af of hij Lonny nu de waarheid zou vertellen, over het testament en Lettie Lang en haar voorouders; dat ze bijna zeker een Rinds was en geen Tayber; dat haar familie afkomstig was uit Ford County en ooit op het land van Sylvester had gewoond; dat het bijzonder waarschijnlijk was dat Sylvester haar opa was. Maar hij ging weer zitten en zei: 'Niets eigenlijk. Gewoon een oud verhaal over mijn voorouders, die van Seth Hubbard en misschien die van Sylvester Rinds.'

Even bleef het stil. De mannen raakten hun kaarten niet aan en keken niet naar elkaar. Toen Lonny dreigde weg te doezelen, maakte Lucien hem wakker met: 'Jij kende Ancil, hè?'

'Inderdaad,' zei hij.

'Vertel eens over hem. Ik moet hem vinden, en snel ook!'

'Wat wil je van hem weten?'

'Leeft hij nog?'

'Ja.'

'Waar is hij nu?'

'Weet ik niet.'

'Wanneer heb je hem voor het laatst gezien?'

Er kwam een verpleegster binnen. Lonny was moe en dus hielp ze hem in zijn bed, controleerde zijn infuus, keek naar Lucien en nam vervolgens Lonny's bloeddruk en hartslag op. 'Hij moet nu rusten,' zei ze.

379

Lonny sloot zijn ogen en zei: 'Niet weggaan. Doe alleen het licht maar uit.'

Lucien trok een stoel bij het bed en ging zitten. Zodra de verpleegster weg was, zei hij: 'Vertel eens over Ancil.'

Met zijn ogen dicht begon Lonny te vertellen, bijna fluisterend: 'Weet je, Ancil is altijd op de vlucht geweest. Hij ging al jong uit huis en is nooit teruggegaan. Hij haatte zijn ouderlijk huis, vooral zijn vader. Hij vocht tijdens de oorlog, raakte gewond, stierf bijna. Hoofdletsel, en de meeste mensen denken dat Ancil een beetje getikt is. Hij was gek op de zee, zei dat hij zo ver bij de zee vandaan was geboren dat die hem fascineerde. Hij heeft jaren op vrachtschepen gevaren en de wereld gezien, de hele wereld.

Er is geen plekje op de kaart dat Ancil niet heeft gezien: geen berg, haven, stad of beroemde plaats. Geen bar, dancing of bordeel. Je kunt het zo gek niet bedenken of Ancil is er geweest. Hij trok op met ruige types en ging weleens in de fout, hij pleegde kleine en minder kleine misdaden. Hij is een paar keer bijna doodgegaan, heeft een week op Sri Lanka met een messteek in een ziekenhuis gelegen. Die messteek was niets vergeleken met de ontsteking waarmee hij een keer in het ziekenhuis kwam. Hij heeft heel veel vrouwen gehad, sommige met heel veel kinderen, maar Ancil bleef nooit lang op één plek. Een paar van die vrouwen zijn voor zover hij weet nog altijd naar hem op zoek, met hun kinderen. Misschien zijn ook anderen naar hem op zoek. Ancil heeft een idioot leven geleid en is altijd heel voorzichtig.'

Toen hij het woord 'leven' uitsprak, kwam dat er verkeerd uit, of misschien wel goed. Hij sprak het uit zoals ze in het noorden van Mississippi doen. Lucien was met opzet een beetje nasaal gaan praten, in de hoop dat de oude Lonny dat daardoor ook zou doen. Lonny kwam uit Mississippi, dat wisten ze allebei.

Lonny deed zijn ogen weer dicht en leek te slapen.

Lucien bleef een paar minuten naar hem kijken en wachtte. Lonny's ademhaling werd zwaarder. Zijn rechterhand viel langs zijn zij. De monitoren lieten een normale bloeddruk en hartslag zien. Om wakker te blijven, liep Lucien heen en weer door de donkere kamer; hij verwachtte dat er algauw een verpleegster binnen zou komen en hem zou wegsturen. Hij ging naast het bed staan, greep Lonny hardhandig bij zijn pols en zei: 'Ancil! Ancil! Seth heeft een testament opgesteld waarin hij jou miljoenen dollars nalaat.'

Lonny deed zijn ogen open en toen zei Lucien het nog een keer.

De discussie woedde al een uur en de gemoederen waren verhit. Sterker nog, dit onderwerp werd al een maand lang fel bediscussieerd, en iedereen had er wel een mening over. Het was avond, bijna tien uur. De vergadertafel lag vol aantekeningen, dossiers, boeken en de restanten van hun avondmaaltijd, een smakeloze afhaalpizza.

Moest de jury de waarde van Seths erfenis weten? Het enige wat tijdens het proces moest worden bepaald was of zijn handgeschreven testament rechtsgeldig was. Meer niet. Feitelijk, juridisch gezien, maakte het niet uit hoe groot of hoe klein de erfenis was. Aan de ene kant van de tafel, aan de kant waar Harry Rex zat, vond men dat de juryleden dat niet mochten weten, want als ze wisten dat het om vierentwintig miljoen dollar ging en dat dat bedrag naar Lettie Lang zou gaan, zou dat de zaak vertroebelen. Ze zouden het er niet mee eens zijn dat zo'n bedrag niet naar de familie ging. Zo'n bedrag was zo uniek, zo schokkend, dat het ondenkbaar was dat een eenvoudige zwarte huishoudster dat kreeg. Lucien, weliswaar afwezig, was het met Harry Rex eens.

Jake was een andere mening toegedaan. Ten eerste omdat de juryleden waarschijnlijk wel vermoedden dat het om heel veel geld ging. Hoewel vrijwel iedereen tijdens de selectieprocedure had ontkend dit te weten, had Jake het gevoel dat ze logen. Kijk naar de omvang van deze zaak. Kijk naar het aantal aanwezige advocaten. Alles aan deze zaak en alles aan dit proces bewees dat het om veel geld ging. Ten tweede vond hij dat totale openheid de beste tactiek was. Wanneer de juryleden het gevoel hadden dat Jake iets probeerde te verbergen, zou zijn geloofwaardigheid al voor het begin van dit proces zijn aangetast. Iedereen in de rechtszaal wil weten wat de inzet is van deze strijd. Vertel het. Alles. Door te verbergen hoe groot de nalatenschap is, wordt de omvang van de nalatenschap juist een kwellende en onuitgesproken kwestie.

Portia twijfelde. Voordat de jury was uitgekozen, neigde ze naar volledige openheid. Maar nadat ze had gezien dat de jury uit tien blanken en slechts twee zwarten bestond, had ze er moeite mee te geloven dat ze überhaupt een kans hadden. Nadat alle getuigen hadden getuigd, nadat alle advocaten de mond was gesnoerd en nadat rechter Atlee al zijn wijze woorden had gesproken, was het dan mogelijk dat die tien blanke mensen de moed zouden vinden om Seths laatste testament rechtsgeldig te verklaren? Op dat moment, moe en bezorgd, betwijfelde ze dat.

De telefoon ging en ze nam op. 'Het is Lucien,' zei ze en ze gaf de telefoon aan Jake.

'Hallo.'

Vanuit Alaska kwam het bericht: 'Ik heb hem, Jake. Onze man hier is Ancil Hubbard en niemand anders.'

Jake ademde uit en zei: 'Nou, dat is goed nieuws, denk ik.' Hij hield zijn hand op de microfoon en zei: 'Het is Ancil.'

'Wat zijn jullie aan het doen?' vroeg Lucien.

'Ons voorbereiden op morgen. Ik, Portia, Harry Rex. Je mist de pret.'

'Hebben we een jury?'

'Ja. Tien blanken, twee zwarten, geen echte verrassingen. Vertel eens over Ancil.'

'Hij is vrij ziek. Zijn hoofdwond is ontstoken en de artsen maken zich zorgen. Hij krijgt bergen medicijnen, antibiotica en pijnstillers. We hebben de hele dag gekaart en over van alles gepraat. Soms is hij helder en soms niet. Na een tijdje heb ik het verteld van het testament en dat zijn broer hem een miljoen dollar heeft nagelaten. Dat wekte zijn belangstelling en toen gaf hij toe wie hij is. Maar een halfuur later was hij het alweer vergeten.'

'Zal ik dit aan rechter Atlee vertellen?'

Harry Rex schudde zijn hoofd: *nee.*

'Vind ik niet,' zei Lucien. 'Het proces is al begonnen en zal hierom niet worden stilgezet. Ancil heeft niets toe te voegen. Hij kan er echt niet naartoe, niet met zijn kapotte schedel en die cocaïne-aanklacht. Die arme kerel zal uiteindelijk toch een tijdje moeten zitten. De politie lijkt vastbesloten.'

'Hebben jullie het nog over die stambomen gehad?'

'Ja, vrij uitgebreid, maar dat was voordat hij toegaf wie hij was. Ik heb het verhaal verteld van de families Hubbard en Rinds, en de nadruk gelegd op dat geheim van Sylvester. Maar hij had er weinig belangstelling voor. Ik zal het morgen weer proberen. Ik overweeg om morgenmiddag te vertrekken. Ik wil echt iets van het proces meemaken en ik weet bijna zeker dat jullie er een puinhoop van hebben gemaakt tegen de tijd dat ik er ben.'

'Zeker weten, Lucien,' zei Jake en hij verbrak even later de verbinding. Hij herhaalde hun gesprek voor Portia en Harry Rex, die het wel interessant vonden, maar zich er niet druk over maakten. Het feit dat Ancil Hubbard leefde en in Alaska woonde, was in de rechtszaal van geen belang.

De telefoon ging weer en Jake nam op.

Willie Traynor zei: 'Zeg, Jake, even ter info, er zit een vent in die jury die daar waarschijnlijk niet in zou mogen zitten.'

'Het is waarschijnlijk al te laat, maar vertel op.'

'Hij zit op de achterste rij en hij heet Doley, Frank Doley.'

Jake had gezien dat Willie die dag aantekeningen had gemaakt. 'Oké, wat is er met die Frank?' vroeg Jake.

'Hij heeft een verre neef die in Memphis woont. Zes of zeven jaar geleden hebben een paar zwarte knapen de zestienjarige dochter van die neef ontvoerd bij een winkelcentrum in het oosten van Memphis. Ze hebben haar een paar uur in een busje vastgehouden en afschuwelijke dingen met haar gedaan. Het meisje heeft het overleefd, maar was te erg van slag om iemand te kunnen identificeren. Er is nooit iemand gearresteerd. Twee jaar later heeft dat meisje zelfmoord gepleegd. Een vreselijk drama.'

'Waarom vertel je me dit nu pas?'

'Ik herkende de naam pas een uur geleden. Ik zat toen in Memphis, en ik herinnerde me een paar Doleys uit Ford County. Die kun je maar beter lozen, Jake.'

'Dat is niet echt gemakkelijk. Feitelijk is dat op dit moment onmogelijk. Hij is ondervraagd door de advocaten en de rechter, en hij heeft de juiste antwoorden gegeven.'

Frank Doley was drieënveertig en had een dakdekkersbedrijf in de buurt van het meer. Hij beweerde niets te weten over de zaak-Seth Hubbard en leek volkomen onbevooroordeeld.

Bedankt voor niets, Willie.

Willie zei: 'Sorry, Jake, maar in de rechtbank schoot het me niet te binnen. Anders had ik wel iets gezegd.'

'Het is al goed. Ik regel wel iets.'

'Wat vind je van de jury, behalve die Doley dan?'

Jake praatte met een journalist en speelde dus op safe. 'Een goed stel,' zei hij. 'Maar ik moet ophangen.'

Harry Rex' reactie was: 'Ik wantrouwde die man al. Er klopte iets niet.'

Waarop Jake snauwde: 'Nou, ik kan me niet herinneren dat je dat toen hebt gezegd. Achteraf kun je zoiets altijd gemakkelijk zeggen.'

'Wat ben je prikkelbaar!'

Portia zei: 'Hij scheen graag in de jury te willen zitten. Ik gaf hem een 8.'

Jake zei: 'Nou, we zitten met hem opgescheept. Hij gaf precies de goede antwoorden.'

'Misschien heb je niet de goede vragen gesteld,' zei Harry Rex en hij nam een slok Bud Light.

'Dankjewel, Harry Rex. Ter informatie, voor je eigen toekomst: advocaten mogen tijdens de juryselectieprocedure geen vragen stellen als

"Vertel eens, meneer Doley, klopt het dat uw achterachternichtje een keer in Memphis door een groep zwarten is verkracht?". En de reden voor dat verbod is dat de advocaten over het algemeen niet op de hoogte zijn van dergelijke gruwelijke misdaden.'

'Ik ga naar huis.' Weer een slok.

'Laten we allemaal maar naar huis gaan,' zei Portia. 'We kunnen toch niet veel nuttigs meer doen.'

Het was bijna halfelf toen ze het licht uitdeden.

Jake liep om het plein heen om zijn hoofd helder te krijgen. Bij het kantoor van Sullivan brandde nog steeds licht. Wade Lanier en zijn team waren daar nog aan het werk.

41

Jakes openingsverklaring als verdediger van Carl Lee Hailey duurde maar veertien minuten. Rufus Buckley was begonnen met een anderhalf uur durende marathon die de jury in slaap had gewiegd, zodat Jakes korte verklaring bijzonder werd gewaardeerd. De jury had aandachtig naar hem geluisterd. 'Juryleden zijn gevangenen,' zei Lucien altijd. 'Houd het dus kort.'

Tijdens het proces over het testament van Henry Seth Hubbard was Jake van plan tien minuten te praten. Hij liep naar het spreekgestoelte, glimlachte tegen de frisse en gretige gezichten en begon met: 'Dames en heren van de jury, het is niet uw taak om Seth Hubbards geld weg te geven. Het is heel veel geld en Seth Hubbard heeft dat allemaal zelf verdiend. Niet u, niet ik en niet een van de hier aanwezige advocaten heeft dat gedaan. Hij heeft risico's genomen, af en toe veel geld geleend, de raad van zijn vertrouwde medewerkers in de wind geslagen, een paar keer een hypotheek genomen op zijn eigen huis en land, deals gesloten die er op papier slecht uitzagen, nog meer geld geleend, risico's genomen die idioot leken en ten slotte, toen Seth Hubbard te horen kreeg dat hij longkanker had en niet lang meer te leven had, verkocht hij alles. Hij zette alles om in contant geld, betaalde zijn schulden af en telde zijn geld. Hij won, hij had gelijk en ieder ander had ongelijk. Je moet wel bewondering hebben voor Seth Hubbard. Ik heb hem nooit ontmoet, maar ik wilde dat het wel zo was.

Hoeveel geld? U zult tijdens de getuigenverklaring van de heer Quince Lundy, de man die hier zit en die door het hof is aangewezen als de administrateur van Seth Hubbards nalatenschap, horen dat de erfenis een geschatte waarde heeft van ongeveer vierentwintig miljoen dollar.' Jake liep langzaam heen en weer, en toen hij het bedrag noemde, bleef hij staan en keek een paar juryleden aan.

Bijna ieder jurylid glimlachte: *Geweldig, Seth. Goed gedaan, jongen.* Een paar juryleden waren zichtbaar geschokt. Tracy McMillen, jurylid nummer 2, keek met grote ogen naar Jake. Maar dat was snel voorbij. Niemand in Ford County kon zich zo'n bedrag voorstellen.

'Goed, wanneer u denkt dat een man die in ongeveer tien jaar tijd zoveel geld heeft verdiend weet wat hij doet met zijn geld, dan hebt u gelijk. Want Seth wist precies wat hij deed. De dag voordat hij zichzelf ophing, ging hij naar zijn kantoor, deed zijn deur op slot, ging aan zijn bureau zitten en schreef een nieuw testament. Een handgeschreven testament, een testament dat juridisch in orde was, rechtsgeldig, gemakkelijk te begrijpen en absoluut niet ingewikkeld of onduidelijk. Hij wist dat hij de volgende dag, op zondag 2 oktober, zelfmoord zou plegen. Hij regelde alles. Hij plande alles. Hij schreef een brief aan een man genaamd Calvin Boggs, een werknemer, waarin hij vertelde dat hij zelfmoord zou plegen; het origineel krijgt u nog te zien. Hij schreef gedetailleerde instructies voor de rouwdienst en de begrafenis; het origineel krijgt u nog te zien. En op diezelfde zaterdag, waarschijnlijk in zijn kantoor toen hij ook zijn testament schreef, schreef hij mij een brief met specifieke instructies; ook hiervan krijgt u het origineel nog te zien. Hij plande alles. Nadat hij alles had opgeschreven, reed hij naar Clanton, naar het hoofdpostkantoor, en postte de brief aan mij met zijn testament eraan gehecht. Hij wilde dat ik die brief zou ontvangen op maandag, omdat zijn begrafenis zou plaatsvinden op dinsdag, om vier uur 's middags, in de Irish Road Christian Church. Details, mensen. Seth regelde alle details. Hij wist precies wat hij deed. Hij heeft alles gepland.

Goed, zoals ik al zei, is het niet uw taak om Seths geld weg te geven, of om te besluiten wie wat krijgt of hoeveel, maar om te bepalen of Seth wist wat hij deed, dus of hij – om de juridische term te gebruiken – "wilsbekwaam" was. Om een rechtsgeldig testament op te stellen, handgeschreven op de achterkant van een papieren boodschappentas of getypt door vijf secretaresses van een groot advocatenkantoor en ondertekend in aanwezigheid van een notaris, moet iemand wilsbekwaam zijn. Dit is een juridische term die gemakkelijk te begrijpen is. Het betekent dat je weet wat je doet en, dames en heren, Seth Hubbard wist precies wat hij deed. Hij was niet gek. Hij leed niet aan waanvoorstellingen. Hij werd niet beïnvloed door pijnstillers of andere medicijnen. Hij was geestelijk even gezond als u op dit moment.

Misschien zou iemand willen aanvoeren dat een man die zelfmoord overweegt niet geestelijk gezond kan zijn. Je moet toch zeker gek zijn om zelfmoord te plegen? Niet altijd. Niet noodzakelijkerwijs. Van u als juryleden wordt verwacht dat u steunt op uw eigen ervaringen in het leven. Misschien hebt u iemand gekend, een goede vriend of zelfs een familielid, die niet verder wilde leven en zijn eigen levenseinde heeft gepland. Waren zij gek? Misschien, maar waarschijnlijk niet. Seth was zeker niet gek. Hij wist precies wat hij deed. Hij vocht al een jaar tegen longkanker, had verschillende chemokuren en bestralingen achter de rug, allemaal zonder succes, en de tumoren waren ten slotte uitgezaaid naar zijn ribben en ruggengraat. Hij leed gruwelijke pijnen. Tijdens zijn laatste bezoek aan zijn arts hoorde hij dat hij nog minder dan een maand te leven had. Als u leest wat hij schreef op de dag voordat hij stierf, dan zult u ervan overtuigd raken dat Seth Hubbard precies wist wat hij deed.'

Jake had een schrijfblok in de hand, maar keek er niet naar, dat was niet nodig. Hij liep voor de juryleden heen en weer, keek hen stuk voor stuk aan, praatte langzaam en duidelijk alsof ze in zijn woonkamer zaten en ze het over hun favoriete films hadden. Maar elk woord was ergens opgeschreven. Elk moment was geoefend. Elke pauze was ingecalculeerd. De timing, de intonatie, het ritme... allemaal in zijn geheugen gegrift tot hij ze bijna perfect beheerste.

Zelfs de drukste procesadvocaat stond maar een klein deel van zijn tijd voor een jury. Dit waren zeldzame momenten, en Jake genoot ervan. Hij was een acteur op een podium, hij sprak een monoloog uit die hij zelf had gecreëerd en zei wijze woorden tegen zijn publiek. Zijn hart ging tekeer, hij had kriebels in zijn maag en zijn knieën waren slap. Maar Jake had alles onder controle en vertelde zijn nieuwe vrienden rustig hoe de zaak ervoor stond.

Hij was al vijf minuten aan het woord en had nog geen woord gemist. Hij had nog vijf minuten te gaan en het lastigste deel nog voor de boeg. 'Welnu, dames en heren, er zit een onaangename kant aan dit verhaal en dat is de reden dat we hier nu zijn. Seth Hubbard had een zoon en een dochter en vier kleinkinderen. In zijn testament heeft hij hun niets nagelaten. In duidelijke taal, pijnlijk om te lezen, heeft Seth nadrukkelijk zijn familie uitgesloten van zijn nalatenschap. De voor de hand liggende vraag is: waarom? Natuurlijk vraagt iedereen zich af: waarom zou een man dit doen? Toch is het niet onze verantwoordelijkheid om die vraag te stellen. Seth deed wat hij deed om redenen die alleen hij kende. Nogmaals, hij heeft dat geld verdiend, het was allemaal van hem. Hij had elke cent kunnen weggeven aan het Rode Kruis of aan een gladde televisiedominee of aan de communistische partij. Dat is zijn zaak en niet die van u, van mij of van dit hof.

In plaats van zijn geld na te laten aan zijn familie, liet Seth vijf procent na aan zijn kerk, vijf procent aan een broer die al heel lang vermist is en de resterende negentig procent aan een vrouw die Lettie Lang heet. Mevrouw Lang zit hier, tussen mij en de heer Lundy. Ze heeft drie jaar lang voor Seth Hubbard gewerkt, als zijn huishoudster, als zijn kokkin en soms als zijn verpleegster. Nogmaals is de voor de hand liggende vraag: waarom? Waarom onterfde Seth zijn familie en liet hij bijna alles na aan een vrouw die hij nog maar zo kort kende? Geloof me, dames en heren, dat is de belangrijkste vraag waar ik als advocaat ooit mee ben geconfronteerd. Die vraag is door iedereen gesteld; door mij, door de andere advocaten, door de familie Hubbard, door Lettie Lang zelf, door vrienden en buren, en door vrijwel iedereen in deze county die dit verhaal heeft gehoord. Waarom?

De waarheid is dat we dat nooit zullen weten. Seth was de enige die het wist en hij leeft niet meer. De waarheid, mensen, is dat we er niets mee te maken hebben. Wij – de advocaten, de rechter, u als juryleden – horen ons niet bezig te houden met de vraag waarom Seth deed wat hij deed. Zoals ik al zei is het uw taak om een beslissing te nemen over het enige belangrijke onderwerp en dat is, heel eenvoudig: op het moment waarop Seth zijn testament schreef, kon hij toen helder nadenken en wist hij toen precies wat hij deed?

Ja, dat kon hij en dat wist hij. Het bewijs daarvoor zal helder en overtuigend zijn.' Jake zweeg even en pakte een glas water. Hij nam een slokje en keek ondertussen naar de volle rechtszaal.

Op de tweede rij zat Harry Rex naar hem te kijken en hij knikte kort naar hem: *Tot nu toe doe je het prima. Je hebt hun volle aandacht. Rond het af.*

Jake liep terug naar het spreekgestoelte, keek naar zijn aantekeningen en vervolgde: 'Goed, nu het om zoveel geld gaat, mogen we ervan uitgaan dat de gemoederen de komende dagen behoorlijk zullen oplopen. De familie van Seth Hubbard vecht zijn handgeschreven testament aan, en dat mag hun niet kwalijk worden genomen. Zij zijn oprecht van mening dat zij het geld hadden moeten krijgen en zij hebben een stel goede advocaten ingehuurd om dit handgeschreven testament aan te vechten. Zij beweren dat Seth wilsonbekwaam was. Zij beweren dat hij niet helder kon oordelen. Zij beweren dat hij ongepast is beïnvloed door Lettie Lang. De term "ongepaste beïnvloeding" is een juridische term die cruciaal zal zijn in deze zaak. Zij zullen proberen u ervan te overtuigen dat Lettie Lang haar positie als verzorgster heeft misbruikt om intiem te worden met Seth Hubbard. Het woord "intiem" kan verschillende dingen betekenen. Zij verzorgde Seth, waste hem soms, verschoonde hem, ruimde de boel op als hij een ongelukje had gehad, deed alles wat verzorgers moeten doen in een dergelijke delicate en afschuwelijke situatie. Seth was een oude man die stervende was en die leed aan een slopende en fatale vorm van kanker die hem zwak en kwetsbaar maakte.'

Jake draaide zich om en keek naar Wade Lanier en de groep advocaten aan de andere tafel. 'Zij zullen heel veel impliceren, dames en heren, maar kunnen niets bewijzen. Er bestond geen fysieke relatie tussen Seth Hubbard en Lettie Lang. Zij kunnen suggereren, impliceren en van alles insinueren, maar niets bewijzen, omdat het niet is gebeurd.'

Jake smeet zijn schrijfblok op zijn tafel en rondde af. 'Dit zal een kort proces zijn met heel veel getuigen. Zoals in elke rechtszaak zullen de zaken soms verwarrend zijn. Daar zorgen advocaten vaak expres voor, maar laat u niet afleiden. Vergeet dit niet, dames en heren: het is niet uw taak om Seth Hubbards geld te verdelen, maar om te bepalen of hij wist wat hij deed toen hij zijn testament schreef. Niets meer, niets minder. Dank u wel.'

Op rechter Atlees strenge aanwijzingen hadden de aanvechters ermee ingestemd hun openingsverklaringen en slotbetogen te stroomlijnen en door Wade Lanier te laten uitspreken. Hij beende naar het spreekgestoelte in een gekreukeld colbertje, een te korte stropdas en een overhemd dat aan de achterkant niet goed in zijn broek was gestopt. De paar plukjes haar rondom zijn ogen stonden alle kanten op. Hij wekte de indruk van een warrige ploeteraar die morgen misschien gewoon zou vergeten dat hij hiernaartoe moest. Dat alles was een act om de jury te ontwapenen, Jake wist dat maar al te goed.

Wade Lanier begon met: 'Dank u wel, meneer Brigance. Ik voer al dertig jaar lang processen en ik heb nooit eerder een jonge advocaat gezien met zoveel talent als Jake Brigance. Jullie hier in Ford County mogen van geluk spreken dat jullie zo'n goede jonge advocaat in jullie midden hebben. Het is een eer om hier te mogen zijn en de degens met hem te mogen kruisen, en ook om in deze fraaie oude rechtszaal te mogen zijn.' Hij zweeg om naar zijn aantekeningen te kijken, terwijl Jake zich opwond over al zijn zogenaamde complimenten. Als Lanier niet voor een jury stond, was hij gladjes en welsprekend. Maar nu, op het spreekgestoelte, was hij eenvoudig, pragmatisch en uiterst beminnelijk.

'Welnu, dit is slechts een openingsverklaring en niets van wat ik zeg of van wat de heer Brigance zonet heeft gezegd is bewijs. Het bewijs komt maar van één plek en dat is die getuigenbank daar. Advocaten laten zich weleens meeslepen en zeggen dan dingen die ze later tijdens de rechtszaak niet kunnen bewijzen. Ook hebben ze de neiging belangrijke feiten weg te laten die de jury wel zou moeten weten. De heer Brigance heeft bijvoorbeeld niet gezegd dat op het moment waarop Seth Hubbard zijn testament schreef, Lettie Lang de enige andere aanwezige in het gebouw was. Het was een zaterdagochtend, terwijl zij normaal nooit op zaterdag werkte. Ze ging naar zijn huis en reed hem vervolgens in zijn mooie nieuwe Cadillac naar zijn kantoor. Hij deed de voordeur van het slot en ze gingen naar binnen. Zij zegt dat ze daar was om zijn kantoorgebouw schoon te maken, maar dat had ze nooit eerder gedaan. Ze waren alleen. Ze waren ongeveer twee uur lang alleen in het kantoorgebouw van de Berring Lumber Company, Seth Hubbards hoofdkwartier. Toen ze daar die zaterdagochtend aankwamen, had Seth Hubbard een testament dat een jaar eerder was opgesteld door een uitstekend advocatenkantoor in Tupelo, advocaten die hij al jaren vertrouwde en waarin bijna al zijn bezittingen naar zijn twee volwassen kinderen en vier kleinkinderen gingen. Een doorsneetestament. Een standaardtestament. Een verstandig testament. Een testament zoals vrijwel iedere Amerikaan op een bepaald moment opstelt. Negentig procent van alle bezittingen die via een testament worden nagelaten, gaat naar de familie van de overledene. En zo hoort het ook.'

Lanier liep nu ook heen en weer, hij boog zijn gedrongen lichaam vanaf zijn middel een beetje voorover. 'Maar nadat Seth Hubbard die ochtend twee uur in zijn kantoor was geweest, op Lettie Lang na helemaal alleen, vertrok hij met een ander testament, een testament dat hij zelf had geschreven, waarin hij zijn kinderen en zijn kleinkinderen onterfde en negentig procent van zijn vermogen naliet aan zijn huishoudster. Klinkt dat redelijk, mensen? Laten we de zaak eens goed bekijken. Seth Hubbard vocht al een jaar tegen kanker, een verschrikkelijk gevecht, een gevecht dat hij verloor en dat wist hij. De persoon die het dichtst bij hem was in zijn laatste dagen was Lettie Lang. Op goede dagen kookte ze voor hem en maakte ze zijn huis schoon, en op slechte dagen voerde ze hem, waste ze hem, kleedde ze hem aan en ruimde ze zijn troep op. Ze wist dat hij stervende was, dat was geen geheim. Ze wist ook dat hij rijk was en dat zijn relatie met zijn volwassen kinderen enigszins gespannen was.'

Lanier bleef even staan bij de getuigenbank, spreidde zogenaamd ongelovig zijn armen en vroeg luidkeels: 'Moeten we nu echt geloven dat ze niet aan geld dacht? Kom op zeg, we moeten wél realistisch blijven! Mevrouw Lang zal zelf getuigen dat zij haar hele leven als huishoudster heeft gewerkt, dat haar echtgenoot, de heer Simeon Lang, die nu in de gevangenis zit, regelmatig werkloos was en niet vaak zijn loon inleverde, en dat ze onder moeilijke omstandigheden vijf kinderen heeft grootgebracht. Ze heeft een zwaar leven gehad! Ze hield nooit een cent over. Lettie Lang had, zoals heel veel mensen, geen cent. Ze had nooit een cent. En toen ze zag dat haar baas steeds dichter bij de dood kwam, dacht zij natúúrlijk aan geld. Dat is menselijk. Dat is niet haar schuld. Ik suggereer niet dat ze gemeen was of hebzuchtig. Wie van ons zou niet aan het geld hebben gedacht?

En op die zaterdagochtend reed Lettie haar baas naar zijn kantoor, waar ze twee uur lang alleen waren, en terwijl ze alleen waren ging een van de grootste vermogens in de geschiedenis van deze staat in andere handen over. Vierentwintig miljoen dollar werd overgedragen van de familie Hubbard naar een huishoudster die Seth Hubbard nog maar drie jaar kende.' Lanier zweeg even terwijl zijn laatste zin naklonk in de rechtszaal.

Verdomme, hij is goed, dacht Jake, terwijl hij naar de jury keek alsof er niets aan de hand was. Frank Doley keek hem aan alsof hij wilde zeggen: *ik walg van je.*

Lanier liet zijn stem dalen en vervolgde: 'Wij zullen proberen te bewijzen dat Seth Hubbard ongepast werd beïnvloed door mevrouw Lang. Waar het in deze zaak om draait is ongepaste beïnvloeding, en er zijn verschillende manieren voor om dat te bewijzen. Een voorbeeld van ongepaste beïnvloeding is iets cadeau geven wat ongebruikelijk of onredelijk is. Het cadeau dat Seth Hubbard aan mevrouw Lang heeft gegeven, is gigantisch, ongelofelijk ongebruikelijk en onredelijk. Sorry dat ik het zeg. Negentig procent van vierentwintig miljoen? En niets voor zijn familie? Dat is behoorlijk ongebruikelijk, mensen. Ik vind dat behoorlijk ongebruikelijk. Dit riekt naar ongepaste beïnvloeding. Als hij iets aardigs wilde doen voor zijn huishoudster, had hij haar een miljoen dollar kunnen geven. Dat is een behoorlijk genereus cadeau. Twee miljoen? Of misschien vijf? Maar volgens mijn bescheiden mening zou alles boven een miljoen dollar ongebruikelijk en onredelijk zijn, gezien de korte tijd dat ze elkaar kenden.'

Lanier liep weer naar het spreekgestoelte, keek naar zijn aantekeningen en vervolgens op zijn horloge. Acht minuten, en hij had geen haast. 'We zullen proberen ongepaste beïnvloeding te bewijzen door een vorig testament van Seth Hubbard te bespreken. Dat testament was opgesteld door een goed bekendstaand advocatenkantoor in Tupelo, één jaar voor Seths dood, waarin hij bijna vijfennegentig procent van zijn vermogen naliet aan zijn familie. Dat is een ingewikkeld testament met heel veel juridische kretologie die alleen belastingadvocaten kunnen begrijpen. Ik begrijp het niet en daarom zal ik proberen u er ook niet mee te vermoeien. De reden dat we dit vorige testament bespreken, is dat we willen aangeven dat Seth niet helder kon denken. Dat eerdere testament, omdat het was opgesteld door belastingadvocaten die er verstand van hadden en niet door een man die op het punt stond zichzelf op te hangen, houdt volledig rekening met de belastingregels. Daardoor wordt meer dan drie miljoen dollar belastinggeld bespaard. Met het handgeschreven testament van de heer Hubbard krijgt de Belastingdienst eenenvijftig procent, meer dan twaalf miljoen, en met dat eerdere testament negen miljoen. Goed, de heer Brigance beweert graag dat Seth Hubbard precies wist wat hij deed. Ik heb daar mijn twijfels over. Denk eens na, mensen. Een man die geslepen genoeg is om in tien jaar zo'n vermogen te vergaren, stelt niet even een handgeschreven document op dat zijn nalatenschap drie miljoen dollar kost. Dat is absurd! Dat is ongebruikelijk en onredelijk!'

Lanier leunde met zijn ellebogen op het spreekgestoelte en drukte zijn vingertoppen tegen elkaar. Hij keek de juryleden aan en zei: 'Ik zal mijn betoog nu afronden, en ik moet zeggen dat u geluk hebt, want zowel Jake Brigance als ik geloven niet in lange toespraken. Rechter Atlee trouwens ook niet.' Een paar mensen glimlachten; het was bijna grappig. 'Ik wil afsluiten met mijn eerste gedachte, mijn eerste beeld van dit proces. Denk aan Seth Hubbard op 1 oktober van vorig jaar, die wist dat hij zou sterven en die al besloten had de dood een handje te helpen, die vreselijk veel pijn leed en zwaar onder de pijnstillers zat, die verdrietig, eenzaam en alleenstaand was, die vervreemd was van zijn kinderen en kleinkinderen. Hij was een stervende, verbitterd oude man die geen hoop meer had. En de enige mens die dicht genoeg bij hem was om naar hem te luisteren en hem te troosten, was Lettie Lang. We zullen nooit weten hoe intiem ze echt waren. We zullen nooit weten wat er echt tussen hen is gebeurd. Maar we weten wel wat het resultaat is. Dames en heren, dit is een duidelijk geval van een man die een afschuwelijke vergissing begaat, terwijl hij wordt beïnvloed door iemand die achter zijn geld aan zit.'

Toen Lanier ging zitten, zei rechter Atlee: 'Roep uw eerste getuige op, meneer Brigance.'

'De verdedigers roepen sheriff Ozzie Walls op.'

Ozzie, die in de tweede rij zat, stond op, liep snel naar de getuigenbank en legde de eed af.

Quince Lundy zat rechts van Jake en hoewel hij al bijna veertig jaar juridisch werk had gedaan, had hij altijd geprobeerd rechtszalen te mijden. Jake had hem opdracht gegeven af en toe naar de juryleden te kijken en op hen te letten. Terwijl Ozzie ging zitten, schoof Lundy een briefje naar Jake toe met de tekst: *Je was heel goed. Maar Lanier ook. De jury is verdeeld. We zijn de pineut.*

Bedankt, dacht Jake.

Portia schoof een schrijfblok naar hem toe waarop ze had geschreven: *Frank Doley is door en door slecht.*

Wat een team, dacht Jake.

Het enige wat nog ontbrak, was dat Lucien slechte raadgevingen fluisterde en ieder ander in de rechtszaal ergerde.

Terwijl Jake vragen stelde, beschreef Ozzie het tafereel van de zelfmoord. Hij gebruikte vier grote kleurenfoto's van Seth Hubbard die aan het touw hing. De foto's werden doorgegeven aan de juryleden om hen aan het schrikken te maken. Jake had bezwaar gemaakt tegen de foto's omdat ze zo gruwelijk waren. Lanier had bezwaar gemaakt tegen de foto's omdat ze misschien sympathie voor Seth zouden opwekken. Ten slotte zei rechter Atlee dat de jury ze moest zien. Zodra ze waren rondgegaan en geaccepteerd als bewijs, haalde Ozzie het zelfmoordbriefje tevoorschijn dat Seth voor Calvin Boggs op zijn keukentafel had gelegd. De brief werd vergroot geprojecteerd op het scherm tegenover de jury, en ieder jurylid kreeg een kopie. De tekst luidde:

Aan Calvin.

Vertel de autoriteiten alsjeblieft dat ik, zonder hulp van iemand anders, zelfmoord heb gepleegd. Op het aangehechte vel heb ik specifieke instructies opgeschreven voor mijn rouwdienst en begrafenis. Geen autopsie!

S.H.

Gedateerd: 2 oktober 1988.

Jake haalde de originele instructies tevoorschijn voor de rouwdienst en de begrafenis, mocht ze zonder dat er bezwaar werd gemaakt bij de bewijzen voegen en projecteerde ze op het grote scherm. Ieder jurylid kreeg een kopie. De tekst luidde:

Instructies met betrekking tot de rouwdienst:

Ik wil een eenvoudige dienst in de Irish Road Christian Church op dinsdag 4 oktober om vier uur 's middags, geleid door dominee Don McElwain. Ik wil graag dat mevrouw Nora Baines The Old Rugged Cross zingt. Ik wil niet dat iemand een grafrede houdt. Kan me niet voorstellen dat iemand dat zou willen. Behalve dat, mag dominee McElwain zeggen wat hij wil. Dertig minuten, langer niet.

Wanneer er zwarte mensen aanwezig willen zijn, dan moeten ze worden toegelaten. Als ze niet worden toegelaten, kan de rouwdienst me gestolen worden en stoppen jullie me maar gewoon onder de grond.

Mijn baardragers zijn: Harvey Moss, Duane Thomas, Steve Holland, Billy Bowles, Mike Mills en Walter Robinson.

Instructies met betrekking tot de begrafenis:

Ik heb zojuist een grafruimte gekocht op de Irish Road Cemetery achter de kerk. Ik heb gepraat met de heer Magargel van de uitvaartonderneming en hij heeft al geld gekregen voor de kist. Geen grafkelder. Meteen na de kerkdienst wil ik een snelle teraardebestelling – vijf minuten hooguit – dan moeten ze de kist laten zakken.

Vaarwel. Tot ziens aan de andere kant.

Seth Hubbard

Jake keek naar de getuige en zei: 'En sheriff Walls, dit zelfmoordbriefje en deze instructies zijn gevonden door u en uw hulpsheriffs in het huis van Seth Hubbard kort nadat u zijn lichaam had gevonden. Klopt dat?'

'Dat klopt.'

'Wat hebt u ermee gedaan?'

'We hebben ze in beslag genomen, fotokopieën gemaakt en ze de volgende dag naar het huis van de heer Hubbard gebracht en aan zijn familie overhandigd.'

'Ik heb verder geen vragen, edelachtbare.'

'Nog vragen voor een kruisverhoor, meneer Lanier?'

'Nee.'

'U mag gaan, sheriff Walls. Dank u wel. Meneer Brigance?'

'Ja, edelachtbare, op dit moment wil ik graag dat de jury te horen krijgt dat alle partijen hebben erkend dat de documenten die zojuist als bewijs zijn geaccepteerd inderdaad zijn geschreven door de heer Seth Hubbard.'

'Meneer Lanier?'

'Mee eens, edelachtbare.'

'Uitstekend, er is dus geen discussie over wie deze documenten heeft geschreven. Gaat u door, meneer Brigance.'

Jake zei: 'De verdedigers roepen de heer Calvin Boggs op.'

Ze wachtten tot Calvin uit een getuigenkamer was gehaald. Hij was een grote boerenknaap die nooit een stropdas had bezeten en het was wel duidelijk dat hij zelfs niet op het idee was gekomen om er voor deze gelegenheid eentje te kopen. Hij droeg een gerafeld geruit overhemd met leren ellebogen, een smerige kakikleurige broek en vieze laarzen. Hij zag eruit alsof hij rechtstreeks vanuit het bos de rechtszaal kwam binnenlopen. Hij was bijzonder geïntimideerd en overweldigd door zijn omgeving, en kreeg een brok in zijn keel toen hij beschreef hoe ellendig hij het had gevonden om zijn baas aan een plataan te zien hangen.

'Hoe laat belde hij u die zondagochtend op?' vroeg Jake.

'Uur of negen, zei dat ik hem om twee uur bij de brug moest treffen.'
'En u was er precies om twee uur, klopt dat?'
'Ja, meneer, dat klopt.'

Jake wilde met behulp van Boggs bewijzen dat Seth altijd erg op details lette. Hij zou later tegen de jury zeggen dat Seth het briefje op de keukentafel had gelegd, zijn touw en ladder had gepakt, naar de boom was gereden en ervoor had gezorgd dat hij dood was toen Calvin om twee uur aankwam. Hij wilde kort na zijn dood worden gevonden. Anders had het wel dagen kunnen duren.

Lanier had geen vragen. De getuige mocht gaan.

'Roep uw volgende getuige op, meneer Brigance,' zei rechter Atlee.

Jake zei: 'De verdedigers roepen de countylijkschouwer op, Finn Plunkett.'

Finn Plunkett was plattelandspostbode toen hij dertien jaar eerder voor het eerst werd gekozen tot countylijkschouwer. Op dat moment had hij geen medische ervaring, dat was niet vereist in Mississippi. Hij was nog nooit op een plaats delict geweest. Het feit dat de countylijkschouwer in deze staat nog altijd werd gekozen, was op zich al vreemd. Dit was een van de laatste staten waar dit nog gebeurde, maar ook een van de eerste die daarmee waren begonnen. Al dertien jaar lang werd Finn op de gekste tijden naar allerlei plaatsen geroepen, zoals verzorgingstehuizen, ziekenhuizen, plaatsen waar een ongeluk was gebeurd, kroegen, rivieren en meren, en huizen waar een geweldsdelict was gepleegd, en zijn gebruikelijke routine was zich over een lijk te buigen en ernstig te verklaren: 'Ja, hij is dood.' Daarna giste hij naar de doodsoorzaak en ondertekende een overlijdensakte. Hij had naar Seth gekeken nadat die naar beneden was gehaald en gezegd: 'Ja, hij is dood.' Dood door ophanging, zelfmoord. Verstikking en een gebroken nek.

Terwijl Jake hem door zijn getuigenverklaring leidde, legde hij snel aan de jury uit wat al pijnlijk duidelijk was.

Wade Lanier had geen vragen voor een kruisverhoor.

Jake riep zijn voormalige secretaresse, Roxy Brisco, op, die in eerste instantie had geweigerd te getuigen omdat ze met ruzie zijn kantoor had verlaten. Dus had Jake haar gedagvaard en uitgelegd dat ze naar de gevangenis ging als ze niet kwam. Ze draaide snel bij en stapte modieus gekleed in de getuigenbank. Samen bespraken ze wat er op de ochtend van 3 oktober was gebeurd, toen zij met de post op kantoor kwam. Ze herkende de envelop en de twee pagina's van het testament van Seth Hubbard, waarop rechter Atlee ze accepteerde als bewijsstukken voor de verdedigers. De andere kant tekende geen bezwaar aan. Op voorstel van de rechter projecteerde Jake op het scherm een vergrote versie van de brief van Seth aan Jake en gaf ook ieder jurylid een kopie.

Rechter Atlee zei: 'Goed, dames en heren, we pauzeren even terwijl u deze brief doorleest.'

Het was meteen stil in de rechtszaal; de juryleden lazen hun kopie en de toeschouwers bestudeerden het scherm.

Bijgesloten vindt u mijn testament, elk woord geschreven, gedateerd en ondertekend door mij. Ik heb de wet van Mississippi erop nageslagen en ben ervan overtuigd dat dit een degelijk holografisch testament is, en dus rechtsgeldig. Niemand is er getuige van geweest dat ik dit testament heb ondertekend, omdat dit zoals u weet niet noodzakelijk is bij een holografisch testament. Een jaar geleden heb ik een dikkere versie ondertekend bij advocatenkantoor Rush in Tupelo, maar dat document heb ik herroepen.

Dit document zal zeer waarschijnlijk enkele problemen veroorzaken en dat is de reden dat ik u heb uitgekozen als de advocaat voor mijn nalatenschap. Ik wil dat dit testament ten koste van alles wordt verdedigd en ik weet dat u dat kunt. Ik heb mijn twee volwassen kinderen, hun kinderen en mijn beide ex-echtgenotes met opzet onterfd. Zij zijn geen aardige mensen en zij zullen dit bevechten, dus maak uw borst maar nat. Mijn nalatenschap is substantieel – ze hebben geen idee van de omvang ervan – en zodra dit bekend is geworden, zullen ze in de aanval gaan. Ga het gevecht met hen aan, meneer Brigance, tot het bittere eind. Wij moeten zegevieren.

In mijn zelfmoordbriefje heb ik instructies nagelaten voor mijn rouwdienst en begrafenis. Maak de inhoud van mijn testament pas bekend ná de begrafenis. Ik wil dat mijn familie gedwongen is alle rituelen van rouw door te maken, voordat ze zich realiseren dat ze niets krijgen. Kijk maar naar hen als ze net doen alsof, daar zijn ze heel goed in. Ze houden niet van me.

Ik dank u bij voorbaat voor uw gedreven vertegenwoordiging. Het zal niet gemakkelijk zijn. Ik troost me met de wetenschap dat ik deze pijnlijke beproeving niet hoef te doorstaan.

Hoogachtend,
Seth Hubbard
1 oktober 1988

Zodra een jurylid de brief had gelezen, keek hij of zij naar het publiek en naar Herschel Hubbard en Ramona Dafoe. Die laatste kon wel huilen, maar op dat moment nam ze terecht aan dat iedereen die naar haar keek ervan uitging dat ze net deed alsof. Dus keek ze naar de grond, net als haar broer en haar man, en wachtte tot dit ongemakkelijke en afschuwelijke moment voorbij was.

Ten slotte, na een eeuwigheid, zei rechter Atlee: 'We schorsen de zitting een kwartier.'

Ondanks Seths waarschuwing over de gevaren van roken, snakte minstens de helft van de jury naar een sigaret. De niet-rokers bleven in de jurykamer en dronken koffie, terwijl de rest achter een gerechtsdienaar aan liep naar een kleine patio met uitzicht op de noordkant van het gazon van de rechtbank en meteen een sigaret opstak.

Nevin Dark probeerde te stoppen en rookte nog maar een half pakje per dag, maar op dit moment verlangde hij wanhopig naar nicotine.

Jim Whitehurst ging naast hem zitten, nam een trekje en vroeg: 'Wat denkt u ervan, meneer Foreman?'

Rechter Atlee had hen heel duidelijk gewaarschuwd: praat niet over deze zaak. Maar tijdens elk proces waren er juryleden die niet konden wachten om te praten over wat ze zojuist hadden gezien en gehoord. Nevin zei heel zacht: 'Zo te zien wist die ouwe vent precies wat hij deed. Wat vind jij?'

'Geen twijfel aan,' fluisterde Jim.

Precies boven hen, in de juridische bibliotheek van de county, zat Jake. Hij was in gezelschap van Portia, Lettie, Quince Lundy en Harry Rex, en iedereen had wel een mening. Portia maakte zich zorgen omdat Frank Doley, nummer 12, steeds naar haar keek en fronsend zat te mompelen, alsof hij vloekte. Lettie dacht dat Debbie Lacker, nummer 10, in slaap was gevallen, terwijl Harry Rex zeker wist dat nummer 2, Tracy McMillen, een oogje op Jake had. Quince Lundy hield vol dat de jury nu al verdeeld was, maar Harry Rex zei dat ze zich gelukkig mochten prijzen als ze vier stemmen kregen. Jake vroeg beleefd of hij zijn mond wilde houden, en herinnerde hem aan zijn voorbarige voorspellingen tijdens het proces van Carl Lee Hailey.

Nadat ze tien minuten over van alles en nog wat hadden gepraat, nam Jake zich voor vanaf dat moment alleen te lunchen.

Na de schorsing riep Jake Quince Lundy op als getuige en stelde hem een aantal eenvoudige maar noodzakelijke vragen over zijn betrokkenheid bij de erfenis, zijn benoeming als administrateur en zijn vervanging van Russell Amburgh, die zich had teruggetrokken.

Zonder omhaal vertelde Lundy wat de taken waren van de administrateur en slaagde er uitstekend in dat werk even saai te laten klinken als het was.

Jake gaf hem het originele handgeschreven testament en vroeg hem dat te identificeren.

Lundy zei: 'Dit is het holografisch testament dat op 4 oktober van vorig jaar is geverifieerd. Het is op 1 oktober ondertekend door de heer Seth Hubbard.'

'Laten we er eens naar kijken,' zei Jake en hij projecteerde het document op het scherm en deelde twaalf kopieën uit aan de juryleden.

Rechter Atlee zei: 'Nogmaals, dames en heren, neem de tijd en lees de tekst zorgvuldig door. U mag alle documenten en bewijsstukken meenemen naar de jurykamer wanneer u aan uw beraadslagingen begint.'

Jake stond bij het spreekgestoelte met een kopie van het testament in zijn hand en deed net alsof hij de tekst las, maar keek ondertussen aandachtig naar de juryleden. Het leek alsof de meeste bij een bepaald punt fronsten, en hij dacht dat het bij de uitdrukking 'Mogen zij een pijnlijke dood sterven' was. Hij had het testament al zeker honderd keer gelezen en reageerde daar zelf nog altijd net zo op. Ten eerste was het gemeen, wreed en onredelijk. Ten tweede vroeg hij zich af wat Lettie had gedaan dat de oude man zo gek op haar was. Maar zoals altijd was hij er bij herlezing steeds weer van overtuigd dat Seth precies wist wat hij deed. Wanneer iemand wilsonbekwaam is, kan die persoon de meest wilde en onredelijke legaten maken.

Toen het laatste jurylid klaar was en haar kopie neerlegde, zette Jake de overheadprojector uit. Hij en Quince Lundy bespraken vervolgens een halfuur lang de hoogtepunten van Seth Hubbards verbazingwekkende en tien jaar durende reis vanaf de puinhopen van zijn tweede echtscheiding tot zo'n groot vermogen dat niemand in Ford County ooit had gezien.

Om halfeen schorste rechter Atlee de zitting tot twee uur 's middags.

42

Net toen Lucien het ziekenhuis in ging, vertrok de rechercheur. Ze praatten even met elkaar in de hal, een paar woorden maar over Lonny Clark, die nog steeds op de tweede verdieping lag en met wie het niet goed ging. Hij had een slechte nacht gehad en zijn artsen hadden alle bezoek verboden.

Lucien verdwaalde in het ziekenhuis en kwam pas een uur later op de tweede verdieping. Er zat geen agent voor de deur en er waren geen verpleegsters die zich met Lonny bezighielden. Lucien glipte stiekem de kamer binnen, schudde zacht aan Ancils arm en zei: 'Ancil. Ancil, ben je wakker?'

Maar Ancil was niet wakker.

In het kleine advocatenkantoor van Jake Brigance was men algemeen van mening dat de ochtend niet beter had kunnen verlopen. Na de presentatie van het zelfmoordbriefje, de instructies voor de rouwdienst en begrafenis, het handgeschreven testament en de brief aan Jake was het heel duidelijk dat Seth Hubbard alles had gepland en tot het laatste ogenblik de regie had gehad. Jakes openingsverklaring was overtuigend geweest, hoewel die van Lanier al even briljant was. Alles bij elkaar genomen was het een goed begin.

Jake begon de middagsessie door dominee Don McElwain van de Irish Road Christian Church als getuige op te roepen. De dominee vertelde de jury dat hij na de kerkdienst van 2 oktober kort met Seth had gepraat, een paar uur voordat deze zich had opgehangen. Hij wist dat Seth ernstig ziek was, maar niet dat de artsen hem hadden verteld dat hij nog maar een paar weken te leven had. Die ochtend was Seth opgewekt en alert geweest, hij had zelfs geglimlacht. Hij had McElwain verteld dat hij erg van de preek had genoten. Hoewel hij ziek en broos was, leek hij niet onder invloed van medicijnen of andere middelen. Hij was al twintig jaar lid van de kerk en kwam zo ongeveer één keer per maand naar de dienst. Drie weken voordat hij stierf had Seth voor driehonderdvijftig dollar een graf gekocht, de plek waar hij nu was begraven. Tijdens het kruisverhoor vertelde Wade Lanier dat de kerk vijf procent van Seths nalatenschap zou erven, en er daarom veel belang bij had dat zijn handgeschreven testament rechtsgeldig werd verklaard.

De volgende getuige was de penningmeester van de kerk. De heer Willis Stubbs verklaarde dat Seth een cheque ter waarde van vijfhonderd dollar in de collecteschaal had gestopt. In dat jaar had Seth zesentwintighonderd dollar bijgedragen. Tijdens het kruisverhoor bracht Wade Lanier aan het licht dat de kerk vorig jaar of het jaar daarvoor niet de geplande inkomsten uit de collecteopbrengst had gekregen. Sterker nog, de kerk was gedwongen geweest de salarissen met tien procent te verlagen en had in januari een parttime dominee aangesteld. De heer Stubbs moest toegeven dat de kerk het legaat dat Seth in zijn testament noemde goed kon gebruiken.

Daarna nam de heer Everett Walker plaats in de getuigenbank. Hij vertelde over een vertrouwelijk gesprek, waarschijnlijk Seths laatste gesprek. Terwijl de twee mannen na de kerkdienst naar de parkeerplaats liepen, vroeg de heer Walker Seth hoe de zaken liepen. Seth maakte een grapje over een slecht orkaanseizoen; meer orkanen betekende meer schade en een grotere vraag naar timmerhout. Seth zei dat hij gek was op orkanen. Volgens de heer Walker was zijn vriend ad rem en grappig en leek hij geen pijn te lijden. Natuurlijk was hij zwak. Toen de heer Walker later hoorde dat Seth dood was en dat hij kort na hun gesprek zelfmoord had gepleegd, was hij verbijsterd. De man had erg op zijn gemak en ontspannen geleken, tevreden zelfs. Hij kende Seth al jaren. Seth was absoluut geen gezelschapsdier, sterker nog, Seth was een stille man die erg eenzelvig was en weinig zei. Hij wist nog dat Seth die zondag glimlachend was weggereden en dat hij tegen zijn vrouw had gezegd hoe zelden hij Seth had zien glimlachen.

Mevrouw Gilda Chatham vertelde de jury dat zij en haar man achter Seth hadden gezeten tijdens zijn laatste kerkbezoek en na de dienst kort met hem hadden gepraat en dat niets erop had gewezen dat hij op het punt stond zoiets afschuwelijks te doen. Mevrouw Nettie Vinson verklaarde dat zij Seth had begroet toen ze de kerk verlieten en dat hij ongewoon vriendelijk had geleken.

Na een korte schorsing werd Seths oncoloog, dokter Talbert van het regionale gezondheidscentrum in Tupelo, de eed afgenomen. Hij slaagde er al snel in om de hele rechtszaal te vervelen met een langdurige en droge verhandeling over de longkanker van zijn patiënt. Hij had Seth bijna een jaar behandeld en, terwijl hij zijn aantekeningen raadpleegde, ging hij maar door over de operatie, de chemotherapie, de bestraling en de medicijnen. In eerste instantie was er weinig hoop geweest, maar had Seth hard gevochten. Nadat de kanker was uitgezaaid naar zijn ribben en ruggengraat, wisten ze dat het einde nabij was. Dokter Talbert had Seth twee weken voor zijn dood gezien, en het had hem verbaasd hoe sterk Seth nog aan het leven hing. Maar de pijn was te hevig. Hij verhoogde de dosis Demerol naar honderd milligram per drie tot vier uur. Seth slikte liever geen Demerol, omdat hij daar vaak slaperig van werd. Hij had zelfs meer dan eens gezegd dat hij elke dag probeerde die pijnstillers niet te slikken. Dokter Talbert wist niet hoeveel pillen Seth echt innam. In de afgelopen twee maanden had hij tweehonderd stuks voorgeschreven.

Jake had twee redenen om de arts als getuige op te roepen. Ten eerste wilde hij vaststellen dat Seth al bijna dood was door longkanker en dat zijn zelfmoord dus niet eens zo drastisch of onredelijk leek. Jake wilde later nog aanvoeren dat Seth in zijn laatste levensdagen inderdaad helder kon denken, ongeacht de manier waarop hij had verkozen te sterven. De pijn was ondraaglijk en zijn dood al nabij, zodat hij de zaak alleen maar had versneld. Ten tweede wilde Jake de bijwerkingen van Demerol bespreken. Lanier had een paar belangrijke getuigen klaarstaan, een getuige-deskundige die zou zeggen dat dit sterk verdovende middel, wanneer Seth de voorgeschreven dosis had geslikt, zijn beoordelingsvermogen ernstig had beïnvloed.

Een vreemd feit was dat de laatste medicijnen niet waren gevonden. Seth had ze zes dagen voor zijn dood bij een apotheek in Tupelo gekocht, en ze daarna kennelijk weggegooid. Het was dan ook niet te bewijzen hoeveel of hoe weinig hij echt had ingenomen. Op zijn specifieke instructies was hij begraven zonder autopsie. Maanden eerder had Wade Lanier voorgesteld, niet-officieel, dat het lichaam werd opgegraven voor een toxisch onderzoek. Rechter Atlee had, ook niet-officieel, nee gezegd. De hoeveelheid verdovende middelen in Seths bloed die zondag was niet automatisch relevant voor de hoeveelheid op de dag daarvoor waarop hij zijn testament opstelde. Rechter Atlee leek vooral tegen het idee te zijn om iemand op te graven nadat hij was begraven.

Jake was tevreden over zijn verhoor van dokter Talbert. Ze hadden duidelijk vastgesteld dat Seth had geprobeerd geen Demerol in te nemen, en dat gewoon op geen enkele manier kon worden bewezen hoeveel er in zijn lichaam zat toen hij zijn testament schreef.

Wade Lanier slaagde erin de dokter te laten toegeven dat een patiënt die elke dag zes tot acht doses van honderd milligram Demerol slikt niet in staat is belangrijke beslissingen te nemen, vooral niet als het om heel veel geld gaat. Zo'n patiënt hoorde ergens comfortabel en rustig te gaan liggen; hij moest niet autorijden, geen fysieke inspanning verrichten en geen belangrijke besluiten nemen.

Na de arts riep Jake Arlene Trotter op, die heel lang als secretaresse en officemanager voor Seth had gewerkt. Ze zou zijn laatste getuige zijn vóór Lettie en omdat het al bijna vijf uur was, besloot Jake Lettie voor de woensdagochtend te bewaren. Hij had al een paar keer met Arlene gepraat en zag ertegen op haar als getuige te laten verschijnen. Maar hij had geen keus. Als hij haar niet opriep, deed Wade Lanier dat wel. Begin februari, bij de deposities, had ze volgens Jake ontwijkende antwoorden gegeven. Vier uur later had hij sterk de indruk dat ze was gecoacht door Lanier of door iemand die voor hem werkte. Maar zij had in de laatste week van Seths leven meer tijd met hem doorgebracht dan wie ook, en dus was haar getuigenverklaring cruciaal.

Ze leek erg bang toen ze beloofde de waarheid te spreken. Ze keek naar de juryleden, die aandachtig naar haar keken. Jake stelde de eerste vragen, vragen waar gemakkelijke en voor de hand liggende antwoorden op waren, waarop ze zich leek te ontspannen. Jake stelde vast dat Seth van maandag tot en met vrijdag in de week voor zijn dood elke ochtend tegen negen uur op kantoor was gekomen, later dan normaal. Over het algemeen was hij tot een uur of twaalf opgewekt geweest, en was daarna op de bank in zijn kantoor gaan liggen om een poos te slapen. Hij at niets, ook al bood Arlene hem steeds hapjes en broodjes aan. Hij bleef roken, hij had nooit kunnen stoppen. Zoals altijd hield hij zijn deur dicht, zodat Arlene niet zeker wist wat hij deed. Maar die week bleef hij proberen drie percelen productiebos in South Carolina te verkopen. Hij zat vaak te telefoneren, wat niet ongebruikelijk was. Zeker één keer per uur verliet hij het gebouw en maakte een wandeling over het terrein, kletste soms even met een medewerker of flirtte met Kamila, de receptioniste. Arlene wist dat hij veel pijn had, omdat hij dat soms niet kon verbergen, hoewel hij dat nooit, maar dan ook nooit toegaf. Hij had een keer gezegd dat hij Demerol gebruikte, maar zij had de pillen nooit gezien. Nee, hij had geen glazige blik gehad en niet onduidelijk gepraat. Af en toe was hij moe en hij deed vaak een dutje. Meestal vertrok hij om een uur of drie, vier. Jake kon een beeld schetsen van een man die nog altijd de leiding had, de baas op het werk was alsof alles goed ging. Vijf dagen achtereen, voordat hij een nieuw testament opstelde, was Seth Hubbard op kantoor geweest, aan de telefoon, zijn zaken regelend.

Wade Lanier begon zijn kruisverhoor met: 'Laten we het over dat perceel productiebos in South Carolina hebben, mevrouw Trotter. Heeft

Seth Hubbard die stukken land inderdaad verkocht?'

'Ja, meneer.'

'Wanneer?'

'Op die vrijdagochtend.'

'Op de vrijdag voor de zaterdag waarop hij zijn nieuwe testament opstelde, klopt dat?'

'Dat klopt.'

'Ondertekende hij een soort contract?'

'Inderdaad. Dat werd naar mijn bureau gefaxt en ik bracht het naar hem toe. Hij ondertekende het en daarna faxte ik het terug naar de advocaten in Spartanburg.'

Lanier pakte een document en zei: 'Edelachtbare, ik heb hier Bewijsstuk C-5, dat al is aangemeld en geaccepteerd.'

Rechter Atlee zei: 'Gaat u door.'

Lanier gaf het document aan Arlene en vroeg: 'Kunt u ons vertellen wat dit is?'

'Ja, meneer. Dit is het contract dat Seth die vrijdagochtend heeft ondertekend en waarin deze drie percelen werden verkocht.'

'Hoeveel zou Seth hiervoor krijgen?'

'In totaal 810.000 dollar.'

'Goed, mevrouw Trotter, hoeveel had Seth voor dit stuk land betaald?'

Ze zweeg even, keek zenuwachtig naar de juryleden en zei: 'U hebt die papieren, meneer Lanier.'

'Natuurlijk.' Lanier produceerde nog drie bewijsstukken, die allemaal van tevoren waren gemerkt en geaccepteerd. Op dit gebied waren er geen verrassingen, want Jake en Lanier hadden wekenlang gehakketakt over de bewijsstukken en documenten. Rechter Atlee had ze allang als toelaatbaar bestempeld.

Arlene keek aandachtig naar de bewijsstukken. Ten slotte zei ze: 'Meneer Hubbard heeft dit land in 1985 gekocht en daar in totaal 1,1 miljoen dollar voor betaald.'

Lanier noteerde dit, alsof het nieuw voor hem was. En alsof hij het niet kon geloven, tuurde hij met opgetrokken wenkbrauwen over zijn leesbril heen en zei: 'Een verlies van 300.000 dollar!'

'Kennelijk wel.'

'En dit was slechts vierentwintig uur voordat hij dat nieuwe testament schreef?'

Jake stond al. 'Bezwaar, edelachtbare. Dit vraagt om speculatie van de kant van de getuige. Dit moet de raadsman maar voor zijn slotbetoog bewaren.'

'Toegewezen.'

Lanier negeerde de commotie en haakte hierop in. 'Hebt u enig idee, mevrouw Trotter, waarom Seth zo'n slechte deal zou sluiten?'

Jake stond weer op. 'Bezwaar, edelachtbare. Nog meer speculatie.'

'Toegewezen.'

'Kon hij wel helder nadenken, mevrouw Trotter?'

'Bezwaar.'

'Toegewezen.'

Lanier zweeg en sloeg een bladzijde met aantekeningen om. 'Goed, mevrouw Trotter, wie maakte het kantoorgebouw schoon waar u en Seth werkten?'

'De heer Monk.'

'Oké, vertel ons eens iets over Monk.'

'Hij werkt al lang bij de houtgroothandel, hij is een soort manusje-van-alles, maar hij maakt vooral schoon. Verder schildert hij, repareert van alles en waste zelfs meneer Hubbards auto's.'

'Hoe vaak maakt Monk de kantoren schoon?'

'Elke maandag en donderdag van negen tot elf, zonder mankeren, nu al jarenlang.'

'Had hij de kantoren ook schoongemaakt op donderdag 29 september vorig jaar?'

'Inderdaad.'

'Heeft Lettie Lang de kantoren weleens schoongemaakt?'

'Voor zover ik weet niet. Daar was geen enkele reden voor. Dat regelde Monk. Ik heb mevrouw Lang vandaag pas voor het eerst gezien.'

Myron Pankey liep de hele dag door de rechtszaal. Hij had opdracht de jury constant in de gaten te houden, maar daarvoor moest hij natuurlijk een paar trucjes gebruiken: hij moest steeds een andere zitplaats, een andere positie innemen, een ander sportjasje aantrekken, achter iemand gaan zitten die langer was dan hij zodat zijn gezicht verborgen bleef of een andere bril opzetten. Het was zijn werk om in een rechtszaal te zitten, naar getuigen te luisteren en te kijken hoe de juryleden op hen reageerden. Naar zijn ervaren mening had Jake zijn zaak goed voorgelegd. Niet ingewikkeld, niet opvallend, maar zonder blunders. De meeste juryleden vonden hem aardig en dachten dat hij de waarheid sprak, maar drie juryleden niet. Frank Doley, nummer 12, stond nog altijd aan hun kant en zou er nooit voor stemmen om al dat geld aan een zwarte huishoudster te geven. Pankey kende het dramatische verhaal van Doleys nichtje niet, maar tijdens de openingsverklaringen had hij gezien dat de man Jake wantrouwde en Lettie niet mocht. Nummer 10, Debbie Lacker, een blanke vrouw van vijftig van het platteland, had die dag al een paar keer met een harde blik naar Lettie gekeken, onopvallende berichtjes die Myron nooit ontgingen. Nummer 4, Fay Pollan, ook een blanke vrouw van vijftig, had zelfs instemmend geknikt toen dokter Talbert verklaarde dat iemand die Demerol slikte geen belangrijke beslissingen zou mogen nemen.

Toen de eerste dag met getuigenverklaringen ten einde liep, was de strijd volgens Pankey onbeslist. Twee prima advocaten hadden uitstekend werk geleverd en de juryleden hadden geen woord gemist.

Nu Ancil niet kon praten, huurde Lucien een auto en reed langs de gletsjers en de fjorden in de bergen rondom Juneau. Hij had zin om te vertrekken, om snel terug te gaan naar Clanton voor het proces, maar hij was ook onder de indruk van de schoonheid van Alaska, van de koele lucht en het bijna perfecte klimaat. In Mississippi werd het al warmer, met langere dagen en klammere lucht. Terwijl hij in een café op de heuvel zat te lunchen en het Gastineau Channel schitterend onder hem lag, besloot hij de volgende dag, woensdag, te vertrekken.

Op een bepaald moment, al heel snel, zou Jake rechter Atlee vertellen dat Ancil Hubbard was gevonden en geïdentificeerd, hoewel die verificatie niet echt solide was doordat de man zich zomaar kon bedenken en een nieuwe alias kon aannemen. Maar Lucien betwijfelde dat, omdat Ancil aan het geld dacht. Een dergelijke onthulling zou geen invloed hebben op het proces. Wade Lanier had gelijk: Ancil kon niets zeggen over het testament en of zijn broer wel of niet wilsbekwaam was. Dus zou Lucien Ancil alleen laten met zijn problemen. Hij ging ervan uit dat Ancil een paar maanden gevangenisstraf kreeg. Als hij geluk had en een goede advocaat vond, kwam hij misschien vrij. Lucien was ervan overtuigd dat de huiszoeking en de inbeslagname van de cocaïne flagrante overtredingen waren van het Vierde Amendement. Zonder de huiszoeking en de gevonden cocaïne zou Ancil meteen vrijkomen. Als Jake het proces won, kwam Ancil misschien na lange tijd terug naar Ford County om zijn deel van de nalatenschap op te eisen. Maar als Jake verloor, dan zou Ancil weer verdwijnen en nooit worden teruggevonden.

Later die avond ging Lucien naar de hotelbar en begroette Bo Buck, de barkeeper, inmiddels een goede vriend. Bo Buck was vroeger rechter geweest in Nevada voordat zijn leven ontregeld raakte, en hij en Lucien vonden het heerlijk elkaar verhalen te vertellen. Ze praatten even met elkaar, terwijl Lucien op zijn eerste whiskey-cola wachtte. Hij nam zijn glas mee naar een tafeltje en ging zitten, alleen, en genoot van zijn eenzaamheid. Gewoon een man en zijn drankje. Even later kwam Ancil Hubbard als vanuit het niets tevoorschijn en ging tegenover hem zitten.

'Goedenavond, Lucien,' zei hij nonchalant.

Lucien was geschrokken en keek hem een paar seconden aan om te controleren of hij het zich niet verbeeldde.

Ancil droeg een honkbalpetje, een trui en een spijkerbroek. Die ochtend had hij nog buiten bewustzijn in dat ziekenhuisbed gelegen met allemaal buisjes in zijn lichaam.

'Ik had niet verwacht je hier te zien,' zei Lucien.

'Ik had mijn buik vol van dat ziekenhuis en dus ben ik vertrokken. Nu ben ik waarschijnlijk een voortvluchtige, maar dat is niet nieuw. Ik vind het ergens wel prettig om op de vlucht te zijn.'

'En je hoofd dan, en die ontsteking?'

'Mijn hoofd doet pijn, maar niet zo erg als ze dachten. Je moet niet vergeten, Lucien, dat ik vanuit het ziekenhuis rechtstreeks de bak in zou gaan, iets wat ik liever niet doe. Laat ik maar zeggen dat ik niet zo bewusteloos was als ze dachten. En die ontsteking is nu onder controle.' Hij haalde een potje met pillen tevoorschijn. 'En ik heb mijn antibiotica meegenomen. Het komt wel goed.'

'Hoe ben je vertrokken?'

'Gewoon naar buiten gelopen. Ze rolden mijn bed naar beneden voor een scan en ik ging naar het toilet. Ze dachten dat ik niet kon lopen, dus ben ik een paar trappen af gegaan, kwam in de kelder, ontdekte een kleedkamer, kleedde me om en liep via een dienstingang naar buiten. De laatste keer dat ik keek, wemelde het van de juten. Ik zat aan de overkant koffie te drinken.'

'Dit is een klein stadje, Ancil. Je kunt niet eeuwig ondergedoken blijven.'

'Wat weet jij nou van onderduiken? Ik heb wel wat vrienden.'

'Wil je iets drinken?'

'Nee, maar ik snak naar een hamburger met friet.'

Harry Rex keek naar de getuige en vroeg: 'Heb je zijn penis aangeraakt?'

Lettie sloeg haar blik neer, gegeneerd, maar zei toen heel zacht: 'Ja, inderdaad.'

'Natuurlijk heb je dat, Lettie,' zei Jake. 'Hij kon zichzelf niet wassen, dus moest jij dat doen en dat heb je zelfs meerdere keren gedaan. Iemand wassen betekent dat je het hele lichaam wast. Hij kon het niet doen en dus moest jij het doen. Daar was niets intiems of seksueels aan. Jij deed gewoon je werk.'

'Ik kan dit niet, hoor!' zei Lettie met een hulpeloze blik naar Portia. 'Hij vraagt me dit soort dingen toch niet, hoop ik?'

'Zeker weten van wel!' gromde Harry Rex. 'Deze vragen en nog veel meer vragen en je kunt maar beter zorgen dat je de antwoorden paraat hebt.'

'Laten we even pauzeren,' zei Jake.

'Ik wil een biertje,' zei Harry Rex en hij stond op. Hij beende de kamer uit alsof hij doodziek was van alles en iedereen. Ze waren al twee uur aan het oefenen en het was nu bijna tien uur 's avonds. Jake had Lettie eenvoudige vragen gesteld tijdens zijn eigen verhoor en daarna had Harry Rex haar meedogenloos ondervraagd tijdens het kruisverhoor. Af en toe was hij te lomp, of lomper dan Atlee Lanier zou toestaan, maar ze kon maar beter op het ergste voorbereid zijn. Portia had medelijden met haar moeder, maar ergerde zich ook aan haar zwakheid. Lettie kon heel flink zijn en even later instorten. Ze waren er niet echt van overtuigd dat haar getuigenverhoor soepel zou verlopen.

Onthoud de regels, Lettie, zei Jake steeds weer. Glimlach, maar niet gemaakt. Praat duidelijk en langzaam. Het is prima als je echte emoties voelt. Als je twijfelt, zeg dan niets. De juryleden kijken aandachtig naar je en hun ontgaat niets. Kijk af en toe naar hen, maar vol vertrouwen. Laat je niet van de wijs brengen door Wade Lanier. Ik ben altijd in de buurt om je te beschermen.

Harry Rex wilde soms iets anders schreeuwen: we hebben het hier over vierentwintig miljoen dollar, zorg er dus voor dat je optreden perfect is!, maar hij beheerste zich. Toen hij terugkwam met een biertje, zei Portia: 'Zo is het wel genoeg, Jake. We gaan naar huis, dan kunnen we nog even op de veranda zitten kletsen en zijn hier morgen op tijd terug.'

'Oké. Volgens mij zijn we allemaal moe.'

Nadat ze waren vertrokken, gingen Jake en Harry Rex naar boven, naar Jakes balkon. Het was een warme en heldere avond, een perfecte voorjaarsavond. Jake dronk een biertje en ontspande zich voor het eerst sinds vele uren.

'Al iets van Lucien gehoord?' vroeg Harry Rex.

'Nee, maar ik ben vergeten mijn voicemail af te luisteren.'

'We hebben geluk, weet je. Dat hij in Alaska is en niet hier zit te zeiken over alles wat er vandaag verkeerd is gegaan.'

'Dat is jouw taak, toch?'

'Klopt, maar ik heb nog geen klachten gekregen. Je hebt het goed gedaan vandaag, Jake. Je openingsverklaring was goed, de jury heeft ernaar geluisterd en had er waardering voor, daarna heb je twaalf getuigen opgeroepen en niet één is afgebrand. De bewijzen lijken in jouw voordeel, in elk geval op dit moment. Je had geen betere dag kunnen hebben.'

'En de jury?'

'Ze vinden je aardig, maar het is nog te vroeg om te speculeren over de vraag hoeveel ze Lettie mogen of niet mogen. Haar getuigenverklaring morgen zal dat duidelijker maken.'

'Morgen is cruciaal, makker. Dan kan Lettie de zaak winnen of verliezen.'

43

De advocaten kwamen die woensdagochtend om kwart voor negen naar de kamer van rechter Atlee en spraken af dat er geen moties zouden worden ingediend of kwesties werden afgehandeld voordat de rechtszaak zou worden hervat.

Voor de derde dag op rij was Atlee levendig, hyper bijna, alsof de opwinding van een belangrijk proces een verjongingskuur was. De advocaten waren de hele nacht op geweest – ze hadden gewerkt of zich zorgen gemaakt – en zagen er al even moe uit als ze zich voelden. Maar de oude rechter was er helemaal klaar voor. In de rechtszaal verwelkomde hij iedereen, bedankte de toeschouwers voor hun intense belangstelling voor 'ons' rechtssysteem en gaf de gerechtsdienaar opdracht de juryleden op te halen. Zodra ze zaten, begroette hij hen hartelijk en vroeg of er misschien problemen waren. Verboden contacten? Iets verdachts? Voelde iedereen zich goed? Uitstekend. Meneer Brigance, ga door.

Jake stond op en zei: 'Edelachtbare, de verdedigers roepen mevrouw Lettie Lang op als getuige.'

Portia had tegen Lettie gezegd dat ze geen strakke kleding mocht dragen of iets wat ook maar enigszins als sexy kon worden beschouwd. Die ochtend, lang voor het ontbijt, hadden ze ruziegemaakt over haar jurk. Portia had gewonnen. Lettie droeg een marineblauwe katoenen jurk met een losse ceintuur. Het was een leuke jurk, een jurk die een huishoudster misschien zou aantrekken als ze naar haar werk ging, maar die Lettie zeker niet zou dragen als ze naar de kerk ging. Ze droeg sandalen met een platte hak. Geen sieraden. Geen horloge. Niets waaruit bleek dat ze veel geld had of verwachtte dat ze binnenkort veel geld zou hebben. In de afgelopen maanden had ze haar grijze haar niet meer geverfd, het had nu de natuurlijke kleur en het was haar aan te zien dat ze zevenenveertig was.

Ze stotterde toen ze de eed aflegde. Ze keek naar Portia die achter Jake zat. Haar dochter keek glimlachend naar haar, ten teken dat zij ook moest glimlachen.

De volgepakte rechtszaal was stil toen Jake naar het spreekgestoelte liep. Hij vroeg haar naam, adres, huidige werkkring – eenvoudige vragen die ze goed beantwoordde. De namen van haar kinderen en kleinkinderen. Ja, Marvis, haar oudste, zat in de gevangenis. Haar echtgenoot, Simeon Lang, zat in de gevangenis in afwachting van zijn proces. Ze had een maand geleden echtscheiding aangevraagd en verwachtte dat die binnen een paar weken zou worden uitgesproken. Achtergrondinformatie: opleiding, kerk, vorige banen. Het was allemaal voorgekookt, en af en toe klonken haar antwoorden stijf en mechanisch, alsof ze ze in haar hoofd had gestampt, wat ook zo was. Ze keek naar de juryleden, maar schrok toen ze zag dat zij naar haar keken. Haar advocaten hadden gezegd dat ze naar Portia moest kijken als ze zenuwachtig werd. Af en toe kon ze haar blik niet afwenden van haar dochter.

Ten slotte begon Jake over de heer Seth Hubbard, of gewoon meneer Hubbard, zoals ze hem in de rechtszaal altijd moest noemen. Nooit Seth. Nooit meneer Seth. Meneer Hubbard had haar drie jaar geleden aangenomen als parttime huishoudster. Hoe had ze geweten dat die baan vrijkwam? Dat had ze niet. Hij had haar opgebeld en gezegd dat een vriend wist dat zij geen baan had. Hij was toevallig op zoek naar een parttime dienstmeisje. Ze vertelde over haar verleden met meneer Hubbard, zijn gedrag, zijn gewoontes, zijn dagelijkse bezigheden en later zijn favoriete gerechten. De drie dagen per week werden er vier. Hij gaf haar opslag, toen nog een keer. Hij reisde veel en zij was vaak in het huis zonder dat ze veel te doen had. Geen enkele keer in die drie jaar ontving hij gasten of eters. Ze maakte kennis met Herschel en Ramona, maar zag hen zelden. Ramona kwam één keer per jaar op bezoek en bleef maar een paar uur; Herschel kwam niet veel vaker langs. Ze had nooit een van meneer Hubbards vier kleinkinderen gezien. 'Maar ik werkte nooit in het weekend, dus ik weet niet wie er dan misschien langskwam,' zei ze. 'En dan had meneer Hubbard misschien wel bezoekers.' Ze probeerde eerlijk te zijn, maar alleen tot op zekere hoogte.

'U werkte elke maandag, nietwaar?' vroeg Jake zoals gepland.

'Ja.'

'En hebt u ooit iets gezien wat erop wees dat er dat weekend iemand op bezoek was geweest?'

'Nee meneer, nooit.'

Aardig zijn voor Herschel en Ramona was op dit moment niet het plan. Zij waren namelijk ook niet van plan om aardig te zijn voor Lettie; sterker nog, uitgaande van hun deposities konden ze veilig aannemen dat ze zouden liegen alsof het gedrukt stond.

Nadat Lettie een uur in de getuigenbank had gezeten, voelde ze zich meer op haar gemak. Haar antwoorden waren duidelijker, spontaner, en af en toe glimlachte ze tegen de juryleden. Jake begon over de longkanker van meneer Hubbard. Ze vertelde dat haar baas een hele serie privéverpleegsters had gehad waar hij niet tevreden over was en dat hij ten slotte aan Lettie had gevraagd of zij vijf dagen per week wilde werken. Ze vertelde over zijn slechte momenten, toen de chemo hem dwong het bed te houden en hem bijna had gedood, en dat hij soms niet eens naar het toilet kon lopen of zelf kon eten.

Laat geen emoties zien, had Portia gezegd. Laat niet zien dat je gevoelens had voor meneer Hubbard. De juryleden mogen niet de indruk krijgen dat er een emotionele band was tussen jullie beiden. Natuurlijk was die er wel geweest, zoals altijd tussen iemand die op sterven ligt en degene die hem verzorgt, maar geef dat niet toe als je in de getuigenbank zit.

Jake besprak de belangrijkste punten, maar bleef niet lang stilstaan bij de kanker van de heer Hubbard, want dat zou Wade Lanier waarschijnlijk doen.

Jake vroeg Lettie of zij ooit een testament had ondertekend.

Nee, dat had ze niet.

'Hebt u ooit een testament gezien?'

'Nee, meneer.'

'Heeft meneer Hubbard het ooit met u over zijn testament gehad?'

Ze slaagde erin te grinniken, heel overtuigend. Ze zei: 'Meneer Hubbard was heel erg op zichzelf. Dat soort zaken besprak hij nooit met mij. Hij had het nooit over zijn familie of zijn kinderen of zo. Zo was hij gewoon niet.'

In werkelijkheid had Seth Lettie twee keer beloofd dat hij haar iets zou nalaten, maar dat had ze nooit tegen Jake gezegd. Zij en Portia hadden het erover gehad en volgens Portia zouden Wade Lanier en de advocaten aan de andere kant dit opblazen als ze de kans kregen. Ze zouden het verdraaien, het overdrijven en er iets vreselijks van maken. *Dus u hebt zijn testament wél met hem besproken!* zou Lanier schreeuwen ten overstaan van de jury. Bepaalde dingen konden maar beter ongezegd blijven. Niemand zou het ooit weten. Seth was dood en Lettie hield haar mond.

'Heeft hij ooit met u gesproken over zijn ziekte en het feit dat hij doodging?' vroeg Jake.

Ze haalde diep adem en dacht na. 'Zeker. Soms had hij zo'n pijn dat hij zei dat hij wilde dat hij dood was. Ik denk dat dat normaal is. In zijn laatste dagen wist meneer Hubbard dat het einde nabij was. Hij vroeg of ik met hem wilde bidden.'

'U bad samen met hem?'

'Ja. Meneer Hubbard geloofde in God. Hij wilde alles goedmaken voordat hij stierf.'

Jake zweeg even voor het effect, zodat de juryleden zich konden voorstellen dat Lettie en haar baas samen zaten te bidden en niet de dingen deden die ze volgens de meeste mensen samen hadden gedaan.

Daarna begon hij over de ochtend van 1 oktober van het vorige jaar en Lettie vertelde haar verhaal. Ze reden rond negen uur bij zijn huis vandaan, met Lettie achter het stuur van zijn Cadillac. Ze had hem nooit eerder ergens naartoe gebracht, dat had hij haar nooit eerder gevraagd. Dit was de eerste en enige keer dat ze samen in een auto zaten. Toen ze het huis uit liepen, zei ze dat ze nog nooit in een Cadillac had gereden, en toen zei hij dat zíj maar moest rijden. Ze was zenuwachtig en reed langzaam. Hij dronk koffie uit een papieren bekertje. Hij leek ontspannen en zonder pijn, en hij leek te genieten van het feit dat Lettie het zo eng vond om op de snelweg te rijden zonder veel ander verkeer.

Jake vroeg haar waar ze het tijdens dat ritje van tien minuten over hadden gehad. Ze dacht even na, keek naar de juryleden, die nog steeds geen woord hadden gemist, en zei: 'Over auto's. Hij zei dat heel veel blanken niet meer van Cadillacs houden, omdat tegenwoordig zoveel zwarten in een Cadillac rijden. Hij vroeg me waarom een Cadillac zo belangrijk was voor een zwarte. En ik zei: dat moet u mij niet vragen. Ik heb er nooit een gewild. Ik heb er nooit een gehad. Mijn Pontiac is twaalf jaar oud. Maar toen zei ik: het komt doordat het de mooiste auto is en het een manier is om te laten zien dat je het hebt gemaakt. Je hebt een baan, je hebt wat geld in je zak, je hebt wat succes in je leven. Het gaat goed met je. Dat is alles. Hij zei dat hij ook altijd gek was geweest op een Cadillac, dat hij zijn eerste tijdens zijn eerste scheiding was kwijtgeraakt en zijn tweede tijdens zijn tweede scheiding, maar dat hij daarna niet meer was getrouwd zodat sinds die tijd niemand hem of zijn Cadillacs nog lastigviel. Hij maakte er een grapje van.'

'Dus hij was in een goede bui?' vroeg Jake.

'In een bijzonder goede bui, ja meneer. Hij lachte zelfs om mij en om hoe ik reed.'

'En hij kon helder nadenken?'

'Kristalhelder. Hij zei dat ik in zijn zevende Cadillac reed en hij kon ze zich allemaal herinneren. Hij zei dat hij ze om het jaar inruilde.'

'Weet u of hij die ochtend pijnstillers had ingenomen?'

'Nee meneer, dat weet ik niet. Hij deed altijd vreemd over zijn pillen. Hij slikte ze liever niet en bewaarde ze in zijn aktetas, zodat ik ze niet zag. De enige keer dat ik ze heb gezien, was toen hij plat op zijn rug lag, doodziek, en me vroeg ze te pakken. Maar nee, ik had niet het idee dat hij die ochtend pijnstillers had geslikt.'

Geleid door Jake vertelde ze verder. Ze kwamen aan bij de Berring Lumber Company, de eerste en enige keer dat ze daar was, en terwijl hij in zijn kantoor zat met de deur op slot, maakte zij schoon. Ze stofzuigde, stofte, lapte de meeste ramen, legde tijdschriften netjes neer en deed zelfs de afwas in het kleine keukentje. Nee, de prullenmanden had ze niet geleegd. Vanaf het moment dat ze het gebouw binnenkwamen tot ze vertrokken, had ze meneer Hubbard niet gezien en niet met hem gepraat. Ze had geen idee wat hij in zijn kantoor deed en ze had het niet in haar hoofd gehaald om dat te vragen. Hij liep zijn kantoor in met een aktetas, en liep er met diezelfde aktetas weer uit. Ze reden terug naar zijn huis en daarna ging ze naar haar eigen huis, om een uur of twaalf. Laat die zondagavond belde Calvin Boggs met het nieuws dat meneer Hubbard zichzelf had opgehangen.

Om elf uur, nadat ze bijna twee uur in de getuigenbank had gezeten, droeg Jake de getuige over voor kruisverhoor. Tijdens de korte schorsing zei hij tegen Lettie dat ze het geweldig had gedaan. Portia was enthousiast en erg trots; haar moeder had zich goed gehouden en was heel overtuigend geweest. Harry Rex, die vanaf de achterste rij had toegekeken, zei dat haar getuigenverklaring niet beter had gekund.

Tegen twaalf uur lag hun zaak in duigen.

Hij wist zeker dat het verbergen van een voortvluchtige in elke staat illegaal was, dus ook in Alaska. Gevangenisstraf was dus niet denkbeeldig, maar daar maakte Lucien zich op dat moment niet druk over. Toen de zon opging werd hij wakker, stijf doordat hij slecht had geslapen op zijn stoel. Ancil had het bed gekregen, hoewel hij had aangeboden om op de vloer of in een stoel te gaan slapen, maar Lucien maakte zich zorgen om zijn hoofdletsel en drong erop aan dat Ancil het bed nam. Ancil viel meteen in slaap dankzij een pijnstiller en Lucien zat nog heel lang in het donker met zijn laatste whiskey-cola naar het gesnurk van de andere man te luisteren.

Lucien kleedde zich snel aan en verliet de kamer. De hotellobby was verlaten. Er hingen geen agenten rond die op zoek waren naar Ancil. Verderop in de straat kocht hij koffie en muffins, en nam die mee terug naar de kamer.

Ancil was inmiddels wakker en keek naar het plaatselijke nieuws. 'Geen woord,' zei hij.

'Verbaast me niets,' zei Lucien. 'Ik betwijfel of ze fanatiek naar je op zoek zijn.'

Ze ontbeten, gingen onder de douche en kleedden zich aan. Om acht uur verlieten ze de kamer. Ancil droeg Luciens zwarte pak, witte overhemd, paisley stropdas en hetzelfde petje dat hij diep over zijn ogen had getrokken om zijn gezicht te verbergen. Ze liepen snel naar het advocatenkantoor van Jared Wolkowicz, drie straten verderop, die Bo Buck in de bar van de Glacier Inn had aanbevolen. Lucien had de heer Wolkowicz de vorige middag opgezocht, hem ingehuurd en de depositie geregeld. Een stenotypiste en een videograaf zaten al in de vergaderzaal te wachten. De heer Wolkowicz zat aan het hoofd van de tafel, stond op, stak zijn rechterhand op, herhaalde de woorden van de stenotypiste en zwoer dat hij de waarheid zou spreken, ging zitten en keek in de camera. Hij zei: 'Goedemorgen. Mijn naam is Jared Wolkowicz en ik ben advocaat, werkzaam in de staat Alaska. Vandaag is het woensdag 5 april 1989, en ik zit hier in mijn kantoor aan Franklin Street in het centrum van Juneau, Alaska. Bij mij zitten Lucien Wilbanks uit Clanton, Mississippi, en Ancil F. Hubbard, die op dit moment in Juneau verblijft. Het doel van deze depositie is het vastleggen van de getuigenverklaring van de heer Hubbard. Ik weet niets van de zaak waar het hier om gaat. Mijn enige rol is instaan voor het feit dat dit een juiste opname is van wat hier plaatsvindt. Wanneer een van de advocaten of rechters die bij deze zaak betrokken zijn mij willen spreken, dan kunt u me altijd bellen.'

Wolkowicz stond op en Lucien kwam naar voren. De stenotypiste nam hem de eed af, waarna ook hij naar de camera keek. Hij zei: 'Mijn naam is Lucien Wilbanks en ik ben goed bekend bij rechter Atlee en de advocaten die betrokken zijn bij het proces om het testament van Seth Hubbard. In dienst van Jake Brigance en anderen ben ik erin geslaagd Ancil Hubbard te vinden. Ik ben urenlang samen geweest met Ancil en ik twijfel er niet aan dat hij inderdaad de nog in leven zijnde broer is van Seth Hubbard. Hij is in 1922 in Ford County geboren. Zijn vader was Cleon Hubbard. Zijn moeder was Sarah Belle Hubbard. In 1928 huurde zijn vader Cleon mijn opa Robert E. Lee Wilbanks in om hem te vertegenwoordigen tijdens een geschil over een stuk land. Dat geschil is vandaag relevant. Hier komt Ancil Hubbard.'

Lucien stond op en Ancil ging zitten. Hij stak zijn hand op en zwoer de waarheid te vertellen.

Wade Lanier begon zijn nare kruisverhoor met vragen over Simeon. Waarom zat hij in de gevangenis? Was hij al in staat van beschuldiging gesteld? Hoe vaak had ze hem bezocht? Maakte hij bezwaar tegen de echtscheiding? Het was een hardhandige maar effectieve manier om de juryleden eraan te herinneren dat de vader van Letties vijf kinderen een dronkaard was die de twee zoons van de Rostons had gedood. Na vijf minuten was Lettie al in tranen en leek Lanier een rotzak.

Dat kon hem niets schelen. Nu ze zo geëmotioneerd was en haar beoordelingsvermogen tijdelijk verminderd, schakelde hij snel in een andere versnelling en zette hij zijn val. 'Goed, mevrouw Lang, waar werkte u voordat u voor de heer Hubbard ging werken?'

Lettie veegde met de rug van haar hand haar wang droog en dacht na. 'Eh, dat waren meneer en mevrouw Tingley, hier in Clanton.'

'Wat deed u voor werk?'

'Huishoudster.'

'Hoe lang hebt u voor hen gewerkt?'

'Dat weet ik niet precies, een jaar of drie.'

'Waarom bent u daar weggegaan?'

'Omdat ze zijn overleden. Allebei.'

'Hebben ze u in hun testament geld nagelaten?'

'Als dat zo was, heeft niemand me dat ooit verteld.' Hier moesten een paar juryleden om glimlachen.

Wade Lanier vond het niet grappig. Hij vroeg: 'En voor de Tingleys, waar werkte u toen?'

'Eh, daarvoor werkte ik als kokkin op de school in Karaway.'

'Hoe lang?'

'Een jaar of twee.'

'En waarom bent u daar weggegaan?'

'Ik kon die baan bij de Tingleys krijgen en ik werkte liever als huishoudster dan als kokkin.'

'Oké. En voor die baan op die school, waar werkte u toen?'

Ze zweeg en probeerde zich dat te herinneren. Ten slotte zei ze: 'Daarvoor werkte ik voor mevrouw Gillenwater, hier in Clanton, als huishoudster.'

'Hoe lang?'

'Ongeveer een jaar, toen is ze verhuisd.'

'En voor mevrouw Gillenwater, waar werkte u toen?'

'Eh, volgens mij bij de Glovers, in Karaway.'

'Hoe lang?'

'Ook dat weet ik niet meer precies, maar drie of vier jaar.'

'Oké, ik probeer u niet op details vast te pinnen, mevrouw Lang. Probeer gewoon zo precies mogelijk te zijn, goed?'

'Ja, meneer.'

'En voor de Glovers, waar werkte u toen?'

'Bij mevrouw Karsten, hier in de stad. Ik heb zes jaar voor haar gewerkt. Ze was mijn favoriet. Ik zou nooit bij haar zijn weggegaan, maar ze overleed plotseling.'

'Dank u wel.' Lanier schreef iets in zijn schrijfblok alsof hij iets nieuws had gehoord. 'Goed, ik vat alles even samen, mevrouw Lang: u werkte drie jaar voor meneer Hubbard, drie voor de Tingleys, twee voor de school, een voor mevrouw Gillenwater, drie of vier voor de Glovers en zes voor mevrouw Karsten. Volgens mijn berekening is dat in totaal zo'n twintig jaar. Klopt dat ongeveer?'

'Inderdaad, ongeveer,' zei Lettie zelfbewust.

'En in de afgelopen twintig jaar hebt u geen andere werkgevers gehad?'

Ze schudde haar hoofd: *nee*.

Lanier was iets van plan, maar Jake kon hem niet tegenhouden. De intonatie van zijn stem, de kleine tekenen van wantrouwen, de opgetrokken wenkbrauwen, de nonchalante manier waarop hij praatte. Hij probeerde dit allemaal te verbergen, maar Jake had genoeg ervaring om het wel te zien en hij wist dat dit problemen betekende.

'Dat zijn zes werkgevers in twintig jaar, mevrouw Lang. Hoe vaak bent u ontslagen?'

'Nooit. Ik bedoel, ik ben natuurlijk ontslagen nadat meneer Hubbard stierf, mevrouw Karsten ziek werd en meneer en mevrouw Tingley waren overleden, maar dat kwam alleen doordat er toen natuurlijk geen werk meer was, snapt u?'

'U bent dus nooit ontslagen omdat u uw werk niet goed deed of iets verkeerds had gedaan?'

'Nee, meneer. Nooit.'

Lanier stapte onverwacht van het spreekgestoelte af, keek omhoog naar rechter Atlee en zei: 'Dat is alles, rechter. Ik behoud me het recht voor deze getuige later in het proces nogmaals op te roepen.' Hij liep zelfvoldaan naar zijn tafel en Jake zag dat hij op het allerlaatste moment knipoogde naar Lester Chilcott.

Lettie had zojuist gelogen, en Lanier was van plan haar te ontmaskeren. Maar Jake had geen idee wat er aan de hand was en kon dus niets doen om dit te voorkomen. Zijn instinct zei hem dat hij haar uit de getuigenbank moest zien te krijgen. Hij stond op en zei: 'Edelachtbare, de verdediging heeft geen getuigen meer.'

Rechter Atlee vroeg: 'Hebt u nog getuigen, meneer Lanier?'

'O ja.'

'Roep dan uw eerste getuige op.'

'De aanvechters roepen de heer Fritz Pickering op.'

'Wie?' brulde Jake.

'Fritz Pickering,' herhaalde Lanier luid en sarcastisch alsof Jake slecht-horend was.

'Nooit van gehoord. Hij staat niet op uw getuigenlijst.'

'Hij zit in de hal,' zei Lanier tegen een gerechtsdienaar. 'Te wachten.'

Jake schudde zijn hoofd tegen rechter Atlee en zei: 'Hij kan niet getui-gen als hij niet is aangemeld als getuige, rechter.'

'Ik roep hem toch op,' zei Lanier.

Fritz Pickering kwam de rechtszaal binnen en liep achter de gerechts-dienaar aan naar de getuigenbank.

'Ik teken bezwaar aan, edelachtbare,' zei Jake.

Rechter Atlee zette zijn leesbril af, keek naar Wade Lanier en zei: 'Goed, we schorsen de zitting vijftien minuten. Ik wil de advocaten in mijn kamer zien. Alleen de advocaten. Geen assistenten of andere me-dewerkers.'

De jury werd snel de rechtszaal uit geleid en de advocaten liepen ach-ter de rechter aan naar zijn kamertje.

Atlee trok zijn toga niet uit, maar ging zitten en leek al even verbaasd als Jake. 'Vertel,' zei hij tegen Lanier.

'Edelachtbare, deze getuige is geen bewijskrachtige getuige en dus hoefde hij niet te worden gemeld aan de tegenpartij. Het doel van zijn getuigenverklaring is het in twijfel trekken van de geloofwaardigheid van een andere getuige, niet om iets te bewijzen. Ik was niet verplicht hem op een lijst te zetten of zijn naam op een andere manier bekend te maken, omdat ik van tevoren niet zeker wist of ik hem zou oproepen. Maar nu, na de getuigenverklaring van Lettie Lang en het feit dat zij de waarheid niet heeft gesproken, is deze getuige opeens van cruciaal be-lang in onze zaak.'

Rechter Atlee ademde uit, terwijl iedere advocaat in het vertrek zich wanhopig stukjes en beetjes probeerde te herinneren van de *Voorschrif-ten betreffende de bewijskracht* en de *Voorschriften voor civiele processen*. Op dat moment leed het geen twijfel dat Lanier volledig op de hoogte was van de regels met betrekking tot het ontmaskeren van een getuige. Dit was zijn val, een val die hij en Lester Chilcott perfect hadden opge-zet. Jake wilde dat hij een steekhoudend en verstandig argument kon aanvoeren, maar kon op dat moment helaas niets bedenken.

'Wat zal deze getuige zeggen?' vroeg rechter Atlee.

'Lettie Lang heeft ooit gewerkt voor zijn moeder, Irene Pickering. Fritz en zijn zus hebben Lettie ontslagen nadat zijn zus een handgeschreven testament vond waarin de vrouw vijftigduizend dollar aan Lettie naliet. Ze heeft zojuist minstens drie leugens verteld. Eén: ze zei dat ze in de afgelopen twintig jaar alleen had gewerkt voor de mensen die ik noemde. Mevrouw Pickering nam haar in 1977 in dienst en haar kinderen ontsloegen haar in 1980. Twee: ze is dus wel ontslagen als huishoudster. Drie: ze zei dat ze nog nooit een testament had gezien, maar Fritz en zijn zus lieten haar het handgeschreven testament zien op de dag waarop ze haar ontsloegen. Misschien zijn er nog meer leugens, maar daar kan ik op dit moment niet opkomen.'

Jake liet zijn schouders zakken, hij kreeg kramp in zijn maag en een waas voor zijn ogen, en hij werd lijkbleek. Nu moest hij een intelligente opmerking maken, maar er schoot hem niets te binnen. Toen bedacht hij opeens iets: 'Wanneer hebben jullie Fritz Pickering gevonden?'

'Ik heb hem vandaag voor het eerst ontmoet,' zei Lanier zelfvoldaan.

'Dat vroeg ik niet. Ik vroeg wanneer jullie dat van de Pickerings hebben ontdekt.'

'Tijdens het gerechtelijk vooronderzoek. Nogmaals Jake, dit is weer zo'n voorbeeld van dat wij beter ons werk doen dan jij. Wij hebben meer getuigen gevonden. Wij zijn op zoek gegaan, wij hebben ons rot gewerkt en ik heb geen idee wat jullie hebben gedaan.'

'En volgens de voorschriften moet jij de namen van je getuigen bekendmaken. Twee weken geleden kwam je opeens op de proppen met de namen van vijfenveertig nieuwe getuigen. Je houdt je niet aan de regels, Wade. Rechter, dit is een flagrante schending van de regels!'

Rechter Atlee hief een hand en zei: 'Genoeg. Ik moet even nadenken.' Hij stond op, liep naar zijn bureau, pakte een van zijn twaalf pijpen van het rek, stopte hem met Sir Walter Raleigh, stak hem aan, blies een dikke rookwolk naar het plafond en dacht na. Aan één kant van de tafel zaten Wade Lanier, Lester Chilcott, Zack Zeitler en Joe Bradley Hunt zelfvoldaan, zwijgend, wachtend op een besluit dat het proces één bepaalde kant op zou sturen, zonder dat er een weg terug was. Tegenover hen zat Jake, alleen, en maakte aantekeningen die hij zelf niet eens kon ontcijferen. Hij voelde zich beroerd en kon niet voorkomen dat zijn handen trilden.

Wade Lanier had een magistrale smerige truc uitgehaald, en dat was om gek van te worden! Tegelijkertijd zou Jake Lettie het liefst door elkaar schudden; hij kon haar wel sláán! Waarom had ze het niet verteld, van de Pickerings? Sinds oktober hadden ze uren met elkaar doorgebracht.

Atlee blies nog meer rook uit en zei: 'Dit is te belangrijk om uit te sluiten. Ik zal meneer Pickering toelaten als getuige, maar binnen bepaalde grenzen.'

Jake was woedend en zei: 'Proces met een hinderlaag. Dit zal automatisch worden teruggedraaid. Dan zitten we hier over twee jaar weer en moeten we dit allemaal nog een keer doen.'

Rechter Atlee, nu ook kwaad, brulde: 'Probeer me niet te betuttelen, Jake. Ik ben nog nooit teruggefloten door het hooggerechtshof. Nog nooit!'

Jake haalde diep adem en zei: 'Sorry.'

Ancils verhaal duurde achtenvijftig minuten. Toen hij klaar was, veegde hij de tranen uit zijn ogen, zei dat hij uitgeput was en niet verder kon gaan, en liep de kamer uit. Lucien bedankte Jared Wolkowicz voor zijn hulp. Hij had de advocaat niet verteld dat Ancil op de vlucht was.

Ze liepen terug naar het hotel en zagen een paar politieagenten op een hoek staan. Daarop besloten ze een koffiehuis binnen te gaan. Ze verstopten zich in een zitje en probeerden over koetjes en kalfjes te praten. Lucien was nog steeds van slag door de verhalen die Ancil had verteld, maar ze waren geen van beiden in de stemming erover te praten.

Lucien zei: 'Ik heb die hotelkamer nog voor twee nachten vooruitbetaald. Jij mag hem hebben, want ik ga nu weg. Het is allemaal voor jou, de kleren, de tandpasta, alles. Er hangt een oude kakikleurige broek in de kast met driehonderd dollar in de voorzak. Voor jou.'

'Bedankt, Lucien.'

'Wat zijn je plannen?'

'Weet ik niet. Ik wil echt niet naar de gevangenis, dus ik denk dat ik de stad verlaat, zoals gebruikelijk. Ik verdwijn gewoon, dan vinden die klojo's me nooit. Dit heb ik al veel vaker bij de hand gehad.'

'Waar ga je naartoe?'

'Ach, misschien wel naar Mississippi. Mijn lieve grote broer had immers zo'n hoge dunk van me? Wanneer kan ik iets van zijn erfenis krijgen?'

'Wie weet? Daar zijn ze nu over aan het vechten. Het kan een maand duren, of vijf jaar. Je hebt mijn telefoonnummer. Bel me maar over een paar weken, dan kunnen we even bijpraten.'

'Doe ik.'

Lucien betaalde voor de koffie en ze vertrokken via een zijdeur. In een steeg namen ze afscheid. Lucien ging naar het vliegveld en Ancil naar het hotel. Toen hij daar aankwam, werd hij opgewacht door de rechercheur.

In de drukke rechtszaal zat iedereen stil, verbijsterd zelfs, te luisteren naar Fritz Pickering. Hij vertelde zijn verhaal, elk verwoestend detail. Lettie zat er verslagen naar te luisteren, met haar hoofd gebogen, haar blik neergeslagen en haar ogen gekweld gesloten. Ze schudde haar hoofd af en toe alsof ze het er niet mee eens was, maar niemand in de rechtszaal geloofde haar.

Leugens, leugens, leugens.

Fritz liet een kopie zien van het handgeschreven testament van zijn moeder. Jake maakte er bezwaar tegen dat dit testament als bewijs werd toegelaten, omdat niet kon worden bewezen dat dit het handschrift was van Irene Pickering, maar rechter Atlee hoorde hem amper. Het werd bewijs. Wade Lanier vroeg zijn getuige de vierde alinea voor te lezen, waarin stond dat Lettie Lang vijftigduizend dollar kreeg. Hij las haar langzaam en luid voor. Een paar juryleden schudden ongelovig hun hoofd.

Wade Lanier bleef doorvragen. 'Dus meneer Pickering, u en uw zus zeiden dat Lettie Lang aan de keukentafel moest gaan zitten en lieten haar het testament zien dat uw moeder had geschreven, klopt dat?'

'Dat klopt.'

'En als zij eerder vandaag heeft verklaard dat ze nooit eerder een testament heeft gezien, dan liegt ze. Klopt dat?'

'Ik denk het wel.'

'Bezwaar,' zei Jake.

'Afgewezen,' snauwde Atlee vanaf de rechtersstoel.

Het was wel duidelijk, in elk geval voor Jake, dat rechter Atlee nu de vijand was. Hij beschouwde Lettie als een leugenaarster, en in zijn denkwereld was er geen ergere zonde denkbaar. In de loop der jaren had hij verschillende verdachten naar de gevangenis gestuurd zodra ze betrapt werden op het vertellen van leugens, maar vrijwel altijd in echtscheidingszaken. Een nacht in de gevangenis deed wonderen bij de zoektocht naar de waarheid.

Lettie liep niet de kans naar de gevangenis te gaan, hoewel dat verreweg de voorkeur had. Op dit afschuwelijke ogenblik, nu de juryleden zenuwachtig om zich heen keken, liep ze de kans niet minder dan ongeveer twintig miljoen dollar kwijt te raken, voor aftrek van belastingen natuurlijk.

Wanneer een getuige de waarheid vertelt en de waarheid pijn doet, moet een procesadvocaat proberen de geloofwaardigheid van die getuige onderuit te halen. Jake zat met een ondoorgrondelijk gezicht te kijken, alsof hij verwachtte dat Fritz zei wat hij zei, maar diep vanbinnen was hij wanhopig op zoek naar een zwakke plek. Wat had Fritz te winnen door hier te getuigen? Waarom zou hij zijn tijd verspillen?

'Meneer Brigance,' zei rechter Atlee toen Lanier klaar was met zijn getuige.

Jake stond snel op en probeerde er zo zelfverzekerd mogelijk uit te zien. Het eerste wat iedere procesadvocaat leert, is dat je nooit een vraag moet stellen waarop je het antwoord niet weet. Maar als je zeker weet dat je gaat verliezen, mag je de regels aan je laars lappen. Daarom vroeg Jake in het wilde weg: 'Meneer Pickering, hoeveel geld krijgt u om hier vandaag als getuige op te treden?'

De kogel raakte hem precies tussen zijn ogen. Hij kromp letterlijk in elkaar, zijn mond viel open en hij keek met een wanhopige blik naar Wade Lanier. Lanier haalde zijn schouders op en knikte: *Toe maar, niets aan de hand.*

Fritz zei: 'Zevenenhalfduizend dollar.'

'En wie betaalt u?' vroeg Jake.

'De cheque was afkomstig van het kantoor van de heer Lanier.'

'En welke datum staat er op die cheque?'

'Dat kan ik me niet precies herinneren, maar ik kreeg hem ongeveer een maand geleden.'

'Dus ongeveer een maand geleden hebt u deze deal gesloten. U hebt ermee ingestemd om hiernaartoe te komen en te getuigen, en de heer Lanier stuurde u het geld. Klopt dat?'

'Dat klopt.'

'Hebt u niet om meer geld gevraagd?' vroeg Jake, nog steeds in het wilde weg zonder te weten wat de feiten waren. Maar hij had wel een vermoeden.

'Eh, ja, ik heb wel om meer gevraagd.'

'U wilde zeker minstens tienduizend?'

'Ja, zoiets,' bekende Fritz en hij keek weer naar Lanier.

Jake kon zijn gedachten lezen. 'En u zei tegen meneer Lanier dat u niet zou getuigen tenzij u betaald kreeg, klopt dat?'

'Op dat moment was ik niet in gesprek met de heer Lanier, maar met een van zijn onderzoekers. Ik heb meneer Lanier vanochtend voor het eerst ontmoet.'

'Hoe dan ook, u wilde niet gratis getuigen, klopt dat?'

'Dat klopt.'

'Wanneer bent u vanuit Shreveport hiernaartoe gekomen?'

'Gistermiddag laat.'

'En wanneer vertrekt u weer uit Clanton?'

'Zo snel mogelijk.'

'Dus een kort reisje, zeg vierentwintig uur?'

'Ja, zoiets.'

'Zevenenhalfduizend dollar voor vierentwintig uur. U bent een dure getuige.'

'Is dat een vraag?'

Jake had geluk, maar hij wist dat dit niet zou voortduren. Hij keek naar zijn aantekeningen, gekrabbel dat hij niet kon ontcijferen, en sloeg een andere weg in. 'Meneer Pickering, heeft Lettie Lang u niet verteld dat zij niet betrokken is geweest bij het opstellen van het testament van uw moeder?'

Jake had geen idee wat Lettie had gedaan; hij had dit onderwerp nog niet met haar besproken. Dat zou een vervelend gesprek worden, waarschijnlijk tijdens de lunch.

'Ja, dat zei ze,' antwoordde Fritz.

'En heeft ze niet geprobeerd uit te leggen dat uw moeder niet met haar over dat testament had gepraat?'

'Ja, dat zei ze.'

'Hoe komt u aan die kopie van dat testament?'

'Die had ik bewaard.' Maar in werkelijkheid had een onbekende hem deze kopie toegestuurd, maar wie zou dat ooit te weten komen?

'Geen verdere vragen,' zei Jake en hij ging zitten.

Rechter Atlee zei: 'De zitting is geschorst tot halftwee.'

44

Jake en Harry Rex vluchtten de stad uit, en Jake zat achter het stuur. Ze reden snel naar het platteland, alleen maar om afstand te creëren tussen henzelf en de nachtmerrie in de rechtszaal. Ze wilden niet het risico lopen iemand tegen te komen – Lettie of Portia, de andere advocaten of iemand anders die zojuist getuige was geweest van dit bloedbad.

Harry Rex was altijd in de contramine. Na een goede procesdag zag hij vaak alleen de negatieve aspecten en na een slechte dag kon hij ongelofelijk optimistisch zijn over de volgende dag.

Jake reed, witheet van woede, en wachtte tot zijn vriend een opmerking zou maken waardoor hij weer licht in de duisternis zou zien, ook al was het maar even.

Harry Rex zei echter alleen maar: 'Volgens mij moet je inbinden en schikken.'

Een kilometer verderop zei Jake: 'Waarom denk je dat Wade Lanier nu zou willen schikken? Hij heeft de zaak zojuist gewónnen! Die jury geeft Lettie Lang hoogstens vijftig dollar voor een tas met boodschappen. Je hebt zelf hun gezichten gezien.'

'Weet je wat het ergste is, Jake?'

'Het is allemaal erg. Het is erger dan erg.'

'Het ergste is dat je Lettie helemaal niet meer vertrouwt. Ik heb geen seconde het idee gehad dat ze Seth Hubbard had gemanipuleerd om zijn testament te herzien. Zo geslepen was ze niet en hij was niet zo dom. Maar nu opeens, als je je realiseert dat ze dit al eens eerder heeft gedaan, denk je: oké, zou ze dit vaker hebben gedaan? Is het mogelijk dat die vrouw meer verstand heeft van het erfrecht dan wij aannemen? Ik weet het niet hoor, maar je wordt er wel wantrouwig van.'

'En waarom zou ze dit achterhouden? Verdomme, ik durf te wedden dat ze nooit aan iemand, ook niet aan Portia, heeft verteld dat de Pickerings haar hebben betrapt. Ik denk dat ik zo slim had moeten zijn om haar dat een halfjaar geleden te vragen. Hé Lettie, vertel eens, heb je iemand anders weleens overgehaald om zijn of haar testament te veranderen en daar een leuk legaatje voor jou in op te nemen?'

'Waarom heb je daar niet aan gedacht?'

'Omdat ik stom was. Ik voel me nu ook behoorlijk stom.'

Weer een kilometer verder zei Jake: 'Je hebt gelijk. Hierdoor wantrouw je alles. En als wij dat al denken, moet je je voorstellen wat de juryleden denken.'

'Je bent de juryleden kwijt, Jake, en je krijgt ze nooit meer terug. Je hebt je beste getuigen opgeroepen, een bijna perfecte zaak opgezet, je stergetuige voor het laatst bewaard en zij deed het prima en toen, binnen een paar minuten, is de hele zaak de vernieling in gedraaid door een verrassingsgetuige. Deze jury kun je wel vergeten.'

Na weer een kilometer zei Jake: 'Een verrassingsgetuige. Dat is vast reden voor vernietiging van het vonnis.'

'Reken er maar niet op. Zover mag je het niet laten komen, Jake. Je moet deze zaak schikken voordat de jury zich erover uitspreekt.'

'Ik zal me moeten terugtrekken als de advocaat.'

'Dat is dan maar zo. Jij hebt wat geld verdiend, en nu moet je maken dat je wegkomt. Denk eens even aan Lettie.'

'Liever niet.'

'Dat begrijp ik, maar stel dat ze zonder een cent die rechtszaal verlaat.'

'Misschien verdient ze dat wel.'

Ze kwamen slippend tot stilstand op het grind van de parkeerplaats van Bates Grocery. De rode Saab was de enige onbekende auto, verder stonden er alleen maar pick-ups, waarvan niet één jonger dan tien jaar. Ze stonden in de rij te wachten terwijl mevrouw Bates geduldig hun borden volschepte met haar groenten en meneer Bates van iedere klant drieënhalve dollar incasseerde, inclusief zoete ijsthee en maisbrood. De klanten zaten op elkaar gepropt en er waren geen lege stoelen. 'Daar,' zei meneer Bates knikkend, en Jake en Harry Rex gingen aan een kleine toonbank zitten vlak bij het enorme gasfornuis waar allemaal pannen op stonden. Ze konden wel praten, maar voorzichtig.

Niet dat het iets uitmaakte. Niemand die daar lunchte wist dat er in de stad een proces aan de gang was, en al helemaal niet hoe slecht de zaak er voor Jake voor stond. Jake zat op een kruk over zijn bord gebogen, verloren en met een nietsziende blik.

'Hé, je moet iets eten,' zei Harry Rex.

'Geen trek,' zei Jake.

'Mag ik jouw eten dan?'

'Misschien. Ik ben jaloers op deze mensen. Zij hoeven niet terug naar die rechtszaal.'

'Ik ook niet. Je staat er alleen voor, makker. Je hebt deze zaak zo verkloot dat het nooit meer goed komt. Ik houd me er nu buiten.'

Jake brak een stuk maisbrood af en stopte dat in zijn mond. 'Jij studeerde toch tegelijk met Lester Chilcott rechten?'

'Klopt. Grootste lul op de universiteit. Heel aardig toen we begonnen, maar toen kreeg hij een baan bij een groot kantoor in Jackson, en van het ene op het andere moment veranderde hij in een enorme hufter. Ach, dat is misschien wel normaal. Hij was niet de eerste. Hoezo?'

'Neem hem vanmiddag even apart en klets even met hem. Vraag of ze in zijn voor een schikking.'

'Oké. Wat voor schikking?'

'Geen idee, maar als ze willen praten, komen we wel tot overeenstemming. Als ik me terugtrek, denk ik dat rechter Atlee de leiding van de onderhandeling op zich zal nemen en dan zorgt hij er wel voor dat iedereen iets krijgt.'

'Dát is een goed idee. Het is een poging waard.'

Jake nam een hap. Harry Rex had zijn bord al bijna leeg en keek naar Jakes bord. Hij zei: 'Luister, Jake, jij hebt toch football gespeeld?'

'Dat heb ik geprobeerd.'

'Nee, ik weet nog dat je toen je als quarterback voor Karaway speelde, nooit een seizoen hebt gewonnen. Wat was de ergste nederlaag die jullie ooit hebben geleden?'

'Ripley versloeg ons met 50-0 in mijn eerste jaar.'

'Hoe erg was het tijdens de rust?'

'36-0.'

'En ben je er toen mee gestopt?'

'Nee, ik was de quarterback.'

'Oké, je wist dus al tijdens de rust dat jullie niet zouden winnen, maar je ging samen met je team het veld weer op, en je bleef spelen. Je bent er toen niet mee gestopt en dat kun je nu ook niet doen. De kans dat je wint lijkt heel klein, maar je moet het veld weer op. Op dit moment ziet het ernaar uit dat je een gruwelijke nederlaag gaat lijden, en de jury kijkt naar alles wat je doet. Eet je groente op als een brave jongen, en dan gaan we terug.'

De juryleden verspreidden zich voor de lunch en kwamen om kwart over een weer bij elkaar in de jurykamer. Ze stonden in groepjes bij elkaar en fluisterden over de zaak. Ze waren verbaasd en onzeker. Verbaasd omdat de zaak zich opeens tegen Lettie Lang had gekeerd. Voordat Fritz Pickering verscheen, hadden de bewijzen zich opgestapeld en was het duidelijk geworden dat Seth Hubbard een man was die altijd deed wat hij wilde en precies wist wat hij deed. Dat was plotseling veranderd en nu werd Lettie met grote argwaan bekeken. Zelfs de twee zwarte juryleden, Michele Still en Barb Gaston, bleken de andere kant te kiezen. Ze waren onzeker over wat er nu zou gebeuren. Wie zou Jake laten getuigen om de schade te herstellen? Was dat mogelijk? En zo ja, wanneer zij, de juryleden, het handgeschreven testament afwezen, wat zou er dan met al dat geld gebeuren? Er waren ontzettend veel onbeantwoorde vragen.

Er werd zo uitgebreid over de zaak gepraat dat de voorzitter, Nevin Dark, zich geroepen voelde hen eraan te herinneren dat de rechter hun dat had verboden. 'Laten we ergens anders over praten,' zei hij beleefd, omdat hij hen niet boos wilde maken. Hij was hun baas immers niet?

Om halftwee kwam de gerechtsdienaar de kamer binnen, telde de koppen en zei: 'Kom mee.'

Ze liepen achter hem aan de rechtszaal binnen. Zodra ze zaten keken ze alle twaalf naar Lettie Lang, die niet opkeek van haar aantekeningen. Ook haar advocaat keek niet naar de jurybank voor een van zijn leuke glimlachjes, maar hij zat onderuitgezakt in zijn stoel, kauwde op een pen en probeerde er ontspannen uit te zien.

Rechter Atlee zei: 'Meneer Lanier, u mag uw volgende getuige oproepen.'

'Ja, meneer. De aanvechters roepen de heer Herschel Hubbard op.'

Herschel liep naar de getuigenbank, zwoer de waarheid te vertellen en beantwoordde daarna een paar eenvoudige vragen. Wade Lanier had hem goed voorbereid. Ze sprongen van de hak op de tak, en bespraken alle aspecten van Herschels saaie leven. Herschel vertelde met veel liefde over zijn jeugd, zijn ouders, zijn zus en de geweldige tijd die ze hadden als ze bij elkaar waren. Ja, de echtscheiding was behoorlijk pijnlijk geweest, maar de familie had het overleefd. Hij en zijn vader hadden een goede band; ze praatten altijd aan één stuk door met elkaar en zagen elkaar zo vaak mogelijk, maar helaas hadden ze het allebei druk. Ze waren allebei een echte fan van de Atlanta Braves. Ze volgden het team fanatiek en bespraken de wedstrijden altijd met elkaar.

Lettie keek naar hem, verbijsterd. Ze had Seth Hubbard nog nooit ook maar één woord over de Atlanta Braves horen zeggen en ze had nooit gezien dat hij op tv naar een honkbalwedstrijd keek.

Ze probeerden altijd minstens één keer per seizoen naar Atlanta te gaan om een paar wedstrijden te zien. Is dat zo? Dit was nieuw voor Jake en voor iedereen die Herschels depositie had gelezen. Hij had het nooit eerder gehad over zo'n uitstapje met zijn vader, maar Jake kon er niet veel aan veranderen. Hij zou twee dagen lang diep moeten graven om te bewijzen dat die uitstapjes naar Atlanta nooit hadden plaatsgevonden. Als Herschel verhaaltjes over zichzelf en zijn vader wilde ophangen, kon Jake hem nu niet tegenhouden. En Jake moest voorzichtig zijn. Als hij nog enige geloofwaardigheid bezat bij de jury, kon hij daar ernstige schade aan toebrengen als hij Herschel nu aanviel. Die arme man was zijn vader kwijtgeraakt en vervolgens op een bijzonder wrede en vernederende manier uit zijn testament geschrapt. Het zou heel gemakkelijk zijn en ook alleen maar natuurlijk als de jury medelijden met hem had.

En hoe ga je in discussie met een zoon die geen goede band had met zijn vader, maar nu zweert dat dit wel zo was? Dat doe je niet, en Jake wist dat dit een discussie was die hij niet kon winnen. Hij maakte aantekeningen, luisterde naar de sprookjes en probeerde een pokerface op te zetten alsof er niets aan de hand was. Hij kon zichzelf er niet toe brengen naar de juryleden te kijken. Er stond een muur tussen hen in, iets wat hij nooit eerder had meegemaakt.

Toen ze het eindelijk over Seths kanker hadden, werd Herschel verdrietig en verdrong hij zijn tranen. Het was echt afschuwelijk, zei hij, om te zien dat deze actieve en levendige man door die ziekte werd verteerd. Hij had al zo vaak geprobeerd te stoppen met roken; vader en zoon hadden vaak lang en intens met elkaar gepraat over roken. Herschel was gestopt toen hij dertig was en hij had zijn vader gesmeekt er ook mee te stoppen. In zijn laatste maanden had Herschel zijn vader zo vaak mogelijk opgezocht. En ja, ze hadden over zijn erfenis gepraat. Seth was duidelijk geweest over zijn bedoelingen. Hij was misschien niet erg gul tegenover Herschel en Ramona toen ze jonger waren, maar hij wilde dat ze na zijn dood alles kregen. Hij verzekerde hem ervan dat hij een goed testament had opgesteld, een testament dat hen zou vrijwaren van financiële zorgen en ook de toekomst van hun kinderen zou veiligstellen, Seths geliefde kleinkinderen.

Seth was zichzelf niet op het laatst. Ze praatten heel veel via de telefoon en eerst had Herschel gemerkt dat het geheugen van zijn vader achteruitging. Hij kon zich de eindstand van de laatste honkbalwedstrijd niet meer herinneren. Hij herhaalde zichzelf steeds. Hij kletste maar door over de World Series, hoewel de Braves daar vorig jaar niet eens aan meededen. Maar volgens Seth wel. De oude man ging achteruit. Wat was dát hartverscheurend geweest!

Niet verrassend wantrouwde Herschel Lettie Lang. Ze deed het prima als schoonmaakster en kokkin en verzorgster van zijn vader, maar hoe langer ze daar werkte en hoe zieker Seth werd, hoe meer ze hem leek te beschermen. Ze deed alsof ze niet wilde dat Herschel en Ramona op bezoek kwamen. Herschel had zijn vader een paar keer opgebeld, maar toen had ze gezegd dat hij zich niet goed voelde en niet aan de telefoon wilde komen. Ze probeerde hem bij zijn familie vandaan te houden.

Lettie keek naar de getuige en schudde langzaam met haar hoofd.

Het was een indrukwekkend optreden en tegen de tijd dat het voorbij was, was Jake bijna te verbijsterd om te kunnen nadenken of iets te kunnen doen. Wade Lanier had, door vakkundige en ongetwijfeld kostbare voorbereiding, een fictief verhaal bij elkaar gesprokkeld waar iedere vader en zoon jaloers op zouden zijn.

Jake liep naar het spreekgestoelte en vroeg: 'Meneer Hubbard, tijdens die uitstapjes om de Braves te zien spelen, in welk hotel logeerden u en uw vader dan meestal?'

Herschel kromp in elkaar en opende zijn mond, maar er kwam geen woord uit. Hotels hebben registers die gecontroleerd kunnen worden. Na een tijdje had hij zich hersteld en zei: 'Eh, nou ja, we logeerden in verschillende hotels.'

'Zijn jullie vorig jaar naar Atlanta geweest?'

'Nee, toen was mijn vader te ziek.'

'Het jaar daarvoor?'

'Volgens mij wel, ja.'

'Oké, dus jullie waren er in 1987. In welk hotel?'

'Dat kan ik me niet herinneren.'

'Goed. Tegen wie speelden de Braves?'

Wedstrijden en uitslagen kunnen worden gecontroleerd. 'Eh, jeetje, dat weet ik niet zeker, weet u. Misschien de Cubs.'

Jake zei: 'Dat kunnen we controleren. Welke datum?'

'O, maar ik ben heel slecht in data.'

'Oké, in 1986. Zijn jullie toen voor een paar wedstrijden naar Atlanta gegaan?'

'Volgens mij wel, ja.'

'Welk hotel?'

'Misschien het Hilton. Ik weet het niet zeker.'

'Tegen wie speelden de Braves?'

'Eh, even nadenken. Ik weet het niet zeker, maar we hebben ze een keer tegen de Phillies zien spelen.'

'Wie stond er in 1986 op het derde honk voor de Phillies?'

Herschel slikte moeizaam en keek strak voor zich uit. Zijn ellebogen trilden en hij bleef naar de juryleden kijken. Zijn leugens hadden hem ingehaald. Laniers fictieve meesterwerk had flinke gaten.

428

Ten slotte: 'Weet ik niet.'

'U bent Mike Schmidt toch zeker niet vergeten, de beste derde honkman ooit! Hij speelt nog altijd en is op weg naar de Hall of Fame.'

'Sorry, nee.'

'Wie stond er op het middenveld voor de Braves?'

Weer een pijnlijke stilte. Het was duidelijk dat Herschel geen idee had.

'Ooit van Dale Murphy gehoord?'

'Tuurlijk, dát is hem! Dale Murphy!'

Momenteel wees alles erop dat Herschel een leugenaar was, of in elk geval sterk kon overdrijven. Jake kon wel proberen ook gaten in de rest van zijn getuigenverklaring te schieten, maar hij had geen enkele garantie dat hij weer kon scoren. Instinctief besloot hij te gaan zitten.

Ramona was de volgende en ze huilde al zodra ze de eed had afgelegd. Ze kon nog steeds niet geloven dat haar geliefde 'pappie' zo verloren en zo wanhopig was geweest dat hij zelfmoord had gepleegd. Maar na een tijdje had Lanier haar gekalmeerd en zwoegden ze door hun voorbereide getuigenverklaring. Ze was altijd pappies kleine meid geweest en ze was dol op haar vader geweest. Hij was gek op haar en haar kinderen, en zocht hen heel vaak op in Jackson.

Weer had Jake met tegenzin bewondering voor Wade Lanier. Hij had Ramona goed voorbereid op haar depositie in december en had haar geleerd hoe ze zichzelf moest beschermen. Hij wist dat Jake haar verklaring tijdens het proces niet onderuit kon halen, en dus had hij ervoor gezorgd dat ze tijdens de depositie een paar kruimels liet vallen, net genoeg om vage antwoorden op de vragen te kunnen geven, en vervolgens voor de jury een onzinverhaaltje op te hangen.

Haar getuigenverklaring was een dramatische mix van emoties, slecht acteerwerk, leugens en overdrijving. Jake keek af en toe naar de jury om te zien of ze argwaan kregen, en dat was zo. Toen ze weer begon te snikken keek Tracy McMillen, nummer 2, Jake aan en fronste als om te zeggen: *dit geloof je toch niet?*

Tenminste, dat was Jakes interpretatie. Hij kon zich vergissen. Zijn instinct was van slag en hij vertrouwde er niet meer op. Tracy was zijn favoriete jurylid. Ze hadden elkaar de afgelopen twee dagen al een paar keer aangekeken, en het leek bijna alsof ze met elkaar flirtten. Dit was niet de eerste keer dat Jake zijn uiterlijk had gebruikt om een jurylid voor zich te winnen en het zou ook niet de laatste keer zijn. Toen hij weer naar de jury keek, zag hij dat Frank Doley hem aankeek met een van zijn gebruikelijke 'Ik kan niet wachten tot ik je onderuit kan halen'-blikken.

Wade Lanier was niet perfect. Hij ging te lang met haar door en daardoor verloor hij een paar mensen. Ramona's stem klonk schril en haar huilbuien waren een fantasieloze show. Maar de mensen die naar haar keken, leden met haar mee en toen Lanier ten slotte zei: 'Ik draag de getuige over,' tikte rechter Atlee snel met zijn hamer en zei: 'Ik schors de zitting een kwartier.'

De juryleden vertrokken en de rechtszaal liep leeg.

Jake bleef aan zijn tafel zitten, net als Lettie. Het was tijd elkaar recht in de ogen te kijken. Portia schoof haar stoel dichterbij, zodat ze zacht met elkaar konden praten.

Lettie begon met: 'Jake, het spijt me zo. Wat heb ik gedaan?' De tranen sprongen haar in de ogen.

'Waarom heb je me het niet verteld, Lettie? Als ik het had geweten van de Pickerings, had ik me erop kunnen voorbereiden.'

'Maar zo is het helemaal niet gegaan, Jake. Ik zweer dat ik nooit met mevrouw Irene over een testament heb gepraat. Nooit! Niet voordat ze hem schreef en niet daarna. Ik wist er niet eens iets van tot ik die ochtend op mijn werk kwam en de hel losbarstte. Ik zweer het, Jake. Je moet me de kans geven dit aan de jury uit te leggen. Dan kan ik... ik kan ervoor zorgen dat ze me geloven.'

'Zo eenvoudig is het niet, maar we hebben het er nog wel over.'

'We moeten praten, Jake! Herschel en Ramona liegen alsof het gedrukt staat. Kun je daar geen einde aan maken?'

'Volgens mij gelooft de jury er niets van.'

Portia zei: 'Ze mogen Ramona niet.'

'Dat kan ik wel begrijpen. Ik moet snel even naar het toilet. Iets gehoord van Lucien?'

'Nee, ik heb de voicemail afgeluisterd tijdens de lunchpauze. Een paar advocaten, een paar verslaggevers en een doodsbedreiging.'

'Een wat?'

'Een vent zei dat ie je huis weer in de fik zal steken als je al dat geld wint voor die nikkers.'

'Wat aardig. Ik vind het ergens wel leuk. Daardoor komen er weer leuke herinneringen naar boven aan het Hailey-proces.'

'Ik heb het bericht bewaard. Wil je dat ik het aan Ozzie vertel?'

'Jazeker.'

Harry Rex onderschepte Jake voor het toilet en zei: 'Ik heb met Chilcott gepraat. Geen deal. Geen belangstelling voor een gesprek over een schikking. Hij lachte me zelfs in mijn gezicht uit, zei dat ze nóg een paar verrassingen in petto hebben.'

'Wat dan?' vroeg Jake in paniek.

'Ja, dat wilde hij me natuurlijk niet vertellen. Dat zou de hinderlaag verpesten, toch?'

'Ik kan niet nog een hinderlaag verdragen, Harry Rex.'

'Hou je gemak. Je doet het prima. Volgens mij hebben Herschel en Ramona niet veel juryleden geïmponeerd.'

'Vind je dat ik haar moet aanpakken?'

'Nee. Doe maar rustig aan. Als je haar het vuur na aan de schenen legt, begint ze alleen maar weer te huilen. De jury wordt doodziek van haar.'

Vijf minuten later liep Jake naar het spreekgestoelte en zei: 'Welnu, mevrouw Dafoe, uw vader overleed op 2 oktober vorig jaar. Klopt dat?'

'Ja.'

'Wanneer was de laatste keer dat u hem had gezien, voor zijn dood?'

'Dat heb ik niet opgeschreven, meneer Brigance. Hij was mijn pappie.'

'Is het niet zo dat dit eind juli was, ruim twee maanden voordat hij overleed?'

'Nee, dat is helemaal niet waar. Ik zag hem heel vaak.'

'De laatste keer, mevrouw Dafoe. Wanneer was de laatste keer?'

'Nogmaals, dat heb ik niet bijgehouden. Waarschijnlijk een paar weken voor zijn dood.'

'Weet u dat zeker?'

'Nou nee, dat weet ik niet zeker. Schrijft u het op, elke keer als u op bezoek gaat bij uw ouders?'

'Ik ben hier niet de getuige, mevrouw Dafoe. Ik ben de advocaat die de vragen stelt. Weet u zeker dat u uw vader een paar weken voor hij stierf nog hebt gezien?'

'Nou eh, dat weet ik niet zeker.'

'Dank u wel. Goed, en de kinderen, Will en Leigh Ann. Wanneer was de laatste keer dat zij hun opa hebben gezien voor zijn dood?'

'Lieve help, meneer Brigance. Ik heb geen idee!'

'Maar u hebt verklaard dat ze hem heel vaak zagen, ja toch?'

'Natuurlijk, ja. Ze hielden van hun opa.'

'Hield hij van hen?'

'Hij aanbad hen.'

Jake glimlachte en liep naar het tafeltje waar de bewijsstukken lagen. Hij pakte twee vellen papier en keek naar Ramona. 'Dit is het testament dat uw vader schreef op de dag voordat hij stierf. Dit is een bewijsstuk en de jury heeft het al gezien. In de zesde alinea schrijft uw vader, en ik citeer: "Ik heb twee kinderen – Herschel Hubbard en Ramona Hubbard

Dafoe – en zij hebben kinderen, hoewel ik niet weet hoeveel omdat ik hen al heel lang niet heb gezien." Einde citaat.'

Jake legde het testament weer op het tafeltje en vroeg: 'O ja, hoe oud is Will?'

'Veertien.'

'En Leigh Ann?'

'Twaalf.'

'Het is dus twaalf jaar geleden dat u een kind kreeg?'

'Ja, dat klopt.'

'En uw eigen vader wist niet of u meer kinderen had?'

'U kunt dat testament niet geloven, meneer Brigance. Mijn pappie was niet goed bij zijn hoofd toen hij dat opschreef.'

'Ik neem aan dat de jury dat moet bepalen. Geen vragen meer.' Jake ging zitten en kreeg een briefje van Quince Lundy met de tekst: *Geweldig. Je hebt haar gevloerd.* Op dat moment in de rechtszaak, in zijn carrière, in zijn leven zelfs, had Jake een opkikker nodig. Hij boog zich naar hem toe en fluisterde: 'Dankjewel.'

Wade Lanier stond op en zei: 'Edelachtbare, de aanvechters roepen de heer Ian Dafoe, echtgenoot van Ramona Hubbard, op.' Ian sloop naar de getuigenbank, ongetwijfeld met de opdracht nog een paar heerlijke herinneringen op te halen.

Halverwege zijn getuigenverklaring schoof Quince Lundy weer een briefje naar Jake toe: *Deze mensen doen te hard hun best om de jury te overtuigen. Volgens mij lukt dat niet.* Jake knikte alsof hij op zoek was naar een opening, een toevallig woord dat hij tegen de getuige kon gebruiken. Vergeleken met de overdreven act van zijn vrouw kwam Ian ontzettend saai over. Hij gaf vaak dezelfde antwoorden, maar dan zonder de emotie.

Via allerlei bronnen en achterdeurtjes hadden Jake, Harry Rex en Lucien een paar negatieve dingen over Ian ontdekt. Zijn huwelijk stond al een tijdje op springen. Hij gaf er de voorkeur aan weinig thuis te zijn en weet dat aan zijn drukke werkzaamheden. Hij zat fanatiek achter de vrouwen aan. Zijn vrouw dronk te veel. En een paar van zijn zakendeals waren problematisch.

Tijdens het kruisverhoor was Jakes eerste vraag: 'U zegt dat u commercieel onroerendgoedontwikkelaar bent, nietwaar?'

'Dat klopt.'

'En u bent volledig of gedeeltelijk eigenaar van een bedrijf dat KLD Biloxi Group heet?'

'Dat klopt.'

'En probeert dat bedrijf de Gulf Coast Mall in Biloxi, Mississippi, te renoveren?'

'Inderdaad.'

'Zou u zeggen dat het bedrijf financieel gezond is?'

'Hangt ervan af hoe u "financieel gezond" definieert.'

'Oké, laten we dat als volgt definiëren. Twee maanden geleden is uw bedrijf, KLD Biloxi Group, gedagvaard door de First Gulf Bank voor het niet-betalen van een krediet ter hoogte van vier miljoen dollar. Klopt dat?' Jake had een paar documenten in de hand. Hij had het bewijs.

'Ja, maar daar zit een verhaal achter.'

'Daar heb ik u niet naar gevraagd. Is uw bedrijf vorige maand gedagvaard door een bank uit New Orleans, de Picayune Trust, voor 3,6 miljoen dollar?'

Ian haalde diep adem en zei ten slotte: 'Ja, maar die zaken zijn nog in behandeling en we zijn daartegen in beroep gegaan.'

'Dank u wel. Geen verdere vragen.'

Ian verliet om kwart voor vijf de getuigenbank en even overwoog rechter Atlee te schorsen tot donderdagochtend. Wade Lanier schoot hem te hulp en zei: 'Rechter, we kunnen een getuige oproepen die niet veel tijd zal kosten.'

Als Jake had vermoed wat eraan kwam, had hij Ian langer aan de tand gevoeld, de tijd gerekt en een nieuwe hinderlaag vermeden, in elk geval tot de volgende dag. Maar nu zou de jury vertrekken met een zelfs nog lagere dunk van Seth Hubbard.

Lanier zei: 'We roepen Julina Kidd op.'

Jake herkende de naam meteen als een van de vijfenveertig namen die Lanier twee weken eerder op zijn bureau had gesmeten. Hij had twee keer geprobeerd haar te bellen, maar dat was niet gelukt.

Ze werd opgehaald uit een getuigenkamer en door een gerechtsdienaar naar de getuigenbank gebracht. Volgens Wade Laniers bijzonder duidelijke en niet mis te verstane instructies droeg ze een goedkope blauwe jurk die veel leek op de jurk die Lettie aanhad. Niet strak, niet sexy, niets om haar figuur dat normaal gesproken opviel te laten zien. Geen sieraden, niets opvallends. Ze had haar best gedaan er niet aantrekkelijk uit te zien, hoewel dat onmogelijk was.

De boodschap was subtiel: als Seth achter deze aantrekkelijke zwarte vrouw aan had gezeten, dan had hij ook achter Lettie aan gezeten.

Ze liep naar de getuigenbank en glimlachte zenuwachtig naar de jury. Lanier stelde een paar inleidende vragen en kwam daarna meteen ter zake. Hij gaf haar een paar papieren en vroeg: 'Kunt u me vertellen wat dit is?'

Ze keek er even naar en zei: 'Ja, dit is een aanklacht wegens ongewenste intimiteiten die ik ongeveer vijf jaar geleden heb ingediend tegen Seth Hubbard.'

Jake stond meteen op en schreeuwde bijna: 'Bezwaar, edelachtbare. Tenzij de raadsman ons kan uitleggen waarom dit relevant is, zou dit niet als bewijs mogen dienen.'

Lanier stond ook op en zei met luide stem: 'O, maar het is heel erg relevant, edelachtbare.'

Rechter Atlee hief zijn handen en zei: 'Stilte.' Hij keek op zijn horloge, keek naar de juryleden, zweeg heel even en zei toen: 'Laten we iedereen hier houden en vijf minuten pauzeren. Advocaten, mee naar mijn kamer.' Ze liepen snel naar zijn kamer. Jake was zo kwaad dat hij Lanier het liefst een klap had verkocht en Lanier leek bereid terug te slaan. Toen Lester Chilcott de deur sloot, vroeg rechter Atlee: 'Wat gaat ze getuigen?'

Lanier zei: 'Ze werkte voor een van de bedrijven van Seth Hubbard in Zuid-Georgia. Ze hebben elkaar daar leren kennen, hij zat achter haar aan, dwong haar seks met hem te hebben en ontsloeg haar toen ze besloot dat ze dat niet langer pikte. Ze hebben een soort schikking getroffen.'

'En dat is vijf jaar geleden?' vroeg Jake.

'Inderdaad.'

'Waarom is het relevant voor onze zaak nu?' vroeg rechter Atlee.

'O, het is bijzonder relevant, edelachtbare,' zei Lanier terloops en met het voordeel van enkele maanden voorbereiding. Jake was bijna verblind van woede en bijna te kwaad om te kunnen nadenken. Lanier vervolgde: 'Het gaat om ongepaste beïnvloeding. Mevrouw Kidd was een werkneemster, net als mevrouw Lang. Seth had de neiging vrouwen die voor hem werkten te verleiden, ongeacht hun huidskleur. Deze zwakte heeft ertoe geleid dat hij beslissingen nam die financieel niet verstandig waren.'

'Jake?'

'Onzin! Ten eerste, rechter, zou ze niet mogen getuigen, omdat ze tot twee weken geleden niet op de getuigenlijst stond; dat is een duidelijke schending van de regels. Ten tweede heeft iets wat Seth vijf jaar geleden heeft gedaan niets te maken met zijn wilsbekwaamheid vorig jaar oktober. En er is bovendien geen enkel bewijs voor dat hij intiem is geweest met Lettie Lang. Het kan me niets schelen met hoeveel vrouwen, zwart of blank, hij vijf jaar geleden neukte.'

Lanier zei: 'Volgens ons is het bewijzend.'

Jake zei: 'Dikke kul, alles is bewijzend.'

'Let op je taal, Jake,' zei rechter Atlee waarschuwend.

'Sorry.'

Rechter Atlee hief zijn hand, waarop iedereen zweeg. Hij stak een pijp op, blies de rook uit, liep naar het raam en zei toen: 'Ik ben het met je eens, Wade. Beide vrouwen waren werkneemsters van hem. Ik zal de getuige toelaten.'

Jake zei: 'Godver! Wie trekt zich nog iets van de regels aan?'

'Kom na afloop naar mijn kamer, Jake,' zei rechter Atlee streng en hij blies nog wat rook uit. Hij legde zijn pijp neer en zei: 'Goed, we gaan door.'

De advocaten gingen weer naar de rechtszaal.

Portia boog zich naar voren en vroeg fluisterend aan Jake: 'Wat is er gebeurd?'

'De rechter is gek geworden, dat is alles.'

Julina vertelde haar verhaal aan een ademloos publiek. Haar plotselinge promotie, haar nieuwe paspoort, het reisje naar Mexico City met de baas, het luxehotel met de aangrenzende kamers, daarna de seks en haar schuldgevoel. Weer thuis ontsloeg hij haar onmiddellijk en stuurde haar onder geleide het gebouw uit. Ze sleepte hem voor de rechter, won en ging akkoord met een schikking.

Haar getuigenverklaring was niet relevant voor het erfrechtproces. Het was schandalig en zeker gedenkwaardig, maar terwijl Jake zat te luisteren raakte hij ervan overtuigd dat rechter Atlee een blunder had begaan. Hij zou het proces verliezen, maar dat hij in beroep zou gaan werd met het uur duidelijker. Jake zou een geweldige tijd hebben als hij Wade Laniers trucjes uitlegde aan het hooggerechtshof van Mississippi. Hij zou het fantastisch vinden als hij erin zou slagen een vonnis van Reuben V. Atlee teruggedraaid te krijgen.

Jake moest bekennen dat het een verloren zaak was als hij nú al overwoog in beroep te gaan. Hij ondervroeg Julina Kidd een paar minuten, net lang genoeg om haar te laten toegeven dat ze was betaald om te getuigen. Ze wilde niet zeggen hoeveel; Lanier had kennelijk op tijd met haar gepraat.

'Dus u verruilde seks voor geld, en nu verruilt u een getuigenverklaring voor geld, klopt dat, mevrouw Kidd?' vroeg hij. Het was een gemene vraag en hij wenste meteen dat hij zijn woorden kon terugnemen. Ze vertelde alleen maar de waarheid.

Ze haalde haar schouders op, maar zei niets. Misschien was dat wel het meest chique antwoord van die dag.

Om halfzes schorste rechter Atlee de zitting tot donderdagochtend. Jake bleef in de rechtszaal tot lang nadat iedereen was vertrokken. Hij kletste rustig met Portia en Lettie, en probeerde hen er tevergeefs van te overtuigen dat de zaak er minder slecht voor stond dan het leek. Dat mislukte jammerlijk.

Hij vertrok pas toen de heer Pate het licht uitdeed.

Hij ging niet naar de kamer van rechter Atlee zoals hem was opgedragen, maar naar huis. Hij had behoefte aan een rustig moment met de twee mensen van wie hij het meest hield, de twee mensen die altijd vonden dat hij de beste advocaat ter wereld was.

45

De vlucht naar Seattle was overboekt. Lucien kreeg de laatste stoel op een vlucht naar San Francisco, waar hij twintig minuten de tijd had om een rechtstreekse vlucht naar Chicago te halen. Als het allemaal goed ging, zou hij iets na middernacht in Memphis aankomen. Niets ging goed. In San Francisco miste hij zijn aansluiting en toen hij een grond-stewardess uitschold, werd hij bijna in de boeien geslagen door een bewaker. Om hem weg te krijgen, zetten ze hem op een shuttle naar L.A. en zeiden dat hij daar een betere aansluiting met Dallas had. Onderweg naar L.A. dronk hij drie dubbele whiskeys met ijs, waardoor de stewardessen elkaar ongerust aankeken. Na de landing liep hij meteen door naar een bar en bleef drinken. Hij belde vier keer naar Jakes kantoor, maar kreeg alleen het antwoordapparaat. Hij belde het kantoor van Harry Rex drie keer, maar kreeg te horen dat de advocaat in de rechtbank was. Toen de rechtstreekse vlucht naar Dallas om halfacht werd geannuleerd, vervloekte hij een andere grondstewardess en dreigde American Airlines voor de rechter te slepen. Om hem daar weg te krijgen, zetten ze hem op een vier uur durende vlucht naar Atlanta, eerste klas met gratis drankjes.

Tully Still werkte als vorkheftruckchauffeur bij een transportbedrijf op het industrieterrein in het noorden van de stad. Hij had nachtdienst en was gemakkelijk op te sporen. Woensdagavond om halfnegen gaf Ozzie Walls hem een seintje, waarna ze samen het donker in liepen. Still stak een sigaret op. Ze waren geen familie van elkaar, maar hun moeders waren al vanaf de basisschool elkaars beste vriendin. Tully's vrouw, Michele, was jurylid nummer 3. Voorste rij, middenin, Jakes buiten-kansje.

'Hoe erg is het?' vroeg Ozzie.

'Behoorlijk erg. Wat is er gebeurd? Het ging allemaal prima en opeens ligt de zaak op z'n kont.'

'Stelletje getuigen kwam zomaar opdagen. Wat zeggen ze nu?'

'Ozzie, zelfs Michele twijfelt nu aan Lettie Lang. Die vrouw lijkt fout, man, ze sluipt rond, haalt blanke kerels over hun testament te veranderen. Michele en die Gaston blijven haar wel steunen, wees maar niet bang, maar dat betekent dat ze slechts twee stemmen heeft. En die blanken in de jury zijn geen slechte lui, hoor, een paar misschien, maar de meeste stonden tot vanochtend achter Lettie. Het is echt geen kwestie van zwart tegen blank.'

'Er wordt dus veel gepraat?'

'Dat zei ik niet. Volgens mij wordt er veel gefluisterd. Dat is toch normaal? Je kunt niet verwachten dat ze tot op het laatst hun mond houden.'

'Ik denk het niet.'

'Wat gaat Jake doen?'

'Ik weet niet zeker of hij wel iets kán doen. Hij zegt dat hij zijn beste getuigen al heeft opgeroepen.'

'Het ziet ernaar uit dat hij is overdonderd, dat die advocaten uit Jackson hem te pakken hebben.'

'We zullen zien. Misschien is het nog niet afgelopen.'

'Het ziet er slecht uit.'

'Hou je ogen open.'

'Doe ik.'

In het kantoor van Sullivan hadden ze de champagne nog niet opengetrokken, maar er werd wel een prima wijn geschonken. Walter Sullivan, de gepensioneerde partner die het kantoor vijfenveertig jaar eerder had opgericht, was een kenner die onlangs een heerlijke Italiaanse Barolo had ontdekt. Na een lichte avondmaaltijd in de vergaderzaal maakte hij een paar flessen open en vulde een stel mooie kristallen glazen, waarna ze met elkaar toostten. Er hing een triomfantelijke stemming.

Myron Pankey had al duizend jury's aan het werk gezien en nooit eerder meegemaakt dat een jury zo snel en zo volkomen van mening was veranderd. 'Je hebt ze in je zak, Wade,' zei hij.

Lanier werd gerespecteerd als een tovenaar in de rechtszaal, die in staat was ondanks allerlei bewijsvoorschriften konijnen uit zijn hoed te toveren. 'Ach, de rechter heeft ook een handje meegeholpen, hoor,' zei hij bescheiden, meer dan eens. 'Hij wil alleen een eerlijk proces.'

'Bij een rechtszaak gaat het niet om eerlijkheid, Wade,' zei Sullivan. 'Bij een rechtszaak gaat het erom dat je wint.'

Lanier en Chilcott konden het geld al bijna ruiken. Tachtig procent van de brutonalatenschap voor hun cliënten, zonder belastingen en zo, dus dan zou hun kleine advocatenkantoor een nettohonorarium incasseren van twee miljoen dollar. Dat schip met geld kon al gauw binnenvaren. Als het handgeschreven testament ongeldig was verklaard, gold het vorige testament. Het grootste deel van het vermogen was al omgezet in cash, zodat een tijdrovende verificatie waarschijnlijk niet nodig was.

Herschel was in Memphis en reed samen met zijn twee kinderen heen en weer naar de rechtszaal. De Dafoes logeerden in het gastenverblijf van een vriend in de buurt van de golfclub. Iedereen was in een uitstekende bui en kon niet wachten tot ze het geld kregen en hun leventje weer konden oppakken. Nadat hij zijn wijn op had, zou Wade hen bellen en hun complimenten in ontvangst nemen.

Een uur nadat Ozzie met Tully Still had gesproken, stond hij voor Jakes huis tegen de motorkap van zijn patrouillewagen geleund en rookte een sigaar met zijn favoriete advocaat. Ozzie zei: 'Tully zegt dat het tien tegen twee is.'

Jake blies wat rook uit en zei: 'Verbaast me niet echt.'

'Tja, zo te zien moet je je boeltje maar bij elkaar pakken en ermee kappen, Jake. Dit feestje is afgelopen. Zorg dat Lettie nog iets krijgt en trek je terug. Ze heeft niet veel nodig. Schik deze verdomde zaak voordat de jury erover moet beslissen.'

'Dat proberen we al, Ozzie, oké? Harry Rex heeft die jongens van Lanier vanmiddag al twee keer benaderd. Ze hebben hem uitgelachen. Je kunt een zaak niet schikken als de tegenpartij je uitlacht. Op dit moment zou ik akkoord gaan met een miljoen.'

'Een miljoen! Hoeveel zwarten hier bezitten een miljoen dollar, Jake? Je denkt veel te veel als een blanke. Pak een half miljoen, een kwart, zorg dat je verdomme iets krijgt!'

'Morgen gaan we het weer proberen. Ik wacht even af hoe de ochtend verloopt en dan ga ik tijdens de lunch naar Wade. Hij weet hoe de zaak ervoor staat en kennelijk ook hoe hij dit spelletje moet spelen. Hij heeft ook vaak genoeg in mijn schoenen gestaan, dus ik denk dat ik wel met hem kan praten.'

'Praat snel, Jake, en zorg dat er een einde komt aan dit verdomde proces. Deze jury is tegen je, Jake, dit is niet te vergelijken met Hailey.'

'Nee, dat klopt.'

Jake bedankte hem en liep naar binnen. Carla was al naar bed, ze las een boek en maakte zich zorgen om haar man. 'Wat was er?' vroeg ze, terwijl hij zich uitkleedde.

'Dat was Ozzie. Hij maakt zich zorgen over het proces.'

'Waarom is Ozzie op dit tijdstip aan het ronddwalen?'

'Je kent hem toch? Die slaapt nooit.' Jake liet zich op het voeteneinde van het bed vallen, stak zijn handen onder de lakens en streelde haar benen.

'Jij ook niet. Mag ik je iets vragen? Je bent bezig met een belangrijke rechtszaak. Je hebt de afgelopen week nog geen vier uur geslapen en als je wel slaapt, lig je te woelen en heb je nachtmerries. Je eet slecht. Je valt af. Je bent verstrooid en gestrest, gespannen, prikkelbaar, soms zelfs misselijk. Als je 's ochtends wakker wordt, heb je een knoop in je maag.'

'En je vraag is?'

'Waarom wil je in vredesnaam een procesadvocaat zijn?'

'Dit is misschien niet het beste moment om me dit te vragen.'

'Nee, het is het perfecte moment. Hoeveel juryprocessen heb je in de afgelopen tien jaar gevoerd?'

'Eenendertig.'

'En tijdens elk proces kwam je slaap tekort en viel je af, ja toch?'

'Volgens mij niet. De meeste zijn lang niet zo belangrijk als deze, Carla. Deze zaak is uitzonderlijk.'

'Wat ik bedoel is dat een proces zoveel spanning veroorzaakt. Waarom wil je het eigenlijk doen?'

'Omdat ik het geweldig vind. Daarom ben ik advocaat. Als ik in de rechtszaal ben en voor een jury sta, is het net of ik in de ring sta, of op het sportveld. De emoties lopen hoog op. De inzet is enorm. De wedijver is intens. Er zal een winnaar en een verliezer zijn. Elke keer dat de jury de rechtszaal binnenkomt en gaat zitten, stroomt er een golf adrenaline door me heen.'

'Een groot ego.'

'Een heel groot ego. Er bestaat geen succesvolle procesadvocaat zonder ego. Dat is een vereiste. Je móét een groot ego hebben om dit werk te willen doen.'

'Dan zou het dus goed met je moeten gaan.'

'Oké, ik geef toe dat ik een groot ego heb, maar dat kan deze week weleens een heftige optater krijgen. Het moet misschien getroost worden.'

'Nu of later?'

'Nu. Het is al acht dagen geleden.'

'Doe de deur op slot.'

Lucien kreeg ergens boven Mississippi, op een hoogte van 35.000 voet, een black-out. Toen het vliegtuig in Atlanta landde, hielpen de stewardessen hem naar buiten. Twee bewakers zetten hem in een rolstoel en brachten hem naar de gate voor zijn vlucht naar Memphis. Ze passeerden verschillende lounges, maar dat kreeg hij niet mee. Toen de bewakers afscheid van hem namen, bedankte hij hen, stond op en wankelde naar de dichtstbijzijnde bar, waar hij een biertje bestelde. Hij was aan het minderen, dat kon hij. Hij sliep van Atlanta tot Memphis, waar ze om tien over zeven 's ochtends landden. Ze tilden hem uit het vliegtuig, belden de beveiliging en die belden de politie.

Portia was op kantoor en nam de telefoon aan. Jake zat boven fanatiek de getuigenverklaringen door te nemen toen ze hem stoorde met: 'Jake, dit is een collect call van Lucien.'

'Waar zit hij?'

'Weet ik niet, maar hij klinkt vreselijk.'

'Neem het gesprek maar aan en verbind hem door.'

Een paar seconden later nam Jake het telefoontje aan en zei: 'Lucien, waar zit je?'

Met veel moeite slaagde hij erin te begrijpen dat Lucien in de gevangenis van Memphis City zat en dat Jake hem moest komen halen; hij praatte onduidelijk, verward en was stomdronken. Jake had dat jammer genoeg al vaker meegemaakt. Opeens werd hij kwaad en voelde geen greintje medelijden met Lucien.

'Ze willen me niet laten praten,' mompelde Lucien, amper verstaanbaar. Daarna snauwde hij iets tegen iemand op de achtergrond.

Jake zag het al helemaal voor zich en zei: 'Lucien, we vertrekken over vijf minuten naar de rechtszaal. Het spijt me.' Maar het speet hem helemaal niet. Wat hem betreft mocht Lucien wegrotten in die gevangenis.

'Ik móét daar zijn, Jake, het is belangrijk,' zei hij, maar zo onduidelijk dat hij zichzelf drie keer moest herhalen.

'Wat is belangrijk?'

'Ik heb die depositie. Van Ancil. Ancil Hubbard. Depositie. Het is belangrijk, Jake!'

Jake en Portia staken snel de straat over en liepen via de achterdeur de rechtbank binnen. Ozzie stond in de hal met een portier te praten. 'Heb je even?' vroeg Jake met een ernstig gezicht.

Tien minuten later raceten Ozzie en Marshall Prather de stad uit en gingen op weg naar Memphis.

'Ik heb je gisteren gemist,' zei rechter Atlee toen Jake zijn kamer binnenkwam. De advocaten kwamen bij elkaar voor de gebruikelijke voorbespreking.

'Sorry rechter, maar ik had het druk met allerlei procesdetails,' antwoordde Jake.

'Dat geloof ik meteen. Heren, nog voorlopige kwesties?'

441

De advocaten van de aanvechters glimlachten grimmig en schudden hun hoofd: *nee*.

Jake zei: 'Eh ja, edelachtbare, er is wel iets. We hebben Ancil Hubbard gevonden, in Juneau, Alaska. Hij leeft en is gezond, maar niet in staat om hier voor het proces naartoe te komen. Hij is een belanghebbende in deze zaak en zou hierbij betrokken moeten worden. Daarom wil ik een motie indienen om te schorsen en door te gaan zodra Ancil hier kan zijn.'

'Verzoek afgewezen,' zei rechter Atlee zonder enige aarzeling. 'Hij zou geen enkele bijdrage kunnen leveren aan het vaststellen of dit testament rechtsgeldig is. Hoe heb je hem gevonden?'

'Dat is een lang verhaal, edelachtbare.'

'Bewaar het dan maar voor later. Nog iets?'

'Van mij niet.'

'Zijn uw volgende getuigen er klaar voor, meneer Lanier?'

'Jazeker.'

'Laten we dan maar beginnen.'

Nu Wade Lanier de juryleden zo diep in zijn zak had, wilde hij absoluut niet dat ze zich verveelden. Hij had besloten de zaak te versnellen en de jury zo snel mogelijk te laten beraadslagen. Hij en Lester Chilcott hadden de rest van het proces al helemaal uitgetekend. Ze zouden de donderdag gebruiken voor hun resterende getuigen. Als Jake nog iets achter de hand had, zou hij toestemming krijgen tegengetuigen op te roepen. Beide advocaten zouden halverwege de vrijdagochtend hun slotbetoog houden en vervolgens kregen de juryleden de zaak meteen na de lunch. Omdat het weekend dan voor de deur stond en ze toch al een besluit hadden genomen, zouden ze lang voordat de rechtbank om vijf uur dichtging klaar zijn en hun vonnis uitspreken. Wade en Lester zouden op tijd in Jackson zijn voor een late avondmaaltijd met hun echtgenotes.

Als doorgewinterde advocaten hadden ze beter moeten weten...

Laniers eerste getuige die donderdagochtend was een gepensioneerde oncoloog uit Jackson, dokter Swaney. Hij had tientallen jaren als huisarts gewerkt en daarnaast colleges gegeven op de medische faculteit. Zijn uiterlijk was onberispelijk, net als zijn gedrag, en hij praatte lijzig, met een diepe stem die absoluut niet aanmatigend overkwam. Hij was door en door overtuigend en geloofwaardig. Dokter Swaney vertelde de jury met zo weinig mogelijk medische termen aan welke soort kanker Seth Hubbard had geleden, met nadruk op de tumoren die waren uitgezaaid naar zijn ruggengraat en ribben. Hij beschreef hoe ontzettend pijnlijk dergelijke tumoren waren. Hij had honderden patiënten behandeld met deze vorm van kanker, die de ergst denkbare pijn veroorzaakte. Demerol was zeker een van de meest effectieve pijnstillers. Een dosis van honderd milligram elke drie tot vier uur was niet ongebruikelijk en zou de pijn enigszins verlichten. Deze dosis zorgde er meestal wel voor dat de patiënt slaperig, futloos, duizelig en vaak misselijk werd en niet in staat was veel normale handelingen te verrichten. Autorijden was onmogelijk. En iemand die zoveel Demerol slikte, mocht natuurlijk nooit belangrijke beslissingen nemen.

Toen Jake nog niet zo lang advocaat was, had hij al geleerd dat het weinig zin had om met een echte getuige-deskundige in discussie te gaan. Met een nepdeskundige kreeg je vaak de kans een lekker bloedbad aan te richten voor de jury, maar dat ging niet met een getuige zoals dokter Swaney. Tijdens het kruisverhoor maakte Jake duidelijk dat Seth Hubbards eigen behandelend arts, dokter Talbert, niet zeker wist hoeveel Demerol Seth in de dagen voor zijn dood had geslikt. De getuige was het ermee eens dat het allemaal speculatie was, maar wees Jake er beleefd op dat patiënten zelden veel van deze vrij dure medicijnen kochten als ze die niet gebruikten.

De volgende getuige-deskundige was een andere arts, dokter Niehoff, van de medische faculteit van de UCLA. Een jury uit een klein stadje is al snel onder de indruk van getuige-deskundigen die een lange reis hebben gemaakt om bij hen te zijn, en niemand wist dit beter dan Wade Lanier. Een getuige-deskundige uit Tupelo zou hun aandacht hebben getrokken, een getuige-deskundige uit Memphis zou zelfs nog geloofwaardiger zijn, maar als je zo iemand uit Californië laat komen, hangt de jury aan zijn lippen.

Voor tienduizend dollar van Wade Laniers geld, plus onkosten, vertelde dokter Niehoff de jury dat hij zich al vijfentwintig jaar bezighield met het onderzoek naar en de pijnbehandeling van kankerpatiënten. Hij was goed bekend met de tumoren die nu werden besproken en beschreef uitgebreid de effecten ervan op het lichaam. Hij had vaak meegemaakt dat patiënten huilden en gilden, lijkbleek werden, oncontroleerbaar overgaven, om pijnstillers smeekten, bewusteloos raakten en zelfs wensten dat ze dood waren. Het was heel gebruikelijk dat ze zelfmoord overwogen. Het kwam niet zelden voor dát ze zelfmoord pleegden. Demerol was een van de meer populaire en effectieve behandelingen. Op dat moment vergat dokter Niehoff zijn instructies en verviel in vakjargon, iets wat vaak gebeurt als een getuige-deskundige de verleiding niet kan weerstaan zijn publiek te imponeren. Hij noemde het medicijn *meperidine hydrochloride*, zei dat dit een narcotisch analgeticum was, een opium bevattende pijnstiller.

Lanier viel hem in de rede en zorgde ervoor dat hij weer eenvoudige woorden gebruikte. Dokter Niehoff vertelde de jury dat Demerol een sterke pijnstiller is die bijzonder verslavend is. Hij had al gedurende zijn hele carrière met dit medicijn gewerkt en er talloze artikelen over geschreven. Artsen schreven het graag voor in het ziekenhuis of in hun eigen kliniek; maar in een geval als dat van Seth Hubbard, was het niet ongebruikelijk de patiënt een bepaalde hoeveelheid mee naar huis te laten nemen. Het medicijn kon gemakkelijk worden misbruikt, vooral door iemand die zoveel pijn leed als Seth.

Jake stond op en zei: 'Bezwaar, edelachtbare. Er is geen greintje bewijs voor dat Seth Hubbard dit medicijn misbruikte.'

'Toegewezen. Houd u aan de feiten, dokter.'

Jake ging zitten, opgelucht dat de rechter eindelijk iets in zijn voordeel had beslist.

Dokter Niehoff was een uitstekende getuige. Zijn beschrijvingen van de tumoren, de pijn en de Demerol waren gedetailleerd, en na drie kwartier in de getuigenbank kon iemand gemakkelijk geloven dat Seth ontzettend leed en dat zijn pijn alleen werd verlicht door enorme doses Demerol, een medicijn dat hem bijna totaal versufte. Volgens zijn deskundige mening was Seth Hubbards beoordelingsvermogen zo nadelig beïnvloed door de dagelijkse dosis en de cumulatieve effecten van dit medicijn, dat hij in zijn laatste levensdagen niet helder had kunnen nadenken.

Tijdens het kruisverhoor verloor Jake zelfs nog meer terrein. Toen hij probeerde aan te voeren dat dokter Niehoff geen idee had hoeveel Seth van deze pijnstiller had ingenomen, 'garandeerde' de getuige-deskundige Jake dat iedereen die zoveel pijn had als Seth niet zonder Demerol zou kunnen. 'Als hij aan die medicijnen kon komen, dan nam hij die pillen, meneer Brigance.'

Na nog enkele zinloze vragen ging Jake zitten. De beide artsen hadden precies bereikt wat Wade Lanier had gewild. Op dat moment was Seth, volgens de juryleden en vrijwel iedereen in de rechtszaal, gedesoriënteerd, duizelig, slaperig en licht in het hoofd geweest en niet in staat te rijden zodat hij Lettie had gevraagd dat te doen.

Kortom, hij was wilsonbekwaam geweest.

Na een schorsing van tien minuten riep Lanier Lewis McGwyre op als getuige. Omdat Advocatenkantoor Rush zich zo jammerlijk van de zaak had moeten terugtrekken en daarom ook geen cent zou krijgen, had

McGwyre eerst geweigerd te getuigen. Dus had Wade Lanier iets onvoorstelbaars gedaan: hij had een andere advocaat gedagvaard. Lanier stelde meteen vast dat McGwyre in september 1987 een dik testament voor Seth had opgesteld. Dat testament was erkend als bewijsstuk, waarna McGwyre mocht gaan. Hij wilde dolgraag blijven om het proces te volgen, maar zijn trots liet dat niet toe. Hij en Stillman Rush liepen snel de rechtszaal uit.

Daarna nam Duff McClennan plaats in de getuigenbank, beloofde de waarheid te spreken en vertelde de jury dat hij belastingadvocaat was en in Atlanta een kantoor had met driehonderd medewerkers. Hij had zich in de afgelopen dertig jaar gespecialiseerd in erfenisplanning. Hij stelde testamenten op, dikke, voor rijke mensen die zo weinig mogelijk erfbelasting wilden betalen. Hij had de boedelbeschrijving die Quince Lundy had opgesteld en het handgeschreven testament van Seth Hubbard bekeken. Lanier liet vervolgens op een groot scherm een aantal berekeningen zien, waarop McClennan uitweidde over hoeveel erfbelasting betaald zou moeten worden over deze onbeschermde nalatenschap. Hij verontschuldigde zich voor de vaktermen, de tegenstrijdigheden en de slaapverwekkende details van 'onze geliefde belastingwetgeving', en voor de complexiteit ervan. Twee keer zei hij: 'Ik heb dit niet opgesteld, maar het Congres.' Lanier wist heel goed dat deze getuigenverklaring de jury zou vervelen zo niet irriteren, en dus handelde hij alles zo snel mogelijk af, behandelde alleen de hoogtepunten en liet het grootste deel van de belastingregels onbesproken.

Jake was niet van plan bezwaar aan te tekenen en deze kwelling te rekken. De juryleden waren nu al geïrriteerd.

Toen McClennan eindelijk aan zijn punt toekwam, zei hij: 'Volgens mij zal de totale belastingafdracht eenenvijftig procent bedragen.' Op het scherm schreef Lanier in vette letters en cijfers: *12.240.000 dollar erfbelasting.*

Maar nu begon de pret pas. McClennan had het testament geanalyseerd dat was opgesteld door Lewis McGwyre. Dat was voornamelijk een verzameling samenhangende en ingewikkelde trusts waardoor Herschel en Ramona ieder meteen één miljoen dollar kregen, waarna het restant voor jaren werd vastgezet en de familie steeds kleine bedragen uitgekeerd zou krijgen. Hij en Lanier moesten dit wel tot in detail bespreken. Jake zag dat de juryleden in slaap vielen. Zelfs McClennans eenvoudige uitleg van het doel van dit testament was vaag en soms zelfs volkomen onbegrijpelijk. Maar Lanier ploegde door en liet de bedragen zien op het grote scherm. Het kwam erop neer dat de erfbelasting voor het testament uit 1987 volgens de deskundige mening van McClennan slechts 9.100.000 dollar was.

Het verschil van 3.140 dollar stond in grote cijfers op het scherm.

Het punt was gemaakt. Seths haastig opgestelde holografisch testament kostte zijn nalatenschap veel geld; nog een duidelijk bewijs dat hij niet helder had kunnen nadenken.

Jake had zich tijdens zijn rechtenstudie zo weinig mogelijk met het belastingrecht beziggehouden, en in de afgelopen tien jaar iedere potentiële cliënt die belastingadvies nodig had afgewezen. Hij kon daarbij niet van dienst zijn, omdat hij er zo weinig verstand van had. Toen Lanier klaar was met zijn getuige, zei Jake dat hij geen vragen had. Hij wist dat de juryleden zich stierlijk verveelden en zin hadden om te lunchen.

'De zitting wordt geschorst tot halftwee,' zei rechter Atlee. 'Meneer Brigance.'

Jake was van plan geweest om Wade Lanier aan te klampen en te vragen of hij een paar minuten met hem kon praten, maar zijn plannen werden onverwacht omgegooid. Hij liep naar het kantoor van rechter Atlee.

Nadat Atlee zijn toga had uitgetrokken en zijn pijp had opgestoken, ging hij zitten, keek naar Jake en zei rustig: 'Je bent niet blij met mijn besluiten.'

Jake snoof en zei: 'Nee, dat ben ik niet! U hebt toegelaten dat Wade Lanier dit proces ondermijnt met een paar smerige trucjes en met een paar verrassingsgetuigen waar ik me niet op heb kunnen voorbereiden.'

'Maar je cliënte loog.'

'Ze is mijn cliënte niet. De nalatenschap is mijn cliënt. Maar inderdaad, Lettie was niet eerlijk. Ze is onverwacht aangevallen, rechter, in een hinderlaag gelokt. In haar depositie heeft ze duidelijk aangegeven dat ze zich niet meer alle blanke vrouwen voor wie ze heeft gewerkt kon herinneren. Die kwestie met de Pickerings was zo onaangenaam dat ik me kan voorstellen dat ze die heeft verdrongen. En het belangrijkste aspect van dat verhaaltje is dat Lettie niet op de hoogte was van dat handgeschreven testament. Ik had haar hierop kunnen voorbereiden, rechter. Dat is mijn punt. Ik had de klap kunnen opvangen. Maar u gaf toestemming voor een hinderlaag, zodat dit proces binnen een paar seconden een andere kant op ging.'

Terwijl Jake dit zei keek hij naar de rechter, hoewel hij heel goed wist dat Reuben V. Atlee het niet kon waarderen als iemand hem een standje gaf. Maar deze keer had de rechter ongelijk en Jake was woedend om deze onrechtvaardigheid. Op dit moment had hij niets te verliezen, dus waarom zou hij het niet allemaal op tafel gooien?

De rechter trok aan zijn pijp en leek de rook op te eten, maar blies die toen uit. 'Ik ben het niet met je eens. Maar hoe dan ook verwacht ik dat je je waardig blijft gedragen. Advocaten vloeken niet in mijn kamer.'

'Mijn excuses. Ik vloek een enkele keer in het heetst van de strijd en volgens mij ben ik niet de enige.'

'Ik geloof niet dat de jury je al heeft opgegeven, zoals je beweert.'

Jake aarzelde. Hij had bijna gezegd dat de rechter bijna niets van jury's af wist. Die zag hij veel te zelden, wat dus een deel van het probleem was. In de Chancery Court vonniste hij fantastisch als rechter én als jury, en had hij de luxe dat hij alle bewijzen kon toelaten. Hij kon alles doorspitten, het goede van het slechte scheiden en een vonnis uitspreken dat volgens hem eerlijk was. Maar Jake was niet van plan hem tegen te spreken. In plaats daarvan zei hij: 'Rechter, ik moet nog heel veel doen.'

Rechter Atlee gebaarde naar de deur en Jake vertrok.

Harry Rex hield hem tegen toen hij de rechtbank verliet en zei: 'Ozzie belde naar kantoor, zei dat ze nog steeds in de gevangenis van Memphis zijn en proberen hem op borgtocht vrij te krijgen. Maar op dit moment krijgen ze dat nog niet voor elkaar.'

Jake fronste en vroeg: 'Borgtocht, waarvoor?'

'Hij is beschuldigd van openbare dronkenschap en verzet tegen zijn arrestatie. Dat is Memphis. Zij beschuldigen iedereen altijd van verzet tegen zijn arrestatie.'

'Ik dacht dat Ozzie daar contacten had.'

'Ik neem aan dat hij nu naar hen op zoek is. Ik zei je toch dat het niet slim was om die zatlap naar Alaska te sturen!'

'Is dit echt een nuttige opmerking?'

'Nee. Waar ga je lunchen?'

'Ik heb geen trek.'

'Laten we een biertje drinken.'

'Nee, Harry Rex. Sommige jury's voelen zich beledigd als de advocaat naar alcohol ruikt.'

'Je maakt je toch zeker niet langer druk om deze jury, wel?'

'Hou alsjeblieft je mond, wil je?'

'Ik moet vanmiddag naar de rechtbank in Smithfield. Succes. Ik kom later nog wel langs.'

'Bedankt.'

Toen Jake de straat overstak en naar zijn kantoor liep, realiseerde hij zich dat Harry Rex sinds die maandagochtend geen woord van het proces had gemist.

Dewayne Squire was de onderdirecteur van de Berring Lumber Company. Op de donderdag voor Seths zelfmoord hadden hij en Seth een meningsverschil gehad over een grote bestelling grenenhout van een vloerenbedrijf in Texas. Squire had de onderhandelingen gevoerd en de deal gesloten, en later tot zijn verbazing gehoord dat zijn baas dat bedrijf had opgebeld en opnieuw was gaan onderhandelen en tegen een lagere prijs een nieuwe deal had gesloten. Ze waren die hele donderdagochtend aan het discussiëren. Beide mannen waren kwaad, allebei waren ze ervan overtuigd dat ze gelijk hadden, maar op een bepaald moment had Squire zich gerealiseerd dat Seth zichzelf niet was. Arlene Trotter was niet op kantoor en had niets meegekregen van hun ruzie. Op een bepaald moment was Squire Seths kantoor binnengelopen; Seth zat met zijn hoofd in zijn handen en zei dat hij duizelig en misselijk was. Toen ze later met elkaar praatten, bleek dat Seth de details van dat contract was vergeten. Hij beweerde dat Squire een veel te lage prijs had afgesproken, waarop ze weer ruzie kregen. Toen Seth tegen drie uur het kantoor verliet, was de deal gesloten en zou Berring uiteindelijk ongeveer tienduizend dollar verliezen. Voor zover Squire wist was dat het grootste verlies op een contract waar Seth bij betrokken was geweest. Hij beschreef zijn baas als gedesoriënteerd en labiel. De volgende ochtend verkocht hij het productiebos in South Carolina met een substantieel verlies.

Jake was zich er heel goed van bewust dat Lanier Wade nu wilde opschieten en de zaak voor het weekend aan de jury wilde overdragen. Jake moest de zaak vertragen, zodat hij tijdens het kruisverhoor over de financiën van Berring begon en die langzaam doornam met Squire. Van de laatste vijf jaar was 1988 het meest winstgevend geweest, hoewel de winst in het laatste kwartaal, na Seths dood, was gedaald. Terwijl de aandacht van de juryleden verslapte, praatten Jake en Squire over het bedrijf, over de contracten, het beleid, de kosten, de personeelsproblemen, de afschrijvingen. Twee keer zei de rechter: 'Schiet op, meneer Brigance,' maar hij drong niet heel erg aan. Jake was toch al niet blij met hem.

Na Dewayne Squire riep Lanier de heer Dewberry op als getuige, een agrarische makelaar die zich had gespecialiseerd in boerderijen en jachtclubs. Hij vertelde dat hij in de dagen voor Seths dood zaken met hem had gedaan. Seth had voor een jachtclub tweehonderd hectare grond in Tyler County willen kopen. Hij en Dewberry waren al vijf jaar op zoek geweest naar land, maar Seth nam nooit een besluit. Ten slotte betaalde hij voor een optie van een jaar op deze tweehonderd hectare, maar toen werd hij ziek en verloor hij zijn belangstelling. Toen de optie bijna afliep, had hij Dewberry een paar keer gebeld. Dewberry wist niet dat Seth stervende was en ook niet dat hij pijnstillers slikte. De ene dag wilde Seth de optie verlengen, de andere niet. Verschillende keren kon hij zich de prijs per hectare niet herinneren en één keer wist hij zelfs niet meer wie hij aan de telefoon had. Hij gedroeg zich steeds labieler.

Tijdens het kruisverhoor slaagde Jake erin zelfs nog meer tijd te rekken. Donderdagmiddag was het proces bijna tot stilstand gekomen en schorste rechter Atlee de zitting al vroeg.

46

Nadat Ozzie tevergeefs de strijd was aangegaan met de bureaucratie van Memphis, stond hij op het punt op te geven toen hij opeens ergens aan dacht waar hij veel eerder aan had moeten denken. Hij belde Booker Sistrunk op, wiens kantoor vier straten van de stadsgevangenis af stond. Na een moeizaam begin hadden ze contact met elkaar gehouden, en in de afgelopen maanden hadden ze elkaar twee keer ontmoet toen Ozzie in Memphis was. Booker was niet terug geweest in Clanton en zat daar ook niet op te wachten. Ze hadden zich gerealiseerd dat twee zwarte mannen, die anderhalf uur bij elkaar vandaan woonden en in een blanke wereld een bepaalde mate van macht hadden, wel iets gemeenschappe- lijk moesten hebben. Ze zouden vrienden moeten zijn. Voor Booker was vooral het feit van belang dat zijn lening van 55.000 dollar aan de Langs nog uitstond, en hij wilde zijn geld beschermen.

De politie van Memphis had een grondige hekel aan Booker Sistrunk, maar was ook bang voor hem. Een kwartier nadat hij was gearriveerd in zijn zwarte Rolls werden bepaalde papieren van het ene bureau naar het andere verplaatst en had Lucien Wilbanks opeens grote prioriteit. Lu- cien liep naar buiten, dertig minuten nadat Booker naar binnen was ge- lopen. 'We moeten zo snel mogelijk naar het vliegveld,' zei Lucien.

Ozzie bedankte Booker en beloofde hem later bij te praten.

Lucien vertelde dat hij zijn aktetas in het vliegtuig had laten liggen. Hij dacht dat die onder de stoel had gestaan, maar misschien ook wel in de ruimte boven zijn hoofd. Hoe dan ook, het was belachelijk dat de ste- wardessen die niet hadden gevonden. Ze hadden het te druk gehad met hem dat vliegtuig uit krijgen. Ozzie en Prather luisterden en vloekten en raceten naar het vliegveld. Lucien stonk en zag eruit als een zwerver die ze voor landloperij hadden opgepakt.

Bij Delta's afdeling Gevonden voorwerpen was niets bekend over een aktetas die na de vlucht vanuit Atlanta in het vliegtuig was achtergeble- ven. Met tegenzin begon de enige medewerker aan zijn zoektocht. Lu- cien vond een lounge en bestelde een glas licht bier. Ozzie en Prather lunchten in een druk buffetrestaurant, niet ver bij die lounge vandaan.

Ze probeerden hun passagier in het oog te houden en belden Jakes kantoor, maar niemand nam op. Het was bijna drie uur en hij was waarschijnlijk bezig in de rechtbank.

De aktetas bleek in Minneapolis te zijn. Omdat Ozzie en Prather politieagenten waren, behandelde Delta de aktetas alsof het een belangrijk bewijsstuk was en van cruciaal belang voor een belangrijk onderzoek, hoewel het in werkelijkheid een versleten oude leren tas was met een paar schrijfblokken, enkele tijdschriften, wat goedkope zeepjes en luciferboekjes die hij uit de Glacier Inn in Juneau had meegenomen, plus een videoband. Na heel veel onzekerheid en gedoe werd afgesproken dat Delta de aktetas zo snel mogelijk terug zou vliegen naar Memphis. Als het allemaal goed ging, zou hij er tegen middernacht zijn.

Ozzie bedankte de medewerker en ging op zoek naar Lucien. Toen ze het vliegveldgebouw verlieten, werd Lucien weer wat alerter en zei: 'Zeg, mijn auto staat hier. Ik zie jullie wel weer in Clanton.'

Ozzie zei: 'Nee, Lucien, jij bent dronken. Je kunt niet rijden.'

Lucien antwoordde kwaad: 'Ozzie, we zijn hier in Memphis en jij hebt hier geen enkele bevoegdheid. Je kunt de pot op! Ik kan verdomme doen wat ik wil.'

Ozzie hief zijn handen en liep weg, samen met Prather. Ze probeerden Lucien te volgen toen ze tijdens de spits Memphis verlieten, maar ze konden de kleine Porsche niet bijhouden die gevaarlijk door het drukke verkeer schoot. Ze reden door naar Clanton, naar Jakes kantoor en kwamen daar iets voor zeven uur aan. Jake zat al te wachten.

Het enige heel klein beetje goede nieuws van de verder afschuwelijke en frustrerende dag was Luciens arrestatie voor openbare dronkenschap en verzet tegen zijn arrestatie. Daardoor zou elke poging om weer als advocaat te gaan werken voor altijd onmogelijk zijn, maar op dat moment was dat maar een kleine vreugde, en iets wat Jake niet eens hardop kon zeggen. Los daarvan zag de zaak er vreselijk slecht uit.

Twee uur later reed Jake naar Luciens huis. Toen hij op de oprit stopte, zag hij dat de Porsche er niet stond. Op de voorveranda praatte hij even met Sallie en zij beloofde hem te bellen zodra Lucien thuiskwam.

Als door een wonder arriveerde Luciens aktetas om middernacht in Memphis. Hulpsheriff Willie Hastings haalde hem op en bracht hem naar Clanton.

Die vrijdagochtend om halfacht zaten Jake, Harry Rex en Ozzie in de vergaderzaal beneden en deden de deur op slot. Jake stopte de videoband in zijn videorecorder en deed het licht uit. De woorden: *Juneau,*

Alaska... 5 april 1989 verschenen op het televisiescherm en verdwenen na een paar seconden. Jared Wolkowicz stelde zichzelf voor en legde uit wat ze deden. Lucien stelde zichzelf voor en zei dat dit een depositie was en dat hij de vragen zou stellen. Hij keek helder uit zijn ogen, was nuchter en stelde Ancil F. Hubbard voor. De stenotypiste nam hem de eed af.

Ancil was klein en mager, zijn hoofd was zo kaal als een witte ui. Hij droeg Luciens zwarte pak en witte overhemd, allebei veel te groot. Op zijn achterhoofd zat verband en een klein stukje van de pleister waarmee dat vastzat was zichtbaar boven zijn rechteroor. Hij slikte moeizaam, keek in de camera alsof hij doodsbang was en zei toen: 'Mijn naam is Ancil F. Hubbard. Ik woon in Juneau, Alaska, maar ik ben geboren in Ford County, Mississippi, op 1 augustus 1922. Mijn vader was Cleon Hubbard, mijn moeder Sarah Belle, mijn broer Seth. Seth was vijf jaar ouder dan ik. Ik ben geboren op de boerderij van onze familie, in de buurt van Palmyra. Ik ging op mijn zestiende uit huis en ben nooit terug geweest. Nooit. Wilde ik nooit. Dit is mijn verhaal.'

Toen het scherm achtenvijftig minuten later zwart werd, bleven de drie mannen nog even zitten. Dit was niet iets wat ze ooit weer wilden zien of horen, maar dat zou onmogelijk zijn. Ten slotte stond Jake langzaam op en haalde de videoband uit de recorder. 'We kunnen maar beter naar de rechter gaan.'

'Kun je regelen dat dit wordt toegelaten?' vroeg Ozzie.

'Nooit van z'n leven,' zei Harry Rex. 'Ik kan wel tien manieren opnoemen om dat te voorkomen, en geen enkele manier om het als bewijs te laten dienen.'

'We moeten het toch proberen,' zei Jake. Hij stak snel de straat over, zijn hart raasde, de gedachten tolden door zijn hoofd. De andere advocaten liepen in de buurt van de rechtszaal rond, blij dat het vrijdag was en ernaar verlangend om met een fantastische zege naar huis te kunnen gaan. Jake praatte even met rechter Atlee en zei dat het belangrijk was dat de advocaten naar zijn kantoor beneden kwamen waar een tv met een videospeler stond. Zodra ze daar allemaal waren en nadat de rechter zijn pijp had gestopt, vertelde Jake wat hij ging doen. 'Deze depositie is twee dagen geleden opgenomen. Lucien was daar en stelde een paar vragen.'

'Ik wist niet dat hij weer advocaat was,' zei Wade Lanier.

'Hou je mond,' zei Jake. 'Kijk eerst maar eens naar deze opname, daarna kunnen we wel ruziemaken.'

'Hoe lang duurt het?' vroeg de rechter.

'Ongeveer een uur.'

Lanier zei: 'Dit is tijdverspilling, rechter. U mag deze depositie niet toelaten, omdat ik er niet bij was en niet de kans heb gehad de getuige te ondervragen. Dit is absurd.'

Jake zei: 'We hebben de tijd, edelachtbare. Waarom zo'n haast?'

Rechter Atlee trok aan zijn pijp, keek naar Jake en zei met een schittering in zijn ogen: 'Laat maar zien.'

Jake vond de video de tweede keer even gruwelijk als de eerste keer. Dingen waarvan hij de eerste keer niet zeker wist of hij ze goed had gehoord, werden bevestigd. Hij keek herhaaldelijk naar Wade Lanier, wiens verontwaardiging verdween zodra het verhaal hem overweldigde. Tegen het einde leek hij in elkaar te zakken. Alle advocaten van de aanvechters keken nu anders uit hun ogen en hun arrogante houding was verdwenen.

Toen Jake de videoband uit de recorder haalde, bleef rechter Atlee naar het lege scherm kijken. Hij stak zijn pijp weer aan en blies een grote rookwolk uit. 'Meneer Lanier?'

'Tja, rechter, dit is duidelijk ontoelaatbaar. Ik was er niet bij. Ik heb niet de kans gehad de getuige aan een kruisverhoor te onderwerpen. Niet echt eerlijk, weet u?'

Jake zei snel: 'Dan past het precies bij de rest van dit proces. Een verrassingsgetuige hier, een hinderlaag daar. Ik dacht dat je verstand had van dit soort trucs, Wade.'

'Daar ga ik niet op in. Dit is geen correcte depositie, rechter.'

Jake zei: 'Maar wat had je hem willen vragen? Hij beschrijft voorvallen die zijn gebeurd voordat je was geboren, en hij is de enige nog in leven zijnde getuige. Je zou hem onmogelijk aan een kruisverhoor kunnen onderwerpen. Je weet niets van wat er is gebeurd.'

Lanier zei: 'Het is niet op de juiste wijze vastgelegd door de stenotypiste. Die advocaat in Alaska heeft geen vergunning voor Mississippi. En zo kan ik nog wel even doorgaan.'

'Prima. Dan trek ik de video terug als bewijsstuk en bied hem aan als een affidavit, als een beëdigde verklaring van een getuige voor een notaris. Die stenotypiste was ook notaris.'

Lanier zei: 'Dit heeft niets te maken met de vraag of Seth Hubbard al dan niet wilsonbekwaam was op 1 oktober van vorig jaar.'

Jake kaatste terug: 'O, maar volgens mij verklaart dit alles, Wade. Dit bewijst zonder enige twijfel dat Seth Hubbard precies wist wat hij deed. Kom op, rechter, u hebt de jury al die andere dingen ook laten horen.'

'Zo is het wel genoeg,' zei rechter Atlee streng. Hij deed zijn ogen dicht en leek even te mediteren. Hij ademde diep in en uit, terwijl zijn pijp doofde. Toen hij zijn ogen weer opende, zei hij: 'Heren, de jury moet maar eens kennismaken met Ancil Hubbard.'

Tien minuten later werd de zitting weer geopend. De jury werd naar binnen gebracht en het grote scherm werd weer geplaatst. Rechter Atlee verontschuldigde zich tegenover de juryleden voor de vertraging en vertelde toen wat er was gebeurd. Hij keek naar de tafel van de aanvechters en vroeg: 'Meneer Lanier, hebt u nog meer getuigen?'

Lanier stond op alsof hij ernstige reuma had en zei: 'Nee. Wij zijn klaar.'

'Meneer Brigance?'

'Edelachtbare, ik wil mevrouw Lettie Lang graag weer oproepen, voor beperkte doeleinden. Het duurt niet lang.'

'Uitstekend. Mevrouw Lang, vergeet alstublieft niet dat u de eed hebt afgelegd en dat die nog steeds geldt.'

Portia boog zich naar voren en fluisterde: 'Jake, wat ga je doen?'

'Niet nu,' fluisterde hij terug. 'Dat zul je wel zien.'

Letties laatste verblijf in de getuigenbank was nog steeds een afschuwelijke herinnering, maar ze vermande zich en probeerde ontspannen te lijken. Ze weigerde naar de juryleden te kijken. Er was geen tijd geweest om haar voor te bereiden, zodat ze geen idee had wat haar te wachten stond.

Jake begon met: 'Lettie, wie was je moeder, je biologische moeder?'

Lettie glimlachte, knikte, begreep het en zei: 'Zij heette Lois Rinds.'

'En wie waren haar ouders?'

'Sylvester en Esther Rinds.'

'Wat weet je van Sylvester Rinds?'

'Hij stierf in 1930, zodat ik hem nooit heb gekend. Hij woonde op een stuk land dat nu eigendom is van de Hubbards. Na zijn dood droeg Esther het land over aan Seth Hubbards vader. Sylvesters vader heette Solomon Rinds en die was daarvoor eigenaar van het land.'

'Geen vragen meer, edelachtbare.'

'Meneer Lanier?'

Wade liep zonder aantekeningen naar het spreekgestoelte. 'Mevrouw Lang, hebt u ooit een geboorteakte gehad?'

'Nee, meneer.'

'En uw moeder stierf toen u drie jaar oud was, nietwaar?'

'Dat klopt.'

'Toen we in december, in de week voor Kerstmis, uw depositie afnamen, wist u niet zo zeker wie uw voorouders waren. Hoe komt het dat u dat nu wel weet?'

'Ik heb een paar familieleden ontmoet. En daardoor zijn heel veel vragen beantwoord.'

'En nu weet u het zeker?'

'Ik weet wie ik ben, meneer Lanier. Dat weet ik zeker.'

Wade Lanier ging zitten.

Rechter Atlee keek de rechtszaal in en zei: 'Nu gaan we kijken naar de op video opgenomen depositie van Ancil Hubbard. Dim de lichten. Ik wil dat de deuren op slot gaan en dat niemand heen en weer loopt. Dit duurt ongeveer een uur en ik wens geen interrupties.'

De juryleden, die zich de vorige dag zo vreselijk hadden verveeld, werden klaarwakker en wilden heel graag deze onverwachte wending in de zaak meemaken. Veel van de toeschouwers gingen helemaal rechts in de zaal zitten, zodat ze het scherm beter konden zien. Het licht werd gedimd, niemand verroerde zich, iedereen leek diep in te ademen en toen werd de videoband afgespeeld. Nadat Jared Wolkowicz en Lucien zich hadden voorgesteld, verscheen Ancil.

Hij zei: *'Dit is mijn verhaal. Maar eigenlijk weet ik niet waar ik moet beginnen. Ik woon hier in Juneau, maar dat is niet echt mijn thuis. Ik heb geen thuis. De wereld is mijn thuis en ik heb bijna de hele wereld gezien. In de loop der jaren heb ik wat problemen gehad, maar ook heel veel plezier. Ik heb veel mooie dingen meegemaakt. Toen ik zeventien was ging ik bij de marine, loog over mijn leeftijd, wilde alles doen om weg te kunnen van huis, en vijftien jaar lang ben ik overal gestationeerd geweest. Ik heb gevochten in de Stille Oceaan op de* u.s.s. *Iowa. Na mijn ontslag uit de marine woonde ik in Japan, op Sri Lanka, in Trinidad, op zoveel verschillende plekken dat ik ze me nu niet allemaal kan herinneren. Ik werkte voor scheepvaartmaatschappijen en woonde op de oceanen. Als ik even iets anders wilde, vestigde ik me ergens, altijd ergens anders.'*

Lucien, buiten beeld, zei: *'Vertel ons iets over Seth.'*

'Seth was vijf jaar ouder dan ik en wij waren de enige kinderen. Hij was mijn grote broer en hij paste altijd op me, zo goed hij kon. We hadden een zwaar leven door onze vader Cleon Hubbard, een man die we vanaf onze geboorte hebben gehaat. Hij sloeg ons, hij sloeg onze moeder, het leek wel alsof hij altijd ruzie met iemand had. We woonden op het platteland, in de buurt van Palmyra, op de oude familieboerderij, in een oud landhuis dat mijn opa had gebouwd. Hij heette Jonas Hubbard en zijn vader Robert Hall Hubbard. De meeste andere familieleden waren naar Arkansas verhuisd, zodat er niet veel neven en nichten en zo in de buurt woonden. Seth

en ik werkten keihard op de boerderij, we molken de koeien, werkten in de tuin, plukten katoen. We moesten werken als volwassen mannen. Het was een zwaar leven, door de crisis en zo, maar zoals ze altijd zeiden hadden we in het zuiden niet veel last van de crisis omdat we daar al sinds de oorlog onder leden.'

'Hoeveel land?' vroeg Lucien.

'We hadden 32 hectare; dat was al heel lang in de familie. Het meeste was bos, maar er was ook akkerland waar mijn opa het bos had gekapt. Katoen en bonen.'

'En de familie Rinds bezat het aangrenzende land?'

'Dat klopt. Sylvester Rinds. En er waren nog een paar andere Rinds. Seth en ik speelden af en toe met een paar kinderen Rinds, maar altijd als Cleon het niet zag. Cleon haatte Sylvester, hij haatte alle Rinds. Het was een vete die al heel lang broeide. Zie je, Sylvester bezat ook 32 hectare, vlak naast ons land, ten westen ervan, en de Hubbards vonden altijd dat dat land ook aan hen toebehoorde. Volgens Cleon had ene Jeremiah Rinds dat land in bezit genomen in 1870, tijdens de Wederopbouw. Jeremiah was een slaaf geweest, daarna een bevrijde slaaf, en hij kocht dat land op de een of andere manier. Ik was nog maar een kind en begreep niet echt wat er toen gebeurde, maar de Hubbards hadden altijd het gevoel dat zij recht hadden op dat land. Ik denk dat ze er zelfs mee naar de rechter gingen, maar hoe dan ook, het bleef in de familie Rinds. Dat maakte Cleon woedend, omdat hij slechts 32 hectare bezat, terwijl die zwarten een even groot stuk land bezaten. Ik weet nog dat ik heel vaak hoorde vertellen dat de Rinds de enige zwarten in de county waren die land bezaten, en dat ze dat op de een of andere manier van de Hubbards hadden afgepakt. Seth en ik wisten dat we eigenlijk de pest aan de kinderen van de Rinds moesten hebben, maar meestal hadden we niemand anders om mee te spelen. We gingen vaak stiekem met hen vissen en zwemmen. Toby Rinds was van mijn leeftijd en hij was mijn vriendje. Cleon betrapte Seth en mij een keer toen we aan het zwemmen waren met de Rinds, en hij sloeg ons tot we niet meer konden lopen. Hij was een gewelddadige man, Cleon. Wraakzuchtig, gemeen, vervuld van haat en met een opvliegend karakter. We waren doodsbang voor hem.'

Doordat Jake vandaag al voor de derde keer naar de tape keek, lette hij niet meer zo op. In plaats daarvan keek hij naar de juryleden. Ze zaten roerloos, gebiologeerd en zogen elk woord in zich op, alsof ze het niet konden geloven. Zelfs Frank Doley, Jakes ergste jurylid, zat voorovergebogen met zijn wijsvinger tegen zijn mond te tikken, volledig in de ban van het verhaal.

'Wat gebeurde er met Sylvester?' vroeg Lucien.

'O ja, dát wilde je horen. De vete werd feller toen er vlak bij de grens tussen de beide grondstukken een paar bomen omvielen. Cleon vond dat die bomen van hem waren. Sylvester wist zeker dat ze van hem waren. Doordat er al zo lang onenigheid was over de grenslijn wist iedereen precies waar die liep. Cleon sprong bijna uit zijn vel. Ik weet nog dat hij zei dat hij hun gekloot al veel te lang had gepikt, en dat het tijd werd iets te doen. Op een avond kwamen er een paar mannen langs en dronken whiskey achter de schuur. Seth en ik glipten naar buiten en probeerden hen af te luisteren. Ze wilden iets doen tegen de familie Rinds. We konden niet horen wat precies, maar het was wel duidelijk dat ze een plan beraamden. Daarna, op een zaterdagmiddag, gingen we naar de stad. Het was heet, augustus 1930 volgens mij, en in die tijd ging iedereen op zaterdagmiddag naar de stad, zwarten en blanken. Iedereen moest inkopen doen voor de komende week. Palmyra was in die tijd maar een boerendorp, maar op zaterdag was het er altijd smoordruk en was het heel vol in de winkels en op straat. Seth en ik hebben niets gezien, maar later die avond hoorden we een paar kinderen praten over een zwarte man die een bijdehante opmerking had gemaakt tegen een blanke vrouw, en dat iedereen zich daarover opwond. Daarna hoorden we dat die zwarte man Sylvester Rinds was. We reden naar huis achter in de truck, mijn ouders zaten voorin, en toen wisten we dat er iets zou gaan gebeuren. Dat kon je gewoon voelen. Zodra we thuiskwamen, stuurde Cleon ons naar onze kamer en zei dat we daar moesten blijven tot hij ons riep. Daarna hoorden we hem ruziemaken met onze moeder, een nare ruzie. Volgens mij sloeg hij haar. We hoorden hem wegrijden in zijn truck. We deden net alsof we sliepen, maar we renden meteen naar buiten en zagen de achterlichten van zijn truck in westelijke richting verdwijnen, naar Sycamore Row.'

'Waar ligt Sycamore Row?'

'Dat bestaat niet meer, maar in 1930 was het een klein gehucht op het land van de Rinds, vlak bij een kreek. Een paar verspreid staande oude huizen, oude slavenverblijven. Daar woonde Sylvester. Maar goed, Seth en ik deden Daisy, onze pony, een hoofdstel om en reden weg. Seth had de teugels, ik klampte me aan hem vast, maar we reden altijd zonder zadel en we wisten waar we mee bezig waren. Toen we vlak bij Sycamore Row waren, zagen we de lampen van een paar trucks. We stegen af en leidden Daisy door de bossen, daar bonden we haar aan een boom vast en lieten haar achter. We gingen te voet verder, kwamen steeds dichterbij, tot we stemmen hoorden. We stonden op de helling van een heuvel en toen we naar beneden keken, zagen we dat drie of vier blanke mannen een zwarte man sloegen, met stokken. Zijn overhemd was uit en zijn broek was gescheurd. Het was Sylvester Rinds. Zijn vrouw Esther stond voor hun huis, ongeveer vijftig meter verderop, te schreeuwen en te huilen. Ze probeerde dichterbij te komen, maar een van de blanke mannen sloeg haar neer. Seth en ik slopen er steeds dichter naartoe tot we bij de rand van het bos waren. Daar bleven we staan om te kijken en te luisteren. Er kwamen nog meer mannen aan in een andere truck. Zij hadden een touw bij zich en toen Sylvester dat touw zag, werd hij wild. Er waren drie of vier blanke mannen voor nodig om hem vast te houden, zodat ze zijn handen en benen konden vastbinden. Ze sleepten hem mee en gooiden hem achter in een van de trucks.'

'Waar was uw vader?' vroeg Lucien.

Ancil zweeg, haalde diep adem, wreef in zijn ogen en zei: 'Hij was erbij, hield zich een beetje afzijdig, stond te kijken met een geweer in de hand. Hij was ongetwijfeld lid van de bende, maar hij wilde zijn handen niet vuilmaken. Er waren vier trucks en die reden langzaam weg, niet ver, naar een rij platanen. Seth en ik kenden die plek goed, omdat we daar in de kreek hadden gevist. Er stonden vijf hoge platanen, sycomoren, in een perfecte rij – vandaar de naam Sycamore Row. Er was een oud verhaal over een indianenstam die deze bomen had geplant als onderdeel van hun heidense rituelen, maar of dat waar was? De trucks stopten bij de eerste boom en vormden een soort halve cirkel, zodat er genoeg licht was. Seth en ik waren door het bos geslopen. Ik wilde niet kijken en zei op een bepaald moment: "Seth, laten we weggaan." Maar ik verroerde me niet, en hij ook niet. Het was te gruwelijk om ervan weg te lopen. Ze gooiden het touw over een dikke tak en moesten moeite doen om de lus om Sylvesters hals te krijgen. Hij kronkelde, gilde en smeekte: "Ik zei echt niets tegen mevrouw Burt, ik zei helemaal niets! Alstublieft meneer Burt, u weet dat ik niets heb gezegd!" Een paar mannen trokken aan het andere eind van het touw en trokken zijn hoofd er bijna af.'

Lucien vroeg: 'Wie was die meneer Burt?'

Ancil haalde diep adem en keek naar de camera tijdens een lange, ongemakkelijke pauze. Ten slotte zei hij: 'Weet u, dit is bijna negenenvijftig jaar geleden gebeurd en ik weet zeker dat al deze mannen al heel lang dood zijn. Ik weet zeker dat ze wegrotten in de hel, waar ze thuishoren. Maar ze hebben families, en er kan niets goeds van komen als ik de namen van die klootzakken vertel. Seth herkende drie van hen: meneer Burt, dat was de leider van die lynchbende. Onze geliefde vader natuurlijk. En nog iemand anders, maar verder ga ik geen namen noemen.'

'Kunt u zich die namen nog herinneren?'

'O ja! Die vergeet ik nooit, zolang ik leef.'

'Goed. Wat gebeurde er toen?'

Weer bleef het lang stil, terwijl Ancil zich vermande.

Jake keek naar de juryleden. Nummer 3, Michele Still, depte haar wangen met een tissue. Het andere zwarte jurylid, Barb Gaston, nummer 8, wreef over haar ogen. Rechts van haar zat Jim Whitehurst, nummer 7, en hij gaf haar zijn zakdoek.

'Sylvester was al bijna helemaal omhooggetrokken, maar zijn tenen raakten de laadbak van de truck nog. Het touw zat zo strak om zijn hals dat hij niet kon praten of schreeuwen, maar dat probeerde hij wel. Hij maakte een afschuwelijk geluid dat ik nooit zal vergeten, een soort schril gegrom. Ze lieten hem daar een minuut of twee lijden, alle mannen stonden vlakbij hun werk te bewonderen. Hij danste op zijn tenen, probeerde zijn handen los te krijgen en te schreeuwen. Het was zo zielig, zo afschuwelijk.'

Ancil veegde met zijn mouw over zijn ogen. Iemand buiten beeld gaf hem een paar tissues. Hij ademde moeizaam.

'God, ik heb dit nog nooit aan iemand verteld. Seth en ik hebben er nog dagen en maanden over gepraat, maar toen spraken we af dat we zouden proberen het te vergeten. Ik heb het nog nooit aan iemand anders verteld. Het was zo afschuwelijk. We waren nog maar kinderen en hadden die mannen niet kunnen tegenhouden.'

Na een lange stilte vroeg Lucien: 'Wat gebeurde er toen, Ancil?'

'Nou, wat te verwachten was natuurlijk. Meneer Burt schreeuwde "Gas!" en de man aan het stuur van de truck gaf gas. Sylvester zwaaide eerst wild heen en weer. De twee mannen die het andere eind van het touw vasthadden, trokken nog een beetje extra en toen schoof hij nog ongeveer anderhalve meter hoger. Zijn voeten hingen ongeveer drie meter boven de grond. Niet lang daarna hing hij stil. Ze bleven nog een tijdje naar hem kijken, niemand wilde vertrekken, daarna bonden ze het touw vast en lieten hem daar achter. Ze gingen terug naar het gehucht, ongeveer honderdzestig meter bij die boom vandaan. Sommigen liepen, anderen gingen met die trucks.'

'Hoeveel waren het?'

'Ik was nog maar een kind, ik weet het niet. Een stuk of tien.'

'Ga door.'

'Seth en ik slopen door het bos, in de schaduw, en we hoorden dat ze lachten en elkaar op de rug sloegen. Ze zeiden: "Laten we zijn huis in brand steken." Toen liepen ze tot vlak bij het huis van Sylvester. Esther stond op de trap met een kind in haar armen.'

'Een kind? Een jongen of een meisje?'

'Een meisje, geen peuter, maar een klein meisje.'

'Kende je dat kind?'

'Nee, toen niet. Seth en ik hoorden later meer over haar. Sylvester had maar één kind, dat meisje, en zij heette Lois.'

Lettie hapte zo luid naar adem dat de meeste juryleden ervan schrokken. Quince Lundy gaf haar een tissue. Jake keek achterom naar Portia. Zij schudde haar hoofd, even verbijsterd als ieder ander.

Lucien vroeg: 'Staken ze het huis in brand?'

'Nee, er gebeurde iets heel geks. Cleon stapte naar voren met zijn geweer in de hand en ging tussen de mannen en Esther en Lois in staan. Hij zei dat niemand dat huis in brand zou steken en toen stapten de mannen in hun trucks en reden weg. Seth en ik vertrokken ook. Het laatste wat ik zag was Cleon die met Esther praatte op de trap voor hun kleine huisje. We sprongen op onze pony en raceten naar huis. Toen we via het raam onze kamer binnenklommen, zat onze moeder daar te wachten. Ze was boos en wilde weten waar we waren geweest. Seth was een betere leugenaar dan ik en hij zei dat we buiten vuurvliegjes hadden gevangen. Ze leek ons te geloven. We smeekten haar het niet tegen Cleon te zeggen en ik denk dat ze dat niet heeft gedaan. We lagen in bed toen we zijn truck hoorden aankomen. Hij liep het huis in en ging naar bed. Wij konden niet slapen. We hebben de hele nacht liggen fluisteren. Ik moest huilen en Seth zei dat het goed was dat ik huilde, zolang niemand me zag. Hij beloofde niemand te vertellen dat ik huilde. Toen merkte ik dat hij ook huilde. Het was heel heet en in die tijd had je nog geen airco. Lang voordat het licht werd, glipten we weer via het raam naar buiten en gingen op de achterveranda zitten, waar het koeler was. We praatten erover om terug te gaan naar Sycamore Row en naar Sylvester te kijken, maar dat meenden we niet echt. We vroegen ons af wat er met zijn lichaam zou gebeuren. We wisten zeker dat de sheriff zou komen en Cleon en die andere mannen zou arresteren. De sheriff zou getuigen nodig hebben en daarom zouden we nooit met een woord kunnen reppen over wat we hadden gezien. Nooit. We hebben die nacht niet geslapen. Toen we onze moeder in de keuken hoorden, glipten we weer in ons bed, net op tijd, want toen kwam Cleon binnen en brulde tegen ons dat we naar de schuur moesten gaan om de koeien te melken. Dat deden we elke ochtend bij zonsopgang. Elke ochtend. Het was een zwaar leven. Ik haatte de boerderij en vanaf die dag haatte ik mijn vader zoals geen kind een van zijn ouders ooit heeft gehad. Ik wilde dat de sheriff hem kwam halen en hem voor altijd mee zou nemen.'

Buiten beeld leek Lucien nu zelf behoefte te hebben aan een pauze. Het bleef heel lang stil en toen vroeg hij: 'Wat is er met de families Rinds gebeurd?'

Ancil sloeg zijn blik neer en schudde hevig met zijn hoofd. 'Afschuwelijk, gewoon afschuwelijk. Het wordt nog veel erger. Een dag of twee later ging Cleon naar Esther. Hij gaf haar een paar dollar en dwong haar een akte van overdracht voor die 32 hectare te ondertekenen. Hij beloofde haar dat zij daar mocht blijven wonen, en dat deed ze ook. Ongeveer achtenveertig uur. Toen kwam de sheriff eraan. Hij en een hulpsheriff en Cleon gingen naar de nederzetting en zeiden tegen Esther en de andere Rinds dat ze van het land werden gezet. Meteen. Pak je spullen bij elkaar en ga van dit land af. Er stond een klein potdekselkapelletje, een kerkje waar ze al tientallen jaren kerkdiensten hielden. En om te bewijzen dat alles nu van hem was, stak Cleon het in de fik. Hij brandde het kerkje tot de grond toe af, alleen maar om te laten zien wat een grote vent hij was. De sheriff en de hulpsheriff hielpen hem. Ze dreigden de hutten ook in brand te steken.'

'En jij hebt dat gezien?'

'Jazeker. Seth en ik hebben alles gezien. We moesten katoen plukken, maar toen we zagen dat de sheriff voor ons huis stopte, wisten we dat er iets ging gebeuren. We hoopten dat hij Cleon zou arresteren, maar zo ging dat niet in Mississippi in die tijd. Helemaal niet. De sheriff was daar om Cleon te helpen zijn land schoon te vegen en de zwarten weg te jagen.'

'Wat gebeurde er met die zwarten?'

'Nou, die vertrokken. Ze pakten alles wat ze maar konden pakken en renden het bos in.'

'Hoeveel?'

'Nogmaals, ik was een kind. Ik heb ze niet geteld. Maar op dat stuk land woonden een paar gezinnen, niet allemaal in dat gehucht, maar wel vlak bij elkaar.' Ancil haalde diep adem en mompelde: 'Ik ben opeens heel erg moe.'

Lucien zei: 'We zijn bijna klaar. Vertel alstublieft verder.'

'Oké, oké. Dus ze renden allemaal weg, het bos in, en zodra een familie haar hut had verlaten, staken Cleon en de sheriff die in de fik. Ze staken alles in brand. Ik kan me nog levendig herinneren dat enkele zwarten aan de rand van het bos stonden, met hun kinderen en met de paar bezittingen die ze hadden kunnen redden in de hand, en huilend en jammerend naar de branden en de dikke, grijze rook keken. Het was echt afschuwelijk.'

'Wat is er met hen gebeurd?'

'Ze verspreidden zich. Een paar hebben een tijdje gekampeerd naast Tutwiler Creek, diep in de bossen, vlak bij The Big Brown River. Seth en ik zijn op zoek gegaan naar Toby, en we vonden hem daar met zijn familie. Ze

461

leden honger en waren doodsbang. We hebben een keer op een zondag-middag de paarden gezadeld en zijn weggeglipt, met zo veel mogelijk eten als we maar konden stelen zonder te worden betrapt. Die dag zag ik Esther en haar dochtertje Lois. Het kind was een jaar of vijf en helemaal naakt. Ze had geen kleren. Het was echt afschuwelijk. Toby kwam een paar keer naar ons huis en verstopte zich achter de schuur. Seth en ik gaven hem dan zo veel mogelijk voedsel. Dat nam hij mee terug naar de kampplaats, een paar kilometer verderop. Op een zaterdag kwamen er mannen met gewe-ren en pistolen. We konden niet dichtbij genoeg komen om iets te verstaan, maar onze moeder vertelde ons later dat ze naar de kampplaats zijn ge-gaan en alle Rinds hebben weggejaagd. Een paar jaar daarna vertelde een ander zwart kind aan Seth dat Toby en zijn zus in de kreek waren verdron-ken, en dat er een paar lui waren doodgeschoten. Toen had ik wel genoeg gehoord. Mag ik wat water?'

Een hand schoof een glas water naar Ancil, die het langzaam leeg-dronk. Hij vervolgde: 'Toen ik dertien was, scheidden mijn ouders. Dat was een gelukkige dag voor me. Ik vertrok met mijn moeder naar Corinth, Mississippi. Seth wilde niet naar een andere school en bleef dus bij Cleon, hoewel ze zelden met elkaar praatten. Ik miste mijn broer heel erg, maar na een tijdje groeiden we natuurlijk uit elkaar. Daarna trouwde mijn moe-der met een klootzak die geen haar beter was dan Cleon. Ik liep weg toen ik zestien was en ging op mijn zeventiende bij de marine. Ik denk weleens dat ik sinds die tijd op de vlucht ben. Na mijn vertrek heb ik nooit meer contact met mijn familie gehad. Mijn hoofd doet ontzettend veel pijn. Dat is alles. Dat is het einde van een afschuwelijk verhaal.'

47

Zwijgend verlieten de juryleden de jurykamer en liepen achter de gerechtsdienaar aan, een achtertrap af naar een zijdeur van de rechtbank; dezelfde weg die ze sinds dinsdag elke dag hadden gelopen. Zodra ze buiten waren, verspreidden ze zich zonder ook maar iets te zeggen. Nevin Dark besloot naar huis te rijden om te gaan lunchen. Op dit moment wilde hij niet bij zijn collega-juryleden in de buurt zijn. Hij had tijd nodig om het verhaal dat hij zojuist had gehoord te verwerken. Hij wilde tijd om adem te halen, na te denken, tot zichzelf te komen. Alleen in zijn truck met de raampjes naar beneden voelde hij zich bijna vies; misschien zou een douche daar iets aan veranderen.

Meneer Burt. Meneer Burt. Ergens aan de donkere kant van de stamboom van zijn vrouw was een oudoom geweest of een verre neef die Burt heette. Jaren geleden woonde hij in de buurt van Palmyra, en er werd altijd gefluisterd dat Burt betrokken was bij de Klan. Maar dat kón dezelfde man niet zijn.

Nevin woonde al drieënvijftig jaar in Ford County en had slechts één keer eerder iets over een lynchpartij gehoord, maar hij was het verhaal al bijna weer vergeten. Het zou rond de eeuwwisseling zijn gebeurd. Alle getuigen waren dood en de details vergeten. Nevin had nooit een echte getuige de gebeurtenis horen beschrijven. Arme Ancil. Hij zag er zo zielig uit met zijn kleine, ronde koppie en zijn veel te grote pak, terwijl hij met zijn mouw zijn ogen afveegde.

Gedesoriënteerd door Demerol of niet, het leed geen twijfel dat Seth wist wat hij deed.

Michele Still en Barb Gaston hadden geen plannen voor de lunch, en ze waren veel te geëmotioneerd om helder te kunnen denken. Ze stapten in Micheles auto en vluchtten Clanton uit; ze reden de eerste de beste weg in zonder te weten waar ze naartoe gingen. De afstand hielp, en nadat ze bijna tien kilometer over een verlaten landweg hadden gereden, konden ze zich ontspannen. Ze stopten bij een winkel en kochten frisdrank en crackers, gingen in de schaduw zitten met de raampjes naar beneden en luisterden naar een soulzender uit Memphis.

'Hebben we negen stemmen?' vroeg Michele.

'Meisje, misschien wel twaalf.'

'Nee, de stem van Doley krijgen we nooit.'

'Er komt een dag dat ik hem verrot sla. Misschien vandaag, misschien volgend jaar, maar ik gá het doen.'

Michele schoot in de lach en hun stemming was meteen een stuk beter.

Jim Whitehurst reed ook naar huis om te lunchen. Zijn vrouw had een stoofpot klaargemaakt en ze aten op de patio. Tot nu toe had hij haar alles over de rechtszaak verteld, maar hij wilde niet vertellen wat hij zojuist had gehoord. Ze bleef echter aandringen, en ze kregen amper een hap door hun keel.

Tracy McMillen en Fay Pollan reden samen naar een winkelcentrum aan de oostkant van de stad waar een nieuw restaurantje goede zaken deed. Hun JURYLID-speldjes trokken een paar blikken, maar geen vragen. Ze kregen een zitje, zodat ze konden praten en waren het na een paar minuten helemaal met elkaar eens. Seth Hubbard was misschien niet meer helder geweest in zijn laatste levensdagen, maar het leed geen twijfel dat hij alles perfect had gepland. Ze waren toch al niet echt onder de indruk geweest van Herschel en Ramona. En ook al vonden ze het niet echt leuk dat een zwarte huishoudster al dat geld kreeg, het was zoals Jake had gezegd niet de taak van de juryleden om daarover te beslissen. Het was hun geld niet.

Voor de familie Hubbard was een ochtend die zo veelbelovend was begonnen opeens veranderd in een vernederende nachtmerrie. De waarheid over hun opa was bekend, een man die ze amper hadden gekend, en nu zou hun achternaam voor altijd gebrandmerkt zijn. Daar konden ze mee leren leven, maar het geld kwijtraken zou een ramp zijn. Opeens wilden ze zich verstoppen. Ze renden naar het huis van hun gastheer vlak bij de golfclub en sloegen de lunch over, terwijl ze zich afvroegen of ze wel zouden teruggaan naar de rechtszaal.

Lettie en Portia gingen tijdens de lunchpauze terug naar het Sappington-huis, maar dachten geen moment aan eten. Ze liepen naar Letties slaapkamer, schopten hun schoenen uit, gingen naast elkaar, hand in hand, op het bed liggen en begonnen te huilen.

Ancils verhaal had heel veel vragen beantwoord.

Hun hoofd tolde en ze konden amper iets zeggen. Ze waren te geëmotioneerd. Lettie dacht aan haar oma Esther, en aan het afschuwelijke dat haar was overkomen. En aan haar moeder, een klein meisje zonder kleren, zonder eten, zonder schuilplaats.

'Hoe wist hij het, mama?' vroeg Portia.

'Wie? Wat?'

'Seth. Hoe wist hij dat jij het was? Hoe heeft Seth Hubbard ooit ontdekt dat jij de dochter was van Lois Rinds?'

Lettie keek naar de ronddraaiende plafondventilator en dacht na. Ten slotte zei ze: 'Hij was ontzettend slim, en ik betwijfel of we dat ooit zullen weten.'

Willie Traynor kwam met een schaal broodjes naar Jakes kantoor en nodigde zichzelf uit voor de lunch. Jake en Harry Rex zaten op het balkon iets te drinken. Koffie voor Jake, bier voor Harry Rex. Ze hadden wel zin in een broodje en namen er een.

Willie nam een biertje en zei: 'Weet je, toen ik de krant nog had, in 1975 of zo, publiceerde iemand een boek over lynchpartijen. Hij had zijn huiswerk gedaan, had ladingen goede foto's en zo, en kon het goed beschrijven. Volgens hem, en hij kwam uit het noorden en wilde graag een negatief beeld van ons schetsen, zijn er tussen 1882 en 1968 in de VS drieënhalfduizend zwarten gelyncht. Plus dertienhonderd blanken, maar dat waren overwegend paardendieven uit het westen. Na 1900 werden er bijna alleen nog zwarten gelyncht, ook een paar vrouwen en kinderen.'

'Moeten we het hier echt over hebben tijdens de lunch?' vroeg Harry Rex.

'Ik wist niet dat je zo'n gevoelige maag had, grote jongen,' zei Willie. 'Hoe dan ook, raad eens in welke staat de meeste lynchpartijen voorkwamen?'

'Ik durf het eigenlijk niet te vragen,' zei Jake.

'Jij snapt het. Wij waren de nummer één, met bijna zeshonderd, en op veertig na waren het allemaal zwarten. Georgia is tweede en Texas derde. Dus toen ik dat boek las, dacht ik: zeshonderd is echt veel! Hoeveel waren het dan in Ford County? Ik ging honderd jaar terug, las elke uitgave van *The Times* en vond er maar drie, allemaal zwarten, en Sylvester Rinds stond daar niet bij.'

'Wie heeft die cijfers vastgesteld?' vroeg Jake.

'Er is wel onderzoek naar gedaan, maar je moet natuurlijk vraagtekens bij de uitkomsten zetten.'

'Als er zeshonderd bekend zijn,' zei Harry Rex, 'dan kun je er donder op zeggen dat het er veel meer waren.'

Willie nam een slok bier en zei: 'En raad eens hoeveel mensen zijn berecht voor deelname aan een lynchpartij?'

'Nul.'

'Klopt! Niet één! De wet van het platteland gold, en de zwarten waren wild waarop gejaagd mocht worden.'

'Ik word er onpasselijk van,' zei Jake.

'Tja, ouwe jongen, dat geldt ook voor jouw jury,' zei Willie, 'en ze staan aan jouw kant.'

Om halftwee kwamen de juryleden weer bij elkaar in de jurykamer, en niemand zei iets over het proces. Een gerechtsdienaar bracht hen naar de rechtszaal. Het grote scherm was weggehaald. Er waren geen getuigen meer. Rechter Atlee keek naar beneden en zei: 'Meneer Brigance, uw slotbetoog.'

Jake liep zonder schrijfblok naar het spreekgestoelte; hij had geen aantekeningen. Hij begon met te zeggen: 'Dit wordt het kortste slotbetoog in de geschiedenis van deze rechtszaal, want niets wat ik kan zeggen zou even overtuigend kunnen zijn als de getuigenverklaring van Ancil Hubbard. Hoe langer ik praat, hoe groter de afstand wordt tussen hem en uw beraadslagingen, dus ik zal het kort houden. Ik wil dat u alles wat hij heeft gezegd onthoudt, hoewel niemand die hem heeft gehoord dat snel zal kunnen vergeten. Processen nemen vaak een onverwachte wending. Toen wij hier maandag begonnen, kon niemand van ons voorspellen dat een lynchpartij er de reden voor kon zijn dat Seth Hubbard zijn vermogen aan Lettie Lang naliet. In 1930 lynchte zijn vader haar opa. En nadat hij hem had vermoord, pakte hij zijn land af en joeg hij zijn familie weg. Ancil heeft dat verhaal veel beter verteld dan ik ooit zou kunnen. Zes maanden lang hebben velen van ons zich afgevraagd waarom Seth deed wat hij deed. Nu weten we dat. Nu is dat duidelijk.

Zelf heb ik opeens een nieuw soort bewondering voor Seth, een man die ik nooit heb gekend. Ondanks zijn fouten, die we natuurlijk allemaal hebben, was hij een briljante man. Wie anders had in tien jaar zo'n vermogen kunnen verdienen? Maar behalve dat is hij er op de een of andere manier in geslaagd Esther en Lois te traceren, en daarna Lettie. Ongeveer vijftig jaar later belde hij Lettie op en bood hij haar een baan aan; zij belde hem niet. Hij heeft alles uitgestippeld, mensen, hij was briljant. Ik bewonder Seth om zijn moed. Hij wist dat hij doodging en toch weigerde hij te doen wat er van hem werd verwacht. Hij koos voor een veel controversiëlere weg. Hij wist dat zijn reputatie zou worden bezoedeld en dat zijn familie zijn naam zou vervloeken, maar dat kon hem niets schelen. Hij deed wat volgens hem juist was.'

Jake pakte het handgeschreven testament. 'En ten slotte bewonder ik Seth om zijn gevoel voor rechtvaardigheid. Met dit handgeschreven testament probeert hij iets goed te maken dat zijn vader de familie Rinds tientallen jaren geleden heeft aangedaan. Het is aan u, dames en heren van de jury, om Seth te helpen dat onrecht te herstellen. Dank u wel.'

Langzaam liep Jake terug naar zijn stoel en keek ondertussen naar de toeschouwers. Op de achterste rij zat Lucien Wilbanks, te glimlachen en te knikken.

Drie minuten en twintig seconden, constateerde Harry Rex en hij drukte op het knopje van de stopwatch op zijn horloge.

Rechter Atlee zei: 'Meneer Lanier.'

Wade Lanier trok erger dan normaal met zijn been toen hij naar het spreekgestoelte liep. Hij en zijn cliënten moesten hulpeloos toezien dat het geld alweer uit hun handen glipte. Ze hadden het in hun zak gehad. Nog maar heel kort geleden, om acht uur die ochtend nog, gaven ze het in gedachten al uit.

Wade had weinig te zeggen op dit moment. Het verleden had zich totaal onverwacht opgericht en hem vermorzeld. Maar hij was een oude rot die al eerder in een lastige positie had verkeerd. Hij begon: 'Een van de belangrijkste instrumenten die een advocaat in de rechtszaal heeft, is de kans een getuige van de tegenpartij aan een kruisverhoor te onderwerpen. De advocaat krijgt bijna altijd de kans om dit te doen, maar af en toe, zoals nu, is dat niet zo. En dat is bijzonder frustrerend. Ik zou willen dat Ancil hier was, zodat ik hem een paar vragen kon stellen. Zoals: "Zeg eens, Ancil, klopt het dat de politie van Juneau je heeft gearresteerd?" En: "Zeg eens, Ancil, klopt het dat je bent gearresteerd voor cocaïnehandel en omdat je na je arrestatie bent ontsnapt?" En: "Zeg eens, Ancil, klopt het dat je wordt gezocht door de autoriteiten in ten minste vier staten voor zaken als het verkrijgen van goederen onder valse voorwendsels, diefstal en het niet-betalen van kinderalimentatie?" En: "Vertel de jury eens, Ancil, waarom je in de afgelopen twintig jaar nooit een belastingaangifte hebt ingediend." En, de belangrijkste vraag: "Klopt het, Ancil, dat je een miljoen dollar krijgt als Seths handgeschreven testament rechtsgeldig wordt verklaard?"

Maar dat kan ik niet doen, dames en heren, omdat hij hier niet is. Het enige wat ik kan doen, is u waarschuwen. Ik waarschuw u ervoor dat alles wat u zojuist hebt gezien en gehoord van Ancil, niet is wat het lijkt.

Laten we Ancil even buiten beschouwing laten. Ik wil dat u, de juryleden, teruggaat naar gisteravond. Weet u nog wat u gisteravond dacht? U ging hier weg nadat u enkele bijzonder belangrijke getuigen had gehoord. Ten eerste de artsen met een uiterst goede reputatie, getuige-deskundigen die met kankerpatiënten hebben gewerkt en die weten in hoeverre sterke pijnstillers iemands vermogen om helder na te denken kunnen beïnvloeden.' Vervolgens vatte Lanier de verklaringen samen van dokter Swaney en Niehoff. Het was een slotbetoog en dan is er veel ruimte voor overreding, maar Lanier verdraaide de zaken zo vakkundig dat Jake opstond en riep: 'Bezwaar, edelachtbare. Volgens mij heeft dokter Niehoff dat écht niet gezegd!'

'Toegewezen,' zei rechter Atlee meteen. 'Meneer Lanier, ik verzoek u zich aan de feiten te houden.'

Geïrriteerd weidde Lanier uit over wat deze geweldige artsen hadden gezegd. Ze hadden de vorige dag nog in de getuigenbank gezeten. Het was echt niet nodig om zulke recente verklaringen nog eens te herhalen. Lanier stond te hakkelen, hij was niet in vorm. Voor het eerst sinds het begin van het proces vond Jake dat hij er verloren uitzag. Toen Lanier verder niets meer kon verzinnen, zei hij een paar keer: 'Seth Hubbard was dus wilsonbekwaam.'

Hij begon over het testament uit 1987 en tot Jakes genoegen en tot ongenoegen van de juryleden, weidde hij daar ook nog eens over uit. 'Drie komma een miljoen dollar verspild, alsof het niets is,' zei hij en hij knipte met zijn vingers. Hij beschreef een belastingtruc die een *generation skipping trust* werd genoemd en net toen jurylid nummer 10, Debbie Lacker, in slaap dreigde te vallen, zei hij weer: 'Drie komma een miljoen dollar verspild, alsof het niets is,' en knipte luid met zijn vingers. Het was een grote zonde om juryleden te vervelen die geen kant op konden en wel móésten luisteren, maar Wade Lanier praatte maar door. Maar hij was wel zo verstandig om Lettie Lang niet aan te vallen. Iedereen die zat te luisteren had zojuist de waarheid over haar familie gehoord; het zou dan ook onverstandig zijn haar te kleineren of te veroordelen.

Terwijl Lanier een ongemakkelijke pauze nam om naar zijn aantekeningen te kijken, zei rechter Atlee: 'Misschien kunt u nu afronden, meneer Lanier. U hebt uw tijdslimiet al overschreden.'

'Sorry, edelachtbare.' Zenuwachtig bedankte hij de jury voor hun 'geweldige werk' en sloot af met een pleidooi voor eerlijke overwegingen, zonder emoties en schuldgevoelens.

'Weerlegging, meneer Brigance?' vroeg rechter Atlee. Jake had recht op een tien minuten durende reactie op Laniers slotbetoog, hij had het laatste woord, maar hij was zo slim hier geen gebruik van te maken.

'Nee, edelachtbare, volgens mij heeft de jury wel genoeg gehoord.'

'Uitstekend. Goed dan, dames en heren, ik moet u nog een paar minuten hier houden om u te vertellen hoe de wet in elkaar steekt en hoe die van toepassing is op deze zaak, dus luister goed. Zodra ik klaar ben, gaat u naar de jurykamer en begint u aan uw beraadslagingen. Zijn er vragen?'

Het wachten was altijd het ergst. Zodra de jury zich had teruggetrokken, viel er een zware last van ieders schouders. Al het werk was gedaan; alle getuigen hadden getuigd; alle zorgen over de openingsverklaring en het slotbetoog waren voorbij. Nu begon het wachten en niemand kon voorspellen hoe lang het zou duren.

Jake nodigde Wade Lanier en Lester Chilcott uit voor een drankje in zijn kantoor. Het was immers vrijdagmiddag en de week was afgelopen. Ze zaten op zijn balkon, dronken een biertje en keken naar de rechtbank. Jake wees naar een groot raam. 'Dat is de jurykamer,' zei hij. 'Daar zijn ze nu.'

Lucien kwam eraan en had zoals altijd ook wel zin in een drankje. Hij en Jake zouden later ruziemaken, maar op dat moment had iedereen behoefte aan alcohol.

Lachend zei Wade: 'Kom op, Lucien, vertel eens wat er in Juneau is gebeurd.'

Lucien dronk zijn glas halfleeg en begon te vertellen.

Nadat iedereen koffie, frisdrank of water had, opende Nevin Dark de vergadering en zei: 'Ik stel voor dat we beginnen met het formulier dat de rechter ons heeft gegeven. Heeft iemand daar bezwaar tegen?'

Niemand. Er waren geen richtlijnen voor een juryberaadslaging. Rechter Atlee had gezegd dat ze dat zelf wel konden uitzoeken.

Nevin zei: 'Oké, dit is de eerste vraag: "Was het document dat Seth Hubbard heeft ondertekend een geldig holografisch testament in die zin dat het 1) volledig door Seth Hubbard is geschreven, 2) door Seth Hubbard is ondertekend, en 3) door Seth Hubbard is gedateerd?" Wil iemand daar iets over zeggen?'

'Daar bestaat geen twijfel over,' zei Michele Still.

De anderen waren het met haar eens. De aanvechters hadden niets anders beweerd.

Nevin vervolgde: 'Dan de belangrijkste vraag en die gaat over wilsbekwaamheid. De vraag luidt: "Begreep Seth Hubbard de aard en de inhoud van zijn holografisch testament?" Omdat dit de vraag is waar deze zaak om draait, stel ik voor dat we om beurten vertellen wat we ervan vinden. Wie wil eerst?'

Fay Pollan zei: 'Jij eerst, Nevin. Jij bent jurylid nummer 1.'

'Oké, ik denk het volgende. Ik vind dat het verkeerd is om de familie te onterven en al het geld aan iemand anders te geven, vooral als dat iemand is die Seth nog maar drie jaar kende. Maar, zoals Jake in het begin zei, het is niet onze taak om te beslissen over wie het geld krijgt. Het is ons geld niet. Ik denk ook dat Seth niet meer helemaal helder was in zijn laatste levensdagen en behoorlijk onder de medicijnen zat. Maar nadat ik Ancil heb gezien, twijfel ik er niet aan dat Seth wist wat hij deed. Hij was dit al heel lang van plan. Ik stem dus voor het testament. Tracy?'

Tracy McMillen zei snel: 'Ik ben het met je eens. Veel aspecten van deze zaak baren me zorgen, maar de meeste gaan me niets aan. We worden opeens geconfronteerd met vijftig jaar geschiedenis en ik denk niet dat een van ons zich daarmee moet bemoeien. Seth had heel goede redenen om te doen wat hij deed.'

'Michele?'

'Jullie weten allemaal wat ik vind. Ik wilde gewoon dat we hier niet waren. Ik wilde dat Seth Lettie wat geld had gegeven en daarna voor zijn familie had gezorgd, ook al mocht hij hen niet. Ik kan niet zeggen dat ik het hem kwalijk neem. Maar hoe slecht ze ook zijn, ze verdienen het niet om niets te krijgen.'

'Fay?'

Fay Pollan wekte minder sympathie op dan ieder ander in het vertrek, misschien met uitzondering van Frank Doley. Ze zei snel: 'Ik maak me niet zo druk om zijn familie. Zij hebben waarschijnlijk meer geld dan de meesten van ons. Ze zijn jong en goed opgeleid, zij redden zich wel. Zij hebben Seth niet geholpen zijn geld te verdienen, dus waarom vinden ze dat zij alles moeten krijgen? Hij had er redenen voor om hen te onterven, redenen die wij nooit zullen weten. En zijn zoon wist niet eens wie op het middenveld speelde van de Braves. Mijn god. Wij zijn al jaren fan van Dale Murphy. Volgens mij zat hij gewoon te liegen. Hoe dan ook, ik ben ervan overtuigd dat Seth geen aardige man was, maar zoals Jake al zei, het gaat ons niets aan aan wie hij zijn geld geeft. Hij was wel ziek, maar niet gek.'

De beraadslagingen duurden twee glazen bier. Na het tweede glas bier belde een griffier en zei dat er een vonnis was. Iedereen hield abrupt op met lachen, en de advocaten stopten een stuk kauwgum in hun mond en trokken hun das recht. Ze liepen samen de rechtszaal binnen en gingen zitten. Jake draaide zich om naar de toeschouwers en zag dat Carla en Hanna op de voorste rij achter hem zaten. Ze glimlachten en Carla zei geluidloos: *succes.*

'Gaat het?' vroeg Jake fluisterend aan Lettie.

'Ik ben ontspannen,' zei ze. 'En jij?'

'Ik ben een wrak,' zei hij glimlachend.

Rechter Atlee ging op de rechtersstoel zitten en de juryleden werden naar binnen gebracht. Iedere procesadvocaat kan niet anders dan naar de juryleden kijken als ze terugkomen met een vonnis, hoewel iedere procesadvocaat zal zweren dat hij dat niet doet. Jake keek naar Michele Still, die als eerste ging zitten en daarna even naar hem grijnsde. Nevin Dark gaf het vonnis aan de griffier, die het weer aan rechter Atlee gaf.

Rechter Atlee bleef er heel lang naar kijken en boog zich toen iets dichter naar zijn microfoon. Genietend van het drama zei hij: 'Het vonnis blijkt in orde. De jury moest vijf vragen beantwoorden. Nummer één: "Heeft Seth Hubbard op 1 oktober 1988 een rechtsgeldig holografisch testament opgesteld?" Met twaalf tegen nul stemmen is het antwoord ja. Nummer twee: "Begreep Seth Hubbard de aard en de gevolgen van zijn holografisch testament toen hij dat opstelde?" Met twaalf tegen nul stemmen is het antwoord ja. Nummer drie: "Begreep Seth Hubbard wie de begunstigden zijn aan wie hij in zijn holografisch testament zijn geld naliet?" Met twaalf tegen nul stemmen is het antwoord ja. Nummer vier: "Begreep Seth Hubbard de aard en de omvang van zijn bezittingen en hoe hij die wilde verdelen?" Met twaalf tegen nul stemmen is het antwoord ja. En nummer vijf: "Is Seth Hubbard ongepast beïnvloed door Lettie Lang of iemand anders toen hij op 1 oktober 1988 zijn holografisch testament opstelde?" Met twaalf tegen nul stemmen is het antwoord nee.'

Ramona hapte naar adem en begon te huilen. Herschel, die op de tweede rij was gaan zitten, stond meteen op en stormde de rechtszaal uit. Hun kinderen waren de vorige dag al vertrokken.

Rechter Atlee bedankte de juryleden en stuurde hen weg. Hij schorste de zitting en verdween.

De winnaars omhelsden elkaar en de verliezers trokken een lang gezicht. Wade Lanier was een goede verliezer en feliciteerde Jake met zijn knappe prestatie. Hij zei iets vriendelijks tegen Lettie en wenste haar alle goeds toe.

Ook al stond ze op het punt de rijkste zwarte vrouw in de staat te worden, dat was haar niet aan te zien. Ze wilde alleen maar naar huis. Ze negeerde een paar verslaggevers en duwde een paar mensen die haar wilden feliciteren opzij. Ze had geen zin om nog langer vastgepakt en gevleid te worden.

Harry Rex organiseerde onmiddellijk een feestje in zijn achtertuin, met hotdogs op de barbecue en bier in de koeler. Portia zei dat ze ook kwam zodra ze voor Lettie had gezorgd. Willie Traynor was altijd in voor een feestje. Lucien zei dat hij vroeg zou komen en Sallie misschien zou meenemen, iets wat zelden voorkwam. Voordat ze de rechtbank verlieten, deed Lucien al alsof de zege aan hem te danken was.

Jake kon hem wel wurgen.

48

De preek was de jaarlijkse sommatie tot rentmeesterschap, de gebruikelijke reprimande dat ze meer moesten bijdragen, de oproep om God zijn tienden te geven, tien procent van je bezit, en dan ook nog eens met een blij gemoed. Jake had het allemaal al honderden keren gehoord en vond het altijd moeilijk om naar de dominee te blijven kijken terwijl zijn gedachten ondertussen naar veel belangrijker dingen afdwaalden. Hij bewonderde de dominee en deed echt zijn best om elke zondag geboeid te lijken door zijn preken, maar vaak was dat onmogelijk.

Rechter Atlee zat drie rijen voor hem, aan het middenpad, waar hij al tien jaar zat. Jake keek naar zijn achterhoofd en dacht aan het proces, en nu aan het hoger beroep. Nu het vonnis nog zo recent was, zou de zaak nog eeuwen duren. Negentig dagen voor de stenotypiste om alles wat er tijdens het proces gezegd was uit te typen; negentig dagen en nog wat, want dat was nooit op tijd klaar.

Ondertussen zouden de post-procesmoties en dergelijke maanden in beslag nemen. Zodra het definitieve verslag echt definitief was, hadden de verliezers negentig dagen de tijd om in beroep te gaan, en langer als dat nodig was. Zodra het hooggerechtshof, en Jake, het beroep ontvingen, zou hij zelf ook nog eens negentig dagen de tijd krijgen om te reageren. Nadat al die deadlines waren verstreken en alle documenten bij het hof waren ingediend, begon het echte wachten pas. Er was altijd sprake van achterstanden, vertragingen en verdagingen. De advocaten hadden geleerd om niet te vragen waarom het zo lang duurde. Het hof deed zijn best.

Het beroep in een civiele zaak in Mississippi nam gemiddeld twee jaar in beslag. Tijdens zijn voorbereidingen op het Hubbard-proces had Jake eenzelfde soort zaak gevonden in Georgia die zich dertien jaar had voortgesleept. De zaak was uitgevochten voor drie verschillende jury's, ging als een jojo op en neer naar het hooggerechtshof en werd uiteindelijk geschikt nadat de meeste aanvechters waren gestorven en de advocaten al het geld hadden ingepikt. Jake maakte zich niet druk over het advocatenhonorarium, maar wel over Lettie.

Portia had hem verteld dat haar moeder niet meer naar de kerk ging. Veel te veel preken gingen over de tienden.

Als hij Harry Rex en Lucien mocht geloven, liep Jakes vonnis gevaar. De toelating van Ancils video was een vergissing die kon worden teruggedraaid. De onverwachte komst van getuige Fritz Pickering was minder duidelijk, maar zou het hooggerechtshof waarschijnlijk wel verbazen. De getuigedump van Wade Lanier zou hem op een forse reprimande komen te staan, maar zou op zich geen reden zijn de zaak te herzien. Nick Norton was het daarmee eens. Hij was die vrijdag in de rechtszaal geweest en het had hem verbaasd dat de video was vertoond. Hij was diep onder de indruk van de inhoud, maar vroeg zich af of de video eigenlijk wel had mogen worden toegelaten. De vier advocaten, evenals Willie Traynor en andere getuige-deskundigen, hadden die vrijdag tot laat in de avond met hotdogs en bier zitten discussiëren, terwijl de dames bij het zwembad van Harry Rex wijn dronken en met Portia kletsten.

Hoewel de zaak-Hubbard Jake in financieel opzicht had gered, wilde hij verder. Hij zat er helemaal niet op te wachten om de nalatenschap nog jarenlang te korten door een maandelijkse rekening te moeten sturen. Op een bepaald moment zou hij zich een bloedzuiger voelen. Hij had zojuist een belangrijk proces gewonnen en was nu klaar voor een andere zaak.

Niemand in de First Presbyterian Church had het die ochtend over de rechtszaak en Jake was daar dankbaar voor. Na afloop, toen ze eerst onder twee enorme eiken bij elkaar stonden te kletsen en daarna langzaam naar de parkeerplaats liepen, begroette rechter Atlee Carla en Hanna. Hij maakte een opmerking over de heerlijke lentedag en liep samen met Jake op. Zodra niemand hen meer kon horen, zei hij: 'Kun je vanmiddag even langskomen, om een uur of vijf? Ik wil graag iets met je bespreken.'

'Natuurlijk, rechter,' zei Jake.

'En kun je Portia meenemen? Ik wil haar mening graag horen.'

'Dat denk ik wel.'

Ze zaten aan de eettafel, onder een piepende ventilator die niets veranderde aan de hitte en de bedompte lucht. Buiten was het veel koeler – de veranda zou heerlijk zijn geweest – maar om de een of andere reden zat de rechter liever in de eetkamer. Hij had een pot koffie en een schaal goedkope koekjes klaargezet. Jake nam een slok van de slappe en smerige koffie, en liet die daarna koud worden.

Portia wilde niets. Ze was zenuwachtig en kon haar nieuwsgierigheid niet verhullen. Dit was niet haar deel van de stad. Haar moeder had misschien wel een paar mooie huizen gezien als ze die schoonmaakte, maar was er nooit te gast geweest.

Rechter Atlee zat aan het hoofd van de tafel, met Jake rechts en Portia links van hem. Na een paar ongemakkelijke inleidende woorden, zei hij alsof hij op de rechtersstoel zat en neerkeek op een paar nerveuze advocaten: 'Ik wil dat deze zaak wordt geschikt. Terwijl de beroepszaak loopt, zal het geld de komende twee jaar vastzitten. Er zullen honderden uren aan worden besteed. De aanvechters zullen aanvoeren dat het vonnis moet worden herzien, en dat begrijp ik wel. Ik heb de video van Ancil Hubbard toegelaten, omdat dat op dat moment eerlijk was. De jury, en ik neem aan wij allemaal, moesten weten wat er in het verleden was gebeurd omdat dat Seths motieven verklaarde. Er zal worden aangevoerd dat ik in procedureel opzicht verkeerde besluiten heb genomen. Om egoïstische redenen geef ik er de voorkeur aan dat een vonnis van mij niet wordt vernietigd, maar mijn gevoelens zijn niet echt belangrijk.'

Natuurlijk niet, dacht Jake en hij keek naar Portia. Zij keek naar het tafelblad, zat roerloos.

'Laten we even aannemen dat de zaak opnieuw moet voorkomen. De volgende keer zul je niet worden verrast door de Pickerings, Jake. Je zult voorbereid zijn op Julina Kidd. En, het allerbelangrijkst, je zult Ancil hier hebben als belanghebbende partij en als aanwezige getuige. Of als hij in de gevangenis zit, heb je alle tijd om een correcte depositie voor te bereiden. Hoe dan ook, de volgende keer sta je veel sterker, Jake. Ben je het met me eens?'

'Ja, natuurlijk.'

'Je gáát die zaak winnen, omdat je die zaak móét winnen. Dat is precies de reden waarom ik Ancils video heb toegelaten. Dat was terecht en eerlijk. Begrijp je wat ik zeg, Portia?'

'O ja, meneer.'

'Maar hoe doen we dat, de zaak schikken, het beroep stopzetten en doorgaan met ons leven?' Jake wist dat hij het antwoord zou geven en niet veel input nodig had.

'Ik heb sinds vrijdagmiddag nergens anders aan gedacht,' zei de rechter. 'Seths testament was een wanhopige poging om op het allerlaatste moment een gruwelijk onrecht te herstellen. Door zoveel geld aan je moeder na te laten, probeerde hij in feite recht te doen aan je overgrootvader en aan alle Rinds. Ben je het met me eens?'

Stem ermee in, Portia, verdomme, stem ermee in! Ik heb dit al zo vaak meegemaakt. Als hij vraagt of je het met hem eens bent, gaat hij er al van uit dat je enthousiast met hem instemt.

475

'Ja, meneer,' zei ze.

De rechter nam een slok koffie en Jake vroeg zich af of hij elke ochtend even smerige koffie zette. Rechter Atlee zei: 'Ik vraag me af, Portia, op dit moment, wat je moeder eigenlijk echt wil. Het zou nuttig zijn om dat te weten. Ik weet zeker dat ze je dat heeft verteld. Wil jij het ons nu ook vertellen?'

'Natuurlijk, rechter. Mijn moeder wil niet veel en ze vindt het niet echt prettig dat ze al dat geld krijgt. Er is niet echt een goede uitdrukking voor, maar volgens haar is het "blank geld". Het is niet echt van ons. Mijn moeder zou het land graag willen hebben, die 32 hectare, en daar zou ze een huis op willen bouwen, een leuk huis, maar geen herenhuis. Ze heeft al veel mooie huizen gezien, maar heeft ook altijd geweten dat zij zelf nooit zo'n huis zou bezitten. Maar nu, voor het eerst in haar leven, kan ze dromen dat ze een mooi huis heeft, een huis dat ze voor zichzelf kan schoonmaken. Ze wil veel ruimte voor haar kinderen en kleinkinderen. Ze zal nooit hertrouwen, hoewel er al wel een paar aasgieren rondcirkelen. Ze wil hiervandaan en ergens op het platteland gaan wonen, ergens waar het rustig is en niemand haar lastigvalt. Ze is vanochtend niet naar de kerk gegaan, rechter, al een maand niet. Iedereen houdt zijn hand op. Mijn moeder wil gewoon met rust gelaten worden.'

'Ze wil vast wel meer dan een huis en 32 hectare,' zei Jake.

'Ach ja, wie wil nu niet wat geld op de bank? Ze heeft geen zin meer om nog langer huizen schoon te maken.'

'Hoeveel geld?' vroeg rechter Atlee.

'Daar hebben we het niet over gehad. In de afgelopen zes maanden heeft ze nooit gedacht: oké, ik neem genoegen met vijf miljoen en geef al mijn kinderen één miljoen. Zo is mijn moeder niet, oké? Ze denkt niet op die manier. Dat past niet bij haar.' Portia zweeg even en vroeg toen: 'Hoe zou u het geld willen verdelen, rechter?'

'Ik ben blij dat je dat vraagt. Dit is mijn voorstel. Het grootste deel van het geld zou moeten worden vastgezet in een fonds ten behoeve van je bloedverwanten; niet als contant geld, waardoor er een felle ruzie zou kunnen ontstaan, maar als een soort fonds dat alleen maar wordt gebruikt voor een opleiding of een studie. Wie weet hoeveel Rinds er eigenlijk zijn, hoewel ik bijna zeker weet dat we dat snel zullen ontdekken. Dat fonds zou goed gecontroleerd moeten worden door een beheerder die aan mij zou moeten rapporteren. Dat geld zou verstandig moeten worden geïnvesteerd en verspreid over – wat zal ik zeggen – twintig jaar, en in die tijd moeten worden gebruikt om zo veel mogelijk studenten te helpen. Het moet slechts één doel dienen, en opleiding ligt het meest voor de hand. Als het niet wordt afgebakend, krijg je duizenden verzoeken voor van alles en nog wat, van gezondheidszorg tot boodschappen en nieuwe auto's. Dat studiegeld krijg je niet zomaar, maar dat moet je verdienen. Een bloedverwant die hard studeert en wordt toegelaten tot een universiteit zou een beurs moeten krijgen.'

'Hoe zou u het geld verdelen?' vroeg Jake.

Portia glimlachte.

'In grote porties. Dit is mijn voorstel: laten we eens uitgaan van twaalf miljoen. Dat is niet erg precies, maar het komt in de buurt. We zetten de legaten voor Ancil en de kerk op een half miljoen elk. Dan houden we elf over. We stoppen vijf miljoen in een trust zoals ik al zei. Dat is heel veel geld, maar daarmee kunnen we heel veel familieleden helpen, oude en nieuwe.'

'Ze melden zich nog steeds met autoladingen tegelijk,' zei Portia.

Rechter Atlee vervolgde: 'Dan houden we zes miljoen over. Verdeel dat evenredig onder Lettie, Herschel en Ramona. En Lettie krijgt dan natuurlijk ook de 32 hectare die ooit van haar opa was.'

Jake haalde diep adem toen die bedragen over de tafel rolden. Hij keek naar Portia en zei: 'Het hangt allemaal van Lettie af.'

Portia, die nog steeds glimlachte, zei: 'Daar zal ze mee akkoord gaan. Dan krijgt ze een mooi huis en een spaarpotje, maar ze wordt dan niet gekweld door een vermogen waar iedereen iets van wil hebben. Ze zei gisteravond tegen me dat het geld van alle familieleden van Sylvester is, niet alleen van haar. Ze wil gelukkig zijn en met rust worden gelaten. Dit zal haar heel gelukkig maken.'

'Hoe wilt u dat met de anderen regelen?' vroeg Jake.

'Ik neem aan dat Herschel en Ramona erg blij zullen zijn. Ancil en de kerk misschien ook wel. Je moet niet vergeten, Jake, dat ik nog steeds het beheer over de nalatenschap heb en dat kan blijven doen zolang ik wil. Zonder mijn goedkeuring kan nooit ook maar één cent worden verdeeld, en er staat geen deadline voor het afronden van een nalatenschap. Ik weet zeker dat niemand me ooit achter mijn rug om een klootzak heeft genoemd, maar als ik dat wel wil zijn, kan ik nog wel tien jaar op Seths geld blijven zitten. Zolang de tegoeden worden beschermd, kan ik die zo lang ik wil vasthouden.' Hij was vervallen in zijn rechterstoontje, een toon die er weinig twijfel over liet bestaan dat rechter Reuben V. Atlee zijn zin zou krijgen.

Hij vervolgde: 'Ja, misschien is het wel noodzakelijk dat de nalatenschap voor onbepaalde tijd onaangeroerd blijft om het studiefonds dat we zojuist hebben besproken te beheren.'

'Wie zal dat fonds beheren?' vroeg Jake.

'Ik dacht aan jou.'

Jake schrok en wilde bijna wegvluchten toen hij eraan dacht dat hij zou worden opgescheept met tientallen, misschien wel honderden hebzuchtige studenten die geld eisen.

'Dat is een fantastisch idee, rechter,' zei Portia. 'Mijn familie zou het prettig vinden als Jake hierbij betrokken bleef en het geld in de gaten hield.'

'Ach, dat kunnen we later wel verder bespreken,' zei Jake, in verlegenheid gebracht.

'Dus we hebben een deal?' vroeg de rechter.

'Ik ben geen partij,' zei Jake. 'U moet dus niet naar mij kijken.'

'Ik weet zeker dat mijn moeder het ermee eens is, maar ik moet het wel met haar bespreken,' zei Portia.

'Uitstekend. Doe maar en laat het me morgen weten. Dan bereid ik een memo voor en stuur dat naar alle advocaten. Jake, ik stel voor dat jij Ancil deze week opzoekt en vraagt wat hij ervan vindt. Dan regel ik een bijeenkomst met alle partijen, over een dag of tien. Dan doen we de deur op slot en regelen een schikking. Ik wil dat dit gebeurt, begrepen?'

Dat begrepen ze, heel goed zelfs.

Een maand na het vonnis zat Ancil Hubbard onderuitgezakt op de passagiersstoel van Luciens oude Porsche en keek naar de glooiende heuvels van Ford County. Hij kon zich niets van het landschap herinneren. Hij had hier weliswaar de eerste dertien jaar van zijn leven doorgebracht, maar de afgelopen vijftig jaar had hij zijn best gedaan die te vergeten. Niets kwam hem bekend voor.

Hij was op borgtocht vrijgekomen, geregeld door Jake en anderen, en was door zijn vriend Lucien overgehaald om naar het zuiden te gaan. Eén bezoekje maar. Misschien is het anders dan je denkt. Zijn dunne grijze haar was weer aangegroeid en bedekte gedeeltelijk het grote litteken op zijn achterhoofd. Hij droeg een spijkerbroek en sandalen, net als Lucien.

Ze reden een landweg in en naderden Seths huis.

Er stond een TE KOOP-bord in de voortuin. Lucien zei: 'Hier woonde Seth. Wil je stoppen?'

'Nee.'

Ze sloegen weer een andere weg in, een grindpad, en reden dieper het bos in.

'Herken je hier iets?' vroeg Lucien.

'Niet echt.'

Het bos werd minder dicht en ze kwamen bij een open plek. Voor hen stonden auto's slordig verspreid en er liepen mensen rond, ook een paar kinderen. De rook van houtskool in een barbecue kringelde omhoog.

Verderop kwamen ze bij overwoekerde ruïnes, overdekt met klimplanten. Ancil stak een hand op en zei: 'Stop. Hier.' Ze stapten uit. Een paar mensen stonden in de buurt en kwamen gedag zeggen, maar Ancil zag hen niet eens. Hij keek ergens anders naar, naar iets in de verte. Hij liep in de richting van de plataan waar ze zijn broer hadden gevonden. De anderen liepen zwijgend achter hem aan, enkelen bleven staan. Met Lucien vlak achter zich liep Ancil ongeveer honderd meter door tot aan de boom, bleef staan en keek om zich heen. Hij wees naar een met eiken en iepen begroeide heuvelrug en zei: 'Wij waren daar, Seth en ik, in dat bos hadden wij ons verstopt. Toen leek het verder weg. Ze brachten hem hiernaartoe, onder deze boom. Er stonden toen meer bomen. Een hele rij, vijf of zes, langs deze kreek. Nu staat alleen deze boom er nog.'

'In 1968 was hier een tornado,' zei Lucien, die achter hem stond.

'Hier hebben we Seth gevonden,' zei Ozzie. Hij stond naast Lucien.

'Is dit dezelfde boom?' vroeg Jake. Hij stond naast Ozzie.

Ancil hoorde hun stemmen en keek naar hun gezichten, maar zag hen niet. Hij was bedwelmd, hij bevond zich in een andere tijd en op een andere plaats. Hij zei: 'Ik weet het niet zeker, maar volgens mij wel. Alle bomen waren identiek, een perfecte rij. We visten daar weleens,' zei hij wijzend. 'Seth en ik. Daar.' Hij ademde moeizaam uit en vertrok zijn gezicht. Daarna sloot hij zijn ogen en schudde zijn hoofd. Toen hij zijn ogen weer opende, zei hij: 'Het was echt afschuwelijk.'

Lucien zei: 'Ancil, Sylvesters kleindochter is hier. Wil je haar ontmoeten?'

Ancil haalde diep adem en was weer terug in het heden. Hij draaide zich abrupt om en zei: 'Heel graag.'

Lettie kwam naar hen toe en stak haar hand uit, maar Ancil negeerde die. In plaats daarvan pakte hij haar voorzichtig bij de schouders en drukte haar zacht tegen zich aan. 'Het spijt me zo,' zei hij. 'Het spijt me zo.'

Een paar seconden later maakte ze zich los uit zijn omhelzing en zei: 'Zo is het wel genoeg, Ancil. Het verleden is het verleden. Laten we het hier maar bij laten. Ik wil je voorstellen aan mijn kinderen en kleinkinderen.'

'Heel graag.'

Daarna werd hij voorgesteld aan Portia, Carla, Ozzie, Harry Rex en

Letties familie. Vervolgens ontmoette hij Herschel Hubbard, zijn neef, voor het eerst. Ze begonnen allemaal te praten toen ze bij de boom vandaan liepen naar de picknickplaats.

Ontdek de beste en mooiste nieuwe boeken met de gratis _Lees dit boek_-app

Wilt u als eerste de beste en mooiste nieuwe boeken ontdekken? Vaak nog voordat die boeken zijn verschenen en de pers erover heeft geschreven? Download dan gratis de _Lees dit boek_-app voor iPhone en iPad via www.leesditboek.nl.

Blijft u graag op de hoogte van de nieuwste boeken?
Volg ons dan via www.awbruna.nl, ☐ en ☐ en meld u aan voor de nieuwsbrief.